E. S. Schmidt

Die zweite Finsternis

E. S. SCHMIDT

DIE ZWEITE FINSTERNIS

ROMAN

papierverzierer

1. Auflage, Papierverzierer Verlag, Essen
Herstellung, Satz: Papierverzierer Verlag
Lektorat: Patricia Karollus
Cover: Arndt Drechsler

ISBN 978-3-95962-112-0

papierverzierer

www.papierverzierer.de

Bibliografische Information der Deutschen Nationalbibliothek
Die Deutsche Nationalbibliothek verzeichnet diese Publikation in der Deutschen Nationalbibliografie; detaillierte bibliografische Daten sind im Internet über http://dnb.dnb.de abrufbar.

PROLOG

Bill drückte die Sprechtaste des Funkgeräts. »Siehst du einen Krater? Oder Anzeichen eines Brandes? Over.«

Als Antwort kam nur lautes Knacken aus dem Lautsprecher. Mit einem Seufzen senkte Bill das Mikrofon und wartete. Er ließ seinen Blick durch das schmutzige Fenster der Bodenstation schweifen, über das Rollfeld von »Alain's Wilderness Flights«. Dahinter gab es nichts als dichten Wald und vereinzelte Indianersiedlungen bis hinauf nach Alaska. Irgendwo in dieser namenlosen Wildnis lag ein Ort, den die Internetgemeinde »Impact Creek« getauft hatte. Dorthin war der Helikopter vor einer guten Stunde aufgebrochen.

Ein Knacken kündigte die Antwort an. *»Noch nichts zu sehen. Wir müssen …«* Das Geräusch der Heli-Rotoren überlagerte den Rest des Satzes, oder vielleicht lag es auch am alten Funkgerät der Station.

Bill hob das Mikrofon und drückte erneut den abgegriffenen Knopf. »Alain? Alles klar bei euch? Over!«

Wenigstens kamen die Bilder von Frosts kleiner Handheld gut durch.

Bill setzte sich vor den Laptop und suchte auf dem Bildschirm nach ungewöhnlichen Konturen in den dichten Baumkronen.

»Wir haben was gefunden.« Alain musste die Stimme gegen den Rotorenlärm erheben. *»Sieht nach eurer Schneise aus. Over.«*

Eine Sichtung schon beim ersten Erkundungsflug? Das hatte Bill nicht zu hoffen gewagt. Alain hatte ihnen erklärt, dass selbst eine so große Bresche in der menschenleeren Weite da draußen kaum auffallen würde – zumal die Natur bereits einige Jahre Zeit gehabt hatte, sie mit neuem Grün zu bedecken. »Großartig!«, rief Bill. »Gibt es Brandspuren?«

Die Funkverbindung wurde erneut schlechter und Bill erhielt nur eine zerstückelte Antwort. *»... keine Anzeichen … Feuer …«* Dann stabilisierte sich der Empfang wieder. *»Die Bäume sind einfach umgerissen worden.«*

»Wie breit ist die Schneise?«

»Ich schätze etwa siebzig Yards, wie aus den Satellitenbildern errechnet.«

Bill lehnte sich zurück und ließ die Stuhllehne federn. Er hatte also recht gehabt: Es war kein Meteorit gewesen.

Er und Frost hatten die Alternativen lange diskutiert, obwohl sich außer ihnen und einigen Verschwörungstheoretikern niemand sonderlich dafür interessierte, welches Phänomen ein paar hundert Bäume in der kanadischen Wildnis niedergemäht hatte. Der Vorfall war eigentlich eine Lappalie, reichte nicht annähernd an das Tunguska-Ereignis von 1908 heran. Aber immerhin waren nur drei Jahre vergangen, bis sich nun mit Bill und Frost die ersten Wissenschaftler ein Bild vor Ort machten. Bei Tunguska hatte es zwei Jahrzehnte gedauert.

Die größte Parallele zwischen Tunguska und Impact Creek war die Tatsache, dass sich das Phänomen nicht schlüssig erklären ließ. Ein Meteor wäre steiler eingetreten und hätte einen Krater und keine Schneise hinterlassen. Abgesehen davon hätte er eine messbare Anreicherung von Staub in der Atmosphäre verursacht. Flugzeuge waren zur fraglichen Zeit nicht vermisst worden und die meteorologischen Daten sprachen gegen ein Wetterphänomen.

Bill und Frost hofften auf eine andere, spektakulärere Antwort. Eine Antwort, die Bill die unangenehmen Fragen seines Dekans ersparen würde, denn für diese Forschungsreise in die unzugänglichste Gegend der Coast Mountains hatte Bill Geld aus allen Budgets seines Fachbereiches abgezogen.

»Die Schneise endet dort drüben.« Alains franko-kanadischer Akzent dehnte die Worte. *»Es sieht tatsächlich aus, als hätte es einen Brand gegeben.«*

Bill beugte sich vor. »Sag Frost, er soll die Kamera draufhalten!«

Das Bild wackelte, als Frost die Filmkamera in einen günstigeren Winkel neigte. Bill sah jetzt die Schneise und ihr verdicktes Ende – wie ein Streichholz mit einem abgebrannten Kopf. Verkohlte Bäume stapelten sich dort kreuz und quer übereinander.

»Könnt ihr landen?« Wenn es Platz zum Landen gab, würden sie auch ein Basislager errichten können – sofern es denn tatsächlich etwas zu untersuchen gab.

Es dauerte einen Moment, bis Alain antwortete. *»Ja, dort drüben.«* Und dann, leiser: *»Was ist das für ein Ding?«*

Der Bildschirm wurde von übereinanderliegenden Baumstämmen ausgefüllt, unter denen Bill ein Objekt ausmachte; ein Objekt, das auf den Satellitenfotos nicht zu erkennen gewesen war. Bill legte den Kopf schräg. Man hätte es für einen Container halten können, aber dazu war es viel zu groß.

»Vielleicht haben die Bäume die Tragflächen abgeschlagen«, sagte Alain. Offenbar war auch er inzwischen vom Jagdfieber ergriffen worden, obwohl er für die beiden »Spinner« zuerst gar nicht hatte fliegen wollen. Mit dieser Skepsis war Alain weiß Gott nicht allein – auch der kritische Blick des Dekans hatte Bände gesprochen; ganz zu schweigen vom Hohn, der Bill nach seinem wirklich zurückhaltenden Artikel im *National Science Monitor* entgegengeschlagen war.

Angespannt wartete Bill, beobachtete, wie die Bäume näher kamen und auch das Objekt. Wenn es wirklich ein Wrack war, musste es halb auf der Seite liegen. Wie das Auge eines gefangenen Tieres lugte ein Fenster unter den Baumstämmen hervor. Ein Cockpit?

Frost setzte die Kamera jetzt nicht mehr ab. Durch den flacheren Winkel erkannte Bill, dass der hintere Teil geborsten war. Eine klaffende Öffnung, aber keine Einbauten oder festgezurrte Ladung. Schwer zu schätzen, wie lang das Objekt ursprünglich gewesen war, die Breite war jedenfalls enorm.

Der Helikopter hatte kaum aufgesetzt, als Frost schon mit der Kamera nach draußen sprang. Das Bild auf dem Monitor wankte rhythmisch, während Frost auf die Absturzstelle zuging. Das Rotorendröhnen verebbte, und Stille breitete sich aus.

Bills Blick hing am Bildschirm. »Halt doch die Kamera ruhig!« Ohne den Lärm konnte er nun auch Frost erreichen.

»Ich klettere über Baumstämme!«, antwortete Frost.

Das Objekt kam in Sicht. »Kannst du etwas erkennen? Den Eingang? Ein Cockpit?«

»Warte.« Frost klang aufgeregt. Das Bild auf dem Monitor verwischte, zeigte grüne, blaue, schwarze Schlieren und kam dann zur Ruhe. *»Mein Gott, siehst du das?«*

»Undeutlich«, gab Bill zurück. »Kannst du es näher ranholen?«

Das Bild verschwamm, als der Zoom betätigt wurde, dann reagierte die automatische Schärfejustierung. Bill sah schwarze Gestalten, verkohlte Überreste hinter geborstenen Scheiben.

Ihm stockte der Atem. »Sind das Helme?«

»Mann, nein, das sieht aus wie Knochenfortsätze. Und sie sind riesig. Allein die Köpfe sind – ich weiß nicht – vielleicht ein Yard lang.«

»Ich wusste es!« Bill sprang auf und boxte in die Luft. »Wir hatten recht, Frost! Wir hatten verdammt nochmal recht!« Er fiel in die Freudenschreie seines Kollegen ein und sprang um seinen Stuhl, bis er merkte, dass die Schreie aus dem Lautsprecher nicht triumphierend klangen – sondern panisch. Und dann wurden sie zu Schmerzensschreien.

Mit einem Ruck wandte er sich dem Monitor zu. Trockene Blätter, Erde und ein Ast quer über dem Bild – die Kamera lag auf dem Boden.

Unvermittelt brachen die Schreie ab. Bill hörte nur noch seinen eigenen Atem.

Er griff nach dem Mikro. »Frost?«, rief er. »Alain?!«

Niemand antwortete. Der Monitor zeigte unverändert das gleiche Bild.

»Alain?!« Bill registrierte die Panik in seiner eigenen Stimme. Das Mikrofon zitterte in seiner Hand.

Und dann hörte Doktor William Robert Johnson ein tiefes, klackerndes Grollen. Es glich keinem Geräusch, das er kannte, weder dem Knurren eines Raubtieres, noch dem Klang des Donners. Es war ein Ton, den er bis zum Ende seines Lebens nie mehr vergaß.

183 JAHRE SPÄTER

Man sah es dem Kreuzgang nicht an, dass er auf das Dach eines Hochhauses gebaut worden war. Tatsächlich strahlte er die Erhabenheit alter Klosteranlagen aus. In den ausgewogenen Proportionen lag eine tiefe Ruhe, und die Sparsamkeit der Ausstattung unterstrich die Würde des Ortes. In der Regelmäßigkeit der wenigen Schmuckelemente kam der wandernde Blick zur Ruhe. Von oben fiel Sonnenlicht in das offene Viereck und wärmte die Herbstluft, die fast nach modrigen Blättern und Erde zu riechen schien.

Weniger erhaben waren das Geräusch aufeinanderschlagender Holzstöcke und der Geruch nach frischem Schweiß, der tatsächlich in der Luft hing. Als Eunice den Wandelgang betrat, hielt sie einen Moment inne. Sie trat zwischen die Säulen und sah zu den zwanzig Männern hinüber, die sich im Innenhof des Kreuzganges im Stockfechten übten. Die Mönche kämpften mit freien Oberkörpern, nur mit den schwarzen Hosen des Ordens bekleidet. Die schlichten Waffen handhabten sie mit beeindruckender Kunstfertigkeit und nur selten erklang ein Ausruf des Schmerzes oder der Frustration, wenn ein Schlag nicht hatte abgewehrt, ein Angriff nicht hatte gekontert werden können.

Einige bemerkten Eunice und unterbrachen ihren Kampf. Gerade die Blicke der Jüngeren folgten ihr, während sie die Säulenreihe entlangschritt. Eunice wurde oft zu jung geschätzt, was sicher auch am asiatischen Anteil ihres Erbgutes lag. Mit ihrem glänzend schwarzen Haar, dem feinen Porzellanteint und gekleidet in die fließenden Stoffe des Hochklerus, wirkte sie nicht wie Ende dreißig. Sie verübelte den Mönchen ihre Blicke nicht – diese Männer opferten dem Klerus ihr Leben.

Eunice folgte dem Gang und blieb nach einigen Schritten abwartend stehen. Ein hochgewachsener Kämpfer von Anfang vierzig maß sich hier mit einem Greis – und traf dabei auf einen ebenbürtigen Gegner. Die Bewegungen des Alten waren nicht weniger geschmeidig, seine Reaktionen nicht weniger schnell als die seines Trainingspartners.

Eunices respektvoller Abstand galt ebenso den beiden Mönchen wie den wirbelnden Stangen. In dieser Disziplin waren Geschwindigkeit und Geschick wichtiger als rohe Kraft; dennoch erzitterten Stäbe und Muskeln, wenn das Holz aufeinanderkrachte. Manchen der Bewegungen konnte das Auge kaum folgen, aber die Kämpfer ahnten die Angriffe ihres Gegners voraus, planten in jede Aktion bereits den nächsten und übernächsten Zug ein – dies war ebenso ein geistiges wie ein körperliches Kräftemessen.

Schließlich war es der Stab des Alten, der wuchtig sein Ziel fand und den jüngeren Mann in die Knie gehen ließ. Noch einmal zischte die Waffe durch die Luft und kam nur eine Handbreit vor der Schläfe des Knienden zu einem abrupten Halt. Der hob den Kopf und schaute den Sieger schwer atmend an.

Der alte Mann zwinkerte schalkhaft. »Sollte sich deine Konzentration tatsächlich von einem erfreulichen Besuch stören lassen, Bruder Kaleb?«

Ein tiefer Atemzug, ein kurzes Senken des Blickes. Dann erhob sich der getadelte Mönch und der Abt wandte sich um. »Eunice. Was führt dich zu uns?«

Eunice zögerte, hoffte, Kaleb würde zu ihr hinübersehen, doch der hielt den Blick gesenkt. Sie zog einen zusammengefalteten Zettel aus der Tasche. »Die Zentrale konnte Sie nicht erreichen, Vater Abt.«

Er nahm das Papier entgegen. »Gibt es endlich ein Lebenszeichen aus Dallas?«

»Nein, Vater. Noch immer nicht.«

Mit jeder Stadt hatte es heute bereits den üblichen Funkkontakt gegeben – nur Dallas schwieg. Neunzehn Städte gab es noch auf dem nordamerikanischen Kontinent. Niemand wusste, wie viele es auf dem Rest der Erde sein mochten, oder ob es überhaupt noch Menschen gab, dort draußen. Hier, in Philadelphia, wusste man nur von diesen neunzehn – und jetzt versank eine davon in völliger Stille.

Keiner der beiden Männer sagte etwas, als wäre Schweigen die einzig angemessene Reaktion auf das Verstummen von sechzigtausend Menschen.

Der Abt entfaltete den Zettel und überflog die wenigen Zeilen. »Das ist aus Selimsburgh, von Dillon Brent, dem Governor.«

Nun hob Bruder Kaleb doch den Kopf, und für einen flüchtigen Moment begegnete Eunice seinem Blick. Anders als die meisten im Konvent wusste sie, was der Name Selimsburgh für ihn bedeutete.

Der Abt faltete das Papier zusammen. »Brent hat in den Outlands Spuren von Reapern gefunden.«

»Ich kann sofort aufbrechen«, sagte Bruder Kaleb. Die raue Heiserkeit seiner Stimme war einer alten Kehlkopfverletzung geschuldet. Eunice konnte sich gut daran erinnern, wie er ins Lazarettzelt gebracht worden war, an ihr Erschrecken, als sie ihn erkannte, an den Ausdruck seiner hellen Augen in dem schmutzstarrenden Gesicht – so viel Blut, überall. Zwei Wochen lang hatte sie ihn versorgt, hatte seine Wunden gewaschen, genäht, verbunden. Zwei Wochen lang waren sie sich näher gewesen als je zuvor. Dann war er wieder in die Schlacht gezogen.

Der Krieg lag Jahre zurück, die Ketzer waren zurückgedrängt und von den Reapern gab es in den leeren Wäldern nur noch streunende Einzelgänger. Warum dachte sie jetzt daran? Vermutlich, weil die beunruhigenden Nachrichten Erinnerungen weckten, die weit weniger verblasst und vergessen waren, als Eunice gehofft hatte.

Der Abt hob schließlich den Kopf, er schien seine Antwort wohl überlegt zu haben. »Einverstanden, Kaleb, sieh dir die Sache an. Aber sei auf der Hut. Wenn es stimmt, ist es selbst für einen Mönch gefährlich, in der Dunkelheit zu reisen.« Nach einer Pause fügte er hinzu: »Richte Bruder Simeon meine Grüße aus. Der Herr sei mit dir, Bruder Kaleb.«

»Und mit deinem Geiste, Vater Abt.« Kaleb ging zu seiner Kutte, die zwischen den Säulen lag. Eunices Blick folgte ihm, ruhte für einen Moment auf den Narben, die seinen Rücken bedeckten und daran erinnerten, dass die Kampfübungen dem Überleben dienten. Sie wandte den Blick ab, als er sich die Kutte über die Schulter warf und sich zu ihr umdrehte. Dann folgte sie ihm wortlos aus dem Exerzitienhof.

Direkt hinter der Tür endete die würdevolle Stimmung des Kreuzganges. Eine Metalltreppe führte in die nüchterne

Atmosphäre eines alten Verwaltungstraktes hinab. Eunice und Kaleb folgten einem Gang mit kahlen Wänden, vergilbt und schmutzig, liefen über brüchiges Linoleum, vorbei an Türen, von denen die Farbe blätterte. Sie gingen nebeneinander, schweigend, ohne sich anzusehen, doch Eunice war sich seiner Nähe sehr bewusst. Schließlich verlangsamten sich ihrer beider Schritte. Wo der Weg zu den Quartieren der Mönche abzweigte, blieben sie stehen.

Eunice suchte nach Worten, irgendetwas, das die Trennung noch für einige Sekunden hinauszögern konnte. Schließlich war er es, der zuerst sprach. »Soll ich deine Schwester aufsuchen?«

»Besser nicht.« Eunice lächelte schwach.

Kaleb neigte den Kopf und wandte sich zum Gehen.

Rasch sagte sie: »Es ist das erste Mal, dass du zurückkehrst, nicht wahr?«

»Ja.« Er hatte ihr den Rücken zugewandt, ging aber nicht weiter, so, als warte er auf eine weitere Frage.

Eunice wollte fragen, wollte so vieles wissen, doch das Verbot des Bischofs, über Kalebs Vergangenheit zu sprechen, dieses Verbot, dem sie so lange Zeit gehorcht hatten, nahm ihr die Worte. Als Kaleb schließlich den Kopf wandte und sie anblickte, sagte sie nur: »Der Herr sei mit dir, Bruder.«

Es lag mehr Wärme in diesem Satz, als einem Gruß zustand. Kalebs Blick ruhte auf Eunice. »Und mit deinem Geiste«, antwortete er sanft.

Dinah zuckte zusammen. Ein großer, blitzschneller Schatten hatte das Scheinwerferlicht des Pickups gekreuzt. »Hast du das gesehen?«

»Das war nichts.« John ließ das Lenkrad los und fasste Dinahs Hand. »Hab keine Angst.«

Die Scheinwerfer erhellten nur ein kurzes Straßenstück voraus. Der Belag aus festgefahrener Erde und Laub war hier und dort aufgebrochen, und an diesen Stellen erkannte man die alte Teeroberfläche. Außerhalb des Scheinwerferlichts herrschte längst schwarze, undurchdringliche Nacht.

Es war nicht gut, jetzt draußen zu sein.

»Wir hätten bei Lucy übernachten sollen«, sagte Dinah leise, aber John antwortete darauf nicht. Was sollte er auch sagen? Er war für den geplatzten Wasserschlauch nicht verantwortlich – und auch nicht dafür, dass es bis zur Dämmerung gedauert hatte, bis der Motor abgekühlt war und sie neues Wasser aufgetrieben hatten.

Dinah zog die Jeansjacke enger zusammen. Der Pickup besaß nur noch die Windschutzscheibe, alle anderen Fensteröffnungen waren mit Plastikplane verklebt, die laut im Fahrtwind schlug.

Noch immer raste ihr Herz wegen des Schattens, der im Scheinwerferlicht aufgetaucht war. Erst letzte Woche hatte Dillon Brent Reaperspuren gefunden – ausgerechnet jetzt, wo sie für die Ernte vor die Palisade mussten. Wegen dieser Spuren hatte Dillon das erste Mal seit langer Zeit nach Unterstützung gefunkt. Allerdings war fraglich, ob der Konvent so lange nach Erntebeginn noch Schutztruppen entbehren konnte, denn die Mönche waren inzwischen vermutlich in anderen Lehen eingesetzt.

John konzentrierte sich auf den Weg, hielt das Lenkrad wieder mit beiden Händen fest. Dinah hatte sich in seiner Nähe immer sicher gefühlt. Und auch jetzt wollte sie darauf vertrauen, dass sie sicher waren. Seit Jahren gab es keine Angriffe mehr. Was immer Dillon am Südhang entdeckt hatte – nach dem Platzregen waren keine Spuren mehr zu finden gewesen.

Dinah legte die Hand auf Johns Bein, und er lächelte flüchtig.

Und dann barst die Windschutzscheibe. Für einen Moment schien die Zeit stillzustehen, hingen die Glassplitter glitzernd in der Luft. Dinah schaute verwundert auf deren bizarre Schönheit. Dann setzte die Zeit unbarmherzig wieder ein – und mit ihr das Entsetzen.

Dinah schrie auf und hob die Hände gegen das berstende Glas. Sie wurde in ihren Gurt geworfen, als John auf die Bremse trat. Der Pickup schleuderte, prallte seitlich gegen ein Hindernis und der Motor erstarb. Nicht weit entfernt, schrecklich nah, das Grollen eines Reapers.

Mit einem Krachen landete ein riesiges, schwarzes Geschöpf auf der Motorhaube. John griff nach der Pumpgun auf dem Sitz und feuerte. Der Rückstoß riss den Lauf nach oben – doch der Schatten blieb. Rote Augen glühten in der Dunkelheit. John schrie gellend auf und ein Schwall warmer Flüssigkeit klatschte Dinah ins Gesicht. Im Augenblick darauf wurde John durch den leeren Fensterrahmen gerissen. Er schrie jetzt nicht mehr.

Die Pumpgun landete in Dinahs Schoß. Sie umklammerte die Waffe und erwartete jeden Moment, die Klauen des Reapers in ihrem eigenen Fleisch zu spüren – doch sie hörte nur die Geräusche eines Kampfes. Aber wer kämpfte? Stritten die Reaper um die Beute? Sie musste hier raus, weg, so lange die Reptilien mit sich selbst beschäftigt waren.

Dinahs Hände zitterten so sehr, dass sie den Gurt kaum lösen konnte. Sie hielt den Blick dabei starr auf den einen, verbliebenen Lichtkegel gerichtet, als könne der irgendwie Sicherheit bieten. Aber das tat er nicht, das wusste Dinah gut genug. Er weckte Aufmerksamkeit.

Als sie sich hinüberbeugte, um das Licht auszuschalten, rutschte ihre Hand durch das Blut auf dem Fahrersitz. Sie öffnete leise die Tür und stieg aus. Wohin fliehen? Zurück zu Lucy? Ins Dorf? Wo waren die Reaper?

Dinah lauschte. Es war still geworden. Zu still. Der Kampf war vorbei. In ihrer Angst glaubte sie, rote Augenpaare zu sehen, die sie aus der Dunkelheit anglühten. Spielten sie mit ihr? Warteten sie, dass die Beute losrannte?

Kein Mensch hatte eine Chance gegen die Raubechsen. Nicht einmal mit einem Gewehr. Nur ein Erwählter konnte sie töten.

Panik zerrte an Dinahs Eingeweiden, verursachte Übelkeit, ließ ihre Beine zittern und ihr Denken erstarren. Sie wollte sich zusammenkauern und einfach dem Unvermeidlichen ergeben – aber dann brach der Mond zwischen den Wolken hervor. In seinem Licht erkannte sie den Weg und darauf schwarze Silhouetten, die dort nicht hingehörten. Eine von ihnen bewegte sich. Dinah hob die Pumpgun und versuchte zu zielen. Der Schemen richtete sich auf, wuchs in die Höhe und wurde zu einer Gestalt – einer menschlichen Gestalt.

Eine ruhige, heisere Stimme sagte: »Die Waffe brauchen Sie nicht mehr.«

SONNTAG

Für Kaleb war es immer wieder erstaunlich, wie manche Strukturen dem Verfall trotzten, während sich andere schon fast vollständig aufgelöst hatten. Als er die verrostete Gartenpumpe fand, hatte er nicht viel Hoffnung, doch der Schlegel war noch immer beweglich und nach einigen Leerbewegungen sprudelte braunes Wasser in den Eimer, den er unter den Ausguss gestellt hatte. Das Wasser roch metallisch aber nicht faulig.

Die fahle Morgensonne schien auf ein Areal, das man früher wohl Vorstadt genannt hatte: eine Ansammlung freistehender Häuser, jedes von einem Garten umgeben und nur von einer einzigen Familie bewohnt. Kaum vorzustellen, dass damals für jeden einzelnen so viel Wohnraum zur Verfügung gestanden hatte. Die Natur hatte das Areal zurückerobert, doch nicht mit dem üblichen Wald aus Ahorn und Koniferen. Hier hatten Zierpflanzen den Kampf gegeneinander aufgenommen. Die meisten waren vermutlich verschwunden, erstickt von stärkeren, lebensfähigeren Nachbarn. Wenige hatten sich durchgesetzt, waren zu Hecken absurder Höhe gewachsen oder hatten riesige Flächen überwuchert.

Zwischen dem üppigen Grün sah Kaleb die Ruinen von Gebäuden. Fast zweihundert Jahre war es her, dass die Reaper im Westen entdeckt worden waren, knapp hundert, dass sie die Ostküste erreicht hatten. In diesen hundert Jahren seit der Verheerung Pennsylvanias waren die meisten Holzhäuser zu Haufen zusammengefallen, aus denen nur die gemauerten Schornsteine hervorstanden. Gebäude aus Stein oder Beton hingegen waren oft erstaunlich gut erhalten. Die Qualität des Daches war ausschlaggebend. Gab das Dach nach, standen bald bloß noch die Außenwände.

Schon zuvor hatte Kaleb den gemauerten Geräteschuppen bemerkt. Jetzt ließ er den Eimer stehen und ging durch kniehohes Kraut um zwei Thujas herum. Sie mussten einmal Teil einer Hecke gewesen sein. Heute ragten sie gut vierzig Yards in die Höhe. Ihre unteren Äste krochen am Boden in alle Richtungen davon und richteten sich nach wenigen Yards zu Nebenstämmen auf. Niemand hatte sie mehr gestutzt, seit die Welle der Reaper das Land überrollt hatte.

Die Schuppentür ließ sich nicht bewegen. Als Kaleb kräftiger daran zog, gaben die festgerosteten Angeln nach und die gesamte Tür polterte zu Boden. Aus dem Inneren wehten ihm trockene Blätter entgegen. Kaleb schob die Kapuze vom Kopf und betrat wachsam die enge Hütte. Verrostete Gartengeräte waren im Dunkel zu erkennen: ein Rechen, eine Sense, ein Gerät mit einem Elektrokabel.

Obwohl nah an bewohnten Gegenden gelegen, waren Haus und Schuppen offensichtlich niemals geplündert worden. Der Leichnam der untergegangenen Zivilisation ließ sich an anderen Orten leichter fleddern: in den Zentren der toten Städte, in den ehemaligen Industriegebieten. Dort fanden sich noch immer ganze Lagerhallen voller Waren, verpackt und zur Auslieferung bereit. Die Menschheit würde zwei, drei weitere Generationen lang von den Errungenschaften ihrer Väter zehren können, bis sie ganz auf ihre eigenen Fähigkeiten zurückgeworfen war.

An der linken Wand fand Kaleb, was er suchte: Bretter. Eine Prüfung ergab, dass sie fest und trocken waren. Gut. Er durfte den Reapern nur wenige Zugänge lassen, musste ihr Eindringen kanalisieren.

Er schloss die Augen und sammelte sich, schickte seinen Geist in die Weite, um nach ihnen zu suchen. Nein, noch war kein Reaper in der Nähe. Er zweifelte nicht daran, dass sie kommen würden, aber sie waren nächtliche Jäger, die das Sonnenlicht mieden. Das gab ihm ein wenig Zeit.

Bereits auf dem Weg zurück zum Haus, in das er die Frau letzte Nacht gebracht hatte, suchte er nach Schwachstellen im Gebäude. Es war aus Stein gebaut, mit einem geneigten, verschindelten Dach. Die letzten Bewohner hatten sich gegen die Reaper verschanzt: Fenster und Türen waren vernagelt, manche sogar von innen und außen. Die Bretter an der Westseite waren im Laufe der Jahrzehnte morsch und brüchig geworden, doch dank dieses Schutzes hatten die beiden unteren Stockwerke der Witterung standgehalten. Nur ganz oben, unter dem Dach, hatte ein zerbrochenes Fenster der Feuchtigkeit Einlass gewährt und jene Seite des

Giebels einsinken lassen. Diesen Zugang würde er blockieren müssen.

Mit der Schulter drückte Kaleb die Hintertür auf und trat von der Veranda direkt in den Wohnraum. Die Bretter vor den Fenstern ließen nur wenig Tageslicht herein. Strahlenbündel fielen in den Raum und beleuchteten tanzenden Staub.

Die Frau war erst im Morgengrauen eingeschlafen, hatte zuvor lange geweint. Jetzt saß sie über die Seitenlehne des Sofas gebeugt und würgte. Ihr kurzes, braunes Haar war zerzaust. Sie sah auf und wischte sich zitternd mit dem Ärmel ihrer aufgetragenen Jeansjacke über den Mund. Er wusste, dass Angst bei vielen Menschen eine Reaktion des Magens hervorrief, doch diese hier schien ihm verspätet.

Sie ließ den Arm sinken. »Guten Morgen, Bruder.«

Er nickte ihr zu. »Guten Morgen ...?«

»Dinah«, antwortete sie. »Dinah Montjoy.«

Er lehnte die Bretter gegen die Wand und stellte den Eimer daneben. »Ich bin Bruder Kaleb.«

Sie blickte ihn scheu an, die Augen mehr auf die Kutte als in sein Gesicht gerichtet. Kaleb kannte das. Den meisten Laien waren die Mönche unheimlich. Selbst Mitglieder des Hochklerus übten Zurückhaltung im Umgang mit ihnen, obwohl sie selbst Erwählte waren. Bei den Mönchen wurden die angeborenen geistigen Fähigkeiten jedoch durch harten Drill gezielter ausgebildet und perfektioniert.

Die Einzige, bei der er diese Distanz niemals gespürt hatte, war Eunice. In ihren Gesten und Blicken lagen nur Zuwendung und tiefes Vertrauen.

»Wo sind wir?«, fragte die Frau und holte ihn aus seinen Gedanken.

Er hob den Blick, ließ ihn über die Wände wandern, an denen verblichene Fotografien hingen. »In einer alten Siedlung. Das Haus ist kaum zerstört.«

Bis auf das Dachfenster. Vermutlich waren die Reaper dort eingedrungen und der Schutz des Hauses war zu einer Falle geworden. Kaleb hatte die Scharten an der Türinnenseite gesehen. Mit dem Daumen war er über die noch immer scharfen Kanten gefahren – die dazugehörige Axt hatte er auf der anderen Raumseite gefunden, von einer schwarzen

Substanz am Boden festgeklebt. Vermutlich war es schnell gegangen.

»Warum haben Sie mich nicht nach Selimsburgh gebracht?« Die Frau saß mit angezogenen Beinen auf dem Sofa, die Augen rot vom Weinen. Genau so hatte Rachel dagesessen, damals, als er es ihr gesagt hatte. Rachel. Ihr wieder zu begegnen, nach so langer Zeit – er wusste nicht, warum er sich davor fürchtete. Wegen dieser Furcht war er vom Konvent aus nicht direkt nach Selimsburgh gefahren, sondern hatte das Gelände um das Lehen herum erkundet.

Tatsächlich hatte er frische Spuren von sieben Reapern gefunden und war ihnen gefolgt. Gegen Mittag hatte er ihre Anwesenheit wahrgenommen – in der Nähe eines Hauses, das ungeschützt in den Outlands stand. Ohne Dorf und zusätzliche Mauern konnte es eigentlich nur ein Ketzerhaus sein, doch dafür war es zu sauber. Auch die Menschen darin, ein Mann und zwei Frauen, hatten aus der Ferne nicht wie Ketzer gewirkt – zu viel Haar. Eine von ihnen war jene Frau hier gewesen. Dinah.

Die drei hatten sich mit unbekümmerter Sicherheit im Garten bewegt, während die Reaper sie von ihrem Versteck aus beobachtet hatten. Es waren nur drei Tiere gewesen, nicht sieben, aber immer noch zu viele, um sie alleine im offenen Gelände anzugreifen. Selbst im Tageslicht, das die Reaper behinderte, wäre der Sieg ungewiss gewesen. Und es blieb die Frage, wo sich die restlichen vier aufhielten.

Kaleb hätte nach Selimsburgh zurückkehren und Verstärkung anfordern sollen. Stattdessen hatte er die weitere Entwicklung abgewartet.

Dinah und der Mann waren am Nachmittag aufgebrochen und hatten die blonde Frau zurückgelassen. Statt diese leichte Beute anzugehen oder die Dunkelheit abzuwarten, waren die Reaper im Schutz des Waldes dem Wagen gefolgt. Die Straße war in gutem Zustand, und der Mann fuhr schnell und sicher. Ohne die Panne hätte der Wagen Selimsburgh noch vor Sonnenuntergang erreicht.

Das Verhalten der Reaper gab Kaleb Rätsel auf. Es entsprach nicht dem, was er von diesen Tieren gewohnt war. Jagen und Fressen, das beschrieb ihre Interessen umfassend. Hier hatten sie weder das eine noch das andere getan. Sie hatten das Haus beobachtet, gelauert, gewartet und sich dann ohne Angriff entfernt, obwohl die Frau im Haus eine viel leichtere Beute war als der Wagen.

Als Kaleb aufschaute, begegnete er Dinahs Blick, die noch immer auf seine Antwort wartete.

»Ich muss eine Theorie überprüfen.«

»Eine Theorie?«

Er ging nach nebenan in die Küche. Im ersten Schrank fand er Becher aus grünem Plastik. Das Material war brüchig geworden und zerbröselte zwischen seinen Fingern. Im zweiten Schrank standen Gläser.

War es klug, Dinah einzuweihen? Aber vermutlich machte es keinen Unterschied. Zurück im Zimmer sagte er: »Die Reaper haben das Haus der blonden Frau beobachtet, während Sie dort waren. Ich habe ihre Spuren gesehen.«

»Lucy!« Dinah richtete sich erschrocken auf. »Ist sie …«

»Die Reaper haben sie nicht angegriffen.« Er betrachtete prüfend den Eimer. Die Schmutzpartikel hatten sich abgesetzt, im oberen Teil war das Wasser klar. Langsam senkte er das Glas hinein und ließ das Wasser über die Kante rinnen. »Eine einzelne Frau wäre ein leichtes Opfer gewesen. Stattdessen haben die Reaper ein fahrendes Auto angegriffen, Sie aber verschont.«

Die Reaper hatten den Mann aus dem Auto gerissen und dann den Wagen umkreist, als warteten sie darauf, dass die Frau ausstieg. Warum? Auch ohne Not würden Reaper eine schnelle Beute dem Kitzel der Jagd vorziehen. Worauf also hatten sie gewartet?

Kaleb hätte die Antwort vielleicht schon erhalten, wenn die Tiere ihn nicht bemerkt hätten. Das allein hatte ihn zum Kampf gezwungen – doch das musste die Frau nicht wissen. Wenn heute Nacht die übrigen vier Reaper kamen, war er zumindest sicher, dass die Frau die ganze Zeit über das Ziel des Rudels gewesen war. Und auch das musste sie nicht wissen. Er reichte ihr das Glas.

»Danke.« Sie trank nicht gleich, zögerte und schaute auf. »Nicht nur für das Wasser.«

Er begegnete ihrem Blick und nickte.

Dinah wusste nicht, was sie von ihrem Retter halten sollte. Er strahlte Ruhe aus, Sicherheit, aber wenig Wärme. Das Seltsame war, dass er sie an Sam erinnerte.

Allein dieser Gedanke machte ihr ein schlechtes Gewissen. Sie sollte jetzt an John denken, nicht an Sam. Schließlich war John noch keinen Tag tot, vor ihren Augen aus dem Wagen gerissen.

Aber im Grunde genommen hatte Sam von Anfang an zwischen ihnen gestanden. John war deswegen nicht sonderlich empfindlich gewesen. Natürlich hatte er gewusst, wie Sam empfand. Alle wussten es. Aber Dinah hatte sich für John entschieden, hatte ihn geheiratet, und das war es, was für ihn zählte. Ein paar Monate lang hatte sie sich selbst geglaubt, dass ihr die Sicherheit in seiner Nähe mehr bedeutete als Sams Lächeln. Als sie erkannte, wie sehr sie sich getäuscht hatte, fühlte sie sich als Verräterin.

John war ein guter Mann gewesen: zuverlässig, freundlich, arbeitsam. Es gab keinen Grund, ihn nicht zu lieben. Die Erkenntnis, dass sie es dennoch nicht tat, hatte sie getroffen. An jenem Abend hatte sie nicht aufgehört zu weinen. John gegenüber hatte sie es auf die »besondere Zeit des Monats« geschoben. Er war nicht der Mann, der weiter fragte. Sie hatte John nicht geliebt, zumindest nicht so wie Sam, aber sie hatte ihn respektiert und ihm vertraut.

Und jetzt stand sie vor dem Wagen und brachte es nicht über sich zu beginnen. Es sind nur braune Flecken, dachte sie. Angetrockneter Schmutz. Doch es gelang ihr nicht, sich zu überwinden. Es war Johns Blut, und jeder Gedanke daran brachte die Erinnerung zurück, an das Entsetzen der vergangenen Nacht und an das, was sie verloren hatte.

Eine Berührung ließ sie zusammenzucken. Der Mönch nahm ihr das Tuch ab. »Lassen Sie mich das machen.« Seine Stimme war sanft – und ließ doch keinen Widerspruch zu.

Dinah beobachtete, wie er das Tuch in die Seifenlauge tauchte und dann mit ruhigen Bewegungen über die Sitzbank des Wagens wischte. Das angetrocknete Blut löste sich, bildete Schlieren auf dem glatten Leder. Dinah hob den Blick in den Himmel, um es nicht sehen zu müssen. »Sie sind das Putzen sicher nicht gewöhnt«, sagte sie, nur um irgendetwas zu sagen.

»Im Gegenteil«, antwortete er, und wieder fiel ihr auf, dass seine Stimme heiser klang. »Im Konvent gibt es kein Personal. Und wir helfen auch in der Armenküche und den Siechenräumen.«

Sein Gesicht veränderte sich; ein Aufblitzen von Wärme, so schnell wieder verschwunden, dass Dinah es sich vielleicht nur eingebildet hatte. Sie schätzte den Mönch auf das Alter ihres Vaters. Er war groß, sicher einen Kopf größer als die meisten Männer in Selimsburgh. Die schwarze Kutte reichte ihm bis zu den Knöcheln und wurde um die Hüfte mit einem Seil zusammengehalten. Der wollene Stoff strahlte eine schlichte Würde aus. Nur die schwarzen Armeestiefel verrieten den Kämpfer; ein Prediger hätte wohl Sandalen getragen. Durch die Kutte ließ es sich schwer einschätzen, aber sein Körper wirkte schlank, fast schon schmal, nicht gerade das, was Dinah sich unter einem Krieger vorstellte. Es war die Art, wie er sich bewegte, die seine Kraft zeigte: kontrolliert, fließend, mühelos.

Das kurz geschorene Haar war blond, seine Haut hell. Die Blässe ließ ihn verletzlich wirken – bis man in die harten, eisblauen Augen blickte. Auch die Brandzeichen, das Doppelkreuz des Konvents von Philadelphia, die er links und rechts an seinem Hals trug, verliehen ihm eine raue Härte. Dieser Mann hatte die Reaper getötet. Nicht nur diese drei, sondern vermutlich unzählige davor. Er trug Narben auf Gesicht und Händen, die deutlich zeigten, welchen Gegnern er sich bereits gestellt hatte.

»Sollten Sie nicht lieber Wache halten?«, fragte Dinah. »Falls die Reaper wiederkommen?«

»Ich werde spüren, wenn sie kommen – so wie auch sie meine Anwesenheit spüren werden.«

»Wird sie das fernhalten?«

»Das bezweifle ich … «

Dinah starrte auf den Eimer. Das Wasser war inzwischen rot vom Blut.

»Gehen Sie«, sagte der Bruder sanft. »Ich habe hinter dem Haus wilden Kohl gesehen. Wir müssen etwas essen.«

Dinah fand den Kohl und im Keller des Hauses einige Konserven. Die Dosen waren aufgebläht, der Inhalt der Gläser ausgeblichen und wenig appetitlich.

Dinah brachte die drei Dosen, die ihre ursprüngliche Form behalten hatten, hoch in die Küche. Die Oberfläche der Schränke war vergilbt, die Metallgriffe waren stumpf geworden und Risse zogen sich durch den Kunststoff der Arbeitsplatte. In einer Schublade fand Dinah Besteck: Von einer feinen Staubschicht bedeckt lagen Messer, Gabeln, Esslöffel und Teelöffel ordentlich in Fächer sortiert. Sie lagen aufeinandergestapelt, die gebogenen Flächen nach oben gekehrt, alle mit den gleichen, verzierten Griffen. Dinah ließ die Finger über das Metall gleiten und fragte sich, wie es gewesen war, als jemand diese Schublade zum letzten Mal geöffnet hatte. War das Haus damals schon verbarrikadiert gewesen, umzingelt von Reapern?

Die Küche war aufgeräumt, kein schmutziges Geschirr, keine Reste von Lebensmitteln. Die Bewohner mussten Halt gesucht haben in den Ritualen einer unbekümmerten Vergangenheit. Unter dem vernagelten Fenster stand eine faustgroße Tonfigur, vermutlich von einem Kind gemacht. Ausgeblichene Plastikblumen hatten einst Farbe in die dunkle Ecke neben der Spüle gebracht. Am Kühlschrank hingen Fotos.

Dinah trat näher, betrachtete die verblassten Bilder eines lachenden Mädchens und eines Jungen, der eine Grimasse zog. Daneben hing ein Votivbild des Ersten Erwählten.

Es hieß, dass man sein Bild immer wieder hier und dort in den Ruinen fand, doch bisher hatte Dinah das nicht geglaubt. Sie griff danach, zog es behutsam unter einem Magneten hervor. Sie betrachtete das sanfte, bärtige Gesicht vor dem hellblauen Hintergrund, ließ ihren Daumen sachte über die langen, braunen Haare gleiten, deren Wellen durch eine Prägung des Papiers nachgebildet wurden.

Türangeln knirschten und Dinah hörte die Schritte des Mönchs. Als Kaleb in die Küche trat, hielt sie ihm das Bild hin. »Woher wussten die Menschen es? Wie konnten sie Abbilder des Ersten Erwählten besitzen, bevor er überhaupt geboren wurde?«

Bruder Kaleb warf nur einen kurzen Blick auf das Bild.

»Ihre Religion war prophetisch. Sie haben die Apokalypse schon seit Jahrtausenden erwartet.«

Sie ließ das Bild sinken. »Sie meinen, die Menschen haben es gewusst?«

Bruder Kaleb nahm eine der Dosen und musterte das Etikett. »Im Buch steht: Das Tier war gräulich und schrecklich und sehr stark und hatte große, eiserne Zähne, fraß um sich und zermalmte, und das übrige zertrat's mit seinen Füßen.«

Dinah schob das Votivbild mit einem Gefühl der Befangenheit wieder unter den Magneten. Sie hörte nicht oft Worte aus Dem Buch, und wenn, dann erschien es ihr ungehörig. Es war verboten, ohne offiziellen Ausleger der Kirche darin zu lesen. Am sichersten war es, Das Buch gar nicht erst zu besitzen. Nicht, dass es im Dorf viele gegeben hätte, die überhaupt lesen konnten. Sam konnte lesen – seine Mutter hatte es ihm beigebracht – aber er las langsam und mühevoll.

Kaleb schüttelte den Kopf und stellte die Konserve auf den Tisch zurück. »Das können wir nicht essen.«

»Dann haben wir nur Kohl.«

Kaleb verließ die Küche und legte bald darauf einen unförmigen, fast schwarzen Klumpen auf die Arbeitsplatte.

»Reaperfleisch?«, fragte Dinah fassungslos.

»Sie fressen uns, wir fressen sie.« Er schaute sich um, streifte den nutzlosen Herd mit einem emotionslosen Blick. »Im Wohnzimmer gibt es einen Kamin, aber das Brennholz neben dem Schuppen ist verrottet.«

»Wir könnten die Stühle verfeuern«, schlug sie vor.

Wortlos nahm er einen davon und verließ die Küche.

Dinah sah auf das Fleisch. Fressen und gefressen werden. Sie schauderte. Hoffentlich brachte er sie bald zurück nach Selimsburgh.

In der zweiten Schublade fand sie ein großes Messer. Während sie den Kohl in Stücke schnitt, hörte sie den Mönch nebenan den Stuhl zertrümmern. Als er zurückkam, zückte er ein Messer und begann, das Fleisch klein zu schneiden.

Dinah sah scheu zu ihm hinüber. Es stand ihr nicht zu, ihm Vorschriften zu machen oder seine Entscheidungen infrage zu stellen, aber sie musste es wissen. »Wann bringen Sie mich nach Hause?«

Er schaute nicht auf. »Morgen.«

»Sind wir hier sicher? Auch in der Nacht? Oben ist ein Fenster zerbrochen.«

»Bevor es dunkel wird, werde ich noch einige Vorsichtsmaßnahmen treffen.«

»Warum fahren wir nicht einfach zurück?«

Er hielt inne, und diesmal jagten seine mitleidlosen Augen ihr einen Schauder über den Rücken. »Weil ich es so entschieden habe.«

Dinah wollte protestieren, aber es war nicht gut, einem Mann der Kirche zu widersprechen, einem Mann, auf dessen Schutz sie heute Nacht angewiesen war.

Er nahm seine Arbeit wieder auf und Dinah schwieg. Es blieb ihr nur der Trost, dass er die Reaper getötet hatte, und die Hoffnung, dass er es wieder tun würde. Dazu war er erschaffen worden, um zu kämpfen und zu töten.

Jetzt schnitt er Fleisch wie eine Hausfrau. Wie schon beim Waschen des Wagens arbeitete er sorgfältig, fast andächtig. Er hatte davon gesprochen, dass er in der Armenküche und den Siechenräumen aushalf, nicht vom Wachdienst bei der Ernte und auf der Stadtmauer, obwohl dies zu den hauptsächlichen Pflichten der Mönche gehörte. Wurden Erwählte gefragt, ob sie in den Orden eintreten wollten? Dinah wusste es nicht. Eigentlich wusste sie fast nichts über Mönche, außer dass sie Erwählte waren, Telepathen, und dass nur sie einen Reaper besiegen konnten. Irgendwie bezweifelte Dinah, dass man ihnen eine Wahl ließ.

»Arbeit in der Küche macht Ihnen also nichts aus?«

Er säuberte die Klinge und steckte sie weg. Dann schaute er auf. »Im Gegenteil. Sie ist kontemplativ. Abgesehen davon sind wir Mönche angehalten, jede Arbeit gut zu tun. Es fällt leichter, wenn man sie gern tut.« Der Stuhl schabte über den Boden, als er aufstand.

»Gilt das auch für das Töten?«

Er hatte sich schon zum Gehen gewandt, doch der Satz hielt ihn auf. Er drehte den Kopf, schaute sie gerade an. Offenbar war er nicht der Mann, der einer solchen Frage auswich. »Das gilt ganz besonders für das Töten.«

Dinah hatte noch nie das Fleisch eines Reapers gegessen. Sie hätte nicht einmal sagen können, ob diese Wesen überhaupt aus Fleisch im eigentlichen Sinne bestanden. Jetzt stellte sie fest, dass es sich im Aussehen nicht sonderlich von dem unterschied, was sie von irdischen Lebewesen kannte. Der Geruch allerdings, der von den aufgespießten Stücken aufstieg, war streng und wenig appetitlich.

»Haben Sie das schon mal gegessen?«, fragte sie und drehte das Fleisch in den Flammen des Kamins. »Ist es nicht gefährlich?«

»Ihr Eiweiß und ihre Proteine können von unserem Körper verarbeitet werden – so, wie sie die Wesen unseres Planeten verwerten können.« Wie zur Demonstration zog er seinen Spieß aus dem Feuer und blies das dampfende Fleisch an, dann biss er ein Stück ab. Dinah sah, dass es zäh sein musste.

Sie versuchte es selbst, und nach den ersten Bissen war es nicht mehr so widerwärtig. Sie spürte ihren Hunger, und es dauerte nicht lange, bis sie das gare Fleisch vollständig aufgegessen hatte.

»Wie kann es sein«, fragte sie, während sie das nächste Stück aufspießte, »dass wir das Fleisch einfach so zerbeißen können? Sind sie nicht unverwundbar?«

Bruder Kaleb schien über seine Antwort nachzudenken. Schließlich stellte er eine Gegenfrage: »Sie wissen, dass ein Mönch Steinplatten mit der bloßen Faust zerschlagen kann? Dass er auf einer Lanzenspitze stehen kann, ohne sich zu verletzen?«

»Ich habe davon gehört, aber ich glaube es nicht.«

»Es ist wahr. Ein Mönch lernt, seine Kraft in einem einzigen Punkt seines Körpers zu bündeln. Es braucht Konzentration und viel Übung. Reaper tun es instinktiv.« Er wandte sich dem Feuer zu und schaute in die Flammen. »Das befähigt sie dazu, Klingen und sogar Kugeln abzuwehren, solange sie einen Augenblick haben, sich darauf vorzubereiten. Man kann einen Reaper nur erschießen, wenn die Entfernung nicht mehr als zehn Fuß beträgt. Und selbst dann ist es für einen Laien nicht möglich, denn Reaper erkennen jede Absicht in dem Moment, in dem man sie fasst.«

»Also keine Scharfschützen.«

»Keine Scharfschützen.«

Dinah betrachtete das Fleisch an ihrem Spieß. Drei. Es waren drei Schemen gewesen, die im Mondlicht auf dem Weg gelegen hatten. »Wie kann ein Erwählter die Reaper besiegen?«

»Wir kontrollieren unsere Gedanken.«

»Während des Kampfes?« Dinah dachte an den Angriff zurück, dachte daran, wie ihre eigenen Gedanken panisch umhergeflattert waren.

Sein Nicken war kaum mehr als ein Neigen des Kopfes.

Natürlich. Erwählte waren anders. Sie waren mehr als nur Menschen – ein Teil ihres Erbgutes war außerirdisch.

»Können Sie die Gedanken der Reaper lesen?«

Der Mönch zögerte. War es ein Geheimnis der Kirche? Oder suchte er nach der Möglichkeit, etwas zu sagen, für das die menschliche Sprache keine Worte hatte.

»Ich nehme Schwingungen auf«, sagte er schließlich. »Empfindungen, wenn ich einen Reaper berühre. Es ist schwer zu beschreiben.«

Berühren! Dinah schaute ihn erschrocken an. »Ist es das, was Sie heute Nacht tun wollen? Einen Reaper berühren? Um seine Gedanken zu lesen?« Natürlich musste er ihnen nahekommen, um sie zu töten, doch den Todesstoß hinauszuzögern, um in den Gegner hineinzuhorchen ... »Ist das nicht zu riskant?«

»Wir werden sehen«, sagte er ausweichend. Dann, ohne Übergang, fragte er: »Diese Frau – Lucy – sie lebt ganz alleine außerhalb des Dorfes?«

Wieso interessierte ihn Lucy? Dinah zögerte, ihm zu antworten. Es gab Gerüchte, dass Lucy in Konflikt mit dem Klerus stand. Niemand wusste Einzelheiten, nur dass Lucy regelmäßig Kontakt zu Plünderern und anderen Ketzern hatte – aber wer hatte das nicht? Ohne die Plünderer wäre man darauf angewiesen, alles selbst herzustellen, jeden einzelnen Gebrauchsgegenstand, all die geheimnisvollen Ersatzteile, mit denen man die alte Technik am Laufen hielt.

Dinah schaute auf und begegnete seinem Blick, der klar und forschend war. Hatte sie zu lange geschwiegen? Sie wollte Lucy auf keinen Fall in Schwierigkeiten bringen.

»Lucy war schon immer dort draußen. Sie braucht Platz für ihre Pflanzen.«

»Und die Reaper greifen sie nicht an?«

»Wir hatten schon seit fünf Jahren keine Reaper mehr in der Gegend.«

Er drehte den Fleischspieß. »Lucy ist ein Ketzername.«

»Nein.« Dinah schüttelte energisch den Kopf. »Es ist nur kein Name aus Dem Buch. Sie ist keine Ketzerin. Ihre Augen sind nicht rot. Nicht die Spur. Obwohl sie Nachtmilch in ihrer Medizin verarbeitet.«

»Wenn es keine Reaper in dieser Gegend gibt«, fragte der Mönch, »wie kann sie dann Nachtmilch besitzen?«

»Sie kauft sie von Plünderern und Ketzern, die weiter nördlich in den Wäldern leben.«

Zum ersten Mal sah sie eine Gefühlsregung in seinem Gesicht: Widerwillen. Vermutlich verstand ein Mann wie er nicht, warum sich Menschen das Reapersekret injizierten. Dinah hatte es nie versucht, aber sie konnte nachvollziehen, dass man gelegentlich einen euphorischen Trip dem kargen Leben in den Outlands vorzog.

»Ist es wahr«, fragte sie, »dass Reaper einen Ketzer nicht angreifen?«

»Nein.« Seine Antwort kam schnell – vielleicht ein wenig zu schnell. »Wenn sie im Blutrausch sind, hält sie nichts ab.«

»Ich habe von Ketzern gehört, die sich einem Rudel nähern konnten, ohne angegriffen zu werden.«

Sie musste auf seine Antwort warten, als widerstrebte es ihm, dieser Sünde eine positive Wirkung zuzugestehen. Er schaute in die Flammen und drehte langsam den Spieß.

»Es scheint, als ob Ketzer sich unter der Wahrnehmungsschwelle der Reaper bewegen«, sagte er schließlich. »Solange ein Ketzer nicht anderweitig Aufmerksamkeit erregt, werden sie ihn ignorieren.« Er hob den Blick, und in seinen Augen lag eine strenge Warnung. »Aber schon eine einzige Injektion kann zur Abhängigkeit führen. Und früher oder später fängt jeder Ketzer an, die Reaper für Götter zu halten.«

Sie lächelte bemüht. »Sehe ich etwa aus, als würde ich das für eine gute Idee halten?«

Die Strenge wich nicht aus seinen Augen. »Wir werden Ihrer Bekannten morgen einen Besuch abstatten.«

Die Selbstverständlichkeit, mit der er davon ausging, dass sie beide die Nacht überleben würden, hatte etwas Beruhigendes. Und doch zog sich ihr bei dem Gedanken, eine weitere Nacht außerhalb der schützenden Palisade von Selimsburgh zu verbringen, der Magen zusammen.

Die Kathedrale von Philadelphia. Schon als Kind hatte Timothy diesen Ort geliebt. Während der Messe folgte sein Blick den weißen Stuckelementen der Pfeiler in die Höhe. Er legte den Kopf in den Nacken und verlor sich in den Bögen und Rundungen der Deckengewölbe. An diesem ganz in Weiß und Gold gehaltenen Ort wurden Laien in Straßenkleidung nicht geduldet. Die Familien des Hochklerus feierten hier ihre Andachten, und gelegentlich waren auch niedere Erwählte willkommen – so wie heute.

Die Mönche füllten die Kathedrale mit ihren schwebenden, ziellosen Melodien, in deren dunkle Harmonien sich Timothy ebenso versenken konnte wie in die Betrachtung der Deckengewölbe. Als der Gesang endete, hallten die Klänge im Kirchenschiff und in Timothys Seele nach.

Der Junge senkte den Blick aus dem Gewölbe auf die Reihe der Mönche. Er fragte sich, ob Bruder Kaleb unter ihnen war. Wegen der tief gezogenen Kapuzen ließen sich keine Gesichter erkennen.

Auf der anderen Seite des Chores, den schwarz gekleideten Mönchen gegenüber, standen die Heiligen Mütter – ganz in weiß. Ihre Kleider waren unter den Brüsten gegürtet, so dass die schwangeren Bäuche prall und rund nach vorne ragten. Dichte Schleier machten die Mütter zu ebenso gesichtslosen Gestalten, wie die Mönche es waren.

Vor den Müttern, neben dem Altar, stand das Abbild, das in keiner Kirche fehlte: die Pieta. Timothy hatte sich schon oft im überirdisch schönen Antlitz der Heiligen Jungfrau verloren, die ihren toten Sohn in den Armen hielt. Dieser Mann war der Erste Erwählte gewesen, von dem alle späteren Erwählten abstammten, der Hochklerus ebenso wie die Mönche. Sie war die erste Heilige Mutter gewesen, von der alle Heiligen Mütter die

Fähigkeit geerbt hatten, weitere Erwählte in die Welt zu setzen.

Auch auf der Seite der Mönche stand eine Statue: der heilige Georg, Schutzpatron der Mönche, seinen Fuß auf den Nacken eines besiegten Reapers gestellt. Obwohl dies eine alte Statue war, lange vor der Apokalypse gefertigt, hatte der unbekannte Künstler den Reaper erstaunlich gut getroffen. Lediglich der Hals war zu lang, und natürlich besaßen Reaper keine Flügel. Vielleicht waren die dargestellten Schwingen ein prophetischer Hinweis auf ihre Herkunft.

Hinter dem Altar, dem Halbrund des Chores folgend, reihten sich die Stühle des Hochklerus auf. Zu diesem Hochamt war jeder der Plätze unter den Wappenschildern besetzt. Die Lincolns hatten einen greisen Alten geschickt, während auf dem Sitz der Merryweathers ein vierzehnjähriger Knabe saß, der wohl zum ersten Mal nach der Firmung seine Familie in einer offiziellen Messe vertrat. Timothy dachte daran, wie stolz er selbst vor einem Jahr den Platz unter dem Schild seiner Familie eingenommen hatte. Heute allerdings wurde der Stamm der Brookstones von seiner Halbschwester Eunice vertreten.

Das vertraute Klacken des Weihrauchfasses zog Timothys Blick zur Sakristei hinüber. Sein Vater erschien im vollen Bischofsornat, dem Ort und dem Anlass entsprechend in Weiß und Gold, erhaben den vier Ministranten voranschreitend.

»Das ist Elijah Brookstone.« Das Flüstern des Mannes vor Timothy zerstörte die weihevolle Stimmung. Keinem Bürger von Philadelphia hätte man das erklären müssen. Jeder kannte Bischof Brookstones markantes Gesicht und die massige Silhouette, deren breite Brust mehr an einen antiken Gott als an einen Kirchenmann denken ließ. Der schwarze Vollbart, in den von oben herab erstes Silber einsickerte, verlieh dem Bischof etwas Würdevolles, Väterliches; darüber blitzten ausdrucksstarke Augen.

»Und wer ist die Schönheit auf dem dritten Stuhl links im Chor?«, fragte der Vordermann jetzt. Timothy zählte die Stühle. Der Mann meinte Eunice. Vermutlich war er ein Kleriker aus einer der anderen Städte und in Philadelphia auf Brautschau.

»Das ist Brookstones Tochter«, gab der andere Mann zurück, den Timothy als ein Mitglied der Familie Merryweather erkannte. Sein Vorname fiel Timothy nicht ein. Die Merryweathers gehörten zum niederen Klerus, waren zuständig für die Verwaltung der Schweinemast und nicht besonders einflussreich. Der Sekretär seines Vaters war ein Merryweather, ein alter, kinderloser Kanonikus.

Es ärgerte Timothy, dass er nicht auf den Vornamen des Mannes kam. Er würde sich die Genealogien und Familienverzeichnisse noch einmal vornehmen müssen, denn wenn Vater ihn abfragte, würde er mit Ausflüchten nicht davonkommen.

»Mein lieber Freund«, sagte der Merryweather jetzt zu seinem Nachbarn. »Sie werden Ihre Blutlinie nicht mit ihr gefährden wollen. Sie ist unfruchtbar.«

»Was für eine Verschwendung«, murmelte der Fremde bedauernd.

Eine helle Glocke erklang, als Brookstone die Wandlung vollzog. Die erste der Heiligen Mütter trat vor und hob den Stoff ihres Schleiers gerade weit genug, dass der Bischof ihr die Hostie auf die Zunge legen konnte. »Du bist gebenedeit unter den Frauen und gebenedeit ist die Frucht deines Leibes.« Brookstones tiefe Stimme trug bis ans Ende des hallenden Kirchenraums. Er wiederholte die Worte bei jeder der Frauen mit der gleichen Ernsthaftigkeit und Ruhe und zog damit sogar die beiden vor Timothy sitzenden Schwätzer in seinen Bann. Erst als die Hostien verteilt waren und der Bischof zum Altar zurückkehrte, ließ sich der Fremde wieder vernehmen. »Hat der Bischof nicht einen Sohn«, flüsterte er, »dem der Platz im Chor zusteht?«

»Eunice ist nur bei den Müttersegnungen hier – für alle Fälle. Sie ist die Hebamme der Heiligen Mütter.«

»Pikant«, erwiderte der Fremde. »Sie kann nicht gebären und hilft jenen, die nichts anderes tun.«

»Siebzehn«, sagte Elijah Brookstone, als er die Mitra vom Kopf nahm und sie Timothy reichte. »Früher haben bei einer Segnung Hunderte von Heiligen Müttern die

Kathedrale gefüllt. Es ist schade, dass du das nicht mehr erlebt hast.«

Er betrachtete seinen Sohn, der den kostbaren Kopfschmuck umsichtig auf das Aufbewahrungsgestell setzte und Sorge trug, dass die Bänder glatt auf dem Bügel lagen. Ein widerspenstiger Wirbel ließ Tims Stirnhaare in die Höhe stehen, was immer einen unordentlichen Eindruck machte. Brookstone wusste, dass Tim sich Zuckerwasser in die Haare kämmte – vermutlich nicht, um sie zu glätten, sondern um den Wirbel zu verstärken.

»Warum eigentlich?«, fragte Tim, während er das letzte Band in Form zog. »Es gibt viel mehr Frauen im Mütterhaus.«

Brookstone wandte sich den Handschuhen zu, zog nacheinander an den weißen Fingern, um sie zu lockern. »Bis ihre Söhne erwachsen und zu Mönchen ausgebildet sind, ist die Zeit der gegenwärtigen Prüfung hoffentlich überstanden. Wir können es uns nicht leisten, Massen von nutzlosen Drohnen in den Städten zu beherbergen.« Er legte seine Handschuhe in eine Schublade. »Es werden gerade noch genug gezeugt, um den genetischen Pool zu erhalten – für alle Fälle.«

»Eunice wird sich wohl eine andere Arbeit suchen müssen. Vielleicht kann sie helfen, die Ornate zu besticken.« Tim grinste, doch Brookstone fand nichts Amüsantes an der Bemerkung. Eunice saß an der richtigen Stelle, und das würde sich nicht ändern, selbst wenn die Zuchtprogramme noch weiter reduziert werden sollten. In den Siechenräumen hielt Eunice den Kontakt zum einfachen Volk und erfuhr, wie die Stimmung unter den Laien war. Nicht zuletzt hielt sie so unauffällig die Kommunikation mit ihrer Schwester Berenice aufrecht, von deren Existenz geschweige denn Verbindung zum Hochklerus niemand wissen durfte.

»Übrigens«, fuhr Tim fort, während Brookstone stumm die Verschnürung des Kragens öffnete, »es ist mal wieder ein Priester auf Freiersfüßen in Philadelphia.«

»Ich weiß, einer der Bostoner Andersons. Er hat schon um eine Audienz gebeten.« Die Andersons verfügten über eine solide Machtbasis – einer ihrer Ältesten wurde sogar als der kommende Bischof gehandelt.

Brookstone würde dem jungen Gast Judith Lincoln schmackhaft machen. Sollte diese Verbindung zustande kommen, wäre ihr Vater ihm zu Dank verpflichtet. Eine Alternative wäre die Familie Merryweather. Keinesfalls durfte eine der Whitehead-Töchter das Rennen machen. Zu unverfroren hatte dieser Clan seine Finger bereits nach Brookstones eigenem Bischofsstuhl ausgestreckt.

»Findet dem Mann eine standesgemäße Braut.« Timothy stellte sich hinter seinen Vater, um ihm den steifen Kragen abzunehmen. »Eine Bewahrerin der Blutlinie und Mutter von Priestern – deren Brautpreis sich in einem erschwinglichen Rahmen hält.«

»Du hast keinen Grund zum Spott«, entgegnete Brookstone. »Dir steht in nicht allzu ferner Zukunft eine ähnliche Reise bevor.« Der Junge begriff einfach nicht, wie wichtig solche Beziehungen im politischen Geflecht waren. Tim war noch jung, aber das entschuldigte seine Naivität nicht. Brookstones Stimme gewann an Schärfe, als er sagte: »In der Gesellschaft hat jeder seine Rolle wahrzunehmen, und deine ist es *nicht*, mit den Novizen zusammen die Kampfkunst zu erlernen.«

Auf jeden Fall würde er mit dem Anderson über das Lehen Maplegrove sprechen. Der Grenzkonflikt schwelte seit Monaten, und vielleicht gelang es ihm, dem unerfahrenen, jungen Mann ein paar Informationen darüber zu entlocken, wie die Fronten im Rat von Boston verliefen. Während Brookstone die Verschnürung des Kragens löste, öffnete sich die Tür. Eunice trat ein und grüßte mit einem Nicken.

»Dallas?«, fragte Brookstone hoffnungsvoll.

»Du würdest es als Erster erfahren, wenn es Neuigkeiten gäbe, das weißt du.« Sie reichte ihrem Vater einen zusammengefalteten Zettel. »Das Ergebnis der Fruchtwasseruntersuchungen.«

Er nahm das Papier, ohne es zunächst zu beachten. Stattdessen ruhte sein Blick auf ihrem Gesicht. Jedes Mal, wenn er sie anblickte, sah er ihre Mutter in Eunice. Sie hatte das glatte, schwarze Haar der Ishigawa-Sippe geerbt, die mandelförmigen Augen, die zierliche Figur. Berenice, die Ältere, war nach seiner Familie gekommen. Niemand hätte die beiden jemals für Schwestern gehalten, und das war gut so. Im Exil war das für Berenice der beste Schutz.

Jetzt entfaltete Brookstone den Zettel. »Das Wesentliche?« Seine Lesebrille lag in seinem Arbeitszimmer, und so hielt er die Liste auf Armeslänge entfernt und überflog sie, während Eunice deren Inhalt zusammenfasste.

»Der biologisch empfangene Fötus ist gesund, ebenso die vier eingepflanzten Invitros. Von den Tryouts könnten höchstens zwei lebensfähig sein. Die Kandidatin der Whiteheads …« Eunice verstummte.

Brookstone fand die Zeile und den Eintrag dahinter. Seine Augen verengten sich, er schaute auf. »Ein Inquisitor?« Deren Zeugung hatte der Rat schon vor über einem Jahr untersagt.

»Offiziell ist es ein Experiment«, sagte Eunice, »aber der Zufall erscheint mir zu unwahrscheinlich. Die Werte sind denen eines Inquisitor-Invitros einfach zu ähnlich.«

Nachdenklich faltete Brookstone das Papier wieder zusammen, klopfte mit der Faltkante auf seine Handfläche. Dann steckte er die Liste ein. Er würde zu gegebener Zeit entscheiden, wie gegen diesen Verstoß vorzugehen war.

Tim beugte sich zur Seite und schaute an Brookstone vorbei zu Eunice hinüber. »Ich habe Kaleb nicht unter den Sängern gesehen. Ist er krank?«

Schon wieder dieses übermäßige Interesse an den einfachen Mönchen. Brookstone wollte Tim zurechtweisen, doch Eunices Antwort machte den Tadel unwichtig: »Es wurden Reaper bei einem der Lehen gesichtet. Der Abt hat Kaleb geschickt, die Sache zu untersuchen.«

»Reaper«, wiederholte Brookstone und zog die Verschnürung durch die letzte Öse seines Kragens. »Wo war das?« Als sie nicht antwortete, blickte er auf und sah Verlegenheit auf ihrem Gesicht. »Nun?«

»In Selimsburgh.«

Selimsburgh. Er hätte mehr Geistesgegenwart von ihr erwartet. Die Verbindung war zu leicht zu ziehen: Kaleb – Selimsburgh – Berenice. »Und das hast du zugelassen?«

»Es zu verhindern hätte mehr Aufmerksamkeit erregt als nötig. Ich habe ihm gesagt, dass er Berenice nicht aufsuchen soll.«

Brookstone hatte selten Grund, seine Tochter zu tadeln, und wenn, dann hing es unweigerlich mit diesem Mönch zusammen.

Als er Kaleb für den Konvent rekrutiert hatte, war Eunice noch jung und leicht zu beeindrucken gewesen. Brookstone hatte Kaleb in Selimsburgh entdeckt, auf der Suche nach einem Zufluchtsort für Berenice. Es kam nicht oft vor, dass Erwählte außerhalb eines Konvents geboren wurden, doch hin und wieder ergab es sich. Schuld waren zumeist Mönche, die außerhalb der Mauern ihre Ordensregeln nicht mehr ganz so strikt befolgten. Wer wollte es ihnen verdenken?

Um den fast zwanzigjährigen Erwählten noch in die mönchischen Formen biegen zu können, hatten Brookstone und der Abt den Jungen hart anpacken müssen. Das hatte Eunices Mitgefühl geweckt. Sie hatte seine Schrammen versorgt und sich über Gebühr um ihn bemüht. Eunice war sogar so weit gegangen, ihm Briefe seiner ehemaligen Geliebten zu übermitteln – über Berenice. Dabei wusste sie, wie wichtig es war, dass niemand den Aufenthaltsort ihrer Schwester erfuhr.

Und nun war Kaleb unterwegs nach Selimsburgh.

Aber es war geschehen, und Eunice hatte recht – manchmal war es besser, den Dingen ihren Lauf zu lassen, statt durch Taten die Aufmerksamkeit erst darauf zu lenken. Vielleicht war er zu besorgt. Kaleb hatte Berenice noch nie gesehen, er würde sie also auch nicht erkennen.

»Sag dem Abt, dass Kaleb direkt zu mir durchgestellt werden soll, sobald er sich meldet. Ich werde mich selbst um alles Weitere kümmern.«

In Selimsburgh herrschte seit Stunden angespannte Stille – seit die Kundschafter die Siedlung in den frühen Morgenstunden verlassen hatten. Als Rachel Rufe hörte, senkte sie ihre Handarbeit und lauschte. Jemand rannte an ihrem Fenster vorbei. Dann war da Dillon Brents Stimme: »Macht das Tor auf!«

Rachel legte das Strickzeug beiseite und stand auf. Ihre

Sorge verstärkte sich zu einem Ziehen im Magen. Hatten die Männer John und Dinah gefunden? Waren alle sicher zurückgekehrt – insbesondere Sam?

Als sie die Tür öffnete, roch sie Staub, den viele Füße aufgewirbelt hatten. Sie blieb im Türrahmen stehen, verschränkte die Hände vor der Brust und beobachtete, wie die Leute auf dem Platz vor dem Tor zusammenliefen. Das hölzerne Innentor war bereits geöffnet und gab den Blick auf das massive, stählerne Außentor frei. Obadijah und Aaron betätigten die Winde und die vier Yards hohen Flügel ächzten in ihren Scharnieren, kamen langsam in Bewegung, ließen einen ersten Spalt entstehen. Schließlich waren sie weit genug geöffnet, um einen Truck und drei Reiter durch die Wehranlage zu lassen. Rachel suchte nach ihrem Sohn, und erst, als sie Sams blonde Haare entdeckte, beruhigte sich ihr Herzschlag. Dann erkannte sie, dass weder Dinah noch John unter den Heimkehrern waren.

Sam trieb seinen Braunen zu Dillon hinüber und meldete: »Der Pickup ist weg.« Seine Stimme trug weit genug, dass alle Umstehenden es hörten. »Die Spuren führen nach Norden. Kein Hinweis auf Dinah.«

»Und John?«

Sam schaute stumm zum Wagen hinüber. Über die Ladefläche war eine Decke gebreitet, unter der sich eine längliche Form abbildete – zu kurz für einen vollständigen Menschen.

Dillon fluchte. Er nahm seinen Hut ab und fuhr sich mit der Hand durch die schulterlangen, grauen Haare. Rachel hatte den Governor selten so beunruhigt gesehen. Zuerst diese Gerüchte über Dallas und jetzt das erste Reaperopfer seit Jahren. »Wie?«, fragte er.

»Reaper. Sie haben ihm den Brustkorb zerrissen.«

»Sie haben ihn nicht gefressen?«

»Sie wurden gestört. Wir haben drei Kadaver gefunden, sauber abgestochen, kein Hinweis auf Schusswaffen.«

Dillon stutzte und setzte den Hut wieder auf. »Das müssen Mönche gewesen sein. Aber warum sollten Mönche mit dem Pickup wegfahren und Dinah nicht nach Hause bringen?«

Tyler kam. Er nutzte die Krücken sonst sehr geschickt und kam trotz seines fehlenden Beines gut voran, doch heute machte die Hast seinen Gang unsicher. »Dillon!«, keuchte er, noch in der Bewegung. »Du musst einen Suchtrupp zusammenstellen! Wir müssen Dinah finden!«

Dillon wandte sich seinem Cousin zu. »Wir brauchen jeden Mann für die Ernte, Tyler. Wir können nicht noch einen Tag verlieren.«

»Und wenn sie deine Tochter wäre? Ich würde selbst losziehen, aber ...« Tyler deutete auf sein linkes Bein, das kurz unter dem Knie aufhörte. Das Hosenbein war an der Hüfte festgesteckt.

»Ich suche sie«, sagte Sam. »Allein, wenn's sein muss.«

Die Sorge stach schmerzhaft in Rachels Brust, und mit Erleichterung sah sie Dillons unwillige Handbewegung. »Du wirst nicht allein losziehen – jetzt, da wir wissen, dass tatsächlich ein Rudel in der Nähe ist.«

»Dann gib mir Männer mit!«

»Nein. Keine Diskussion.« Dillon wandte sich wieder an Tyler. »Falls sie wirklich bei einem Mönch ist, hat deine Tochter den besten Schutz, den sie haben kann. Und wenn nicht ...« Er musste den Satz nicht beenden. Ohne den Schutz eines Mönches konnte Dinah die Nacht in den Outlands nicht überlebt haben.

Sam schüttelte den Kopf, sagte aber nichts. Stattdessen drückte er dem Braunen die Fersen in die Flanken und lenkte das Tier zum Stall hinüber. Im Vorbeireiten nickte er seiner Mutter zu und Rachel erwiderte die Geste verhalten. Noch konnte sie nicht beruhigt sein. Sie wusste, dass für Sam das letzte Wort noch nicht gesprochen war – nicht, solange die geringste Hoffnung bestand, dass Dinah lebte.

Kaleb entschied, dass Dinah die Nacht im Keller verbringen sollte. Dort unten, neben dem Vorratskeller, gab es ein Zimmer mit Bett, Schrank und Schreibtisch. Die schmalen Fenster unter der Decke waren vergittert und zugewuchert, kein Tageslicht drang durch das dichte Grün. Es gab Kerzen im Haus und Kaleb stellte einige davon auf den Schreibtisch.

Neben dem Bett lag Kleidung, achtlos zusammengeworfen: enge Jeanshosen und T-Shirts in verblassten Farben.

»Ein Mädchenzimmer«, sagte Dinah und nahm eine abgegriffene Stoffpuppe vom Regal. Kaleb beobachtete, wie sie das verblichene Puppengesicht betrachtete und das Spielzeug zurück an seinen Platz setzte. Staub rieselte vom Bord auf das Bett.

»Egal was Sie hören«, sagte er, »bleiben Sie hier. Ich rufe Sie, wenn es vorbei ist.«

»Soll ich die Kerzen lieber auslassen?«, fragte Dinah. »Vielleicht das Regal vor die Tür schieben?«

Sie wollte tapfer sein, ihren Teil beitragen, aber wenn er die Reaper nicht aufhielt, dann würde nichts Dinah retten. »Es spielt keine Rolle, was Sie tun.«

Er kehrte ins Wohnzimmer zurück und traf die letzten Vorbereitungen für den Kampf. Er zog die Kutte aus, so dass er nur noch den schwarzen Shozoku trug, den Kampfanzug des Klerus. Handgelenke und Handflächen umwickelte er mit festem Stoff – dadurch würden sie nicht so leicht brechen. Er überprüfte noch einmal alle Waffen, die er am Körper trug, dann setzte er sich auf den Boden und legte die lange Doppelklinge des Reaperdolches griffbereit vor sich. Er atmete ruhig, öffnete die Sinne und ließ seinen Geist still werden. Er ließ die Gedanken an die Verantwortung, die er für Dinah trug, los, richtete alles Wollen, alles Sein auf das Hier und Jetzt, nahm das Bild des Zimmers auf, das von der Glut des Kaminfeuers schwach erhellt wurde. Er prägte sich ein, was er von diesem Platz aus sah, ließ jedes Detail in seinen Geist einsinken: die geschlossene Tür zur Küche, staubschwere Vorhänge vor barrikadierten Fenstern, der niedrige Couchtisch mit den hellen Ringen, die Gläser vor langer Zeit darauf hinterlassen hatten. Gegenüber Familienfotos an der Wand und die schwarze Scheibe eines flachen Bildschirms. Jedes dieser Bilder würde ihm später von Nutzen sein.

Die Zeit verrann, ohne dass Kaleb sich bewegte. In seinem Geist gab es keinen Zweifel: Sie würden kommen.

MONTAG

Die Morgendämmerung war nicht mehr weit entfernt, als Kaleb am Rande seines Bewusstseins eine Präsenz wahrnahm. Sie waren bereits nah, hatten ihn längst erspürt. Ihre inneren Sinne reichten viel weiter als die eines Menschen, selbst die eines ausgebildeten Mönchs. Es waren vier. Sie mussten die Spur am Ort des Überfalls aufgenommen haben und folgten ihr mühelos.

Kaleb fragte sich, wie groß sie sein würden. Die Schulterhöhe erwachsener Reaper begann bei etwa drei Fuß und erhöhte sich dann Jahr um Jahr. Niemand wusste, wie alt – oder wie groß – ein Reaper werden konnte.

Die Fähigkeit eines Mönches reichte nicht aus, um Bilder zu empfangen, doch Kaleb hatte genügend Reaper gesehen, um sich vorstellen zu können, wie sie näherkamen: kraftvoll und geschmeidig. Unter ihren dornigen Schuppen bewegten sich gewaltige Muskeln, fingerlange Klauen bohrten sich in das Erdreich, weiße Fänge blitzten zwischen schwarzen Lefzen, Augen glühten in der Dunkelheit.

Binnen weniger Jahrzehnte hatten diese Jäger die Tierwelt nahezu ausgelöscht. Fliehen, tarnen, verstecken – all jene Strategien, die sich gegen die mächtigsten Raubtiere der Erde entwickelt hatten, waren gegenüber einem Reaper nutzlos.

Kaleb wusste es, auch wenn er es nicht spüren konnte: Die Sinne der Reaper griffen nach ihm, belauerten jeden seiner Gedanken. Die Reptilien erreichten das Haus und umkreisten es witternd, wollten seine Absichten ergründen – gerade so, wie sie es mit einem Hasen gehalten hätten: Welchen Ausgangs seines Baus er auch wählen würde – die Reaper würden längst dort warten. Doch Kaleb war kein Hase – Kaleb war ein Erwählter. Seine Fähigkeit, geschult durch das Training des Ordens, war die Kontrolle seiner Gedanken.

Er rief sich die Fenster und Türen des Hauses in Erinnerung: fest vernagelte Fenster, mit denen er ein Gefühl der Sicherheit verband, und zwei, die für ihn ein Risiko darstellten. Die Bretter waren morscher als die der anderen, die Nägel fanden keinen Halt mehr im feuchten Holz. Die Reaper würden diese Bilder und Gefühle empfangen, aber sie würden nicht verstehen, aus welchem Grunde er sie ihnen zugänglich machte. Sie waren andere Beute gewöhnt – Rehe, Füchse, Menschen in Panik, die ihre Fluchtgedanken nicht taktisch einsetzten. Bei all ihren Fähigkeiten waren Reaper doch Tiere – das Konzept der Lüge und der Manipulation begriffen sie nicht.

Sie zögerten trotzdem; womöglich hatte einer von ihnen bereits schlechte Erfahrungen mit Mönchen gesammelt. Wenn es so war, würde das Reptil diese Erfahrungen mit den anderen teilen können, und das würde sie alle zur Vorsicht bewegen.

Doch dann brach der erste Reaper durch die morschen Bretter vor dem Wohnzimmerfenster – und verfing sich in der Drahtschlinge, die Kalebs Gedanken verhüllt hatten, obwohl er sie selbst dort angebracht hatte. Es war eine der ersten Fähigkeiten, die ein Novize lernte: bewusst an etwas *nicht* zu denken.

Der Reaper steckte halb im zersplitterten Holz und würde mit seiner Gegenwehr den Draht früher oder später zerreißen. Kaleb sprang auf die Füße, in der Faust das Messer, das er dem Reaper von links in den Hals stoßen würde – und dann tat er wieder etwas, das nur ein Mönch konnte: Er ließ seine Handlung seinem eigenen Entschluss widersprechen. Sein Plan, das Messer links in den Hals des Reptils zu stoßen, änderte sich nicht, doch die Klinge traf trotzdem von rechts. Der Reaper, der seinen inneren Sinnen mehr traute als seinen äußeren, hatte die Energie seiner Abwehr auf die falsche Seite gerichtet – und sein Blut sprudelte über Kalebs Hand.

Das Reptil zuckte unkontrolliert im Todeskampf. Über ihm brach ein zweiter Reaper durch das Holz, stürzte sich auf den Menschen. Kaleb ließ sich fallen, rollte auf dem Boden zur Seite, sprang auf – und ließ das Bild in seinem Kopf lebendig werden, das er während der Stunden des Wartens in sich aufgenommen hatte: das Zimmer, wie es von der anderen Seite des Raumes aussah. Er führte es sich so deutlich vor Augen, als säße er noch dort und betrachte die Szenerie. Für den Reaper, der weiterhin im Kopf seines Opfers forschte, verwirrten sich die Informationen, die er von seinen äußeren und von seinen inneren Sinnen erhielt. Stand der Mensch dort, wo er ihn sah, oder dort, von wo aus er den Raum wahrzunehmen schien? Dieser Augenblick der Verstörung reichte Kaleb, um das Reptil zu töten.

Inzwischen waren die beiden anderen Reaper durch das Küchenfenster gebrochen – und hatten die Tür zwischen Küche und Wohnzimmer fest vernagelt gefunden. Wieder eine Information, die Kaleb ihnen vorenthalten hatte. Die Wucht, mit der sie gegen die Tür anrannten, ließ das Haus erzittern.

Bisher war der Kampf zu rasch und eindeutig gewesen. Wenn Kaleb irgendetwas erfahren wollte, musste er einem der Reaper nah genug kommen, um ihn zu berühren. Er würde nur einen winzigen Augenblick haben, bevor er das Reptil töten musste, damit es ihn nicht zerriss.

Die Barrikade vor der Küche knackte bedrohlich, und bevor Kaleb zur Seite trat, verschloss er seinen Geist. Sie würden nicht wissen, wo er sich befand. Als die Tür splitterte, trieb die Wucht des eigenen Angriffes das erste Reptil direkt in die Klinge der Sichel, die zwischen den Brettern befestigt war. Der Reaper heulte auf, ging zum Angriff über, doch der Schmerz der Verwundung verlangte zu viel Aufmerksamkeit. Kaleb unterlief den ersten Angriff, stoppte abrupt und wandte sich um. Der verwundete Reaper hatte sich gefangen und sprang im gleichen Moment wie Kaleb. In der Luft trafen sie aufeinander, krachten auf den Wohnzimmertisch, der unter ihnen zerbrach. Dornige Schuppen stachen in Kalebs Handfläche, als er seine Finger in die Augenhöhle des Gegners krallte. Das Reptil hieb blind nach Kalebs Kehle. Der warf den Oberkörper zurück und wusste, dass die Klauen ihn dennoch treffen würden.

Kaleb wappnete sich nicht gegen den Schmerz. Er benötigte seine ganze Konzentration, um selbst einen Vorstoß zu wagen – und sich dem fremden, dunklen Bewusstsein zu öffnen. Die Zeit teilte sich. Während sie außerhalb von ihm zäher floss, sich die Klauen des Reapers unendlich langsam näherten, brach über Kalebs lauschenden Geist ein Chaos an Empfindungen herein, riss ihn mit sich fort wie ein Strudel.

Blutrausch. Kampfeswut. Raserei. Es war nicht möglich, diese übermächtigen, animalischen Instinkte in den Grenzen einer mönchischen Disziplin zu halten. Kaleb entglitt die Kontrolle. Er brüllte. In ihm explodierte die Gier danach, die eigene Kraft zu spüren, den Gegner zu zermalmen, seine Zähne in warmes Fleisch zu schlagen und die Beute zu zerreißen. Er war stark, er war überlegen, und der Rausch dieses Wissens durchflutete ihn mächtig wie ein Höhepunkt der Lust.

Mönch. Ich bin ein Mönch. Das Mantra zwang Gedanken und Gefühle wieder unter seine Kontrolle. Er *war* nicht überlegen, seine Kraft war nicht die eines Reapers. Seine Sinne klärten sich, die Zeit nahm wieder Fahrt auf. Als die Klauen Kalebs Fleisch oberhalb der Brust zerrissen, erkannte er hinter der Gier noch etwas Anderes, Fremdes.

Obwohl der Schmerz durch Kalebs Bewusstsein brannte, gelang es ihm, dem Reaper die Klinge zwischen die schwarzen Schuppen zu stoßen. Das Reptil erschlaffte und Kaleb sprang auf und erwartete den letzten Gegner, noch immer zitternd, keuchend von der durchlebten Ekstase.

Er hörte nur ein dumpfes Grollen. Ohne das schwarze Loch aus den Augen zu lassen, das in der Küchentür klaffte, glitt Kaleb zum Kamin hinüber, entzündete die vorbereitete Fackel und näherte sich wachsam der Küche. Es hatte keinen Sinn, seinen Geist vor dem Reaper verbergen zu wollen. Der Schmerz, der in seiner Verletzung wütete, störte die Konzentration. Mit zwei gezielten Tritten entfernte der Mönch die Reste der Küchentür, warf die Fackel hindurch.

Die roten Augen des Reapers glühten auf, als das Reptil grollend vor ihm zurückwich. Es war wohl das Schwächste der Gruppe, kaum hüfthoch. Ein Jungtier. Der bisherige Kampfverlauf schien seinen Mut nicht gerade gestärkt zu haben.

Kaleb beobachtete seinen Gegner wachsam, den Reaperdolch kampfbereit in der Faust. Das Reptil schnellte vor, doch Kaleb ließ sich von dem halbherzigen Versuch nicht beeindrucken, und der Reaper zog sich wieder zurück, gab ein Zischen von sich, wandte sich um und sprang aus dem zerbrochenen Fenster in die Nacht hinaus.

Kaleb wartete einen Moment, folgte dem Reaper mit den

inneren Sinnen. Das Reptil versuchte nicht, auf anderem Weg ins Haus zu gelangen, es flüchtete den Weg zurück, den es gekommen war.

Langsam senkte der Mönch das Messer. Jetzt erst hatte er die Zeit, seinen Geist zu säubern, die Nachwehen der widerwärtigen Vereinigung aus seinem Bewusstsein zu tilgen, die Kontrolle ganz zurückzuerlangen. Er zwang seinen Atem zur Regelmäßigkeit, seine Gedanken zur Ordnung. Das Zittern in seinen Gliedern verebbte, die Ruhe kehrte zurück.

Schließlich hob er die Fackel vom Boden und trat nachdenklich die verstreute Glut aus. Was er im Geist des Reapers gesehen hatte, war nur schwer zu deuten. Es war nicht nur Hunger oder Mordgier, was dieses Tier getrieben hatte. Da war etwas anderes gewesen, ein Zwang, ein Befehl, dem es sich unterwarf. Etwas Vergleichbares war Kaleb noch nie begegnet.

Wer hatte die Macht, Reapern zu befehlen?

Die Geräusche des Kampfes hatten aufgehört. Dinah lauschte angestrengt. Waren alle tot? Oder belauerten sie einander? War der Mönch tot und suchten die Reaper nach ihr? Oder war er vielleicht verwundet und brauchte ihre Hilfe? Sie hatte seinen Schrei gehört, kurz bevor es still geworden war.

Quälende Minuten lang kämpfte Dinah mit sich, fixierte das stumpfe Metall des Türknaufes, das im Licht ihrer heruntergebrannten Kerze schimmerte. Dann bewegte sie die Hand langsam auf den Griff zu.

Ein Klopfen ließ sie zusammenfahren.

»Es ist vorbei.« Seine Stimme klang dumpf durch die Tür. »Kommen Sie hoch.« Die Erleichterung überschwemmte sie, ihre Beine gaben nach, und sie ließ sich auf den Boden sinken. Das Zittern ihrer Hände war ärgerlich. Sie presste sie gegeneinander, bis es nachließ. Dann wischte sie sich über Augen und Gesicht, atmete ein paar Mal tief ein und stellte sicher, dass sie die Tränen unter Kontrolle hatte, bevor sie seiner Aufforderung nachkam.

Sie hatte halb erwartet, ihn zu sehen, als sie die Tür öffnete, doch er war schon wieder nach oben gegangen. Die

Kerze in der Hand ging Dinah den Kellergang entlang und stieg die Betontreppe an seinem Ende hinauf.

Es stank. Der strenge Geruch der Reaper füllte die Luft, vermischt mit einer metallischen Note: Blut. Mit der Erkenntnis kam die Erinnerung: ein Schwall warmer Flüssigkeit in ihrem Gesicht. Sie presste die Finger gegen die Lippen, unterdrückte die Tränen mit der gleichen Willenskraft, mit der sie die Erinnerung zurückdrängte in die Dunkelheit des scheinbaren Vergessens.

Der massige, schuppenbewehrte Berg im Wohnzimmer erschreckte sie. Der Reaper lag zwischen den zersplitterten Resten des Tisches, aus dem offenen Maul hing die Zunge und die riesigen Fänge schimmerten im Licht des Kaminfeuers.

Sie war ein Mädchen gewesen, als sie das letzte Mal einen Reaper gesehen hatte. Schaudernd betrachtete sie die gekrümmten Vordergliedmaßen mit den fingerlangen Klauen. Wie unter Zwang streckte sie die Hand aus und berührte die Schuppen, von denen jede einzelne in einer scharfen, gebogenen Spitze auslief. Die Oberfläche fühlte sich kalt und feucht an, und als Dinah die Hand zurückzog, waren ihre Fingerspitzen rot. Sie hob den Blick.

Der Mönch stand mit dem Rücken zu ihr, und zum ersten Mal sah sie die Kleidung, die Kleriker unter ihrer Kutte trugen. Es war deutlich, dass dieser Anzug zum Kämpfen entwickelt worden war: körpernah genug, um nicht zu behindern, und locker genug, um nicht einzuengen.

Bruder Kaleb zog gerade das Oberteil über den Kopf. Ja, er war schlank, aber alles an ihm war Muskel und Sehne – als er die Arme senkte, konnte sie deren Spiel unter der Haut betrachten.

Von der Haut selbst zeigte sich kaum eine Handbreit unversehrt. Feine Linien, grobe Wulste, unebene Flächen lagen nebeneinander, kreuzten sich, erzählten von Schmerzen und von Kämpfen, in denen er Sieger geblieben war. Die Alternative war immer der Tod gewesen.

Dinah starrte betroffen auf die Narben. »Mein Gott«, flüsterte sie.

Er wandte sich zu ihr um und sie sah frisches Blut auf seiner Brust. Drei Klauenspuren klafften unter seinem

Schlüsselbein, zu hoch, als dass er sie ohne Spiegel hätte betrachten können.

»Können Sie nähen?«, fragte er.

»Haut?«, gab sie erschrocken zurück.

»Kommen Sie her.«

Sie trat unsicher näher.

»Wie tief ist es?«, wollte er wissen. Dinah scheute sich, die blutigen Risse genauer zu betrachten. Er hob auffordernd eine Braue. »Ziehen Sie die Wundränder auseinander und schätzen Sie.«

Seine Haut war warm und sein Blut benetzte ihre Finger. »Der Mittlere etwa einen halben Inch«, berichtete sie. »Die anderen sind flacher.«

Er setzte sich auf das Sofa. »Dann reicht es, die Haut zu nähen.« Er wandte den Kopf. »Dort drüben, meine Tasche.«

Sie schaute sich um und bemerkte erst jetzt die beiden anderen Reaper. Einer hing in dem zerbrochenen Fenster, durch das die Kälte der Nacht ins Zimmer drang, der andere lag weiter hinten, in der Nähe des Kamins. Sie musste an ihm vorbei, um die Tasche zu holen. Obwohl er tot war, drückte sie sich an der Wand entlang und hielt Abstand, so gut es ging.

Sie reichte dem Mönch die Tasche, die er neben sich auf das Sofa stellte. Das schwarze Leder ließ sich auffalten und enthielt ein Arsenal unterschiedlicher Gegenstände: gläserne und metallene Flakons, schmale Klingen, ein daumengroßes Abbild der heiligen Mutter an einer Kette. Er zückte eine der Metallflaschen. »Desinfektionsmittel.«

Während sie ihre Hände mit der kalten Flüssigkeit einrieb, entnahm er der Tasche ein Kuvert und reichte es ihr. Es enthielt drei gebogene Nadeln, Fäden und einige dünne Plastikröhren – Drainagen, vermutete Dinah.

»Wissen Sie, was ein Kettelstich ist?«, fragte er, und nachdem sie genickt hatte, sagte er: »Machen Sie einen Knoten nach jedem Stich. Lassen Sie an jedem Ende der Schnitte einen halben Inch unvernäht. In die tiefste Wunde legen Sie eine Drainage, so dass sie zur Hälfte nach unten aus der Naht herausragt.«

»Ich verstehe.« Dinah schaute auf die Tasche. »Haben Sie da auch ein Schmerzmittel drin?«

»Nein. Ich werde Ihnen sagen, wenn ich bereit bin.«

Dinah beobachtete, wie er die Augen schloss. Er saß weiter aufrecht, doch er schien sich zu entspannen. Die Schultern sanken herab und wurden runder, die Muskeln seines Gesichtes lockerten sich und ließen es weicher erscheinen, die blutigen Hände ruhten auf den Oberschenkeln, die Handflächen nach oben gekehrt.

Seine Atemfrequenz verlangsamte sich deutlich, wobei die Atemzüge selbst tiefer wurden. Dinah betrachtete versonnen die Bewegung seines Brustkorbes und merkte, dass es sie selbst ruhiger machte. Sie wurde sich ihres eigenen Atmens bewusst, des gleichmäßigen Ein- und Ausströmens. Langsam glitten die Furcht und die Anspannung der vergangenen Stunden von ihr ab und die durchwachte Nacht machte sich bemerkbar. Sie war mehr als nur müde.

Durch das zerbrochene Fenster hörte Dinah das Rascheln der Blätter im Wind. Irgendwo tropfte Wasser, gelegentlich knackte das Holz in der Glut des Kamins. Dinah spürte, wie die Erschöpfung, die großer Anspannung folgt, nach ihr griff und ihre Lider senkten sich.

Fast hätte sie es überhört, als er leise sagte: »Sie können jetzt anfangen.«

Dinah zwang sich zur Aufmerksamkeit. Ihre Finger waren eisig und sie rieb die Hände aneinander, bevor sie ihn erneut berührte. Sie setzte die Nadel an – und zögerte. Trotz des kalten Luftzuges bildete sich Schweiß auf ihrer Haut. Da war ein innerer Widerstand, etwas, das sie daran hindern wollte, die Nadel durch lebendes, fühlendes Gewebe zu treiben. Doch sie zwang sich dazu, bohrte die Nadelspitze durch das verletzte Fleisch. Er zeigte keinerlei Reaktion, auch nicht, als sie zuerst das Metall und dann den Faden durch die Haut zog. Sie warf einen Blick auf sein Gesicht, als sie die Nadel durch die Haut auf der anderen Seite der Wunde trieb und das zerrissene Fleisch zusammenzog. Er blieb regungslos, die Augen geschlossen, die Lippen entspannt.

Dinah hatte davon gehört, dass Kleriker sich in eine schmerzlindernde Trance begeben konnten. Das Gerücht bestätigt zu finden, half ihr, die Aufgabe bestimmt und konzentriert anzugehen. Sie machte einen ersten Knoten und arbeitete sich weiter den Schnitt entlang. Das blutige Fleisch war schwer zu fassen und sie musste die Wundränder mit der Nadel greifen und durch den Faden zusammenziehen. Nach und nach wurde sie sicherer. Als sie das Ende des ersten Schnittes erreicht hatte, suchte sie nach einer Schere und fand keine in der Tasche.

»Schere?«, fragte sie knapp und hoffte, seine Konzentration nicht gestört zu haben. Ohne die Augen zu öffnen, griff er zum Hosenbund und hielt ein kleines Messer in die Höhe.

Sie arbeitete weiter, zögerte nicht, als sie die Drainage einlegen musste, und war schließlich ganz zufrieden mit ihrem Werk.

»Fertig.«

Er öffnete die Augen. »Gut.«

Dinah sah sich suchend um. »Vielleicht finden wir hier irgendwo einen Spiegel …«

»Nicht nötig.« Er räumte die Tasche ein. »Wir werden gleich losfahren. Sie können im Auto schlafen.«

»Jetzt?« Durch das zerbrochene Fenster sah die Nacht noch immer dunkel aus. Als sich Dinah dem Mönch wieder zuwandte, zog er gerade einen Wirkstoff auf eine Spritze, die er sich dann in den Oberarm stach. Ein Antibiotikum, vermutete sie. Falls es stimmte, war der Inhalt der kleinen Flasche in seiner Hand ein gutes Dutzend Hühner wert.

»Sobald es hell wird. Wenn noch weitere Reaper kommen, kann ich Sie hier nicht mehr schützen.« Er schloss die Tasche. »Es ist besser, ich bringe Sie nach Selimsburgh.«

»Haben Sie denn herausgefunden, was Sie wissen wollten?«

Er blickte nachdenklich zur Seite. »Ich habe etwas herausgefunden«, sagte er. »Aber es wirft mehr Fragen auf, als es Antworten gibt.«

Zwischen den Kadavern der Reaper schichtete Kaleb Bücher zu einer Art Scheiterhaufen auf und stopfte zusammengeknüllte Seiten in die Lücken. So würden sie leichter Feuer fangen. Zur Sicherheit zerrte er den Körper des Reptils, das noch im Fenster hing, nach innen, dann betrachtete er seine Hände, an denen ein feines, weißes Pulver klebte.

Getrocknete Nachtmilch. Dass sich die Reaper gegenseitig damit besprühten, sprach dafür, dass die kleine Gruppe von gestern kein Familienverband gewesen war. Die sonst einzelgängerischen Reptilien hatten ein Rudel gebildet.

In den Ketzerkriegen hatten die Mönche gegen Rudel von bis zu fünfzig Reapern gestanden; aus den alten Zeiten waren sogar noch größere überliefert: dreihundert bei Vancouver, vierhundert bei Los Angeles. Doch damals waren die Wälder voll Wild und die Städte ungeschützt gewesen. In der kahlgefressenen Welt von heute konnte ein solches Massenrudel nicht mehr überleben.

Kaleb trat nach draußen. Im Osten hoben sich die Silhouetten der Bäume gegen den heller werdenden Himmel ab. Es versprach, ein klarer Herbsttag zu werden. An der Gartenpumpe füllte Dinah einen Plastikkanister. Das Quietschen des Pumpschwengels war das einzige Geräusch in der Morgendämmerung. Es verstummte und Dinah kam mit dem Kanister um das Haus herum. »Sie sollten vorsichtig sein«, sagte sie und deutete auf seine Schulter. »Das könnte wieder aufreißen.«

Sie hatte mit der Wundversorgung ordentliche Arbeit geleistet. Nicht so gut, wie Eunice es gekonnt hätte, aber gut genug. Er deutete ins Haus. »Gibt es noch irgendetwas, das Sie mitnehmen möchten?«

Dinah schüttelte den Kopf. »Ich hätte das Gefühl, meine Gastgeber zu bestehlen.«

Er ging wieder hinein, verteilte die Glut des Kamins über den Büchern und versicherte sich, dass das Papier Feuer fing. Als er wieder nach draußen trat, erklang irgendwo zwischen den Bäumen ein Trällern, das im grauen Morgen erstaunlich laut widerhallte.

»Ein Vogel!«, entfuhr es Dinah.

Auch Kaleb lauschte und sah ein Lächeln über Dinahs Lippen gleiten. Sie drehte sich um und versuchte, den morgendlichen Sänger zwischen den Zweigen auszumachen. »Wenn er weiter so laut singt, verrät er sein Nest.«

»Es ist Herbst. Die Jungen sind längst ausgeflogen.« Nicht die Reaper hatten die Vögel ausgerottet, sondern die Ketzer, die jedes erreichbare Nest ausgenommen hatten. Zwar stand darauf die Todesstrafe, doch das ließ sich in den

Outlands nicht durchsetzen. Und ohne die Vögel vermehrten sich die Insekten.

Dinah war ein Echo seiner Gedanken, als sie sagte: »Ich hoffe, er findet ein Weibchen. Wir haben dieses Jahr Wochen damit verbracht, die Käfer von den Kartoffeln zu sammeln.«

Kaleb öffnete die Wagentür und Dinah stieg ein. Als auch er im Wagen Platz genommen hatte, sagte sie: »Mein Großvater hat mir erzählt, dass die Wälder einmal voller Tiere waren – Hasen, Füchse, Rothirsche und etwas, das er Waschbär nannte. Obwohl immer mehr von ihnen zurückkommen, frage ich mich, ob es je wieder wie früher sein wird.«

Kaleb schloss die Tür. Einen Moment lang schaute er schweigend durch den leeren Rahmen. Er hatte Prediger gehört, die das Paradies zum Greifen nah sahen, und andere, die das Ende der Welt für unausweichlich hielten. Die Menschen suchten sich die Propheten, denen sie glauben wollten, und warfen sich gegenseitig mangelndes Gottvertrauen oder Hybris vor. In Kaleb weckte der Gedanke an die Zukunft weder Furcht noch Hoffnung, und manchmal fragte er sich, ob das nicht die größere Sünde war.

»Früher«, sagte er, »gab es nur eine absolut überlegene Spezies auf diesem Planeten. Jetzt gibt es zwei. Keine gute Zeit für den Rest.«

Dinah sah ihn zweifelnd an. »Glauben Sie, dass es funktionieren wird? Dass die Reaper von selbst verschwinden, wenn diese Welt erst eine Wüste ist?«

»Diese Welt ist bereits eine Wüste.« Kaleb drehte den Zündschlüssel und der Motor keuchte. Erst beim dritten Mal sprang er ratternd an. »Die Reaper hungern ebenso wie die Menschen. Die Frage ist nur, welche Spezies länger durchhält.«

Sie kamen nur langsam voran, denn die Räder holperten über das Wurzelwerk der Pflanzen, die den Teer längst vollständig verbargen. Das Laub der Jahrzehnte war zu einer Humusschicht geworden, in der hier und dort bereits Sträucher wurzelten. Um die größeren machte der Mönch einen Bogen, die kleineren fuhr er einfach nieder, und dann trieb das kratzende Geräusch am Bodenblech Dinah eine Gänsehaut über den Rücken. Sie roch Rauch, und als sie sich umwandte, sah sie eine schwarze Wolke in den Himmel steigen.

»Sie haben das Haus angezündet?« Der Wagen wankte und sie klammerte die Finger um den Türgriff.

»Es ist gegen das Gesetz, Fleisch außerhalb der Mauern zu lagern.« Er warf ihr einen kurzen Blick zu. »Wissen Sie das nicht?«

Dinah hatte noch nie davon gehört – andererseits wäre auch niemand in Selimsburgh auf die Idee gekommen, kostbares Fleisch außerhalb der befestigten Siedlung zu lagern. Vielleicht hatten die Kleriker diese Vorschrift speziell für die Ketzer geschaffen, die in den Outlands lebten und sie daher nicht befolgen konnten. Aber benötigte die Kirche wirklich eine solch fadenscheinige Rechtfertigung, um gegen die Ketzer vorzugehen?

Dinah hatte Reaperfleisch bisher nie als Lebensmittel gesehen und ebenso wenig als etwas, das andere Reaper anlocken könnte. Doch Dinahs Wissen über die Reaper beschränkte sich auf die in Selimsburgh kursierenden Gerüchte, und sie war sich nie sicher, was davon Wahrheit und was Legende war. »Fressen die Reaper denn ihre eigene Art?«

»Bevor sie verhungern«, entgegnete er trocken. »Wie wir auch.«

Der letzte Satz hatte beiläufig geklungen – und Dinah brauchte einen Moment, bis sie begriff, worauf er damit anspielte. »Sind diese Geschichten wirklich wahr?«

»Säuglingsknochen in Kochtöpfen?« Wieder ein kurzer Blick aus seinen hellen Augen. »Das war vor meiner Zeit.«

Dinah wartete noch einen Moment, doch er schwieg und sie entschied, nicht weiter zu fragen. Vielleicht war es besser, die Vergangenheit ruhen zu lassen. Die Städte waren inzwischen ausreichend versorgt, dank Lehen wie Selimsburgh, die zur Abgabe des Doppelzehnten verpflichtet waren und sich mit ihren Feldfrüchten den Schutz des Klerus erhandeln konnten.

Durch das Fehlen der Windschutzscheibe war es anstrengend, nach vorne zu blicken. Dinah drehte den Kopf zur

Seite und schaute durch das Plastik, das die Seitenscheibe ersetzte und die dahinterliegende Landschaft verzerrte. Sie war entsetzlich müde, und das Schaukeln des Wagens verstärkte diese Empfindung nur. Langsam sanken ihre Lider herab und Dinah ergab sich in die willkommene Umarmung des Schlafes.

Doch der Schlaf war keine sichere Zuflucht. Wirre Träume suchten Dinah heim, erweckten die Schrecken der letzten Tage aufs Neue. Unvermittelte Übelkeit ließ sie aufwachen. Sie wusste nicht, wie lange sie geschlafen hatte, aber sie erkannte die Straße: Sie fuhren zu Lucy.

»Können Sie bitte anhalten?«

Der Mönch stoppte den Wagen auf offener Strecke. Sie hatten inzwischen die Hauptstraße erreicht, wo die regelmäßige Nutzung eine einzelne Teerbahn vor der Überwucherung schützte. Dinah stieg aus und ging zum Straßenrand hinüber. Viel gab ihr Magen nicht her, aber es reichte, um einen widerlichen Geschmack in ihrem Mund zu hinterlassen. Zumindest verblasste die Übelkeit. Als sie zum Wagen zurückkam, hatte der Mönch bereits den Wasserkanister hervorgeholt und ein Glas gefüllt. Sie griff dankbar danach und spülte den Mund aus. Als sie aufschaute, begegnete sie seinem forschenden Blick.

»Im wievielten Monat sind Sie?«, fragte er.

Seit zwei Jahren hatten sie und John darauf gewartet, und nun, da es endlich so weit war … »Im Vierten.« Ihre Stimme war brüchig.

Der Mönch hob die Hand und schaute sie fragend an. »Darf ich?«

Sie stand still, als er die Handfläche auf ihren Bauch legte. Er sah aus, als würde er auf etwas lauschen. »Wie ist Ihr Mädchenname?«

»Brent.« Dinah war verwirrt über diese Frage. Er hob langsam den Blick und Dinah fühlte erneute Übelkeit, als sie begriff. »Nein«, sagte sie und trat von seiner Berührung zurück.

»Es ist zu früh«, sagte er. »Ich kann nichts erkennen. Aber die Reaper können es vielleicht.«

»John war kein Erwählter!«

»Das ist auch nicht nötig.«

»Und ich bin keine ...« Dinah stockte. Sie wusste nicht, was sie war. Sie hatte sich niemals testen lassen.

»Der Gedanke ist nicht abwegig«, stellte er fest. »Sie stammen von Marjorie Brent ab – einer Heiligen Mutter.«

Wie konnte er von ihrer Urgroßmutter wissen? Allerdings war es heute kein Geheimnis mehr, dass die Ahnherrin der Brents aus dem Konvent geflohen war. Vermutlich hatte Bruder Kaleb sich über Selimsburgh informiert, als man ihn hergeschickt hatte.

»Wurden Sie geprüft?«, fragte er.

Dinah verneinte. Sie wollte auch nicht geprüft werden, aber sie konnte sich nicht weigern. Stumm beobachtete sie, wie der Mönch seine Tasche aus dem Wagen holte und auf der Laderampe eine Reihe aus drei Flakons bildete.

Nur Männer konnten Erwählte sein, denn die benötigten Gensequenzen lagen auf dem Y-Chromosom. Doch nicht jeder Mann mit einem solchen Chromosom war auch ein Erwählter. Nur wenn sein X-Chromosom ebenfalls eine bestimmte Gensequenz trug, kamen die besonderen Fähigkeiten tatsächlich zur Ausprägung.

Frauen, bei denen beide X-Chromosomen verändert waren, wurden Heilige Mütter genannt. Da sie das veränderte Gen jedem ihrer Nachkommen mitgaben, waren sie zur Zucht neuer Mönche besonders geeignet.

»Ich werde nicht in den Konvent gehen«, sagte Dinah. »Egal was der Test sagt.«

Bruder Kaleb begegnete nur kurz ihrem Blick. Er holte aus seiner Tasche eine leere, fingerdicke Röhre, entfernte ihren aufwändigen Verschluss, dann zückte er ein spitzes Messer. »Ich brauche einen Tropfen Blut.«

»Ich dachte, dazu reicht eine Speichelprobe.«

»Sie haben gestern Reaperfleisch gegessen und eben erbrochen. Das könnte die Probe verfälschen.«

»Und Haare?«

»Müsste ich erst aufbereiten.« Er hob auffordernd die Klinge und sie hielt ihm zögernd einen Finger hin. Der Stich in die Fingerspitze war nicht besonders schmerzhaft, aber der Anblick des roten Tropfens war nicht willkommen.

Der Mönch nahm das Blut mit dem Röhrchen auf und drehte sich zu den Flakons auf der Ladefläche um. Als er den ersten öffnete, sah Dinah, dass der Verschluss in einer Pipette auslief. Der Mönch träufelte ein paar Tropfen in das Probenglas, verschloss die Flasche sorgfältig, öffnete die nächste.

»Und damit können Sie meine DNA bestimmen?«

»Nein.« Er träufelte eine zweite Flüssigkeit zur ersten. »Es zeigt nur die relative Menge einiger Aminosäuren an.« Er verschloss die Probe, schüttelte sie ausgiebig, betrachtete sie prüfend und fügte eine dritte Substanz hinzu. Seine Bewegungen, schnell und sicher, verrieten Routine. Er hob die Röhre gegen die Sonne und schaute durch den gläsernen Verschluss.

Mit Sorge erwartete Dinah das Ergebnis. Schließlich senkte der Mönch die Hand und ließ den Blick einen Moment lang auf Dinah ruhen. »Sie sind eine Heilige Mutter«, sagte er. »Sie könnten einen Erwählten tragen.«

Unwillkürlich legte Dinah die Hände auf den Bauch. »Sie meinen, die Reaper wollen mein Kind?«

Rasch verstaute er die Reagenzien wieder in der Tasche. »Vielleicht. Steigen Sie ein.«

Wie üblich stritten sich die Kleriker. Bischof Brookstone hörte ihre Stimmen durch die geschlossene Tür, während Kanonikus Merryweather den schweren Brokat in würdevolle Falten legte und dem Bischof ein Haar von der Schulter wischte. Dann ging der Kanonikus die wenigen Schritte zur Flügeltür hinüber und hob die Hand zur Klinke. »Soll ich?«

Brookstone schüttelte den Kopf. »Geben Sie ihnen noch einen Moment, Bileam. Dann sind sie bereits erschöpft, wenn die eigentliche Besprechung beginnt.«

Die beiden Männer verstanden nicht, was im Konferenzraum gesprochen wurde, doch Brookstone erkannte die Stimmen von Ephraim Merryweather und Thomas Reilley. Das genügte, um zu erraten, worum es ging. Bei einem Einbruch in der Schweinemast waren mehrere Säcke Kartoffeln gestohlen worden, und die Reilleys – für die innere Ordnung der Stadt zuständig – hatten bisher keine Ermittlungserfolge vorzuweisen.

»Es ist wirklich eine Schande«, sagte der Kanonikus. »Man könnte meinen, die Reilleys steckten mit den Einbrechern unter einer Decke. Zuzutrauen wäre es dem korrupten Pack.«

»Vorsicht, Bileam.« Brookstone schaute den ältlichen Kanonikus streng an. »Sie nehmen an der Besprechung als mein Sekretär teil, nicht als Angehöriger Ihres Clans.« Er nickte zur Tür hin. »Sie können jetzt öffnen.«

Merryweather zog beide Türflügel gleichzeitig auf und der Streit verstummte. Brookstone folgte dem Trampelpfad, den viele Generationen in den Teppich gefräst hatten. Ein Netz dieser ausgetretenen Schneisen zog sich durch das gesamte Konventsgebäude. In den am meisten genutzten Gängen war der Boden bis auf den Estrich durchgelaufen, an anderen Stellen war der Belag lediglich zu einem schmutzigen Blaugrau zertreten. Nur nahe der Wände ließen sich noch die großformatigen, bunten Muster erkennen, die alle Räume geschmückt hatten, früher, als dieses Gebäude noch ein Hotel gewesen war.

Brookstone trat an den mächtigen, ovalen Tisch des Ratssaals, an dessen Tür in metallenen Lettern »Conference Room 3« stand. Er legte seine Mappe auf eine abgewetzte Stelle der schwarz lackierten Tischplatte – ähnliche Kahlstellen zeigten sich an jedem Ratsherrenplatz.

Ab und an, an Tagen wie diesen, wurde sich Brookstone dieser kahlen Stellen bewusst und er fragte sich, ob die Menschheit jemals wieder zu einem Leben zurückkehren würde, in dem man sich den Luxus erlaubte, etwas so Unnötiges und Wunderbares wie Lack herzustellen.

Brookstone setzte sich in einen breiten, schwarzen Ledersessel. Dieser Sitz war für den Herrscher von Philadelphia zwar angemessen beeindruckend, aber die Federn waren ausgeleiert. Eine von Bischof Brookstones ersten Amtshandlungen war gewesen, die Sitzfläche mit Kissen auspolstern zu lassen. So begegnete er den anderen Ratsmitgliedern aus leicht erhöhter Position.

»Ist es wahr«, fragte Aaron Lincoln, ein hagerer Mann mit eingefallenen Wangen, »dass bei Selimsburgh Reaper gesichtet wurden?«

Brookstone gab vor, seine Unterlagen zu sichten, obwohl jedes der Blätter einen penibel vorbestimmten Platz einnahm. Er blickte nicht einmal auf, als er antwortete: »Bisher war nur von Spuren die Rede, und selbst dieser Fund wurde noch nicht bestätigt. Vater Abt hat einen Scout geschickt, um die Gerüchte zu überprüfen.« Er legte die Blätter ab, griff in die Innentasche seines Mantels und holte sein ledernes Etui mit der flachen Lesebrille heraus.

Deborah Whitehead beugte sich vor und schaute an dem neben ihr sitzenden Reilley vorbei. »Ist es wahr, dass er einen Mönch geschickt hat, der in den Outlands aufgewachsen ist? Der gar nicht von Beginn an im Konvent ausgebildet wurde? Vielleicht sollte man die Sache doch etwas ernster nehmen, jetzt, da sich Dallas nicht mehr meldet.«

Brookstone faltete die Brille sorgfältig auseinander und schob sich die Bügel hinter die Ohren. »Ich nehme an, Vater Abt hatte einen Grund für diese Entscheidung.« Er zog ein Blatt aus seinen Unterlagen hervor, zum Zeichen, dass dieses Thema erledigt war. »Mir liegt eine Beschwerde vor«, erklärte er mit geschäftsmäßiger Stimme und überflog das Blatt, »die das Verhalten unserer Ordnungskräfte betrifft.« Er hob den Blick und musterte Thomas Reilley über die Brille hinweg. »Es geht nicht an, Reilley, dass Ihre Leute bei der Überprüfung der Nahrungslieferungen Laien schikanieren.«

»Eminenz!« Obgleich er nach wie vor saß, wirkte es, als nähme Reilley Haltung an. Er war mit sechsunddreißig Jahren das jüngste Ratsmitglied, kraftstrotzend und durchtrainiert wie alle Reilley-Burschen. »Es war eine schwierige Situation, Eure Eminenz. Die Laien haben nach der Aufforderung, den Lastwagen zu öffnen, aggressiv reagiert.«

»Wahrscheinlich, weil diese Aufforderung mit einer Bestechungsforderung zusammenfiel«, sagte Aaron Lincoln spöttisch.

Reilley wirbelte herum und fixierte den Ältesten des Verwaltungsclans. »Sie sollten ganz still sein, Lincoln. Wir wissen doch alle, nach welchen Kriterien Ihre Leute die Rationskarten verteilen!«

Lincoln stemmte die Knöchel auf den Tisch. »Wollen Sie mir etwa erklären, wie man eine Verwaltung führt? Meine

Leute können zumindest lesen und schreiben – und knüppeln keine Laien nieder!«

»Aaron, setzen Sie sich.« Brookstones Befehl kam ruhig und leise. Lincoln gehorchte widerstrebend, ohne den jungen Reilley aus den Augen zu lassen.

Der wandte sich wieder an den Bischof: »Sir, meine Männer mussten davon ausgehen, dass die Laien bewaffnet waren und einen Ketzer in die Stadt schmuggeln wollten.«

»Ich habe den Bericht gelesen«, sagte Brookstone ruhig. »Bei dem, was Sie als ›vermutlich Knüppel‹ bezeichnen, handelte es sich um Brotstangen.«

Beim unterdrückten Lachen des Rates verdunkelte sich Reilleys Gesichtsfarbe, doch bevor er zu einer Erwiderung ansetzen konnte, hatte sich Brookstones Blick wieder auf das Papier gesenkt. »Ich gebe zu, es ist ein ungewöhnliches Format für Brot, aber wir können den Leuten nicht die Gestaltung ihrer Lebensmittel vorschreiben.« Wieder Geräusche der Heiterkeit, denen sich der Bischof nicht anschloss. »Ich halte Rationsmarken für drei Wochen als Schmerzensgeld für angemessen«, ein scharfer Blick über die Brille hinweg. »Natürlich zu zahlen aus den Taschen des Exekutiv-Clans. Stimmt der Rat zu?« Die meisten Hände erhoben sich. »Wer ist dagegen? Dann ist es beschlossen. Bileam?«

Bileam Merryweather, dessen Stift hektisch über das Papier kritzelte, nickte knapp. »Sechs pro, zwei contra, eine Enthaltung«, meldete er.

Der Bischof schob das vorderste Blatt hinter den Stapel. »Zum nächsten Punkt.« Sein Blick richtete sich auf Aaron Lincoln. »Wie steht es mit den Ernten?«

Nun war es am dünnfingrigen Lincoln, mit Papier zu rascheln. Obwohl er gewusst haben musste, dass sein Bericht anstand, bildeten sich auf seinen Wangen hektische Flecken. Er räusperte sich, bevor er begann. »Seit die Vögel zurückgekehrt sind, hat der Schädlingsbefall deutlich nachgelassen, die Ernte ist entsprechend gut. Deepwater und Widowcreek haben die Ernte beendet. Wir haben den größten Teil der Mönche schon nach Winterfield, Blackbottom und Maplegrove weitergeschickt. Chester Hights und Gladwyne sagen, sie könnten noch eine Woche schieben, keinesfalls länger.

Selimsburgh hat, wie immer, keine Unterstützung angefordert.«

»Das heißt«, knurrte Deborah Whitehead, »Selimsburgh wird die Preise wieder hochtreiben und den Doppelzehnten zu drücken versuchen.«

Reilley schnaubte verächtlich. »Das wird sich ändern, wenn der Scout die Reapersichtungen erst bestätigt hat.«

»Bisher handelt es sich nur um Spuren.« Brookstone nickte Lincoln zu. »Die Ernten verlaufen bisher also reibungslos, danke Aaron. Wie verhält sich Boston bezüglich Maplegrove?«

»Es gibt keine Anzeichen von Übergriffen. Ich denke, Boston wird zuerst die Ernte auf den eigenen Lehen beenden, bevor es die Grenzstreitigkeiten wieder aufleben lässt.«

»Sorgen Sie trotzdem weiterhin für doppelte Truppenstärke und regelmäßige Meldungen. Ich möchte nicht, dass Boston neue Tatsachen schafft.« Brookstone legte wieder eines seiner Blätter zur Seite. »Zum nächsten Punkt, den Hauseinstürzen im Eastend …«

Die Sitzung war beendet, die Türen hatten sich hinter den Ratsmitgliedern geschlossen und Brookstone überflog noch einmal seine Notizen. Erst, als sich Kanonikus Merryweather räusperte, blickte er auf und sah Thomas Reilley neben der Tür stehen. Das Gesicht des jungen Mannes war starr vor unterdrücktem Zorn.

Brookstone hatte damit gerechnet, dass er dieses Gespräch früher oder später würde führen müssen, und dieser Zeitpunkt war so gut wie jeder andere. Er schraubte seinen Stift zu, legte ihn vor sich ab und nickte Merryweather zu. Der Kanonikus erhob sich wortlos, schob seine Papiere ineinander und verließ den Ratssaal. Als die Tür ins Schloss klickte, wandte sich Brookstone an Reilley: »Was haben Sie auf dem Herzen, Thomas?«

Der Angesprochene kam näher, bis er direkt vor dem Tisch stand. »Sie haben kein Recht, mich und meine Familie vor dem Rat lächerlich zu machen, Eure Eminenz.« Er betonte das letzte Wort herausfordernd.

Reilley war breit und muskulös, aber stehend überragte Brookstone ihn um einen halben Kopf. Deshalb erhob sich der Bischof. »Ich?«, sagte er gefährlich leise. »Ich habe Sie nicht lächerlich gemacht, Reilley. Das hat Ihr Clan ganz alleine zuwege gebracht.«

»Ich protest…!«

»Ach, hören Sie auf!« Brookstone trat um den Tisch herum auf den jungen Mann zu. Er zählte darauf, dass die hinter ihm herschleppende Robe seine Gestalt noch massiger machte, und tatsächlich trat Reilley unwillkürlich einen Schritt zurück. »Meinen Sie, ich wüsste nicht von den kleinen Betrügereien und Erpressungen, mit denen sich Ihr Clan die Taschen füllt? Meinen Sie, ich lese die Beschwerden nicht, die Tag für Tag auf meinem Tisch landen?«

Reilley hob das Kinn. Es gab keinen anderen Clan in Philadelphia, der so viele junge Männer zu bieten hatte wie die Reilleys. Wenn man ihnen die Exekutivgewalt wegnahm, würde es schwer sein, einen adäquaten Ersatz zu finden. Dieses Wissen machte Reilley selbstbewusst, als er sagte: »Wer das Recht durchzusetzen hat, ist nicht beliebt. Glauben Sie nicht alles, was die Leute erzählen.«

»Und wenn ich nur zehn Prozent davon glauben würde«, grollte Brookstone, »wäre das schon Grund genug, Ihnen eine Warnung zukommen zu lassen. Die erste haben Sie vor zwei Monaten unter vier Augen erhalten, die zweite heute. Eine dritte wird es nicht geben.«

Das verächtliche Lächeln, das Reilleys Mundwinkel nach unten zog, gab seinem markanten Gesicht etwas Hässliches. »Womit wollen Sie uns denn drohen, Bischof Brookstone, Eure Eminenz?« Er deutete eine spöttische Verbeugung an. »Welchem Clan wollen Sie das Schultheißenamt übergeben? Den Lincolns etwa? Sollen wir die Ordnung durch Buchhaltung aufrechterhalten? Oder nehmen wir doch die Whiteheads und lassen die Ordnungstruppen durch Frauen anführen!«

»Sollten es die Umstände erfordern«, sagte Brookstone kalt, »werde ich die Mönche einsetzen.«

Reilleys Gesichtsausdruck wandelte sich schlagartig. »Das können Sie nicht! Die Mönche sind Drohnen, nichts weiter!«

»Die Mönche sind Erwählte wie Sie und ich. Sie gehören dem Klerus an.«

»Aber …« Reilley, fassungslos, suchte nach einem Ausweg. Sein Blick senkte sich, ging hin und her, dann schaute er wieder auf. »Das können Sie nicht tun! Als Bischofsfamilie sind die Brookstones von der Exekutive ausgeschlossen!«

»Die Mönche unterstehen dem Rat, nicht dem Bischof – so wie die Reilleys auch, oder haben Sie das vergessen?«

Reilley antwortete nicht. Zu entsetzt war er über die Aussichten, die der Bischof ihm eröffnet hatte.

Brookstone genoss diesen Moment durchaus, aber er zog Reilleys Niederlage nicht unnötig in die Länge. Es war wichtig, Thomas Reilley seine Grenzen aufzuzeigen, aber es war nicht ratsam, die Mönche tatsächlich einzusetzen. Die Clans mussten zusammenarbeiten, nur so blieb Philadelphia lebensfähig – und es war die Aufgabe des Bischofs, diese Zusammenarbeit zu gewährleisten.

Brookstone ging zu seinem Platz zurück, nahm seine Blätter vom Tisch. Dann hob er den Blick, und als er wieder sprach, war seine Stimme versöhnlicher, wärmer, fast väterlich. »Thomas, ich lege es nicht darauf an, Sie oder Ihren Clan zu schwächen. Aber ich werde auch nicht zulassen, dass Sie dieser Stadt und ihren Bewohnern schaden. Nehmen Sie Ihre Leute an die Kandare. Machen Sie ihnen klar, dass es ernst ist.« Er sah, wie die Zähne des jungen Mannes mahlten. »Ich gebe Ihnen zwei Monate, um Ihren Laden in Ordnung zu bringen. Ich glaube, dass Sie dafür der richtige Mann sind, Thomas. Sie besitzen noch nicht die Erfahrung, aber Sie kommen nach Ihrem Vater, und der war der aufrechteste Mann, den ich je kennengelernt habe.«

Der Satz erstaunte Reilley offenbar. Der junge Mann blickte auf und Brookstone lächelte. »Ich bin nicht Ihr Feind, Thomas. Die Reilleys haben ihre Zuverlässigkeit über Jahrzehnte bewiesen, und sie können auch heute noch gute Arbeit leisten. Sorgen Sie dafür.«

Thomas Reilley zögerte, dann nickte er. »Das werde ich, Eure Eminenz.« Diesmal sprach er den Titel ohne Spott aus.

Während Brookstone Stift und Brille verstaute, ließ er sich das Gespräch noch einmal durch den Kopf gehen.

In zwei Monaten würde die Ernte beendet sein und die Mönche nach Philadelphia zurückkehren. Dann war die Zeit reif für den nächsten Schritt in seinem Plan. Wenn sich wieder ein Vorfall ereignete – und es würde sich zweifellos wieder ein Vorfall ereignen –, würde er als Kompromiss vorschlagen, Mönche in die Reihen der Reilleys einzuflechten. Das konnte Thomas kaum ablehnen, denn zurzeit rekrutierten die Reilleys sogar Laien für den Dienst. Nicht einmal die Reilleys waren fruchtbar genug, die Sicherheitskräfte für eine ganze Stadt zu stellen.

Brookstone würde Thomas Reilley das Kommando über die Stadttruppe lassen, doch die Mönche könnten mit ihrer unbeugsamen Disziplin Beispiel sein und den Reilleys gleichzeitig auf die Finger schauen. Das löste gleich noch eines von Brookstones Problemen: Seit dem Ende der Ketzerkriege hatten die Mönche außerhalb der Erntezeit nicht mehr viel zu tun, und der Abt hatte schon von einer gewissen Unruhe unter den Männern gesprochen. Immer nur Meditationen und Exerzitien hielten auf die Dauer nicht einmal einen Mönch bei Laune.

Brookstone hatte erwartet, Merryweather im Nebenraum anzutreffen, doch der war bereits fort; wahrscheinlich wollte er seine Notizen gleich ins Reine schreiben, um sie dann den Kopierern zu übergeben. Statt seiner erhob sich der Abt, der auf einer der Wandbänke gewartet hatte. »Eminenz.«

Brookstone winkte ab. »Wir sind unter uns, Jacob, also lassen Sie die Formalitäten.« Er zog den Ornatsmantel von den Schultern und hängte ihn sorgfältig über das hölzerne Gestell. »Haben Sie die Liste dabei?«

»Aber natürlich, Eure … Elijah.«

Brookstone nahm seine Brille aus dem Etui, bevor er nach dem Papier griff, das der Abt ihm reichte. Er hatte um eine Liste der verfügbaren Mönche gebeten, denn wenn jemand über die Männer Bescheid wusste, dann Vater Jacob. Der Abt ließ es sich nicht nehmen, die Trainings- und Arbeitspläne jedes einzelnen Mönchs höchstpersönlich durchzusehen und abzuzeichnen. Er betrachtete die Männer als seine Söhne, förderte und leitete sie, kannte alle ihre Stärken und

Schwächen im Körperlichen wie im Geistigen. Wenn die Mönche ihren Abt als »Vater« anredeten, dann lag in diesem Wort mehr als Ehrerbietung.

Brookstone las die Namen und rief sich die dazugehörigen Gesichter in Erinnerung. »Bruder Daniel ist ein guter Spurenleser, nicht wahr?«

»Einer der Besten.«

»Und Bruder Jeremiah – ist der wieder gesund?«

»Vollkommen. Ich werde ihn vielleicht doch noch zur Erntewache einteilen.«

»Warten Sie damit noch.« Brookstone hob den Blick, schaute sein Gegenüber über die Brillengläser hinweg an. »Was ist mit Vater Mordechai?«

»Als Inquisitor unterliegt Mordechai nicht meiner Führung«, erwiderte der Abt, »und er trainiert auch nicht mit den Mönchen, aber soweit ich weiß, ist er in Philadelphia.« Er zögerte und fügte dann an: »Darf ich fragen, wozu Sie die Namen der im Konvent verbliebenen Mönche brauchen? Planen Sie einen Einsatz?«

»Es geht um die Reaperspuren, die in den Outlands gesichtet wurden. Ich hörte, Sie haben einen Scout losgeschickt.«

»Das ist richtig«, antwortete der Abt. »Bruder Kaleb.«

»Ich habe veranlasst, dass er direkt zu meinem Büro durchgestellt wird, wenn er sich meldet. Ich möchte dieses Vorkommnis mit höchster Priorität behandeln. Selbstverständlich werde ich Sie auf dem Laufenden halten.« Brookstone nahm die Brille ab und reichte den Zettel zurück. Er hatte sich die Namen gemerkt, die ihn interessierten.

Das einzelne Blatt zitterte in Jacobs Hand. Offenbar war selbst der rüstige Abt von Philadelphia nicht völlig gefeit gegen die Gebrechen des Alters. Jetzt fiel Brookstone auch auf, dass der Mann ungewöhnlich blass war.

»Fühlen Sie sich wohl, Jacob?« Seit achtzehn Jahren war Vater Jacob ein Fels der Ruhe in den Stürmen der Politik gewesen – besonnen, sachlich, loyal. Brookstone betete, dass dieser Abt ihm noch lange erhalten bleiben möge.

Er legte seine Hand auf die Schulter des alten Mannes. »Sie hätten nicht selbst kommen müssen, Jacob, und vor der Ratstür warten, wie ein Bittsteller.«

Der Abt atmete tief ein, als müsse er sich selbst Mut machen für den nächsten Satz. »Memphis meldet sich nicht mehr.«

Memphis. Über Siebzigtausend Menschen lebten dort. »Wie oft haben Sie es versucht?«

»Inzwischen fünf Mal, im Abstand von jeweils einer halben Stunde.«

Brookstone wandte sich ab, starrte gedankenversunken in Richtung Tür.

»Vielleicht ist es nur ein Stromausfall«, sagte der Abt, aber er klang wenig zuversichtlich.

Ein Stromausfall wäre schlimm genug – keine Pumpen für das Grundwasser, keine Verarbeitung der Lebensmittel, kein Licht. Doch es gab auch andere Szenarien, die vorstellbar waren. Politische.

»In letzter Zeit«, sagte Brookstone, »soll diese Sekte der *Reader* immer mehr Zulauf bekommen haben.«

»Eine Revolution?« Der Abt schüttelte zweifelnd den Kopf. »Die *Reader* sind zwar Häretiker, aber sie neigen nicht zu Gewalt. Da wäre es wahrscheinlicher, dass sich die Ketzer auf der Bannmeile zusammenrotten und durch das offene Tor stürmen.«

»Wann waren Sie das letzte Mal draußen auf der Straße, Jacob? Da kann niemand stürmen. Es sei denn …«, *jemand schafft Platz*, hatte Brookstone sagen wollen, doch er sprach es nicht aus. Der Gedanke war zu ungeheuerlich.

Jede der neunzehn Städte verfügte über einen Konvent, und selbst während der Erntezeit gab es genug Mönche in den Städten, um heranrückende Reaper rechtzeitig zu erspüren. Nicht einmal in der Zeit vor den Ketzerkriegen, als die Reaper noch viel zahlreicher gewesen waren, hatte für die Städte jemals eine ernsthafte Gefahr bestanden. Bei geschlossenen Toren waren die Mauern für die Reptilien unüberwindlich.

Brookstone massierte seine Nasenwurzel mit Daumen und Zeigefinger. »Dass sie nicht einmal Zeit gefunden haben, einen Notruf abzusetzen, spricht gegen eine Revolution oder einen Angriff.« Er ließ die Hand sinken. »Es muss also ein technisches Problem sein.« Was schlimm genug war. Die Geschichte der überalterten Städte war eine Geschichte der Katastrophen: von der Explosion unversorgter Biertanks in Saint Louis bis zur Aufstauung des Chicago River durch eingestürzte Brücken. Aber keiner dieser Vorfälle hatte jemals einen so plötzlichen Ausfall der Funkverbindungen bewirkt. »Wer weiß davon?«

»Bisher nur der Bruder am Funkgerät und ich. Ich wollte Ihnen die Entscheidung überlassen, ob und wie Sie den Rat informieren.«

»Danke, Jacob, aber die meisten Ratsfamilien haben ihr eigenes Funkgerät.« Die Nachricht würde schnell die Runde machen und die Stadt mit wilden Spekulationen füllen. Er musste den Menschen ein Gefühl von Sicherheit geben, ihnen deutlich machen, dass der Klerus die Situation unter Kontrolle hatte. In der überfüllten Enge würde eine Panik Tote fordern.

Doch Lügen und Halbwahrheiten würden die Menschen durchschauen. Wichtig waren jetzt Informationen.

»Richten Sie einen Rundruf ein«, sagte Brookstone.

»Wie meinen Sie das?«

»Einen Ruf der Städte. Morgens und abends, und den Ersten jetzt gleich. Die Städte müssen zusammenstehen, sie müssen aufeinander aufpassen. Hier muss jede Rivalität schweigen – machen Sie ihnen das klar. Rufen Sie mich dazu.« Er überlegte kurz. »Lehen sollen sich auch daran beteiligen können, wenn sie wollen. Es geht darum, eine Liste aller unversehrten Städte aufzustellen, und diese aktuell zu halten. Veröffentlichen Sie diese Liste. Die Menschen sollen wissen, wem es gut geht.«

»Ich verstehe.«

»Wir müssen Informationen austauschen. Irgendjemand wird doch wohl Scouts losgeschickt haben, um zu sehen, was da im Gange ist.«

Der Abt wandte sich zum Gehen. »Ich werde mich darum kümmern.«

»Und Jacob.« Als sich der Abt umdrehte, schaute Brookstone ihn ernst an. »Lassen Sie die Brüder beten.«

Der Konvent war eine eigene Stadt in der Stadt. Von Technikern und Dienern versorgt, konnte man jahrelang darin leben, ohne den Gebäudekomplex jemals verlassen zu müssen – und die meisten Mitglieder des Klerus hielten es auch so.

Eunice gehörte nicht zu dieser Sorte Kleriker. Während die Haustür hinter ihr ins Schloss klickte, schaute sie den schmalen Gang entlang, der sich vor ihr drei Yards weit bis zur Straße zog. Von zwei Holzwänden begrenzt, war er kaum breiter als die Tür selbst, besaß kein Dach und öffnete sich zur Straße hin. An diesem schmalen Durchlass schoben sich dicht an dicht Passanten vorbei.

Einen Moment noch blieb Eunice stehen, betrachtete den Menschenstrom, der sich zähflüssig vor ihr durch das immerwährende Dämmerlicht der Unterstadt bewegte. Sie hob den Blick hinauf zu den Häuserfassaden, aus denen Erker und Anbauten wucherten, zusammengestückelt aus Holz, Metall und Plastik. Überall wehten zum Trocknen aufgehängte Kleidungsstücke, kletterten Menschen über Außentreppen und Strickleitern, flatterten losgerissene Planen.

Ein Stück Himmel war nur hier und dort durch das Gewirr der Hängebrücken zu sehen, die in verschiedensten Höhen und Richtungen zwischen den Gebäuden verliefen. Auf ihnen gelangte man von einem Ende der Stadt zum anderen, ohne auch nur einmal einen Fuß auf die Straße zu setzen – wenn man den wackeligen Konstruktionen traute.

Eunice bevorzugte den Weg am Boden, auch wenn der zu jeder Tageszeit schwül, warm und von drückender Enge war. Der Gestank hier unten war so intensiv, dass Eunice ihn auf der Zunge zu schmecken meinte.

Sie hob die Kapuze über ihren Kopf. Der weiße Kapuzenmantel war nicht nur Symbol des klerikalen Standes, sondern tatsächlicher Schutz in einer Stadt, in welcher der Regen zwar selten den Boden erreichte, in deren unteren Ebenen aber dennoch immer irgendetwas tropfte, rann und sickerte. Auf allen Oberflächen der Unterstadt kondensierte ein schmieriger Film aus menschlichen Ausscheidungen, und Eunice gab acht, dass ihr Mantel nicht im Vorbeigehen über die Wände strich. Die ehemals breiten Straßen von Downtown Philadelphia waren von allen Seiten durch

Verschläge und Hütten verengt worden und boten den Passanten nur noch wenig Platz.

Eunice reihte sich hinter einem jungen Mann mit Wollmütze und Baby auf dem Rücken ein, folgte ihm innerhalb der sich vorwärtsschiebenden Menschenmasse. Die Füße setzte sie bei jedem Schritt um kaum eine Spanne nach vorne. Das Schlurfen tausender Füße auf dem durchgewetzten Teer war die beständige Geräuschkulisse der Unterstadt. Tag und Nacht schoben sich die Menschenmassen in gegenläufigen Strömen durch die Straßen von Philadelphia, ohne Anfang und ohne Ende, auf der Suche nach Kleidung, Nahrung, Zerstreuung. Im Frühling würde es besser werden – der Konvent hatte Gebiete für zwei neue Lehen ausgewiesen, und die Rekrutierungslisten füllten sich bereits. Seit dem Krieg war die Bedrohung durch die Reaper zurückgegangen, und immer mehr Menschen drängte es aus dem Schutz der Städte in die Outlands.

Erhöht auf einem gemauerten Absatz stand ein Reilley, erkennbar an der gelbschwarzen Schärpe über der schwarzen Kleidung. Der Mann war dunkelhäutig, also wohl kein echter Reilley, sondern ein rekrutierter. Er fiel Eunice auf, weil er siebzehn, höchstens achtzehn Jahre alt war. Der Stolz auf sein Amt ließ sich aus der geraden Körperhaltung ablesen und aus dem wachsamen Blick. Er bemerkte sie und nickte grüßend – der Würde ihres Amtes geschuldet, denn er kannte sie sicher nicht. Eunice erwiderte den Gruß und ließ sich an dem Reilley vorbeischieben.

Als der Mann mit dem Baby nach rechts abbog, schloss sich Eunice einer Frau mit grün und rot gemustertem Kopftuch an. Sie achtete darauf, sich in der Kolonne nicht zu weit links zu halten, um nicht von den entgegenkommenden Menschen aus der Reihe geschoben und in die falsche Richtung mitgedrängt zu werden. Immerhin konnte sie über die Köpfe hinwegblicken, denn als Klerikerin war sie größer als die meisten Laien. Es gab viele Theorien, woran das lag – an den Genen, der besseren Ernährung, der großzügigeren Wohnfläche im Konvent. Tatsache war, dass die Menschen heute im Durchschnitt kleiner waren als ihre Vorfahren. Man erkannte das an vielen Gebrauchsgegenständen aus der alten Zeit.

Eunice hob lauschend den Kopf, als sie den tiefen Ton der Werkspfeifen hörte. Schichtwechsel – eine der vier täglichen Stoßzeiten in der Stadt. Die Arbeiter drängten aus den Webereien und verstärkten die Enge. Direkt vor den Manufakturen war es nicht mehr möglich, Abstand zu wahren. Körper drängten sich gegen Eunice, schoben sie voran und machten es schwierig, die Richtung zu halten. Zudem lag jetzt Rauch in der Luft, weil sich Eunice den Raffinerien näherte. Der Duft von fermentiertem Sonnenblumenöl verdrängte den Gestank nach Schweiß und Fäulnis. Ein feiner Ascheregen verdunkelte die letzten sichtbaren Himmelsfetzen: Offenbar wurden die ersten Ernteerträge schon verarbeitet.

Jemand schob Eunice einen Papierfetzen in die Hand, und eine Stimme sagte: »Heilige Mutter, bitte für uns!« Eunice drehte den Kopf, doch es war unmöglich zu erkennen, welcher der Passanten sie angesprochen hatte, zumal die weiße Kapuze die Sicht behinderte. Eine Hüfte drängte sich gegen ihre, eine Schulter bohrte sich in ihren Rücken. Sie wurde weitergeschoben und achtete darauf, das Papier nicht zu verlieren.

Die Enge ließ erst nach, als die Raffinerien hinter Eunice lagen. Sie atmete auf. Im Weitergehen entfaltete sie den Zettel und warf einen kurzen Blick darauf. Er enthielt eine Beschwerde über die Lincolns wegen Unregelmäßigkeiten bei der Verteilung der Rationsmarken. Das Schriftstück war mit dem Namen und der Adresse des Bittstellers versehen, darunter stand das Zeichen eines Schreibers. Wie erbeten würde Eunice den Fall an den Bischof weiterleiten.

Vor ihr flackerte einer der überdimensionalen Bildschirme, die über die Stadt verteilt waren. Die sendeten zumeist die Propaganda des Konvents oder die gleichgeschalteten Nachrichten. Heute zeigte das von Störungslinien durchzogene Bild den kurzen Prozess und die langwierige Verbrennung eines Ketzers, der vor einigen Tagen innerhalb der Mauern von Philadelphia aufgegriffen worden war. Eunice war sich nie sicher, ob diese Bilder Ketzer abschrecken oder die Sensationsgelüste der Bürger befriedigen sollten.

Endlich kam das Tor in Sicht. Dahinter, auf der offenen Ebene der Brachmeile, herrschte gleißende Helligkeit, doch

Eunice wusste, dass dieser Eindruck durch den Kontrast zur Dunkelheit der Unterstadt entstand. Hinter ihr erhob sich ein kollektives Raunen und die gleichmäßige Bewegung der Masse geriet ins Stocken. Eunice versuchte, sich umzudrehen, doch das war unmöglich. So drehte sie nur den Kopf, während ihre Füße weiter dem Strom der Masse folgten.

Die Aufzeichnung der Ketzerverbrennung war abgebrochen worden. Stattdessen erschien eine Liste von Städtenamen auf dem Bildschirm, überschrieben mit den Worten: Die Schwesterstädte grüßen Philadelphia.

Was das wohl zu bedeuten hatte? Sie würde ihren Vater fragen, wenn sie zurück war.

Langsam verschwand der Bildschirm aus ihrem Blickfeld. Sie schaute wieder nach vorne, wo die riesigen Torflügel offen standen. Während Eunice sich durch die Öffnung driften ließ, hob sie den Blick zu der gewaltigen Mauer, die über dreißig Yards in die Höhe ragte. Ganz oben, ihren Blicken entzogen, wusste sie die beiden Torwächter: Mönche, die ihre Sinne in die Weite schickten, um Stadt und Markt warnen zu können, sollte es nötig sein.

Schon als Kind hatte dieser massige Wall Eunice fasziniert, dieses Bollwerk, hinter dem sich die Menschen verschanzt hatten. Es war ein Symbol von Macht, ein unübersehbares Bis-hier-her-und-nicht-weiter.

Erst später war ihr bewusst geworden, dass es auch ein Zeichen der Aufgabe war, der Flucht. Die Menschen kämpften nicht mehr, sie hatten sich zurückgezogen und überließen die verödende Welt sich selbst.

Hinter der Mauer blendete das Sonnenlicht in unvermittelter Helligkeit, und Eunice kniff die Augen zusammen. Sie hatte die Brachmeile erreicht, die unbebaute Fläche, die sich eine Meile breit um ganz Philadelphia zog – um das, was sich heute Philadelphia nannte. Am Rande der freien Fläche ragten die Ruinen anderer Gebäude auf. Sie waren einst Teil der Stadt gewesen, doch beim Bau der Mauer hatte man sich auf ein kleineres Areal beschränken müssen. Die Silhouetten der geplünderten Gerippe zogen sich weit in die blaue Ferne. Heute hing ein staubiger Dunst zwischen ihnen – aufgewirbelt von den Lastwagen, die den Doppelzehnten aus den Lehen brachten.

Direkt nach dem Stadttor lockerte sich die Menge auf: Die Menschen rückten auseinander, verteilten sich zwischen den Ständen der Plünderer. Rauch hing in der Luft, der Duft von Gemüsesuppe und gebratener Zwiebel-Ratte stieg Eunice verlockend in die Nase.

Hinter den Ständen erhoben sich die bunten Kuppeln der Zelte, in denen die fahrenden Händler schliefen. Früher hatten sie sich für die Nächte in die Ruinen der alten Stadt zurückgezogen, in verschließbare Keller oder auf abgebröckelte Etagen, die nur noch über einholbare Leitern zu erreichen waren. Doch die letzte Sichtung eines Reapers lag in dieser Gegend über fünf Jahre zurück. Die Ketzerkriege hatten ihren Zweck erfüllt.

Eunice ließ ihren Blick über die feilgebotenen Waren schweifen, während sie an Karren und ausgebreiteten Decken vorbeiging. Einige Händler hatten Sonnendächer über ihre Schätze gespannt. Die bunten Stoffe flatterten im Wind und gaben dem Markt ein fröhliches, farbenfrohes Gepräge. Die Bannmeile war der Ort, an dem sich Bürger und Vogelfreie auf Augenhöhe begegneten, ja, an dem sich die Verhältnisse sogar umkehrten. Eunice sah fünf Bürger, die geduldig vor dem Stand eines Schreibers warteten, bis sie mit ihrem Anliegen an der Reihe waren. Auch die Wahrsagerin konnte nicht über mangelnden Zulauf klagen. Überall wurde gerufen, gelacht und gestritten, dazwischen brummten Kleingeneratoren, holperten Handkarren, quiekten Ratten bei der Schlachtung.

Ein misstrauischer Blick aus rot geäderten Augen veranlasste Eunice, die Kapuze abzustreifen. Auf dem Plündermarkt war es klüger, die Insignien des klerikalen Standes nicht auffällig zu tragen, und die wenigsten Kleriker verirrten sich überhaupt hier her.

Sofort hellte sich das Gesicht des Ketzers auf. »Druida!«

Eunice war bekannt unter den Ketzern. Sie hatte dafür gesorgt, dass die städtischen Siechenräume eine regelmäßige Sprechstunde auf dem Markt einrichteten. Gelegentlich tat sie dort selbst Dienst – sehr zum Missfallen ihres Vaters. Doch die Städte würden kaum überleben, wenn der Warenstrom aus den Ruinen einmal verebben sollte. Sie hatten diese schmerzhafte Erfahrung bereits machen müssen:

Während der Ketzerkriege hatten sich viele Plünderer nicht mehr in die Nähe der Städte gewagt. Dabei richteten sich die Einsätze des Klerus im Wesentlichen gegen die Anbeter, die sesshaft in den Outlands lebten. Plünderer waren beständig unterwegs; sie hatten weder Zeit noch Interesse daran, einen ausschweifenden Reaperkult aufzubauen und zu pflegen. Für den Klerus waren sie ein notwendiges Übel, keine Feinde.

»Wie geht es deinem Arm, Split?«

»Gut, viel gut!« Der Ketzer nuschelte wegen der Hasenscharte, die ihm zu seinem Namen verholfen hatte. Er streifte einen löchrigen Ärmel hoch und entblößte die unregelmäßige Narbe einer großflächigen Brandverletzung. »Siehsdu? Tut garkein mehr weh, nur manchmal.«

»Das freut mich. Ich hoffe, du bist jetzt vorsichtiger mit dem Feuer.« Sie schaute ihn mit gespielter Strenge an.

»Natürlich, natürlich. Brauchsdu?« Er zeigte auf die Sammlung von Kerzen und Öllampen auf der vor ihm ausgebreiteten Decke.

»Heute nicht. Weißt du, wo Crow ist?«

»Da irgendwo.« Split machte eine vage Handbewegung. Es gab keinen Plan für den Plünderermarkt. Jeder Ketzer schlug sein Lager auf, wo er Platz fand und nicht von den Nachbarn vertrieben wurde.

Die meisten Plünderer hatten sich spezialisiert. Sie hatten irgendwo ein Lager für Weiß-Gott-Was entdeckt, von dem sie sich regelmäßig bedienten, und dessen Lage sie streng geheim hielten. Es kam nicht selten vor, dass ein Ketzer für dieses Wissen getötet wurde – und dann saß beim nächsten Markt ein anderer hinter diesen Waren.

Eunice ging an Papierstapeln und Stiften vorbei, dann kamen Gläser, etwas weiter Zangen in allen Größen. Ein Nagelhändler saß hinter seinen Schätzen und hämmerte krumme Exemplare in Form, ein Mostbrauer füllte Becher mit einer trüben Flüssigkeit. Ein Kunde setzte sich nacheinander Brillen auf und schaute dabei auf ein vergilbtes Plakat mit kleiner werdenden Buchstabenreihen. Eine Frau befühlte die Qualität eines ausgeblichenen Leinenstoffes – Plündererstoffe waren zwar billiger als neu gewebte Textilien, aber meistens auch mürbe und brüchig.

Ohne die Plünderer würde all das in den Städten fehlen, denn die meisten dieser Dinge konnte man nicht mehr herstellen.

Eunice entdeckte wieder ein bekanntes Gesicht: No-nose, der hinter einem Berg aus Kordeln, Schnüren und Plastikleinen auf den Fersen hockte. Als er Eunice erkannte, stand er auf und griff grüßend an seine tief in die Stirn gezogene Schirmmütze. Sein Marktstand besaß kein Sonnendach, so dass die abgewetzte, graue Kappe mit dem roten Schriftzug »Phillies« seine empfindlichen Augen schützen musste. Dennoch blinzelte er unaufhörlich. Eitrige Geschwulste zogen sich über die linke Wange des Mannes. Beides, die gänzlich rot gefärbte Iris und die Geschwulste, waren Zeichen dafür, dass er ein Ketzer war und Nachtmilch schon lange konsumierte.

No-nose grinste breit, was seinem Gesicht etwas Sympathisches gab, obwohl sich dort, wo die Nase hätte sein müssen, zwei längliche Löcher befanden, eingebettet in ein grausiges Dreieck aus vernarbtem Knorpel. »Mit dir!«, näselte er und breitete die Arme aus.

»Geiste«, antwortete sie. »Hast du Crow gesehen? Ist er heute da?«

Das Grinsen wurde durch einen nachdenklichen Ausdruck abgelöst, als wäre es dem Ketzer nicht möglich, zugleich zu denken und zu lächeln. Dann kehrte das Grinsen zurück, enthüllte faulige Zähne, zwischen denen schwarze Lücken klafften. »Ja-ja, hab ihn gesehen, hier, heute.«

»Und wo kann ich ihn finden?« Sie hielt ihm eine Rationsmarke für Äpfel hin, die er mit einer schnellen Bewegung an sich nahm.

»Fragsdu!« Ein Kichern, dann noch einmal die Forderung. »Fragsdu doch!«

Eunice ließ ergeben die Schultern fallen. Sie wusste, dass man mit No-nose kein Geschäft machen konnte, ohne »die« Frage gestellt zu haben.

»Wie hast du deine Nase verloren?«

»Haben uns gestritten, Nase und ich. Habe sie Zinken genannt, und dann hat sie mich Anhängsel gesagt. Und dann, am nächsten Tag – hui –weg!«

Eunice lächelte. Noch nie hatte sie eine seiner Geschichten ein zweites Mal gehört. Aber gleich darauf erklärte ihr Nonose bereitwillig, wo Crow zu finden sei. Eunice hoffte, dass der wirre Verstand des Ketzers ihm keinen Streich spielte.

Nach einigem Suchen entdeckte sie ein gelb-rotes Iglu-Zelt, von dessen Kuppe schwarze Federn flatterten. Davor saß ein Mann, dessen schwarzes Haar in verfilzten Spitzen von seinem Kopf abstand. Es ließ ihn, zusammen mit seiner kantig gebogenen Nase, tatsächlich einer Krähe ähneln.

Crows Alter war schwer zu schätzen, doch er musste um die fünfzig sein. Sonne und Wind hatten seine Haut zu dunklem Leder gegerbt, sein Körper, von dem die kakifarbenen Shorts nicht viel bedeckten, wirkte sehnig und fest. Das Rot der Droge zeigte sich nur an den Rändern seiner dunklen Iris. Das bedeutete, dass er mit der Nachtmilch verantwortungsvoll umging – mehr ein Schutz auf seinen Reisen als ein Mittel zur Selbstbetäubung.

Anders als No-nose war Crow kein Plünderer, sondern ein Transporter, der seit Jahren feste Routen zwischen den Siedlungen bereiste. Als Ketzer war ihm der Eintritt in umfriedete Ortschaften allerdings verwehrt. Würde er auf den Straßen von Philadelphia aufgegriffen, wäre seine öffentliche Verbrennung die unabwendbare Folge.

»Druida! Mit dir!«, rief er, als er Eunice bemerkte. Seine sitzende Verbeugung verband Spott mit Ehrerbietung auf eine Weise, die nur Crow beherrschte. »Ich habe dich schon erwartet!«

Eunice hatte bereits beobachtet, dass Crow durchaus in die Sprechweise der Ketzer verfallen konnte, doch ihr gegenüber war das nie der Fall. Sie überlegte manchmal, wie sich seine Geschichte wohl anhören würde. War er in einer der Städte geboren? In einem Lehen? Hatte er eine Familie gehabt? Was hatte ihn aus dem Schutz der Mauern getrieben? Doch danach zu fragen, galt als unhöflich.

Er ließ sich nach hinten kippen, so dass sein sehniger Oberkörper im Zelt verschwand. Er rumorte darin herum, während nur seine noch immer im Schneidersitz verhakten Beine sichtbar waren. Als er sich wieder aufrichtete, hielt er sechs gerollte Papierbündel in den Armen: die Kräuterlieferung aus Selimsburgh.

Selimsburgh. Eunice dachte unwillkürlich an Kaleb. Er war jetzt dort.

»Außerdem habe ich noch zwei Briefe an Bürger in Philadelphia.«

Eunice verscheuchte den schmerzlichen Gedanken. »Die werde ich den Wasserträgern übergeben.« Die Gilde der Wasserträger erreichte jede Adresse und jeden Namen in Philadelphia. In Selimsburgh war Lucy diejenige, bei der sich die Nachrichten sammelten. Sie leitete die Schreiben nicht nur weiter, sie las den schreibunkundigen Bürgern die Briefe auch vor und verfasste Antworten für sie.

»Wie geht es Lucy?« Eunice kramte in ihrer Tasche nach den Rationsmarken.

»Schlecht. Der Wein, an dem sie sich versucht hat, ist faulig geworden.« Crow lachte und zeigte dabei makellos weiße Zähne. »Bei manchen Dingen reicht es eben nicht, ein Buch zu lesen.«

»Wie wahr.« Eunice reichte ihm einen Zettel. »Die neue Bestellung.« Dann hielt sie zwei Marken hoch. »Brot oder Kartoffeln?«

Kaleb und Dinah passierten die Stelle, wo der erste Kampf stattgefunden hatte. Die Kadaver der Reaper waren verschwunden und auch Johns Leiche war nicht mehr zu sehen. Stattdessen entdeckte Kaleb frische Huf- und Reifenabdrücke.

Eine knappe Stunde später erreichten sie das alte Fabrikgelände, auf dem Lucy lebte. Kaleb hatte das Anwesen schon vor zwei Tagen aus der Ferne studiert, nachdem er den Reaperspuren bis hierher gefolgt war. Es gab dort drei langgestreckte, zweistöckige Gebäude. Durch den bröckelnden Putz blühte der Rost der Eisenträger; Fensteröffnungen reihten sich als dunkle Löcher aneinander, die Scheiben zersprungen oder samt Rahmen herausgebrochen.

»Lucy hat sich das ehemalige Pförtnerhaus hergerichtet«, sagte Dinah und zeigte auf ein Haus direkt hinter dem Werkstor. Es war im Gegensatz zu den anderen Gebäuden in gutem Zustand und seinem Aussehen nach ein altes

Wohnhaus, aus Stein gebaut mit stuckgeschmückter Fassade. Kaleb vermutete, dass die kleine Villa schon vor der Fabrik dort gestanden hatte und in die Anlage integriert worden war. Mit ihren farbigen Fensterläden und bunten Blumenbeeten wirkte sie geradezu malerisch.

Hinter dem Haus standen ein Schuppen und mehrere aus Folien gebaute Gewächshäuser. Den weitläufigen Parkplatz hatte Lucy zu einem Kräutergarten umfunktioniert. Ringsherum war der herausgebrochene Teer zu hüfthohen Mauern gestapelt – nichts, was einen Reaper aufhalten würde. Rings um das Fabrikgelände erhoben sich Betonpfeiler, doch der Zaun dazwischen war längst weggerostet. Wie konnte die Frau hier überleben?

Während der Pickup über den von Wurzeln aufgebrochenen Straßenteer holperte, versuchte Kaleb zu erkennen, ob Lucy zu Hause war. Aus dem Schornstein kräuselte sich eine schwache Rauchfahne und die Tür schien nur angelehnt zu sein. Obwohl es heller Tag war, erschien ihm das zu sorglos, selbst wenn man bedachte, dass es seit Jahren keine Reaper in dieser Gegend gegeben hatte.

Und doch war der Anblick merkwürdig verlockend. Die Herbstsonne ließ das getünchte Haus leuchten, ebenso den weißen Holztisch davor, neben dem einladend ein gepolsterter Gartenstuhl stand. Das und die Stille der menschenleeren Umgebung schufen ein Gefühl ruhiger Sicherheit, das Kaleb bisher nur im Wandelgang des Konvents verspürt hatte. Der Anblick war so fremdartig, dass Kaleb unbewusst den Fuß vom Gas nahm. Ob es früher so gewesen war? Hatte man in der Sonne vor seinem Haus gesessen, entspannt und sorglos?

Ein dumpfer Schmerz breitete sich unvermittelt in Kalebs Kopf aus und wurde rasch stärker. Er erschien seltsam vertraut, aber als Kaleb ihn endlich einordnen konnte, war es fast schon zu spät. Er rammte den Fuß auf die Bremse. Der Wagen schlitterte vorwärts, der Motor erstarb, doch das bemerkte Kaleb kaum noch. Seine Sinne verdunkelten sich: Er konnte weder sehen noch hören, hätte nicht einmal mehr sagen können, wo sich seine Hände befanden. Die Welt zog sich zusammen auf die schneidende Qual zwischen seinen Schläfen. Fort! Zurück! Raus! Er krümmte sich. Ein dumpfer

Aufprall. Er kroch über sandigen Boden. Der Schmerz ließ nach, seine Sinne klärten sich.

Etwas lief aus seiner Nase, und als er es abwischte, zog er eine rote Spur über seinen Handrücken. Da war eine schrille Stimme in seinem Kopf, nein, neben seinem Kopf. Dinah hockte neben ihm, die Hände nach ihm ausgestreckt, doch ohne ihn zu berühren. »Sagen Sie mir, was ich tun soll, um Gottes willen!«

Er wälzte sich stöhnend herum, setzte sich auf, lehnte den Rücken gegen den Hinterreifen, den er inzwischen erreicht hatte. Er wusste, dass seine Beine ihn noch nicht tragen würden.

In Dinahs Blick lag ebenso viel Erschrockenheit wie Sorge. Sie musste die Fahrertür geöffnet haben, oder war ihm das selbst gelungen? Er betrachtete sie schweratmend, schluckte das Blut, das ihm aus der Nase den Rachen hinunterlief. Diese Lucy verfügte über einen besseren Schutz, als jede Mauer es hätte sein können.

»Wasser«, sagte er. Dinah stand auf, und als sie zurückkam, hatte sie eines der Gläser und den Wasserkanister dabei.

»Was ist passiert?«, fragte sie, während sie das Glas füllte. »Sagen Sie's mir.«

Dinah reichte ihm den Becher. »Sie haben plötzlich geschrien und den Wagen abgewürgt. Und dann haben Sie sich einfach aus dem Auto fallen lassen.« Nachdem er getrunken hatte, hielt sie ihm ein feuchtes Tuch hin, mit dem er das Blut aus dem Gesicht wischte. Als er die Hände sinken ließ, hatte das Zittern aufgehört.

»Barriere«, sagte er. »Ihre Lucy hat eine psychoinvasive Barriere. So hält sie sich die Reaper vom Leib.«

»Tatsächlich?« Dinah schaute sich um, als erwartete sie, das Feld irgendwo zu sehen. »Ich wusste gar nicht, dass sie das kann.«

»Es ist nicht gerade Allgemeinwissen, aber die technische Anleitung finden Sie in jeder öffentlichen Bibliothek.« Es hatte zweier Kriege bedurft, um dieses Wissen allen neunzehn Städten verfügbar zu machen.

»Haben Sie den Heiligen Gral schon einmal gesehen?«, flüsterte Dinah ehrfürchtig.

»Ja. Er wird in der Kathedrale von Philadelphia aufbewahrt.« Er zog sich am Auto hoch und stellte fest, dass seine Beine ihn wieder trugen.

Der Heilige Gral – so nannte man das außerirdisches Stück Technik, von dem die Menschen die Errichtung der Barrieren gelernt hatten. Die Legende sprach von zwei weiteren Teilen, die aber in den Wirren der dunklen Zeit verloren gegangen waren. Es hieß, die drei Grale vereinigten sich zur Heiligen Trinität, einer Waffe gegen die Reaper.

Auch wenn es der offiziellen Lehre entsprach, Kaleb war sich nicht sicher, ob er dieser Legende glauben sollte. Eine Waffe, gegen die Reaper schutzlos waren, das klang für seinen Geschmack doch zu sehr nach Wunschdenken.

Er entfernte sich ein paar Schritte vom Wagen und musterte das Tor und die alten Zaunpfeiler. Aus dieser Perspektive sah er die rötlich schimmernden Kupferelektroden an den Torpfosten. Zwischen ihnen baute sich das Feld auf, das wie ein unsichtbarer Zaun wirkte. Ein Reaper würde es auf zehn Yards Entfernung spüren. Kaleb hatte Glück, dass er noch hatte bremsen können. Hätte er das Feld durchquert, hätte es ihn getötet.

Er blickte sich weiter um. Das gesamte Gelände war auf diese Art geschützt. Kein Wunder, dass die Reaper sich an John und Dinah gehalten hatten.

Eine Bewegung zog seinen Blick auf sich. Eine Frau trat um die Hausecke: schlank, Mitte vierzig, schlicht in braune Jeans und ein zu großes Flanellhemd gekleidet. Die mandelförmigen Augen wollten nicht recht zu den dunkelblonden Locken passen, die im Sonnenlicht einen rötlichen Schimmer zeigten.

Die Frau hielt eine Werkzeugfeile und ein Metallteil in den Händen. Über ihre Finger hatte sich schwarzes Motorenöl verteilt, das auch in ihrem Gesicht Spuren hinterlassen hatte. Sie legte die Teile auf den Tisch, zog ein Tuch aus der Hosentasche, und während sie sich die Finger reinigte, schaute sie ihren Besucher spöttisch an. »Haben Sie das Mönche-bitte-draußen-bleiben-Schild nicht gesehen?«

»Sie sollten tatsächlich eine Warnung anbringen«, sagte er.

Lucy lächelte kühl. »Interessant, nicht wahr? Dass etwas, das die Reaper fort hält, auch den Klerus abwehrt.«

Aus der Nähe besehen war das Haus keineswegs so offen, wie es auf den ersten Blick schien. Alle Fenster waren durch eingemauerte Gitter und hölzerne Klappläden geschützt. Über die Fassade zogen sich mehrere Reihen wehrhafter Metallspitzen, die aus der Entfernung nicht auffielen, weil sie ebenfalls weiß gestrichen waren. Kaleb hatte schon schlechter geschützte Ketzerhäuser gesehen.

Aber all das verblasste hinter dem eigentlichen Schutz. »Woher beziehen Sie die Energie?«

Lucy deutete über ihre Schulter. »Sonnenkollektoren. Die hat diese Fabrik einmal hergestellt. Die Dächer sind voll davon.« Sie trat zur offenen Haustür, griff ins Innere des Hauses und mit einem leisen Summen erlosch die Barriere. Sofort verschwand der Druck hinter Kalebs Stirn.

»Und Sie haben die Fähigkeit, eine Barriere zu programmieren?«

Lucy zuckte mit den Schultern. »Man lernt, was man zum Überleben braucht.« Sie wandte ihre Aufmerksamkeit von ihm zum Wagen. »Das sieht aus, wie der Pickup aus Selims…« Sie zog die Brauen zusammen. »Dinah?«

Dinah war gerade hinter dem Wagen hervorgetreten.

»Was ist passiert?«, fragte Lucy. »Wo ist John?«

Das war der Moment, in dem Dinah in Tränen ausbrach. Sie lief auf Lucy zu, und die schloss Dinah in die Arme, wobei sie Kaleb fragend anblickte.

»Reaper«, erklärte er.

Lucys Blick zuckte unwillkürlich zu den Bäumen hinüber, die den Waldrand markierten. »Kommt rein«, sagte sie. Nachdem sie die Tür geschlossen hatte, legte sie in einer Art Sicherungskasten einen Schalter um, und Kaleb spürte erneut das Summen der Barriere – nicht schmerzhaft, aber deutlich.

Im Inneren roch es nach eingelagerten Äpfeln. Lucy hob einige Decken vom Sofa und warf sie achtlos in die Zimmerecke, wo sie über einem Stapel Bücher landeten. »Setzt dich, Kind. Hier.«

Während sie Dinah ein Tuch reichte, ließ Kaleb seinen Blick durch das Zimmer schweifen. An allen Wänden standen Bücherregale, die bis zur Decke reichten. Bücherstapel wucherten selbst die Fenster zu, sprossen auch auf dem niedrigen Tisch und auf dem Boden.

Die beiden Frauen saßen auf dem Sofa. Lucy hatte den Arm um Dinah gelegt, die leise schluchzte. Das Bild ließ Kaleb an Eunice denken.

Oft schon hatte er sie in ähnlicher Pose gesehen: tröstend und tragend. Selbst bei ihren Behandlungen auf dem Plünderermarkt, wohin er sie gelegentlich als Leibwache begleitete, ging sie einfühlsam auf jeden ein. Die grindigen Ausschläge, die eitrigen Wunden schreckten sie nicht, Eunice sah einen Menschen hinter jeder noch so scheußlichen Deformation.

Während der Ketzerkriege hatte Eunice trotz ihrer Jugend das Lazarett seiner Einheit mit sanfter, unbeirrbarer Besonnenheit geführt. Sie war wie das Auge im Sturm des Kampfes gewesen, ein Pol der Ruhe, zu dem er sich geflüchtet hatte, wenn das Grauen des Krieges unerträglich geworden war. Dort hatte er nicht reden müssen, nichts erklären, und wurde doch aufgefangen, getröstet. So wie Dinah jetzt.

Kaleb wandte sich ab, von den beiden Frauen und von den Bildern seiner Erinnerung. Er schob einen Holzperlenvorhang auf und blickte ins Nebenzimmer. Auch dort reichten ringsum Bücherregale bis zur Decke. Kaleb ließ die klappernden Schnüre hinter sich zufallen. Langsam schritt er die Regale ab und überflog die Titel. Lucy schien wahllos alles zu sammeln, was auf Papier gedruckt worden war – neben Gartenratgebern und technischen Anleitungen fand er erzählende Literatur, Bildbände und sogar Bilderbücher für Kinder. Immerhin waren die verschiedenen Gebiete sauber getrennt. Es gab auch Ansätze einer Katalogisierung auf den Buchrücken, wie er es von der Bibliothek des Konventes kannte.

Es war erstaunlich, eine solche Sammlung in einem Privathaus zu finden. Die wenigsten Menschen befassten sich mit Büchern, auf dem Land noch weniger als in den Städten. Die Verrichtung der täglichen Arbeit ließ kaum Zeit für etwas anderes, und die wenigen Mußestunden verbrachten die meisten lieber in Gesellschaft. Lucy schien eine Ausnahme zu sein.

Kaleb strich über die Buchrücken, manche von ihnen glatt und glänzend, andere von Knicken durchfurcht oder von mürbem Leinen überzogen. Die meisten waren alt, ihre

Erscheinungsdaten lagen lange vor der Apokalypse, aber er fand auch neue Schriften – wie die Lehren des Bruder Saul, nach denen die Mönche ihre telepathischen Fähigkeiten trainierten. Kaleb fragte sich, warum eine Frau diese Instruktionen besaß, die sie doch nie würde anwenden können.

Es gab auch einen Stapel zerlesener Zeitschriften, und als Kaleb darunter den *National Science Monitor* entdeckte, blätterte er das Exemplar probehalber durch. Tatsächlich: Es war die Ausgabe mit dem berühmt gewordenen Artikel von William Robert Johnson, dem ersten schriftlichen Zeugnis über den Absturz. Es gab nicht mehr viele Exemplare dieser Ausgabe, und die meisten Sammler bewahrten ihres hinter Glas oder Stahltüren auf. Selbst diese zerlesene Ausgabe wäre noch eine Jahresration Diesel wert.

Am Ende des Artikels gab es ein kleines Foto des Wissenschaftlers: ein Mann Ende vierzig, mit schütterem Haar und beigem Pullover. Er hatte nicht nur das Wrack entdeckt, sondern später auch die Trinität. Mit seinem Team war es ihm gelungen, den Absturz zu rekonstruieren – wozu auch immer dieses Wissen gut gewesen sein mochte; ihn hatte es jedenfalls nicht gerettet. Johnson war gut zehn Jahre nach seinem Fund beim Fall von Vancouver ums Leben gekommen. Der Nachwelt hatte er die Information hinterlassen, dass die außerirdische Mannschaft von den Reapern getötet worden war. Ob die Reaper Fracht oder blinde Passagiere gewesen waren, hatte sich nie eindeutig klären lassen.

Kaleb legte die Zeitschrift zurück zu den anderen und blickte sich weiter um. Es gab ein Regal mit philosophischen Werken und dort fand er, was er vermutet hatte: Das Buch.

Allein sein Besitz war strafbar, es zu lesen ohne einen autorisierten Ausleger galt als Häresie. Es war nicht einmal besonders verborgen gewesen, stand offen im Regal.

Hinter Kaleb klapperte der Perlenvorhang, und Lucy fragte: »Haben Sie gefunden, wonach Sie suchen?«

Er wandte sich nicht um, sondern zog Das Buch hervor und betrachtete den abgegriffenen Einband. »Sind Sie ein *Reader*?«

Lucy lachte trocken auf. »Ja, aber nicht, wie Sie das meinen. Ich gehöre nicht der Sekte an.« Sie trat neben ihn und hob den Blick zu den Buchrücken neben der entstandenen

Lücke. »Wussten Sie, dass es vor der Dunkelheit verschiedene Religionen gab? Und jede von ihnen hatte ihr eigenes Buch. Hier.« Sie zog einen schwarzen Band aus dem Regal. »Der Koran.« Sie legte ihn auf den Tisch, wandte sich wieder um und griff nach einem orangeroten Paperback. »Der Pali-Kanon des erleuchteten Buddha.« Danach folgten ein dunkelblauer, ein weinroter und ein lederner Einband: »Das Buch Mormon … das Kapital … die Thora.«

Die Wertschätzung, welche die Menschen den Worten entgegengebracht hatten, zeigte sich deutlich an den goldenen Buchstaben, mit denen manch ein Einband geprägt war. »Sie, mein Freund, beten nach diesem Buch, aber Sie nennen sich nach dem dort und Sie kämpfen nach einem ganz anderen. Sie sind eine Patchwork-Puppe. Man hat Ihnen jeden Flicken aufgenäht, der passend schien.«

Kaleb hob den Blick. »Ich bin, was ich sein muss.«

»Für wen? Den Puppenmacher?«

»Für die Menschen.«

Sie betrachtete ihn und der Spott in ihrem Gesicht wich einer gewissen Wärme. »Ein standhafter Zinnsoldat«, sagte sie. »Sie können nichts dafür. Sie sind so erzogen worden.«

Sie täuschte sich. Er war nicht im Konvent aufgewachsen. Doch wozu sollte er mit ihr diskutieren? »Sie besitzen Nachtmilch«, stellte er fest.

Ihr Blick wurde wieder spöttisch. »Wollen Sie einen Schuss?«

»Sie haben Kontakt zu den Ketzern in den Outlands – wie finde ich die?«

»Keine Ahnung.«

Er senkte den Kopf, atmete ein, nahm den Blickkontakt aber wieder auf, bevor er weitersprach. »Ich gehöre nicht zur Inquisition. Ich bin nicht hier, um Sie zu verhaften. Aber irgendetwas hat sich verändert, und wenn Sie etwas darüber wissen, sollten Sie es mir sagen.«

Sie hielt seinem Blick stand. »Die Plünderer kommen zu mir«, sagte sie, »nicht umgekehrt. Es gibt ein Ketzerdorf irgendwo im Norden, mehr weiß ich nicht. Aber ich werde die Ohren offenhalten.«

Er musterte sie aufmerksam. Falls sie log, tat sie es gut. Schließlich nickte Kaleb. »Wir sollten aufbrechen.« Er legte das Buch zu den anderen und wandte sich zum Ausgang.

»Sie konfiszieren es nicht?« Sie klang mehr herausfordernd als überrascht. Er hielt es nicht für nötig, darauf zu antworten.

Als Kaleb ins Wohnzimmer trat, saß Dinah gefasst auf dem Sofa, die Beine angezogen, eine dampfende Tasse in der Hand. Er nickte ihr auffordernd zu. »Ich bringe Sie nach Hause.«

»Warum sind wir überhaupt hergekommen?« Dinah stellte die Tasse ab.

Lucy war ihm gefolgt und lehnte jetzt am Türrahmen. »Er wollte wissen, wie ich mir die Reaper vom Hals halte, und ob ich rote Augen habe und um den goldenen Reaper tanze.«

Kaleb nahm die Jeansjacke, die über der Sofalehne hing, und hielt sie Dinah auffordernd entgegen.

Lucy stieß sich vom Türrahmen ab. »Ich schalte die Barriere ab, bis Sie draußen sind.« Sie legte den Finger auf den Hauptschalter und sah Kaleb auffordernd an. »Wollen Sie noch nach den Reapern lauschen?«

»Das habe ich bereits«, entgegnete Kaleb.

»Es ist heller Tag«, sagte Dinah und zog die Jacke über. »Da sind wir doch sicher. Oder?«

Kalebs und Lucys Blicke trafen sich.

»Kommen Sie«, sagte Kaleb.

Eunice war vom Markt in ihr eigenes Reich zurückgekehrt – die Siechenräume im Konvent. Jetzt, am frühen Abend, gab es kaum noch Patienten und Eunice konnte sich der Kräuterlieferung widmen, die sie über Crow erhalten hatte. Die anderen Mitarbeiter wussten, dass die *Mother Matron* niemand anderen die Pakete sichten ließ, und so hatte ihr auch niemand von der Abendschicht Hilfe angeboten. Waren die Kräuter erst in die Flakons verteilt und ordentlich beschriftet, hatten auch die anderen Mitarbeiter Zugang zu ihnen, doch bis dahin durfte niemand die Bündel auch nur anfassen.

Eunice hob den geflochtenen Deckel vom Korb. Darunter

lagen die sechs in Papier eingerollten Kräuterbündel. Dieses Papier war eng bedruckt: Nachrichten aus einer vergangenen Welt. Die ersten Male hatte Eunice die Meldungen und die fremdartigen Anzeigen voller Neugier gelesen. Inzwischen waren sie wie alles andere aus der alten Zeit: Man benutzte es, wenn möglich, ansonsten war es ohne Bedeutung.

Viel wichtiger war das, was die Zeitungen umschlossen.

Behutsam, fast zärtlich nahm Eunice eines der Bündel, entrollte es auf der Tischplatte, so dass die Kräuter ihren Duft im Raum verbreiteten. Sie prüfte die Qualität der Ware und ihren Zustand. Wie immer war sie tadellos, die einzelnen Blätter fachmännisch getrocknet, ohne Schimmel oder faule Stellen.

Das erste Bündel enthielt verschiedene Sorten, sorgfältig voneinander abgesetzt. Nach und nach fand jedes Kraut den Weg in sein Gefäß im Schrank, bis nur noch einige zerknitterte Lagen bedrucktes Papier auf dem Tisch zurückblieben.

Eunice nahm nun auch das Papier auseinander, Lage für Lage, inspizierte Vorder- und Rückseiten, faltete und glättete es und legte es auf einen Stapel. Es waren sechs Kräuterbündel – schwer zu sagen, in welchem der Brief verborgen sein würde.

Ihr Vater bestand auf dieser Vorsichtsmaßnahme. Einen unverhüllten Briefwechsel zwischen Berenice und dem Konvent durfte es nicht geben. Vom Absender bis zum Adressaten gingen Briefe durch zu viele Hände.

Sie reinigte den Tisch von den Krumen, bevor sie das nächste Bündel aus dem Korb hob. Wie so oft dachte sie daran, wie sie damals auf gleiche Weise die für Kaleb bestimmten Briefe empfangen hatte. Sie war erstaunt gewesen, eng beschriebene Bögen zu finden, deren Zeilen nicht mit Berenices Handschrift gefüllt waren. Jene Schrift war ungelenker gewesen, die Rechtschreibung haarsträubend. Das hatte selbst der flüchtige Blick enthüllt, der eben unvermeidlich war, wenn man das Papier zwischen den zerknitterten Zeitungslagen herausschälte. Briefe aus Selimsburgh – von einer Frau namens Rachel.

Mit den Briefen hatte es angefangen. Er hatte nie direkt danach gefragt. Wenn eine neue Kräuterlieferung aus

Selimsburgh ankam, tauchte er in den Siechenräumen auf, half beim Umbetten der Kranken und beim Saubermachen, wo gerade Hilfe gebraucht wurde. Geduldig wartete er bis zum Abend, bis die letzten Kranken versorgt, die Tagesschicht gegangen und die Nachtschicht instruiert war. Wenn Ruhe einkehrte und sie beide für einige Augenblicke allein in der Apotheke sein konnten, dann zog Eunice die Briefe aus ihrem Versteck. Kaleb nahm das Papier behutsam wie eine Kostbarkeit entgegen und verbarg es in seiner Kutte.

Es war ein stummes Ritual. Nur seine Augen hatten gesprochen. Es hatte keine Hoffnung in ihnen gelegen, kein Sehnen, nur ein stiller Schmerz – das Wissen darüber, dass diese Briefe alles waren, was ihm blieb. Den gleichen Schmerz hatte sie vor einigen Tagen wieder in seinem Gesicht gesehen, als Dillon Brents Nachricht ihm unvermittelt den Weg nach Selimsburgh eröffnet hatte.

Damals hatte Eunice jedes Mal wieder gegen die Versuchung ankämpfen müssen, die Briefe zu lesen, auch wenn deren Inhalt sie wahrscheinlich nur geschmerzt hätte. Ihre Beständigkeit war belohnt worden. Da Kaleb jeder Kontakt nach Selimsburgh verboten war, wurde sie als einzige Mitwisserin zu einer Vertrauten, einer Freundin – und schließlich, unabsichtlich, zu einer Verräterin.

Im dritten Bündel endlich fand Eunice zwei handgeschriebene Seiten zwischen den Papierlagen. Zwei – das war weniger als üblich.

Ohne sich weiter um die Reste auf dem Tisch zu kümmern, zog sich Eunice auf einen Stuhl zurück. Die Blätter waren zerknittert, doch in Berenices sauberer, schnörkelloser Schrift deutlich beschrieben. Einzelne Textpassagen waren durch waagerechte Striche abgetrennt – Berenice schrieb ihre Briefe über mehrere Tage hinweg, wie ein Tagebuch.

Eunice lehnte sich zurück und begann mit Vorfreude jene Lektüre, die so kostbar wie selten war. Doch die gewohnte Muße wollte sich diesmal nicht einstellen; mit jedem Satz las sie schneller, hektischer. Nach dem letzten Satz sprang sie auf und ging zur Tür hinüber – doch dann stockte sie. Sie drehte sich um, schaute auf den offenen Korb, das halb ausgepackte Bündel. Sie zögerte.

Wenn jemand die Kräuter so offen auf dem Tisch fand, würde das Fragen aufwerfen. Jeder wusste, wie sorgfältig Eunice mit der Medizin umging.

Seufzend faltete sie den Brief zusammen, steckte ihn in die Tasche ihres Kittels und kehrte an ihre Arbeit zurück. Jetzt lag Eile in ihren Handgriffen.

Abends gönnte sich Elijah Brookstone häufiger mal ein Glas Whiskey. Selbst in den Zeiten knapper Lebensmittel hatten die Menschen nicht darauf verzichtet, einen Teil davon zu Alkohol zu brennen. Inzwischen gab es ausgezeichnete Destillate aus Kartoffeln, Korn und Mais. Das abendliche Ritual half ihm, zur Ruhe zu kommen, während die Stadt um ihn herum niemals schlief.

Er stand am offenen Fenster und lauschte auf das Treiben tief unten in den Gassen und um ihn her auf den Brückengängen. Zu jeder Tages- und Nachtzeit herrschte die gleiche Dunkelheit in der Unterstadt, die gleiche Enge zwischen den Häusern. Selbst nach Mitternacht drängten sich so viele Menschen auf den Wegen, dass ein Vorwärtskommen kaum möglich war. Vermutlich, dachte Brookstone, würden die Straßen tagsüber überhaupt nicht mehr zu benutzen sein, wenn nicht einige Menschen ihre Besorgungen des Nachts verrichten würden. Die Stadt lebte im Schichtbetrieb.

Es klopfte, und noch bevor Brookstone reagieren konnte, wurde die Tür aufgerissen. Eunice stürmte herein.

»Ein Brief«, keuchte sie. »Von Berenice!« Sie musste die Treppen heraufgerannt sein. »Lies nur den letzten Abschnitt.«

Brookstone nahm das Papier, das sie ihm reichte, und faltete es auseinander. Das klare Schriftbild seiner ältesten Tochter war ihm inzwischen so vertraut wie früher ihr Gesicht. Sein Blick streifte das Bild auf seinem Schreibtisch: Eunice und Berenice, die heiligen Schwestern, Arm in Arm. Über zwanzig Jahre war das her. Wie sie wohl heute aussehen mochte?

Er widmete seine Aufmerksamkeit dem Brief, suchte den

letzten Eintrag und überflog die Zeilen. Dann blickte er auf und begegnete dem besorgten Blick seiner Tochter.

»Meinst du«, fragte Eunice, »es könnte *der* Raffael sein? Der Erzengel?«

Michael, Gabriel, Raffael – Brookstone wusste nicht, wer den drei Inquisitoren den Spitznamen »Erzengel« verpasst hatte. Ihre Grausamkeit während der Ketzerkriege war legendär. Selbst die Mönche fürchteten sie, denn sie schickten ihre Männer oft genug auf Todesmissionen.

Er schüttelte langsam den Kopf. »Wir müssen annehmen, dass die drei Erzengel tot sind. Der Kontakt brach ab, schon vor …«, er dachte kurz nach, »vor bestimmt drei Jahren. Es gibt keinen Grund anzunehmen, dass sie zu Ketzern geworden wären.«

»Und wenn doch?« Eunice zeigte auf den Brief. »Kaleb untersucht genau jene Spuren, von denen Berenice schreibt, aber er hat nicht die geringste Ahnung, womit er es zu tun bekommt. Du musst ihm Unterstützung schicken!«

»Ich werde sehen.« Brookstone steckte den Brief ein und zog an einer stummen Klingel. »Diesen behalte ich vorerst. Geh. Nein, nicht da hinaus. Ich will nicht, dass Merryweather dich sieht.«

Nur Augenblicke nachdem Eunice den Raum verlassen hatte, klopfte es erneut. Diesmal wartete der Besucher auf Brookstones Aufforderung. Merryweather stand im Türrahmen. »Sie haben geläutet, Eminenz?«

»Es gibt weitere Nachrichten über die Reaper in den Outlands. Ich stelle einen Trupp Jäger zusammen.« Brookstone setzte sich hinter seinen Schreibtisch, stellte sein Glas ab und schrieb rasch sechs Namen auf. Dann reichte er das Blatt dem Kanonikus. »Sag diesen Männern Bescheid, sie sollen sich nach der Laudes reisefertig in der Sakristei einfinden.«

Merryweather verneigte sich würdevoll und verließ stumm den Raum.

Brookstone griff nach seinem Whiskey und drehte das Glas nachdenklich in den Händen.

Michael, Gabriel, Raffael. Genetisch gesehen waren sie Halbbrüder, doch die Ähnlichkeit zwischen ihnen hatte sich für den Bischof immer auf die hochmütige Arroganz in ihren Augen beschränkt. Alle Inquisitoren trugen diese

Aura der Überlegenheit wie einen Mantel; Vater Mordechai machte da keine Ausnahme. Vielleicht war es nicht klug, den Inquisitor mit auf diese Mission zu schicken, aber die Mönche brauchten einen Kommandanten, der Bescheid wusste. Bescheid über das, was sie da draußen erwartete.

Raffael.

Brookstone trank den letzten Schluck der bernsteinfarbenen Flüssigkeit. Konnte es wirklich sein, dass die Erzengel die Expedition überlebt hatten, auf die er sie geschickt hatte? War einer von ihnen zurückgekehrt? Oder war dieser Raffael nur ein Mann gleichen Namens? Immerhin war die Auswahl an Namen auf Das Buch begrenzt.

»Es kann Zufall sein«, sagte er in den leeren Raum hinein. Er betrachtete die öligen Reste, die am Glas entlangliefen. Schließlich stellte er es energisch ab und erhob sich.

Elijah Brookstone glaubte nicht an Zufälle.

Kaleb spürte die Anwesenheit der Reaper nach einer halben Stunde Fahrt. Die Reptilien waren ihnen nicht gefolgt – vielmehr war er in ihre Anwesenheit hineingefahren, als hätten die Reaper auf sie gelauert. Möglich, dass sie sich bloß einen Tagesruheplatz in der Nähe gesucht hatten und nicht auf Beute aus waren – doch darauf wagte Kaleb nicht zu hoffen.

»Funktioniert der Gurt auf Ihrer Seite?«, fragte er Dinah.

»Warum?«

»Schnallen Sie sich an.«

Dinah gehorchte. Auf Kalebs Seite war der Riemen aus der Verankerung gerissen und lag nutzlos im Fußraum.

Sie fuhren auf einem mehrspurigen Highway, der trotz der Risse eine gewisse Geschwindigkeit ermöglichte. Die Stoßdämpfer waren nicht mehr zu gebrauchen und jede Erhebung setzte sich als harter Stoß ins Wageninnere fort.

Kaleb konzentrierte sich auf die Straße und die Empfindung der Reaper vor sich, die sich jetzt in Bewegung setzten. Aus den Augenwinkeln sah er Dinahs ängstlichen Blick, doch sie war klug genug, jetzt keine Fragen zu stellen. Er wich einem Krater aus und passierte die rostfarbene Ruine eines Wagens. Die Reaper kamen näher, und Kaleb drückte das Gaspedal durch. Die Erschütterungen der Schlaglöcher verschmolzen zu einem Rütteln.

Sie kamen von links, und Dinah schrie vor Angst. Keine Zeit für Taktik – alles, was ihm blieb, war, seine Gedanken zu verschließen und zu reagieren. Kaleb wich aus, doch er traf einen der Angreifer mit dem Kotflügel. Der Wagen geriet ins Schlingern, Kaleb steuerte gegen, fing ihn ab, hatte aber an Geschwindigkeit verloren. Das Zurückschalten kostete weitere Sekunden. Mit einem lauten Knall landete einer der Reaper auf der Ladefläche. Der Pickup gewann erneut an Geschwindigkeit. Kaleb riss das Lenkrad herum und hörte das Reptil über die Ladefläche rutschen. Der Angreifer wurde rechts über die Brüstung der Ladefläche geschleudert, doch als Kaleb wieder Gas gab, blieb die Präsenz nicht zurück: Der Reaper musste seine Klauen in das Metall des Wagens geschlagen haben. Sein Gewicht zog den Pickup nach rechts, wo der Boden in eine Böschung überging. Zwei Yards unter ihnen verlief die ehemalige Gegenspur des Highways. Eine halbe Meile vor ihnen standen noch Überreste der alten Leitplanken. Vielleicht gelang es ihm, das Reptil daran abzustreifen, doch dazu musste er sich gefährlich nah an den Rand der Fahrbahn wagen. Immerhin hatte er die anderen Angreifer hinter sich gelassen.

Das verbogene Ende der Leitplanke kam näher, während Kaleb erneut an Geschwindigkeit gewann.

Doch dann brach der Teer unter den Reifen weg. Der Pickup schlitterte, geriet mit den rechten Reifen auf den Hang. Kaleb versuchte gegenzulenken, doch das Gewicht des Reapers ließ den Wagen kippen, hob die linken Räder vom Boden – und dann erreichten sie die Leitplanke.

Sie wirkte wie ein Hebel. Für einen endlosen Moment schwebte das Gefährt schräg in der Luft, dann drehte sich die Welt, erfüllt von einem blechernen Scheppern und Dinahs gellendem Schrei. Der Wagen rollte die Böschung hinab und Kaleb wurde durch den leeren Rahmen der Windschutzscheibe geschleudert, sah den Boden auf sich zukommen, rollte über die Schulter ab und spürte trotzdem die Wucht des Aufpralls, der ihn weiterriss, so dass er sich noch einmal überschlug und über den Boden schrammte.

Er blieb auf der Seite liegen und krümmte sich stöhnend zusammen.

Er stemmte sich hoch und zog dabei den Dolch. Der Wagen hatte sich noch mehrfach überschlagen und war am Fuß des Abhangs auf der Seite liegen geblieben. Die Fahrerkabine war nicht zusammengedrückt, aber das musste nicht viel heißen. Ein Reaper – wohl der von der Ladefläche – lag abseits. Da Kaleb ihn sah, aber nicht spürte, musste er wohl tot sein. Vom Highway herunter liefen die anderen auf das Wrack zu.

Es waren fünf. Fünf Reaper, und keine Möglichkeit, sie zu separieren. Das Sonnenlicht würde Kaleb einen Vorteil verschaffen. Wenn sie ihn angriffen, würde er zwei, vielleicht sogar drei von ihnen mitnehmen können. Dann würde er sterben wie ein Mönch.

Kaleb machte sich keine Illusionen, aber er hatte auch keine Angst. Angst würde ihm nicht helfen. Angst würde sie nur anlocken. Stattdessen hielt er seinen Geist verschlossen und kauerte sich auf den Boden. Er hatte keine Deckung und sie wussten, dass er da war.

Mit einer fließenden Bewegung löste Kaleb den Mechanismus, der aus der Doppelklinge des Reaperdolches zwei getrennte Waffen machte. Einen Halbdolch in jeder Faust behielt Kaleb die Reptilien im Auge, die unruhig um den Wagen liefen. Er sah ihr heftiges Blinzeln und wusste, dass das Sonnenlicht sie quälte. Sie liefen unsicher, taumelnd, als störe das Licht nicht nur ihre Augen, sondern auch ihren Gleichgewichtssinn. Immer wieder blieb der eine oder andere stehen und schüttelte den Kopf.

Einer von ihnen sprang auf das Wrack, riss mit seinen Klauen die Fahrertür aus der Verankerung und zerrte die leblose Frau heraus. Es war nicht zu erkennen, ob sie tot oder bewusstlos war, doch das war gleichgültig. Kaleb wusste, was jetzt kam: Die Reaper würden sich um die Beute streiten, würden sie in Stücke reißen, bis jeder von ihnen sich mit seinem Anteil zurückzog. Kaleb hatte es oft genug beobachtet.

Doch nichts dergleichen geschah. Stattdessen nahm der größte der Reaper den Kragen von Dinahs Jeansjacke mit seltsamer Behutsamkeit zwischen die Zähne, als wolle er vermeiden, sie zu verletzen, und schleppte sie umständlich mit. Die anderen vier folgten, ohne Anspruch auf ihren Teil der Beute zu erheben.

Vor Verblüffung hätte Kaleb beinahe die Verschleierung fallen lassen. Die Reaper bewegten sich den Hang hinauf, ohne den Mönch zu beachten, und waren im nächsten Moment fort.

Kaleb schüttelte ungläubig den Kopf und spürte ihnen gedanklich nach. Sie bewegten sich in einer geraden Linie weg von ihm, nach Norden.

Warum hatten sie ihn nicht angegriffen? Hatte die Furcht vor einem Mönch sie abgehalten? War ihnen die Beute genug, die sie nicht einmal aufgeteilt hatten? Oder folgten auch diese Reaper einem Befehl?

Schließlich stand er auf, stieg den Abhang zum Highway hinauf und schaute ihnen nach. Sie waren längst im Wald untergetaucht, doch er spürte ihre Anwesenheit noch. Erst als die letzte Wahrnehmung der Reaper verblasst war, wandte sich Kaleb in Richtung Selimsburgh. Er blickte die schnurgerade Linie des Highways entlang, seufzte und marschierte los. Im Gehen überprüfte er seinen Körper: Sein linkes Knie schmerzte und ließ ihn hinken, doch es wurde erträglicher, nachdem er eine Weile gegangen war. Er blutete aus verschiedenen Schrammen, nichts Ernstes. Alles in allem war es überraschend, noch am Leben zu sein.

Kaleb verstand noch immer nicht, was er gesehen hatte. Die Reaper hatten die Frau nicht getötet, sie hatten sie fortgeschleppt, mehr noch, es hatte so ausgesehen, als wäre die Frau entführt worden.

Es gab unzählige Geschichten über Reaper, manche glaubwürdig, andere weniger. Doch von einem solchen Verhalten hatte er noch nie gehört.

Reaper waren Tiere. Sie wurden von ihren Instinkten geleitet – jagen, fressen, sich fortpflanzen. Sie entführten keine Menschen.

Konnte es einen Zusammenhang geben mit dem, was er zuvor gespürt hatte – ein fremder Wille, der die Reaper beherrschte? Aber wem konnte dieser Wille gehören? Gab es unter ihnen doch so etwas wie Anführer? Andersgeartete Individuen wie die Königin eines Bienenstaates? So wenig war bekannt, und selbst das Bekannte war widersprüchlich. Einerseits hielt man die Reaper für Einzelgänger; selbst die Aufzucht der Jungen wurde vom Muttertier alleine durchgeführt, so dass Familienverbände klein blieben. Und doch hatte es immer wieder Fälle gegeben, bei denen sich Reaper zu Rudeln zusammenschlossen, die mehrere hundert Individuen umfassen konnten. Vancouver, San Francisco, Minneapolis – diese Namen standen für die Fähigkeit der Reaper zur Kooperation. Und sie standen für grenzenlose Zerstörungswut.

Laien begriffen es nicht. Sie hörten mit Grauen von den Massakern und konnten sie nur als ein Werk des Teufels deuten, ein von Satan geschicktes Inferno.

Ausgerechnet die Mönche hatten die Möglichkeit, es zu verstehen.

In der vergangenen Nacht hatte Kaleb sich zum dritten Mal in seinem Leben mit einem Reaper verbunden. Er war von den Emotionen des Reptils überschwemmt worden, und er ahnte, mit welcher Wucht sich hunderte telepathisch verbundener Reaper in einen Blutrausch hineinsteigerten. Eine solche Ekstase konnte erst verebben, wenn das letzte Lebenszeichen erloschen, die letzte flüchtende Beute erlegt war.

Und jetzt das – eine Entführung. Was wollten die Reaper mit einer Menschenfrau? Oder hatten sie es tatsächlich auf das Kind abgesehen, das sie im Leib trug? Dinah war eine Heilige Mutter, das Kind konnte durchaus ein Erwählter sein – aber was wollten die Reaper mit einem ungeborenen Erwählten?

Kaleb rieb sich mit der Hand über das Gesicht, während er weitermarschierte, spürte die Bartstoppeln. Alles Nachdenken würde ihn der Lösung nicht näher bringen. Er müsste den Reapern folgen, herausfinden, wohin sie Dinah brachten. Doch seine erste Pflicht war es, den Konvent zu informieren. Schon die eine Nacht Verzögerung war eine eigenmächtige Entscheidung gewesen. Außerdem wusste er nicht, wie groß dieses Rudel tatsächlich war. Drei hatte er in der ersten Nacht getötet, drei in der zweiten, und jetzt waren es noch mindestens sechs – wenn nicht mehr. Er musste Verstärkung anfordern, und auch das konnte er nur von Selimsburgh aus.

Selimsburgh.

Ob Rachel noch dort lebte? Ob er sie wiedererkennen würde? Und sie ihn? Ihr Sohn – Samuel – war jetzt fast zwanzig Jahre alt. Was für ein Mensch mochte aus ihm geworden sein?

Inzwischen erstreckte sich auch rechts der Straße lichter Wald in den Farben des Indian Summer. Kaleb versuchte abzuschätzen, wie weit es noch war. Obwohl er diese Strecke am Vortag bereits gefahren war, erschwerte die Gleichförmigkeit der Landschaft die Orientierung.

In seiner Jugend hatte er Selimsburgh nicht oft verlassen. Hinaus zu den Feldern, weiter wagte man sich kaum vor die Palisade. Den Transporten, die den Doppelzehnten nach Philadelphia brachten, hatte Kaleb sich nie angeschlossen. Die anderen hatten das akzeptiert – jeder wusste, dass er sich um seine Mutter kümmern musste. Man konnte die kranke Frau kaum der Obhut ihres Mannes überlassen. Jeremiah Payne spielte, trank und schlief seinen Rausch in den Gassen aus, wo ihn die Kinder mit Spottgesängen weckten und mit Dreck bewarfen.

Merkwürdigerweise hatte Kaleb ihn niemals Vater genannt. Als habe er die Wahrheit schon immer gespürt. Es war das Einzige, was Kaleb seiner Mutter vorwarf: dass sie es nie gesagt hatte. Dass sie das Wissen über seinen wirklichen Vater mit ins Grab genommen hatte.

Mit plötzlicher Deutlichkeit stand Kaleb die düstere Kammer mit den kleinen Fenstern vor Augen. Seine Mutter, die sich mühsam aufrichtete und Blut hustete. Wie er abwartete, bis der Husten nachließ, ihr dann ein Tuch reichte – oder ein Glas Wasser. Er hatte ihr Haar gekämmt, sie gefüttert, ihr Gesicht gewaschen, sie gestützt, wenn sie den Eimer benutzen musste. Er erinnerte sich an ihren Blick, warm und liebevoll und erfüllt von dem Schmerz darüber, was sie ihrem Sohn zumutete.

Nachbarinnen hatten geholfen: eine alte Farbige, die Sommer wie Winter die gleiche Strickmütze auf dem Kopf trug, und eine resolute Frau mit roten Äderchen auf den Wangen – Rachels Mutter.

Rachel hatte ihre Mutter oft begleitet. Sie saß mit Kaleb in der Küche, während nebenan seine Mutter gewaschen und in ein frisches Nachthemd gekleidet wurde. Dies war das Einzige, was er niemals für sie tun durfte, darin war seine Mutter sehr bestimmt. Es war nicht nur die Scham vor dem eigenen, halbwüchsigen Sohn, sondern auch der Wunsch, ihm den Anblick ihres ausgemergelten, nackten Körpers zu ersparen.

Stattdessen hatte er Rachels Körper betrachtet, hatte die heranreifende Weiblichkeit beobachtet und das Erwachen seines eigenen Verlangens erlebt.

Sie kam oft vorbei, später auch allein, brachte Essen oder Neuigkeiten. Sie half, seine Mutter zu versorgen, las ihr vor oder starrte mit ihm ins Herdfeuer. Später küssten sie sich. Auf der Totenfeier, als der Sarg seiner Mutter den Flammen übergeben wurde, standen sie Hand in Hand.

Danach wies die Gemeinde Jeremiah und ihm eine neue Unterkunft zu: einen einzelnen Raum, eng und fensterlos, durch dessen Wände im Frühjahr und Herbst das Wasser drückte. Gut genug für den Säufer und dessen Sohn. Denn mehr war er nicht – der Sohn des Säufers.

Jetzt galten die Spottgesänge der Kinder auch ihm. An die Reime und Tonfolgen erinnerte er sich noch heute, auch wenn sie nicht mehr schmerzten. Damals hatte er das Gefühl gehabt, mit Fäusten gegen Mauern zu schlagen, hatte mit jugendlicher Wut erzwingen wollen, was Zeit zum Wachsen gebraucht hätte. Rückblickend erinnerte er sich auch an Gesten der Anerkennung, an bereitwillige Unterstützung, an gutmütige Neckereien. Doch mit achtzehn Jahren war es schwer gewesen, das zu würdigen. Nur Rachel hatte immer auf seiner Seite gestanden.

Er hatte sie niemals gefragt. Es war eine stumme Übereinkunft gewesen, ein gemeinsames Wissen, über das nicht gesprochen werden musste. Sie waren beide davon ausgegangen, eines Tages zusammen eine Familie zu gründen.

Bis Brookstone gekommen war.

Erst Monate später, aus Rachels erstem Brief, hatte er erfahren, dass sie sein Kind unter dem Herzen trug: jenen Jungen, der inzwischen zwanzig Jahre alt war.

Rechts des Highways, in einer Senke, tauchten nun die Umrisse von Selimsburgh auf. Dahinter glitzerte das breite Band des Susquehanna, von dem das Lehen sein Wasser bezog.

Kaleb blieb stehen und betrachtete die Siedlung, die von hier aus nicht mehr als eine Silhouette war. Heimat. War es das noch? War es das jemals gewesen?

Ja, das war es. Trotz der Armut, trotz des Mannes, dessen Gewaltausbrüche nach dem Tod der Mutter immer schlimmer geworden waren, trotz der Menschen, deren Achtung er sich hätte erarbeiten müssen. Es war seine Heimat gewesen.

Kaleb folgte zuerst der weiten Schleife der alten Abfahrt und bog von dort auf einen unbefestigten Pfad ab, den Räder, Hufe und Füße ausgetreten hatten. Der Weg führte zwischen rotblättrigen Büschen hindurch. Kaleb musste noch eine halbe Stunde gehen, bis der Wald zurückblieb und die Felder mit den Wachtürmen vor ihm lagen.

Die Äcker der Randlagen waren bereits abgeerntet. Die zurückgebliebenen Reste verwiesen auf Korn, Kartoffeln, Kohl und Sonnenblumen. Sonnenblumen – mannshohe Pflanzen, zwischen denen sich ganze Reaperrudel verbergen konnten. Kaleb erinnerte sich an die ständige Furcht während der Ernte, die Verdopplung der Wachen. Doch ohne das Öl gab es weder Methylester für die Fahrzeuge noch elektrischen Strom aus den Dieselgeneratoren.

Beim Näherkommen sah Kaleb auf den hölzernen Türmen menschliche Silhouetten mit Gewehren. Die Wachleute entdeckten den einzelnen Wanderer ebenfalls. Rufe klangen über die Felder, gebückte Gestalten richteten sich auf, schauten ihm entgegen, stützten sich auf ihre Ackergeräte. Es waren Menschen, wie Kaleb sie überall in den Lehen gesehen hatte: wettergegerbte Gesichter und abgetragene Arbeitskleidung in verwaschenen Farben. Nach zwanzig Jahren erschien ihm hier nichts mehr vertraut.

Die Menschen traten an den Feldrand und beobachteten schweigend sein Näherkommen. Kaleb verlangsamte seine Schritte nicht, und die Köpfe der Menschen drehten sich, während er vorbeimarschierte. Hinter ihm schulterten sie die Ackergeräte und schlossen sich ihm zu einem stummen Zug an. Fremde und Neuigkeiten waren hier draußen wichtig.

Vor ihm ragte die Palisade aus Stämmen gut zwei Manneslängen senkrecht in die Höhe. Die Städte schützen sich mit Betonmauern, dreißig, vierzig Yards hoch, für die

Reaper unüberwindlich, doch Holz bot keinen absoluten Schutz. An verschiedenen Stellen fand Kalebs forschender Blick die Spuren mächtiger Klauen, die sich in das Holz geschlagen hatten. Schmiedeeiserne Spitzen verhinderten ein Überklettern, schmale Schießscharten dienten der Abwehr. Den besten Schutz boten allerdings die unscheinbaren Kupferstreifen, die in regelmäßigen Abständen unterhalb der metallenen Krallen verliefen. Mit genügend Energie ließ sich damit ein psychoinvasives Feld um die gesamte Siedlung legen. Das Kupfer der Elektroden blinkte rot in der Sonne, hatte nirgendwo Grünspan angesetzt. Auch an den Metallspitzen zeigte sich keine Spur von Rost. Fünf Jahre ohne Reaper hatten die Menschen von Selimsburgh nicht nachlässig werden lassen.

Der Weg führte auf ein hohes Tor zu, in das eine Tür eingearbeitet war. In dieser Tür stand eine Klappe offen – so schmal, dass die Öffnung lediglich zwei Augen und den Ansatz einer Nase sehen ließ. Der Blick dieser Augen war unverwandt auf Kaleb gerichtet.

Der Wächter bewegte sich nicht. Selbst als Kaleb herangekommen war, blieben die Augen prüfend auf den Mönch gerichtet. Hinter Kaleb verstummten die Schritte der Feldarbeiter, und Stille breitete sich aus. Überlaut waren nur die letzten Grillen des Sommers zu hören. Ihr Zirpen hallte in der Weite der Landschaft und trug die Erinnerung an Hitze und Trockenheit mit sich.

Kaleb erwiderte den forschenden Blick, der ihn von oben bis unten abtastete. Schließlich wurde die Klappe geschlossen. Ein Metallriegel schabte über Holz, dann öffnete sich die Tür geräuschlos in gut geölten Angeln.

Der Durchgang war schmal und so niedrig, dass Kaleb sich bücken musste, als er eintrat. Dahinter empfing ihn ein Gewirr aus vorspringenden Obergeschossen, windschiefen Erkern und Anbauten aus völlig unterschiedlichen Materialien. So sauber und strukturiert sich der Schutzwall präsentierte, so zusammengestückelt waren die Baumaterialien im Inneren des Dorfes: Holz, Stein, Wellblech, Lehm – alles wurde verwendet. Wie bei einem Ameisennest waren die Menschen im Inneren der umfriedeten Siedlungen ununterbrochen am an- und umbauen, erweitern, verbessern und abreißen. Platz gab es niemals genug.

Anders als in der Stadt sah Kaleb überall frisches Grün: Die ebenen Dachflächen, Nischen und Fensterbänke wurden zum Anbau verwendet.

Nur die Kirche stand, wie in jedem Dorf, vereinzelt und an zentraler Stelle. Sie begrüßte jeden Ankömmling mit einer Abbildung der Heiligen Jungfrau, die ihren Sohn, den ersten Erwählten, auf den Armen trug. Diese Version war kein besonders künstlerisches Werk, sicher keine der Statuen aus der Zeit vor der Apokalypse, aber sie war liebevoll geschnitzt und detailreich bemalt. Die Bewohner von Selimsburgh galten zu Unrecht als Heiden. Es waren die Vertreter der offiziellen Kirche, denen sie kritisch begegneten, nicht dem Glauben an sich.

Zum Zeichen des Respekts verneigte sich Kaleb in Richtung der Statue und berührte Brust, Lippen und Stirn mit den Fingern. Beim Aufrichten schweifte sein Blick über die Menschen, die vor den Häusern standen. Sie schauten ihm stumm entgegen, reglos, mit starren Gesichtern. In dem einen oder anderen erkannte Kaleb jetzt doch vertraute Züge. Namen huschten durch seinen Kopf.

Obwohl sicher das ganze Dorf zusammengekommen war, bot die Straße noch absurd viel freie Fläche. Hühner pickten im Sand, ein massiger Kater mit nur einem Ohr blinzelte in die Sonne, ein schmutziges Kind kraulte ihn, während es neugierig herüberschaute. Es war kein reiner Luxus, sich einen Fleischfresser zu halten. Wo Lebensmittel gelagert wurden, gab es Ratten – diese Säuger überstanden allein aufgrund ihrer Fruchtbarkeit jede Katastrophe.

Auf der Mitte der Straße erwarteten ihn zwei Männer mit deutlichem Abstand zu den anderen Bürgern. Der Ältere trug einen dichten, grauen Schnurrbart und einen schwarzen Hut. Unter der breiten Krempe fiel silbergraues Haar lockig bis auf die Schultern. Die Daumen in die Ärmellöcher der Weste gehakt, auf der das Abzeichen des Governors prangte, schaute er Kaleb abwartend entgegen.

Für einen Moment fühlte sich Kaleb in der Zeit zurückversetzt, doch es war nicht der alte Ulysses Brent, der vor ihm stand. Dillons Ähnlichkeit mit seinem Vater war mit fortschreitendem Alter noch deutlicher geworden, und offenbar hatte er auch dessen Amt übernommen. In den meisten Lehen wurde der Governor vom Konvent eingesetzt, in Selimsburgh wählten ihn die Bürger selbst.

Der jüngere Blondschopf, der schräg hinter Dillon stand, hob mit demonstrativer Nachlässigkeit sein Gewehr auf die Schulter. Er hatte die gelassenen Bewegungen eines Mannes, der mit schreckhaften Tieren arbeitet, war also vermutlich für die Pferde zuständig. Er war deutlich größer als Dillon, aber schmaler und in einen lehmverschmierten Overall gekleidet. Auch sein Gesicht und seine Hände waren schmutzig. Das einzig Saubere an ihm war der blanke Deputy Stern auf der Brusttasche.

Auf den ersten Blick konnte Kaleb bei dem jungen Mann keine Familienähnlichkeit mit jemandem aus seiner Erinnerung feststellen. Der Deputy trug das blonde Haar etwas zu lang, so dass sich die Locken durcheinander kräuselten. Das ließ ihn weicher erscheinen, als Gewehr und Gesichtsausdruck glauben machen wollten.

Kaleb blieb vor den beiden stehen, nah genug, dass Dillon den Kopf heben musste, um ihm ins Gesicht zu sehen. Dillons sonnenverbrannte Haut verstärkte die Wirkung seiner hellen Augen.

»Wir haben erwartet, dass Sie Dinah mitbringen«, sagte er.

Kaleb erwiderte den Blick ruhig. »Ich bin hier, um das Funkgerät zu benutzen.«

»Wo ist Dinah?« Die Frage kam vom Deputy und das Zucken um Dillons Augen zeigte, dass er über die Einmischung nicht erfreut war.

Kaleb sah zum Deputy hinüber und entdeckte sowohl Sorge als auch Zorn in dessen angespannten Zügen. »Die Reaper haben sie mitgenommen.«

Zum ersten Mal seit Kalebs Ankunft erhob sich ein Raunen unter den Menschen. Irgendwo schluchzte eine Frau.

Der Deputy gab sich mit der ungewöhnlichen Formulierung nicht zufrieden. »Was meinen Sie mit ›mitgenommen‹? Ist sie tot oder nicht?«

»Das weiß ich nicht.«

Dillon hob die Hand als Zeichen für den Deputy, seine drängenden Fragen zurückzuhalten. »Erklären Sie das, Mönch.«

»Die Reaper haben sie nicht zerrissen. Sie haben sie fortgeschleppt.«

Dillon sah ihn misstrauisch an. »Ich habe noch nie gehört, dass Reaper so etwas tun.«

»Ich auch nicht. Das Funkgerät?«

»Und Sie haben ihr nicht geholfen?« Die Frage kam wieder vom Deputy. Kaleb antwortete nicht darauf, sah den jungen Mann nicht einmal an, sondern wartete darauf, dass Dillon ihm antwortete. Der ließ sich Zeit, schaute prüfend zur Sonne, die hinter Kaleb stand. »Der Generator wird erst bei Dämmerung angeworfen.«

Er würde also etwa eine halbe Stunde warten müssen. Kaleb nickte, und Dillon wandte sich halb um, ohne jedoch den Blick von Kaleb abzuwenden. »Samuel, bring den Mönch in den Funkturm. Dort wird er auch übernachten.«

Samuel. Der Name versetzte Kaleb einen Stich. Er betrachtete den Deputy noch einmal, und jetzt erkannte er, was er zuvor nicht gesehen hatte. Natürlich: die schmale, hoch aufgeschossene Gestalt, die blauen Augen. Lippen und Kinn hatte er allerdings von seiner Mutter.

Samuel forderte Kaleb mit einer Kopfbewegung auf, ihm zu folgen. Sie ließen Dillon zurück, um den sich jetzt die Zuschauer scharten. Kaleb kümmerte sich nicht um die Blicke, die ihm folgten. Seit Selimsburgh vor drei Generationen die Heiligen Mutter Marjorie Brent aufgenommen hatte, war der Klerus hier nicht mehr gerne gesehen. Marjorie hatte die gefährliche Flucht in die Outlands nicht aus einer Laune heraus angetreten, und auch wenn sich inzwischen einiges verändert hatte, saß der Abscheu vor den Praktiken des Klerus noch tief.

Während Kaleb dem Deputy folgte, erregte eine einzelne Gestalt seine Aufmerksamkeit: eine Frau in einem schlichten Kleid, ein wollenes Dreieckstuch über den Schultern. Sie stand auf dem überdachten Laufgang, sehr aufrecht und sehr ruhig, und ließ keinen Blick von ihm.

Kaleb hatte damit gerechnet, sie wieder zu treffen. Trotzdem traf es ihn. Er blieb stehen und für einen Moment lagen ihre Blicke aufeinander. Dann wandte Rachel sich um und ging ins Haus. Hinter ihr klappte die Tür sachte gegen den Rahmen – offenbar gab es kein Schloss.

»Warten Sie hier«, sagte Kaleb, ohne Samuel anzusehen.

Kalebs Stiefel klangen dumpf auf den hölzernen Bohlen, als er die Stufen zum Laufgang hinaufstieg. Das Holz der Tür, hinter der Rachel verschwunden war, war rissig und zu einem hellen Grau gebleicht, ohne Klinke oder Riegel. Kaleb drückte sie auf.

Der Raum war groß. In der Stadt würde er vier oder fünf Menschen beherbergen, doch die Einrichtung wies darauf hin, dass er nur von zwei Personen bewohnt wurde. Rachel stand an einem offenen Schrank, aus dem sie wohl einen Packen Briefe geholt hatte. Sie schaute ihm entgegen, dann ging sie zum Kamin hinüber, als wolle sie Abstand zwischen sich und ihn bringen.

Als er sie das letzte Mal gesehen hatte, war sie blasser gewesen, gerade erst auf dem Wege der Erholung von einer schweren Krankheit. Jetzt hatten die Jahre Falten in ihr Gesicht gezeichnet und ihre Züge schärfer ausgeprägt, aber in ihren Augen lag die alte Mischung aus Leidenschaft und Stärke.

Sie hatte ihn gerettet. Ohne den Briefwechsel hätte er das Noviziat nicht überstanden. Die Briefe in ihrer Hand wurden durch ein grünes, gewebtes Band zusammengehalten. Die Kanten waren abgestoßen, zerfleddert, als seien sie wieder und wieder gelesen worden.

»Du hast sie aufbewahrt«, sagte er.

»Ich nehme an, du nicht.« Die Vertrautheit ihrer Stimme überraschte ihn. Nur ein rauer Unterton verriet die Jahre, die vergangen waren.

»Mein Beichtvater hat sie verbrannt. Aber ich trage die Narben der Bestrafung als Erinnerung.«

»Du hast sie gebeichtet?«

»Hätte ich sie gebeichtet, wäre ich nicht bestraft worden.« Er hatte ihn behüten wollen, diesen einen Raum seiner Seele, zu dem sie keinen Zugang hatten. Doch sie waren stärker gewesen.

Als Rachel feststellte, dass sie schwanger war, fand sie einen Weg für die Briefe: Berenice Brookstone. Von

Berenice zu Eunice, von Eunice zu ihm. Fünf Jahre lang steckte Eunice ihm heimlich die Nachrichten zu und sorgte dafür, dass umgekehrt seine Schreiben den Weg in Rachels Hände fanden. Bis Brookstone es entdeckte.

Kaleb hatte sich für so stark gehalten, hatte seine Liebe für so stark gehalten. Doch nach der Buße hatte er es nicht einmal mehr gewagt, einen Abschiedsbrief zu schreiben. Es war feige gewesen und erbärmlich. Er verachtete sich selbst dafür, doch er hatte die Macht der Schmerzen unterschätzt.

»Ich dachte, du wärst tot.« Die Kälte ihrer Stimme verriet, wie verletzt sie war. »Ich habe eine offizielle Anfrage gestellt, aber nie eine Antwort erhalten.«

»Der Klerus teilt seine Männer mit niemandem.«

»Und doch haben sie dich jetzt geschickt. Ausgerechnet dich.«

Er betrachtete den Schaukelstuhl, der neben dem Kamin stand, und stellte sich vor, wie sie abends dort saß.

»Zeit vergeht«, sagte er. »Die Wenigsten im Konvent erinnern sich noch daran, woher ich komme. Als uns Dillons Anfrage erreichte, habe ich mich freiwillig gemeldet.«

Ihr Blick wurde weich. »Du wolltest mich sehen?«

Er zögerte. »Ich wusste nur, dass ich herkommen musste.«

Es war nicht Sehnsucht, die ihn hergezogen hatte. Er hatte lange aufgehört, von Rachel zu träumen und von dem Leben, das sie sich zusammen ausgemalt hatten. Sein Blick wanderte zum Kamin und von dort zu den beiden Betten. »Du lebst hier mit Noah?«

Ihr Blick folgte seinem. »Nicht mehr. Der Typhusausbruch vor zwei Jahren. Ich nehme an, du hast davon gehört.«

»Das tut mir leid.«

»Man gewöhnt sich an den Schmerz. Aber nicht an das Alleinsein.«

»Er war sicher ein guter Ehemann.« Kaleb versuchte, in ihren Augen zu lesen.

»Ich habe ihn nicht geliebt«, beantwortete sie die unausgesprochene Frage. »Nicht so, wie ich dich geliebt habe.

Aber zwanzig Jahre sind eine lange Zeit, um sich aneinander zu gewöhnen. Ich habe versucht, ihm eine gute Ehefrau zu sein. Um Samuels willen.«

Vielleicht war er deswegen hier – wegen Samuel. »Hast du ihn jemals testen lassen?«

»Es gab keinen Grund dazu. In seiner väterlichen Abstammungslinie gibt es keine Erwählten.« Als er die Brauen hob, fügte sie leise hinzu: »Offiziell.«

»Noah hat ihn als seinen eigenen Sohn ausgegeben?«

»Es war das Beste für alle.«

Kaleb wusste, dass sie recht hatte. Er konnte dankbar sein, dass Noah die Aufgabe übernommen hatte, die seine eigene gewesen wäre. Trotzdem schmerzte es. »Samuel hat es nie erfahren?«

»Nein. Und ich möchte es dabei belassen.«

»Natürlich.«

Stille breitete sich zwischen ihnen aus.

Warum war er gekommen? Er hatte kein Recht, hier zu sein, kein Recht, um Vergebung zu bitten.

»Was hast du jetzt vor?«, fragte Rachel.

Er atmete aus und merkte, wie angespannt er war. »Ich werde den Reapern folgen.« Das Thema fiel ihm leichter. Vertrautes Terrain. »Es ist noch nie berichtet worden, dass sie einen Menschen entführt hätten. Ich muss herausfinden, was es damit auf sich hat.«

Die Tür schwang auf, Samuel hatte offenbar nicht länger warten wollen und den letzten Satz mitbekommen. »Wenn Sie Dinah suchen, werde ich mitkommen.«

Rachel schaute erschrocken zu ihm hinüber. »Red' nicht solchen Unsinn. Du wirst den Bruder nur aufhalten.«

Samuels Miene war ernst. »Du weißt, was sie mir bedeutet. Und nach Johns Tod …«

»Johns Tod ändert rein gar nichts, Sam. Sie hat dich abgewiesen.«

Samuel senkte den Kopf und schüttelte ihn sachte. Als er den Blick wieder hob, lag Traurigkeit in seinen Augen. »Durch Johns Tod bin ich der Sheriff, bis ein neuer gewählt wird. Es ist meine Pflicht, sie zu suchen.« Er sah Kaleb an. »Werden Sie mich mitnehmen?«

»Es sieht nicht so aus, als könnte ich Sie davon abhalten.«

»Dann stehe ich Morgen bei Sonnenaufgang bereit. Sind Sie hier fertig?«

Kaleb nickte und schickte sich an, ihm zu folgen, doch Rachel hielt ihn auf. »Warte bitte draußen, Sam.«

Samuel schaute von ihr zu Kaleb, dann zog er sich zurück. Kaleb starrte auf die Tür.

»Er hat deine Augen«, hörte er Rachel sagen.

»Ich weiß.« Er schaute noch immer auf die Tür.

»Und er hat deine Entschlossenheit.«

Er wandte sich zu ihr um. »Ist das ein Fehler?«

»Ich will nicht, dass er mitkommt. Du darfst das nicht zulassen.«

»Ich kann es ihm nicht verbieten. Ich bin nicht ...« Er stockte. Dann sagte er: »Er ist ein erwachsener Mann. Er trifft seine eigenen Entscheidungen.«

Sie verzog wütend das Gesicht. »Du willst, dass er mitkommt! Du willst ihn an deiner Seite haben. Du wirst ihn damit umbringen!« Mit vier Schritten kam sie auf ihn zu, hob das Kinn, um zu ihm aufzuschauen. Wut lag in ihren Augen, Trotz und Schmerz. Schon einmal hatte sie ihn so angesehen, damals, als der Klerus ihn gefunden und er sich geweigert hatte, mit ihr fortzulaufen. Sie war so hinfällig gewesen, dem Fieber gerade erst entronnen, und doch voller Eifer und Hoffnung. Sie hatte seine Worte des Abschiedes nicht hören wollen, hatte die Finger auf seine Lippen gelegt, damit er sie nicht aussprach. Ein Lebewohl hätte Einverständnis bedeutet.

Damals hatte er sie geküsst.

Kaleb sagte: »Ich werde tun, was in meiner Macht steht, damit er unversehrt zu dir zurückkehrt.«

»Und du? Wirst du irgendwann zu mir zurückkehren?«

»Ich bin ein Mönch. Ich weiß nicht einmal, ob ich den nächsten Tag überlebe.«

Sie hob die Hand. Ihre Finger legten sich auf seine Wange. »Du hast zwanzig Jahre überlebt.«

Ihre Berührung war sanft; nicht die Sanftheit der arrangierten Vereinigung, wie Kaleb sie gelegentlich gespürt hatte. Es war die Zärtlichkeit einer Frau, die noch immer liebte, die noch immer wartete.

Für einen Moment war er versucht, sich dieser Berührung zu ergeben und sich darin zu verlieren. Doch er wusste, dass es eine Lüge wäre: Der Mann, der zurückgekehrt war, war nicht derselbe, der sie verlassen hatte. Zwanzig Jahre Kampf, Blut und Tod hatten ihn verändert. Er war jetzt ein Mönch, und vielleicht begriff er zum ersten Mal wirklich, was das bedeutete. Er wusste jetzt, weshalb er hier war. Ihr Warten musste ein Ende haben. Zumindest das schuldete er ihr.

Er hob die Hand und legte seine Finger auf die ihren. Die Hoffnung in ihren Augen schnitt in sein Herz. Er zwang sich, auch ihre Tränen zu sehen, als er ihre Finger mit den seinen verschränkte und ihre Hand von seinem Gesicht löste.

»Ich bin hier«, sagte er, »um mich endlich zu verabschieden.«

Als Kaleb wieder nach draußen trat, stieß Samuel sich vom Pfosten ab, an dem er gelehnt hatte. »Woher kennen Sie meine Mutter?«, fragte er scharf.

Kaleb ließ den Blick schweifen und stieg dabei die drei Stufen auf die Straße hinunter. »Wir sind uns vor Jahren begegnet«, sagte er. Noch immer standen viele Menschen auf der Straße, wie zufällig beieinanderstehend oder herumlungernd und offen gaffend. Es war das übliche Verhalten von Laien – aber irgendetwas stimmte nicht. Kaleb schaute sich aufmerksam um, konnte aber nichts entdecken, das seine Besorgnis rechtfertigte.

»Lange her?«, fragte Samuel.

Jetzt erst nahm Kaleb Augenkontakt auf. »Sehr lange«, bestätigte er. Samuel hatte das Kinn angriffslustig vorgeschoben, doch Kaleb erwiderte den Blick mit scheinbarem Gleichmut. Schließlich nickte Samuel knapp und machte sich auf den Weg zur Funkstation. Kaleb folgte ihm.

Sie passierten eine Gruppe tuschelnder Frauen und einige Halbstarke, die den Mönch mit herausfordernder Lässigkeit musterten. Linker Hand spielten einige Kinder mit Murmeln und rechts … Es war mehr Instinkt als Überlegung – die Ahnung eines Geruchs, eine telepathische Schwingung. Im nächsten Moment presste Kaleb einen Mann gegen die

Hauswand, den Reaperdolch gegen dessen zuckende Kehle gedrückt.

Mit einer knappen Bewegung wischte Kaleb dem Mann eine Sonnenbrille von der Nase, doch der hielt den Kopf abgewandt und die Lider geschlossen.

»Mach die Augen auf!«, zischte Kaleb, obwohl er wusste, was er sehen würde. Schon der säuerliche Körpergeruch war Beweis genug, und jetzt, da er den Mann berührte, spürte Kaleb auch das »Blitzen«: das telepathische Flackern der Ketzer. Doch Kaleb durfte den Mann nicht töten, ohne den unwiderlegbaren Beweis gesehen zu haben – die roten Augen.

Der Mann hielt die Lider fest zusammengepresst und Kaleb verstärkte den Druck der Klinge gegen die unrasierte Kehle. Hinter ihm erklangen Rufe und eilige Schritte, doch Kaleb ignorierte sie. »Mach sie auf!«, forderte er noch einmal und ein erster Blutstropfen bildete sich an der scharfen Schneide. Langsam hob sich das rechte Lid. Es gab den Blick auf eine Iris frei, deren ursprüngliche Farbe vollständig von Rot ersetzt war. Kaleb setzte zum Schnitt durch die Kehle an, doch Dillons Ruf ließ ihn zögern. Ohne die Klinge vom Hals seines Opfers zu lösen, wandte Kaleb den Kopf. Er blickte Dillon an – ruhig und abwartend, doch bereit, den Ketzer in einem Atemzug zu töten, sollte dieser auch nur einen Ansatz zur Gegenwehr zeigen.

»Sieh ihn an«, sagte Dillon. »Das ist Joshua. Du erinnerst dich? Josh? Tamaras Sohn?«

»Er ist ein Ketzer«, stellte Kaleb fest.

»Er ist vielleicht nicht das wertvollste Mitglied unserer Gemeinde, aber du kannst ihn nicht einfach umbringen!«

»Ketzer in den Mauern zu dulden ist gegen das Gesetz. Lasst ihr ihn auch seine Riten vollziehen?«

»Nicht jeder Abhängige betet sie an, das weißt du so gut wie wir alle.«

Kaleb bewegte sich nicht. Seine Augen blieben abwartend auf Dillon gerichtet, während sich mehr und mehr Zuschauer um sie sammelten.

Dillon straffte die Schultern. »Er ist einer von uns, Kaleb. Er gehört zum Dorf. Hast du wirklich vergessen, was das bedeutet?«

Die Situation blieb in der Schwebe, während nur das rasche, flache Atmen des Ketzers zu hören war. Schließlich sagte Kaleb: »Wenn du sein Leben bewahren willst, halte ihn von mir fern.« Er lockerte seinen Griff und im nächsten Moment hatte sich der Ketzer freigewunden und um eine Hausecke gedrückt.

Kaleb steckte den Reaperdolch weg. »Du hast mich also doch erkannt.«

»Tyler hat dich erkannt. Und Rachel – offensichtlich.« Ein Knattern klang irgendwo zwischen den Häusern auf, das rasch in ein gleichmäßiges Dröhnen überging. In einigen Fenstern glühte elektrisches Licht auf.

Dillon deutete mit dem Daumen über die Schulter. »Wir stellen den Generator heute früher an. Du kannst deine Meldung also sofort machen. Sam?«

Die Front der Menschen öffnete sich nur widerwillig, um Kaleb und Samuel durchzulassen. Hinter ihnen setzte Geflüster ein.

Der Funkturm war das höchste Gebäude des Dorfes. Er überragte alle Häuser und reckte zusätzlich eine verzweigte Antenne in den Himmel.

Vor dem Funkturm saß ein vom Alter gekrümmter Mann auf einer Bank. Seine vielfach geflickte Kleidung war zwar noch als Mönchskutte zu erkennen, sein weißes Haar aber hing lang und ungekämmt auf die Schultern hinab, und auch der Vollbart entsprach nicht den Vorschriften. Die Kutte trug er wohl mehr aus Gewohnheit, als aus Überzeugung.

Jedes Dorf brauchte einen Mönch zur Frühwarnung. Andernfalls hätte man die Palisade nachts lückenlos mit Wachen bestücken und die gesamte Umgebung ausleuchten müssen – und dazu reichte der Treibstoff nicht.

Der Governor von Selimsburgh hatte darauf bestanden, diesen Posten von einem alten Mönch besetzen zu lassen, einem, dem Kraft und Eifer fehlten, die Grundsätze der Kirche in der Gemeinde durchzusetzen. Allerdings hatte Kaleb nicht geahnt, wie alt Bruder Simeon tatsächlich war.

Vermutlich zelebrierte er nicht einmal mehr die Messe in der Dorfkirche.

Kaleb blieb stehen. »Bruder Simeon?«

Der Alte hob den Kopf und Kaleb konnte jetzt in seine milchig-trüben Augen sehen.

»Und du bist?«, fragte der blinde Mönch mit kratziger Stimme.

»Bruder Kaleb.«

»Ah!« Der Alte nickte bedächtig. »Kaleb Payne, Selimsburghs verlorener Sohn. Ich habe von dir gehört.«

»Es soll hier Spuren von Reapern gegeben haben«, sagte Kaleb. »Hast du sie gespürt?«

»Sie haben sich jenseits meiner Wahrnehmung bewegt, als wüssten sie, wie weit die Sinne eines Mönches reichen.«

Kaleb sah den Alten skeptisch an. »Bist du sicher, dass du sie überhaupt noch wahrnehmen könntest?«

Das Lächeln des Alten entblößte zwei irritierend lange Zähne, die aus einer ansonsten leeren Zahnleiste ragten. »Die Stärke vieler Empfindungen hat nachgelassen«, gab Bruder Simeon zu, »aber einen Reaper und einen Ketzer kann ich immer noch erkennen. Wie geht es Joshua?« Diese letzte Frage war an Samuel gerichtet.

»Er lebt«, gab der zurück. Er drückte gegen die Tür, die knarrend aufschwang. »Kommen Sie, Bruder. Die Generatorzeit ist kurz.«

Der untere Raum des Funkturmes wirkte wenig einladend. Über einem Tisch baumelte eine nackte Glühbirne, ein Stuhl mit zerbrochener Lehne und ein Metallschrank vervollständigten die Einrichtung.

»Das Funkgerät ist oben.« Samuel nickte zur Treppe hin, dann öffnete er den Schrank und holte eine zusammengeklappte Feldpritsche heraus.

Kaleb stieg an zwei Zwischenstockwerken vorbei und trat schließlich in eine runde Kammer mit Fenstern in alle Richtungen. Dort stand ein Tisch mit dem Funkgerät und einem hölzernen Drehhocker.

Kaleb setzt sich und schaltete das Gerät ein. Hinter einer Skala dämmerte gelbes Licht auf und eine Nadel schwang weich aus ihrer Ruhestellung. Mit ein paar Handgriffen stellte Kaleb die Frequenz des Konvents ein.

Die Zentrale meldete sich: ein junger Bruder, der Kaleb intern weiterschaltete. Aus dem Lautsprecher drang statisches Pfeifen und dann die Stimme seines Beichtvaters – des Bischofs selbst.

»Bruder Kaleb?«

Kaleb zögerte, hatte er doch den Abt erwartet. Doch es war nicht an ihm, Fragen zu stellen.

»Ja, Vater Elijah.« Wenn sie unter sich waren, wünschte der Bischof mit dem Titel des einfachen Priesters angesprochen zu werden.

»Berichte!«

Kaleb stellte die Ereignisse in knappen Worten dar, erwähnte die Anzahl der getöteten Reaper und die mehrfachen Angriffe. Als er den Finger von der Taste am Mikrofon löste, kam die Antwort wenig beeindruckt aus dem Lautsprecher.

»Die Reaper haben sich also mit der Frau begnügt und dich in Ruhe gelassen? Das spricht nicht dafür, dass sie sonderlich ausgehungert sind.«

Kaleb zögerte, den Finger wieder auf die Taste zu legen. »Es sieht aus, als ob die Frau entführt wurde, Vater.«

»Von Reapern?« Der Tonfall des Bischofs unterstich die Absurdität dieser Äußerung.

»Ich weiß, wie das klingt, Vater.«

»Offenbar nicht.« Nach dieser Zurechtweisung schwieg der Bischof, als müsse er noch abwägen, wie er mit dieser Vermutung umzugehen habe. Schließlich sagte er: »Wir werden einen Trupp Jäger losschicken. Du selbst wirst umgehend in den Konvent zurückkommen.«

Kaleb schloss die Augen. Da draußen war etwas *Neues*, etwas *Anderes*. Er konnte und er wollte diesem Neuen nicht einfach den Rücken zukehren. Er musste es verstehen.

»Ich möchte der Spur folgen, Eminenz.« Schon während er die Worte aussprach, wusste er, dass sie ein Fehler waren.

Statisches Knistern verstärkte den Vorwurf, der im Schweigen des Bischofs lag. Es brach ab, als die Stimme erneut erklang. »Du warst nur als Scout dort, um die Gerüchte zu bestätigen, das weißt du. Du wirst morgen früh zum Konvent zurückkehren. Hast du verstanden?«

Kaleb zögerte einen Atemzug lang. Er musste die Brüder zumindest warnen, musste ihnen sagen, was er gespürt und gesehen hatte. »Ich könnte die Jäger hier erwarten.«

Die Antwort kam leise aber betont. »Ich werde mich nicht wiederholen.«

Kaleb senkte den Kopf. »Ich verstehe, Vater.«

»Gott befohlen, Bruder Kaleb.«

»Gott befohlen, Eminenz.«

Kaleb legte den Schalter um und lehnte sich zurück. Eine Weile starrte er regungslos auf den schwarzen Kasten, während sich draußen die Dämmerung über die Dächer legte.

Es war bereits dunkel, als Kaleb die Treppe hinunterstieg. Im unteren Raum fand er die ausgeklappte Pritsche und darauf ein paar Decken. Auf dem Tisch stand eine Öllampe, die ihm Licht spenden konnte, wenn das Dröhnen des Generators für die Nacht verstummt und die nackte Glühbirne erloschen wäre.

Er setzte sich auf die Pritsche und sah auf das schmale Fenster, hinter dessen Scheiben abendliches Dunkel lag. Im Konvent sangen die Mönche zu dieser Zeit die Vesper.

Sich einfügen in die Reihe der Brüder, die Stimme erheben in Harmonie mit den anderen, die Gedanken nur auf die schwebende Melodie gerichtet, auf die Worte einer Sprache, deren Bedeutung längst vergessen war – wie gut das jetzt tun würde. Während dieser Gesänge spürte Kaleb am deutlichsten, wie sehr der Konvent zu seiner Heimat geworden war. Die Regelmäßigkeit der Rituale gab ihm Ruhe. Er liebte den Dienst als Torwächter, bei der Lebensmittelausgabe oder in den Siechenräumen bei Eunice. Er liebte auch die Exerzitien, die ihn die Kraft seines Körpers spüren ließen. Und dann waren da noch die anderen Mönche: Daniels heitere Freundlichkeit, Rubens erstaunliche Menschenkenntnis, die verschmitzte Weisheit von Vater Abt. Kaleb schloss die Augen und die Gesichter zogen an ihm vorüber, wie sie in langen Reihen in der Vesper standen und ihre Stimmen erhoben.

Der Gedanke an seine Brüder ließ den Raum umso leerer erscheinen. Zurück in den Konvent, zurück nach Philadelphia, zu Eunice – alles in ihm sehnte sich danach. Und doch, es erschien ihm feige, verantwortungslos. War es nicht seine Pflicht herauszufinden, wer oder was die Reaper lenken konnte? Es aufzudecken, bevor Schlimmeres geschehen konnte? Wäre es nicht seine Schuld, wenn die Brüder blind ins Ungewisse liefen?

Nein, würde Vater Elijah sagen. Das Leben eines Mönches bestand aus Gehorsam. Kaleb hatte das gewusst, als sie ihn einzogen, doch erst im Noviziat wurde ihm die volle Tragweite des Gelübdes klar: Man hatte es in seinen Geist gebrannt durch Askese und Kasteiung.

»Der erste Schritt zur Demut ist Gehorsam ohne Zögern«, murmelte er. Er wiederholte die Ordensregel, wieder und wieder, doch statt Hilfe zu sein, lösten sich die Worte in bedeutungslose Klänge auf. Schließlich verstummte Kaleb.

Sie hatten ihn gelehrt, seinen Geist zu disziplinieren, seine Gedanken zu verschließen, seinen Körper zu kontrollieren. Doch niemand hatte ihn gelehrt, diese Gefühle von Schuld und Verantwortung zu beherrschen.

Es klopfte und Kaleb öffnete die Augen. Samuel trat ein, hinter ihm Rachel, aber sie blieb in der offenen Tür stehen. Kühle Abendluft und das Zirpen der Grillen drangen in den Raum.

Kaleb erhob sich. Samuel hatte den schmutzigen Overall gegen Hemd und Hose getauscht und das Gewehr zu Hause gelassen. Ein junger Mann in der Blüte seiner Jahre. Nichts hatte Kaleb zu dem beigetragen, was Samuel heute war.

»Ich soll Sie zu Tyler bringen«, erklärte Samuel. »Sie können heute in Dinahs altem Bett schlafen.«

Kaleb neigte zustimmend den Kopf.

»Wir müssen noch die Transportfrage für morgen klären«, fuhr Samuel fort. »Wir könnten einen der Wagen nehmen. Wir haben auch umgebaute Motorräder, die den Diesel vertragen, aber es ist nicht sicher, dass dort draußen noch irgendwo Diesel zu finden ist. Auch nicht, dass die Straßen befahrbar sind. Die Alternative sind Pferde.«

Kaleb blickte an Samuel vorbei auf Rachel. Sie hatte ein Tuch um die Schultern gezogen und schaute ihn stumm an.

Eine Bitte lag in ihren Augen, so wie damals. Nein, nicht wie damals. Heute war es das Flehen einer Mutter.

»Der Konvent wird Jäger schicken«, sagte er ruhig. »So lange sollten Sie warten.«

Eigentlich hatte er sie zweimal verlassen. Das zweite Mal, als er es nach der Buße nicht gewagt hatte, den heimlichen Briefkontakt wieder aufzunehmen.

Samuel schüttelte energisch den Kopf. »Bis dahin könnte Dinah tot sein – und das wissen Sie.«

»Sie ist vermutlich jetzt schon tot.«

Plötzlicher Zorn trieb Samuel die Röte ins Gesicht. »Sie können von mir aus hier warten! Ich werde aufbrechen, sobald es hell genug ist, der Spur zu folgen.«

Noch immer sah Kaleb Rachel an. Ihm fiel auf, dass die Locken an ihren Schläfen silbern schimmerten. Sie hatte keine Kinder mit Noah erwähnt. Kaleb wusste mit plötzlicher Sicherheit, dass es auch keine gab. Samuel war alles, was ihr geblieben war.

Er hatte Gehorsam gelobt, Beständigkeit und Demut. Demut hieß, die Entscheidung eines Vorgesetzten anzuerkennen, sich nicht selbst für klüger zu halten. Er hatte dieses Gelübde gehalten, zwanzig Jahre lang. Der erste Schritt zur Demut ist Gehorsam ohne Zögern.

»Wir nehmen die Pferde«, sagte er.

Als Kaleb in Tylers Stube trat, brachen mehrere Gespräche unvermittelt ab. Für einen Moment verebbte jede Bewegung im Raum, alle Augen richteten sich auf Kaleb.

Tyler saß bereits am Tisch, die zwei Krücken gegen seinen Stuhl gelehnt, neben ihm Dillon. Ein Junge und zwei Mädchen waren in der Bewegung erstarrt; das älteste hatte gerade einen Stuhl herangetragen.

Auch Tyler gehörte zur Familie Brent, zur gleichen Generation wie Dillon. Seine Frau Sarah, deutlich jünger als ihr Mann, stellte einen dampfenden Topf auf den Tisch und strich über ihre Schürze. »Kaleb Payne. Willkommen daheim.« Die Worte wollten nicht zu ihrer kühlen Stimme passen.

Kaleb erwiderte den Gruß verhalten.

»Setz dich.« Tyler zeigte auf einen Stuhl, dann wies er auch Samuel und Rachel ihre Plätze zu.

Sarah füllte die Teller, von denen sich nicht zwei glichen. Das ferne Dröhnen des Generators begleitete das Klappern der Teller. Zum Gemüseeintopf verteilte Tyler dicke Scheiben warmen Brotes. Dann faltete er die Hände, senkte den Kopf, und alle taten es ihm gleich. Er sprach ein schlichtes Gebet, abgenutzt vom täglichen Gebrauch. Das gemeinsame Amen schien mehr eine Bekräftigung des Hungers als der Dankesworte.

Die Löffel wurden schweigend in die Mahlzeit gesenkt, aber es war eine andere Stille als im Refektorium, wo das Schweigen sich selbst genügte. Hier war es ein Platzhalter für Worte, denen man ebenso auswich wie Kalebs Blick. Nur ein junges Mädchen gaffte den Gast offen an. Für einen Augenblick erwiderte Kaleb dieses Starren, reglos den Löffel über den Teller haltend, bis das Mädchen schließlich fragte: »Kannst du meine Gedanken lesen?«

»Nein.«

»Aber bei Reapern können Sie es«, sagte Samuel.

»Ich spüre nur ihre Anwesenheit.«

Sam und das Mädchen schienen auf weitere Ausführungen zu warten, doch Kaleb wandte sich wieder seinem Essen zu.

Dillon legte den Löffel in den geleerten Teller. »Ich habe gehört, Ketzer sind auch telepathisch.«

Auch Kaleb hatte nun fertig gegessen. »Die heilige Gabe ist dreifaltig«, zitierte er die Schrift Bruder Sauls. »Senden, empfangen und kontrollieren. Ketzer empfangen genug, dass eine Barriere ihnen Schmerzen bereitet, aber sie können nicht kontrollieren, was sie aussenden. Es ist nur ein gelegentliches Aufblitzen.«

»Haben Sie viele Ketzer umgebracht?«, fragte Tylers älterer Sohn. Niemand tadelte ihn für diese Frage.

»Ja.«

»Es heißt«, sagte Rachel leise, »dass im Krieg auch Frauen und Kinder getötet wurden.«

Kaleb wusste, was sie zu hören hoffte, doch zu dieser Lüge war er nicht bereit. »Ein Ketzer ist ein Ketzer.«

Sarah griff nach der Hand ihrer Tochter. »Du hast Kinder umgebracht?«

Das hatte er. Die Erinnerung schlug ihm entgegen: Rockpoint. Nicht alle, die damals im Kugelhagel gestorben waren, hatten rote Augen gehabt. Diese Bilder hatten weder Kasteiung noch Buße jemals vertreiben können.

»Ich habe Ketzer getötet«, sagte er mit Nachdruck.

»Du würdest Joshua ohne Weiteres die Kehle durchschneiden?«, fragte Dillon. »Ohne Zögern und ohne Gewissensbisse?«

Kaleb befreite seine Gedanken von der Erinnerung und wandte sich Dillon zu. »Das ist meine Pflicht.«

»Was hat dich abgehalten?«

»Die Notwendigkeit, euer Funkgerät zu benutzen.«

Niemand sagte etwas.

Nach einem Moment der Stille schob Kaleb seinen Stuhl zurück; ein lautes Geräusch in der Stille. »Ich schlafe besser im Funkturm. Danke für das Essen. Tyler. Sarah.« Er nickte beiden zu und verließ das Haus.

Niemand hielt ihn auf.

DIENSTAG

Ein Knacken stahl sich in Bileam Merryweathers Schlaf, vermischte sich mit seinem Traum und wurde zu etwas neuem.

»Snowman? Hören Sie mich? Snowman?«

Sein Schlaf wurde unruhig. Aus den Tiefen der Erinnerung wirbelten Bilder nach oben – Berge von Ketzerleichen, von denen schwarzer Rauch zum Himmel stieg, ein Meer aus Blut.

»Snowman? Verdammt, wo sind Sie?«

Merryweather schreckte hoch. Wieder dieses Knacken – das statische Knacken des Funkgerätes. Ungläubig wandte er den Kopf. Das konnte nicht sein. Niemand verwendete diese Frequenz mehr. Schon gar nicht jemand, der seinen alten Decknamen kannte.

»Snowman, antworten Sie!«

Eine Stimme aus der Vergangenheit. Sein Magen zog sich zusammen. Zögernd schob er die Beine unter der Decke hervor. Im Dunkeln schimmerte das Display des Funkgerätes.

Er stemmte sich auf und schob die schweren Fenstervorhänge auseinander. Im Osten kündigte sich der Morgen bereits als helles Grau an. Merryweather wandte sich wieder dem Gerät zu, betrachtete es misstrauisch im fahlen Licht.

Er hielt es stets empfangsbereit, auf die alte Militärfrequenz eingestellt, so wie damals. Eine Ehrbezeugung all denen gegenüber, die gefallen waren. Doch seit über fünf Jahren hatte keine Stimme mehr das statische Rauschen unterbrochen.

»Snowman! Sie haben es versprochen, verdammt nochmal!«

Seine Hand zitterte, als er nach dem Mikrofon griff. Er hob es an die Lippen und drückte die Taste. »Hier Snowman, wer spricht?«

Die kurze Pause am anderen Ende mochte der Erleichterung geschuldet sein.

Schließlich kam die Antwort: *»Der dritte Erzengel.«*

Merryweathers Knie wurden weich und er zog sich den Stuhl heran. Dann erst drückte er die Taste erneut. »Die Erzengel sind tot.«

»Die anderen sind tot. Ich lebe. Und ich habe ihn gefunden.«

Merryweathers Finger lag ohne Druck auf der Taste, während sich seine Gedanken überschlugen. Drei Jahre. Dieser Mann war drei Jahre lang einer Legende gefolgt. Hatte er wirklich einen Gral gefunden?

»Was ist es?«, fragte er.

»Ich nehme an, die Energiezelle, aber sie lässt sich nicht mehr aufladen. Und so etwas wie ein Gleichrichter. Ich bin mir nicht sicher. Ich bin kein Xenotechniker.«

»Mein Gott, der zweite Gral! Weiß es der Bischof schon?«

Die folgende Pause ließ Merryweather genug Zeit zu realisieren, dass der Erzengel in diesem Fall wohl kaum die alte Militärfrequenz verwendet hätte.

»Der dritte Gral«, korrigierte die Stimme aus dem Lautsprecher schließlich. *»Der Bischof hat uns betrogen.«*

»Betrogen?« Merryweather zog die Brauen zusammen. »Was meinen Sie mit betrogen?«

»Nicht über Funk.«

»Das ist eine gesperrte Frequenz.«

»Gesperrt zur Nutzung«, gab der Erzengel zurück, *»aber jemand könnte zuhören. Gehen Sie zur Reliquie. Sie werden dort einen Brief finden.«*

»Wo sind Sie jetzt?«

»Lesen Sie den Brief und kommen Sie zu einer Entscheidung. Ich melde mich wieder.«

Merryweather kannte das Knacken und wusste, dass es keinen Sinn hatte, den Erzengel erneut zu rufen.

Eunice drehte sich auf den Rücken und starrte in die Dunkelheit. Eigentlich hatte sie bereits zu viele Tryout-Geburten hinter sich gebracht, als dass es ihr noch den Schlaf rauben sollte, aber was half es? Sie knipste das Licht an und schaute auf ihre Uhr. Kurz nach fünf. Falls die Nachtschicht anweisungsgemäß handelte, würde man in einer Stunde die Wehen einleiten, und bis zum Mittag war dann sicher alles überstanden.

Eunice griff nach den Ultraschallbildern auf ihrem Nachtschrank und suchte darin noch einmal nach Argumenten, die eine geburtsbegleitende Abtreibung rechtfertigen konnten. Lea Williams war zwar eine erfahrene Gebärerin, dennoch bedeutete der unförmige Klumpen in ihrem Leib eine schmerzhafte und riskante Geburt.

Die Kirche lehrte, dass die Erwählten durch ein göttliches Wunder entstanden waren, und Eunice hatte guten Grund, das zu glauben. Bei den Tryouts, die sie aus den Müttern holte, handelte es sich zumeist nicht einmal um lebensfähige Wesen. Doch bei diesem hier hatten sie gestern noch einen Herzschlag messen können, und auf den Bildern sah er zu entwickelt aus, um ein Zerschneiden zu rechtfertigen. Die Merryweathers hatten einen Anspruch auf das vollständige und unversehrte Produkt ihres Labors.

Jeder größere Clan in den neunzehn Städten hielt sich seinen eigenen Genetiker und hoffte, durch dessen Forschung ein weiteres, neues Wesen zu erschaffen, wie es schon einmal bei der Geburt des ersten Erwählten gelungen war, und ein zweites Mal bei der Schöpfung der Inquisitoren. Ein neuer Stamm Erwählter, mit neuen Eigenschaften, würde Macht und Geld bedeuten. Genetik war das Glücksspiel der Einflussreichen.

Doch den Clans standen einfach nicht mehr die gleichen Mittel zur Verfügung wie den großen Laboren der Vergangenheit; das Vorgehen der Genetiker heute war mehr Alchemie als Wissenschaft und wie die Scharlatane vergangener Zeiten versprachen sie den Mächtigen, Blei in Gold zu verwandeln.

Angewidert legte sie die Bilder beiseite und stand auf.

Der Rat bestimmte die Anzahl zu erschaffender Mönche, die zumeist als Invitros eingepflanzt wurden. Standen mehr Mütter zur Verfügung, bezahlten die Clans für deren Benutzung, was der medizinischen Versorgung der gesamten Stadt zugutekam. Da die konkreten Entscheidungen oft kurzfristig getroffen wurden, wusste eine Mutter nie, ob man ihr bei der unbefleckten Empfängnis einen Invitro oder einen Tryout einpflanzte.

Eunice stützte die Hände auf den Waschtisch und schaute in den Spiegel. Manchmal verabscheute sie, was sie darin sah. Der erste lebend geborene Tryout, den sie in den Händen gehalten hatte, hatte nur ein einzelnes Auge besessen und weder Nase noch Mund. Er war wenige Minuten nach der Geburt erstickt. Aus Angst davor, ein solches »Scheusal« auszutragen, entschieden sich manche Frauen für das, was man eine befleckte Empfängnis nannte: Sie wählten drei Mönche aus, mit denen sie während ihrer fruchtbaren Tage Verkehr haben mussten. Auch Kaleb hatte diesen Dienst schon einige Male geleistet.

Es waren drei, weil es unter Mönchen keine eindeutige Vaterschaft geben durfte. Würden sie eigene Clans gründen, brächte dies das Machtgefüge in Gefahr.

Eunice nahm den Krug auf und ließ das Wasser in die Waschschüssel rinnen. Auch wenn den Frauen die Wahl blieb, so war es doch ein erzwungener Akt, ein Akt der Gewalt – für beide Beteiligte. In einem klinischen Umfeld, wo verborgene Augen den Vollzug überwachten, konnte so etwas wie Lust kaum entstehen. Es kam vor, dass Frauen ihre Entscheidung im letzten Moment bereuten und sich wehrten. Doch die Anweisung an die Mönche war, den Akt auf jeden Fall zu Ende zu bringen, und die meisten taten das auch.

Eunice vermutete, dass auch Kaleb dies schon einmal erlebt hatte. Wissen konnte sie es nicht, denn er sprach nicht über diese Dinge. Nicht mit ihr, jedenfalls.

Was machte das mit einem Mann, auf Befehl diese Art von Gewalt ausüben zu müssen?

Sie merkte, dass sie in das Wasser gestarrt hatte, und seufzte. Sie musste sich zusammenreißen. Lea Williams hatte ein Anrecht auf die volle Konzentration ihrer Matron.

Rachel stand am Fenster und beobachtete, wie Sam und Kaleb im nebligen Morgen die Pferde sattelten. Samuel hatte drei gute Pferde ausgewählt – keine Renner, sondern robuste, ausdauernde Tiere. Sie würden ihre Reiter forttragen und hoffentlich unverletzt wieder zurück.

In diesen Gedanken versunken strich Rachel über die Kanten des Briefbündels in ihrer Hand. Sie wandte sich um, ging zum Kamin hinüber, in dem die letzte Glut der Nacht schwelte. Sie bückte sich, legte den Briefstapel auf die Asche und beobachtete, wie erst Rauch aufstieg, sich das Papier dann einrollte und schließlich Flammen aufloderten. Als der Rand des obersten Briefes brannte, wandte sie sich ab, wischte sich die Tränen von den Wangen und trat vor die Haustür.

Draußen war die Luft kühl und ließ den nahenden Winter erahnen. Als sie auf die Veranda trat, sahen beide Männer auf.

»Ich habe euch Proviant eingepackt. Der Beutel liegt in der Küche – würdest du ihn holen, Sam?«

»Sicher. Danke, Mom.« Sam ging an ihr vorbei ins Haus. Sie stand weiter da, betrachtete Kaleb. Zum Reiten trug er die Kutte nicht gegürtet, weshalb Rachel nun den Shozoku darunter sehen konnte, in dessen schwarzer Schärpe Waffen steckten. Der Anblick der Klingen und seine Worte am Abend zuvor ließen sie das erste Mal wirklich begreifen, wer Kaleb jetzt war. Er war ein Mönch.

Der Krieg, die Schlachten, all das hatte weit weg stattgefunden, in den Ketzerdörfern, den Outlands. Hier, in Selimsburgh, hatten sie davon kaum etwas zu spüren bekommen. Rauch in der Ferne oder verwundete Mönche, ja, aber die Leichenberge, all das Blut und die Schreie waren ihnen erspart geblieben.

Natürlich hatte Rachel sich vorgestellt, wie er kämpfte, sich verteidigte, sogar tötete, doch in keiner dieser Visionen hatte er Wehrlose abgeschlachtet. Dabei hatte sie die Politik der Kirche gekannt: keine Gefangenen. Ketzer waren zu eliminieren, schnell erbarmungslos, effizient. Rachel hatte sich einfach nicht vorstellen können, dass er dazu in der Lage war.

»Jetzt verstehe ich es«, sagte sie, und er schaute auf. »Der Kaleb, den ich kannte, war sanft und mitfühlend. Er hätte keine Kinder ermordet.«

Er antwortete nicht darauf. Sie erwartete auch keine Antwort. Sie hatte die Macht der Kirche über ein einzelnes, menschliches Wesen unterschätzt. Nach einem tiefen Atemzug hob sie das Kinn. »Du erkennst Telepathen – spürst du etwas bei Sam?«

»Ich müsste ihn berühren, aber ganz sicher ist nur der DNA-Test.« Er schaute sie fragend an. »Willst du das? Wenn er ein Erwählter ist, muss ich ihn melden.«

»Auf keinen Fall«, antwortete sie rasch.

Er nickte knapp. Dann wandte er sich wieder dem Pferd zu, zog den Sattelgurt fest, richtete den Steigbügel.

»Bring ihn gesund zurück«, sagte Rachel leise.

Kaleb nickte. »Sofern es in meiner Macht liegt. Aber es ist gefährlich dort draußen, und er lässt sich nicht viel sagen.«

»Sam hatte schon immer seinen eigenen Kopf ... Du wirst dich nicht erinnern, aber ich habe dir geschrieben, wie er über die Seile der Brückenbauer lief.«

Kaleb legte die Hände auf den Sattel und sagte ruhig: »Er überquerte den ganzen Susquehanna bloß auf ein paar Seilen. Aber er ging so sicher wie ein Mann. Von drüben winkte er mir zu. Ich bin so stolz auf ihn gewesen.« Er hob den Blick und begegnete dem ihrem. Leise sagte er: »Die Briefe konnten sie verbrennen, aber nicht die Worte.«

Sie dachte an die Briefe, die drinnen zu Asche zerfielen. Er hatte recht. Sie sah die Zeilen seiner kantigen Schrift noch immer vor sich und jede von ihnen hätte sie rezitieren können.

Sam trat aus dem Haus. Sie wandte sich um und schloss ihren Sohn in die Arme, der sie um eine Kopflänge überragte.

»Sei vorsichtig«, sagte sie. »Hör auf Bruder Kaleb, und sei vor allem nicht leichtsinnig.«

»Ich komme zurück«, versprach er. »Und ich bringe Dinah mit.«

Früher, dachte Brookstone, war die Laudes ein beeindruckender Anblick gewesen: siebenhundert Mönche, die sich in völliger Harmonie bewegten. In langen Reihen hatten sie den Saal gefüllt, hatten die stilisierten Gesten des Kampfes ausgeführt, gleichzeitig, sanft und kraftvoll, in vollkommener Selbstbeherrschung der Liturgie folgend.

Heute waren es nicht einmal dreißig, die Novizen mitgerechnet, die den Ritus vollzogen. Ein Großteil der ohnehin dezimierten Brüder war zum Schutz der Ernte in die Lehen abkommandiert worden. Die verbliebene Gruppe wirkte erschreckend klein in dem weitläufigen, leeren Saal. Es hätte der Gebetsnische nicht bedurft, um die Stimme des Abtes zu verstärken, der dort die Liturgie rezitierte und damit den Rhythmus der Bewegungen vorgab.

Brookstone beobachtete die Laudes von einer Balustrade aus, bis der Abt die letzte Zeile gesprochen, die Mönche die letzte Drehung vollzogen hatten. Er wollte sich gerade dem Ausgang zuwenden, als sein Blick auf die Novizen fiel. Die Jungen standen noch flüsternd beieinander und einige ließen die Kapuzen auf die Schultern fallen. Brookstone zog die Brauen zusammen.

»Timothy?« Seine Stimme klang scharf durch den Raum. Die Jungen hoben die Köpfe und schauten zu ihm hinauf. Brookstone deutete auf den Ausgang. »In das Zimmer des Abtes! Sofort!«

Als Brookstone das Büro des Abtes erreichte, stand Timothy bereits vor der Tür. Er wirkte weniger schuldbewusst, als der Bischof gehofft hatte. Brookstone öffnete die Tür. »Hinein!«

Das Büro war leer, denn der Abt hatte nach der Laudes andere Pflichten. Brookstone schloss die Tür, bevor er sich seinem Sohn zuwandte.

»Was soll das? Du bist kein Novize. Du gehörst zum Hochklerus!«

Timothy hob das Kinn und hielt dem Blick seines Vaters stand. »Was schadet es, meinem Gott die Ehre zu erweisen und meinen Körper auszubilden?«

»Du hast wieder am Kampftraining teilgenommen?!«

Das Schweigen des Jungen war Antwort genug und Brookstone schüttelte verärgert den Kopf. »Der Konvent ist nicht dein Platz, Timothy! Du hast andere Aufgaben!«

»Aber Eunice ist auch hier!«

»Eunice ist ein verdorrter Zweig! Du bist die Zukunft unserer Familie! Verhalte dich entsprechend!«

»Aber ich bin ein Erwählter! Genau wie die Mönche!«

»Du bist ein Brookstone, und das bedeutet, dass deine Pflichten andere sind!«

Timothy verzog den Mund. »Ich weiß. Betrügen, intrigieren und *heiraten*!« Die ganze Abscheu des vorpubertären Jungen klang in diesem Wort mit.

Das Geräusch der Ohrfeige war sicher bis auf den Gang hinaus zu hören, doch Timothy presste die Lippen aufeinander und blieb stumm, während sich der rote Umriss einer Hand auf seiner Wange bildete und ihm Tränen in die Augen stiegen.

»Du gehst jetzt auf dein Zimmer und bleibst dort, bis ich Zeit für deine Kindereien habe!«

Wortlos lief Timothy hinaus.

Wie an jedem Morgen nahm Eunice den Umweg über den Andachtsraum der Mönche, auch wenn es bereits zu spät war, an der Laudes teilzunehmen. Auf dem Weg dorthin wurde sie fast von Tim umgerannt. Sie schaute ihm verwundert nach, wie er den Gang hinunterlief, dann ging sie weiter, erreichte die offenen Saaltüren und blieb unschlüssig stehen. Einige Mönche und Novizen sprachen drinnen noch miteinander.

»Der Herr sei mit Ihnen, Mother Matron.« Bruder Daniel trat auf sie zu. Er hatte von allen Brüdern das freundlichste Wesen, und wenn er lächelte, so wie jetzt, zeigten sich Grübchen auf seinen Wangen. Wenn eine der Heiligen Mütter sich für die befleckte Empfängnis entschied, fiel ihre Wahl häufig auf ihn, denn sein ganzes Wesen war rücksichtsvoll und zugewandt. Die Frauen fühlten sich bei ihm sicher.

»Kann ich Ihnen helfen?«, fragte er.

Jetzt erst wurde ihr klar, warum sie stehengeblieben war. Unbewusst hatte sie auf Kaleb gewartet, sein vertrautes Lächeln, seine Stimme. Er fehlte ihr. »Gibt es Neuigkeiten von Bruder Kaleb?«, fragte sie.

»Soweit ich weiß, wurde er gestern zurückbeordert.«

»Dann könnte er heute Abend schon zurück sein.« Sie konnte ihre Freude nur unzureichend verbergen. »Die Gerüchte haben sich also nicht bestätigt?«

»Ich fürchte doch«, antwortete Bruder Daniel. »Fünf von uns sollen sich in der Sakristei melden.«

»Sie denken, man wird Sie nach Selimsburgh schicken?«
»Das wird sich zeigen.«
Eunice senkte den Blick, dachte an die Worte ihres Vaters, die er allzu gern wiederholte: Ein Mönch muss nicht wissen, sondern gehorchen. Je weniger er weiß, desto leichter gehorcht er. »Das tut mir leid«, sagte sie leise.
»Muss es nicht«, entgegnete Bruder Daniel. »In Selimsburgh könnte eines Tages mein Posten sein. Sie bevorzugen dort ausgeschiedene Mönche.«
Daran hatte sie nicht gedacht, aber ja: Bruder Daniels Dienstzeit würde in zwei Jahren enden, auch wenn man seinem sichtlich trainierten Körper das Alter noch nicht ansah. Sollte er sich nicht auf Lebenszeit verpflichten, würde er vom Konvent eine Leibrente erhalten. Mit dieser Leibrente wäre es ihm sogar möglich zu heiraten; nur eine Familie könnte er nie gründen – bei Ordensaustritt war eine Sterilisation vorgeschrieben.
Auch Kaleb würde eines Tages frei sein. Zumindest hoffte Eunice das.
»Sie haben also nicht vor, sich zur Ruhe zu setzen?«, fragte sie.
»Bis jetzt noch nicht«, antwortete er lächelnd. »Außer, Ihre Frage war als Angebot gemeint – dann würde ich meinen Entschluss vielleicht noch mal überdenken.«
Eunice erwiderte sein Lächeln, hob aber abwehrend die Hände. »Sie wären sicher eine gute Partie. Aber nein, ich bedaure, das war kein Angebot.«
»Nun«, sagte Bruder Daniel wieder ernst geworden, »meine Brüder sind hier, mein Alltag, so weit ich zurückdenken kann. Ich kenne kein anderes Leben. Ich kann mir keines vorstellen. Deshalb: Ja, ich werde das zweite Gelübde ablegen und der Kirche dienen bis zum Schluss.«
Bei Kaleb war das anders. Er hatte ein anderes Leben gehabt – und Rachel Lewis war ein Teil davon gewesen. Ob Rachel noch in Selimsburgh wohnte? Ob Kaleb sie getroffen hatte? Der Gedanke schmerzte unerwartet heftig.
Leise sagte Bruder Daniel: »Sie sollten ihm keine Hoffnung machen.«
Eunice sah auf. Wusste er von ihr und Kaleb?

Bruder Daniel schmunzelte über ihr Erstaunen. »Wir Mönche mögen ohne Gefährtin leben, aber wir sind nicht blind.« Ernster sagte er: »Es ist nicht gut für ihn, von einem Leben danach zu träumen.«

Eunice öffnete den Mund, wollte es abstreiten, aber dann begriff sie, dass er sie nicht tadeln wollte. Es war nur die Sorge eines Freundes.

»Jeder Mensch braucht Hoffnung«, sagte sie.

»Nein, Mother Matron. Hoffnung richtet den Blick auf die Zukunft. Wir Mönche leben allein im Hier und Jetzt. Wenn wir auf eine Zukunft hoffen, haben wir vielleicht nicht mehr die Kraft zu tun, was getan werden muss.«

Eunice senkte den Blick.

»Verzeihen Sie meine offenen Worte«, sagte er leise.

»Im Gegenteil, ich danke Ihnen dafür. Passen Sie auf sich auf, dort draußen. Der Herr sei mit Ihnen.«

»Und mit Ihrem Geiste.«

Bruder Daniel schloss sich seinen Brüdern an, und Eunice machte sich auf den Weg zu den Siechenräumen. Vom Andachtssaal aus führte der kürzeste Weg dorthin über diverse Treppen, Gänge, Brücken – und durch die Kathedrale, deren Seitenpforte von einem Schlüsselmeister bewacht wurde. Der nickte Eunice zu, öffnete die Tür und nahm Haltung an, als sie an ihm vorbeiging.

Eunices hallende Schritte machten die Größe des Raumes fühlbar, seine verschwenderische Leere in einer Stadt, in deren Straßen man bei jedem Schritt andere Menschen berührte und den Himmel kaum je sah. In der Unterstadt gab es nur einen Ort, wo man am Morgen das Licht der Sonne sah: die Ostrosette der Kathedrale. Diese eine Lichtschneise der Stadt wurde per Gesetz geschützt – zu Recht. Bunte Strahlen tauchten die Wände aus Stein, die Holzbänke, die Bilder und Fresken in ein Farbenmeer und ließen den Staub in der Luft glitzern.

Obwohl es für Eunice ein täglicher Weg war, genoss sie doch jedes Mal die Erhabenheit des Ortes, das Licht und die Weite. Während sie die Kathedrale durchquerte, bemerkte sie in der Nähe des Hauptaltars eine Bewegung. Ihre Schritte stockten. Am Schrein des technischen Beistands stand eine gebückte Gestalt. Eunice änderte die Richtung und ging auf den Mann zu, der sich jetzt aufrichtete. Er trug einen Talar, gehörte also dem Hochklerus an, und als Eunice näher kam, erkannte sie den Sekretär ihres Vaters.

Kanonikus Merryweather hatte Ringe unter den Augen – kein Wunder, dies waren sorgenvolle Zeiten. Eunice neigte grüßend den Kopf. »Mit Ihnen, Kanonikus.«

»Und mit Ihrem Geiste, Mother Matron.« Merryweather sprach sie stets mit ihrem vollen Titel an – ein Mann der alten Schule. Er wandte sich wieder der Reliquie zu, die auf ihrem Samtpolster unter Glas lag. »Ist sie nicht wunderschön?«

Eunice betrachtete das Stück – zum ersten Mal seit vielen Jahren – und musste zugeben, dass er recht hatte. Gefertigt aus Kupfer und Bronze leuchtete der Heilige Gral warm im Licht der Kerzen, die in der Altarnische brannten. Auf noch immer makellos weißer Keramik bildeten metallene Leiterbahnen ein filigranes Muster, ein geheimnisvolles Gewebe hin zu den elegant geschwungenen Fortsätzen, zwischen denen sich das psychoinvasive Feld aufbaute.

Dies war der Erste Heilige Gral, das außerirdische Artefakt, von dem die Menschen den Aufbau der psychoinvasiven Barrieren gelernt hatten. Seine Technik war lange schon entschlüsselt, und Philadelphia kam die Ehre zu, diese Reliquie aufzubewahren.

»Ich komme oft hierher«, sagte Merryweather.

Der Gral lag seit fast vierzig Jahren hier, und nur klerikale Besucher von außerhalb kamen gelegentlich, um ihn zu besichtigen. Aber Eunice kommentierte weder Merryweathers Bemerkung noch den Umschlag, den er verstohlen zwischen die Falten seines Talars schob.

»Manchmal«, sagte er, »versuche ich mir vorzustellen, wie die Trinität einmal ausgesehen hat.« Er wies auf eine Stelle an der rechten Seite des Grals. »Schauen Sie, man erkennt deutlich, dass etwas abmontiert wurde.«

Eunice beugte sich vor und betrachtete das Loch mit Innengewinde, auf das er zeigte. Doch selbst wenn das stimmte, was half es? Bisher war es den Menschen nicht gelungen, die außerirdische Technik weiterzuentwickeln. Noch immer waren die Barrieren statisch und ließen sich weder für Fernwaffen noch für psychoinvasive Bomben nutzen. Und nach allem, was bisher versucht worden war, bezweifelte Eunice manchmal, dass es jemals gelingen würde.

»Es gibt Gerüchte«, sagte Merryweather, »dass der zweite Gral gefunden wurde.«

Es war ein Glück, dass Eunice sich noch immer über den Schrein beugte, denn sonst hätte ihre Mimik sie verraten. Was wusste der Kanonikus über den zweiten Gral? Und war ihrem Vater dessen Vermutung bekannt?

Sie richtete sich auf und fing einen lauernden Blick auf – oder bildete sie sich das nur ein? Sie hatte Merryweather nie für einen Intriganten gehalten. »Vielleicht«, sagte sie, »ist die Heilige Trinität nur eine Legende, die den Menschen Hoffnung geben soll.«

Merryweather lächelte. »Sie glauben also an die Jungfrauengeburt des ersten Erwählten, aber nicht daran, dass Außerirdische eine geeignete Waffe gegen die Raubtiere in ihrem Schiff besessen haben?«

»Ich glaube nicht, dass unser Heil in der Technik liegt.« Sie hatte das absurde Gefühl, Merryweather von dem Gral fortlocken zu müssen und wandte sich zum Gehen. Tatsächlich schloss sich der Kanonikus ihr an.

»Immerhin«, sagte er, »hat uns allein dieses Teil die Entwicklung der psychoinvasiven Barrieren gelehrt. Was könnten wir von den anderen Stücken lernen? Stellen Sie sich vor, wozu wir in der Lage wären, wenn diese Technik nicht mehr nur stationär wäre! Ein Gewehr, gegen das die Reaper schutzlos sind! Eine Bombe, die unsere eigene Flora und Fauna völlig unberührt lässt!«

»Abgesehen von den Erwählten.« Mit einer psychoinvasiven Bombe könnte man den gesamten männlichen Klerus einer Stadt auslöschen. Eunice klopfte gegen die Tür und der Wächter auf der anderen Seite schob den Schlüssel ins Schloss.

Merryweather lächelte. »Wissen ist immer gefährlich. Sie heilen mit Ihren Kräutern – aber Sie kennen auch die tödliche Dosis.«

Die Tür öffnete sich, doch Eunice ging nicht hindurch. Stattdessen wandte sie sich zum Kanonikus um. »Um den ersten Gral wurden Kriege geführt«, sagte sie. »Vielleicht ist die Menschheit noch nicht bereit für einen zweiten.«

»Das waren Ihre Briefe, nicht wahr?« Das waren Samuels erste Worte, seit sie Selimsburgh verlassen hatten. Inzwischen folgten sie bereits dem Highway. »Die Briefe, die meine Mutter aus dem Schrank geholt hat.«

Er ließ eine Pause entstehen, doch Kaleb sagte nichts dazu.

»Sie kennen meine Mutter von früher, nicht?«

Kaleb spürte den Blick des jungen Mannes, doch er schaute weiter auf die Straße. »Das ist lange her«, sagte er. Er dachte an ein Mädchen in einem geblümten Kleid, voller Träume, voller Tatendrang. Er dachte an ihr ausgelassenes Lachen. Er hätte es gerne noch einmal gehört.

»Sie hat Ihre Briefe verbrannt«, sagte Sam. »Sie lagen im Kamin.«

Rachel hatte jedes Recht dazu. »Es waren nur Briefe. Sie haben ihren Zweck erfüllt.« Kaleb hob die Hand und wies den Highway entlang. »Dort ist es.«

Der Pickup lag auf der Seite, so, wie er ihn zurückgelassen hatte. Die herausgerissene Tür lag ein paar Schritte entfernt. Auch der Reaper-Kadaver war noch da.

Als sie nähergekommen waren, sagte Samuel: »Den bekommen wir nicht mehr flott.« Er nickte zu der Vorderachse hin, die zerbrochen in der Verankerung hing. »Aber jemand sollte den Sprit abzapfen. Zu wertvoll, um ihn zu vergeuden.« Er lenke sein Pferd neben das Wrack, kletterte vom Sattel auf das Fahrerhaus und schaute ins Innere. »Kaum Blut. Das ist doch ein gutes Zeichen.«

Kaleb erwiderte darauf nichts, stieg ab und inspizierte den Kadaver: Er wies keine Fraßspuren auf. Sam sprang vom Wagen, kam an seine Seite und betrachtete das tote Reptil mit einer Mischung aus Ehrfrucht und Widerwillen. »Was für ein riesiges Monster.«

Kaleb sah den jungen Mann einen Augenblick an, dann zückte er sein Messer, bückte sich, und schnitt eine der schwarzen Schuppen von dem Kadaver.

»Reaper wachsen ein Leben lang«, erklärte er, während er ein Stück aus der Hornplatte schnitt. »Ihre Schuppen sind nicht miteinander verbunden, darum müssen sie sich nicht häuten. Die Schuppen wachsen mit.« Er reichte Samuel die beiden Teile. »Sie bilden Jahresringe aus. Der hier war etwa zwanzig Jahre alt.«

Samuel betrachtete die Stücke, drehte sie in den Fingern. »Wie alt werden Reaper?«

»Das wissen wir nicht genau.«

Samuel schaute hoch. »Ich habe von Tieren gehört, so groß wie Lastwagen.«

»Ich auch«, sagte Kaleb, »aber es gibt keine dokumentierten Fälle. Angst verzerrt die Wahrnehmung.«

Samuel warf die Schuppe fort und wischte die Finger an seiner Jeans ab. »Ich dachte immer, sie jagen einzeln.«

»Normalerweise sind sie Einzelgänger, aber gelegentlich schließen sie sich zusammen.« Kaleb wandte sich ab und ging zu den Pferden zurück.

Samuel folgte ihm und warf einen unruhigen Blick über die Schulter. »Dann könnten wir also auf ein ganzes Rudel treffen.«

Sie saßen wieder auf und folgten der Spur der Reaper hinauf zum Highway. Jenseits des Teers fanden sie die Fährte ohne Schwierigkeiten. Sie verlief vollkommen gerade, wich nur gelegentlich einem Hindernis aus, um gleich dahinter erneut die ursprüngliche Richtung aufzunehmen.

Der Wald war alt. Die Baumstämme ragten die ersten Yards nahezu astlos in die Höhe, doch ihre Kronen waren dicht und schirmten das meiste Sonnenlicht ab. Lediglich Farn bedeckte den Boden, und der stellte für die Pferde kein Hindernis dar. Die Reaper hatten den Farn niedergetreten und ihre Klauen hatten deutliche Abdrücke hinterlassen. So folgten die beiden Reiter der Spur mühelos. Lichte Schneisen durchzogen den Wald. Unter der dünnen Humuskrume verliefen alte Teerstraßen, die den Bäumen nicht genügend Wurzelraum ließen und auf denen nur niedriges Gesträuch wuchs. Die Reaper kreuzten solche Pfade, ohne sie zu nutzen oder zu meiden.

Dann, nach nicht einmal zwei Meilen, stieg Kaleb ein süßlich-herber Geruch in die Nase. Er wirbelte Bilder und

Empfindungen in sein Bewusstsein: von Kämpfen, Siegen und gefallenen Gefährten. Seit Jahren hatte er Nachtmilch nicht mehr in dieser Intensität gerochen.

Jetzt tauchten andere Spuren auf und Kaleb zügelte sein Pferd.

»Was ist los?«, fragte Samuel hinter ihm.

Kaleb stieg ab. »Sie bleiben sitzen«, sagte er, doch Samuel war bereits aus dem Sattel gesprungen. An der Art, wie er sich bewegte, sah Kaleb, dass der junge Mann keine Spuren zertreten würde, also schwieg er.

»Sieht aus, als hätte da ein Motorrad gestanden.« Samuel deutete auf den Boden. »Meinen Sie, da hat ein Ketzer auf die Reaper gewartet?«

Kaleb antwortete nicht. Er kauerte sich nieder, betrachtete die Spuren genauer, registrierte die Feuchtigkeit des aufgebrochenen Bodens, die angetrockneten Ränder. Er nahm etwas Erde und zerrieb sie zwischen den Fingern. Ja, die wegführenden Reifenabdrücke waren genauso alt wie die Spuren der Reaper, doch die heranführende Reifenspur war älter. Jemand musste einige Stunden lang an dieser Stelle gewartet haben.

Kaleb stand auf und traf auf Samuels fragenden Blick. »Sieht so aus.«

Samuel schaute sich um. »Was ist mit diesen Bäumen los? Wieso sondern die so viel Harz ab? Und was zur Hölle stinkt hier so?«

Kaleb schaute sich um und begriff, was Samuel meinte. »Das ist kein Harz«, sagte er. »Das ist frische Nachtmilch.« Er zog sich in den Sattel und nahm die Zügel auf. »Die Ketzer nennen es White, Drops oder Spit.«

»*Das* ist Drops?« Samuel trat zu einem der Bäume, betrachtete die milchigen Tropfen auf der Rinde. »Wozu machen die das?«

»Sie produzieren es in einer Drüse am Hinterleib. Vermutlich markieren sie damit ihr Revier oder locken ein Weibchen an. Und es dient wohl auch der Rudelbildung.«

Samuel drehte sich um und begegnete Kalebs Blick. »Wie groß kann so ein Rudel werden?«

Kaleb hob wortlos die Schultern – das war Samuel Antwort genug.

»Und wer ist jemals auf die Idee gekommen, sich dieses Zeug ins Blut zu spritzen?«

»Die Ketzer verehren die Reaper als Götter. Sie werden sich irgendetwas davon versprochen haben.«

Samuel ging zu seinem Braunen zurück, doch er stieg nicht auf, sondern starrte einen Moment lang auf den Sattel. Dann hob er den Blick. »Nicht jeder Süchtige ist ein Anbeter. Wie haben Sie das unterschieden, im Krieg?«

»Haben wir nicht.«

»Ist das die Gerechtigkeit der Kirche? Jemanden zu töten, allein wegen roter Augen?«

»Wer Nachtmilch spritzt, verliert den Schutz der Gesellschaft.«

»Aber ohne Nachtmilch gäbe es keine Güter aus der Alten Welt – die Plünderer würden nicht eine Woche in den Outlands überleben.«

Kaleb nahm die Zügel auf. »Wir züchten auch Ratten zur Fleischversorgung, aber in den Getreidesilos vergiften wir sie.«

Gegen Mittag beschloss Brookstone, dass er seinen Sohn lange genug hatte schmoren lassen. Er schickte Merryweather, ihn zu holen, während er sich an seinen Schreibtisch setzte, um Timothy mit angemessener Strenge zu empfangen. Er verstand die Bewunderung des Jungen für die durchtrainierten Kämpfer, aber jeder Erwählte diente der Gesellschaft auf seine eigene Weise, hatte den Platz auszufüllen, auf den die Vorsehung ihn stellte.

Als sich die Tür ohne Klopfen öffnete, wusste Brookstone, dass etwas nicht stimmte.

Kanonikus Merryweather stürmte außer Atem ins Büro. »Eminenz! Ihr Sohn ist nicht aufzufinden!«

Brookstone eilte selbst zu Timothys Zimmer, hielt sich aber nicht lange damit auf, es zu durchsuchen – die Schränke standen offen und der Rucksack fehlte, das sagte genug. Wo wollte der Junge hin?

Brookstones erster Verdacht führte zum Fuhrpark des

Konvents, wo er auf den diensthabenden Mönch traf. »Bruder Marcus! Haben Sie Timothy gesehen?«

»Nicht seit der Laudes, Eminenz.«

»Sind die Fahrzeuge vollzählig?«

Der Mönch warf einen Blick in das Buch, in das alle Bewegungen des Fuhrparks eingetragen wurden. »Ja, bis auf die sechs, mit denen die Jäger heute Morgen abgefahren sind.«

»Schauen Sie bitte nach, Marcus. Zählen Sie durch.«

Es dauerte eine Weile, bis der Mönch den Fuhrpark abgeschritten hatte, der etwa ein Viertel des Tiefgaragenparkdecks einnahm.

Als er zurückkehrte, verhieß sein Blick nichts Gutes. »Ein weiteres Motorrad fehlt, aber ich weiß nicht, wie …«

»Schon gut«, unterbrach ihn Brookstone. »Ich weiß, wer es hat. Sie können es unter meinem Namen austragen.«

Ein Motorrad vor den Augen eines Mönches zu stehlen – das war durchaus ein Kunststück.

Als Nächstes ging Brookstone zu den Siechenräumen. Auf Bänken links und rechts des Ganges warteten die Patienten, nicht ein Platz war frei – was daran lag, dass die von Eunice geführte Abteilung bei weitem den besten Ruf unter den Laien hatte.

Ein Mann im weißen Kittel der Matrons eilte über den Gang und Brookstone ergriff dessen Arm. »Ich suche Eunice.«

»Eure Eminenz!«

»Wo ist sie?«

»Sie ist in Nummer drei«, der Mann nickte zu einer Tür hin. »Eine der Mütter kommt gerade nieder.«

»Danke.«

Der Schrei einer Gebärenden empfing Brookstone, als er die Tür öffnete. Der Ton dauerte an, wurde gepresster, ging schließlich in ein Wimmern über. Brookstone trat ein, schloss leise die Tür und betrachtete den Rücken seiner Tochter, die zwischen den Beinen der Kreißenden stand. Von der konnte er lediglich Knie, Unterschenkel und Füße sehen.

»Da ist es«, sagte Eunice. Leiser fügte sie hinzu: »Es ist tot … Mirjam, Klemme.« Die junge Assistentin hielt ihr ein Tablett hin, von dem Eunice die Klemme nahm. »Möchten Sie es sehen?«

»Nein.« Die Stimme der Mutter war schwach und brüchig.

»Mirjam, bring mir die Wanne.«

Als Eunice die Totgeburt in eine Blechwanne hob, erhaschte Brookstone einen kurzen Blick auf ein Wesen, das nicht menschlich war und niemals zu einem Menschen hätte reifen können, selbst wenn es lebensfähig gewesen wäre.

Eunice bemerkte ihn und warf ihm einen fragenden Blick zu.

»Kann ich dich kurz sprechen?«, fragte er.

Sie stockte, dann nickte sie der Assistentin zu. »Du weißt, was zu tun ist. Kümmere dich um sie.« Eunice legte ihre Hand auf das Knie der Mutter. »Ich bin gleich wieder da.«

Bevor sie sich umwandte, zog sie ein Laken über die gespreizten Beine. Brookstone konnte nun einen Blick auf die groben Züge der Frau auf dem Gebärstuhl werfen, die Erschöpfung und Enttäuschung nicht attraktiver machten. Aber für eine Heilige Mutter war ein breites Becken wichtiger als Schönheit.

Eunice griff nach einem Tuch und während sie Brookstone aus dem Raum folgte, reinigte sie ihre Hände notdürftig. »Ich wünschte, wir würden mit den Tryouts aufhören«, sagte sie vor der Tür. »Du bist der Bischof. Du kannst es anordnen. Warum müssen wir mit den Embryonen noch experimentieren, bevor wir sie einpflanzen?«

»Du weißt, warum«, antwortete Brookstone. »Außerdem steht es einer Mutter frei, sich stattdessen den Mönchen hinzugeben.«

»Natürlich«, sagte Eunice bitter. »Innerhalb von zwei Tagen drei Männern, die sie noch nie zuvor gesehen hat. Da würde ich auch die unbefleckte Empfängnis vorziehen.«

Brookstone winkte ärgerlich ab. Er musste seiner Tochter die Gründe nicht in Erinnerung rufen. »Können wir irgendwo ungestört reden?«

Eines der Behandlungszimmer war ungenutzt. Dort berichtete er Eunice in knappen Worten.

»Du wirst Tim doch suchen lassen«, sagte sie deutlich besorgt.

Brookstone schüttelte den Kopf. »Ich werde die Mönche nicht für Familienangelegenheiten missbrauchen, aber ich selbst kann auch nicht fort. Sobald ich der Stadt den Rücken kehre, werden sich die anderen Sippen wie Wölfe auf das Bischofsamt stürzen und sich dabei gegenseitig zerfleischen. Aber er ist mein einziger Sohn, der Träger unseres Namens.« Er schaute Eunice eindringlich an.

»Ich soll ihn suchen?«

Brookstone wusste, dass sich Eunice seit dem Ende der Ketzerkriege nicht weiter als auf die Brachmeile aus der Stadt entfernt hatte. Sie zu schicken, war ein Risiko. Doch Eunice war so stark wie ihre Schwester und wie ihre Mutter. Darum hatte er Judith damals ausgewählt – nicht ahnend, dass ihr genetisches Material sich als so fehlerhaft erweisen würde.

»Geh nach Selimsburgh«, sagte Brookstone. »Ich bin mir sicher, dass er den Jägern gefolgt ist.«

»Ich verstehe.« Sie begann den Kittel aufzuknüpfen, der ihre Kleidung schützte. »Wenn ich sofort losfahre, erreiche ich bis zur Dunkelheit Rockpoint.«

»Nein, das ist zu riskant. Fahre morgen bei Sonnenaufgang. So kannst du heute Abend auch noch am Bußgottesdienst teilnehmen.«

»Gut, wie du meinst.« Sie wandte sich zur Tür, aber hielt inne. »Ich bin mir nicht sicher, ob diese Information für dich von Belang ist, aber Kanonikus Merryweather zeigte heute Morgen ein besonderes Interesse am Gral. Und er hatte einen Brief bei sich, von dem er nicht wollte, dass ich ihn bemerke.«

»Zur Kenntnis genommen«, sagte Brookstone mit einem Nicken, halb Lob, halb Dank. Das war Eunices Art – sie hielt Augen und Ohren offen, wusste, worauf sie zu achten hatte, genau wie ihre Schwester. »Berenice solltest du nicht aufsuchen«, sagte er. »Aber falls es sich nicht vermeiden lässt – richte ihr meine besten Wünsche aus.«

Als Eunice zurück in den Kreißsaal kam, war der Tryout bereits zur Versendung verpackt. Die Mutter lag gewaschen auf der Pritsche, die ein Pfleger gleich in ihr Zimmer zurückrollen würde.

»Wie lange lassen die mich jetzt in Ruhe?«, fragte die Mutter und hob den Kopf. Eunice schlug die Akte auf und warf einen Blick auf die Daten.

Lea Williams war neununddreißig. »Das war Ihre sechste Niederkunft. Ich nehme an, man wird Sie noch einmal anfordern und dann aus dem Konvent entlassen.«

Lea ließ sich zurücksinken, drehte den Blick zur Wand. »Die sollen sich beeilen.«

Eunice betrachtete die Frau einen Moment lang, dann trat sie neben die Pritsche. »Vielleicht sollten Sie wenigstens dieses letzte Mal eine biologische Empfängnis in Erwägung ziehen.« Der Satz kostete sie Überwindung.

Die Frau wandte sich ihr wieder zu und plötzlich lag Leben in ihrem resignierten Blick. »Ich habe einen Ehemann!«

Eunice nickte. Dass man nur noch Mütter in den Konvent von Philadelphia aufnahm, die bereits geboren hatten, war die Idee ihres Vaters gewesen. Es sollte – und darin stimmte sie ihm zu – zur physischen und psychischen Stabilität beitragen. Die Aussicht auf eine lebenslange Rente sorgte für die Kooperation gerade ärmerer Frauen.

»Niemand muss es erfahren«, sagte Eunice, »aber das Kind wäre wenigstens lebensfähig.«

Lea stemmte sich auf die Ellenbogen. »Ich habe nicht vor, dieser Kirche ein lebensfähiges Kind zu schenken! Keinen Erwählten und bestimmt keine weitere Mutter!« Sie ließ sich zurücksinken und schloss die Augen. Doch als sie durch die Tür gefahren wurde, streckte sie die Hand aus und hielt die Fahrt durch einen Griff zum Türrahmen auf.

»Mother Matron«, sagte sie, und Eunice wandte sich zu ihr um. »Es tut mir leid. Ich weiß, dass Sie anders sind als die.«

Nein, dachte Eunice, ich bin nur freundlicher. »Erholen Sie sich gut, Lea.«

Lucys Werkzeuge hingen ordentlich aufgereiht an der Wand. Jedes Teil hatte seinen Platz, war sauber und einsatzfähig, jedes einzelne war eine Kostbarkeit und wäre nur schwer zu ersetzen.

Sie legte den Spannungsprüfer an die Anschlüsse der Voltasäule: voll funktionstüchtig. Also schloss sie den Lötkolben, lehnte sich auf ihrem Stuhl zurück und ließ den Blick über die gesamte Länge ihrer selbstgebauten Batterie wandern. Der regelmäßige Wechsel aus Kupfermünzen und Aluminiumfolie, dazwischen in Salzlauge getränktes Papier, besaß eine eigene Schönheit. Lucy hatte den Aufbau aus einem alten Schulbuch übernommen – und war selbst überrascht gewesen, wie gut ihr Nachbau funktionierte. Überhaupt hatten sich Schulbücher als ergiebigste Quelle des früheren Wissens erwiesen. Viele der darin beschriebenen Projekte ließen sich mit Hilfe von Materialien zusammenbauen, welche die Plünderer problemlos besorgen konnten. Schon bei den Lehrbüchern auf Universitätsniveau scheiterte Lucy oft an den geforderten Werkstoffen. Obwohl entsprechende Schätze sicher noch irgendwo in den Ruinen lagen, war es aussichtslos, einen Ketzer auf die Suche nach Ethylenkarbonat und nanokristallinem, amorphem Silizium zu schicken. Derartiges würde nicht einmal Crow finden – und der konnte immerhin lesen.

Der Lötkolben würde eine Weile brauchen, um auf Temperatur zu kommen. So stand sie auf und ging zum Regal, auf dem das Funkgerät stand. Das hatte sie ebenfalls selbst zusammengebaut – allerdings mit Lehrbüchern auf College-Niveau. Ein funktionierendes Funkgerät in den Outlands war eine Rarität und so manchem Plünderer einen Mord wert. Darum hatte Lucy die Antenne getarnt und verwendete das Gerät meistens nur als Empfänger. Am lokalen Funkverkehr beteiligte sie sich nie.

Noch waren die Lautsprecher stumm. Aus ihrer Hosentasche zog Lucy ihre Uhr, an der noch ein paar metallene Glieder des früheren Armbandes schlenkerten, und betrachtete die Zeiger. Kurz vor sieben. Sie drehte das Rädchen zum Aufziehen zwischen Daumen und Zeigefinger und achtete dabei auf die Frequenzanzeige ihres Funkgerätes. Der Äther würde sich bald mit Stimmen füllen.

Während sie die Uhr zurück in die Hosentasche gleiten ließ, hob sie den Blick zur Landkarte, die an der Wand ihrer

Werkstatt hing. »Vereinigte Staaten von Amerika« stand darüber. Staaten; fünfzig davon – das klang groß und mächtig. Es klang nach einer weiten Fläche. Vereinigt – das beschwor ein Bild herauf von Menschen, die zusammenstanden.

Davon geblieben waren neunzehn Städte – und die waren von einer Vereinigung weit entfernt. Verträge, Allianzen, Heiraten. An die Stelle eines Bundes waren Bündnisse getreten, unsicher und wechselhaft. So waren die Menschen. Die Bedrohung musste nur ein wenig nachlassen und schon briet jeder wieder seine eigene Ratte.

Im Funkgerät knackte es, gefolgt vom Rauschen einer offenen Leitung. Dann hörte Lucy die Stimme, tief und voll, genauso, wie sie sie in Erinnerung hatte. Sie sah das markante Gesicht von Bischof Brookstone geradezu vor sich. *»Philadelphia begrüßt die Städte zum Rundruf.«*

Natürlich war es der Bischof von Philadelphia gewesen, der die Idee für diesen regelmäßigen Rundruf gehabt hatte. Lucy erinnerte sich an einen seiner Aussprüche: Schon die Illusion des Wissens beruhigt. Er hatte immer gewusst, wie man Menschen beeinflusste. *»Darf ich die Städte bitten, sich zu melden und uns auch über ihre Lehen zu informieren?«*

Das Funkgerät knackte und verstummte. Mit klopfendem Herzen wartete Lucy auf die Antworten. Ihr Blick glitt über die Karte, auf der die neunzehn Städte mit roten Kreisen markiert waren. Nur siebzehn davon hatten sich am Morgen gemeldet.

»Chicago hier, alles ruhig. Over.«

Lucys Blick wanderte auf der Landkarte hinauf zu den großen Seen. Direkt über Chicago verlief eine Falz, die eingerissen war. Die Karte war an dieser Stelle schon einmal geklebt worden, doch die Bindung hatte sich gelöst und nur harte, braune Klebstoffreste zurückgelassen.

Crow hätte ihr sicher eine bessere Karte besorgen können, doch Lucy liebte diese. Sie war offensichtlich schon durch viele Hände gegangen, vielleicht während der Zeit des letzten Widerstandes. Irgendein Vorbesitzer hatte die Städte im Nordwesten mit großen Kreuzen ausgestrichen: Vancouver, Seattle, Portland. Er musste es im Verlauf der Ereignisse getan haben, denn es waren verschiedene Stifte verwendet worden. Lakeview war mit einem schwarzen Filzstift ausgestrichen, über Twin Falls war ein blaues X gesetzt. San Francisco war mit solcher Heftigkeit geschwärzt, dass der Stift das Papier zerrissen hatte.

»Atlanta hier, keine Neuigkeiten, over.«

Lucy hob die Hand und strich mit den Fingern über das kleine Stück der kanadischen Westküste, das die Karte links oben zeigte. Irgendwo nördlich davon waren die Reaper angekommen. In den menschenleeren Wäldern hatten sie sich ungestört vermehrt, dann waren sie nach Süden aufgebrochen. Was sie gefunden hatten, waren unbefestigte Städte gewesen, ein Land, das ein langer Frieden wehrlos gemacht hatte.

»Saint Louis – wir haben auch alle unsere Lehen erreichen können, over.«

Der Überfluss an Nahrung hatte zu einer massenhaften Vermehrung der Reaper geführt. Je mehr sie fraßen, desto mehr Eier enthielten ihre Gelege. Und weil sie Einzelgänger waren, hatte es keine Front gegeben, kein Schlachtfeld. Sie schlüpften einfach zwischen den Reihen der Verteidiger hindurch. Man konnte schließlich keine Mauer quer durch einen ganzen Kontinent bauen, auch wenn man es versucht hatte. Zweimal. Die Ruinen standen noch irgendwo im Mittleren Westen – aufgegeben, nachdem klar geworden war, dass einzelne Tiere schon längst weiter vorgedrungen waren.

Die Reaper breiteten sich zuerst in der Wildnis aus und mieden die Menschen als ihren stärksten Gegner. Wenn der Wildbestand nahezu ausgelöscht war, bewirkten Nahrungsmangel und Überpopulation eine Verhaltensänderung. Sie schlossen sich zu Rudeln zusammen, die Rudel zu Rudelgruppen, bis sie so groß wurden, dass man es als Schwarm oder Masserudel bezeichnete. Dann erst griffen sie die Menschen an. Irgendwann in dieser Zeit wurde der erste Erwählte geboren.

Lucys Hand strich über die Karte, folgte dem Verlauf der Vernichtung. Der Nordwesten des Kontinents war innerhalb weniger Jahrzehnte entvölkert worden. Der unbekannte Vorbesitzer schien irgendwann resigniert zu haben, oder vielleicht war die Karte in andere Hände gelangt, denn die Städte in der Mitte des Kontinentes waren nur noch mit knappen, fast beiläufigen Linien ausgestrichen worden: Bismarck, Denver, Albuquerque.

»Montreal. Wir haben schon Schnee, aber keinerlei Spuren. Over.«

Während der Mittlere Westen in Todeszuckungen lag, hatten die Städte im Osten ihre Befestigungen ausgebaut: hohe Mauern aus Beton, stabile Tore. Fast hundert Jahre brauchten die Reaper, um die Ostküste zu erreichen. Die Innenstädte mit ihren Hochhaustürmen wurden zu Trutzburgen, doch schließlich war jeder Raum, jedes Stück Straße belegt. Die Städte hatten keine Wahl – sie verschlossen die Tore vor den Flüchtlingsströmen. Als die Reaper schließlich kamen, sahen die Bürger von den Mauern aus dem Schlachten zu. Der Boden der Brachmeile um Philadelphia, wie um jede andere Stadt herum, war mit Blut getränkt, das Gewissen der Überlebenden schwarz vor Schuld. Doch innerhalb der Städte war es kaum besser gewesen. Die Aufzeichnungen sprachen von Kannibalismus.

»Hier ist Boston. Weiß inzwischen jemand was über Dallas und Memphis?«

Als das Land kahlgefressen war, bewegte sich der Ansturm der Reaper nach Mittel- und Südamerika weiter. Die Zucht der Erwählten wurde in immer größerem Ausmaß betrieben. Unter ihrem Schutz richtete man die Lehen ein. Die Städte leerten sich, das Leben wurde besser.

Das Papier der Karte knisterte, als Lucys Hand hinab in den mexikanischen Trichter strich. Über der Spitze ihres Mittelfingers stand in einem roten Kreis: Dallas.

Konnte es sein, dass sie zurückgekehrt waren? Dass sie ausgehungert aus einem kahlgefressenen Südamerika nach Norden zurückströmten?

»Nashville hier. Zwei unserer südlichen Lehen sind nicht mehr erreichbar. Wir haben heute Mittag einen Spähtrupp losgeschickt, aber bisher noch nichts gehört.«

Dallas, Memphis, Nashville. Lucy musste die Städte auf der Karte nicht erst suchen. Dallas – Memphis – Nashville, das ergab eine Linie. Und diese Linie zeigte auf Philadelphia.

»In Cincinnati alles ruhig, over.«

Die Meldungen gingen weiter. Lucy wandte sich von der Karte ab, ging zu ihrer Werkbank hinüber, setzte sich. Die

Kontrollleuchte des Lötkolbens zeigte nun eine ausreichend hohe Temperatur an, doch Lucy ging nicht an die Arbeit.

War Philadelphia in Gefahr? Es war gut geschützt. Die Mauern waren hoch, es gab eine psychoinvasive Barriere und genug Energie, um sie wochenlang in Betrieb zu halten. Und im Inneren sorgte ein fähiger Bischof für Ordnung. Was immer in Dallas und Memphis vorgefallen war, es würde sich in Philadelphia nicht wiederholen.

Vielleicht waren doch nur die Funkgeräte ausgefallen. In der Erntezeit gingen die Energievorräte zur Neige und im Süden hatte es dieses Jahr wenig geregnet. Die Raffinerien begannen gerade erst mit der neuen Produktion. Vielleicht mussten die Städte sparen.

Inzwischen waren die Meldungen weitergegangen. Raleigh, Montgomery, Orlando, siebzehn insgesamt. Zum Abschluss meldete sich Bischof Brookstone wieder. *»Philadelphia ist sicher, allerdings gab es in einem unserer westlichen Lehen Zusammenstöße mit Reapern. Fünf Tiere wurden getötet, sechs weitere gesichtet. Ein Trupp Jäger ist heute aufgebrochen, um das Rudel aufzureiben. Wir halten Sie auf dem Laufenden.«*

Außer Dallas und Memphis hatten sich alle Städte gemeldet und nirgendwo sonst waren bisher Reaper gesichtet worden. Warum ausgerechnet in einem Lehen von Philadelphia?

»Ich danke Ihnen. Bis morgen früh, um acht Uhr, auf derselben Frequenz. Nashville, wir hoffen, dass Sie bis dahin etwas von Ihren Spähern gehört haben. Philadelphia over and out.«

Das Gerät verstummte. Lucy sah noch einen Moment auf die Karte an der Wand, doch schließlich wandte sie sich ab. Dort würde sie die Lösung des Rätsels nicht finden, und sie hatte andere, näherliegende Probleme.

Sie richtete den Blick auf ihre Arbeit und nahm das Werkzeug auf. Kritisch musterte sie die Drähte und Verbindungen an ihrem Werkstück, dann wandte sie sich noch einmal dem Gegenstand zu, der ihr als Modell diente. Wie immer zog dieser Anblick sie in seinen Bann. Die Sorgen um Philadelphia traten in den Hintergrund, wurden überlagert von Faszination und Neugier. Anders als die Überreste der menschlichen Kultur erschien dieses Artefakt nach zweihundert Jahren und einer Odyssee durch zahllose Hände noch immer makellos. Die Keramik, auf der die kupfernen Bahnen in eleganten Windungen verliefen, leuchtete weiß und unberührt.

Immer wieder stießen Samuel und Kaleb auf die Ruinen alter Gebäude, die den Pflanzen mehr oder weniger Widerstand entgegenbrachten. An einigen Wänden fanden sie Ketzer-Markierungen, nur für das eingeweihte Auge zu erkennen, zwischen alten Graffiti und verblassten Werbeaufschriften.

Mit einem ausgekreuzten Kreis wiesen Ketzer auf einen sicheren Ort zum Übernachten hin. Als Kaleb dieses Zeichen am Nachmittag entdeckte, zügelte er sein Pferd und legte den Kopf in den Nacken. Durch das Blätterdach waren nur kleine Flecke Himmel zu sehen; Zirruswolken zeigten bereits Spuren von Abendrot.

Er lenkte seinen Schecken nach rechts. Es würde sich zeigen, ob die Unterkunft auch für Pferde geeignet war.

»Wo wollen Sie hin?« Samuel hatte sein Pferd nicht vorangetrieben. »Die Spur führt hier weiter.« Das waren seit Stunden die ersten Worte, die zwischen den beiden fielen.

»Wir sollten nicht in der Dunkelheit reiten.«

Samuel zeigte auf die Fährte, die sich noch immer deutlich sichtbar durch den Wald zog. »Aber noch können wir genug sehen. Die Reaper rasten sicher nicht.«

»Wenn Sie tot sind, können Sie Dinah nicht mehr retten.«

»Wenn *sie* tot ist, kann ich das auch nicht mehr.«

Samuels Jugend erklärte seine Ungeduld, aber rechtfertigte sie nicht. Sie konnte ihn den Kopf kosten. »Sie wurde vor zwei Tagen entführt«, sagte Kaleb. »Wenn sie bisher noch nicht tot ist, wird es auf einen dritten Tag nicht ankommen.«

Sam zögerte, doch dann ließ er die Schultern hängen.

Sie folgten dem Pfeil, der unter dem Symbol angebracht war, und fanden ein Einkaufszentrum. Das Glas der Eingangstüren knirschte unter den Schuhen, als Sam und Kaleb ihre Pferde am Zügel in das Gebäude führten. Durch das schadhafte Dach war Wasser eingedrungen, hatte schwarzgrüne Schlieren auf den Wänden hinterlassen. Von Nischen und Absätzen hingen Farne und Ranken herab. Die meisten Schaufensterscheiben waren zerbrochen oder ausgebaut worden. Verloren standen nackte Kleiderpuppen und nutzlose elektrische Geräte herum.

Für Kaleb war der Anblick vertraut. Er war viel herumgekommen, gerade auch während der Ketzerkriege. Aber er konnte sehen, wie beeindruckt Samuel von diesen Zeugnissen der untergegangenen Zivilisation war. Schweigend und ehrfürchtig schritt der junge Mann an den geplünderten Geschäften entlang und blieb schließlich vor einer Treppe stehen, die in ein zweites Geschoss führte. Er betrachtete die Stufen, deren Höhe sich unten verringerte, als hätten sie sich ineinandergeschoben.

»Ich habe gehört, dass sich die Treppen früher von ganz alleine bewegt haben«, sagte er. »Man musste sich nur auf eine Stufe stellen und sie fuhren einen nach oben oder unten – wohin man wollte.«

»Im Konvent haben wir so etwas noch, aber sie werden nur vom Hochklerus und an Feiertagen benutzt.«

Sam blickte auf. »Es muss ein Paradies gewesen sein.«

»Meinen Sie?« Kaleb suchte nach einem weiteren Ketzerzeichen.

»Schauen Sie sich doch um!« Samuel machte eine ausgreifende Geste. »Niemand musste seine Schuhe selber nähen. Oder seine Kleider. Man hat sie einfach gekauft! Oder dort!« Er wies auf ein leeres Geschäft auf der anderen Seite des Ganges. Großformatige Bilder an den Wänden zeigten Möbelstücke. »Haben Sie eine Ahnung, wie viele Stühle ich gezimmert habe? Oder repariert? Früher hätte man sie fortgeworfen und sich neue besorgt!« Er ließ den Arm sinken. Der Blick, mit dem er Kaleb ansah, hatte etwas Verzweifeltes. »Warum ist das über uns gekommen? War unsere Sünde wirklich so groß?«

»Kommen Sie«, sagte Kaleb und zog seinen Schecken weiter. »Dort hinten sehe ich unseren Wegweiser.«

Das Ketzerzeichen führte sie durch ein Geschäft hindurch in einen Servicegang. Kaleb musste die mitgebrachte Öllampe anzünden, denn hierhin fiel kein Licht, weder durch das zerstörte Dach noch durch irgendwelche Fenster. Der Glanz der Vorzeit beschränkte sich deutlich auf die

Fassade; hier hinten gab es keine marmornen Fußböden, keine glitzernden Lampen. Stattdessen sahen sie grauen Beton.

Sam sah sich unbehaglich um. »Wir vertrauen wirklich einem Ketzerzeichen? Ich dachte, die müssen sich gar nicht verstecken.«

»Der Schutz der Nachtmilch ist nicht vollkommen«, erwiderte Kaleb, »und abhängig davon, wie lange der letzte Konsum zurückliegt.«

Das Kreiszeichen führte sie noch einige Yards weiter; sie betraten einen Lagerraum mit Metalltüren. Dort hatten offenbar bereits Menschen übernachtet. Uringeruch hing in der Luft, Matratzen lagen an den Wänden. Ein Luftschacht war nach unten gebogen worden, so dass man darunter ein Feuer entzünden konnte. Auch für die Pferde gab es ausreichend Platz.

Kaleb ließ seine Tasche zu Boden gleiten, während er sich umblickte. »Ich werde Brennholz suchen, kümmern Sie sich um die Pferde.«

»Das kann ich übernehmen.« Samuel wandte sich zur Tür, doch Kaleb hielt ihn am Arm fest. »Nein«, sagte er.

Samuels Augen verengten sich. »Und warum nicht?«

»Weil ich spüre, wenn sie kommen.«

Der junge Mann atmete aus und die angespannten Muskeln lockerten sich. »In Ordnung.« Er warf einen unwilligen Blick auf die Wände. »Ich hab's nur nicht so mit geschlossenen Räumen.«

»Machen Sie die Augen zu«, sagte Kaleb. »Dann sehen Sie es nicht.«

Wenig später flackerte ein kleines Feuer unter der Öffnung des Luftschachtes. Die drei Pferde standen an der entferntesten Seite des Raumes und kauten ihren Hafer.

Samuel und Kaleb hatten je eine der fleckigen Matratzen an die Flammen herangezogen und saßen darauf, während sie aßen. Ihr Proviant war begrenzt und Kaleb achtete darauf, langsam zu essen.

Zwischen dem Feuerholz fand Samuel einen dünnen Zweig, den er gedankenverloren in kleine Stücke brach, während er in die Flammen starrte. »Warum jagen Reaper eigentlich nur nachts?«, fragte er. »Es ist ja nicht so, dass wir ihnen tagsüber mehr entgegenzusetzen hätten.«

»Sonnenlicht schmerzt sie – so wie bei den Ketzern.«

Samuel betrachtete die Reste des Zweiges in seiner Hand, brach dann die Stücke erneut jeweils in der Mitte. Das Geräusch gesellte sich zu dem Knacken der Glut. »Ich habe von Angriffen gehört, die am Tag stattfanden. Drüben bei Chicago, zum Beispiel.«

Kaleb nickte bedächtig. »Auch Hunger schmerzt.« Er wickelte das übriggebliebene Essen in ein Tuch und verstaute es in der Satteltasche.

Samuel warf den Zweig ins Feuer. Sofort sprangen kleine Flammen auf, verzehrten das dünne Holz. »Wozu brauchen die überhaupt Augen? Die haben doch ihre inneren Sinne, die telepathischen.«

»Mit diesen Sinnen können sie ihre Beute finden, aber nicht Bäumen und Felsen ausweichen.«

»Schwer zu glauben, dass ein so überlegener Jäger eine so banale Schwäche hat.«

Kaleb verschloss die Satteltasche. »Wir nehmen an, dass sie das Lichtspektrum unserer Sonne nicht gewöhnt sind.«

»Und wenn sich ihre Augen an unsere Sonne gewöhnen?«

»Eine Spezies passt sich nicht innerhalb von ein paar Generationen an.«

»Ich weiß nicht.« Sam hob den Blick und der Flammenschein tanzte in seinen Augen. »Die Erwählten haben sich auch in wenigen Generationen entwickelt.«

»Die Erwählten waren ein Geschenk Gottes.«

Samuel sah Kaleb zweifelnd an. Dann senkte er den Blick wieder ins Feuer. »Hoffen wir, dass die Reaper nicht auch einen Gott haben, der sich um sie kümmert.«

Sie schwiegen, und nur das gelegentliche Knacken der Glut war zu hören. Schließlich legte sich Kaleb hin und zog seine Kutte über die Schultern. »Sie sollten sich schlafen legen.« Er schloss die Augen und genoss die Ruhe und die Wärme des Feuers in seinem Gesicht.

Nach einer Weile sagte Samuel: »Die Ketzer glauben, die erste heilige Mutter sei eine Ketzerin gewesen. Sie behaupten, dass die veränderten Gene durch den Gebrauch der

Nachtmilch in die Welt gekommen sind.« Er ließ eine Pause entstehen, doch Kaleb schwieg. »Vielleicht stimmt das ja.«

Kaleb machte sich nicht die Mühe, die Augen zu öffnen. »Die Heilige Jungfrau war Teil der Kirche«, sagte er nüchtern.

»Heilige Jungfrau?« Ein sanfter Spott lag in Samuels Stimme. »Muss ich Sie etwa über die Biologie menschlicher Fortpflanzung aufklären?«

Jetzt öffnete Kaleb doch die Augen. »Muss ich Sie über In-vitro-Fertilisation aufklären?«

Es dauerte einen Augenblick bis Samuel begriff. »Wollen Sie sagen, der erste Erwählte wurde von Wissenschaftlern erschaffen?«

»Es ist nicht wichtig, wie es geschah«, sagte Kaleb. »Es war der Wille Gottes und es war ein Wunder. Legen Sie sich hin, Samuel. Sie brauchen Ihre Kräfte, um Dinah zu retten.«

Kaleb schloss wieder die Augen und hörte das Rascheln, als Samuel sich auf seine fleckige Matratze legte. Stille breitete sich aus.

In dieser Stille erhoben sich Kalebs Gedanken, überwanden die wenigen hundert Meilen bis Philadelphia, wandelten durch die abendlichen Gänge des Konvents. Die Brüder hatten das Abendbrot sicher schon beendet. Bis zur Vesper machten sie es sich im Refektorium gemütlich, bei Gesprächen und den langwierigen Schachpartien, die sich über Wochen hinzogen. Die blaue Stunde nannten sie es.

Eunice war wahrscheinlich noch in den Siechenräumen, beseitigte die letzten Spuren des Tagewerks, legte die Gegenstände für die Nachtschicht zurecht. Kaleb sah sie vor sich, wie sie die Werkzeuge abkochte, mit gefurchter Stirn ein Etikett studierte und dabei geistesabwesend eine Strähne hinters Ohr strich. Ihre anmutigen Bewegungen, ihr zartes Gesicht – die Bilder waren in seinen Geist eingegraben, als wären die Erinnerungen Teil seines Körpers.

Nur gelegentlich – um nicht die Aufmerksamkeit des Bischofs zu wecken – ging er während der blauen Stunde zu den Siechenräumen hinüber und half ihr beim Zusammenräumen. Dann berichtete sie ihm von den Begebenheiten des Tages: den lustigen Zufällen, den Kollegen und den Kranken, die ihr Sorge bereiteten.

Sie fehlte ihm. Ihre Stimme fehlte ihm, ihr Lachen, ihr Seufzen, die kurze Berührung, wenn sie ihm einen Gegenstand aus der Hand nahm. Diese Abendstunden, wenn die Pflichten des Tages getan waren, wenn Ruhe einkehrte und das Beisammensein keinem anderen Zweck diente, als eben diesem: beisammen zu sein. Nicht reden zu müssen, nicht schweigen zu müssen, einfach zu sein, bei ihr.

Und trotzdem lag auch Schmerz in diesen Stunden. Ihr nahe zu sein, ohne sie zu berühren, mit ihr zu sprechen, ohne jemals das zu sagen, was wirklich zählte.

Diese Gedanken waren Sünde. Kaleb wusste das. Die Kirche verlangte von ihren Mönchen nicht deswegen ein zölibatäres Leben, weil sie den Sex verurteilt hätte. Im Gegenteil. Zu Zuchtzwecken wurden Mönche sogar dazu abkommandiert.

Doch das, was er eben gespürt hatte, diesen Stachel der Sehnsucht, das trug den Keim des Ungehorsams in sich. Es war der erste Schritt auf dem Weg zum Deserteur, zum Häretiker – am Ende zum Ketzer.

Trotzdem würde er diese Gedanken nicht beichten, so wenig, wie er Rachels Briefe gebeichtet hatte. Er hatte der Kirche seinen Leib und sein Leben überlassen – seine Sehnsucht aber gehörte ihm. Sie war alles, was ihm geblieben war.

Als Bileam Merryweather den Brief öffnete, den er hinter dem Schrein des technischen Beistandes gefunden hatte, zitterten seine Finger. Er hatte sich in sein Schlafzimmer zurückgezogen und saß an dem Funkgerät, das in der vergangenen Nacht so unerwartet zu neuem Leben erwacht war.

Der Umschlag war unbeschriftet und enthielt zwei Blätter. Das erste war ein Brief, ohne Anrede, ohne Unterschrift, nur zwei handgeschriebene Zeilen: »Lesen Sie und treffen Sie mich auf dem Markt. Fragen Sie No-nose nach grünen Schnürsenkeln.«

Merryweather legte das Blatt neben sich und betrachtete das zweite. Es hatte Stockflecken und roch modrig. Was ihm sofort ins Auge fiel, war Bischof Brookstones Handschrift.

Nein, korrigierte er sich, als er das Dienstsiegel erkannte. Damals war Brookstone noch kein Bischof gewesen, sondern Kriegsherr im Dienste von Bischöfin Whitehead, nicht mehr als ein ehrgeiziger Kleriker mit einem schwachen Clan. Merryweather hatte sich oft gefragt, wie Elijah Brookstone es geschafft hatte, den Bischofssitz zu erlangen.

Das Dokument, das er nun zu lesen begann, lieferte eine Erklärung dafür.

Der Abendgottesdienst war gut besucht, noch besser als sonst, denn es war die jährliche Bußfeier, mit der die Menschen ihren Gott zu besänftigen suchten. Es war einer von drei Feiertagen, an denen die Kathedrale für das einfache Volk geöffnet war. Viele kamen barfuß. Einige peitschten ihre nackten Rücken mit Riemen, andere hatten sich Bußplaketten in die Haut gestochen, unter denen kleine Rinnsale dunklen Blutes hervorkrochen. Die Siechenräume würden in den kommenden Tagen wieder mehr Patienten mit entzündeten Wunden versorgen müssen.

Eunice hatte nie verstanden, weshalb die Menschen dachten, ihr Gott fände Gefallen am Leid seiner Gläubigen. Trotzdem versäumte sie keine der Bußfeiern.

Heute gab es keine Predigt, kein gemeinsames Gebet. Nur die Mönchgesänge durften erklingen, dann die Glocken – die eine Viertelstunde vollständigen Schweigens in ganz Philadelphia einläuteten. Es war dieses Schweigen, diese Stille, die sich so ungewohnt über die Stadt breitete, die das Besondere der Bußfeier ausmachte. Selbst die Massen auf den Straßen standen still, fünfzehn Minuten lang, bis die Glocken erneut erklangen und das Leben seinen Gang wieder aufnahm.

Danach wurde das Bußkreuz präsentiert, die heilige Reliquie, die sonst als Mahnung für die Mönche im Refektorium stand. Ehrfurchtsvoll drängten sich die Menschen zusammen und bildeten eine Gasse, um die Mönche vorbeizulassen, die das Kreuz in die Kathedrale trugen. Eunice hielt nach Kaleb Ausschau. Er musste inzwischen zurück sein, und ganz sicher hatte ihr Vater ihm das Fernbleiben vom Bußgottesdienst nicht genehmigt. Doch sie konnte ihn nicht entdecken.

Vier der Brüder trugen die Sänfte mit dem gusseisernen Kreuz, das so schwer war, dass Eunice es kaum würde heben können. Es ruhte halb aufgerichtet auf vier langen Stangen, von denen jede wiederum in fünf scharfen Krallen auslief – den Klauen eines Reapers nachgebildet. Die Spitzen hatten sich tief in das Holz der Sänfte gebohrt und es war Eunice unmöglich, die Wunden im Holz anzusehen, ohne sich zu erinnern. Auch heute sah sie das Bild wieder vor sich: Kaleb, kaum vierundzwanzig Jahre alt, wie er im Dormitorium vor ihrem Vater kniet.

»Wo ist der Rest?«, herrscht der Bischof ihn an und hält einen Brief vor Kalebs Gesicht – einen Brief, den ihre Unachtsamkeit, ihre Dummheit in die Hände ihres Vaters gespielt hat.

Der junge Mönch bleibt stumm, starrt stoisch auf einen Punkt in der Ferne. Schutzlos wirkt der geschorene Kopf, verletzlich der weiße Nacken in der dunklen Kutte.

»Wo sind die restlichen Briefe? Sag es und dir wird eine milde Buße auferlegt.«

Kaleb schweigt, während andere Mönche sein Bett und seinen Schrank durchwühlen, und die Suche dann auf das gesamte Dormitorium ausweiten. Ihres Vaters Stimme voller Zorn: »Wenn wir sie ohne deine Beichte finden, schwöre ich bei allen Heiligen, wirst du das Kreuz tragen! Vom Stadttor bis an den Altar!«

Sie hatte gebetet, dass er sprechen möge, doch Kaleb hatte geschwiegen. Später, nachdem die Briefe gefunden waren, hatte sie ihren Vater angefleht, das Urteil zu revidieren. »Es könnte ihn umbringen!«

»Exekution ist die Strafe für Gehorsamsverweigerung – in jeder Armee der Geschichte.«

»Willst du ihn dafür bestrafen, dass er liebt?«

»Ach, was! Liebe!« Eine wegwerfende Handbewegung des Bischofs. »Das sind keine Briefe der Liebe, sondern des Widerstands. Ein Erwählter gehört der Kirche, nicht ein wenig, nicht größtenteils, sondern *ganz*. Wo er sich ihr verweigert, sich ihr vorenthält, müssen wir ihn brechen.« Ein scharfer Blick. »Das gilt nicht nur für Kaleb, meine liebe Tochter. Du wirst ihn begleiten, den gesamten Weg, und bei jedem Tropfen Blut, der von seinem Rücken rinnt, denk darüber nach, wozu dein vermeintlicher Freundschaftsdienst geführt hat!«

Drei Tage später hatten sie ihm das Kreuz auf den Rücken gesetzt.

Sie erinnerte sich an sein dumpfes Stöhnen, als die Dornenfüße des Tragegerüstes sich tief in seinem Fleisch verankerten. Das Gewicht des Kreuzes hatte ihn niedergedrückt, doch die erste Hälfte des Weges vom Südtor bis zur Kathedrale hatte er noch auf seinen Füßen zurückgelegt. Erst dann hatte das Gewicht ihn zu Boden gezwungen, und er war auf den Knien weitergekrochen, nackt bis auf ein Lendentuch, eskortiert von vier Brüdern, deren Aufgabe nicht etwa Bewachung, sondern Beistand war.

Die Mönche hatten noch eine andere Aufgabe: der Qual ein Ende zu setzen, wenn absehbar war, dass Kaleb es nicht schaffen würde. Dann würden sie ihm den Tod eines Mönches bereiten, der in Ungnade gefallen war: Sie würden sein Leben mit einem Stich ins Herz beenden. Bruder Daniel trug die Lanze und damit die Entscheidungsgewalt. Kaleb selbst hatte ihn zu seinem »Simon« bestimmt.

Doch Kaleb hatte sich Meter für Meter vorangekämpft. Das Blut war seinen Rücken hinabgeflossen und die Menschen hinter ihm hatten ihre Finger in die Tropfen am Boden getaucht. Es hieß, das Blut eines bußfertigen Mönches hätte heilende Kräfte.

Eunice bezweifelte, dass Bußfertigkeit Kaleb die Kraft gegeben hatte durchzuhalten. Ihre eigene Kraft reichte nicht einmal aus, die Tränen zurückzuhalten, während sie ihm in der Menge durch die Straßen folgte, einen Schritt nach dem anderen in quälender Langsamkeit.

Sie hatte ihn nicht wegen des Befehls ihres Vaters begleitet, sondern weil es das Einzige war, was sie für ihn tun konnte: ihn zumindest nicht allein zu lassen in seinem Leid. Aber natürlich war das töricht gewesen. Im Leid ist jeder allein.

Es dauerte lange, bis er die Treppenstufen der Kathedrale erreichte. Der weiße Marmor offenbarte, dass auch seine

Knie inzwischen blutig waren. Stufe um Stufe zog er sich dem Portal entgegen. Einmal brach er zusammen und die Mönche traten näher, um zu verhindern, dass das Kreuz zu Boden stürzte. Ihn selbst durfte niemand berühren – nicht, bevor er das Altartuch ergriffen und Asyl gefunden hatte.

Nach Atem ringend lag er auf den Stufen, auf die Ellbogen gestützt, den Kopf gesenkt. Seine aufgerissenen Hände zitterten kraftlos. Das getrocknete Blut auf seinem Rücken wurde immer wieder von neuem Rot überflossen. Eunice befürchtete, er würde nicht mehr aufstehen. Voller Angst schaute sie zu Bruder Daniel hinüber. Der stand regungslos, schaute auf den Gemarterten hinab, die Lanze in der Hand.

Und dann begann er zu singen. Einen Vers lang schwebte der wunderbar reine Bariton von Bruder Daniel alleine über dem Bild des Leides, dann gesellten sich die Stimmen der anderen Mönche dazu, tief und machtvoll. Nach dem zweiten Vers stemmte sich Kaleb mühsam auf, kroch weiter, vom Gesang begleitet, durch die geöffnete Tür hindurch. Im Mittelgang hinterließ er eine blutige Spur.

Unerträglich groß war Eunice die Kathedrale erschienen. Sie hatte beobachtet, wie Kaleb mit eisernem Willen ein Knie vor das andere setzte, jede Bewegung begleitet von einem Ächzen, wie er zögerte, als er die Altarstufen erreichte und sich, ungebeugt, zu dieser letzten Marter zwang. Endlich hatte er sich dem Altar auf Armeslänge genähert. Er streckte die Hand aus, krallte seine Finger in den weißen Stoff – und brach zusammen. Er riss das Tuch und die beiden darauf stehenden Leuchter mit.

Seine Begleiter hatten das Kreuz bei seinem Sturz gestützt und hoben es hoch. Er stöhnte gepeinigt auf, als die Klauen aus seinem Fleisch gezogen wurden. Sie hinterließen tiefe Wunden, deren Anblick Eunice noch lange in ihre Träume verfolgte. Doch das hinderte sie nicht daran, diese Wunden Tag für Tag zu versorgen, bis er wieder seinen Platz in den Reihen der Brüder einnahm.

Er hatte ihr niemals Vorwürfe gemacht. Trotzdem fühlte sie die Last ihrer Schuld, wann immer sie das Bußkreuz sah. Das Erinnern an diese Schuld war ihre persönliche Kasteiung. Auch hier würde sie ihn nicht alleine lassen.

Die vier Mönche stellten das Kreuz vor dem Altar ab und gesellten sich wieder zum Chor. Einer nach dem anderen traten die Mönche dann vor. Jeder von ihnen kniete nieder und küsste das halb liegende Kreuz.

Normalerweise stand Kaleb in der Reihe seiner Brüder, die Hände in den Ärmeln verborgen, unter der Kapuze den Kopf gesenkt. Unfehlbar erkannte Eunice ihn trotzdem, und ihr Blick ruhte auf ihm während der Gesänge und während des Ritus.

Jedes Jahr trat er vor, zog den Stoff von seinem geschorenen Kopf und kniete nieder vor dem Instrument seiner Marter. Jedes Jahr erhob er sich und legte seine Lippen auf das kalte Metall, bevor er sich wieder einfügte in die gleichförmige Reihe der Brüder.

Heute blieb ihm diese Geste der Demut erspart.

Nach dem Bußgottesdienst drängte ein zäher Menschenstrom aus der Kathedrale in die bereits überfüllten Straßen hinaus. Unerkannt in der Menge ließ Crow sich vorwärts schieben.

Es war nicht Frömmigkeit, die den Ketzer in die Stadt und in die Kathedrale geführt hatte. Crow empfand nichts als Unverständnis für dieses Ritual, mit dem die Mönche ihr eigenes Elend zelebrierten. Er hatte das Risiko, die Stadt zu betreten, nur für einen ganz besonderen Auftrag in Kauf genommen.

Er blinzelte, denn obwohl er sie tatsächlich nicht spürte, war er sich der Fremdkörper auf seinen Augen sehr bewusst. Es war nur eine Vorsichtsmaßnahme, denn noch waren seine Augen nicht so rot, dass sie einem flüchtigen Betrachter aufgefallen wären – schon gar nicht im Halbdunkel der Unterstadt. Trotzdem gaben ihm die Linsen ein Gefühl der Sicherheit. Crow fragte sich, wozu die Menschen diese kleinen Schalen früher verwendet hatten, die zu nichts weiter gut waren, als die Augenfarbe zu verändern. Manche erzählten, die Farbe der Iris hätte den gesellschaftlichen Status bestimmt, andere behaupteten, sie hätte eine Rolle bei der Wahl eines Lebenspartners gespielt. Wie auch immer, für einen Ketzer, der Geschäfte in der Stadt hatte, war ihre Existenz ein Glücksfall und die Linsen wurden entsprechend teuer gehandelt.

Crow hatte seine auffälligen Haare unter eine Mütze gezwungen – was kein Misstrauen erweckte, denn in der tropfenden Unterstadt von Philadelphia war niemand ohne Kopfbedeckung unterwegs. Er hielt das Gesicht gesenkt, während die Masse ihn fast ohne sein Zutun aus dem Gotteshaus und zwischen den Baracken hindurch auf die Straße schob. Viele kannten ihn vom Markt auf der Brachmeile, doch niemand achtete auf ihn. Wo Menschen eng beieinander lebten, lernten sie es, sich gegenseitig zu übersehen – darauf zählte Crow.

Eine Viertelstunde dauerte es, bis er die Haustür des nächsten Gebäudes erreicht hatte. Eine Viertelstunde, in der er seine Beute unter dem Pullover an sich presste in ständiger Sorge, sie fallen zu lassen oder entdeckt zu werden. Er widerstand der Versuchung, sich nach den Schultheißen umzusehen, die hier und dort auf ihren Podesten standen. In Philadelphia, erinnerte er sich, hießen sie Reilley. Crow schwitzte, und das war nicht nur dem abgestandenen Dunst zu verdanken, der über den Köpfen der Menschen waberte.

Es war nicht das erste Mal, dass Crow eine der Städte betrat, und doch überraschte ihn die drückende Enge jedes Mal aufs Neue. Unverständlich, dass Menschen so leben konnten, so leben wollten. Dass sie ihre Freiheit – bis hin zu ihrer Bewegungsfreiheit – für ein Versprechen von Sicherheit aufgaben. Warum zogen sie nicht wenigstens in die Lehen, wo man zumindest noch den Himmel sehen konnte, wenn man nach oben blickte?

In der mechanisch vorwärtsdrängenden Menge entstand eine Seitbewegung. Obwohl es unmöglich schien, wurde es noch enger. Körper pressten sich gegen Crow, nahmen ihm die Luft zum Atmen. Panik wallte in ihm auf. Am liebsten hätte er geschrien und um sich geschlagen, doch er wusste, was die Menge bewegt hatte: ein Reilley. Gleichgültig, wie eng es auch auf den Straßen war – um einen Reilley herum konnten die Menschen doch immer noch Platz schaffen.

Crow presste seine Beute noch fester an sich und hielt den Blick gesenkt. Er war ein Narr gewesen. Warum hatte er sich auf den Deal eingelassen? Das Blut hämmerte in seinem Schädel – dann war der Reilley vorüber. Der Druck ließ nach und Crow konnte wieder atmen.

Er war kein einfacher Plünderer. Er war keiner von denen, die von Stadt zu Stadt zogen und Abnehmer für ihre Waren suchten. Nein, die Kunden kamen zu ihm. In Philadelphia nannte man ihn einen Transporter, aber er war mehr als das. Unten, im Süden, bezeichnete man Leute wie ihn als Besorger. Wer etwas Besonderes suchte, etwas Ausgefallenes, der wandte sich an ihn. Wenn es diesen Gegenstand gab, irgendwo in den leeren Häusern der verlassenen Städte, ein Besorger würde ihn finden – vorausgesetzt, der Preis stimmte.

Crow hatte noch nie einen Kunden enttäuscht, und auch diesmal würde er die bestellte Ware abliefern. Doch es waren weder sein Stolz noch Berufsethos, die ihn diesen Auftrag hatten annehmen lassen – Raffael war schlicht kein Mann, dem man eine Bitte abschlug.

Zur Hölle mit Raffael.

Trotz der schwülen Hitze überlief Crow ein Frösteln, als er an den Mann dachte, an das sanfte Lächeln, das die Augen nicht erreichte, an die Beiläufigkeit, mit der Raffael einen Mann zum Opfer für die Reaper bestimmt hatte.

Crow hatte den religiösen Wahn der Anbeter nie geteilt. Bisher war es für ihn nur eine Religion unter vielen gewesen, nicht abwegiger als das strenge Regiment des Klerus oder die Frömmelei der *Reader*. Inzwischen fragte er sich, ob die Mönche die Anbeter nicht zu Recht verfolgten. Die Begegnung mit Raffael hatte ihn so beunruhigt, dass er später, bei Lucy, geschwätzt hatte wie ein altes Weib. Zurückblickend war es ihm unangenehm, aber zumindest wusste er, dass seine Worte bei Lucy gut aufgehoben waren.

Crow erreichte die Haustür, schlüpfte hindurch und fühlte sich schon sicherer. Die Reilleys setzten sich nur selten dem Elend der Häuser aus. Das Treppenhaus stank nach Urin und war von allen Seiten mit Verschlägen zugebaut. Von der Treppe war lediglich ein schulterbreiter Aufgang geblieben.

Crow begann den Aufstieg, presste sich immer wieder rücklings gegen das Geländer, um den Entgegenkommenden

Platz zu machen. Hinter stoffverhangenen Türöffnungen plärrten Kinder, sprachen Menschen miteinander. Während sich ein Wasserträger mit halbleerem Kanister auf dem Rücken an ihm vorbeidrückte, hörte er aus einer der Treppenhütten ein Stöhnen – nicht zu sagen, ob es Leid oder Lust geschuldet war.

Er schob sich weiter voran, zählte sorgfältig die Absätze, die in der verbauten Enge die Stockwerke anzeigten. In der elften Etage blieb er stehen und entfaltete ein graues Papier. *Paperwork Reduction Act Notice* stand über dem dichten Text, den Crow ignorierte. Er drehte das Blatt um. Die Rückseite war mit einer kruden Skizze bemalt. Crow betrachtete die Zeichnung, hob den Kopf und orientierte sich in dem Wirrwarr der Bauten. Er bog nach links ab und erreichte hinter zwei Baracken den leeren Rahmen einer ehemaligen Wohnungstür. Dahinter lag das Reich der Cage-People.

Crow hatte davon gehört, aber der Anblick der Metallverschläge erschreckte ihn trotzdem. Die gesamte rechte Wand entlang stapelten sich Käfige, gerade einmal lang genug, dass man ausgestreckt darin liegen konnte, aber nicht hoch genug zum Sitzen. In einem schlief eine junge Frau zwischen ihren Habseligkeiten, und hätte Crow zu dieser Sorte Männer gehört, hätte er nur die Hand durch einen der quadratischen Zwischenräume schieben müssen, um sie zu begrapschen. In der Türöffnung eines anderen Verschlags saß gebückt ein bärtiger, alter Mann und starrte dumpf vor sich hin. Einige Bewohner hatten Teile ihrer Käfige mit Papier oder Pappe ausgekleidet, doch das Bedürfnis nach Atemluft verhinderte wohl eine vollständige Abschottung. Viele der Behausungen waren leer und mit einem Hängeschloss gesichert – vermutlich kamen die meisten Cage-People nur zum Schlafen her.

Crow zählte die Käfige: Fünf in den Raum hinein, zwei nach oben. Er klopfte mit seinem Ring gegen eine der Metallstreben: drei Mal – Pause – zwei Mal.

Ein Pappkarton wurde zur Seite geschoben, ein leerer Rucksack herausgereicht, zusammen mit einem Schwall stinkender, verbrauchter Luft. Doch erst als Crow die Rationsmarke, die er am Vortag von der Druida erhalten hatte, in das Dunkel hinter der Pappe fallen ließ, lösten sich die klauenartigen Finger von dem Rucksack. Der magere Arm zog sich zurück, die Pappe wurde wieder an ihren Platz geschoben.

Zuerst prüfte Crow die beiden Träger auf ihre Qualität; der linke riss sofort, der andere hielt. Das reichte. Crow schaute sich um und fand kein Augenpaar auf sich gerichtet. Also nestelte er das Bündel unter seinem Pullover hervor. Das Tuch, in das der Gegenstand eingeschlagen war, fiel auseinander und enthüllte ein Stück weißer Keramik mit kupfernen Schnörkeln darauf. Hastig bedeckte Crow die Blöße und hob wachsam den Blick. Niemand hatte das Missgeschick bemerkt.

Erstaunlich, wie einfach die Ausführung seines Auftrags bisher gewesen war. Vermutlich lag das daran, dass niemand davon ausging, jemand könne den Gral stehlen. Wozu auch? Seine Funktionsweise war längst entschlüsselt, sein Wert nur noch ein religiöser oder historischer. Mochte der Teufel wissen, was Raffael damit vorhatte.

Trotzdem würde sich Crow mit dieser Tat nicht brüsten können. Es war besser, wenn niemand wusste, wer der Gralsdieb war. Bürger konnten in religiösen Dingen ziemlich fanatisch sein.

Für einen Moment fragte sich Crow, ob Lucy ihn für diesen Coup bewundern würde, wenn er ihr davon erzählte. Wahrscheinlich würde sie nur den Kopf schütteln und eine ihrer sarkastischen Bemerkungen machen. Es gab nicht viel, das Lucy aus der Ruhe brachte.

Crow verstaute seine Beute, schulterte den Rucksack und folgte dem Flur. Er bog in einen Raum ab, dessen gekachelte Wände auf eine frühere Nutzung als Küche oder Bad hinwiesen. Jetzt waren diese Symbole der Sauberkeit von Schmutz überzogen, hier und dort bedeckt von klebrigen, braunen Substanzen. Ohnehin war nicht viel Wand zu sehen, denn auch hier säumten Wohnkäfige die Seiten, größere, allerdings, in denen ein Mensch aufrecht sitzen konnte. Das ehemalige Fenster war nach unten zu einem Durchgang erweitert worden. Crow atmete gierig die Luft, die von draußen hereinströmte und doch den Gestank der menschlichen Ausdünstungen kaum verdünnen konnte. So schmutzig die Außenluft auch war, sie erschien Crow wie ein Versprechen, ein ferner Gruß aus der menschenleeren Weite jenseits der Mauern.

Er stellte sich an die aufgebrochene Öffnung in der Wand und betrachtete die Brücke, die zum nächsten Gebäude hinüberführte. Jemand kam ihm entgegen, und die Konstruktion aus Seilen und Plastikstücken schwankte unter dessen Schritten. Crow trat zur Seite, um den jungen Mann hereinzulassen, dann setzte er seinen Fuß behutsam prüfend auf den Übergang.

Der Rundruf der Städte war längst vorbei und aus Lucys Funkgerät drang nur noch statisches Rauschen, unterbrochen von gelegentlichem amtlichem Funkverkehr. Es dämmerte schon, aber noch immer saß Lucy über ihr Werkstück gebeugt.

Seit sieben Jahren, seit das Artefakt in ihren Besitz gelangt war, versuchte Lucy, die Geheimnisse der außerirdischen Technik zu entschlüsseln. Das Teil, das man den ersten Gral nannte und das in der Kathedrale von Philadelphia aufbewahrt wurde, baute das psychoinvasive Feld auf. Seine Funktionsweise war Lucy so geläufig, dass sie es in seiner Grundfunktion jederzeit nachbauen konnte. Doch das Feld war lokal begrenzt und statisch, es entstand zwischen zwei Polen, die nicht weiter als zwei Yards voneinander entfernt sein durften.

Die Überlieferung ging aber davon aus, dass das Gerät der Außerirdischen eine Fernwaffe war. Tatsächlich hatte Lucy auf dem zweiten Teil, das hier vor ihr lag, Verschaltungen gefunden, die ganz offenbar die Feldgröße manipulierten. Dieses Teil musste also die Fernwirkung ermöglichen. Doch jedes Mal, wenn sie versuchte, den Gesamtaufbau nachzubilden, brach das Feld gänzlich zusammen.

Lucy betrachtete den kleinen Bereich des Werkstückes, von dem sie hoffte, dass es den Schlüssel zur Lösung darstellte. Dann hob sie den Lötkolben an ihren wesentlich plumperen Nachbau, um ihre neuste Theorie zu testen.

Das Problem war, dass einige der Leitungen im Inneren des Korpus verschwanden, und Lucy ihren Verlauf nur erahnen konnte. Ihre Bemühungen waren inzwischen von monatelangen Perioden der Frustration unterbrochen, in denen sie den Gral nicht einmal anschaute. Sie hatte gute Lust, das Teil auseinanderzubrechen, um sein Inneres zu untersuchen, doch die Furcht war zu groß, es damit unwiederbringlich zu zerstören.

In der vergangenen Nacht war ihr eine neue Idee zur Umsetzung gekommen, doch auch ihr heutiger Versuch endete nach Stunden konzentrierter Arbeit im Zusammenbruch aller Funktionen, zerstörte sogar einige der Schaltungen. Es würde Wochen dauern, sie zu ersetzen.

Erschöpft warf Lucy die Werkzeuge auf den Tisch, lehnte sich zurück und betrachtete missmutig ihr Werk. Sie rieb sich mit den Handballen über die Augen, schaute zum Fenster hinüber. Die Dämmerung war bereits fortgeschritten; es wurde Zeit, das Haus zu verschließen.

Sie ging zum Fenster ihres Arbeitszimmers, das im Obergeschoss lag – das Erdgeschoss hatte sie bereits dichtgemacht, bevor sie heraufgekommen war, da sie beim Arbeiten dazu neigte, die Zeit zu vergessen. Sie öffnete das Fenster und griff durch die Gitter nach draußen, um die Riegel an den Klappläden zu lösen.

Ein Scheppern ließ sie zusammenzucken. Sie blickte über die Kräuterbeete, über den Farn, der zum Wald hin den Boden bedeckte, und zurück zum windschiefen Schuppen. Stumm und ohne Bewegung lag die Landschaft im Dämmerlicht.

Die Sonnenkollektoren hatten ihren Dienst für die Nacht eingestellt, die Barriere war daher abgeschaltet. Ab jetzt musste Lucy sich auf die Gitterstäbe und Fensterläden verlassen – und auf den Generator im Keller, den sie im Notfall anwerfen konnte. Eine furchtsame Ahnung rechtfertigte diesen Energieverbrauch allerdings nicht, und sie konnte dort draußen keinen Reaper entdecken.

Als alles still blieb, löste sie schließlich die Riegel und schloss die Läden.

MITTWOCH

Der Morgen war hell und freundlich. Dennoch würde sie im Schuppen nachsehen. Vermutlich waren es bloß Ratten gewesen, aber vielleicht auch der seltene Besuch eines größeren Säugetieres. Im schlimmsten Fall hatten wieder einmal Ketzer ihre Habseligkeiten durchsucht und waren enttäuscht abgezogen. Lucy bewahrte nichts im Schuppen auf, das für einen Ketzer von Interesse sein konnte, und den Wert der Gläser mit schimmeliger Maispaste konnten die wenigsten von ihnen einschätzen.

Doch als Lucy zur Tür ging, wurde ihr klar, dass sie nicht allein war. Sie schaute kurz im Sicherungskasten nach – die Barriere war eingeschaltet und die Leitungen lieferten Strom. Vorsichtshalber öffnete sie dennoch nicht die Türe, sondern nur das kleine Fenster daneben.

Sie erkannte den Erzketzer sofort, und das lag nicht nur an den rubinroten Augen und der Art, wie er respektvoll Abstand zur Barriere hielt. Dieser Mann war kein schlichter Erwählter oder einfacher Ketzer. Etwas Mächtiges ging von ihm aus, etwas Bedrohliches – deutlicher noch als von den Reapern, die Lucy als schwarze Schemen am Waldrand ausmachte.

Lucy wusste, dass Anbeter oft mit Reapern zusammenlebten, Schweine für sie züchteten und ihre eigenen Toten an sie verfütterten. Im geschlossenen Umfeld eines Ketzerdorfes ging so etwas oft erstaunlich lange gut, als ob die Reptilien begriffen, dass die Nähe der Menschen einen Vorteil für sie darstellte. Doch Lucy hatte noch nie gehört, dass Menschen und Reaper zusammen unterwegs waren.

Solange das Tageslicht die Barriere mit Strom versorgte, waren die im Schatten lagernden Reptilien mehr eine Drohung als eine echte Gefahr. Es war ein beruhigender Gedanke, dass diese Technik auch Raffael auf Abstand hielt, der sein Motorrad drei Schritte vor der unsichtbaren Grenze zum Stehen gebracht hatte.

Nach Lucys Erfahrung war es nicht gut, Angst zu zeigen. Deshalb trat sie nach draußen und stellte sich breitbeinig vor ihre Haustür, die Arme vor der Brust verschränkt. »Was wollen Sie?«

Crow hatte den Erzketzer treffend beschrieben: Der weiche Vollbart und das schulterlange, gewellte Haar gaben ihm etwas Sanftes. Tatsächlich erinnerte er Lucy an die Abbilder des ersten Erwählten – wären da nicht die glühend roten Augen gewesen und das maliziöse Lächeln. Obwohl er sicher seit Jahren das Leben eines Plünderers führte, legte er Wert auf ein gepflegtes Äußeres. Der Vollbart war sauber gestutzt, der weite, dunkle Mantel bestand eindeutig aus Kaschmir.

Er hatte die Sonnenbrille abgenommen, um unmissverständlich zu zeigen, zu welcher Fraktion er gehörte, und schob sie nun wieder an ihren Platz. »Wie es scheint, wurde Ihre Gastfreundschaft zu Unrecht gelobt.«

Lucy hob das Kinn und wiederholte betont: »Was wollen Sie?«

Er wartete einen Moment, dann nickte er, als sei er bereit, sich vorerst mit der Situation abzufinden. »Ich höre, Sie stellen Medikamente her, Kräutersude, Pillen, sogar Penicillin, wenn ich die Schimmelkulturen im Schuppen richtig deute.«

Also er war das gewesen. »Sie brauchen Penicillin?«

»Haben Sie noch welches da?«

Lucy zuckte mit den Schultern. »Was haben Sie zu bieten?«

»Man sagt, Sie sagen nie Nein zu einem Tauschhandel gegen ein Buch.« Er hielt einen schwarzen Band hoch. Das Sonnenlicht fing sich in einem goldenen Kreuz auf dem Buchdeckel.

»Das hab ich schon«, sagte Lucy.

»Wie wäre es dann mit einem Versprechen?« Er wandte sich halb um, schaute zu den Bäumen hinüber, in deren Schatten die noch dunkleren Schatten ruhten. »Zum Beispiel das Versprechen, dass meine Freunde weiterhin einen Bogen um dieses Anwesen machen werden.«

Freunde. Anbeter bezeichneten die Reaper als Götter, Herren oder Meister. Lucy hatte noch nie gehört, dass jemand sie Freunde genannt hätte. Ob er tatsächlich so viel Macht über sie besaß, wie er behauptete?

»Ich habe einen wirkungsvollen Zaun«, entgegnete sie.

»Nicht in der Nacht.«

Lucy dachte nicht lange nach. Das Haus konnte sie zwar gegen die Reaper verbarrikadieren, doch gegen Reaper im Bunde mit einem skrupellosen Menschen war sie machtlos. Wenn er die Kontakte der Barriere beschädigte, wenn er Sprengstoff oder andere Waffen einsetzte, war sie schutzlos.

Sie nickte ihm zu, ging ins Haus und suchte aus ihrem Vorrat eine kleine Flasche. Im Vorbeigehen griff sie einen Wollschal, in den sie den Flakon einwickelte, während sie aus dem Haus trat.

»Hier.« Sie warf das Bündel durch die Barriere. Raffael fing es auf, wickelte den Stoff ab und betrachtete das Gefäß. Die Form machte deutlich, dass es ursprünglich einmal eine Parfümprobe enthalten hatte. Er schaute hoch. »Wie kann ich mir sicher sein?«

»Indem Sie es an jemandem ausprobieren, nehme ich an.« Lucy hob das Kinn. »War das dann alles?«

Als Antwort warf er den Schal zurück, stieg auf die schwere Maschine und ließ den Motor an. Lucy atmete auf, als er zwischen den Bäumen verschwand. Kurz darauf waren auch die Reaper fort.

Sam schlug die Augen auf, doch die Dunkelheit blieb. Aufkommende Panik stellte ihm die Nackenhaare auf. Er tastete nach dem Feuerzeug, das er am Abend griffbereit unter die Matratze geschoben hatte, und fand es rasch. Die kleine Flamme beruhigte ihn. In ihrem Schein sah er den Mönch neben der erloschenen Feuerstelle sitzen.

»Was machen Sie denn im Dunkeln?«

Der Blick der hellen Augen wanderte zu ihm herüber. »Meditieren.«

»Großartig.« Sam richtete sich auf und entzündete die Öllampe. Er konnte es nicht erwarten, dem stinkenden Keller zu entkommen, zudem wollte er sich recht bald draußen erleichtern. Er schälte sich aus den Decken, stand auf und ging zur Tür hinüber.

»Nicht.« Die Stimme des Mönches war nicht laut, aber scharf. Sam schaute fragend zu ihm hinüber.

»Er wartet schon seit einigen Stunden auf uns.«

Sam wich von der Tür zurück. »Ein Reaper?!«

Der Mönch erhob sich geschmeidig. »Ich wollte ihn nicht hereinlassen, bevor Sie nicht wach sind.«

»Ihn hereinlassen?!« Sams Stimme kam ihm selbst befremdlich schrill vor.

»Er weiß, dass wir irgendwann herauskommen müssen. Er ist geduldig.« Der Mönch nickte zu den Pferden hinüber. »Stellen Sie sich da rüber, da sind Sie nicht im Weg.«

Sam griff nach seiner Winchester. »Ich bin nicht im Weg.«

Bruder Kaleb betrachtete ihn, dann sagte er ruhig: »Schießen Sie nicht während des Kampfes – Sie könnten mich treffen. Sollte ich sterben, opfern Sie eins der Pferde. Lassen Sie es rennen, er wird ihm folgen.«

»Bleiben Sie besser am Leben.« Sam zog sich an die Wand zurück und stellte die Lampe neben sich auf den Boden. Die Pferde schnaubten unruhig. Sie witterten ihren Feind. Vielleicht spürten sie auch die Angst der Menschen – oder zumindest des einen Menschen, der mehr als genug davon hatte. Sam hob das Gewehr an die Schulter und nickte dem Mönch zu. Der zog den Riegel der Tür zur Seite, ließ sie einen Spalt weit aufspringen und glitt in den Raum zurück, zwischen Sam und den Ausgang.

Hinter der Tür, im Gang, war es finster. Sam hörte ein Scharren, dann ein tiefes, klackerndes Grollen. Ein Schauder kroch seinen Nacken hinauf und über die Kopfhaut. Sam zielte auf den dunklen Spalt, der sich langsam weitete.

Die Dunkelheit selbst schien in den Raum zu dringen. Zuerst blieben die Umrisse diffus. War das ein Kopf? Ein Bein? Genug jedenfalls, um zu zielen. Dann stand das Reptil halb im Inneren. Der Schuss hallte schmerzhaft laut zwischen den Betonwänden und endete als jaulender Querschläger. Sam war sich sicher, getroffen zu haben.

»Sie machen ihn nur wütend.« Die Stimme des Mönches war ruhig wie immer. Die Pferde wieherten und stampften, drängten sich gegen die Wand. Sie wären längst auf und davon, wäre der Fluchtweg nicht blockiert.

Gegen den Reaper wirkte der Mönch schmächtig. Das Reptil war größer als ein Kalb und massig wie eine Bulldogge. Seine Klauen klackten bei jedem Schritt auf dem

Beton. Die roten Augen im schwarzen Drachenkopf fixierten die Beute und in Erwartung der Mahlzeit troff der Geifer von den Lefzen. Das Messer in der Hand des Mönches, obgleich lang und breit wie ein Unterarm, war lächerlich angesichts dieser Bedrohung.

Über Kimme und Korn beobachtete Sam, wie sich der Reaper weiter in den Raum schob. Sein dorniger Schwanz peitschte unruhig, und dann, unvermittelt, sprang das Reptil los. Der Mönch wich aus, sie tauschten ein paar Hiebe, von denen keiner traf. Trotz seiner Größe bewegte sich der Reaper mit einer Geschwindigkeit, die an die Grenze des Wahrnehmbaren stieß. Doch der Mönch stand dem in keiner Weise nach. Dann gingen beide zugleich zum Angriff über, prallten in der Luft aufeinander, stürzten einander noch im Fallen bekämpfend zu Boden. Beim Aufprall wurden sie voneinander weggeschleudert. Die Körper schlitterten in entgegengesetzte Richtungen über den Beton. Sam sah, wie der Reaper sofort wieder auf die Beine kam, und hielt die Luft an. Dann fiel sein Blick auf die rote Feuchtigkeit, die über die Schulter des Reptils rann. Alarmiert schaute er zum Mönch hinüber.

Auch der hatte sich auf alle Viere aufgestemmt, schien unverletzt. Halb liegend, halb kauernd belauerten die Gegner einander. Endlose Sekunden verstrichen. Dann, Sam konnte es kaum glauben, wandte sich der Reaper zur Flucht.

Wie eine Katze sprang der Mönch auf, rannte los und schnitt seinem Gegner den Weg zum Ausgang ab. Nun war er das Raubtier, blutdürstig und erbarmungslos. Einen Moment später zuckte der Reaper im Todeskampf, und der Mönch richtete sich auf. Nichts wies darauf hin, dass er verletzt war. Er trat von den unkontrolliert krampfenden Klauen zurück und atmete kaum heftiger als sonst.

Sam senkte das Gewehr. »Sind Sie verletzt?«

Der Mönch schien darüber erst nachdenken zu müssen. »Nein«, sagte er schließlich.

»War er alleine?«

»Ja.«

»Warum haben Sie ihn nicht einfach flüchten lassen?«

Der Mönch warf dem Reptil einen kurzen Blick zu, sagte aber nichts. Der Reaper lag jetzt ruhig und der Mönch ging neben ihm in die Hocke, setzte den Reaperdolch noch einmal an.

Sam wollte nicht wissen, wozu. Er hängte sich die Winchester über die Schulter und wandte sich zu den tänzelnden Pferden um. Der Blutgeruch machte es unmöglich, sie zu beruhigen. Er musste sie zuerst nach draußen bringen.

Also legte er die Sättel locker auf und führte die Tiere am Zaumzeug an der Wand entlang. Er hielt dabei den größtmöglichen Abstand zu dem toten Reaper, aus dem der Mönch gerade ein Stück Fleisch schnitt. Sam rümpfte die Nase.

Er atmete auf, als er endlich wieder Tageslicht sah. Auch die Pferde reagierten darauf und beruhigten sich langsam. Noch im Inneren der Mall, zwischen den Geschäften, in denen niemand mehr je etwas kaufen würde, zurrte Sam die Sättel fest. Der Mönch brachte das restliche Gepäck, gab Sam die Satteltaschen und wandte sich zu einer der noch intakten Glasscheiben um. In Brusthöhe wischte er sie mit dem Ärmel sauber.

Verwundert beobachtete Sam, was er tat. Von der Innenseite dunkel beschichtet gab die Scheibe einen passablen Spiegel ab, aber Sam hatte den Bruder bisher nicht als sonderlich eitel erlebt. Er sah zu, wie der Mönch den Stehkragen aufknöpfte und die Hautpartie über dem rechten Schlüsselbein enthüllte. War er etwa doch verwundet worden?

Der Mönch inspizierte die Stelle, die Sam im Spiegel nur unzureichend erkennen konnte, dann griffen seine Finger tastend zu. Ein kurzer Ruck, und der Mönch hielt ein blutiges Stück Plastik in der Hand, das er achtlos fallen ließ. Ein letzter prüfender Blick, dann knöpfte er das Hemd zu und wandte sich zu Sam um. »Worauf warten Sie?«

Sam beeilte sich, die letzten Handgriffe zu tun, während der Mönch sich seine eigene Tasche wie schon am Vortag über Kopf und Schulter zog. Sam fragte sich, was darin er nicht aus seiner Hand geben wollte.

Die zweite Satteltasche war schwerer als gestern. Sie enthielt wohl Fleisch des Reptils, dessen restlichen Kadaver sie nun den Maden überließen; oder den Ratten, falls es in der Gegend noch welche gab. Die würden eine Weile daran zu Fressen haben.

Wie riesig das Reptil gewesen war, wie mächtig die Fänge und die Klauen. »Glauben Sie, Dinah ist noch am Leben?« Der Gedanke erschien mit einem Mal entsetzlich abwegig.

Der Mönch zog sich in den Sattel. »Lassen Sie es uns herausfinden.«

Bileam Merryweather besaß keinerlei Zivilkleidung. Er musste sich welche ausleihen, um auf dem Markt nicht als Kleriker aufzufallen.

Auf der Brachmeile fragte er sich zu einem Mann namens No-nose durch. Dort verlangte er nach grünen Schnürsenkeln, ohne den Blick von dem entstellten Gesicht des Mannes wenden zu können.

»Fragstu mich!«, forderte der Ketzer und deutete auf den klaffenden Knorpel.

Merryweather schluckte und zweifelte, ob er die Aufforderung richtig verstanden hatte. Als der Mann seine Frage diesmal lauter wiederholte, fragte Merryweather schließlich: »Wie haben Sie Ihre Nase verloren?«

»Wurde abgebissen von 'nem Reaper!« No-nose unterstrich den Satz mit einer schnappenden Geste. »Hat aber nich geschmeckt. Wollt'n Rest nich hab'n!«

Merryweather deutete ein Lächeln an und der Ketzer führte ihn bereitwillig in ein Zelt, das wie der gesamte Markt nach Urin und ranzigem Fett stank, und ließ ihn dort warten. Wenigstens war es geräumig genug, um darin aufrecht zu stehen. Merryweather zögerte, sich auf den fleckigen Polstern niederzulassen, die am Boden lagen.

Nach einiger Zeit bückte sich ein Mann durch den Eingang, dessen schwarze Haare wie Stachel in alle Richtungen abstanden. Merryweather blieb misstrauisch. »Wer sind Sie?«

Der Mann war ein Ketzer – aber nach der Verfärbung seiner Augen zu schließen, konsumierte er die Nachtmilch mit Bedacht.

»Ich bin Transporter. Heute transportiere ich Informationen.« Der Mann wies auf die Polster, und Merryweather setzte sich widerstrebend.

»Sie haben den Brief also gelesen«, begann der Transporter, ganz ohne den rollenden Klang und die übliche lückenhafte Grammatik der Ketzersprache. »Was haben Sie daraus geschlossen?«

Merryweather atmete tief ein. »Ich habe den Tod meines Bruders immer für die Folge seines Ehrgeizes gehalten«, sagte er langsam. »Das Dokument hat mir aber gezeigt, dass er ohne Brookstones Befehle noch am Leben sein könnte.«

Der Transporter nickte bedächtig. »Würde es Sie überraschen zu erfahren, dass Ihr Neffe unter ähnlichen Umständen ums Leben gekommen ist?« Der Transporter ließ seinem Gast Zeit, diese neue Information zu verarbeiten, bevor er fortfuhr: »Es waren diese beiden Männer, die Brookstones Aufstieg zum damaligen Zeitpunkt am gefährlichsten waren. Er hat sie aus dem Weg geschafft.«

Merryweathers Kehle war plötzlich ausgetrocknet. »Ich habe Elijah Brookstone immer für ehrgeizig gehalten«, sagte er, »aber nicht für skrupellos. Er ist ein fähiger Bischof.«

»Oh, er hat sicher ehrenwerte Absichten.« Der Mann lächelte. »Aber er geht über Leichen, wenn es sein muss.«

Merryweather fühlte sich zunehmend unwohler. Die Wände bestanden lediglich aus Zeltleinen und brachten Lauschern nicht viel Widerstand entgegen. Genauso gut hätten sie sich über Funk unterhalten können.

»Keine Angst.« Der Transporter lächelte wieder. »Wir sind hier so sicher wie in Ihrer Sakristei.«

Es fiel Merryweather schwer, das zu glauben. »Warum bin ich hier?«

»Unsere bisherige Unterhaltung war lediglich Geplänkel. Es diente nur dazu, klarzustellen, was für ein Mann Elijah Brookstone ist.«

»Und wozu das?«

»Damit Sie den folgenden Brief mit dem nötigen Ernst lesen.« Er zog ein Papier aus der Innentasche seiner Jacke – der gleiche Umschlag wie hinter dem Schrein – und übergab ihn Merryweather. Dann ließ er den Kanonikus allein.

Als Elijah Brookstone das Arbeitszimmer des Abtes betrat, erhob sich der alte Mönch respektvoll.

»Bleiben Sie doch sitzen, Jacob.« Brookstones freundliche Worte hatten einen scharfen Unterton und der Abt ließ sich zurück auf seinen Stuhl sinken.

Brookstone stellte sich vor den Schreibtisch, die Arme hinter dem Rücken, und musterte den Abt streng. »Ich nehme an«, sagte er, »Sie würden den Heiligen Gral nicht aus der Kathedrale entfernen lassen, ohne sich zuvor mit mir abzusprechen.«

»Aber natürlich, Eminenz.« Der Blick des Abtes überzeugte Brookstone mehr von dessen Unschuld, als seine Worte. Die Mönche mochten lernen, ihren Geist zu beherrschen und die Reaper zu manipulieren, doch schlichtes Lügen gehörte nicht zu ihren Stärken.

Brookstone holte ein handtellergroßes Plastikschild aus seiner Jackentasche und legte es vor dem Abt auf den Schreibtisch. »Sie wissen also auch nicht, was das hier bedeutet?«

Der Abt hob das Schild auf und las den offiziell anmutenden Aufdruck. Mit einem Blick, der völliges Unverständnis ausdrückte, schaute er dann zu Brookstone hinauf. »Zu Restaurierungszwecken entnommen?«, fragte er.

»Ein Schild, das jeder Plünderer in den Museen der toten Städte finden kann, nehme ich an.«

»Wollen Sie sagen, der Gral wurde gestohlen?«

»Es sieht ganz so aus.«

»Mein Gott!« Der Abt ließ die Hand sinken und das Plastikschild klackte leise auf den Tisch. »Aber wer sollte den Heiligen Gral stehlen? Und wozu? Wir können seine Technik inzwischen nachbauen.«

»In allen Städten gibt es verrückte Sammler.« Brookstone beugte sich vor und nahm das Schild wieder an sich. »Vermutlich steckt bloß persönliche Gier dahinter.«

»Haben Sie die Reilleys informiert?«

Brookstone schüttelte den Kopf. »Ich nehme an, der Gral wurde während der Bußmesse gestohlen. Inzwischen dürfte er schon längst aus Philadelphia hinausgeschafft worden sein.« Brookstone ließ das kleine Stück Plastik zurück in seine Jackentasche gleiten. »Wir sollten die Menschen nicht beunruhigen. Die verstummten Städte sind genug Anlass zur Sorge. Schon allein deshalb müssen wir vermeiden, dass irgendwelche Weltuntergangspropheten vom Verschwinden des Grals erfahren. Ich werde das Schild wieder aufstellen. Behalten Sie den Diebstahl für sich. Falls jemand fragt, wird der Gral gereinigt.«

»Und wie lange?«, fragte der Abt zweifelnd.

»Solange es nötig ist.«

Sam und Bruder Kaleb ritten bereits seit Stunden durch dichten Wald. Seit einer Meile oder vielleicht zwei waren immer häufiger Ruinen zwischen dem satten Laub zu erkennen. Unvermittelt trafen sie auf eine einzelne Straße. Sie führte durch eine Reihe von großzügigen Häusern; jene Art, die man wohl früher Villa genannt hatte. Inzwischen jedoch waren sie heruntergekommen und verfallen. Alle Fensteröffnungen bis zu einer Höhe von etwa fünf Yards waren zugemauert, in denen darüber reflektierten Glasreste das Sonnenlicht. Der Wald reichte bis an die Gebäude heran oder hatte sie bereits verschlugen.

Zum ersten Mal in seinem Leben sah Sam eine Siedlung ohne Mauern. Allein die Vorstellung, so ungeschützt leben zu müssen, verursachte ihm Unbehagen.

Zwischen den Häusern erstreckte sich eine baumfreie Fläche von gut fünfzig Yards Breite, wobei nur ein Teil dieser Fläche von Teer versiegelt war. Die Rodung war wohl der Tatsache geschuldet, dass mit Holz geheizt und gekocht wurde, denn von besonderer Ordnungsliebe zeugte das Gelände nicht. Zwischen und vor den Häusern türmte sich Müll zu mannshohen Haufen und überwucherte zusammengefallene Autowracks. Das meiste Holz war verrottet, Metall oxidiert. Was blieb, war Plastik in allen Farben, Formen und Verfallsstufen, dazwischen organische Abfälle, was den fauligen Gestank erklärte. Der Unrat nahm den Pferden die Trittsicherheit. Sam und Kaleb stiegen ab und führten die Tiere am Zügel weiter.

Sam sah sich verwundert um. »Wo kommt der ganze Abfall her?«

Kaleb blieb stehen, zog ein Plastikding aus einem Haufen, das wohl einmal die Sitzfläche eines Stuhls gewesen war. »Sie reparieren keine Stühle«, sagte er, »sie bauen auch keine. Sie werfen sie weg, und holen sich neue aus den Ruinen.« Er ließ das Teil fallen.

Zum ersten Mal glaubte Sam, so etwas wie Spott in den Zügen des Mönchs zu erkennen. Doch die Regung war so schnell verflogen, dass er sich getäuscht haben mochte. Was ihn erstaunte, war die schiere Masse des Abfalls. Zwischen dem Müll duckten sich Kinder, in deren schmutzigen Gesichtern bereits die roten Augen der Ketzer glühten. Sam konnte das nur hier und dort erkennen, denn die meisten schützten ihre Augen durch tief in die Stirn gezogene Schirmmützen oder schwarze Tücher. Erwachsene sah er keine. Sam vermutete sie hinter den halboffenen Türen.

Die Häuser selbst waren zu kleinen Festungen ausgebaut – die Fenster vermauert, die Türen mehrfach verstärkt. Sams umherschweifender Blick traf schließlich auf Kaleb, in dessen sonst so unbewegten Zügen sich deutliche Abscheu zeigte. »Und was machen wir jetzt?«, fragte Sam. »Durchsuchen wir jedes Haus einzeln?«

»Das wird uns kaum gelingen.« Kaleb nickte zu einem der Häuser hinüber. »Diese Festungen halten sogar Reapern stand.«

Daran zweifelte Sam keinen Moment. »Wie haben Sie es denn während der Ketzerkriege gemacht?«

»Wir haben die Häuser angezündet.«

Sam sah Kaleb ungläubig an, doch der hatte sich schon wieder abgewendet. »Es ist aber der Kooperation nicht förderlich, und wir haben keinen Inquisitor dabei.«

Sam betrachtete Kaleb in seiner schwarzen Kutte. Er konnte sich vorstellen, wie diese Gestalt auf die Ketzer wirken musste. Die Mönche waren die Bluthunde der Kirche, die erbarmungslosen Handlanger und Henker des Klerus. Nein, Kaleb würde von den Ketzern sicher nichts erfahren.

»Warten Sie.« Sam schloss zu Kaleb auf und drückte ihm die Zügel in die Hand. »Vielleicht habe ich mehr Glück als Sie.«

Es gab Pfade durch den Müll. Einer davon führte Sam zu einem der Häuser: ein beeindruckendes Gebäude mit Säulen vor dem Eingang, die ein löchriges Vordach trugen.

Die Tür stand einen Spaltbreit offen, dahinter lag undurchdringliche Schwärze. Als Sam sich auf etwa fünf Schritte genähert hatte, verengte sich der Türspalt. Sam blieb stehen und hob die Hände, zeigte die leeren Handflächen.

»Wir suchen eine Frau.« Sam hob die Stimme und hoffte, dass sie weit genug trug, ohne aggressiv zu wirken. »Sie ist von Reapern entführt worden. Das Rudel muss hier durchgekommen sein. Haben Sie sie gesehen?«

Niemand antwortete. Sam machte einen versuchsweisen Schritt nach vorne, die Hände noch immer offen und ausgestreckt. »Bitte. Wir wollen Ihnen nichts tun. Wir suchen nur die Frau.« Er machte einen weiteren Schritt.

»Vorsicht, Sam!« Kalebs Stimme klang warnend, doch Sam blieb auf sein unsichtbares Gegenüber konzentriert. Dies war vielleicht die einzige Chance, Dinah zu finden. Er machte noch einen Schritt nach vorne, senkte aber die Hände leicht, um einen kürzeren Weg zur Waffe an seinem Gürtel zu haben. Er wusste nicht, wie viele Ketzer hinter diesem Spalt lauerten.

»Rechts!«

Sam wandte langsam den Kopf. Fünf Ketzer waren um die Ecke des Hauses gekommen, Waffen in den Händen. Keine Schusswaffen. Was diese Männer mit sich führten, wirkte archaisch, brutal und so, als würde es den Tod nicht sofort, sondern durch eine langwierige Sepsis herbeiführen. Sam zog seinen Colt und wich einen Schritt zurück.

Plötzlich stand Kaleb neben ihm. »Meinen Sie, die sind gesprächsbereiter, wenn Sie erst ein paar von ihnen erschossen haben?«

Sam warf ihm einen kurzen Blick zu. »Meinen Sie, erstechen ist besser?«

Doch Kaleb hatte seinen langen Dolch noch nicht gezückt. Stattdessen stand er aufrecht und steif, die Hände vor dem Bauch in den Ärmeln seiner Kutte verschränkt, was ganz und gar keinen kampfbereiten Eindruck vermittelte.

»Wir wissen, dass ihr nichts mit der Entführung zu tun habt«, sagte Kaleb. »Es gibt keinen Grund für uns, länger hier zu sein als nötig. Sobald wir das Mädchen haben, sind wir fort.«

Seine Worte zeigten nicht die beabsichtigte Wirkung. Die Ketzer kamen näher.

Unvermittelt wirbelte Kaleb herum und stieß Sam vor die Brust. Sam taumelte zurück. Etwas Großes sprang durch die freigelegten Sparren des Vordaches herab. Es war ein Mann, der ein Metallrohr über Kaleb schwang. Mit einem Ausdruck ruhiger Konzentration hob der seinen ungeschützten Unterarm der Waffe entgegen. Sam schrie auf – und sah ungläubig, wie sich das Rohr an Kalebs Arm verbog.

Sam hatte die Erzählungen über die Fähigkeiten der Erwählten immer für Märchen gehalten. Offenbar hatte er sich geirrt.

Die Stange schepperte zu Boden und im nächsten Augenblick hatte Kaleb den Ketzer an der Kehle gegriffen und gegen die Wand geschleudert. Das rostige Messer, das er dem Angreifer an die Wange drückte, war eindeutig nicht seines.

Der Ketzer war jung, vielleicht sechzehn Jahre alt. Er schaute den Mönch mit aufgerissenen Augen an, in denen ebenso viel Erstaunen über seine plötzliche Niederlage wie Angst lag. Die heranrückende Phalanx der anderen Ketzer geriet ins Stocken.

»Tötet einen Mönch«, sagte Kaleb laut, »und niemand hier erlebt den Winter.« Er ließ den Worten Zeit, damit sie auch das letzte der vernebelten Hirne erreichen konnten, dann erst ließ er den Ketzer los. Der hatte es eilig, sich in Sicherheit zu bringen, und strauchelte bei der Flucht. Bruder Kaleb hingegen stand noch immer gegen die Wand gedreht und wandte sich seinen Feinden gelassen zu. Er zog langsam den Riemen seiner Tasche über den Kopf und stellte sie an der Wand ab, ohne die Männer dabei aus den Augen zu lassen.

Es war erstaunlich, wie bedrohlich diese einfache Geste wirkte.

»Wir suchen eine Bürgerin«, wiederholte Kaleb. »Sie gehört nicht hier her. Solange sie hier ist, werdet ihr keine Ruhe haben.«

Für einen Atemzug war der Ausgang der Situation

ungewiss. Dann hob einer der Ketzer mit einem Schrei seinen Knüppel. Sam hob den Colt, doch bevor er schießen konnte, war Kaleb mitten zwischen die Ketzer gesprungen. Und wieder starrte Sam mit offenem Mund.

Kaleb schien nahezu stillzustehen. Im Gegensatz zu den ausgreifenden Attacken der Ketzer, waren seine Bewegungen kontrolliert, zurückhaltend und wirkungsvoll. Keine überflüssige Geste, kein überzogenes Ausweichen, kein Hieb, der nicht sein Ziel fand. Fast beiläufig rissen seine Klingen tödliche Wunden, brachen seine Tritte Knochen, streckten seine Schläge die Angreifer nieder. Es dauerte nur Augenblicke, bis alle fünf am Boden lagen. Kaleb stand inmitten der Körper, schaute auf sie hinab. »Das«, sagte er, »war nicht sonderlich hilfreich.«

Sam steckte die Waffe ins Holster zurück, verfehlte es, musste den Colt erneut heben, bis er Halt fand. Dann sah er auf seine Hand, die vom Adrenalin zitterte. Ein Stöhnen ließ ihn hochschauen.

Kaleb hatte einen der Ketzer am Kragen gepackt und zog ihn von den anderen fort. Offenbar war der Mann trotz einer heftig blutenden Kopfwunde nicht tot. Er stöhnte wieder, als Kaleb ihn in sitzender Haltung an die Hauswand lehnte. Das Bein des Mannes hinterließ eine blutige Spur auf dem Boden und der Fuß lag unnatürlich verdreht. Kümmerten sich Ketzer um ihresgleichen, oder war das gebrochene Bein ein Todesurteil?

Zwei Ohrfeigen brachten den Mann ins Bewusstsein zurück. Kaum waren die roten Augen geöffnet, hingen sie mit einem Ausdruck starren Entsetzens an dem vor ihm hockenden Mönch.

»Wo ist sie?«, fragte Kaleb ruhig.

»Weiß nich, wen de meinst.«

»Eine junge Frau. Sie wurde von Reapern entführt. Sie sind hier durchgekommen.«

»Hab … hab nich gesehn.«

Kaleb senkte resigniert Kopf und zog den Reaperdolch.

Der Ketzer wollte zurückweichen, konnte aber nicht und erstarrte, als sich die Klinge auf seine Wange legte, die Messerspitze knapp unter seinem linken Auge.

»Wo ist sie?«, wiederholte Kaleb geduldig.

»Weiß nich!«

Langsam näherte sich die Spitze dem panisch geweiteten Auge, verharrte über dem Augapfel und senkte sich auf die rote Iris herab.

»Im Haus!« Die Spitze verharrte. »Issie im Haus.«

»In welchem Haus?«

»Vom Boss.«

»Zeig mir wo.«

Der Arm des Mannes hob sich und Sam wandte sich um, versuchte, in der Richtung etwas Außergewöhnliches zu entdecken. Doch er sah nur die Reihe der zugemauerten Ruinen mit vorgelagerten Müllbergen.

»Beschreib es mir! Wie sieht es aus?« Sam schaute wieder zu dem Mann. Die Lider des Ketzers flatterten und Kaleb gab ihm eine dritte Ohrfeige, doch unaufhaltsam glitt der Mann in die Bewusstlosigkeit ab. Der Körper erschlaffte.

»Ist er tot?«, frage Sam.

Kaleb richtete sich auf und wandte sich zur Straße um. »Nicht gut«, sagte er.

Sam folgte seinem Blick. Die Straße war leer. Selbst die Kinder waren verschwunden. Erst nach einem Moment begriff Sam, was das bedeutete. »Die Pferde!« Er sah Kaleb hilfesuchend an. »Was ...?!«

»Mittagessen.« Kaleb stieg über die Beine des Ketzers, nahm seine Tasche und legte sich den Riemen über Kopf und Schultern, während er an Sam vorbei zur Straße hinunterging.

Sam folgte ihm. »Wir müssen die Pferde zurückbekommen!«

»Zu spät.«

»Sie meinen, die sind schon geschlachtet?«

»Ja.«

»Alle drei?!« Sam dachte nicht nur mit Schrecken an das Vermögen, das hier verloren gegangen war, sondern ihm waren auch die Tiere selbst teuer gewesen. Jedes hatte er schon als Fohlen versorgt, hatte sie eingeritten und betreut. Mit der Schimmelstute hatte er zwei Nächte im Stall verbracht, als sie das erste Mal fohlte.

Kaleb wandte sich zu ihm um und sagte ruhig: »Die Ketzer wissen, dass die Pferde uns tot nichts nützen.«

»Aber denen nützen sie tot auch nichts – oder wollen Sie mir sagen, dass die drei Pferde auf einmal fressen? Wie viele leben hier? Dreißig? Vierzig?«

»Es sind Anbeter. Die Reste verwenden sie, um ihre Götter gnädig zu stimmen.«

Es dauerte einen Moment, bis Sam begriff, was der Mönch damit sagte. Er konnte es nicht glauben. »Die Ketzer *füttern* die Reaper?«

Kaleb musterte die verbarrikadierten Häuser. »Das Haus vom Boss. Vielleicht meint er eine Kirche.«

Sam sah sich verzweifelt um. »Selbst wenn wir Dinah finden, wie kommen wir zurück?«

»Es wird eine Lösung geben.«

»Und wenn nicht?«

»Dann kümmert es uns nicht mehr, weil wir tot sind.«

Sie kehrten auf den Hauptpfad zurück und folgten ihm. Sam ahnte, dass sie aus den leeren Fensterhöhlen der oberen Stockwerke beobachtet wurden. Er hatte Mühe, mit Kalebs ausgreifenden Schritten mitzuhalten. Zugleich bemühte er sich, die Umgebung im Auge zu behalten. Er bemerkte, dass Kaleb die Finger der rechten Hand mehrmals zur Faust ballte – es war der Arm, der den Schlag mit der Eisenstange abgewehrt hatte. »Also sind Mönche nicht unverwundbar.«

»Nein«, antwortete Kaleb, ohne sich umzudrehen.

»Warum haben Sie mich nicht schießen lassen?«

Jetzt blieb Kaleb stehen. »Wie viele Menschen haben Sie bisher erschossen?«

Sam musste nicht überlegen, zögerte aber trotzdem. »Keinen.«

Kaleb nickte knapp, als sei das die richtige Antwort gewesen.

»Sie meinen, ich könnte es nicht?«

»Ich meine, Sie sollten für jeden Tag dankbar sein, an dem Sie es nicht müssen.«

»Es sind bloß Ketzer«, sagte Sam halblaut, »keine Menschen.«

»Glauben Sie mir, es fühlt sich genauso an.« Kaleb ging weiter. »Es gibt hier keine Kirche. Der Ketzer muss ein anderes Haus gemeint haben. Halten Sie Ausschau nach etwas Auffälligem; herrschaftlich vielleicht.«

»Pst!«

Sam zuckte zusammen. »Was ...?!« Er bemühte sich, in dem nächstgelegenen Müllberg einen Hinweis auf das Zischen zu entdecken. Wieder hörte er das »Pst!« und wich einen Schritt zurück.

Kaleb trat neben Sam und sagte in Richtung des Müllhaufens: »Was willst du?«

Aus dem Unrat schälte sich eine schmutzige Gestalt mit wenigen, dünnen Haarsträhnen auf einem von Grind überzogenen Schädel. Der Ketzer stand gebückt da, fluchtbereit, ein geprügelter Hund, der gegen besseres Wissen auf ein Stück Fleisch hofft.

»Habse gesehn«, flüsterte er. »Die Frau und ...« Er wandte sich halb um, flüsterte nach hinten, als habe er noch einen Komplizen, doch Sam konnte niemanden entdecken. Dann wiederholte der Ketzer: »Doch! Hab ich se gesehn.«

»Wo?«

Dem Grinsen des Ketzers fehlte das Zahnfleisch. Es enthüllte faulige Stäbe, wo sich die Schneidezähne hätten befinden sollen. »Was krieg ich?«

Kaleb schob Sam zur Seite und machte einen Schritt auf den Ketzer zu. »Dafür, dass du sie gesehen hast? Nichts. Aber wenn du sie uns zeigst, kommen wir ins Geschäft.« Er griff in seine Ledertasche und förderte einen braunen Flakon zu Tage. »Das«, sagte er und drehte die kleine Flasche in den Fingern, »ist ein Breitband-Antibiotikum. Noch fast voll.«

In den roten Augen blitzte Gier auf. Die Hand des Ketzers hob sich in einer unbewussten Geste, doch Kaleb schloss die Finger und ließ die Medizin in der Faust verschwinden. »Wo ist die Frau?«

»Im ... im Haus.« Der Ketzer hielt die Augen starr auf die Faust gerichtet, die jenen begehrenswerten Preis enthielt.

»Ich weiß, im Haus vom Boss. Führ uns hin.«

Der Ketzer zögerte, dachte nach, dann nickte er einmal kraftvoll. »Mach ich.« Er führte sie die Trampelpfade durch den Abfall, bis sie den Rand der Rodung erreichten. Dort kletterte er auf einen besonders hohen Müllberg.

Sam schaute zweifelnd, doch da Kaleb dem Ketzer folgte, blieb ihm nichts übrig, als ebenfalls das Gerümpel zu erklimmen. »Sie wollen ihm wirklich das Antibiotikum dafür geben?«

»Das war der Handel«, erwiderte Kaleb.

»Immerhin wird das Antibiotikum hier nützlich sein – vielleicht sogar ein Leben retten.«

Kaleb, der den Müll mit sicheren Schritten erstieg, sagte: »Nein. Er wird die Flasche in einem Zug austrinken, sobald er sie in die Finger bekommt.«

Sam stockte. »Aber muss man es nicht spritzen?«

»Sie können gerne versuchen, ihm das zu erklären.«

Der Ketzer blieb knapp unterhalb der Kuppe stehen. Wie zuvor achtete er auch jetzt darauf, dem Mönch nicht zu nahezukommen. Er wies über den Hügel und sagte. »Haus!«

»Auch nur ein Haus wie die anderen«, sagte Sam enttäuscht.

Doch Kaleb entgegnete: »Sehen Sie sich die Fenster an.«

Sie waren nicht zugemauert – und sie hatten Scheiben.

Kaleb betrachtete das Haus noch einen Moment, dann wandte er sich an den Ketzer. »Ich glaube dir. Komm her.«

Doch der Mann schüttelte den Kopf. »Werfen.«

»Gut.« Kaleb ließ sich Zeit. Zuvor hatte er die Flasche mit einem einzigen Griff aus der halb geschlossenen Tasche geholt. Jetzt öffnete er alle drei Schnallen, drehte den Rücken gegen den Ketzer und legte die Tasche vor sich, als müsse er das Antibiotikum erst suchen. Der Ketzer reckte den Hals, bemühte sich, dem Mönch über die Schulter zu schauen, schließlich siegte die Gier über die Vorsicht. Er kam näher, zu nah, und konnte doch aus seiner Position nicht sehen, dass Kaleb unter der Kutte nach dem Messer griff.

Aber Sam sah es. »Bruder!«

Kaleb schaute auf, die Finger bereits um den Griff der Waffe geschlossen, die dem Ketzer mit Leichtigkeit die Kehle aufschlitzen würde.

Sam schüttelte den Kopf. »Sie haben es versprochen.« Sam konnte Kalebs Blick nicht deuten: Erstaunen? Neugier? Belustigung?

»Was, wenn wir es für Dinah brauchen?«, fragte Kaleb ruhig. Die Frage überraschte Sam. Er öffnete die Lippen, schloss sie wieder und schwieg.

Doch Kaleb kauerte weiterhin vor der Tasche, die Finger der linken Hand um das Antibiotikum geschlossen, die der rechten um das Heft des Messers. Er wartete auf Sams Entscheidung.

Die Reaperklauen hatten Dinah bestimmt verletzt. Ohne ein Antibiotikum würde sie Fieber bekommen, vielleicht Wundbrand. Aber sie konnten nicht einfach einen Mann töten, der ihnen nichts getan, der ihnen sogar geholfen hatte. Damit würden sie sich selbst, ihre ganze Mission ins Unrecht setzen. »Sie haben es versprochen«, wiederholte Sam.

Kaleb nickte knapp. Seine Finger lösten sich vom Messergriff und er warf Sam die Flasche zu. Sam fing sie auf, betrachtete das braune Glas, in dem die Flüssigkeit schwappte, die so viele Leben retten konnte. Vielleicht Dinahs Leben. Aber er hatte seine Entscheidung getroffen.

Während Kaleb die Tasche schloss, ging Sam zum Ketzer, der dem kurzen Schlagabtausch mit offensichtlicher Verwirrung gefolgt war. Der Mann grapschte nach seinem Preis, doch Sam zog die Flasche aus dessen Reichweite. »Nicht trinken«, sagte er eindringlich und bemühte sich, möglichst wenig von dem faulig-süßen Gestank des Ketzers in die Nase zu bekommen. »Es wird gespritzt. Nur eine Spritze für jeden, der es braucht. Hast du verstanden?«

Der Mann nickte heftig, ohne die Flasche aus den Augen zu lassen.

Sam zögerte noch, doch dann gab er dem Ketzer die Flasche. Der wandte sich um und vollzog den Abstieg halb gehend, halb rutschend. Er war noch nicht unten angekommen, als er die Flasche bereits an die Lippen setzte.

Sam ließ die Schultern hängen und schüttelte den Kopf. Er erwartete in Kalebs Blick Spott zu sehen, vielleicht Hohn, zumindest eine gewisse Genugtuung, doch nichts davon lag in Kalebs unbewegter Miene. Er sagte nur: »Kommen Sie«, schulterte seine Tasche und wandte sich um.

Sie näherten sich dem Haus über einen Trampelpfad, vorsichtig und geduckt. Dabei ließ Kaleb die Fenster nicht aus den Augen. Hinter den spiegelnden Scheiben konnte er nichts erkennen, doch die Empfindung einer einzelnen Präsenz verstärkte sich, je näher er dem Gebäude kam. Ein einzelner Reaper, vielleicht als Wache zurückgelassen. Wo mochte der Rest des Rudels sein? Wenn der Reaper wach war, hatte er sie schon längst gespürt. Trotzdem verschleierte Kaleb seinen Geist. Es war eine fast instinktive Reaktion.

Kaleb ging nicht direkt auf den Eingang zu. Zuerst umrundete er das Haus in einigem Abstand, erforschte die verschiedenen Möglichkeiten, es zu betreten. Die Tagesverstecke der Reaper boten üblicherweise mehrere Ausgänge. Der von Klauen zerfurchte Boden wies auf wesentlich mehr Reaper hin, doch Kaleb spürte noch immer nur den einen. Er blieb wachsam.

Kaleb und Samuel spähten durch die Fenster im Erdgeschoss, doch auch hier ließ sich nichts erkennen. Entweder waren die Öffnungen von innen vernagelt oder Schmutz und Alter hatten das Glas erblinden lassen.

Das Haus verfügte über eine großzügige Veranda, deren Bodenbretter weitgehend weggefault waren. Zwischen den darunterliegenden Balken wuchs Unkraut empor. Kaleb bückte sich und betrachtete einen abgeknickten Stängel. Die Bruchkante war frisch und erst leicht angetrocknet. Behutsam drückte Kaleb die Tür auf, deren Angeln dennoch quietschten. Sie schlüpften hindurch, als der Spalt breit genug war.

Drinnen lauschte Kaleb: Kein Ton verriet die Anwesenheit eines anderen Lebewesens; nur der Reaper war irgendwo links von ihnen. Die Präsenz bewegte sich nicht. Falls das Reptil schlief, würde ihre bloße Anwesenheit es vermutlich nicht wecken, solange sie leise waren.

Das Innere des Hauses wirkte erstaunlich aufgeräumt, geradezu kahl nach den Müllbergen draußen. Ein Tisch mit geschwungenen Beinen zeugte davon, dass die Bewohner Wert auf eine gewisse Ästhetik legten, obgleich die Farbe bereits abblätterte. Auf dem Tisch stand eine Vase und darin ein Strauß vertrockneter Blumen. Für einen Moment fragte sich Kaleb, ob der Strauß noch aus der alten Zeit stammte, verwarf die Idee aber. Allerdings war sie nicht viel absurder als der Gedanke, dass ein Ketzer sein Heim mit Blumen schmückte.

Das Haus roch nicht wie eine Ketzerhöhle – Kaleb konnte weder den Ammoniakgestank von Urin noch süßlichen Fäulnisdunst ausmachen. Es roch zwar streng, aber nicht unangenehm, nach Raubtier.

Vor die meisten Fenster war Holz oder Pappe genagelt, so dass es im Inneren bestenfalls dämmrig war. Türen führten nach links und rechts, eine Treppe nach oben, an ihr vorbei ein Gang nach hinten.

»Sollen wir uns aufteilen?«, flüsterte Samuel. Kaleb wies stumm auf den Fußboden. Dort hatte sich Staub angesammelt, der deutlich zeigte, welche Pfade häufiger benutzt wurden. Der breiteste Weg führte nach oben.

Sie schlichen die Treppe hinauf, immer wieder verharrend und lauschend, doch nichts regte sich im Haus. Oben lag ein Gang, von dem mehrere Türen abzweigten. Wieder wiesen Staub und Trittspuren, die häufig frequentierten Wege aus – offenbar wurden nur zwei Zimmer regelmäßig benutzt.

Das erste enthielt ein Bett. Eine dicke, vor das Fenster genagelte Wolldecke ließ kaum Tageslicht herein, doch als Kaleb die Lagerstätte sah, stutzte er. Er trat näher, ließ sich in die Hocke hinab, inspizierte das straff gespannte Laken und die ordentlich eingefalteten Ecken.

»Das ist nur ein Bett«, sagte Samuel, der in der Tür stehengeblieben war.

»Das Bett eines Mönches.« Kaleb stand auf. Es hatte Tage gegeben, zu Beginn seines Noviziats, da hatte er sein Bett fünfmal machen müssen, bevor der diensthabende Bruder zufrieden gewesen war. Auch sonst zeigte der Raum die asketische Ordnung einer Klosterzelle. Aber warum lebte ein Mönch hier, mitten unter den Ketzern? Und warum schützte er sich vor dem Licht, wie die Ketzer es taten?

Kaleb trat ans Fenster und schob die Decke zur Seite. Es bot sich ein Ausblick in üppiges Grün. Der Wald hatte hier die Oberhand gewonnen. Bäume wurzelten auf Ruinen, die nur noch hier und dort als Haus, Garage oder Autowrack zu identifizieren waren. Dann entdeckte Kaleb zwischen den Bäumen Zelte.

Es hatte einen Grund, warum selbst die Anbeter Steinhäuser mit zugemauerten Fensterhöhlen bewohnten. Auch Reaper, die sich füttern ließen, blieben Raubtiere, unberechenbare Killer. Plünderer führten zwar Zelte mit sich, denn die Ruinen, in denen sie sich für die Nächte zurückzogen, schützten zwar vor den Reapern, aber nicht immer vor eindringendem Regenwasser. Ein Wohnzelt unter freiem Himmel hingegen war ein absurder Anblick. Und das hier war eine ganze Zeltstadt.

Ein lautes Krachen war zu hören, dann Dinahs Stimme: »Sam! Mein Gott, Sam!«

Kaleb unterdrückte einen Fluch und sprang in den Gang hinaus. Der zweite Raum, zu dem die Trittspuren führten, musste verschlossen gewesen sein. Holzsplitter lagen auf dem Boden, wo Samuels Tritt den Riegel aus dem Rahmen gebrochen hatte.

Irgendwo unter ihnen bewegte sich der Reaper.

Dinah lag auf einem Bett mit einem Metallrahmen, die Handgelenke mit Handschellen über ihrem Kopf befestigt. Sie versuchte sich aufzurichten, doch die Fesseln hielten sie zurück. Sam stand neben ihr und betrachtete die Fesseln, doch Kaleb schob ihn zur Seite und nahm die Handschellen in Augenschein; er kannte das Modell; er würde sie öffnen können. »Wer hält Sie hier fest?«, fragte er, während er in seiner Tasche nach einem Draht suchte. »Ein Ketzer?«

Der Reaper bewegte sich bedächtig, aber inzwischen hatte er die Treppe erreicht.

»Ja. Er hat tiefrote Augen. Und die Reaper … sie gehorchen ihm wie Hunde.«

Kaleb schob den Draht ins Schloss der linken Handschelle und sie öffnete sich mit einem leisen Klick. Die Kette rasselte über die Stangen des Bettgestells und Dinah schlang die Arme um Samuel. »Ich wusste, dass du kommen würdest!«

Der Reaper hatte nun die Mitte der Treppe erreicht.

Kaleb reichte Samuel den Draht, erhob sich und ließ die Kutte zu Boden gleiten. »Wartet hier.«

Er zückte den Dolch. Als er den Raum verließ, zog er die Tür hinter sich zu.

Sam hielt die Winchester im Anschlag, obwohl er wusste, dass er damit nicht viel ausrichten würde. Er und Dinah hatten sich in die hinterste Ecke des Zimmers zurückgezogen und lauschten den Kampfgeräuschen, die aus dem Flur drangen.

»Er ist gut«, sagte Sam. »Ich habe ihn kämpfen sehen.« Seine Worte waren nicht nur als Beruhigung für Dinah gedacht. Aber dann hörten sie lautes Krachen, das sie beide gleichzeitig zusammenzucken ließ. Holz barst.

Sam warf einen Blick durch das Fenster – zu hoch, um zu springen. Also zerrte er das Laken vom Bett und begann, den mürben Stoff in Streifen zu reißen. Unvermittelt verstummten die Geräusche.

Sam ließ den Stoff fallen und hob die Waffe. Schritte näherten sich, langsam und schwerfällig, verstummten vor ihrer Zuflucht. Endlose Sekunden verstrichen, dann bewegte sich die Tür, schwang knarrend auf, bis sie dumpf gegen die Wand schlug. Der Mönch lehnte schweratmend am Türrahmen.

Sam ließ das Gewehr sinken. »Wie viele waren es?«

»Nur einer«, gab der Mönch zurück.

»Verdammt! Wieso haben Sie mir nicht gesagt, dass ein Reaper im Haus ist?!«

»Weil ich nicht daran gewöhnt bin, mit Laien zusammenzuarbeiten.« Es klang nicht nach einem Vorwurf, lediglich nach einer Feststellung. Kaleb ging zu seiner Kutte, wischte seine blutigen Hände am Leintuch ab, ehe der die Kutte überzog – vorsichtig, wie es Sam schien. Nur ein Zucken verriet, dass er Schmerzen hatte.

Kaleb winkte Dinah zu sich, an deren rechtem Handgelenk noch immer die Handschelle baumelte. Sie hielt ihm den Arm hin, und Sam beeilte sich, den Draht beizusteuern.

»Sind Sie verletzt?«, fragte Dinah, während Kaleb am Werk war. »Soll ich Sie wieder nähen?«

»Keine Zeit.« Der Mechanismus sprang auf und die Handschelle fiel zu Boden. Kaleb schob Dinahs Ärmel hoch. Um ihren Oberarm lag ein ordentlicher Verband. Er legte ihr prüfend die Hand auf die Stirn.

»Sie hat Fieber«, bestätigte Sam. Und sie hatten kein Antibiotikum mehr – das war seine Schuld. »Ich hätte auf Sie hören müssen, Bruder.«

Kaleb zog seine Tasche heran, griff hinein und stellte eine

kleine, braune Flasche auf den Boden. Sams Blick ging zu dem Flakon, dann zu Kaleb, und wieder zur Flasche zurück. »Aber der Ketzer …«

»Hat eine Flüssigkeit zur genetischen Bestimmung getrunken.« Kaleb holte eine Spritze aus der Tasche und eine in Folie verschweißte Nadel.

»Und wenn der Mann auf mich gehört hätte? Wenn er das Mittel sich oder anderen Ketzern injiziert hätte?«

»Dann hätte es sie umgebracht.« Mit ruhiger Konzentration zog Kaleb das Mittel auf die Spritze.

»Es hat offenbar seine Gründe, dass die Ketzer dem Klerus nicht trauen.«

Sam konnte nicht sagen, ob Kaleb verärgert oder amüsiert war. Kaleb wollte die Spritze gerade ansetzen, als er einen Einstich auf Dinahs Arm entdeckte. »Was hat er Ihnen injiziert?«

»Er sagte, es sei Penicillin.«

»Wie lang ist das her?«

»Es war am späten Vormittag.«

Kaleb zögerte, doch dann setzte er die Nadel gegen den Muskel. Sam wandte den Kopf ab. Er war nie empfindlich bei Spritzen gewesen, aber zu sehen, wie sich die Nadel in Dinahs Fleisch bohrte, ließ seine Knie weich werden. Als er wieder hinzuschauen wagte, zog Kaleb erneut die Spritze auf, um sich selbst ebenfalls das Antibiotikum zu verabreichen. Während er anschließend seine Tasche packte, bemerkte Kaleb die herumliegenden Stoffstreifen. »Keine schlechte Idee. Nehmen Sie das mit – und wenn Sie unterwegs ein Seil finden, das auch.« Er hob seine Tasche auf, wollte sie über den Kopf ziehen, hielt inne, und hängte sie schließlich nur über die rechte Schulter. »Kommen Sie. Wir haben höchstens noch vier Stunden bis zur Dämmerung.«

Einige Meilen südlich von Memphis hatten Ketzer ihr Lager aufgeschlagen: eine ungeordnete Ansammlung von Wohnwagen, Pickups, Limousinen und Zelten.

Spoon saß auf der Motorhaube eines rostigen Volvo und schaute aus einiger Entfernung Bottleneck und Short beim

Bauchklopfen zu. Unter dem Grölen der Zuschauer schlugen sich die beiden gegenseitig die Faust in die Magengrube. Verloren hatte, wer als Erster auswich.

Bottleneck war dran, den nächsten Schlag einzustecken. Über seine grindige Glatze lief der Schweiß, während er seine Bauchmuskeln anspannte und dem bulligen Short die Zähne zeigte. Bottleneck war fett, und wenn der Kleine zuschlug, wabbelte das Fleisch an ihm herum. Früher hatte Spoon bei dem Anblick lachen müssen, aber inzwischen hatte es seinen Reiz verloren. Die Typen sollten sich lieber in die Fressen schlagen, dann würde man wenigstens ein paar Zähne fliegen sehen.

Während Spoon mit mäßigem Interesse auf den Hieb wartete, pulte er mit einem angespitzten Zweig die Maisreste aus seinen Zahnlücken. Sein Blick wanderte ab, wurde von einer Bewegung angezogen. War da jemand außerhalb der Wagenburg? Spoon reckte den Hals. Das Brüllen der Zuschauer zeigte an, dass Bottleneck eine Runde weitergekommen war, aber das interessierte Spoon nicht mehr.

Motorradfahrer. Ein Spähtrupp kehrte zurück. Sie schleiften etwas an einem Seil hinter sich her, ein Bündel, lang und schwer.

Spoon schnippte den Zahnstocher weg, rutschte von der Motorhaube und die Löffel, die er sich auf die Jacke genäht hatte, klirrten gegeneinander. Die Männer waren zu dritt. Das war schlecht. Der Boss hatte Fünfertrupps losgeschickt, weil er Mönche erwartete.

Als Spoon den Spähern entgegenging, wurden auch die anderen Ketzer aufmerksam. Der Ring der Zuschauer um die Spieler löste sich auf. Die Motorräder fuhren zwischen den Wagen hindurch und blieben knatternd auf einem freien Platz stehen. Spoon erkannte Silver, Teddy und Nine-toes, aber wo waren Horse und Hangman?

Das Bündel, das Nine-toes hinter sich hergeschleift hatte, bewegte sich und stöhnte. Bottleneck trat näher, drehte es mit dem Fuß um.

Ein Mönch! Spoons Puls beschleunigte sich. Ein verdammter Killermönch, in ihrer Gewalt. Und er lebte noch! »Jemand muss dem Boss Bescheid geben.«

Alle sahen ihn an. Hätte er besser die Klappe gehalten.

»Dann mach mal«, sagte Bottleneck. Scheiße.

Niemand näherte sich gern dem Wohnmobil mit den dunkel gestrichenen Fenstern. Darin wohnte der Mann, den sie den Erzengel Gabriel nannten. Der Mann war ein verdammter Irrer und ihn zu reizen ein Risiko. Wenigstens hatte Spoon gute Nachrichten zu bringen.

Auf den Treppenstufen des Caravans saß Dagger und schaute Spoon auf ihre herausfordernde Art entgegen. Der Rock hing tief zwischen ihren gespreizten Schenkeln herab und erinnerte ihn an jene denkwürdige Sommernacht, in der es ihm gelungen war, sie von hinten zu nehmen. Sie hatte ihm danach eine Klinge über die Arschbacken gezogen, aber er war sich sicher, dass sie es auch genossen hatte. Verdammt, die Art, wie sie sich dabei bewegt hatte, bescherte ihm heute noch feuchte Träume.

»Muss den Boss sprechen«, sagte Spoon.

Dagger verzog ihren breiten Mund zu einem Grinsen. Teufel, sich von diesen Lippen bedienen zu lassen. Doch im Moment gehörte sie dem Boss und war damit tabu für alle anderen. Mit dem Erzengel wollte Spoon sich auf keinen Fall anlegen.

Sie blieb sitzen, zog nur die Tür auf. Er musste über sie hinwegsteigen, um hineinzugehen.

Drinnen war es angenehm schattig, alle Fenster waren angestrichen oder mit Packpapier verklebt. Es stank nach dem Reaper, der sich auf dem Doppelbett im hinteren Teil des Wohnwagens zusammengerollt hatte. Als Spoon eintrat, hob das Reptil ruckartig den Kopf und sah ihn mit kleinen, roten Augen an. Spoons Blick hing an den mächtigen Kiefern, die einen menschlichen Oberschenkelknochen wie einen dürren Zweig zerbrechen konnten, wanderte hinab zu den Klauen, die einen Mann mit einem einzigen Hieb vom Hals bis zu den Eiern aufschlitzen konnten. Spoon wusste das. Er hatte es gesehen.

Obwohl Spoon ebenfalls wusste, dass das Reptil satt war, rechnete er rasch nach. Wie lange lag der letzte Schuss zurück? Zu lange. Die Nachtmilch schützte ihn nicht mehr.

Schützen konnte ihn nur jener Mann, der am Fenster saß und im dämmrigen Licht irgendein Buch las. Ein Mann, der noch immer wie ein Kleriker aussah: kurz geschorenes Haar, schwarze Soutane – schaurig. Nur die roten Augen verrieten, auf welcher Seite er stand. Diese Augen richteten sich jetzt auf Spoon. »Was willst du?«

»Silver ist zurück«, sagte Spoon. »Sie haben einen Mönch gefangen.«

Gabriel klappte das Buch zu. Er erhob sich ohne Hast, warf einen Blick auf den Reaper, der den Kopf wieder auf die Klauen legte und die Augen schloss. Draußen war es für die Echse noch zu hell. Aber auch Gabriel griff nach einer Sonnenbrille, bevor er Spoon folgte.

Dagger stand auf, als ihr Herr und Meister nach draußen trat. Spoon beobachtete, wie Gabriel nach ihrem Hintern griff und seine Finger dort liegen ließ, während sie gemeinsam zum Platz hinübergingen. Spoon folgte ihnen, die Augen unverwandt auf Hand und Arsch gerichtet. Seine Handflächen juckten bei der Vorstellung, wie sich ihre prallen Backen darin bewegten.

Die anderen hatten den Mönch inzwischen hochgezerrt. Er kniete aufrecht mit gefesselten Händen, an denen der größte Teil der Haut fehlte. Seine Kutte hing in Fetzen, und was immer er darunter trug, war auch reichlich mitgenommen. Blutige Haut schimmerte durch die Risse. Sein Gesicht war voller Schnitte, so dass sich Blut an seinem Kinn sammelte und von dort zu Boden tropfe. Er musste Schmerzen haben und Angst, aber sein Gesicht war eine regungslose Maske. Vielleicht hatte er aber auch keine Angst. Spoons Mutter hatte erzählt, dass man ihnen Drogen gab, um ihre Gefühle zu töten.

»Nur einer?«, fragte Gabriel.

»Der andere ist tot.« Silver kratze an der eitrigen Blase an seinem Kinn herum. »Hat Horse und Hangman mitgenommen, bevor wir ihn abknallen konnten.«

Das war gut. Tote Männer waren Futter für Gabriels Hausrudel. Dann gab es keinen Grund zu losen.

»Wo kommt er her?«, fragte Gabriel weiter.

Silver ließ von der Eiterblase ab und bog den Kopf des Gefangenen zur Seite, um das Brandmal auf der Halsseite zu inspizieren. »Ein Kreuz in einem Kreis«, meldete er.

»Nashville also.« Gabriel nickte nachdenklich. »Ihr seid geschickt worden, um zu sehen, was los ist.« Er lächelte. »Und? Hast du es gesehen?«

Es war das Zucken um die Augen, das den Mönch verriet, obwohl er stumm blieb. Statt seiner berichtete Silver: »Wir haben sie abgefangen, als sie aus Memphis zurückkamen.«

Gabriel ging vor dem Mönch in die Hocke und starrte ihm ins Gesicht. »Du hast es gesehen«, sagte er leise. »Und du spürst es bis hier her, nicht wahr?«

Die Augen des Gefangenen bewegten sich, sein Blick kehrte aus der unbestimmten Ferne zurück und fand den des Erzengels. Einen Moment lang starrten sich die beiden Männer stumm in die Augen.

»Wie viele von euch?«, fragte Gabriel.

Der Blick des Mönches löste sich, fand zurück zu seiner Gleichmütigkeit. Gabriel lächelte dünn. »Das macht nichts. Ich werde alles, was ich wissen muss, aus deinen Gedanken lesen.«

Der Mönch verzog verächtlich die Mundwinkel.

»Das glaubst du nicht? Du denkst nicht, dass ein Mensch die Gedanken eines anderen lesen kann? Nun, ich bin kein Mensch. Ich bin ein Erzengel.« Er stemmte sich hoch. »Und du hast mir nicht das Geringste entgegenzusetzen.«

Gabriel ging langsam um den Gefangenen herum, bis er hinter dem Mann stand. Er hob die Hand und legte sie sachte auf den geschorenen Schädel, als wollte er den Knienden segnen.

Alle wussten, was jetzt kam: der Griff des Erzengels. Begierig rückten die Ketzer näher. Nur der Scheißmönch hatte noch keine Ahnung. Ein wohliger Schauder erfüllte Spoon. Der Mönch würde den Trip seines Lebens haben.

»Sie haben dich gelehrt, deine Gedanken zu verschließen«, sagte Gabriel, »damit nichts herausdringen kann. Was sie dich nicht gelehrt haben, ist, das Eindringen zu verhindern.«

Etwas geschah. Der Mönch riss die Augen auf, sein ganzer Körper versteifte sich, seine Kiefer pressten sich aufeinander.

Dagger trat mit wiegenden Hüften auf den Mönch zu, hockte sich vor ihm nieder und nahm sein Gesicht in beide

Hände. Es sah fast zärtlich aus. Aus nächster Nähe beobachtete sie, wie Schmerz und Entsetzen in seinen Zügen wuchsen.

Noch ließ der Mönch keinen Ton hören, aber das würde sich ändern, Spoon leckte sich voller Erwartung über die Lippen. Na los. Schrei schon! Lass uns nicht warten!

Zuerst stöhnte der Mönch nur. Dunkles Blut kroch aus seinem linken Nasenloch und Dagger leckte es von seinen Lippen, ohne dass er es zu bemerken schien. Dann, gerade als der Mönch den Mund öffnete, presste sie ihre Lippen auf die seinen. Sie trank seinen Schrei in sich hinein, seinen Schmerz, während das Blut nun auch aus seinen Augen lief. Es war ein guter Schrei, der Angst enthielt und Qual und Wahnsinn, der nicht aufhören wollte. Dagger ließ nicht ab von ihm, folgte der Bewegung, als der Sterbende sich aufbäumte, und atmete schließlich den letzten Atemzug, der die Lungen des Mönches verließ.

Dann erst ließ sie ihn los, ließ ihn fallen wie eine Spinne die leergesaugte Hülle ihres Opfers. Sie sah zu Gabriel auf mit einem Ausdruck sinnlicher Verzückung. So musste die Heilige Mutter ausgesehen haben, nachdem man es ihr ordentlich besorgt hatte.

»Es waren nur zwei Mönche«, sagte Gabriel ruhig, als wäre nichts geschehen. Er hatte den Blick dabei auf Dagger gerichtet. »Haltet trotzdem weiter die Augen offen.« Er hielt ihr die Hand hin und Dagger ergriff sie und richtete sich daran auf. Gabriel zog sie fest an sich. Mit beiden Händen packte er ihren fleischigen Hintern, und während sie eines ihrer Beine um ihn schlang, küsste er ihr das Blut des Mönches von den Lippen.

Spoon wandte sich ab. Er musste dringend seine aufgestaute Geilheit abreagieren – am besten in einem unwilligen Weib. Aber weil weder ein williges noch ein unwilliges Weib zur Hand war, verkroch er sich hinter einem Wagen in der Nähe der großen, fliegenden Kugel, die der Boss »Ballon« nannte, und erledigte das selbst – was nicht lange dauerte, weil es ganz leicht war, sich die Mönch-Szene wieder und wieder vorzustellen.

Der Erzengel war stark. Unbesiegbar. Mit seinen magischen Kräften beherrschte er die Reaper und ließ Blut aus den Augen seiner Opfer laufen. Mit ihm würden sie alles erreichen, was sie wollten.

Was genau es war, das der Boss und sie wollten, blieb Spoon zwar unklar, doch war ihm das egal, solange dabei Mönche starben. Und, oh Mann, sie starben, und die Städter gleich mit. Verdammt sollten sie sein, alle, die mit einem Löffel im Mund geboren waren – so hatte seine Mutter sie genannt – die Scheißstädter, die alles hatten und trotzdem Ketzer verbrannten.

Jetzt würden sie alles verlieren. Denn Gabriel war nicht nur stark, er war auch schlau. Spoon hob den Blick zur gelben Kugel, die über ihm schwebte – der Ballon. Beide Erzengel waren weit herumgekommen. Sie hatten sich zusammengesucht, was sie brauchten: den Ballon, um über der Stadt zu schweben, und das Geschütz, um die Städter hilflos zu machen.

Eigentlich war es gar kein Geschütz, denn es verschoss keine Kugeln. Es verschoss einen Impuls, wie Gabriel ihnen erklärt hatte, und setzte damit alle Geräte der Mönche außer Betrieb, auch die Funkgeräte, bevor die Schlacht begann. Das einzige Problem war, es nahe genug an den Konvent zu bringen, damit es seine Wirkung tat. Und dazu hatten sie den Ballon.

»Spoon?« Nine-toes schaute über die Heckklappe des Autos, hinter das Spoon sich zurückgezogen hatte. »Was machst'n da?«

»Kacken.« Spoon stand auf und zog die Hose hoch.

»Der Boss will dich sehen.«

Speziell ihn, klar. Vermutlich hatte Gabriel nur irgendeinen von ihnen sehen wollen, und die anderen schoben Spoon vor. Aber es war riskant, nicht zu gehorchen, falls es doch anders war. Also machte Spoon sich zum Wohnwagen auf.

Das Anklopfen hatte Spoon nicht erst lernen müssen. Allein das Wissen, dass sich da drin ein Reaper befand, ließ es ratsam erscheinen, die Aufforderung zum Eintreten abzuwarten. Als Spoon den Wohnwagen schließlich betrat, saß Gabriel wieder an seinem Tisch. Der Erzketzer schaute auf. »Spoon, nehme ich an.«

»Yep.«

Der Reaper schlief noch immer auf dem Bett. Dagger rekelte sich im Fahrersessel, der sich zum Wageninneren herumdrehen ließ. Ein Fuß auf dem Beifahrersitz, einen auf dem Boden drehte sie ihren Sitz in kurzen Bewegungen hin und her.

Es roch, als hätte der Boss Dagger kräftig durchgepflügt. Wie es wohl war, wenn einem dabei ein Reaper zuschaute?

Gabriel, deutlich entspannt, hatte eine Tasche vor sich liegen, die allerlei Gefäße und Waffen enthielt – die Tasche eines Mönches. Drei kleine Flaschen hatte er herausgeholt und beiseitegestellt. Die nahm er jetzt und hielt sie Spoon entgegen.

»Bring das zu Raffael. Er wird Nachschub brauchen.«

Spoon starrte auf die Flaschen. »Hab kein Wagen«, sagte er. Der verdammte Catch hatte behauptet, er kenne sich mit Zündkerzen aus. Spoon hätte ihn die Dinger fressen lassen sollen.

»Nimm eines der Motorräder. Und genug Sprit. Es ist eine gute Strecke bis Selimsburgh.«

Kanonikus Merryweather war sich des Vertrauensbruchs deutlich bewusst, während er Brookstones Schreibtischschubladen durchwühlte. Aber hatte Brookstone dieses Vertrauen nicht schon vor zehn Jahren gebrochen, als er Merryweathers Bruder in den sicheren Tod geschickt hatte? Und noch viel ungeheuerlicher – als er einen Fund verheimlicht hatte, welcher für die Menschheit den entscheidenden Vorteil gegen die Reaper hätte bedeuten können?

Merryweather hätte es nicht geglaubt, hätte ihm irgendwer erzählt, dass Brookstone bereits seit Jahren im Besitz des zweiten Grals war. Aber Raffael war nicht irgendwer. Er war ein Inquisitor und er überlebte seit fast sechs Jahren allein in den Outlands, in ständiger Gefahr, von Reapern oder Ketzern ermordet zu werden. Und Raffael hatte ihm die Papiere gesandt, Dokumente, die bewiesen, dass er über Bischof Brookstone mehr wusste als jeder andere.

Die oberste Schublade war nicht abgeschlossen. Merryweather entfaltete den obersten Zettel und überflog dessen

Inhalt. Dies war eindeutig eine Liste der anstehenden Konventsgeburten, in der Handschrift der Mother Matron verfasst. Offenbar hatte die Familie Whitehead gegen den Willen des Rates einen neuen Inquisitor züchten lassen. Jemand hatte diese Tatsache mit einem Stift unterstrichen. Dies war durchaus eine brisante Information, aber nicht das, weswegen er gekommen war.

Unter dem Brief lagen nur leere Schreibblöcke. In den beiden anderen Schubladen fand Merryweather bedruckte Papiere und handgeschriebene Briefe, ein Tintenfass, eine feste, hellbraune Aktenmappe und mehrere Kassenbücher.

Ratlos betrachtete Merryweather die Papiere. Abgesehen davon, dass er Tage brauchen würde, um alle zu sichten, fragte sich der Kanonikus mehr und mehr, was er eigentlich zu finden erwartete. Würde Brookstone eine solche Kostbarkeit wie den zweiten Gral wirklich offen in seinem Arbeitszimmer aufbewahren? Oder auch nur einen Hinweis auf dessen Verbleib?

Merryweather schob die letzte Schublade zu. Nachdenklich setzte er sich in Brookstones Sessel und bemühte sich, wie der Bischof zu denken. Würde der den Gral nicht eher in seinen Privaträumen verstecken? In den Räumen seines Sohnes? Vielleicht in den Siechenräumen, in der Obhut seiner Tochter? Zwischen all dem technischen Gerät würde der Gral vermutlich nicht einmal auffallen.

Trotzdem – je mehr Merryweather darüber nachdachte, umso sicherer war er, dass man eine solche Reliquie nur außerhalb der Mauern verstecken konnte, irgendwo in den menschenleeren Weiten der Outlands.

Aber ganz unbewacht? Den Unbilden von Stürmen preisgegeben, der unterschiedslosen Gier der Plünderer? Und sollte ihn nicht jemand bewachen, der an der außerirdischen Technologie forschen konnte, während Brookstone darauf wartete, dass der dritte Gral gefunden wurde?

Merryweather stützte das Kinn auf die Hände und ließ seinen Blick durch den Raum schweifen: Bücher, Sessel, ein Gemälde, das die Heilige Jungfrau mit dem ersten Erwählten zeigte. Wie meistens war sie als junge, schöne Frau gezeigt, begehrenswert in ihrer mädchenhaften Keuschheit, der strahlend blaue Mantel ein Symbol ihrer Verbindung mit dem Göttlichen. Doch sie half ihm im Moment nicht weiter.

Auf dem Brookstones Schreibtisch standen vier Fotografien; alle von einem der offiziellen Konventsfotografen aufgenommen. Merryweather nahm die Brille ab, um sie genauer zu betrachten.

Eines zeigte Judith, Brookstones erste Frau. Merryweather hatte gerüchteweise von ihr gehört. Damals war Elijah Brookstone noch kein Bischof und er, Bileam Merryweather, noch nicht sein Sekretär gewesen.

Merryweather nahm das Bild, betrachtete die stolze, schlanke Schönheit, die auf einem Lehnstuhl posierte, die Beine übereinandergeschlagen, die schwarzen Haare über die linke Schulter drapiert. Die Ähnlichkeit zu Eunice war nicht zu übersehen: das ovale Gesicht, die asiatischen Mandelaugen.

Brookstones zweite Frau hatte ebenfalls ihren Platz. Brookstone hatte das Hochzeitsfoto zerschnitten: Sein Arm ragte noch links ins Bild, doch der Rahmen wurde ansonsten ganz von der Frau im weißen Kleid ausgefüllt. Merryweather erinnerte sich, dass sie sehr bald schwanger geworden war – und danach hatte es keine Gelegenheit mehr gegeben für ein Foto.

Timothy, dessen Geburt sie nicht überlebt hatte, stand im Rahmen neben ihr: zur Zeit der Aufnahme ein fröhlicher, frecher Achtjähriger. Es wurde Zeit, ein neues Bild machen zu lassen.

Merryweather griff nach dem letzten Rahmen, der zwei junge Frauen zeigte, beide schlank und feingliedrig, beide im Habitus der Heiligen Mütter des Hochklerus. Eunice und … richtig, es hatte eine Schwester gegeben. Wie hatte sie noch geheißen?

»Berenice«, murmelte Merryweather. Nach dem Skandal um ihre genetisch bedingte Unfruchtbarkeit war sie aus Philadelphia verschwunden. Brookstone hatte sie aus der Stadt bringen lassen, als einzigen Weg, die Gerüchte und die Häme zum Schweigen zu bringen. Er hatte dafür gesorgt, dass Eunice eine ähnliche Schande erspart blieb, indem er ihre bestehende Verlobung einseitig gelöst und sie zu einem zölibatären Leben im Konvent verdammt hatte.

Merryweather ließ seinen Daumen sanft über das Gesicht der jungen Berenice gleiten. Ihr Zufluchtsort wäre das ideale Versteck für den Gral: außerhalb der Stadt und doch innerhalb von Brookstones Wirkungskreis. Wer mochte loyaler sein als eine Tochter?

Aber niemand wusste, wo Brookstone Berenice untergebracht hatte. Es gab sogar Gerüchte, er habe sie töten und irgendwo verscharren lassen, aber das traute Merryweather ihm nicht zu. Brookstone mochte sich als kalt und berechnend erwiesen haben, aber seiner Tochter gegenüber würde er nicht unnötig grausam sein.

Merryweather stellte das Bild zurück auf seinen Platz. Er durfte nicht zu lange bleiben, doch vielleicht fand sich hier ein Brief von Berenice, aus dessen Inhalt er auf ihren Verbleib schließen konnte. Merryweather durchsuchte noch einmal hastig die Stapel und Schubladen.

Er fand nichts. Vermutlich würde der Bischof so private Dokumente eher in seinen Gemächern aufbewahren, doch dahin wagte der Kanonikus sich nicht. Seinen Aufenthalt hier würde er immerhin noch mit Ausflüchten über Pflichten und Dokumente erklären können.

Merryweather rückte das Bild der beiden Schwestern ein Stück zur Seite, so dass es wieder so stand, wie er es vorgefunden hatte. Dann stand er auf. Er würde sich umhören. Irgendjemand musste wissen, wo Berenice Zuflucht gefunden hatte.

Kaleb war nicht bei der Laudes gewesen und laut Vater Abt war er auch nicht in den Konvent zurückgekehrt. Die Angst um ihn wog schwerer in Eunices Brust als die Sorge um ihren Halbbruder. Was hätte den Mönch davon abhalten können, dem Befehl des Bischofs Folge zu leisten?

Vielleicht war er nur am Vortag aufgehalten worden und gerade auf dem Weg zurück nach Philadelphia. Vage hoffte sie, ihm zu begegnen, während ihr Motorrad Meile um Meile fraß. Doch die Straße blieb einsam und der einzige Mensch, dem sie während des gesamten Tages begegnete, war der diensthabende Mönch in Rockpoint. Er hatte Kaleb nicht gesehen, weder an diesem, noch am vorangegangenen Tag.

Eunice empfand den Anblick der offenen Landschaft als bedrückend unbelebt, obgleich die Bäume in herbstlichen Farben leuchteten. Zur Mittagszeit gönnte sie sich eine Rast, doch die ungewohnte Stille, die fast spürbar über allem lag, trieb sie schon bald zur Weiterfahrt.

Die Sonne stand bereits tief, als Eunice die Brücke über den Susquehanna überquerte und sich der Wehr von Selimsburgh näherte. Die Tore waren fest verschlossen und die Felder lagen verlassen, obwohl es sicher noch zwei Stunden lang hell sein würde. Das Röhren des Motorrads klang laut über die Landschaft. Es musste den Bewohnern von Selimsburgh Eunices Ankunft bereits verraten haben, und tatsächlich öffnete sich eine Sichtluke im Tor der Palisade. Eunice stellte den Motor aus, zog den Helm ab und strich sich die feuchten Haare aus der Stirn. Ein Augenpaar musterte sie.

»Mein Name ist Eunice Brookstone. Ich wurde angekündigt.«

Der Betrachter hinter der Luke zeigte keine Reaktion. Eunice wollte schon zu einer Aufforderung ansetzen, als sie im Hintergrund eine ärgerliche Stimme hörte. Obwohl sie keine Worte verstand, erkannte sie Vater Mordechais energischen Duktus.

Die Klappe schloss sich. Eunice hörte Metall aufeinanderschaben und das Rattern von Kettengliedern. Dann öffnete sich der schwere Torflügel, gerade weit genug, dass Eunice ihre Maschine hindurchschieben konnte.

Es war lange her, dass Eunice eine solche Siedlung betreten hatte. Als Erstes fiel ihr die Breite der Straßen auf: weit mehr als zehn Fuß – lichtdurchflutet und offenen. Keines der angrenzenden Gebäude ragte mehr als drei Etagen in die Höhe; der Blick war frei auf einen strahlend blauen Himmel.

Als Eunice den Blick wieder aus den Höhen hinabsinken ließ, traf er zuerst auf Vater Mordechai. Wie jedes Mal fröstelte sie beim Anblick des letzten Inquisitors von Philadelphia. Nicht, dass sein Äußeres erschreckend gewesen wäre – im Gegenteil: Intensive, graue Augen leuchteten in einem aristokratisch geschnittenen Gesicht, das Schwarz der Soutane betonte die hochgewachsene Gestalt, eine rote Schärpe die schmalen Hüften. Doch in ihrem Kopf hörte Eunice bei seinem Anblick unweigerlich die Schreie der Ketzer.

Vater Mordechai musterte sie kühl, die Arme vor der Brust verschränkt. Neben ihm stand Timothy und dahinter ein Mönch, das Gesicht unter der tief gezogenen Kapuze verborgen. Seine Hände ruhten auf Tims Schultern – es waren nicht Kalebs Hände.

Tim, mehr verstockt als schuldbewusst, sah kaum auf. In Mordechais Blick hingegen brannte Zorn. »Richten Sie dem Bischof aus, dass ich meine Aufgabe nicht in der Betreuung von Kindern und Weibsleuten sehe.«

Eunice klappte den Ständer des Motorrades aus. »Und mit Ihrem Geiste, Vater Mordechai.« Hinter ihr schloss sich das Tor. »Ich hatte nicht erwartet, Sie hier noch anzutreffen. Oder sind Sie bereits siegreich zurückgekehrt?«

Vater Mordechais Augen blitzten, doch ein anderer beantwortete Eunices Frage. »Die Mönche haben sich entschlossen, Kaleb Paynes Rückkehr abzuwarten.«

Es war lange her, dass Eunice Kalebs Nachnamen gehört hatte, und es berührte sie seltsam. Der Mann, der gesprochen hatte, trug einen dichten, grauen Schnurrbart unter einer scharf gebogenen Nase. Sie streckte ihm die Hand entgegen. »Dillon Brent, vermute ich. Der Herr sei mit Ihnen.«

Er hatte einen angenehm festen Händedruck. »Willkommen in Selimsburgh, Doc.«

Eunice stutzte, sagte aber nichts zu der ungewöhnlichen Anrede.

Vater Mordechai hatte inzwischen Anweisungen erteilt, und Bruder Daniel übernahm das Motorrad.

»Bringen Sie das Gepäck zu Taylors Haus hinüber«, wies der Governor ihn an, und dann zu Eunice gewandt: »Ich hoffe, Sie haben Zeit mitgebracht. Die Leute rechnen für Morgen mit einer Sprechstunde.«

Eunice versicherte dem Governor, zur Verfügung zu stehen, kehrte aber unter einem Vorwand noch einmal zu ihrem Motorrad zurück. Während sie ein Buch aus der Satteltasche zog, fragte sie Bruder Daniel leise: »Ich dachte, Kaleb hätte den Befehl erhalten, nach Philadelphia zurückzukehren.«

Auch der Mönch antwortete mit gedämpfter Stimme. »Wie es scheint, hat er den Befehl missachtet, um nach einer Vermissten zu suchen.« Er lächelte schwach. »Man möchte meinen, einmal den Kreuzweg zu gehen, hätte ihm gereicht.«

Als sich ihre Blicke trafen, vermochte Eunice nicht, das Lächeln zu erwidern. Sie wandte sich um und sah, dass Timothy neben dem Governor stand. »Wann ist Bruder Kaleb aufgebrochen?«, fragte sie, während sie auf die beiden zutrat.

»Gestern früh, zusammen mit unserem Deputy.«

Timothy wusste offenbar mehr. »Kaleb hat drei Reaper auf einmal getötet!«, platzte er heraus. »Im offenen Gelände!«

Eunice konnte die Begeisterung des Jungen nicht teilen. Allein gegen drei Reaper anzutreten, das war selbst für einen Mönch waghalsig. Warum ging Kaleb solche Risiken ein? Und warum riskierte er den Unwillen des Bischofs?

Dann traf sie die Erkenntnis: Es musste Rachel sein, die verschwunden war. Was sonst hätte Kaleb zur Missachtung eines direkten Befehles verleiten können? Der Gedanke tat weh. Rachel, diese Frau, die Eunice niemals kennengelernt hatte und die doch ein Teil ihres Lebens geworden war.

Eunice ging zwischen Governor Brent und Tim. Die Straße war nicht geteert, sondern bestand aus festgestampfter Erde. Wenn der Regen kam, wäre sie kaum mehr als Morast. Deshalb gab es hölzerne Gehwege, die auf beiden Seiten der Straße vor den Häusern verliefen. Obwohl diese Gehwege überdacht waren, wurden sie offenbar nicht bewohnt: Keine Schlafplätze und keine Baracken füllten sie. Selimsburgh bot jedem seiner Bürger ein richtiges Haus.

Hier also war Kaleb aufgewachsen, hier hatte er seine Kindheit verbracht. Hier hatte er Rachel getroffen.

Wie beengt mussten Kaleb die Verhältnisse in der Stadt erschienen sein, wie trostlos das ewige Halbdunkel. Darum hatte er sich am Anfang so oft in den Kreuzgang geflüchtet, nach oben, auf das Dach des Konvents. Dort sah man den Himmel und atmete Luft, die nicht bereits durch andere Lungen gegangen war. Wie oft hatte sie ihn dort gefunden, zwischen den Säulen sitzend, stumm seinen Gedanken nachhängend.

Später, nach dem Bußgang, hatte sie ihn dort oben zumeist bei einsamen Exerzitien angetroffen. Er führte sie mit verbissener Unermüdlichkeit aus, als versuche er, in körperlicher Erschöpfung Frieden zu finden. Vielleicht fand er ihn ja hier, in seiner alten Heimat.

»Kaleb Payne.« Eunice wiederholte den Namen und schmeckte dem Klang nach. Sie schaute zu dem Governor hinüber. »Lebt seine Familie noch hier?«

»Falls Sie seine Eltern meinen, nein.« Der Governor schüttelte den Kopf. »Seine Mutter ist früh gestorben und Jeremiah ...« Er zuckte mit den Schultern. »Nachdem sich herausstellte, dass sein angeblicher Sohn von einem Mönch abstammt, hat er Selimsburgh verlassen.«

Eunice versuchte sich vorzustellen, wie diese Erkenntnis das Verhältnis zwischen Vater und Sohn verändert hatte. Kaleb hatte nie viel über den Mann gesprochen, dessen Namen er trug. Der alte Payne war ein Trinker gewesen, viel mehr wusste sie nicht.

»Gibt es andere Verwandte?«, fragte Eunice. »Oder Freunde?«

Der Governor blieb stehen und zwang sie damit, das Gleiche zu tun. Seine grauen Augen verunsicherten sie. »Marjorie Brent war seine Großmutter«, sagte er. »Der halbe Ort ist mit ihm verwandt. Aber soweit ich es verstehe, hat ein Mönch keine Familie außer der Kirche.«

Eunice hatte nicht vor, sich auf ein Geplänkel einzulassen. Sie neigte den Kopf, was ebenso Zustimmung wie Widerspruch ausdrücken mochte. »Und doch wird auch ein Mönch geprägt durch seine Wurzeln.«

Der Governor verzog die Lippen zu einem undeutbaren Gesichtsausdruck und nahm den Weg wieder auf, folgte Tim, der vorausgelaufen war. »Woher das Interesse an einem einfachen Mönch?«

Dillon hatte vermutlich keinen Hintergedanken bei dieser Frage, doch Eunice war ohnehin daran gewöhnt, zu verbergen, was sie für Kaleb empfand. »Ich lebe im Konvent und kenne jeden der Männer seit Jahren. Wann wird er zurückerwartet?«

Wieder blieb der Governor stehen, diesmal, weil sie offenbar ihr Ziel erreicht hatten. »Wenn er Dinah gefunden hat, hoffe ich. Das ist die Frau, in deren Bett Sie heute schlafen werden.« Er klopfte an die Tür.

Eunice wandte sich ab, wollte nicht, dass er die Erleichterung in ihren Zügen lesen konnte. Dinah, nicht Rachel. Während sie warteten, ließ Eunice ihren Blick über die Häuser schweifen, zwischen denen sich die Abenddämmerung verdichtete. Vereinzelte Müßiggänger schauten misstrauisch oder neugierig zu ihr herüber. Hinter dunklen Scheiben bewegten sich verräterisch die Vorhänge. Irgendwo zwischen den Häusern begann ein Generator zu knattern und elektrisches Licht flackerte hier und dort in den Fenstern auf. Dann bemerkte Eunice unter dem Schirm einer Baseballkappe ein rotes Augenpaar. Sie stutze, fragte sich, ob das Abendlicht sie täuschte, doch die Reaktion des Mannes, der sich hastig abwandte, bestätigte ihre Vermutung.

»Ketzer?«, fragte sie leise.

Der Governor drehte sich nicht einmal um. »Das ist nur Josh.«

Die Tür öffnete sich. Eine Frau mit Krähenfüßen trocknete ihre Hände an der Schürze.

»Ich bringe euren Gast«, sagte der Governor. »Das ist Sarah, Tylers Frau. Sarah, Eunice Brookstone.«

Die Frau nickte, ohne die Schürze loszulassen. Dann machte sie eine auffordernde Kopfbewegung, wandte sich wortlos um und klapperte in Holzschuhen an einer steilen Treppe vorbei nach hinten.

Eunice zögerte, ihr zu folgen, und wandte sich stattdessen an den Governor. »Sie dulden Ketzer im Dorf?«

»Nur den einen«, antwortete er in einem Ton, als hätte er den Sachverhalt bereits zu oft erklärt. »Ihr Bruder wird weiter in der Kirche bei den Mönchen schlafen, er ist nur zum Essen mitgekommen.« Er nickte auffordernd zu dem Gang hin, in dessen Tiefen die Frau stehengeblieben war und wartete.

Doch Eunice war noch nicht bereit, das Thema fallenzulassen. »Es widerspricht den Vorschriften der Kirche, das wissen Sie.«

Der Governor verzog den Mund. »Die Kirche«, wiederholte er mit einem Ausdruck der Verachtung. »Sagen Sie, zwingen Sie immer noch junge Mädchen, mit drei Männern gleichzeitig Verkehr zu haben, und pflanzen ihnen Monstrositäten ein?«

Eunice hielt dem Blick des Mannes stand, auch wenn es ihr schwerfiel. »Glauben Sie nicht alles, was Sie hören«, gab sie zurück. Dann trat sie in das Halbdunkel des Flurs.

Es hatte Sam erstaunt, dass ein einzelner Reaper dem Mönch einen so schweren Kampf geliefert hatte, doch als er den Kadaver am Fuße der Treppe sah, wunderte er sich nicht mehr.

Das Reptil lag wie ein Berg in einer Lache aus schwarzem Blut, bedeckt mit Splittern des geborstenen Geländers. Sam hatte noch nie ein so riesiges Exemplar gesehen. Lebendig mochte seine Schulterhöhe der eines Menschen entsprochen haben. Die Reißzähne in dem riesigen Schlund würden sich zu Dolchen verarbeiten lassen. Die Klauen hätten einen Menschen mit einem einzigen Hieb in Fetzen reißen können.

Sam blieb stehen und betrachtete den gewaltigen Kadaver mit fasziniertem Entsetzen. Dinahs Hand schob sich in seine, und als sich ihre Blicke trafen, meinte er, darin Zuneigung zu erkennen, aber wahrscheinlich war es nur das Fieber.

Licht flutete herein, als Bruder Kaleb die Haustür öffnete. Eilig führte Sam Dinah die Treppe nach unten am Reaper vorbei. Er legte den Arm um ihre Schultern, als sie sich ängstlich an ihn drückte, und hasste sich dafür, dass er es genoss.

Bruder Kaleb machte keine Anstalten, das Haus zu verlassen. Im Gegenteil: Mit dem Rücken zur offenen Tür, durch die Tageslicht in die Eingangshalle fiel, sah er sich um.

»Wir sollten uns beeilen«, sagte Sam.

Kaleb blieb stumm, wandte sich schließlich nach links, wo eine zweiflüglige Tür in einen weiteren Raum führte. Die Spuren auf dem Boden belegten dessen Nutzung.

»Es geht Dinah nicht gut!« Sams Stimme wurde drängend, während Kaleb die Türen öffnete.

»Haben Sie diesen Raum gesehen?«, fragte Kaleb die junge Frau.

Dinah verneinte. »Ich hatte schon Fieber, als wir hier ankamen. Er hat mich gleich nach oben gebracht.«

Wie erschreckend es für sie gewesen sein musste, mitten in einem Rudel Reaper aus ihrer Ohnmacht zu erwachen. Sam drückte sie noch fester an sich. »Du bist sehr tapfer gewesen.«

Bruder Kaleb wandte sich um, betrachtete sie. »Das stimmt. Ich hätte erwartet, dass Sie stärker unter Schock stehen.«

Dinah lächelte schwach. »Ich war entsetzt, als sie John umbrachten und als sie uns auf dem Highway angriffen. Ich glaube, ich habe einfach keine Kraft mehr, Angst zu haben.«

Wieder drückte Sam sie sanft an sich. »Wir müssen sie hier wegbringen, Bruder.«

Auch diesmal antwortete Kaleb nicht. Er trat wachsam in den Raum, blieb stehen und schaute sich um.

Der Reaper war nicht nur groß gewesen, sondern auch schnell. Er hatte seine Klauen quer über Kalebs Rücken gezogen. Der Schmerz drängte sich quälend ins Bewusstsein: Es kostete Kraft, ihn zur Seite zu schieben und sich auf das Wesentliche zu konzentrieren. Irgendwo hier musste die Antwort auf viele seiner Fragen zu finden sein.

Das Zimmer, das er betreten hatte, machte einen wohnlichen und gediegenen Eindruck. Dunkles Holz und brüchiges Leder prägten das Bild: Bücherregale an den Wänden, gepolsterte Sessel, ein wuchtiger Schreibtisch in der Ecke mit einem Aufbau aus Metallstangen und gläsernen Röhren.

Jemand hatte sich die Mühe gemacht, den Staub von den Möbeln zu wischen.

Auf dem Sofa lag eine Decke, als wäre der Bewohner eben erst aufgestanden und hätte sie achtlos liegen lassen. Ein Glas stand auf dem Couchtisch, und als Kaleb daran roch, stieg ihm aus dem hellbraunen Bodensatz der Duft von Whiskey in die Nase.

»Beschreiben Sie ihn mir«, verlangte Kaleb, als er das Glas zurückstellte. Während Dinah sprach, bewegte er sich weiter durch den Raum.

»Er hat einen Bart«, begann sie, »und lange Haare. Ein Ketzer, der mit den Reapern umgeht, als wären sie seine Schoßhunde. Er sagte, er sei ein Priester, aber er hat die rotesten Augen, die ich je bei einem Menschen gesehen habe.«

Kaleb dachte an das minutiös gespannte Bettlaken. Aber war das denkbar? Konnte ein Erwählter, ein Mann der Kirche, gar des Hochklerus, wirklich der Droge des Feindes verfallen?

»Wirkte er, als sei er bei klarem Verstand?«

Dinah überlegte. »Er war nicht auf die Art verrückt, wie Josh es ist – nicht wirr und verdreht. Im Gegenteil, er war zielstrebig in dem, was er wollte. Aber was er wollte ...« Sie verstummte.

»Was wollte er?«, fragte Samuel sanft.

Dinah legte die Arme über ihren Bauch, als wollte sie das ungeborene Leben darin schützen. »Kinder«, antwortete sie. »Er wollte Kinder von mir. Söhne, um genau zu sein.«

Samuel fluchte.

»Er will seine eigene Dynastie gründen«, sagte Kaleb. »Wenn er wirklich ein Erwählter ist, braucht er dazu eine Heilige Mutter.«

»Aber woher wusste er das?«, fragte Dinah. »Selbst ich weiß es ja erst seit ...«, sie schloss die Augen, »seit zwei Tagen. Mein Gott, wie lange das her scheint.«

»Du bist eine Heilige Mutter?!« Samuel sah Dinah mit einer Mischung aus Erstaunen und Ehrfurcht an.

»Bitte«, flüsterte sie, »sag es niemandem. Ich will nicht in den Konvent.« Sie wandte sich Kaleb zu. »Hören Sie, Bruder? Ich will keine Kirchenhure werden. Bitte.«

»Keine Angst. Es besteht keine Meldepflicht mehr für Mütter.« Auf dem Boden zeigte sich ein frischer Blutfleck, und Kaleb deutete darauf. »Wissen Sie, was hier passiert ist?«

Dinah schüttelte den Kopf. »Ich konnte nicht hinaussehen, aber ich habe heute Nacht Schreie gehört – und danach die Reaper, draußen, unter meinem Fenster.«

Kaleb schaute nachdenklich zu einer Flügeltür hinüber, deren Glaseinsätze durch einen Farbanstrich verdunkelt waren. Er durchquerte den Raum und öffnete die Tür. Sie führte auf eine überwachsene Veranda hinaus.

»Bleiben Sie hier«, wies Kaleb die beiden an.

Drei Schritte vom Haus entfernt war das Unkraut niedergedrückt, das Erdreich von Klauen zerwühlt. In der Mitte lagen blutige Reste.

Wie zumeist hatten die Reaper einen Teil der Innereien verschmäht, ebenso wie den Kopf. Der lag auf der Seite, weiß und blutleer, die roten Augen blicklos in die Ferne gerichtet. Haare und Gesicht waren blutverklebt, was Kaleb nicht verwunderte angesichts der Tatsache, dass von Hals und Kinn nicht viel übrig war. Doch der Verlauf der Blutspuren machte ihn stutzig. Er ließ sich in die Hocke nieder, um den Kopf aus der Nähe zu betrachten, griff zu und hob den Schädel auf. Trotz der Blutleere war er überraschend schwer.

Forschend schaute Kaleb in das verstümmelte Gesicht. Dem Mann war Blut aus Augen und Nase gelaufen – zwar ein vereinzeltes Phänomen, wenn ein Kopf mit Wucht vom Körper abgetrennt wird, doch nicht in diesen Mengen.

Als Kaleb ein würgendes Geräusch neben sich hörte, blickte er auf. Samuel war ihm gefolgt und übergab sich zwei Schritte entfernt.

Kaleb legte den Kopf des Toten wieder hin und erhob sich. »Falls es Ihnen hilft«, sagte er, »der Ketzer hat es vermutlich als Ehre empfunden, im Magen seiner Götter zu enden.«

Sam wischte sich mit dem Ärmel über die Lippen. »Wollen Sie behaupten, er wollte auf diese Weise sterben?«

Kaleb schaute auf das Gesicht hinunter, dem nicht mehr anzusehen war, welche Wünsche den Mann vor seinem Tode bewegt hatten. »Die Ketzer züchten nicht nur Schweine für die Reaper. Sie überlassen ihnen ihre Toten – manchmal sogar ihre Neugeborenen.«

»Aber warum?« Dinah stand in der Tür – klug genug, sich von dem Anblick der Überreste fernzuhalten.

»Es ist ihre Religion.« Kaleb ging ins Haus zurück, denn das wichtigste Möbelstück hatte er noch nicht untersucht: den Schreibtisch. Die Installation aus Metallstangen und Reagenzgläsern irritierte ihn zuerst, doch als er den Verschluss eines Testtubus entdeckte, ahnte er, worum es sich handelte.

Er setzte sich auf den Stuhl und vermied dabei, seinen verwundeten Rücken anzulehnen. Nacheinander öffnete er die Türen und Schubladen. Keine von ihnen war abgeschlossen, eine war schon einmal aufgebrochen worden.

»Wenn die Ketzer die Reaper füttern«, sagte Dinah, »durchkreuzt das nicht den Plan der Kirche, sich zurückzuziehen, bis die Reaper verhungert sind?«

Kaleb blätterte durch einen Stapel Fotos, offenbar aus der Zeit vor dem Absturz, legte sie zurück neben eine halbvolle Flasche Whiskey und schloss die Lade. Dann schaute er auf. Dinah schien tatsächlich eine Antwort zu erwarten. »Darum wurden die Ketzerkriege geführt«, sagte er schließlich. Er zog die nächste Schublade auf und fand eine Sammlung verschieden langer Messer.

»Warten Sie«, Samuel klang verwirrt. »Wollen Sie sagen, die Kirche hat hunderte von Menschen abgeschlachtet, nur um den Reapern die Nahrungsgrundlage zu entziehen?«

Kaleb schloss die mittlere Lade, öffnete die unterste. »Haben Sie sich nie gefragt, warum bei Selimsburgh seit Jahren schon keine Reaper mehr aufgetaucht sind?«, fragte er, während er einen der Flakons heraushob, die in der Lade herumrollten. Das Gefäß war nicht beschriftet und fast leer, doch als Kaleb den Deckel öffnete und daran roch, bestätigte sich seine Vermutung.

»Die Kirche hat also Massenmord begangen«, sagte Samuel kalt, »um ihre Lehen zu schützen. Verstehe ich das richtig? Und Sie waren Teil davon.«

Kaleb schaute auf, sah Samuel mit verschränkten Armen im Raum stehen. Im Blick des jungen Mannes lag mehr als Ungläubigkeit. Es war Abscheu.

Kaleb hielt dem Blick stand. »Es hat funktioniert, oder nicht?«

Samuel blieb stumm und Kaleb beugte sich wieder hinunter, förderte zwei weitere Flakons zutage, der eine enthielt Reste einer braunen, der andere einer klaren Flüssigkeit.

Dinah trat einen zögernden Schritt näher. »Ist das nicht …?«

Kaleb nickte. »Er hat genetisches Material getestet, ja.« Er legte die Flakons zurück und griff nach einem Stapel Briefumschläge, die in der gleichen Lade lagen und jeweils mit einem Namen beschriftet waren. Während er sie durchblätterte, las er die Namen laut vor: »Sarah Brent, Rachel Nerwick, Rebecca Brent, Lydia Windham …«

»Das sind alles Frauen aus Selimsburgh«, sagte Dinah.

Kaleb zog einen der Umschläge heraus und hielt ihn so, dass Dinah den Namen darauf lesen konnte: Dinah Montjoy.

Mit einem Schritt war sie neben ihm, riss ihm den Umschlag aus der Hand und öffnete ihn hastig.

Er war leer. Ratlos schaute sie Kaleb an.

»Er hat einen Haken hinter Ihren Namen gemacht«, sagte er. »Die anderen haben ein Kreuz.« Er nahm ihr den Umschlag wieder ab und legte ihn zusammen mit den anderen in die Schublade zurück. »Er hat das genetische Material der Frauen aus Selimsburgh getestet.«

»Aber woher kann er das gehabt haben?«, fragte Samuel.

Kaleb hatte darauf keine Antwort. Er wollte die Lade schon schließen, als ihm eine Stoffecke auffiel, die von ganz hinten über die Umschläge gefallen war. Als er daran zog, förderte er einen in ein gelbes Tuch eingeschlagenen Gegenstand zu Tage. Das Stück besaß in etwa die Maße einer kurzläufigen Pistole und war ebenso schwer.

Kaleb schlug eine der Ecken auf und sah darunter weiße Keramik, durchzogen von kupfernen Leitungsbahnen.

Erkennen durchzuckte ihn. Zu markant war die fremdartige Technik. Doch dies war nicht der Gral aus Philadelphia. Dieses Stück war kleiner und wies eine andere Grundform auf. Es war also auch kein Nachbau. Konnte es wirklich sein, dass er einen der beiden fehlenden Grale gefunden hatte?

Rasch deckte er seinen Fund wieder ab, durchsuchte die Schubladen noch einmal, gründlicher nun, fand aber kein weiteres Stück. Dann schob er die Beute in seine Tasche, ohne ein Wort darüber zu verlieren.

»Vielleicht«, sagte er, »finden wir in Selimsburgh heraus, woher er das genetische Material hatte.«

Sie verließen das Haus, doch Kaleb schlug nicht die Richtung ein, aus der sie gekommen waren.

»Wo wollen Sie hin?« Samuel klang gereizt.

»Der ausgetretenste Weg führt immer zum Wasser«, antwortete Kaleb. »Mit ein wenig Glück ist es der Susquehanna.« Dem Fluss würden sie bis nach Selimsburgh folgen können.

»Und Reaper können nicht schwimmen?«

»Doch – aber sie tun es nicht gerne.« Kaleb ließ den Blick über den Unrat links und rechts schweifen.

»Ich dachte immer«, sagte Dinah, »so wären sie nach Asien und Europa gelangt. Über die Beringstraße.«

»Das möchte ich bezweifeln. Wahrscheinlicher ist, dass sie Mitreisende menschlicher Transportmittel waren.« Sein Blick traf auf Dinahs ungläubiges Gesicht. »Vergessen Sie nicht: Sie können Gedanken lesen. Sie verstehen nicht alles, was sie dort sehen, aber sie ziehen ihre Schlüsse.« Er entdeckte in einem Müllhaufen ein grünes Stück Seil, zog es aus dem Abfall und zeigte es Samuel. »Versuchen Sie, mehr davon zu finden.«

»Sie wollen ein Floß bauen?« Samuel schaute in den Himmel, versuchte wohl einzuschätzen, wie viel Zeit ihnen dafür blieb. Viel war es nicht. Doch er sagte nichts.

Der Weg endete tatsächlich am Fluss, und das erhöhte ihre Überlebenschancen beträchtlich. Kaleb hatte gehofft, dass sie nur eine Schwimmhilfe würden zusammenbauen müssen, doch als er seine Hand ins Wasser tauchte, wurde klar, dass es zu kalt war. Eine ganze Nacht darin zu schwimmen würde sie lebensgefährlich unterkühlen – ganz zu schweigen von Dinah, deren Wangen vom Fieber glühten.

Es lag eine Menge Treibgut am Ufer: Holz, Plastik und moosbesetzte Styroporbrocken, aber um ein tragfähiges Floß für drei Menschen zu bauen, erschien es zu wenig.

Und dann hatten sie Glück: Versteckt im Ufergebüsch fand Samuel ein Ruderboot. Das Aluminium war verbeult und sogar löchrig, doch die leeren Kanister, welcher die Ketzer rundum am Bootsrand befestigt hatten, würden genug Auftrieb geben.

Kaleb stieg ins Wasser, das ihm hier bis an die Knie reichte, und schob den Kahn aus dem Gebüsch. »Liegen dort noch irgendwo Ruder?« In dem Boot selbst sah er nur eine hölzerne Stange.

Dinah schrie auf. Im nächsten Moment knallte ein Schuss und die Kugel heulte durch die Luft. Offenbar war ihr Fund wertvoll genug, um die Ketzer aus ihren Verstecken zu locken.

»Ins Boot!«, schrie Kaleb und stieg selbst hinein. Dinah hechtete über den Bootsrand und kauerte sich in das brackige Wasser, das den Boden bedeckte. Samuel feuerte aufs Geratewohl ein paar Kugeln und zwang die Ketzer so in Deckung. Dann sprang auch er ins Boot und beugte sich über Dinah, um sie mit seinem Körper zu schützen, während er weiter in unregelmäßigen Abständen feuerte. Kaleb hob die Stange auf und stieß vom Ufer ab. Aufrecht stehend bildete er ein gutes Ziel, aber glücklicherweise waren die Ketzer schlechte Schützen. Sie besaßen bloß kurzläufige Pistolen, um damit voreinander zu prahlen, keine Gewehre. Was sollten sie auch jagen, in den leeren Wäldern?

Links und rechts spritzten kleine Wasserfontänen auf, eine Kugel traf das Boot und riss mit lautem Knall ein Loch in den Rumpf. Kaleb stieß die Stange ins Wasser, fand Grund und schob den Kahn weiter in die Flussmitte hinaus.

Dann schrie Samuel auf. Kaleb schaute alarmiert zu ihm hinüber, doch Samuel richtete sich auf und feuerte eine wütende Salve zum Ufer hinüber, sechs, sieben Schuss, bis metallisches Klicken ein leeres Magazin anzeigte.

Doch sein Ausbruch hatte Erfolg. Die Ketzer suchten Deckung im Unterholz. Endlich erfasste die Strömung das Boot und zog sie aus der Reichweite der Kugeln. Das war wohl auch den Ketzern klar, denn sie feuerten nicht mehr. Stattdessen klang wütendes Geheul zu den Flüchtenden hinüber.

»Du bist getroffen?«, fragte Dinah besorgt und richtete sich auf.

»Nur ein Streifschuss.« Samuel drehte den Kopf und versuchte, einen Blick auf seine Schulter zu werfen, die heftig blutete. Dinah riss das Hemd auf und legte eine lange aber oberflächliche Wunde frei.

»Lassen Sie es bluten«, sagte Kaleb. »Das wird die Wunde reinigen.«

Kalebs Stiefel waren durchnässt. Das Wasser drückte durch die Löcher im Bootsrumpf und schwappte im Kahn umher. Die Sonne hatte ihre Kraft bereits verloren und machte die Herbstkälte spürbar – es würde keine angenehme Nacht werden.

Einige Zeit nachdem sie abgelegt hatten, tauchten die

Reaper am Rande von Kalebs Wahrnehmung auf. Auf diese Entfernung war schwer festzustellen, wo sie sich befanden. Kaleb vermutete, dass sie in das Ketzerdorf zurückgekehrt waren – die Entfernung würde in etwa der Reichweite seiner inneren Sinne entsprechen.

Langsam trug der Fluss sie fort vom Dorf und den Reapern. Die Sonne versank, das Licht wurde blau und der Uferbewuchs verblasste zu diffusen Umrissen. Bald glitzerte Mondlicht auf der Wasseroberfläche. Kaleb senkte die Stange ins Wasser und stieß das Boot voran. Um mit seinen Kräften zu haushalten, begnügte er sich dann damit, das Gefährt zu steuern, und überließ den Antrieb der Strömung. So bewegten sie sich gemächlich, aber stetig voran.

Er setzte die Stange auf dem Boot ab und lauschte in die Nacht. Mit den Reapern war noch etwas anderes in die Reichweite seiner Sinne eingetreten, etwas Unbekanntes, Neuartiges. Er versuchte sich darauf zu konzentrieren, doch Müdigkeit und der Schmerz in seinem Rücken machten das schwierig. Er wurde sich nicht klar darüber, was es war. Ein Reaper auf jeden Fall, ein übermäßig starker Sender, und doch waren die Empfindungen anders. Die neue Präsenz war nicht etwa fremdartiger als die der üblichen Reaper. Im Gegenteil, sie war vertrauter, irdischer.

Der Gedanke füllte Kaleb mit kaltem Grauen. Konnte es sein, dass sie mutierten, dass sie begannen, sich dem Planeten anzupassen, der zu ihrer Heimat geworden war? Reichten zweihundert Jahre aus, um eine so spürbare Veränderung auszulösen?

Der Fluss trug das Floß weiter, und die neuartige Kreatur verblasste in der Ferne, während die Präsenz der Reaper deutlich blieb. Kaleb schloss für einen Moment die Augen, konzentrierte sich auf die Lebenssignale. Fünf von ihnen hatten die Verfolgung aufgenommen. Gegen einen einzelnen Mönch eine sichere Wette. Sie folgten ihnen und sie hatten die ganze Nacht zur Verfügung, um die Flüchtlinge einzuholen.

»Gibt es ein Problem?«

Kaleb öffnete die Augen und sah Samuels prüfenden Blick auf sich gerichtet. Nur ein Wunder würde sie vor den Reapern retten können.

»Nein«, sagte Kaleb, »kein Problem. Versuchen Sie zu schlafen.«

Der Abt schob seine Brille auf die Stirn, um das Etikett auf der Flasche zu studieren. »Und mit einem so guten Tropfen kommen Sie zu mir? Sollten Sie den nicht für eine besondere Gelegenheit aufbewahren?«

Merryweather hoffte, Schauspieler genug zu sein, dass seine Gelassenheit nicht zu bemüht wirkte. »Ich habe mehrere Flaschen gekauft und will wissen, ob sie ihren Preis wert waren. Aber er ist zu schade, um ihn allein zu trinken – und wie es scheint, wissen auch Sie einen guten Wein zu schätzen.«

»Wie die Mönche aller Zeiten.« Der Abt schaute lächelnd auf die Flasche, die er zärtlich wie ein Neugeborenes in den Händen hielt. »Ich danke für die Ehre – und den Genuss. Kommen Sie herein.«

Merryweather trat ein. Seine Pflichten führten ihn gelegentlich in die Abtei und auch ins Arbeitszimmer des Abtes. Er mochte diesen Raum. Vater Jacob folgte zwar, wie alle Mönche, den traditionellen Tugenden von Armut, Keuschheit und Gehorsam, doch er entsagte nicht allen weltlichen Genüssen. Sein Arbeitszimmer strahlte behagliche Gemütlichkeit aus und war nicht zu vergleichen mit den kargen Zellen der Mönche.

Die beiden Männer machten es sich in zwei Sesseln bequem, die vor einem Kamin standen. Das Brennholz darin war zwar künstlich und die Vorrichtungen für die Flammen hatten schon seit Jahrzehnten kein Gas mehr transportiert, doch das störte die Atmosphäre wenig.

Der Wein schmeckte vorzüglich, und der Abt ließ dazu passend Brot und Käse bringen. Ihre Unterhaltung drehte sich zunächst um Politik: Begebenheiten im Konvent und im Rat, die Verhältnisse der Familien zueinander. Bald schon driftete das Gespräch in die Vergangenheit: Reaperjagden und Ketzerkriege, an denen der Abt als Prior teilgenommen hatte. Merryweather sprach selbst wenig, schob das Gespräch nur hin und wieder durch Anmerkungen oder

Fragen in die gewollte Richtung. Nicht nur der Alkohol löste dem Abt die Zunge. Wie alle alten Männer genoss er es, einen Zuhörer zu haben. Es gelang Merryweather mühelos, die Unterhaltung in die Richtung seines eigentlichen Interesses zu lenken: Berenice und ihr Verschwinden aus Philadelphia. Leider wusste der Abt auch nichts über ihren Verbleib.

»Elijah hat sehr unter der ganzen Geschichte gelitten.« Er hob sein Glas und schaute nachdenklich auf den dunklen Wein. »Das ist noch vor den Ketzerkriegen gewesen, ungefähr zu der Zeit, als Bruder Kaleb zu uns kam.«

Merryweather setzte sein Glas abrupt ab. »Bruder Kaleb?«

»Der einzige Mönch, der nicht im Konvent geboren wurde.« Die Erinnerung ließ den Abt lächeln. »Elijah hat ihn in einem der Lehen gefunden. Einige haben ihn für zu alt für die Ausbildung gehalten und prophezeit, dass er niemals die nötigen Fähigkeiten erwerben würde, um gegen die Reaper zu bestehen. Er hat uns auch einige Schwierigkeiten bereitet, aber letztendlich haben wir ihn gut ausgebildet.« Der Abt nahm einen Schluck und schmatzte zufrieden.

»Wir?«, fragte Merryweather.

»Elijah und ich.« Der Abt senkte sein Glas und schaute Merryweather nachdenklich an. »Wissen Sie, manchmal denke ich, dass Kaleb bei Elijah die Lücke gefüllt hat, die Berenice hinterlassen hat. Elijah war streng mit dem Jungen, strenger als mit jedem anderen Mönch. So, wie man einen Sohn behandeln sollte.«

»Inzwischen hat er ja Timothy.« Merryweather schenkte dem Abt nach.

Der umfasste das Glas mit beiden Händen und nickte versonnen. »Und trotzdem«, sagte er. »Welcher Mönch kann schon von sich behaupten, den Bischof zum Beichtvater zu haben?«

Es war nur eine schwache Möglichkeit, aber konnte es nicht sein, dass Brookstone den jungen Erwählten entdeckt hatte, als er nach einer neuen Heimat für Berenice gesucht hatte? War es nicht sinnvoll, sich selbst zum Beichtvater zu machen, wenn bestimmte Informationen unter Verschluss bleiben sollten? Zum Beispiel alles aus Kalebs

Vergangenheit, das darauf hinweisen konnte, wo Berenice Zuflucht gefunden hatte – und mit ihr der wertvolle Gral.

»Wo hat der Bischof diesen Erwählten gefunden?«, fragte Merryweather und hoffte, dass es beiläufig klang. Der Abt blinzelte, und der Kanonikus fürchtete schon, dem alten Mann zu viel Wein eingeflößt zu haben.

»Ich weiß es nicht«, sagte der Abt schließlich. »Hab es nie gewusst. Es war eine von Elijahs Regeln, dass über Kalebs vergangenes Leben nicht gesprochen wurde. Keine Erinnerung, kein Kontakt, nicht einmal Briefe waren ihm erlaubt.« Der Abt hob das Glas. »Es war hart für den Burschen, aber notwendig.«

»Das bezweifle ich nicht.« Merryweather prostete dem Abt zu. Er musste nicht weiter in den Alten dringen. Die Antwort würde in Kalebs Akte zu finden sein.

DONNERSTAG

Eunice schreckte hoch. Im Mondschein stand eine dunkle Gestalt vor ihrem Bett, bewegungslos, stumm, doch der Geruch war eindeutig, trotz der frischen Nachtluft, die durch das offene Fenster wehte.

»Ketzer!« Erschrocken setzte sich Eunice im Bett auf.

Der charakteristische Gestank weckte unweigerlich Erinnerungen – Bilder von schreienden Verwundeten, von verstümmelten Leichen, von brennenden Bergen menschlicher Kadaver. Es war der Geruch, der sie geweckt hatte.

Sie starrte auf den stummen Eindringling. »Was willst du?«

Der Schatten bewegte sich, Mondlicht reflektierte auf einem langen, spitzen Gegenstand. Eunice reagierte, ohne nachzudenken. Sie sprang auf und warf die gesteppte Decke über den Eindringling, stürzte sich selbst auf ihn und riss ihn zu Boden.

Er wehrte sich, war aber in der Decke gefangen, die seine Bewegung einschränkte, aber auch Eunices Schläge und Tritte dämpfte, mit denen sie ihn am Boden zu halten suchte. Sein Protest klang dumpf durch den Stoff.

Stimmen erklangen, Türen wurden aufgerissen. Tyler war als Erster bei ihr, schwang seinen Körper zwischen den Krücken gekonnt voran. Ihm folgte Sarah, eine Sturmlaterne in der Hand. In der Dunkelheit hinter den beiden sammelte sich der Rest der Familie. Eunice stand auf, während Tyler die Decke fortzog. »Josh! Was machst du hier?«

Der Ketzer krümmte sich am Boden, schützte das Gesicht mit den Unterarmen und wimmerte leise. Daumen und Zeigefinger der rechten Hand hatte er durch den Griff einer Schere gekrümmt, in der linken Faust hielt er eine schwarze Haarsträhne.

Als Eunice das sah, fuhr sie sich mit den Fingern durch die Haare und fand die Stelle. »Er hat sie mir abgeschnitten«, sagte sie, selbst überrascht, wie beherrscht ihre Stimme klang, obwohl ihr Herz noch immer gegen die Kehle schlug.

Tyler lehnte eine Krücke gegen die Wand, nahm Sarah

die Lampe ab und leuchtete dem Ketzer damit ins Gesicht. »Was soll das? Warum brichst du hier ein?!«

Ein unverständliches Gemurmel war die Antwort, von dem Eunice nicht einmal sicher war, dass es an Tyler gerichtet war, denn die Augen des Ketzers gingen hin und her, fixierten mal die eine Person, mal die andere.

»Was willst du mit den Haaren?«, wiederholte Tyler. »Rede!«

»Oh, mein Gott!«, sagte plötzlich jemand. Eunice blickte zu Dillons halbwüchsiger Tochter hinüber, die eine Hand vor den Mund geschlagen hatte und den Liegenden anstarrte. »Warst du das? Bist du in mein Zimmer gekommen? Du Mistkerl!« Sie trat mit ihrem bloßen Fuß nach dem Ketzer, verfehlte ihn aber.

»Was soll das?!« Ihr Vater ergriff sie am Arm, offenbar schmerzhaft, denn sie verzog den Mund.

»Weißt du denn nicht mehr? Ich hab gedacht, das wäre David gewesen!«

»Tyler.« Der Nachdruck in Sarahs Stimme ließ Ruhe einkehren. »Ich habe auch vor zwei Wochen eine kurze Strähne entdeckt. Ich dachte, es sei ein Missgeschick in der Küche gewesen.«

Tylers Blick wanderte langsam von seiner Frau zum Ketzer zurück und jetzt hatte dieser Blick etwas Bedrohliches. »Was willst du von meiner Familie?«, grollte er. »Was willst du Hund mit …« Er verstummte, als sich Eunices Hand sanft aber bestimmt auf seine Schulter legte.

»Wir haben einen Inquisitor im Dorf«, sagte sie. »Vielleicht sollte der die Befragung übernehmen.«

Dieser Vorschlag ließ Joshua erbleichen. »Nein«, stammelte er. »Nein, er will … nur Haare. Nur Haare.«

»Wer will nur Haare?«, frage Eunice scharf.

Der Ketzer schüttelte den Kopf und fuhr sich mit dem Finger über die Lippen, als wollte er sich selbst das Reden verbieten. Tyler hob drohend die Hand. »Sprich, Josh oder ich werde …!«

Eunice wartete, dass Tyler den Satz zu Ende brachte, doch offenbar fiel ihm keine Drohung ein, die stark genug war und die er auch wirklich wahrmachen konnte. Diese Menschen waren Bürger, Nachbarn, Familienväter. Keiner von ihnen hatte im Krieg gekämpft, keiner hatte gefoltert oder getötet.

»Bringen wir ihn zum Inquisitor«, sagte Eunice.

Diesmal schüttelte Tyler den Kopf. »Wir brauchen den Klerus nicht. Josh gehört zum Dorf. Wir werden das selbst übernehmen. David, lauf hinüber zu Dillon.«

Der Junge verschwand und Tyler stieß Joshua mit der Krücke gegen die Rippen. »Steh auf und setzt dich dort hin … Na los.«

Während der Ketzer zögernd aufstand, stellte Sarah einen Hocker in den Flur hinaus. Joshua schaute Tyler fragend an, erntete aber nur einen strengen Blick. Ergeben ließ er sich auf dem Schemel nieder.

Es dauerte nicht lange, bis es unten klopfte. Ein Blick aus dem Fenster zeigte Eunice, dass vereinzelte Menschen im Mondlicht über die Straßen liefen. Erste Lampen entflammten in den Häusern, der Vorfall machte schnell die Runde. Türen klappten, jemand rief etwas, das Eunice nicht verstand.

Dillon kam mit langen Schritten die Treppe hinauf. »Was ist passiert?«

Während Tyler in knappen Worten berichtete, nahm Dillon dem Ketzer die Schere und das Haar aus den Händen. Andere Menschen drängten herein, weitere sammelten sich bereits auf der Straße. Mit einem Mal war das Haus voller Stimmen.

Schnell wurde klar, dass Joshua in den vergangenen Wochen nicht nur den Frauen von Tylers Familie Haare abgeschnitten hatte. Das halbe Dorf schien betroffen. Offenbar war es immer bei einer Strähne geblieben, doch Joshua war systematischer vorgegangen, als man es dem Süchtigen zutrauen würde.

Unvermittelt verstummten die Menschen. Vom Eingang her breitete sich eine unheimliche Stille aus. Dann erklangen gemessene Schritte schwerer Stiefel. Schuhe schleiften über die Holzdielen, als die Menschen zusammenrückten, um für den Neuankömmling eine Gasse zu bilden. Alle schauten nach unten, und es überraschte Eunice nicht, die schwarze Soutane des Inquisitors zu sehen. Gefolgt von zwei Brüdern mit tief in die Stirn gezogenen Kapuzen, kam er langsam die knarrenden Stufen herauf. Hinter den Mönchen machte Eunice ihren Bruder Timothy aus, der neugierig zu ihr heraufschaute.

Dillon trat direkt an die Treppe, reckte die Schultern und zwang Mordechai so, auf der letzten Stufe stehenzubleiben. Doch statt zu Dillon aufzublicken, schaute Mordechai an dem Governor vorbei zu Joshua, der ängstlich zusammengekauert auf seinem Stuhl hockte.

»Wer die Schlange an seinem Busen nährt«, sagte Mordechai, »wird ihr Gift in seinen Kindern finden.« Er nahm die letzte Stufe, synchron gefolgt von den Mönchen, und Dillon wich überrumpelt zurück. Nun war Dillon mit dem Inquisitor auf Augenhöhe, doch der schaute weiterhin auf den Ketzer. Von der Kälte seines Blickes ging eine Drohung aus, die Joshua auf seinem Schemel noch weiter in sich zusammensinken ließ.

Mordechais Augen verengten sich. »Er hat den Frauen Haare abgeschnitten, soweit ich verstanden habe.«

Eunice sah Dillons Unwillen und trat rasch einen Schritt vor. »Das ist richtig, Vater.«

Mordechais Blick wanderte zu ihr hinüber, glitt ausdruckslos an ihrem Nachthemd hinab und kehrte zu ihrem Gesicht zurück. »Und hat er gesagt, weshalb?«

»Nein, Vater, aber anhand der Haare lässt sich die genetische Disposition prüfen.«

»Das ist mir durchaus bekannt, Matron.«

Jetzt trat Sarah vor, einen scharfen Blick ihres Mannes ignorierend. »Es scheint, als hätte ihn jemand beauftragt, die Haare zu stehlen.« Sie wrang nervös die Hände. »Er hat so etwas gesagt.«

Ein verächtliches Lächeln kräuselte Mordechais Lippen. »Ketzer hören oft Stimmen, die ihnen irgendetwas befehlen. Das muss nichts heißen. Aber ich werde ihn befragen. Bringt ihn in die Sakristei!«

Er wandte sich um, doch Dillons Stimme hielt ihn auf. »Er fällt hier nicht unter die Jurisdiktion des Stadtklerus. Sie haben kein Recht, ihn zu verhören.«

Der Inquisitor wandte sich langsam dem Governor zu. »Sie wollen wissen, was er vorhat, oder nicht?«

»Ich erlaube eine Befragung«, gab Dillon zurück, »aber

nicht hinter verschlossenen Türen. Tun Sie es hier, unter Zeugen.«

Die Männer taxierten einander, stumm, bis Mordechai schließlich zustimmend den Kopf neigte. »So sei es.« Er wandte sich wieder Joshua zu, der mit aufgerissenen Augen und vor Angst zitternd auf seinem Hocker kauerte.

»Fixiert ihn!«, befahl Mordechai. Die beiden Mönche traten vor, bezogen links und rechts hinter Joshua Stellung. Ihre Hände griffen nach den mageren Schultern, bogen die Arme des Ketzers nach hinten. Der schrie, strampelte mit den Beinen, so dass Eunice in ihr Zimmer zurückweichen musste, um den Tritten zu entgehen.

Mordechai wartete, bis die Gegenwehr verebbte, dann zog er sich einen Stuhl heran, setzte sich vor den Ketzer und betrachtete ihn. Joshuas Blick, der zu Anfang zwischen den verschiedenen Anwesenden hin- und hergesprungen war, verharrte jetzt in entsetzter Faszination auf Vater Mordechai.

Die Menschen verstummten. Jeder wartete auf die erste Frage, doch der Inquisitor sprach kein Wort. Das Schweigen dehnte sich, wurde quälend, immer unerträglicher, bis Eunice den Eindruck hatte, Joshua würde unaufgefordert zu sprechen beginnen, nur um dieses Schweigen zu brechen. Jetzt erst begann Mordechai das Verhör mit der uralten Frage der Inquisition: »Weißt du, warum du hier bist?«

Joshua hatte seine Züge nicht unter Kontrolle. Seine Lippen standen halb offen, sein Adamsapfel tanzte über den mageren Hals. Eunice sah geradezu, wie sich die Gedanken hinter seiner Stirn jagten.

»Wegen ... wegen der Haare?« Er blickte unsicher zu Dillon hinüber, dann wieder zu Vater Mordechai.

Der nickte langsam, sprach sanft, wie zu einem verwirrten Kind. »Wegen der Haare«, bestätigte er. »Und weswegen noch?«

»Weil ich ...«, wieder irrte Joshs Blick hilfesuchend durch den Raum, »weil ich sie verkauft habe?«

»Das ist richtig, Joshua. Und wem hast du sie verkauft?«

»Ich ... ich weiß es nicht?« Wieder endete der Satz mit einer fragenden Hebung, als sei er sich nicht sicher, die richtige Antwort gegeben zu haben.

»Doch«, entgegnete Vater Mordechai, »das weißt du ganz genau. Du hast genetisches Material der Bürgerinnen einem Fremden in die Hände gegeben.« Joshua begann, den Kopf verneinend pendeln zu lassen, und seine Lippen bewegten sich tonlos.

»Wir wissen das bereits«, sagte Vater Mordechai. »Du musst es nicht mehr abstreiten. Was wir nicht wissen ist, wem du es verkauft hast. Aber das wirst du uns jetzt sagen.«

Joshua fuhr fort, den Kopf hin- und herzuwiegen, und murmelte »nein, nein, nein« im Rhythmus seiner Bewegungen, als steigere er sich in eine Trance hinein.

Vater Mordechai wollte seine Hand auf die Stirn des Ketzers legen, doch dessen Bewegungen wurden heftiger, um dem Griff des Inquisitors zu entgehen. Der fasste schließlich in das dünne Haar und riss Joshua den Kopf weit in den Nacken, so dass Eunice von Joshua nur noch das Kinn und den zuckenden Adamsapfel sah.

Mordechai legte die andere Hand sachte, fast zärtlich auf Joshuas Stirn und schloss die Augen. Joshuas Bewegungen erstarrten. Stattdessen erhob er einen nicht enden wollenden Schrei. Er trommelte mit beiden Füßen auf den Boden, schrie weiter, schließlich streckten sich die Beine wie unter Krämpfen zitternd – und der Ton aus seinem Mund wurde zu blankem Schrecken.

Es war lange her, dass Eunice den Klang der Agonie gehört hatte – ihre Haare sträubten sich und ihre Knie wurden weich. Sie stolperte zwei Schritte zurück, bis sie gegen das Bett stieß.

Schreie der Wut hörte sie oft, der Frustration, selbst Laute des Schmerzes, doch der Ton, der sich Joshuas Kehle entrang, schrill und andauernd, besaß eine andere Qualität. Er stammte aus tieferen, animalischen Schichten des Bewusstseins, vermischte Schmerz mit Entsetzen nahe der Grenze, an der das Bewusstsein die Schwelle zum Wahnsinn übertritt.

Eunice nahm Bewegung auf der Treppe wahr und wusste, dass die Zuschauer vor der dunklen Energie dieses Schreies flohen. Auch Timothy verschwand, und Sarah zog ihre Kinder die Treppe hinunter. Nur drei Männer blieben zurück: Dillon, Tyler und einer, den Eunice nicht kannte.

Vermutlich hielten sie es für ihre Pflicht, als Zeugen anwesend zu bleiben. Dass sie es nicht genossen, zeigten ihre fahlen Gesichter.

Mordechai ließ von Joshua ab, und der Schrei fiel zu einem schluchzenden Wimmern zusammen. »Wem hast du die Haare gebracht?« Mordechais Stimme klang sachlich, geradezu freundlich, doch Eunice sah das sadistische Glimmen in den Augen des Mannes. Sie wusste, dass er sich an dem Schrei geweidet hatte, dass er es genoss, die Fähigkeiten einzusetzen, die er seit dem Ende des Krieges nicht mehr hatte anwenden können.

»Ein Plünderer!«, wimmerte Joshua. »Er gibt mir Nachtmilch.«

»Nur Frauenhaar?«, fragte der Inquisitor.

»Ja! Ja! Oh Gott! Helft mir doch!« Das war an die drei Männer des Dorfes gerichtet.

»Was will er damit?«

»Ich weiß es nicht. Oh, bitte! Bitte nicht!« Joshuas Beine zuckten unkontrolliert, als sich die Hand des Inquisitors erneut hob, doch jetzt trat Dillon vor und griff nach Mordechais Arm. »Das reicht.«

Mordechai hob langsam den Blick. »Er weiß mehr.«

»Hören Sie auf.« Dillon ging neben dem zitternden Ketzer in die Hocke. »Josh«, sagte er beschwichtigend. »Er wird dir nicht mehr wehtun, wenn du uns alles sagst. Seit wann gibst du diesem Plünderer Frauenhaar?«

»Seit ...« Joshua stockte, doch Eunice hatte den Eindruck, dass es nicht Widerstand war, sondern die Schwierigkeit, sich zu erinnern, die ihm die Worte raubte. »Seit fast einem Monat«, sagte er schließlich.

»Und wer ist dieser Plünderer? Wo triffst du ihn?«

»Bei Lucy«, stotterte der Mann. »Er kommt zu Lucy.«

Von allen Namen ausgerechnet diesen zu hören, versetzte Eunice einen kalten Stich.

»Wer ist Lucy?«, fragte Mordechai.

Dillon stemmte die Hände auf die Knie und seine Gelenke knackten, als er sich aufrichtete. »Eine Kräuterfrau, wohnt ein paar Meilen von hier.«

Mordechais Augen verengten sich. »Eine Ketzerin.«

»Nein, keine Ketzerin.« Dillon schüttelte den Kopf. »Sie

schützt sich durch eine Barriere. Hat auch unsere schon repariert, als es nötig war.«

»Eine Frau, die sich mit Xenotechnologie auskennt?«

»Lucy kennt sich mit einer Menge Dinge aus. Aber ich habe keinen Grund, ihr zu misstrauen. Ich werde sie fragen.«

Mordechai stand nun ebenfalls auf. »Dieser Ketzer mag in der Verantwortung des Dorfes stehen, die Kräuterhexe ist Sache der Kirche.«

Sorge legte sich bleischwer in Eunices Magen. »Ich kenne Lucy«, sagte sie rasch. »Sie beliefert den Konvent mit Küchen- und Heilkräutern. Sie ist bestimmt keine …«

»Wir werden herausfinden, was sie ist«, unterbrach Mordechai sie. Er bedachte Eunice mit einem scharfen Blick, dann wandte er sich an Dillon. »Sie werden die Hexe morgen ins Dorf bestellen, damit wir sie gemeinsam befragen können. Oder ich suche sie alleine mit meinen Männern auf.«

Dillon nickte.

Vater Mordechai zeigte auf Joshua, der leise weinend auf dem Stuhl saß. »Gibt es einen Ort, wo man ihn derweil unterbringen kann?«

»Es gibt kein Gefängnis oder so etwas«, entgegnete Dillon.

»Einen Keller? Einen abschließbaren Raum?«

Dillon schüttelte den Kopf. In der kleinen Gemeinschaft von Selimsburgh waren solche Vorkehrungen offenbar nicht nötig.

»Sein eigenes Zimmer hat keine Fenster«, sagte Tyler. »Wir können einen Keil unter die Tür schieben und eine Wache davorstellen.«

»Das muss genügen.« Mordechai wandte sich zum Gehen. »Die Wache wird einer meiner Männer übernehmen.«

Dinah war in Samuels Armen eingeschlafen – die Erschöpfung des Fiebers war stärker als ihre Furcht gewesen. Samuel hatte zweimal angeboten, Kaleb an der Treidelstange abzulösen, doch der hatte das abgelehnt. Der Junge würde seine Kräfte noch brauchen. So, wie es aussah, würde er derjenige sein, der Dinah letztendlich nach Selimsburgh zurückbrachte.

Denn die Reaper kamen näher.

Inzwischen waren auch Samuel die Augen zugefallen, obwohl überall kaltes Wasser in den Bootsrumpf leckte. Kaleb warf einen prüfenden Blick zum östlichen Himmel. Es würde noch einige Stunden dunkel bleiben. Stunden, welche die Reaper nutzen konnten. Sie waren ausdauernde Läufer und sie mussten nicht jeder Schleife des Flusses folgen. Der Vorsprung schmolz jetzt schon deutlich. Irgendwann würde der Fluss reißender werden und ihre Flucht auf natürliche Weise beschleunigen – doch würde das ausreichen? Womöglich würde das löchrige, von Kanistern über Wasser gehaltene Boot der Beanspruchung nicht standhalten, und dann wären sie leichte Beute für ihre Verfolger.

Kaleb blieb die gleiche Wahl, die das Leben auf diesem Planeten seit Jahrmillionen bestimmt hatte: Flucht oder Kampf. Doch noch war es zu früh für eine Entscheidung.

Er versuchte einzuschätzen, wie viel Kraft ihn die Verletzung und die durchwachte Nacht gekostet hatten. Er war ausgekühlt und schwach vor Hunger, aber er wusste auch, dass ihm in der tiefsten Krise immer Reserven zur Verfügung standen. Er musste sich darauf verlassen, dass ihm in der Not die erforderliche Kraft geschenkt würde.

Als sich das tiefe Schwarz des Himmels im Osten zu einem leuchtenden Blau aufhellte, traf Kaleb eine Entscheidung. »Samuel?«

Im stillen Morgen, zwischen dem Rascheln der Bäume und dem Plätschern des Wassers, war seine Stimme ein fremdartiger Klang.

Samuels Kopf hob sich. Er konnte nicht fest geschlafen haben, aber doch tief genug, dass er einen Moment brauchte, um ganz zu sich zu kommen. Kaleb steuerte das Floß währenddessen in die Nähe des Ufers.

»Soll ich Sie ablösen?«, fragte Samuel.

Kaleb nickte. Samuel drückte sanft Dinahs Schulter, um sie zu wecken. Mit schläfrigem Blick schaute sie sich um.

An der Innenbiegung einer Flusswindung hatte sich Kies angesammelt. Kaleb steuerte darauf zu und ließ den Bug aufsetzen. Es knirschte und das Boot schwankte. Vor ihnen wurde das Gelände steiler. Der Sog der beginnenden Stromschnellen war bereits zu spüren. Samuel und Dinah konnten es schaffen, wenn der Fluss noch genug Wasser führte.

Kaleb zog den Riemen seiner Tasche über den Kopf und reichte sie Dinah. »Passen Sie gut darauf auf. In Selimsburgh übergeben Sie die Tasche einem Mönch.« Inzwischen dürften die von Bischof Brookstone geschickten Jäger eingetroffen sein.

Dinah schlug die Hand vor den Mund, als sie begriff, was diese Geste bedeutete. Dann nickte sie und hob sich den Tragriemen über Kopf und Schulter, so wie Kaleb selbst die Tasche stets getragen hatte.

»Die Reaper verfolgen uns also«, stellte Sam fest.

»Ich kümmere mich darum.«

Sam schluckte. »Wie viele sind es?«

»Ihre Aufgaben sind Dinah und dieses Boot.« Kaleb reichte die Treidelstange hinüber. »Achten Sie auf Untiefen. Wenn die Stromschnellen kommen, halten Sie sich in der Mitte des Flusses.«

Samuel nickte und packte die Stange mit beiden Händen. Kaleb sprang auf den Kies, der unter seinen Stiefeln auseinanderfloss. Ohne sein Gewicht im Boot reichte ein sachter Stoß, um es zurück in die Strömung zu schicken.

»Der Herr beschütze Sie!«, rief Dinah.

Kaleb hob die Hand. Dann wandte er sich um, erkletterte die Uferwände und nahm nach kurzer Orientierung seinen Marsch auf – den Reapern entgegen.

Es hatte wenig Sinn, die Konfrontation hinauszuzögern. Er war erschöpft, und auch wenn die Gefahr zu einer wachen Anspannung führte: Seine Fähigkeit zur Konzentration war herabgesetzt, und dieser Zustand würde sich nicht verbessern, wenn er wartete.

Fünf Reaper. Ohne einen Plan zur Vereinzelung war das eine unmögliche Aufgabe, aber es war unwahrscheinlich, hier, direkt am Fluss, etwas zu finden, das sie bei einem Angriff voneinander trennen konnte. Zudem fehlte ihm die Zeit für größere Vorbereitungen. Er musste sehen, was er fand, und hoffen, dass er die Reptilien lange genug beschäftigte, dass Dinah mit der wertvollen Fracht die Zivilisation erreichte. Vielleicht konnte er auch ein oder zwei von ihnen mitnehmen und den anderen damit die Jagd verleiden.

Zum Fluss hin war das Buschwerk dicht, doch dahinter, im Halbdunkel des Waldes, kam Kaleb leichter voran. Der Bodenbewuchs war kaum kniehoch und bestand im Wesentlichen aus Farnen. An einigen Stellen bahnten sich Wasserläufe ihren Weg zum Susquehanna – nach der anhaltenden Trockenheit zumeist nur Rinnen im Erdreich, aber hier und dort hielt sich fauliger Schlamm in stinkenden Tümpeln. Zweimal entdeckte Kaleb sogar Wildwechsel, die zum Wasser hinabführten – ein Beweis dafür, wie schnell sich auch größere Säuger wieder ansiedelten, sobald der Jagddruck durch die Reaper nachließ.

Doch nun waren die Jäger zurückgekehrt, wie sie es immer tun würden. Kaleb war schon lange klar, dass die Strategie des Klerus zum Scheitern verurteilt war. Auf dem Planeten, als Ganzes gesehen, würde es immer Rückzugsgebiete geben, Regionen, in denen sich das Leben erholte – und den verbliebenen Reapern erneut als Nahrung dienen konnte. Sich zurückzuziehen, brachte keine Rettung – vielleicht aber die Waffe. Die Trinität.

Kaleb fühlte sich geradezu nackt ohne das Gewicht der Tasche auf seiner Schulter, aber ohne diese lederne Umhüllung wäre der Gral schutzlos gewesen. Diesem Gegenstand galt Kalebs Sorge, sein Kampf und das Stoßgebet, das er zu seinem Gott sandte. Der Gral musste die Zivilisation unbeschadet erreichen.

Mit einem Mal wurde es heller. Das lag nicht nur an der Sonne, die sich inzwischen über den Horizont erhoben hatte. Kaleb hatte ein Waldstück erreicht, das von einem Insektenbefall völlig kahl zurückgelassen worden war. Die blattlosen Baumgerippe hatten der Sonne nichts mehr entgegenzusetzen, deren Licht hell und hart bis auf den Boden hinabreichte. Ein unverhoffter Fund. Kaleb begann, einen Schlachtplan zu entwickeln.

Ein einzelner Bluebird stieß seine scharfen Warnrufe aus, als unter ihm fünf Schatten durch das dämmrige Unterholz glitten. Die Reaper ließen sich davon nicht ablenken. Ihr Interesse galt dem schwarzen Stoff, der über einem Schlammtümpel an einem Baum flatterte.

Obwohl der Wald einen Großteil des schmerzenden Sonnenlichtes abhielt, waren ihre Augen nahezu nutzlos und sie mussten sich auf andere Sinne verlassen. Der Stoff verströmte menschlichen Geruch, doch das Lebenssignal, das vor kurzem noch ihre Wahrnehmung gefüllt hatte, war verstummt. Wachsam näherten sie sich der im Wind trudelnden Kutte. Sie fuhren zurück, als ihre Vorderbeine am Rande des Tümpels in den weichen Schlamm einsanken, und gaben dennoch das vermutete frische Aas nicht auf.

Plötzlich erhob sich der stinkende Morast, wurde zu einer Gestalt mit einer einzelnen, blitzenden Klaue.

Es gelang Kaleb zwei der Reptilien tödlich zu verwunden, bevor er sich umwandte. Die Bewegung seiner Flucht würde die Aufmerksamkeit der verbliebenen Jäger fesseln. Sie würden ihm folgen. Er hechtete durch die Büsche, die er hier eingegraben hatte, und warf sich zur Seite. Nur einen Augenblick später brach der größte seiner Verfolger durch das künstliche Dickicht – und stand unvermittelt im gleißenden Sonnenlicht. Die kurze Verunsicherung des Reptils reichte Kaleb. Die Klinge fand ihr Ziel und ließ den Reaper zu Boden gehen.

Kaleb riss den Dolch zurück und das Blut sprudelte aus der Schlagader. Das Heulen des sterbenden Reptils hatte die beabsichtigte Wirkung – es ließ die anderen zögern, gab ihm Zeit. Wieder setzte er durch ein Gebüsch, ein natürlich gewachsenes diesmal, spielte ihnen einen Sturz vor, verschloss dann seinen Geist. Vier Fuß unter ihm schäumte das Wasser des Susquehanna durch eine Windung: Fluchtweg und Falle zugleich. Wenn es ihm gelang, die letzten beiden Reaper dort hinunterstürzen zu lassen …

Doch so unvorsichtig waren die Reptilien nicht. Lauernd bahnten sie sich ihren Weg durch das Sonnenlicht, blinzelten, ließen sich aber nicht aufhalten. Kraftvoll und geschmeidig, sie näherten sich ihm, und er wich zurück, den Dolch in der Faust, die Reptilien unter wachsamer Beobachtung. Er konnte nicht in ihre Gedanken hineinlauschen, doch er hatte gelernt, ihre Haltung zu deuten – die Bewegung der

Klauen vor einem Schlag, die Spannung der Muskeln, die einem Sprung vorausging. Als es geschah, reagierte Kaleb ohne nachzudenken. Dem Reptil ausweichen, zustoßen. Die Klinge glitt an den Schuppen ab. Abrollen, aufspringen. Plötzlich gab der Untergrund nach. Das unterspülte Ufer brach ab und riss die Gegner in den Fluss.

Der Sturz war nicht tief, der Aufprall dennoch wuchtig. Kaleb verlor den Reaperdolch, als das Wasser über ihm zusammenschlug. Die Kälte biss scharf in seine Haut. Dann fühlte er Grund, stieß sich ab und kam zurück an die Oberfläche.

Das Ufer zog mit erstaunlicher Geschwindigkeit vorbei. Kaleb überließ sich dem Sog der Strömung, während er die Wasseroberfläche nach den Reapern absuchte.

Sie waren noch da, er fühlte sie, und dann sah er einen ihrer mühsam über das Wasser gereckten Köpfe. Sie mussten ebenso kämpfen wie er, doch der Fluss würde sie unweigerlich zusammenführen, und dann stand er ihnen waffenlos gegenüber.

Zugleich mit diesem Gedanken bemerkte Kaleb, dass er sich vom Ufer entfernte. Er machte ein paar Schwimmstöße und musste feststellen, dass die Strömung ihn hier, in der Kurve, unerbittlich in die Flussmitte zog. Es war sinnlos, sich zu verausgaben, er würde dem Sog erst entkommen können, wenn der Fluss wieder in eine Gerade einschwenkte. Wenn es ihm überhaupt gelang. Die Kälte des Wassers zehrte seine letzten Reserven auf. Auch im Susquehanna gab es gefährliche Strudel und die Stromschnellen würde er schwimmend nicht überleben. Schon jetzt wurde die Strömung zusehends stärker und die Wahrscheinlichkeit, sich aus ihr zu lösen, schwand. Doch dann entdeckte Kaleb ein gutes Stück voraus eine mögliche Rettung: eine umgestürzte Pappel. Sie war gegabelt – ihre zwei Stämme ragten waagerecht über die Wasseroberfläche, weit in den Fluss hinein. Er korrigierte seine Position, bemühte sich, dem Baum näher zu kommen, kämpfte verbissen gegen die Strömung, die ihn abtreiben wollte.

Es gelang. Er bekam die Zweige zu fassen, konnte sich aber dennoch der Kraft des Flusses nur schwer entziehen. Mühsam zog er sich nach oben, Handgriff um Handgriff, bis der Sog des Wassers nachließ und er sich ganz auf den schmalen Stamm hinaufwuchten konnte.

Das beindicke Holz wankte und bot wenig Platz, doch am zweiten Stamm, der waagerecht über dem anderen lag, fand Kaleb Halt. Er wischte sich das Wasser aus dem Gesicht, schaute sich nach den Reapern um und registrierte, dass sie nah waren, zu nah – direkt vor ihm. Seine Zuflucht wurde erschüttert, bog sich nach unten und er wäre zurück ins Wasser gestürzt, hätte er nicht den zweiten Stamm gepackt, denn einer der Reaper hatte den Baum jetzt ebenfalls erreicht, hielt sich daran fest und starrte mit seinen kleinen, roten Augen zu Kaleb herüber. Das Gewicht des Reptils zog die Baumspitze bis ins Wasser, das um den schwarzen Körper schäumte und sprudelte. Der Reaper schlug seine Klauen in das Holz und robbte sich vorwärts, Fuß um Fuß, die Augen unverwandt auf seine Beute gerichtet.

Kalebs erster Impuls war der Griff zur leeren Dolchscheide, dann der Drang, sich umzudrehen und sicheren Abstand zwischen sich und den Reaper zu bringen. Doch eine kopflose Flucht würde seine Chancen nur verringern. Er zwang sich zur Ruhe. Was hatte er dem Reaper noch entgegenzusetzen? Kaleb schaute sich um und spürte das Knacken von Holz unter seinen Füßen. Der Wald bot nicht viel und das Treibgut, das sich in dem Baum und am Ufer gesammelt hatte, war nutzloser Müll.

Wieder knackte der Baum und Kaleb spürte einen Ruck, als sei in der Holzstruktur eine Faser gerissen. Das entschied es. Er hielt sich mit den Händen am oberen Stamm fest und stemmte sein Gewicht gegen den unteren, um den Druck zu verstärken. Das Holz bog sich, ächzte, doch es hielt stand.

Der Reaper kam näher. Seine Klauen hinterließen helle Wunden in der Rinde. Erneut knackte es unter Kalebs Schuhen, ein erster, ausgefaserter Riss zeigte sich. Das Holz war noch frisch, zu biegsam. Der Reaper war jetzt so weit nach vorne gerobbt, dass seine tretenden Hinterläufe ebenfalls Halt fanden. Er richtete sich auf. Zwei Sprünge, mehr würde er nicht brauchen, um seine Beute zu erreichen. Vor Wut knurrend trat Kaleb noch einmal gegen das Holz und wusste doch, dass es nicht brechen würde. Dann wandte er sich seinem Feind zu, den dolchscharfen Klauen, den tödlichen Fängen. Wie schnell kam das Ende, wenn einem die Glieder vom Leib gerissen wurden?

Er war ein Mönch. Er würde nicht weglaufen. Er würde kämpfen bis zum Schluss – und sei es mit bloßen Händen. »Komm her!«, schrie er durch das Tosen des Wassers. »Komm her und hol mich!«

Der Klang der menschlichen Stimme ließ das Reptil für einen Moment zögern. Der Reaper setzte zum Sprung an – und dann warf eine Erschütterung sie beide fast in den Fluss zurück. Der zweite Reaper hatte den Baum erreicht und sein Gewicht gab dem Stamm den Rest. Mit lautem Krachen splitterte das Holz und geriet in Bewegung. Kaleb warf sich über den zweiten Stamm, der Reaper krallte sich hilfesuchend an das brechende Ende. Er schien zu begreifen, was geschah, doch gerade, als er springen wollte, gab das Holz endgültig nach und riss ihn mit in die Strömung.

Kaleb klammerte sich an seine Zuflucht und sah der Baumspitze nach; Kaleb konnte die beiden Reaper zwischen den Ästen ausmachen, die der Fluss ebenfalls mit sich forttrug.

Die Erleichterung kam wie ein Schwindel über ihn. Zitternd zog sich Kaleb an Land und ging schwer atmend auf dem Uferschlamm in die Knie. Er krümmte sich zusammen und schloss die brennenden Augen. Nur langsam entkrampften seine Muskeln, beruhigte sich sein Atem. Erst nach einer ganzen Weile richtete er sich auf, ballte seine Hände, öffnete sie wieder. Dann stand er auf und musterte das dichte Grün, das vor ihm lag.

Es war noch nicht vorbei.

Für den Kanonikus, Sekretär des Bischofs und Mitglied des Hochklerus, war es nicht schwierig, Zugang zum Konventsarchiv zu erhalten. Die dunkle Zeit mochte viele Veränderungen über die Menschheit gebracht haben – ihren Hang zur Bürokratie hatte sie nicht gemindert.

Im Licht eines zweiarmigen Kerzenhalters ging Merryweather an den metallenen Aktenschränken entlang, las die Schilder auf den Schubladen und bemühte sich, den Aufbau des Archives zu verstehen. Die Beurteilungen und Lebensläufe der Mönche fand er in drei Schränken untergebracht. Sie waren nach Alphabet sortiert, die Namen der Mönche auf Reiter geschrieben, die oben aus den Hängeregistern herausragten. Es war erschreckend zu sehen, wie viele Mönche in den Jahren durch den Konvent gegangen waren, weitaus mehr, als man in den sechs Generationen seines Bestehens erwartet hätte. So viele waren gestorben.

In der Hochphase des Krieges hatte man die gefallenen Mönche zusammen mit den Ketzern verbrannt. Es waren einfach zu viele gewesen. Tagelang brannten die Feuer, verstärkt durch Holz und Diesel, bis die verkohlten Überreste für Reaper nicht mehr verwertbar waren. Dann füllte man eine einzige Urne mit der Asche, um wenigstens sie in geweihter Erde zu begraben. Das kleinste Massengrab der Welt.

Merryweather sah durch die Akten. Die meisten waren ausnehmend dünn, enthielten nicht mehr als zwei Blätter. Geboren – gefallen. Viel mehr war nicht zu sagen über das Leben eines Mönches.

Wieder drifteten Merryweathers Gedanken in der Zeit zurück. Er sah die Mönche in die Festungen der Ketzer eindringen, sah, wie sie schreiende Menschen ans Licht zerrten oder sie einfach aus den oberen, unvermauerten Fenstern warfen. Nichts davon stand in den Akten.

Beim dritten Versuch fand Merryweather die Schublade mit dem Buchstaben K. Mit nervösen Fingern blätterte er die Akten durch – Kahath – Kain – Kaiphas – Kedar – Kenan. Er stockte. Kaleb fehlte. Er ging die Schublade noch einmal durch, mit dem gleichen Ergebnis. Dann suchte er im weiteren Umfeld. Schließlich nahm er die angrenzenden Akten heraus, um zu sehen, ob nicht die Blätter versehentlich in einem falschen Ordner gelandet waren.

Als er die feste, hellbraune Pappe ergebnislos wieder zusammenklappte, fiel ihm ein, wo er einen solchen Ordner schon einmal gesehen hatte.

»Es ist ein Wunder«, sagte Deborah Whitehead. Sie saß im vollen Clanführer-Ornat vor Brookstones Schreibtisch, die

Arme locker auf die Lehnen gebettet, die Beine übereinandergeschlagen. »Gelegentlich führen die genetischen Experimente zu einem lebensfähigen Wesen und in diesem Fall eben erneut zu einem Inquisitor. Darum führen wir die Experimente durch – um Gottes Hand die Möglichkeit zum Eingreifen zu geben.«

Brookstone richtete das Bild seiner Töchter schräger zur Tischkante aus. Wie nebenbei sagte er: »Das war kein Eingreifen Gottes, sondern eine Täuschung des Rates.« Er sah die Clanerbin direkt an. »Sie wissen das, und ich weiß es auch.«

Deborah taxierte ihn. »Wollen Sie diese Behauptung dem Rat vorlegen? Haben Sie Beweise?«

Die Whiteheads waren der einzige Clan in Philadelphia, bei dem sich der Titel über die weibliche Linie vererbte, und das hatten diese Frauen nicht erreicht, weil sie nachgiebig waren.

»Ich werde den Fötus abtreiben lassen«, erklärte Brookstone. »Der Rat wird nichts davon erfahren. In den Akten wird es nur ein weiterer, fehlgeschlagener Tryout sein.«

»Ein lebensfähiges Kind abtreiben? Das widerspricht nicht nur den Beschlüssen des Rates, sondern auch den Geboten Gottes!«

»Mit dieser Sünde werde ich leben müssen.« Brookstone beugte sich vor. »Ich frage nicht nach Ihrer Zustimmung, Deborah. Ich setze Sie in Kenntnis. Solange ich Bischof bin, werden in Philadelphia keine Inquisitoren mehr gezeugt.«

»Aber haben Sie nicht selbst erst vor wenigen Tagen Vater Mordechai mit einem Auftrag losgeschickt?«

Brookstone faltete die Hände. »Mächtige Werkzeuge sind nützlich, Deborah, aber sie geraten gern außer Kontrolle.« Er erhob sich und unterband damit ihren Ansatz zu einer Erwiderung. Auf einem Seitenschrank standen zwei Gläser bereit, in die er Whiskey einschenkte. »Sie waren dabei, Debora. Und wie wir alle haben Sie Stillschweigen geschworen. Sie haben sogar die Entscheidung mitgetragen, die Zeugen zu eliminieren.«

Er wandte sich um, ein Glas in jeder Hand. Deborah sah ihn fragend an, während sie eines davon entgegennahm. »Worauf wollen Sie hinaus?«

»Wir hatten es bisher nur einmal mit einem Erzketzer zu tun, damals, in Rockpoint. Aber ich weiß, dass es ähnliche Vorfälle bei Chicago gab, und auch in Montgomery.« Er setzte sich wieder und nahm einen Schluck vom Whiskey. Deborah war jetzt offenbar geneigt, seine Argumente zumindest anzuhören. Sie nippte an ihrem Glas, wartete, dass er weitersprach.

»Dort hat man ähnlich reagiert wie wir – man hat unter Verschluss gehalten, was mit einem Erwählten unter dem Einfluss von Nachtmilch geschieht. Und man hat das Ketzerverbot innerhalb der Mauern konsequenter durchgesetzt.«

»Ich verstehe nicht, was das mit unserem Fötus zu tun hat.«

Brookstone stellte seinen Whiskey-Tumbler auf der ledernen Schreibunterlage ab. »Wenn die Nachtmilch schon einem einfachen Erwählten die Sinne so unglaublich erweitert – können Sie sich vorstellen, was sie aus einem Inquisitor macht?«

Deborah ließ ihr Glas langsam sinken, bis es auf der Armlehne aufsetzte. »Das sind lediglich Vermutungen.«

»Begründete Vermutungen.«

Einige Augenblicke verstrichen. Schließlich sagte Deborah: »Haben Sie deswegen die drei Erzengel aus der Stadt geschickt? Damit es weniger Inquisitoren in Philadelphia gibt?«

Brookstone zögerte. »Michael, Gabriel und Raffael sollten einen Auftrag für mich ausführen. Dass sie ihn nicht überlebt haben, war …« Er stockte, dachte einen Moment lang nach. »Ich will ehrlich zu Ihnen sein, Deborah, es war eine Situation, bei der ich nur gewinnen konnte. Ich habe im Krieg gesehen, wozu die Erzengel fähig waren. Ihr Tod war nicht unwillkommen.« Er beugte sich wieder vor, stützte die Arme auf den Tisch und senkte beschwörend die Stimme. »Ein Clan Heiliger Mütter kann nicht daran interessiert sein, den Erwählten noch mehr Macht zu verschaffen. Die Inquisitoren mögen nützlich sein, aber sie sind auch gefährlich.«

Sie schaute ihn erstaunt an. »Bitten Sie mich etwa um meine Zustimmung?«

Er zögerte, dann lehnte er sich wieder zurück. »Ich werde

tun, was ich tun muss. Aber ich würde es begrüßen, dabei nicht auf Ihre Opposition zu treffen.«

Die Clanführerin dachte nach. Dann nahm sie den letzten Schluck, stellte das Glas auf den Schreibtisch und erhob sich. »Ich kenne Sie gut genug, um zu wissen, dass ich Sie nicht von Ihrem Vorhaben abbringen kann, Elijah. Ich verstehe sogar Ihre Gründe.« Sie ließ eine Pause entstehen, bevor sie fortfuhr: »Ich werde mich diesbezüglich nicht an den Rat wenden – aber erwarten Sie nicht, dass ich Ihnen mein Einverständnis für eine Abtreibung gebe.«

»Das würde ich niemals von Ihnen verlangen.« Brookstone neigte den Kopf. »Ich nehme allerdings an, Sie haben noch mehr Inquisitorensamen in der Kryo-Konservierung.«

Deborah Whitehead zögerte, dann hob sie entschlossen das Kinn. »Ich werde dafür sorgen, dass das vollständige Kontingent vernichtet wird. Sie haben mein Wort, Bischof Brookstone.«

»Ich würde es vorziehen, wenn wir das zusammen jetzt gleich erledigen könnten.«

Für einen kurzen Moment verengten sich Deborahs Augen. »In Ordnung«, sagte sie dann. »Wenn ich ihr Wort habe, dass nichts davon vor den Rat gelangt.«

Kaleb fror. Seine Kleidung war immer noch durchnässt, obwohl er sie zweimal ausgewrungen hatte. Das zerrissene Hemd zog er nicht wieder an – es würde nur schmerzhaft über die aufgequollenen Wunden an seinem Rücken reiben. Er band es sich um die Hüfte.

Der dichte Wald gab keinen Hinweis darauf, wo er sich befand. Kaleb orientierte sich daher an der Sonne, deren Stand sich trotz des dichten Blätterdaches einigermaßen bestimmen ließ. Er bewegte sich in gerader Linie vom Susquehanna fort nach Süden und musste so früher oder später auf den Highway treffen. Von dort aus wäre es nicht schwer, den Weg nach Selimsburgh zu finden – wenn sie ihm so viel Zeit ließen.

Die Präsenz der Reaper war rasch aus seinem Geist verblasst; offenbar war der Fluss reißend genug, um sie ein gutes Stück mitzunehmen. Doch das hieß nicht, dass sie ihn ebenfalls nicht mehr wahrnahmen – und das war gut so. Keinesfalls durften sie ihn aufgeben und die Jagd nach Samuel und Dinah wieder aufnehmen. Er hoffte, dass er ihren Jagdtrieb ausreichend geschürt hatte, so dass sie stattdessen ihm folgten. Um sicherzugehen, öffnete er seinen Geist weit, zeigte ihnen bereitwillig seine Schwäche und die Schmerzen.

Doch das erforderte, die eigene Wahrnehmung darauf zu lenken und auf all die geistigen Techniken zu verzichten, die ihm sonst halfen, Schmerzen zu ertragen und Kraftreserven zu mobilisieren.

Viele davon hatte er ohnehin nicht mehr. Die Rückenwunden bluteten wieder – wie viel Blut hatte er inzwischen wohl verloren? Bleierne Müdigkeit kroch in alle Glieder, in seinem Kopf schien der Fluss weiter zu rauschen, obwohl er sich schon weit davon entfernt hatte.

Er flüchtete sich in die einzige Zuflucht, die ihm blieb: der Gedanke an Eunice. Seit damals, seit er das Bußkreuz durch Philadelphia getragen hatte, besaß ihr Bild die Macht, ihn durch Not und Schmerzen zu tragen. Auch die Brüder hatten ihn begleitet. Ihre stoische Ruhe und schließlich ihr Gesang gaben ihm Kraft. Aber Eunice hatte um ihn geweint, und so sehr er ihren Kummer bedauerte, spendeten ihre Tränen doch auch Trost. Sie zeigten ihm, dass er in seinem Leid nicht alleine war.

Kaleb strauchelte, fing sich an einem Baum ab und zwang sich weiterzugehen. Inzwischen waren seine Schritte unregelmäßig und taumelnd. Der Schmerz in seinem Rücken pulsierte bis in den Nacken hinauf und dennoch wurden seine Lider schwer. In kürzer werdenden Abständen hielt er an, um auszuruhen, stehend, die Hand gegen einen Stamm gestützt, weil er nicht mehr würde aufstehen können, wenn er sich setzte. Er befahl sich, wieder und wieder den Stand der Sonne zu kontrollieren, peilte vor ihm erscheinende Landmarken an, um sicherzugehen, dass er nicht im Kreis marschierte. Wie in einem Albtraum schien der Wald sich in die Unendlichkeit zu erstrecken.

Irgendwann stolperte er nur noch blindlings vorwärts, die Wunden nicht mehr als ein Grundton im Crescendo der Schmerzen. Dornige Zweige rissen seine Haut blutig, die Luft biss in seinen Lungen, die Muskeln seiner Beine verkrampften und die nassen Stiefel rieben ihm die aufgeweichte Haut von den Fußsohlen. Jeder einzelne Schritt erforderte eine bewusste Willensanstrengung, und mit jedem Schritt erschien der Grund für diese Anstrengung absurder. Es gab keine Möglichkeit für ihn, Selimsburgh zu erreichen, bevor die Reaper ihn einholten. Diese Flucht war sinnlos.

Als Kaleb nach einer Ewigkeit der Qual endlich aus dem Dickicht stolperte und den Highway vor sich sah, blieb er stehen und ging langsam in die Knie. Es war genug. Seine Kräfte waren aufgezehrt. Weiter würde er nicht kommen. Wenn die Reaper jetzt auftauchten, würde er ihnen keinen Kampf liefern.

Ohne einen Laut sackte er zur Seite und schloss die Augen.

Das lästige Sirren eines Insektes stahl sich in Kalebs Bewusstsein. Vage wurde ihm klar, dass der Ton zu gleichmäßig war, um von einem Insekt zu stammen, doch diese Erkenntnis reichte nicht aus, um ihn aus seiner warmen Lethargie zu reißen. Ein Teil seines Ichs lauschte dem Klang, der unendlich langsam anschwoll, ein anderer Teil wollte in der dunklen Zuflucht verweilen, wo die Empfindungen dumpf und die Sorgen gering waren. Dann strich eine kalte Böe über seinen Körper und ließ ihn frösteln. Er drehte sich, und als seine Wunden auf dem Straßenbelag zu liegen kamen, riss ihn der Schmerz unsanft aus dem Dämmerzustand.

Er richtete sich auf. Die Herbstsonne hatte den Teer aufgewärmt und Kaleb weitgehend getrocknet. Nach dem Sonnenstand zu urteilen, waren zwei, vielleicht drei Stunden vergangen. Er suchte nach den beiden Reapern und entdeckte sie am Rande seiner Wahrnehmung – was Schrecken und Erleichterung zugleich auslöste. Immerhin hieß das, dass Samuel nichts mehr von ihnen zu befürchten hatte. Mit ein wenig Glück – das hieß, wenn das Boot die

Stromschnellen überlebt hatte – waren er und Dinah bereits in Selimsburgh.

Andererseits hatten die Reaper offenbar das flüchtende Wild nicht aufgegeben, um sich eine Zuflucht vor der Sonne zu suchen. Der fremde Wille, der sie antrieb, musste stärker sein als der Schmerz.

Der fremde Wille. Kaleb war sich noch immer nicht klar darüber, von wem diese Befehle ausgingen. Er konnte sich nicht vorstellen, dass ein Ketzer, selbst wenn es ein Erwählter war, eine solche Macht über die Reaper besaß. War es dieses andere Wesen, das er gespürt hatte? Fungierte es als Mittler zwischen den Menschen und den Reapern?

Jedenfalls war Dinah für den Ketzer offenbar zweitrangig geworden. Während Kaleb sich aufstemmte, wurde ihm auch klar, warum. Heilige Mütter gab es viele, doch den Gral, den er dem Ketzer entwendet hatte, gab es auf diesem Planeten nur ein einziges Mal. Und den Gral hatten die Reaper in Gedanken entdeckt, nicht in Dinahs. Die Erkenntnis brachte ein grimmiges Lächeln auf Kalebs Lippen.

Er war noch immer erschöpft, aber er fühlte sich immerhin ausgeruht genug, um seine Flucht fortzusetzen. Er ließ den Blick schweifen, um die Quelle des merkwürdigen Geräusches auszumachen, das weiterhin in der Luft lag.

Etwas kam den Highway entlang auf ihn zu. Staub hing in der Luft und machte ein Erkennen schwierig. Kaleb kniff die Augen zusammen und wartete, bis das Gefährt nahe genug herangekommen war, um es als eine Art Motorrad zu erkennen. Es kam nur langsam näher und Kaleb nutzte die Zeit, um sich das getrocknete Hemd überzuziehen.

Das Gefährt war kein Motorrad im üblichen Sinne. Der Fahrer saß mehr wie auf einem Stuhl, die Füße nebeneinandergestellt. Es war von hellgrüner Farbe, zumindest dort, wo der Rost den Lack noch nicht angegriffen hatte.

Dann erkannte Kaleb die Fahrerin – hauptsächlich am dunkelblonden Haar, das hinter ihr flatterte, denn ihr Gesicht wurde zum Teil von einer lederumkleideten Brille verdeckt. Sie hielt vor ihm an und schob die Brille nach oben. »Mein Gott, Sie leben!«

Er nickte knapp. »Hallo Lucy.«

»Kommen Sie schon! Springen Sie auf!« Sie machte eine Kopfbewegung nach hinten, wo der langgezogene Sitz einen zweiten Fahrgast aufnehmen konnte, doch er zögerte. Die Reaper waren nah und das Fahrzeug war nicht sonderlich schnell – erst recht nicht mit seinem zusätzlichen Gewicht. Ohne ihn mochte Lucy vielleicht eine Chance haben, gemeinsam würden sie den Reapern keinesfalls entkommen.

»Worauf warten Sie?« Sie machte eine drängende Handbewegung.

»Die Reaper sind nah.«

»Ein Grund mehr, sich zu beeilen.«

Er schüttelte sachte den Kopf. »Es ist besser, Sie fahren ohne mich weiter.«

Lucy legte die Stirn in Falten. »Ich bin genauso Jagdwild wie Sie.«

»Ich bin kein Wild. Ich habe etwas, das die wollen. Fahren Sie, Lucy.«

»Sie sind ein Mönch. Sie werden doch wohl Ihren Geist verschließen können.«

»Das wird nicht viel nützen. Sie riechen das Blut.«

Er öffnete die Hand und offenbarte, was der schwarze Stoff verborgen hatte.

»Mein Gott!«

»Fahren Sie«, wiederholte er.

»Lassen Sie mich das ansehen!« Sie stieg ab, doch er wich einen Schritt zurück. »Sie haben keine Zeit.«

»Genau. Also hören Sie auf, sich zu zieren!« Sie hob den Stoff und sog die Luft ein. »Wir müssen Sie nach Selimsburgh schaffen. Eunice wird helfen können.«

Hatte sie das eben tatsächlich gesagt? »Eunice ist in Selimsburgh?«

Lucy ließ den Stoff los. »Das scheint Sie ja ausreichend zu motivieren. Also kommen Sie!«

Offensichtlich ließ sie kein Argument gelten. Also stieg er auf, und sie fuhr an, kaum, dass er seine Hände um ihre Taille gelegt hatte.

»Dinah und Sam sind gut angekommen«, rief sie über die Schulter. »Man hat gleich nach mir gefunkt. Dinah hat hohes Fieber.« Als sie den Blick wieder nach vorne wandte, schlug ihm ihr Haar ins Gesicht. Er drehte den Kopf zur Seite, betrachtete die zäh vorbeigleitende Landschaft.

Sie waren viel zu langsam.

Noch einmal saß Kanonikus Merryweather an Bischof Brookstones Schreibtisch. Er war sich nicht sicher, wie lange der Bischof mit Deborah Whitehead unterwegs sein würde, doch diesmal wusste er, wonach er suchte, und öffnete auf Anhieb die richtige Schublade.

Behutsam, fast ehrfürchtig hob Merryweather die hellbraune Mappe aus dem Fach und legte sie vor sich auf den Schreibtisch. Der Reiter trug den erwarteten Namen: Kaleb. Voller Erwartung schlug er den Deckel auf.

Der Name des Ortes war geschwärzt.

Merryweather konnte es nicht glauben. Schon auf der ersten Seite ein schwarzer Balken. Hastig blätterte er weiter und fand die schwarze Übermalung auch an anderen Stellen. Aus dem jeweiligen Zusammenhang wurde klar, dass es sich um Ortsnamen handeln musste.

Merryweather ließ sich in dem Sessel zurückfallen, und seine Finger zerknickten die Seiten, während er voller Zorn auf die gegenüberliegende Wand starrte. Aber noch würde er sich nicht geschlagen geben.

Merryweather faltete die Blätter hastig zusammen und steckte sie in die Innentasche seiner Soutane. Dann füllte er die Akte mit einigen unbeschriebenen Bögen aus einer anderen Schublade und legte sie an ihren Platz zurück.

Brookstone wusste, es gab Anweisungen, die musste man mündlich und persönlich erteilen. Der Befehl zu einer Abtreibung gehörte dazu. Glücklicherweise war der Vertreter der Mother Matron ein vernünftiger Mann und stellte keine Fragen.

Als Brookstone auf dem Rückweg von den Siechenräumen die Kathedrale durchquerte, lenkte er, einem Impuls folgend, seine Schritte noch einmal zum Schrein des

Technischen Beistandes. Nachdenklich betrachtete er den leeren Platz in der Glasvitrine, auf dem das kleine Plastikschild seine Lüge verbreitete.

Brookstone hatte durchaus eine Vorstellung davon, wer ein Interesse am ersten Gral haben konnte – nämlich jeder, der ein weiteres Stück der Trinität in den Händen hielt. Konnte es sein, dass die Gralssucher tatsächlich gefunden hatten, wozu er sie losgeschickt hatte? Nach sechs Jahren? Alles sprach dafür. Dafür, dass dieser Raffael, der bei Selimsburgh aufgetaucht war, einer der drei Inquisitoren war. Jene drei, die man die Erzengel genannt hatte. Was mochte aus den anderen beiden geworden sein?

Brookstone wandte sich von der leeren Vitrine ab und ging nachdenklich zu seinen Räumen zurück.

Wenn Raffael tatsächlich das fehlende Teil der Trinität gefunden hatte, würde er Verwendung für den ersten Gral haben. Doch auch dann fehlte ihm noch das letzte Stück für die Trinität. Nicht ganz unwahrscheinlich, dass er im Zuge seiner Suche auf dessen Spur gestoßen war und dass er diese Spur nach Rockpoint verfolgt hatte. Es war, als ob sich die Geschichte wiederholte: ein abtrünniger Mönch mit einem Gral.

Vom Erzketzer wussten nur wenige im Rat, vom Gral niemand. Niemand außer Brookstone und seinen beiden Töchtern.

Ahnte Raffael, wo er ihn suchen musste? War er deswegen in der Nähe von Selimsburgh? Wenn es so war, dann befand Berenice sich in höchster Gefahr. Es war jetzt wichtiger denn je, ihre Zuflucht geheim zu halten.

Ob jemand hier in Philadelphia in die Sache verwickelt war? Der Diebstahl war während eines öffentlichen Gottesdienstes ausgeführt worden; das sprach gegen eine Beteiligung des Klerus, der jederzeit Zugang zur Kathedrale hatte, doch es konnte auch eine beabsichtige Irreführung sein. Zumindest gab dieser Vorfall der vagen Empfindung weitere Substanz, dass sein Schreibtisch durchsucht worden war.

In sein Büro zurückgekehrt überprüfte Brookstone die versteckten Markierungen und erkannte, dass zwei der

Schubladen geöffnet worden waren. Die eine enthielt lediglich Schreibutensilien und blankes Papier, doch in der anderen befanden sich diverse Unterlagen. Brookstone blätterte sie sorgfältig durch.

Unbeschriebenes Papier in Kalebs Akte.

Brookstone lehnte sich zurück und starrte auf das Bildnis der Heiligen Jungfrau. Er hatte geglaubt, alles Verräterische aus den Schubladen entfernt zu haben, als er Berenices Briefe versteckt hatte. Dass Kalebs Akte für die Verschwörer – wer immer sie waren und welche Ziele sie auch verfolgten – irgendeine Bedeutung haben konnte, war ihm nicht in den Sinn gekommen.

Brookstone stand auf und verließ das Arbeitszimmer. Im Vorraum sichtete Merryweather gerade die Berichte für die morgige Arbeitssitzung.

»Sind Sie den ganzen Tag hier gewesen, während ich weg war?«

»Eure Eminenz?«

»Haben Sie diesen Raum zwischendurch verlassen?«

Merryweather dachte einen Moment nach. »Ich war einmal austreten«, sagte er unsicher. »Und in der Küche, weil ich Hunger hatte.«

Lag da ein Anflug von Nervosität in der Stimme des Sekretärs?

»Und? Haben Sie etwas bekommen?«

»Eh … ja, Eure Eminenz. Kürbisgemüse.«

Eindeutig. Merryweathers Stimme lag einige Töne höher als sonst, doch das musste nicht unbedingt etwas zu bedeuten haben. Der Sekretär neigte bei Kleinigkeiten zur Anspannung. Brookstone schenkte ihm ein beruhigendes Lächeln. »Ich fühle mich nicht besonders, Bileam. Werde mich schon zurückziehen. Bleiben auch Sie nicht zu lange.«

»Gute Nacht, Eminenz.«

Entgegen seiner Ankündigung lenkte Brookstone seine Schritte zur Funkzentrale. »Verbinden Sie mich mit Selimsburgh«, bat er den diensthabenden Bruder. »Ich will mit meiner Tochter sprechen.«

Der Mönch blätterte in einer Liste. Nicht alle Lehen gönnten sich einen täglichen Funkdienst. Einige besetzten ihre Funkstation nur zwei oder drei Abende in der

Woche – besonders jetzt im Herbst, wo die Vorräte knapp wurden und der neue Diesel noch nicht raffiniert und verteilt war.

»Selimsburgh ist heute offen«, erklärte der Mönch. »Aber sie stellen den Generator erst bei Dunkelheit an. Das kann noch ein bisschen dauern.«

»Ich warte so lange es nötig ist. Stellen Sie das Gespräch in meine Privaträume durch.«

Es dauerte eine halbe Stunde, bis sich Eunice meldete.

»Vater? Alles in Ordnung?«

»Nein, aber davon später. Erinnerst du dich an den Frequenzcode, den wir ausgemacht haben?«

»Natürlich.«

»Gut. Dann wechsle auf Epsilon. Over.«

Das häufige Wechseln der Frequenz während des Gespräches würde es für einen Lauscher schwierig machen, ihnen zu folgen. Brookstone drehte an seinem Regler, um den neuen Kanal einzustellen. Dort wartete Eunice schon auf ihn.

»Was ist denn los? Wozu die Geheimniskrämerei?«

»Was macht ihr noch in Selimsburgh? Kaleb hätte schon längst mit euch zurück sein sollen.«

Die kurze Pause, die Eunice entstehen ließ, verhieß nichts Gutes. »Kaleb ist nicht hier«, sagte sie schließlich. »Er ist den Reapern gefolgt.«

»Er hatte einen Befehl!«

»Ich kann dir nicht mehr sagen. Er war schon weg, als ich angekommen bin.«

Brookstone dachte einen Moment lang nach. »Ist Vater Mordechai eingetroffen?«

»Ja, aber als er gehört hat, dass Kaleb den Reapern gefolgt ist, wollte er erst dessen Rückkehr abwarten.«

»Wenn es wirklich ein Erzketzer ist, werden sie umsonst warten.«

»Ich glaube nicht, Vater. Die entführte Frau und der Deputy sind inzwischen zurück, und ich will die Hoffnung noch nicht aufgeben, dass Kaleb es auch schafft.«

»Falls er es tut, erwarte ich, dass er dich und Tim unverzüglich nach Hause bringt. Sag ihm das. Es ist ein Befehl!«

»Er könnte hier helfen, Vater. Der Deputy hat merkwürdige Dinge erzählt, die …«

»Du und ich«, unterbrach Brookstone sie, »wissen genau, was dort draußen ist. Und Mordechai weiß es auch. Was Kaleb betrifft, bin ich mir nicht sicher, ob wir ihm noch trauen können. Wechsle jetzt auf Beta.«

Das Verstellen der Frequenz ersparte Brookstone vorerst Eunices entrüstete Antwort. Kaum hatten sie sich jedoch auf dem neuen Kanal wiedergefunden, hörte er sie sagen: »Kaleb ist der Kirche treu ergeben. Er ist *dir* treu ergeben, Vater.«

»Er war ungehorsam. Das erste Mal seit zwanzig Jahren.«

»Es ging um das Leben einer jungen Frau.«

»Sei nicht naiv, Kind. Kaleb hat junge Frauen getötet.«

»Er hat *Ketzer* getötet!« Die Empörung in Eunices Stimme war überdeutlich.

»Er hat getan, was ihm befohlen wurde. Das ist der Punkt.«

»Du traust ihm nicht mehr, aber willst mich und Tim trotzdem in seine Obhut geben?«

»Sei nicht albern. Er ist kein mordlüsterner Berserker, aber wenn er auf der anderen Seite steht, ist es gut, wenn du ein Auge auf ihn hast.« *Auch wenn dieses Auge nicht sehr objektiv sein würde,* ergänzte Brookstone im Stillen.

»Du verkennst ihn, Vater.«

»Ich will nicht mit dir streiten. Meine Anweisungen sind klar. Wenn nötig, sprich dich mit Berenice ab.«

»Vertraust du ihr mehr als mir?«

»Wenn es um Kaleb geht – ja.«

Die Stille, die folgte, war Antwort genug.

»Es gibt noch etwas Wichtiges. Wechsle auf Alpha.« Brookstone drehte an dem Frequenzrad, wartete dann einen Moment. »Bist du da?«

»Ja, Vater.« Sie klang hörbar kühl, aber darüber konnte er sich jetzt keine Gedanken machen. Er überlegte, wie er die Botschaft formulieren konnte, ohne dass ein zufälliger Mithörer deren Inhalt verstand. »Der Konvent wurde bestohlen«, sagte er schließlich. »Etwas, wofür deine Schwester Verwendung haben könnte – und auch unser Feind. Möglicherweise ist es unterwegs zu ihm.«

Wieder Schweigen. Eunice schien einem Moment lang nachzudenken. »Ich verstehe«, sagte sie dann. »Ich werde es ihr sagen. Wir beide werden die Augen offen halten.«

»Wir verbrauchen zu viel Diesel!« Lucy schrie gegen das hochtourige Jaulen des Rollers an. »So schaffen wir es nicht bis Selimsburgh!«

»Fahren Sie!«, gab Kaleb zurück.

»Haben Sie einen Plan?«

»Ja.«

Das schien Lucy zu genügen. Sie beugte sich nach vorne, als könne das ihre Fahrt beschleunigen. Eine halbe Stunde lang hielt sie den Skooter am Anschlag seiner Möglichkeiten, während Kaleb spürte, wie die Reaper langsam aber stetig näher kamen. Früher war das Gefährt sicher einmal schneller gewesen, doch Jahrzehnte der Nutzung, der Ersatz von Teilen durch zurechtgefeilte Stücke, nicht zuletzt der Diesel, für den der Benzinmotor hatte umgebaut werden müssen, zehrten an seiner Leistung.

»Es wird langsam knapp!«, rief Lucy irgendwann und klopfte auf die Benzinanzeige. Kaleb zeigte nach vorne. Auf der anderen, tiefer liegenden Straßenspur war das Wrack des Pickups in Sicht gekommen.

Lucy verstand. An einer günstigen Stelle verließ sie den Straßenteer und hielt auf das auf der Seite liegende Gefährt zu.

»Können wir ihn aufrichten?«, fragte sie, als sie anhielt. Kaleb sprang ab, lief auf den Wagen zu und zeigte dabei auf die gebrochene Vorderachse. »Sinnlos.« Der Wagen würde ihnen dennoch nützen.

Auf der Ladefläche fand Kaleb den zerfetzten Riemen, der zuvor eine metallene Kiste an ihrem Platz gehalten hatte. Kaleb schaute sich um, fand sie, einige Yards fortgeschleudert, doch intakt. Er lief hinüber, schlug mit zwei Tritten das Vorhängeschloss ab und brach den verkanteten Deckel auf.

Es gab Gegenstände, die man in den meisten Fahrzeugen in den Outlands fand. Dazu gehörten ein Kanister und ein

Gummischlauch. Kaleb fand beides, nahm es an sich, und dazu einen Schraubenzieher. Lucy hatte den Motorroller inzwischen nahe an den Pickup geschoben. »Er liegt auf der Tanköffnung«, sagte sie.

Wortlos setzte Kaleb den Schraubenzieher gegen das rostige Bodenblech, ein Stein ersetzte den Hammer. Beim zweiten Versuch hatte er den Tank gefunden. Er schob den Schlauch durch die Öffnung, saugte die stechend riechende Flüssigkeit mit dem Mund an und ließ sie in den Kanister rinnen.

»Da sind sie«, hörte er Lucy leise sagen, doch er blickte nicht auf. Er hatte ihre Nähe längst gespürt.

»Sie bewegen sich seltsam«, sagte Lucy.

»Das macht die Sonne.« Mit schnellen aber sorgfältigen Bewegungen löste Kaleb den Kanister und füllte die Flüssigkeit in die Tanköffnung des Motorrollers. Lucy schloss den Tankdeckel und klappte den Sitz herunter, während er den leeren Kanister achtlos zur Seite warf. Dann ließen sie das Wrack mit hellem Dröhnen hinter sich.

Ihr Fluchtweg hatte die Reaper ins offene Sonnenlicht gezwungen und das verlangsamte sie deutlich. Zum ersten Mal seit dem Verlust der Pferde dachte Kaleb, dass er tatsächlich eine Chance hatte, zu überleben. Doch dann verließen die Reaper den Highway, traten erneut in das Halbdunkel des Waldes ein und holten auf.

Sie erreichten die Abzweigung nach Selimsburgh. Mit dem Roller waren sie gezwungen, der Schleife der Abfahrt zu folgen, während die Reaper durch das Dickicht abkürzten.

Als ob Lucy die Reptilien ebenfalls spürte, trat sie das Gaspedal noch einmal durch, holte das Letzte aus der Maschine heraus. Plötzlich prasselte es zwischen den Büschen und ein Reaper sprang vor ihnen auf die Straße. Lucy riss den Lenker herum, der Roller taumelte, kippte in voller Fahrt. Sie wurden durch die Luft geschleudert und Kalebs Körper reagierte instinktiv mit den einstudierten Bewegungen: abrollen, aufspringen, Waffe ziehen. Der Schraubenschlüssel würde ihn nicht retten, doch zumindest war er nicht ganz wehrlos.

Beide Reaper lauerten vor ihnen, sprungbereit, doch

offenbar irritiert davon, dass sie Kaleb nicht wahrnehmen konnten. Doch dann öffnete Kaleb seinen Geist. Aus den Tiefen der Erinnerung holte er Bilder an siegreiche Gefechte hervor, an im Todeskampf zuckende Klauen und an Blut, das zwischen schwarzen Schuppen hervorquoll. Für die Reaper war dies eine Drohgebärde. Sie ließ die Reptilien weiter zögern.

Aus den Augenwinkeln sah Kaleb, dass auch Lucy wieder auf die Beine kam. »Laufen Sie«, sagte er. »Vielleicht schaffen Sie es.« Doch Lucy wich nur zwei Schritte zurück, bis sie mit dem Rücken gegen einen der Bäume stand. »Ich werde nicht beide töten können«, sagte Kaleb drängend, die Worte ein Widerspruch zu den Bildern in seinem Kopf, »aber vielleicht kann ich sie aufhalten!«

»Nicht nötig.« Lucy atmete heftig, doch ihre Stimme zitterte nur leicht. »Die Kavallerie rückt an.«

Während Kaleb sich noch fragte, was sie damit meinen konnte, wandten die Reaper sich ab und verschwanden im Unterholz. Er fühlte, wie sie sich entfernten. Jetzt erst nahm er den dumpfen Klang von Pferdehufen auf dem Waldboden wahr. Er wandte sich um.

Vier Reiter, Mönche. An ihrer Spitze ritt Bruder Daniel.

Der Bruder zügelte sein Pferd neben Kaleb und sah amüsiert auf den Schraubenschlüssel. Dann beugte er sich herunter und streckte Kaleb die Hand entgegen. Kaleb schob die behelfsmäßige Waffe in den Shozoku, ergriff die dargebotene Hand und schwang sich hinter Bruder Daniel aufs Pferd.

»Ich war noch nie so froh wie heute, euch Jungs zu sehen.« Lucy hatte hinter Bruder Jeremiah Platz gefunden. »Was macht ihr in Selimsburgh? Seid ihr wegen der Ernte gekommen, oder wegen des Rudels?«

Niemand antwortete ihr. Nur der dumpfe Klang der Hufe auf dem festgetretenen Erdboden war zu hören, während zwischen den Büschen die Felder auftauchten. Dahinter erhob sich die Palisade von Selimsburgh. Lucy seufzte. »Danke jedenfalls für die professionelle Einlage.« Sie schaute zu Kaleb hinüber und verdrehte die Augen. Er fühlte, wie sich seine Wangenmuskeln zu einem Lächeln spannten – er teilte ihre Erleichterung.

Das große Tor öffnete sich, so dass die Pferde ihren Schritt nicht einmal verlangsamen mussten. Nacheinander passierten sie die schmale Öffnung, die sich hinter ihnen sofort wieder schloss.

Kaleb hatte erwartet, Dillon Brent zu sehen, doch stattdessen stand dort Vater Mordechai. Der Inquisitor erwartete die Mönche mit steinernem Gesichtsausdruck. Und doch war Kaleb erleichtert, ihn zu sehen. Seine Anwesenheit war ein Zeichen dafür, dass der Bischof den Ernst der Situation richtig einschätzte.

Kaleb glitt vom Pferd, trat auf Vater Mordechai zu und verneigte sich knapp. »Ehrwürdiger Vater, es ist gut, dass Sie hier sind. Ich habe einiges zu berichten.«

Der Blick des Inquisitors, der an ihm vorbeigegangen war, heftete sich nun auf Kalebs Gesicht. »Mit dir und deinem Ungehorsam befasse ich mich später, Bruder.« Die Stimme war eisig. »Zuerst werde ich die Hexe verhören.«

Kaleb erstarrte. Er wandte sich zu Lucy um, in deren Augen ein Anflug von Zorn aufblitzte.

»Ich dachte, ich soll mich um Dinah kümmern.«

»Die junge Frau ist bereits gut versorgt. ... Bruder Jeremiah, bring die Hexe in die Sakristei!« Vater Mordechai wandte sich um und seine Soutane flatterte, während er zur Kirche hinüberging, deren rechter Torflügel offenstand.

Kaleb trat einem Schritt zur Seite und stellte sich damit vor Lucy. »Sie hat nichts verbrochen.«

Bruder Jeremiah neigte bestätigend den Kopf. »Wenn das so ist, hat sie nichts zu befürchten. Jetzt geh zur Seite.«

Kaleb zögerte. »Ich bringe sie selbst hinein.« Halb zu Lucy gewandt fügte er hinzu: »Ich lasse Sie nicht allein mit ihm.«

Lucy lächelte mit mildem Spott. »Keine Angst, Zinnsoldat. Ich werde den Inquisitor schon zu unterhalten wissen.«

»Vater Mordechai ist nicht für seinen Humor bekannt.«

Es war nicht Lucy, die antwortete. Stattdessen hörte Kaleb eine Stimme, die wie kühlende Seide über seine Seele glitt. »Ich werde auf ihre spitze Zunge achtgeben, Bruder Kaleb.« Kaum wagte er, sich umzudrehen, als könne die Stimme sich als Täuschung entpuppen. Als er es doch tat, sah er Eunice nur wenige Schritte entfernt stehen.

Zuerst konnte er es nicht glauben; zu unwirklich strahlte der weiße Mantel der Heiligen Mutter zwischen dem verwaschenen Graubraun der Bürger und dem Staub der Outlands. Außerdem wäre es nicht das erste Mal, dass er in einem Zustand extremer Erschöpfung glaubte, sie zu sehen. Doch sie war real, und irgendwie war es ihr Anblick, der ihm endgültig sagte, dass die Gefahren überstanden waren. Jetzt erst war er wirklich sicher.

Freude und Erleichterung leuchteten in ihren Augen. Sie hatte sich Sorgen gemacht, was er bedauerte, und gleichzeitig jubelte er innerlich darüber. Der Wunsch, sie zu berühren, war übermächtig. Er blieb stehen, zehn Schritte von ihr entfernt, um sich jede Möglichkeit für eine solche Entgleisung zu nehmen. Stattdessen stellte er sich vor, wie er seine Hand sanft gegen ihre Wange legte, und als lese sie seine Gedanken, neigte sie den Kopf zur Seite und lächelte. »Aber danke für die Bereitschaft zu helfen, Bruder.«

»Eunice!« Lucy breitete die Arme aus. »Es ist schön, dich zu sehen!«

»Du siehst gut aus«, erwiderte Eunice, und wandte den Blick offenbar nur widerstrebend von ihm ab. »Die Landluft bekommt dir.« Die beiden Frauen umarmten einander wie alte Freundinnen, und keiner der Mönche wagte, diesen Moment zu stören. Als sich die Frauen voneinander lösten, nickte Eunice freundlich. »Sie haben Ihren Befehl, Bruder Jeremiah, also begleiten Sie uns hinein.«

Kaleb blieb zurück, schaute ihr nach mit dem deutlichen Empfinden, dass ihm wesentliche Informationen vorenthalten wurden. Doch dieses Gefühl war einem Mönch vertraut.

Bruder Daniel trat auf ihn zu. »Du siehst scheußlich aus.«

Kaleb senkte den Kopf und schaute an sich herab. Die Kutte war fort und der Shozoku zerschlissen. Doch das war es sicher nicht, was Daniel meinte. Mit einem Schlag spürte Kaleb die Erschöpfung, den Mangel an Essen und Schlaf, die Schmerzen.

»Ich könnte was zu essen vertragen.«

»Und ein Bett, nehme ich an. Aber das wird warten müssen, bis Mordechai mit dir fertig ist.«

Eunice schaute auf den breiten Rücken von Bruder Jeremiah, während sie ihm mit Lucy zur Sakristei folgte, aber ihre Gedanken waren bei Kaleb.

Wie müde er ausgesehen hatte, zu Tode erschöpft. Und er hatte Schmerzen, war womöglich verwundet. Sie hatte es an seiner Haltung gesehen, an der Art, wie er sich vorsichtig bewegte. Am liebsten hätte sie jetzt gleich nach seiner Verletzung gesehen, aber das musste warten. Sie konnte Lucy dem Inquisitor nicht schutzlos überlassen.

Eunice zwang ihr Innerstes zur Ruhe, ihre Gedanken auf die vor ihr liegende Aufgabe. Die Kirche von Selimsburgh war nicht sonderlich groß, und so blieb ihr wenig Zeit zu überlegen, wie sie den Balanceakt zwischen der Weitergabe und dem Zurückhalten von Informationen im Sinne ihres Vaters bewerkstelligen konnte. Sie würde es von Frage zu Frage entscheiden müssen. Glücklicherweise würde Lucy das Spiel auf der gleichen Seite spielen. Gemeinsam waren sie Mordechai gewachsen. Vielleicht würden sie ihren letzten Trumpf nicht einmal ausspielen müssen.

In der Sakristei gab es einen Schreibtisch, hinter dem Vater Mordechai Platz nahm, und ein Stehpult, zu dem Bruder Jeremiah hinüberging.

Eunice warf ihm einen kurzen Blick zu. »Ich halte es für besser, auf einen Protokollführer zu verzichten. Als Zeugin sollte ich ausreichend sein, oder liegt bereits eine offizielle Anklage vor?«

Ihr Vorschlag schien Mordechai nicht zu gefallen – oder vielleicht ärgerte ihn einfach nur die Tatsache, dass sie ungefragt das Wort ergriff. Doch er nickte dem Mönch zu. »Sie können gehen, Bruder.«

Wortlos wandte sich Jeremiah um und verließ den Raum.

Für Lucy und Eunice standen zwei Stühle bereit. Nachdem sich die Frauen gesetzt hatten, betrachtete der Inquisitor Lucy lange und ausgiebig. Die ließ sich davon jedoch nicht beeindrucken, lehnte sich zurück und wartete scheinbar gleichgültig auf die erste Frage.

Schließlich stützte Vater Mordechai die Ellenbogen auf und faltete die Hände. »Lucy«, begann er. »Wissen Sie, warum Sie hier sind?«

Die Angesprochene zuckte die Schultern. »Ich habe nicht die geringste Ahnung.«

Ob es klug war, den Inquisitor zu reizen?

»Denken Sie nach. Vielleicht fällt Ihnen etwas ein.«

Lucy beugte sich vor und stemmte die Hände auf die Armlehnen, als wolle sie sich erheben. »Hören Sie, Kleriker. Ich habe keine Zeit für Ihre Spiele. Stellen Sie mir klare Fragen, dann kann ich Ihnen klare Antworten geben, ansonsten habe ich Besseres zu tun!«

Eunice legte beruhigend die Hand auf Lucys Arm und wandte sich dem Inquisitor zu. »Bitte«, ergänzte sie Lucys Satz.

Vater Mordechai holte Luft und lehnte sich zurück. »Haben Sie den Ketzer Joshua mit Nachtmilch versorgt?«

»Ich bin kein Hehler.«

»Beantworten Sie nur meine Frage.«

»Nein«, sagte Lucy und fügte betont an: »Das habe ich nicht.«

»Niemals?«

Auch Lucy lehnte sich jetzt wieder zurück. »Er hat von mir nie mehr als eine Tasse Tee bekommen. Er hatte keine Tauschware, die von irgendwelchem Interesse für mich gewesen wäre.«

»Wieso war er dann regelmäßig bei Ihnen?«

»Er hat Crow getroffen.«

»Wer ist Crow?«

»Sie wissen sehr gut, dass Crow ein Besorger ist. Man kann ihn regelmäßig auf den Bannmeilen von Philadelphia und Chicago antreffen.«

»Sie geben also zu, Geschäfte mit Plünderern zu machen.«

»Jeder macht Geschäfte mit den Plünderern. Sogar der Klerus.«

»Sie kaufen auch Nachtmilch von ihnen?«

»Ja. Ich experimentiere damit.«

»Der Besitz von Nachtmilch ist verboten.«

»Nicht außerhalb geschlossener Mauern.«

Vater Mordechai schnaubte unwillig. »Außerhalb der Mauern ist nichts verboten, denn da gibt es kein Gesetz.«

Lucy lächelte. »Ich dachte schon, Sie hätten das vergessen.«

Vater Mordechais Gesicht verfinsterte sich. »Auch Sie

sind Teil der menschlichen Gemeinschaft, Lucy. Auch für Sie gelten Gesetze!«

»Ich lebe ganz gut nach meinen eigenen Gesetzen.«

»Sie sind eine Hexe«, sagte Vater Mordechai verächtlich. »Man sollte Sie verbrennen.«

»Sie sind ein Inquisitor«, gab Lucy giftig zurück. »Man sollte aufhören, Sie zu züchten!«

»Das reicht.« Eunice legte die Autorität der Mother Matron in ihre Stimme, die bei jungen Helfern und alten Patienten immer funktionierte. »So kommen wir nicht weiter. Vater, fragen Sie die Dinge, die Sie wirklich wissen wollen. Lucy, zügele dich.«

Vater Mordechai betrachtete die beiden Frauen finster. »Wissen Sie, wem Crow die Haare gebracht hat, die Joshua ihm übergeben hat?«

Lucy sah ihn erstaunt an. »Welche Haare?«

Jetzt schlug Mordechai die flache Hand auf den Tisch. »Tun Sie nicht so, als wüssten Sie von nichts. Sonst sehe ich mich doch gezwungen, auf die Methoden der heiligen Inquisition zurückzugreifen.«

»Hören Sie, Vater!« Lucy hob die Stimme. »Wenn Sie nur ein bisschen Ahnung vom Umgang mit Plünderern haben, dann wissen Sie, dass sich keiner in die Geschäfte anderer mischt. Ich habe keine Ahnung, was Josh und Crow miteinander gehandelt haben!« Sie wandte sich an Eunice. »Um was für Haare geht es?«

»Joshua hat den Frauen von Selimsburgh heimlich Haarsträhnen abgeschnitten. Offenbar hat er sie Crow verkauft.«

Lucy wurde blass. »Und ich nehme an, der hat sie dem Erzketzer gebracht.«

»Sie wissen von dem Erzketzer?« Die Stimme des Inquisitors klang bedrohlich, doch Lucy ließ sich davon nicht einschüchtern. Sie erwiderte seinen Blick kühl. »Ja, ich weiß von dem Erzketzer.«

»Das ist geheimes Wissen. Selbst im Rat haben nur drei Mitglieder Kenntnis darüber, dass es so etwas überhaupt gibt!«

»Und die Information, dass einer von ihnen hier ist, verdanken Sie mir, Monseigneur, denn ich habe dem Bischof Meldung davon gemacht!«

Dieser Satz versetzte dem Inquisitor einen Schlag. Verwirrt schaute er zu Eunice hinüber, und die nickte. Jetzt hatten sie ihn.

»Es stimmt«, sagte Eunice. »Lucy versorgt den Konvent nicht nur mit Kräutern.«

Vater Mordechai schaute Eunice an, Heilige Mutter, Mother Matron, Tochter des Bischofs. »Und Sie vertrauen ihr?«, fragte er.

»Nicht nur ich«, sagte Eunice und fügte betont hinzu: »Auch der Bischof vertraut ihr.«

Kaleb war mit Daniel zu den drei übrigen Mönchen getreten, die auf den Stufen vor der Kirche in der Abendsonne saßen. Sie begrüßten ihn, jeder mit einem knappen Nicken, das Kaleb erwiderte, bevor er sich zu ihnen setzte. Er stütze die Arme auf die Knie. Als er den Rücken krümmte, spannten die Wunden schmerzhaft. Das Dorf hatte sicher eine Matron, doch er würde auf Eunice warten. Wie damals, im Krieg.

Eunice hatte das Lazarett seiner Fraterie geführt. Jede Wunde, ja selbst kleine Blessuren, denen er anderenfalls kaum Beachtung geschenkt hätte, hatten als Vorwand gedient, sie aufzusuchen. Wenn der Tag ruhig war, dann legte sie auch schon mal einen umständlichen Verband an, wo ein einfaches Pflaster ausgereicht hätte. Er trug die zarte Gaze tagelang – eine Erinnerung an ihre Berührung.

Wie wenig hatte sich verändert.

Kaleb senkte den Kopf und schloss die Augen. Er spürte seine Erschöpfung und zugleich den Nachklang der Anspannung, die ihn in den vergangenen Tagen beherrscht hatte. Er lenkte seine Aufmerksamkeit in seinen Körper, entspannte bewusst die Muskeln, die noch nicht alle begriffen hatten, dass die Gefahr vorüber war. Bleischwere Müdigkeit senkte sich über ihn.

Die Kirchentür knarrte hinter ihm. Jemand kam die Stufen herunter und blieb neben ihm stehen. Es kostete Anstrengung, die Augen zu öffnen.

Bruder Jeremiah legte ein frisches Hemd neben ihm nieder. Kaleb dankte ihm mit einem Nicken, das Jeremiah wortlos erwiderte. Ruben stand auf und ging in die Kirche, in der die Mönche ihr Lager aufgeschlagen hatten. Als er zurückkam, brachte er drei Wurfsterne mit, die er auf das Hemd legte.

Wieder war ein Blick, ein Neigen des Kopfes alles, was als Verständigung zwischen den Männern nötig war. Sie waren Brüder, vielleicht mehr, als leibliche Brüder es je sein konnten.

Kaleb dachte an jenen Tag zurück, an dem er seinen Fuß zum ersten Mal in den Konvent gesetzt hatte. Bis zu diesem Zeitpunkt hatte er die schwarz gekleideten Brüder als Einzelkämpfer erlebt: als Erntewächter in den Lehen, als Späher, Boten oder Wachbegleitung für die Herbsttransporte. Er hatte nicht gewusst, was Bruderschaft tatsächlich bedeutete. Damals, im Konvent, kleidete man ihn in den grauen Shozoku der Novizen und führte ihn ins Refektorium, wo Mönche und Novizen in langen Reihen speisten. Sie stellten keine Fragen. Sie rückten zusammen, machten Platz und nahmen ihn mit einer Selbstverständlichkeit auf, die er kaum glauben konnte. Später nahmen sie ihn mit zur Vesper, und obwohl ihm die Gesänge unbekannt waren, stand er mit in ihren Reihen und fühlte sich getragen von den Stimmen und den Harmonien. Die fremden Worte und Melodien lernte er mit Eifer. Nach und nach löste der Cantus all die Spottgesänge der Kinder in Selimsburgh auf. Er wusste nicht, aus welchem Konvent sein leiblicher Vater stammte, doch das war auch nicht wichtig. Er hatte seine Brüder gefunden.

Nicht alles war einfach gewesen. Das Training der Mönche war hart, ihre Scherze nicht immer ungefährlich. Doch jede ihrer Herausforderungen bedeutete auch eine Anerkennung und niemals ließen sie einen Zweifel daran aufkommen, dass er einer von ihnen war und sein Platz mitten unter ihnen. Endlich war er nicht mehr der Sohn des Säufers. Schon bald hatte Kaleb den Ehrgeiz entwickelt, sie nicht zu enttäuschen. Wenn er rebelliert hatte, war es gegen Brookstone gerichtet gewesen, niemals gegen den Abt oder die Brüder. Brookstones Mentorenschaft bedeutete von

Anfang an Kontrolle, war Ausdruck eines Besitzanspruches, der nichts mit Nähe oder Vertrauen zu tun gehabt hatte. Von den Brüdern hingegen hatten während des Krieges einige ihr Leben in Kalebs Hände gelegt.

Und jetzt, hier, in einem weit entlegenen Lehen, brachten die Brüder nach und nach eine Hose, einen Genickfänger, Wurfsterne und ein paar Stiefel. Nur einen Reaperdolch würden sie ihm nicht geben können. Diese Waffe war kostbar, kein Mönch besaß mehr als eine davon. Stumm gaben sie und stumm nahm Kaleb die Gaben an. Erst als sich der Letzte wieder gesetzt hatte, sagte Kaleb: »Ich danke euch.«

Laban, der bedächtig seinen Dolch schärfte, schaute auf. »Was hast du gesehen dort draußen?«

Kaleb ließ sich Zeit mit der Antwort. Gesehen hatte er nicht viel, doch er konnte sich einiges zusammenreimen.

»Die Reaper verändern sich«, sagte er. »Und die Ketzer haben einen Erwählten als Anführer.«

Henoch schaute beunruhigt zu Laban hinüber. Zwischen den beiden bestand eine besondere Verbindung, seit Laban den verwundeten Henoch drei Stunden lang auf seinem Rücken durch reaperverseuchtes Gebiet getragen hatte. »Wie verändern sie sich?«

Bedächtig schüttelte Kaleb den Kopf. »Ich weiß es nicht. Es scheint ein neues Wesen zu geben, eines, das vermitteln kann zwischen den Reapern und den Ketzern. Ich konnte es nicht sehen. Nur spüren.«

»Dein Essen.« Daniel nickte zur Straße hin und Kaleb wandte sich um.

Rachel trug dasselbe Kleid wie damals, an dem Tag, als er Selimsburgh verlassen hatte. Oder vielleicht war es auch nur aus dem gleichen, braunroten Stoff. Sie blieb vor Kaleb stehen und der Wind bewegte den Rock. »Du hast dein Versprechen gehalten.«

Kaleb hob den Blick. »Geht es ihm gut?«

»Er holt den verlorenen Schlaf nach, aber er ist unverletzt.« Sie reichte ihm einen kleinen Metalltopf. »Du musst Hunger haben.« Der Griff eines Löffels ragte unter dem Deckel hervor, zwei dicke, unregelmäßig geschnittene Brotscheiben lagen darauf.

Er nahm den Topf aus ihrer Hand. Das Gefäß war lauwarm. Gemüseduft stieg ihm in die Nase. »Danke.«

Sie nickte, wandte sich zum Gehen.

»Rachel?«

Sie drehte sich wieder um. »Ja?«

»Die Briefe«, sagte er. »Wem hast du sie damals mitgegeben?«

Ihr Blick irrte ab, fand zurück zu ihm. »Lucy«, sagte sie dann. »Jeder gibt seine Nachrichten Lucy. Sie hat die besten Verbindungen.«

»Also war es nicht Berenice«, sagte er.

Sie schaute verständnislos. »Wer ist Berenice?«

Er zögerte. »Ich dachte, dass sie in Selimsburgh lebt.«

Rachel schüttelte den Kopf. »Es gibt keine Berenice in Selimsburgh.«

In seinem Schlafzimmer saß Merryweather über die Blätter gebeugt, die er aus Brookstones Schreibtisch entwendet hatte. Mit verschiedenen Methoden hatte er versucht, die geschwärzten Stellen in Kalebs Akte lesbar zu machen, hatte mit einer feinen Klinge die oberen Papierschichten abgehobelt und mit unterschiedlichem Lichteinfall experimentiert. Nichts half, der Ortsname blieb unlesbar.

Schließlich beschloss er, den Text in seiner Gesamtheit zu lesen in der Hoffnung, einen Hinweis zu finden, den der Bischof übersehen hatte.

Was sich ihm eröffnete, war die traurige Geschichte eines jungen Mannes, der früh die Mutter verlor und mit seinem alkoholabhängigen Vater in häuslichem Zwist lebte. Trotzdem hatte er nach der Offenbarung seiner genetischen Disposition wenig Ambitionen gezeigt, dem Ruf der Kirche zu folgen, bis Bischof Brookstone ihn mehr oder weniger bestochen hatte.

Antibiotika waren damals eine noch größere Kostbarkeit gewesen als heute, und offenbar hatte es jemanden gegeben, dessen Überleben von Brookstones kleinem Vorrat abhing. Hier kam zum ersten Mal ein weiterer Name ins Spiel – Rachel Lewis.

Merryweather richtete sich auf und überlegte, ob sich der Träger eines solchen Namens finden lassen würde. Auf dem Land war die Bürokratie wesentlich schwächer ausgeprägt als in den Städten und so etwas wie ein offizielles Melderegister gab es nicht.

Er las weiter, überflog die folgenden Zeilen rasch, ohne ihren Inhalt wahrzunehmen, auf der Suche nach einem weiteren Hinweis, und er wurde belohnt. Auf der vorletzten Seite fand er den Namen Ulysses Brent.

Merryweather ließ die Blätter sinken und lächelte. »Ulysses Brent«, sagte er und schmeckte dem Klang des Namens nach.

Es gab nur ein Lehen, in dem man es wagte, seine Kinder nach antiken Helden zu benennen, statt nach denen in Dem Buch, und der Name Brent bestätigte die Schlussfolgerung. Mit einem Mal passte alles zueinander. Wo würde sich ein zufällig gezeugter Erwählter finden lassen, wenn nicht an dem Ort, an dem der Familienname Brent so häufig war wie das X-Chromosom der Heiligen Mütter? Wo ließ sich eine von der Kirche verjagte Tochter besser verbergen als an einem Ort mit geradezu sprichwörtlicher Abneigung gegen den Klerus?

Merryweather erhob sich, um zum Funkgerät hinüberzugehen. Die Frequenz war noch eingestellt. Er musste nur das Mikrofon in die Hand nehmen und den elfenbeinfarbenen Knopf drücken.

»Snowman ruft Erzengel«, sagte er. »Sind Sie da? Over.« Er wartete einen Moment, dann wiederholte er den Ruf.

»Snowman«, kam es schließlich aus dem Lautsprecher. »Sagen Sie mir, dass Sie gute Nachrichten haben!«

Der fordernde Ton überrumpelte den alten Kanonikus. »Ich habe zumindest eine brauchbare Spur.«

»Na endlich. Wo ist unser Preis?«

Merryweather räusperte sich. »Also ich nehme an, dass er ihn bei seiner Tochter Berenice versteckt hat.«

»Und wo finden wir die?«

»Berenice muss in Selimsburgh sein.«

»Sind Sie sicher?«

Merryweather zögerte. »Zu neunzig Prozent«, sagte er schließlich.

»Gute Arbeit, Kanonikus. Ich werde Ihrer gedenken, wenn ich in mein Reich komme.« Ein spöttisches Lachen schloss sich diesem Zitat an. »Over und out.«

Langsam legte Merryweather das Mikrofon ab und starrte das schweigende Funkgerät an. Er war sich mit einem Mal nicht mehr sicher, ob er das Richtige getan hatte.

Als Eunice und Lucy gegangen waren, öffnete Tim die Tür zur Sakristei. »Bruder Kaleb wartet noch, um Bericht zu erstatten«, meldete er dem Inquisitor.

»Er soll hereinkommen.«

Tim verneigte sich und trat zur Seite, um Bruder Kaleb eintreten zu lassen. Danach wollte er sich zurückziehen, doch die Stimme Vater Mordechais hielt ihn auf.

»Bleib hier, Junge. Kein Verhör darf ohne Zeugen stattfinden. Du wirst das Protokoll führen.«

Also blieb Tim. Er stellte sich hinter das Stehpult, legte sich das Papier zurecht und griff nach dem Stift. Es war nicht das erste Mal, dass er Protokoll führte, doch das erste Mal bei einer Befragung durch einen Inquisitor.

Mit einem Schaudern erinnerte sich Tim an die vergangene Nacht und die unmenschlichen Schreie, die der Ketzer Joshua ausgestoßen hatte. Ob Vater Mordechai den Mönch ebenfalls auf diese Weise befragen würde? Sicher nicht – dazu bestand keine Veranlassung. Bruder Kaleb war ein Mönch, er würde alle Informationen, die er besaß, freiwillig preisgeben.

Bruder Kaleb stand jetzt mit gesenktem Kopf vor dem Inquisitor. »Vergebt mir, Vater, denn ich habe gesündigt.«

»Allerdings.« Die Stimme des Inquisitors war schneidend. »Dein Ungehorsam steht mir ebenso deutlich vor Augen wie dir selbst.«

Bruder Kaleb hob den Kopf. »Doch ich habe auch Dinge in Erfahrung gebracht, die nützlich sein könnten.«

»So?«

»Dort draußen ist etwas … Neues.«

Vater Mordechais Augen verengten sich. »Hast du vergessen, wie man Meldung macht?«

Die Gestalt des Bruders straffte sich. »Vergebung, Vater.« Er sammelte sich kurz. »Ich habe ein Wesen gespürt, einen Reaper, und doch war es etwas anderes. Es schien irdischer.«

»Hast du es gesehen?«

»Nein, Vater.«

»Was soll das dann nützen?«

Bruder Kaleb zögerte. »Es ist gefährlich, Vater. Mächtig.«

Vater Mordechai erhob sich, kam um den Tisch herum. »Meinst du wirklich, die Kirche weiß nicht um ihre Feinde? Glaubst du wirklich, ein kleiner Mönch könnte etwas entdecken, das dem Hochklerus nicht schon lange bekannt ist?« Er verzog verächtlich die Mundwinkel. »Hybris, Hochmut, das war schon immer deine Schwäche, Kaleb. Du hast nie verstanden, warum wir Gehorsam von dir fordern – *weil wir mehr wissen.*« Er stand jetzt vor Bruder Kaleb, dessen Blick sich gesenkt hatte. »Ich weiß sehr gut, womit wir es zu tun bekommen, Mönch. Und wegen deiner Unbedachtsamkeit ist er nun gewarnt.«

Bruder Kalebs Blick hob sich. »Wer?«, fragte er.

»Das ist nicht deine Sache. Knie nieder!«

Bruder Kaleb zögerte. »Ich möchte Sie auf diesen Kreuzzug begleiten.«

Mordechai atmete scharf ein. »Hast du nichts gelernt, Mönch?«

»Sie brauchen dort draußen jede Hand, die eine Klinge führen kann.«

»Was ich brauche, weiß ich selbst. Was dich betrifft, hat der Bischof bereits entschieden. Jetzt knie nieder.«

Wieder zögerte Bruder Kaleb, doch dann folgte er dem Befehl. Vater Mordechai betrachtete das gesenkte Haupt, und Tim wurde den Eindruck nicht los, dass er sich an dem Anblick weidete – und an seiner eigenen Macht. Es dauerte eine Weile, bis Vater Mordechai die Frage stellte.

»Weißt du, warum du hier bist?«

»Ja, Vater.« Bruder Kaleb sprach leise aber deutlich. »Ich habe den Befehl meines Bischofs missachtet.«

»Und weshalb noch?«

»Ich bin meinem eigenen Willen gefolgt.«

Mordechai nickte und wiederholte betont: »Du bist deinem eigenen, verstockten Willen gefolgt.«

»Das habe ich getan, Vater.«

»Du hast Schande über dich selbst gebracht und Schaden über deine Kirche.«

»Das habe ich getan, Vater.«

»Dann sag es!«

Bruder Kaleb atmete ein. »Ich habe Schande über mich gebracht und Schaden über meine Kirche.«

»Und nun suchst du Vergebung für deine Sünde?«

Bruder Kaleb zögerte und Tim fragte sich, warum. Fiel es dem Mönch tatsächlich schwer, die geforderten, die üblichen Worte der Unterwerfung zu sprechen?

»Nein, Vater«, sagte Bruder Kaleb schließlich. »Ich suche nicht mehr als eine angemessene Buße.«

Tim hielt unwillkürlich die Luft an. Sein Blick ging zu Mordechai hinüber, der ungläubig die Brauen hob. »Bei jedem anderen hielte ich diese Antwort für Dummheit«, sagte der Inquisitor. »Aber du weißt, welche Buße ausgesprochen werden kann für bewussten Ungehorsam. Du weißt es besser als die meisten anderen.«

Der Bruder schwieg. Warum tat er das?

Es dauerte einen Moment, bis Tim begriff. Bruder Kaleb leistete Widerstand, und er tat es auf die einzige Art, die einem Mönch möglich war: Er wies die Gnade zurück.

Mordechai trat näher und sagte leise: »In der alten Zeit wurden Soldaten wegen Befehlsverweigerung gehängt.«

Bruder Kaleb rührte sich nicht.

»Nun?«, fragte Mordechai.

»Mein Leben gehört der Kirche.« Bruder Kalebs Stimme klang noch heiserer als sonst. »Jede Buße, die Sie anordnen, wird angemessen sein.«

Mordechais Lippen lächelten noch immer, doch in seinen Augen lag etwas Anderes, Unheimliches. Etwas, das Tim frösteln ließ.

»Trotz allem hat Elijah dich gut dressiert, Mönch.« Der Inquisitor hob die Hand und legte sie sachte auf Bruder Kalebs gesenkten Kopf, als wolle er ihn segnen. Tims Nackenhaare stellten sich auf, als er die Geste wiedererkannte. Einen Moment lang verharrten beide Männer regungslos, dann kam ein Stöhnen von Bruder Kalebs Lippen.

»Öffne deinen Geist«, befahl Mordechai. »Das soll deine Buße sein. Stell dich mir nicht entgegen, Mönch.«

Tim beobachtete, wie sich Bruder Kalebs Atem beschleunigte, als er sich bemühte, die Barrieren, die sich instinktiv gegen den Eindringling erhoben, zu senken. Er sah, wie seine Kiefer aufeinandermahlten und sich sein ganzer Körper anspannte. Tim erwartete, dass Bruder Kaleb schreien würde, wie Joshua geschrien hatte, doch wieder erklang nur ein Stöhnen, länger diesmal. Der Kniende beugte sich nach vorne, als versuche er der Hand auf seinem Kopf zu entkommen – oder war es Schmerz, der ihn zusammenkrümmte? Mordechai beugte sich mit ihm hinab und lockerte seinen Griff nicht für einen Moment. Erst am Ende, als die Stirn des Mönches den Boden berührte, wurde das Stöhnen zu einem zwischen zusammengebissenen Zähnen hervorgepressten Schrei.

Jetzt ließ Mordechai vom Mönch ab. Bruder Kaleb stützte sich mit der rechten Hand am Boden ab, noch immer heftig atmend. Etwas Dunkles tropfte zu Boden.

»Te absolvo«, sagte Mordechai.

Bruder Kaleb hob den Kopf. Blut lief ihm aus der Nase, lief über Mund und Kinn. Die Lippen bewegten sich kaum, als er antwortete: »Amen.« Doch es dauerte noch einen Moment, bis er genug Kraft gesammelt hatte, um sich aufzurichten. Als er es tat, wankte er. Er verneigte sich und verließ den Raum.

Tim sah den Inquisitor mit großen Augen an. »Was ist das, das Sie tun?«

Mordechai lächelte – satt und zufrieden, dachte Tim. »Schmerz entsteht nicht in den Gliedmaßen«, erklärte er. »Wenn du dich in den Finger schneidest, sind es nicht die verletzten Nerven, die Qual empfinden. Sie leiten lediglich Impulse weiter. Die Qual«, er beugte sich vor und legte dem Jungen den Finger an die Schläfe, »findet hier statt.«

Etwas durchzuckte Tim, nur die Ahnung eines Schmerzes, aber genug, dass er eine Vorstellung davon bekommen konnte, was Bruder Kaleb soeben durchgestanden hatte. Ein Schauder durchlief ihn.

»Hat jeder Erwählte diese Fähigkeit?«, fragte er.

»Nein.« Mordechai schüttelte den Kopf. »Psychoinvasive

Folter braucht eine Veranlagung, die nur die Inquisitoren besitzen. Du kennst Bruder Sauls Ausführungen.«

Tim nickte. »Die heilige Gabe ist dreifaltig: Aussenden, Empfangen und Kontrollieren.«

»Richtig. In Wahrnehmung und Kontrolle der eigenen Gedanken sind die Mönche uns ebenbürtig.«

Vielleicht sogar überlegen, dachte Tim, denn sie trainierten es täglich.

»Was uns Inquisitoren von anderen Erwählten unterscheidet, ist die Kraft dessen, was wir aussenden – und dass wir diese Stärke sogar steigern können. Auch wenn das viel Training benötigt.« Er setzte sich wieder hinter seinen Schreibtisch. »Beende das Protokoll, dann kannst du gehen.«

Tim wandte sich dem Papier zu und stellte fest, dass der Stift in seiner Hand zittere. Er fragte sich, woran der Inquisitor wohl trainiert hatte.

Kaleb trat aus der Sakristei und stützte sich neben der Tür an der Wand ab. Er zitterte, und im Rhythmus seines Pulsschlages dröhnte Schmerz durch seinen Schädel. Von einer der Kirchenbänke erhob sich Eunice. Sie trat zu ihm, wollte ihm mit einem Tuch das Blut aus dem Gesicht wischen, doch er drehte unwillig den Kopf zur Seite. Sie ließ die Hand sinken. »Es tut mir leid«, flüsterte sie.

»Ich wusste, was ich tat.« Er fuhr sich mit dem Handrücken über die Lippen. Der metallische Geschmack des Blutes füllte seinen Rachen.

Knarrend öffnete sich die Kirchentür und zusammen mit einem schmerzhaften Strahl Sonnenlicht kam Samuel herein. Seine Haare waren zerzaust – vermutlich hatte er bis vor kurzem noch geschlafen.

»Bruder Kaleb! Ich habe eben erst erfahren, dass Sie zurück sind.« Er verneigte sich flüchtig zu der Pieta am Altar hin, dann trat er zu Kaleb, Sorge im Blick. »Was ist passiert?«

Kaleb betrachtete den jungen Mann stumm. Vielleicht war es die Müdigkeit, die alles zäh werden ließ und die Wahrnehmung verzerrte. Jedenfalls berührte es ihn seltsam, die eigenen Augen im Gesicht eines anderen zu sehen. Da war ein Impuls, ein Wunsch, dem Jungen die Wahrheit zu sagen. Doch Rachel hatte recht: Es war besser so.

Kalebs Blick wanderte zu den zusammengeschobenen Bänken und den aufgerollten Decken der Mönche hin. »Ich würde mich jetzt gerne hinlegen.«

»Im Funkturm steht noch die Pritsche. Ich bringe Sie hin.« Sam schickte sich an, Kaleb unterzufassen, doch der stemmte sich von der Wand ab, straffte den Körper und hob das Kinn. Samuel verstand. Er ging voran und drückte den schweren Türflügel auf. Kaleb und Eunice folgten langsam.

Als die Drei nach draußen traten, schaute Bruder Daniel auf und erhob sich. Er ließ einen Schleifstein in seine Hemdtasche gleiten und betrachtete dabei das Blut, das noch immer aus Kalebs Nase rann. »Du hast die Buße also hinter dir.«

Der Mönch, der neben Daniel auf der Treppe gesessen hatte, bewegte sich, und Daniel bückte sich, um ihm aufzuhelfen. Erst jetzt erkannte Kaleb, dass es der alte Simeon war. Der Veteran drehte sich um, die erblindeten Augen vage in Richtung Kirche gerichtet. Seine von Altersflecken bedeckte Hand griff in die Kutte und zog einen Reaperdolch heraus.

»Ich habe gehört, was geschehen ist«, sagte Simeon mit kratziger Stimme. Er hielt Kaleb den Dolch entgegen, Griff voran. »Ein Mönch sollte nicht ohne Klinge sein.«

Kaleb schaute ungläubig auf die Waffe, deren besondere Schärfe und Härte sie zu einer Kostbarkeit machten. Ein solches Geschenk konnte er unmöglich annehmen.

Daniel sagte: »Beleidige ihn nicht, indem du sein Geschenk ablehnst.«

Kaleb nahm die Waffe, zog sie aus ihrer Umhüllung, betrachtete sie genau. Sie zeigte deutliche Spuren der Jahre und der Kämpfe. Bruder Simeon hatte sich den Reapern schon entgegengestellt, als Kaleb noch ein Laie gewesen war. Dieses Modell hatte eine Lederumwicklung, nicht die neu entwickelten Kunststoffgriffe. Das Leder war dunkel von Alter und Schweiß, die Rücken der Klingen schartig, die Metallfarbe stumpf. Doch die Schneiden waren in einwandfreiem Zustand.

»Sie will hinaus und Blut schmecken«, sagte Simeon, »hat

noch die Kraft und die Seele, ein paar Reaper in die Hölle zu schicken. Wäre eine Schande, wenn sie den Rest ihrer Tage auf dem Nachttisch eines alten Mannes verbringt.«

»Ich werde sie in Ehren halten.« Kaleb schob die Waffe in das Futteral zurück. »Ich danke dir, Bruder.«

Simeon nickte, als sei das die richtige Antwort gewesen. Dann wandte er sich um und schlurfte, auf einen Stock gestützt, davon.

Daniel sagte: »Samuel hat berichtet, du hast in den Outlands einen ziemlich Großen erwischt.«

Kaleb griff in die Innentasche des Shozoku und förderte eine handtellergroße Reaperschuppe zutage. Er hatte sie von dem Tier gelöst, gegen das er im Haus des Ketzers angetreten war. Eigentlich hätte er sie Vater Mordechai zeigen sollen, aber diese Information erschien ihm bei den Mönchen besser aufgehoben.

Daniel nahm sie entgegen und drehte sie um. Haut und Bindegewebe waren inzwischen getrocknet, so dass der Mönch sie leicht mit der kurzen Klinge seines Genickfängers abschaben konnte. Er betrachtete die feine Struktur, die sich auf der Rückseite deutlicher abbildete als auf der verwitterten Vorderseite. Die anderen Mönche traten näher und auch Timothy, der sich eben erst durch die Kirchentür gedrückt hatte, reckte neugierig den Hals.

»Das sind mindestens siebzig«, sagte Daniel. »Das ist der älteste Reaper, der bisher belegt wurde.«

Kaleb nickte. »Irgendetwas hat sich verändert. Seid vorsichtig da draußen.«

»Du kommst nicht mit?«

Kaleb wollte etwas sagen, zögerte und blickte an Daniel vorbei zum Tor hinüber. »Das entscheidet der Bischof.« Sein Blick kehrte zurück, die beiden Mönche nickten einander zu, dann drehte Kaleb sich um. Etwa dreihundert Yards waren es bis zum Funkturm. Das würde er wohl schaffen.

Samuel und Eunice hielten sich eng links und rechts neben ihm – vielleicht damit sie ihn stützen konnten, sollte er taumeln. Der Gedanke war nicht abwegig. In seiner Erschöpfung erschien ihm der Weg durch das Dorf unwirklich, verzerrt. Die Menschen blieben stehen, schauten ihm stumm entgegen. Manche führten ihre Finger an die Lippen und berührten dann ihre Brust – eine Geste des Dankes. Worte sprach keiner von ihnen.

Eine Tränke, an der sie vorüberkamen, enthielt Wasser, und Kaleb nutzte es, um sich das Gesicht zu waschen. Das Blut floss kaum noch, aber verstopfte inzwischen seine Nase. Auch das schmerzhafte Dröhnen in seinen Schläfen ließ nach.

Vor dem Funkturm traten die Häuser zurück und bildeten einen Platz, nicht ganz so breit wie der vor der Kirche. Hier waren Männer dabei, ein hölzernes Gestell zu errichten. Kaleb blieb stehen, betrachtete es müde. Erst nach einer Weile wurde ihm die Funktion klar. Fragend sah er zu Eunice hinüber.

»Joshua«, erklärte sie.

Dillon Brent stand bei den Arbeitern. Er blickte auf, als die kleine Gruppe auf den Platz trat, und kam zu ihnen herüber.

»Das Dorf ist dir zu Dank verpflichtet, Kaleb.« Er zückte einen Tabaksbeutel und zog ein dünnes Zigarettenpapier hervor. »Manche fordern sogar, wir sollten Bruder Simeon endlich in den Ruhestand schicken und dich statt seiner hierbehalten.«

Kaleb beobachtete müde, wie der Tabak eine schmale, braune Rolle auf dem Papier bildete.

»Was meinst du dazu?«

Es dauerte einen Moment, bis Kaleb begriff, dass die Frage an ihn gerichtet war. »Das ist die Entscheidung des Abtes«, sagte er.

Dillon formte die Zigarette mit geübten Fingern. »Lass es dir durch den Kopf gehen.«

Kaleb löste den Blick von Dillons gelblich verfärbten Fingernägeln und schaute zu dem Holzgestell hinüber, über dem die Männer gerade einen Balken anbrachten. Einer der Arbeiter war dabei, ein Tau zu einer Schlinge zu knüpfen. »Ich dachte, Joshua gehört zum Dorf.«

»Das tut er auch.« Dillon leckte das Papier an, rollte es zusammen und zupfte den überschüssigen Tabak von den Enden. »Darum hängen wir ihn selbst und lassen ihn nicht von den Mönchen verbrennen.« Er steckte sich die Zigarette zwischen die Lippen, strich ein Streichholz an und beugte sich zur Flamme hinunter, die er gegen den Wind mit den Händen abschirmte. Er schaute zu Kaleb auf. »Sollen wir dich wecken, wenn es so weit ist?«

Kaleb hatte kein Verlangen danach, der Hinrichtung zuzusehen. »Weckt mich, bevor die Mönche das Dorf verlassen.«

»Wie du willst.«

Im Funkturm war es kühl. Die Pritsche stand noch da, kahl und doch verlockend. Samuel nahm Kissen und Decke aus einem Wandschrank, während Eunice ihren Korb auf den Tisch stellte. Kaleb schaute auf den Korb und wandte sich an Samuel. »Was ist mit meiner Tasche?«

»Dinah hat sie nicht aus der Hand gegeben. Sie war überzeugt, Sie würden zurückkommen.« Samuel klopfte das Kissen auf, bevor er es auf die Pritsche legte. »Wahrscheinlich schläft sie gerade drauf. Ich bringe sie Ihnen morgen.« Er richtete sich auf und wurde mit einem Mal sehr ernst. »Ich verdanke Ihnen mein Leben, Bruder Kaleb, und das von Dinah. Ich werde Ihnen das nie vergessen.«

Kaleb wusste keine Antwort darauf und so blieb er stumm, nickte nur, wie zum Einverständnis. Samuel verließ den Raum und ließ Kaleb mit Eunice allein.

»Deine Wunden sind noch nicht versorgt worden?«

Er schüttelte den Kopf. Niemandem sonst war es aufgefallen.

Sie trat zu ihm. »Lass sehen.«

Er hätte sich lieber auf die Pritsche gelegt und sich seiner Erschöpfung ergeben, doch das wäre unvernünftig gewesen. Also zog er das Hemd über den Kopf und wandte sich dabei ab, damit sie nicht sah, dass Schmerz sein Gesicht verzerrte. Er richtete sich auf, und sie begutachtete zuerst die vernähten Wunden an seinem Schlüsselbein. Als sie nickte, wandte er sich um.

Sie schob ihm einen Hocker zu. »Setz dich.«

Aus ihrem knappen Befehlston schloss er, dass es ernst aussah. Es war ihre Art, die Kontrolle zu behalten. Er setzte sich, stützte die Ellenbogen auf die Knie. Ihre Finger tasteten sachte prüfend über seine Haut.

»Du hast eine große Prellung an der Seite und mindestens drei lange Risse auf dem Rücken. Ich muss zuerst das

Blut aufweichen, bevor ich genaueres sagen kann. Warte hier.«

Er hörte, wie sie den Raum verließ, schaute sehnsüchtig zur Pritsche hinüber. Doch im Moment hatte er nicht einmal mehr die Kraft, um aufzustehen und hinüberzugehen. Er ließ den Kopf hängen, obwohl das ein schmerzhaftes Ziehen seiner Wunden verursachte, und schloss die Augen. Ein Gefühl tauber Erschöpfung kroch in seine Schläfen und löste einen Schwindel aus, den Kaleb als Vorboten des Schlafes willkommen hieß. Er wurde sich der erneuten Anspannung in Schultern und Armen bewusst und entspannte die Muskeln, soweit das ging, ohne nach vorne zu sacken.

Das Geräusch von Eunices Schritten weckte ihn aus dem Dämmerzustand, ohne dass es ihn aufschreckte. Zu vertraut waren ihre Schritte, zu unaufdringlich ihre Anwesenheit. Die Augen weiterhin geschlossen lauschte er darauf, wie sie Gefäße auf den Tisch stellte und raschelnden Stoff entfaltete. Wasser gurgelte leise und plätscherte, als sie das Tuch auswrang. Dann legte sich der Stoff lauwarm und angenehm auf seinen Rücken. Ein Stuhl scharrte, sie setzte sich. Auf seinem Unterarm spürte er ihre Finger, als wolle sie ihm mit der Berührung Kraft schenken. Er hob leicht den Kopf, um sie anzusehen. »Was machst du in Selimsburgh?«

»Tim.« Sie lächelte. »Er ist den Brüdern gefolgt, und Vater wollte keinen Mönch schicken.«

Also hatte er dem Jungen zu verdanken, dass sie hier war. Eunice, die es immer verstanden hatte, seinen Schmerz und Zorn zu besänftigen – aber dafür anderen weckte. Einen Schmerz, der weit schlimmer war als die Klauenspuren auf seinem Rücken. Hätte sie jemals die leiseste Andeutung gemacht, hätte sie die Distanz überwunden, er hätte niemals die Kraft gehabt, ihrer beider Gelübde zu wahren. Doch ihre Berührung, so sanft, fast zärtlich sie war, überschritt niemals diese Grenze. Auch heute nicht. Die ruhige Wärme ihrer Hand war tröstend, freundlich, mitfühlend, war Eunice. Nicht mehr und nicht weniger.

So warteten sie, schweigend, dass das Wasser seine Arbeit tat. Sie saß nah bei ihm, die Fingerspitzen sachte auf seiner Haut, den Blick in seinem ruhend. Langsam kühlte das nasse Tuch aus, rannen Tropfen Kalebs Haut hinab.

Gerade, als die Kühle unangenehm zu werden begann, stand Eunice auf, wusch den Stoff aus und legte ihn erneut auf die Wunden. Diesmal blieb sie stehen, betrachtete ihn.

»Das kenne ich von dir nicht«, sagte sie, »dass du die Spuren des Kampfes auf dem Rücken trägst.«

»Ich werde wohl alt.«

»Das ist für einen Mönch durchaus eine Leistung.«

Sie tupfte sachte über die Verletzungen. Er war zu müde für die schmerzmindernde Trance, und sie wusste es.

»Sie sind tief, aber nicht bedrohlich. Leichte Entzündung an den Rändern. Ich werde desinfizieren und nähen müssen. Leg dich hin.«

Er stemme sich hoch, spürte einen Anflug von Schwindel und stützte sich am Tisch ab, bis die Empfindung verflogen war. Eunice wartete geduldig, ließ ihm Zeit. Sie kannte ihn zu gut, um ihm Hilfe anzubieten.

Er ging die wenigen Schritte und legte sich auf die Pritsche, wobei er ein Stöhnen unterdrückte.

Am Rücken war das Nähen keine sonderlich schmerzhafte Angelegenheit – verglichen mit anderen Verletzungen. Zudem waren ihre Berührungen so sanft, die Nadel so fein und seine Erschöpfung so groß, dass er schon fast eingeschlafen war, bevor der letzte Verband angelegt war.

Eunice schnitt den letzten Faden ab und lehnte sich auf ihrem Stuhl zurück. Medizinische Versorgung – das war die einzige Möglichkeit, die Verbote zu überlisten, ihre Hände auf seine Haut zu legen und seine Wärme zu spüren. Meistens bedeutete es zugleich, ihm Schmerzen zu bereiten: ihn mit Nadeln und Klammern zu verletzen, in Wunden einzudringen oder Drainagen in sein Fleisch zu betten – und doch waren es die einzigen Momente körperlicher Nähe, die ihnen vergönnt waren. Heimlich stahl Eunice sich dabei mehr. Sie streichelte, wo sie nur prüfen sollte, ließ ihre Finger länger über seinen Körper wandern als notwendig. Es war niemals genug.

Die blutigen Hände im Schoß betrachtete sie seinen Rücken, der sich unter gleichmäßigen Atemzügen hob und senkte. Ein dunkler Bluterguss zog sich rechts über seine Rippen, ein älterer, schon zu schmutzigem Gelb verblasster, schimmerte unter seinem Schulterblatt.

Die drei Risse, welche die Reaperklauen hinterlassen hatten, zogen sich über die gesamte Länge seines Oberkörpers, der längste, mittlere, vom Schulterblatt bis hinunter zur Hüfte. Trotz ihrer Länge war kein Organ verletzt worden – die Rippen hatte ein tieferes Eindringen verhindert.

Auf ihrem Verlauf zerteilten die frischen Wunden ältere Narben, und einige davon hatte Eunice ebenfalls versorgt. Da war die Spur von der Kugel eines Ketzers. Da war die unebene, breite Partie, wo ein Sturz ihm großflächig die Haut vom Fleisch gerissen hatte. Und da waren die Male des Bußkreuzes auf den Schulterblättern und den Lenden. Dort hatten sich die eisernen Klauen in sein Fleisch gebohrt und sich bei jedem Schritt bewegt, zwei endlose Stunden lang. Die Narben, die sie hinterlassen hatten, erinnerten an Blumen mit ausgefransten Blütenblättern. Eunice streckte die Hand aus und fühlte mit den Fingerspitzen die Unebenheiten, die von ihrer Schuld zeugten und von seiner Liebe zu Rachel.

Als die Tür geöffnet wurde, zog Eunice schnell die Hand zurück. Sie stand auf und wandte sich um. Obwohl sie die Eintretende noch niemals zuvor gesehen hatte, erkannte sie die Frau sofort: Rachel Lewis.

Seit ihrer Ankunft am Vortag hatte Eunice diese Begegnung gefürchtet. Sie hatte sich selbst einen Feigling gescholten, hatte sich vage vorgenommen, zu Rachel zu gehen und ihr zu sagen, dass sie kein Recht mehr auf Kaleb habe, dass er der Kirche gehöre, dass sie ihn endlich loslassen müsse.

Natürlich hatte Eunice das nicht getan. Sie hätte sich lächerlich gemacht – schließlich gab es schon seit Jahren keine Briefe mehr, keine Verbindung. Für Kaleb waren nur Erinnerungen geblieben und das diffuse Gefühl einer Schuld, weil er ihre letzten Briefe unbeantwortet ließ – lassen musste. Und weil er kein Vater für ihren Sohn sein konnte. Doch für diese Gefühle trug Rachel keine Verantwortung.

Rachel war ein junges Mädchen gewesen. War es ihr vorzuwerfen, dass sie die Hand nach dem Vater ihres Kindes ausgestreckt hatte? Sie hatte nicht ahnen können, wie sehr der Verrat an beiden Seiten Kaleb quälen würde.

Rachel trat mit resoluten Bewegungen ein und stellte einen Deckelkorb auf den Tisch. »Ich nehme an, er wird Hunger haben, wenn er …« Ihr Blick fiel auf Kalebs Rücken und sie schlug erschrocken die Hand vor den Mund. Eunice griff nach einer Decke und legte sie sachte über die Wunden und Narben. Als sie wieder aufsah, hatte Rachel Tränen in den Augen. »Hat er Schmerzen?«

»Er schläft jetzt.« Eunice hatte eine Spritze zurechtgelegt, aber die würde sie ihm erst später geben, wenn der Schlaf leichter und die Schmerzen wieder deutlicher würden.

»Wird er gesund werden?«

»Er hat Schlimmeres überstanden.«

»Im Krieg, nehme ich an.«

Eunice nickte stumm, während Rachels Blick auf der Decke ruhte, hinter der die Spuren seiner Schlachten verborgen lagen.

»So viele Narben.« Rachel schüttelte langsam den Kopf. Dann blickte sie zu Eunice hinüber. »Und ich nehme an, nicht alle trägt er auf der Haut.«

»Er ist stark«, sagte Eunice. »Er wird damit fertig.«

Rachels Gesicht veränderte sich, als würde sie Tränen zurückhalten, die mit Macht nach außen drängten. »Er ist einmal ein anderer Mann gewesen«, sagte sie erstickt, »freundlich und sanft. Sie haben ihn zerstört, Sie und ihre Kirche. Sie haben ihn zerbrochen.«

Eunice stand aufrecht und hob das Kinn. »Kaleb ist das Ergebnis seiner eigenen Entscheidungen, wie wir alle. Ich glaube nicht, dass irgendjemand ihn zerbrechen kann.«

FREITAG

Spoon hatte auf seinem Weg zu Raffael nicht sonderlich getrödelt. Nur in den Ruinen von Knoxville hatte er sich ein wenig länger umgesehen. Vielleicht war »umgesehen« nicht das richtige Wort – er hatte einen Plünderer entdeckt und war ihm gefolgt in der Hoffnung, dass der Mann ihn zu seinem Hort führen würde. Leider ging die Sache gründlich schief, denn es stellte sich heraus, dass der Plünderer nicht alleine war. Bei der Schießerei verballerte Spoon ein Dutzend kostbarer Kugeln und verlor um ein Haar das Motorrad – und das hätte Gabriel gar nicht gefallen. Außerdem wollte Spoon nicht wissen, was Gabriel mit ihm anstellen würde, wenn er die drei kleinen Flaschen aus der Tasche des toten Mönches nicht zu Raffael brachte.

Jedenfalls hatte er nach dieser Episode genug vom Trödeln und fuhr, geschützt durch eine ordentliche Ladung Spit, die ganze Nacht hindurch.

Im Lager musste man die Reaper nicht fürchten. Dort akzeptierten die Reptilien jeden als Rudelmitglied, egal, ob er gerade high war oder nicht. Wenn Gabriel einen Ketzer verfütterte, tötete er den Mann zuerst selbst. Und, Scheiße nochmal, Gabriel tat das gerne. Aber hier draußen, ganz alleine, war Spoon ebenso Freiwild wie jeder andere Mensch auch. Darum hatte er sich ziemlich vollgepumpt. Sicherheitshalber. Und es war ja auch nicht so, dass Spit gerade knapp wäre.

Es war sonderbar, im Rausch durch die Dunkelheit zu fahren. Fast meinte Spoon zu fliegen. Die Sterne schwebten zu ihm herab und er glitt zwischen ihnen dahin wie ein Engel. Oder ein Raumschiff. Ein Raumschiff mit tödlicher Fracht. Er trug die Reaper in seinem Bauch und würde sie auf die Erde entlassen, damit sie die letzten Städte vernichteten. Er war die Gottheit, die das Verderben gebar.

Mit dem Verblassen der Sterne kam dann prompt der unvermeidliche Kater, der Zittern und Heulkrämpfe brachte. Spoon musste anhalten und stand die Ausnüchterung zusammengekauert in taunassem Farn aus. Und das war gut, denn so hörte er die Motorräder.

Hier draußen im Wald war es verdammt still und im blauen Morgen trug die Luft die Geräusche sehr weit. Spoon hatte keine Ahnung, woher die Motorengeräusche kamen, aber es war mehr als nur eines, soviel war sicher.

Er kletterte auf eine Fichte; ein hoher Baum, gerade gewachsen, dazu noch auf einer Anhöhe. Die Spitze, die sich unter Spoons Gewicht neigte, ragte weit genug über die anderen Kronen hinaus, so dass Spoon einen guten Überblick hatte.

Ringsum erstreckte sich der Wald, doch nicht als eine gleichmäßige Fläche. An manchen Stellen war der Bestand jung, dicht und niedrig, an anderen beherrschten wenige Baumriesen ihre Umgebung. Hier hatte ein Sturm die Bäume umgelegt, dort hatten Insekten kahle Gerippe zurückgelassen und wieder an einer anderen Stelle kämpfte die Natur noch mit der alten Bebauung. Wie Narben zogen sich Schneisen durch den Wald: der alte Highway und der glitzernde Fluss. In der Ferne klaffte eine noch größere Lücke zwischen den Bäumen: Selimsburgh mit seinen Feldern. Spoon machte im Morgendunst die eckigen Formen der Gebäude aus. Von dort kam der Motorenlärm.

Spoon reckte den Hals, bemüht, die drei Straßenabschnitte, die er sehen konnte, im Blick zu behalten. Und tatsächlich – irgendwann tauchten auf einem davon Menschen auf, schwarze Punkte, die rasch wieder zwischen den Bäumen verschwanden.

Vier, fünf, vielleicht mehr, genau hatte er es nicht erkannt. Doch er war sicher: Die Menschen trugen Schwarz. Schwarz gekleidete Männer auf Motorrädern.

Er rutschte mehr vom Baum, als dass er kletterte, und schon saß er wieder auf seiner Maschine. Er musste Raffael warnen.

Raffael war nicht mehr in Seven Houses, so viel wusste Spoon. Aus irgendeinem Grund hatte der Erzengel sein Quartier an den Fluss verlegt, näher nach Selimsburgh.

Spoon kannte die ungefähre Richtung, aber er war doch froh, als eine Gruppe Ketzer auftauchte und ihn mit ihren Rädern umkreisten. Offenbar ließ

Raffael die Gegend durch Patrouillen überwachen, die sich untereinander und mit der Zentrale über Walkie-Talkies verständigten. Jedenfalls kam Spoon so schneller zu Raffael, ohne erst langwierig das Ufer des Susquehanna absuchen zu müssen.

Als sich Spoon und seine Eskorte dem Lager näherten, hielt Spoon zuerst nach einem Wohnwagen Ausschau, bis ihm einfiel, dass Raffael Häuser bevorzugte. Auch hier hatte der Erzengel eine Villa gefunden: auf einer Anhöhe, von Efeu überwuchert. Das alleinstehende Gebäude war dem Wetter wesentlich stärker ausgesetzt als Stadthäuser und es war entsprechend mitgenommen. Das Dach war eingefallen und das oberste Stockwerk damit nicht mehr nutzbar. Auf der Wetterseite klafften Löcher in der Außenwand und Fenster gab es keine mehr. Wo der Efeu das Licht nicht ohnehin abschirmte, hatte Raffael die Öffnungen verbarrikadieren lassen.

Viel bewohnbaren Raum bot das Haus sicher nicht mehr, aber für Raffael würde es reichen. Die Ketzer hatten ihre Wagen- und Zeltstadt auf der Wiese am Fluss aufgebaut. Niemand legte Wert darauf, ein Haus mit einem Erzengel und einem Rudel Reaper zu teilen.

Entsprechend blieben die anderen zurück, als Spoon sich der Villa näherte. Die Tür hing halb aus den Angeln. Mit klirrenden Löffeln zwängte sich Spoon durch den schrägen Spalt. Drinnen erwartete ihn ein angenehmes Halbdunkel, und er spürte sofort, wie sich seine Gesichtsmuskeln entspannten. Das verdammte Sonnenlicht wurde immer schlimmer.

Ein Schnauben ließ Spoon erstarren. Langsam drehte er sich um und bemerkte jetzt erst die zwei Reaper, die nebeneinander in einer Ecke lagen. Der eine hatte den Kopf gehoben. Doch es waren nicht nur die kleinen, roten Augen, die den Neuankömmling prüften. Spoon wusste, dass andere Sinne nach ihm griffen, ihn abtasteten, ohne dass er es spüren konnte. Er war ganz allein mit den Viechern, kein Erzengel da, der sie zurückpfeifen konnte.

Spoon stand ganz still und kniff die Arschbacken zusammen, zwischen denen sich ein unangenehmer Druck aufbaute. Er hoffte, dass sein nächtlicher Rausch noch nicht so weit abgeklungen war, dass er zur verlockenden Beute wurde.

Bestimmt war der Reaper satt. Die Erzengel achteten darauf, ihr Hausrudel nicht hungern zu lassen. Schon deshalb war es unklug, den Unwillen eines Erzengels zu erregen – eins der Risiken, wenn man zur mächtigsten Truppe der Welt gehörte.

Der Reaper hielt Spoon offenbar weder für Beute noch für eine Bedrohung. Der mächtige Kopf senkte sich wieder auf die Vorderklauen, und noch einmal schnaubte das Reptil, zufrieden diesmal.

Spoon atmete auf und entspannte sich. Natürlich war es eine Ehre, den mächtigen Reapern mit dem eigenen Fleisch zu dienen. Doch noch diente Spoons Fleisch ihm selbst und wenn es nach ihm ging, würde das auch noch eine Weile so bleiben.

Jetzt erst, als die Angst nachließ, hörte Spoon die Stimmen im Nebenraum. Langsam, um den Jagdinstinkt des Reapers nicht doch noch zu wecken, schob sich Spoon zu der Öffnung hinüber und spähte in das angrenzende Zimmer. Auf einem staubgrauen Sessel saß Raffael und hob die Hand zu einer warnenden Geste, ohne den Eintretenden anzuschauen. Spoon verharrte regungslos.

Raffaels Blick war auf das Funkgerät gerichtet, das auf dem Tisch vor ihm stand. Aus dessen Rauschen schälte sich eine Stimme. Gabriels Stimme: *»Sie werden schon wieder unruhig. Ich habe das Gefühl, die Ruhephasen werden immer kürzer. Vielleicht müssen wir bald weiterziehen.«*

Raffael sah ganz anders aus als Gabriel, viel weicher, gar nicht mehr wie ein Mönch, eigentlich. Er machte ein unwilliges Gesicht und drückte den Knopf. »Das ist keine Lösung«, sagte er. »Wir können nicht eine Stadt nach der anderen ausschalten. Davon haben wir nichts.«

»Willst du dich ihnen entgegenstellen?«, fragte Gabriel zurück, doch er erwartete wohl keine Antwort auf diese Frage, denn er fuhr gleich fort: *»Wie weit bist du mit unserem Spielzeug?«*

Spoon grinste. Das »Spielzeug« war ein Codewort. Sie

sprachen über die Trinität, eine Waffe, die mit einem Schlag den gesamten Klerus einer Stadt vernichten konnte – nur den Klerus. Dann würden die Ketzer direkt in die Specktürme der Konvente ziehen und ihre eigenen Clans gründen, mit einem Erzengel an der Spitze.

Spoon hatte detaillierte Pläne für diese Zeit. Er würde sich von den Bürgern für jedes Entgegenkommen den Arsch lecken lassen und jeden Tag eine andere Heilige Mutter schwängern.

»Das erste Teil ist unterwegs zu mir«, sagte Raffael, »das ging völlig problemlos. Und das dritte habe ich lokalisiert.«

»Was? Wo ist es?«

»Du wirst es nicht glauben.« Raffael lächelte. »Es ist hier, ganz in der Nähe – in Selimsburgh.«

Ein Moment der Stille folgte, dann wieder Gabriels Stimme. *»Bist du sicher?«*

»Der Alte hat seine Tochter dort untergebracht. Wo sonst sollte es sein?«

»Der Hurensohn. Wir sollten ihn aus Philadelphia herauslocken, bevor wir das Spielzeug einsetzen. Es wäre zu einfach, wenn er mit den anderen hopsgeht. Ich will, dass er langsam stirbt. Er soll leiden.«

»Das wird er. Dafür sorge ich.«

»Dann haben wir also bald alles zusammen. Ich werde unsere Freunde ruhig halten, so gut ich kann – aber ich kann nichts versprechen. Over and out.«

Erst als das Gespräch beendet war, geruhte Raffael, sich Spoon zuzuwenden. Er betrachtete die auffällige Jacke. »Gabriel hat dich angekündigt.«

Spoon zog die drei Flakons aus der Jackentasche und legte sie auf den Tisch. Möglichst beiläufig sagte er: »Hat er auch die Mönche angekündigt, die heute Morgen aus Selimsburgh losgefahren sind?«

Raffaels rote Augen blitzten. »Tatsächlich?« Er stand auf und Spoon wich unwillkürlich einen Schritt zurück. Raffael war ein großer Mann, wie alle diese vermaledeiten Mönche, und wenn er auf einen herabschaute, so wie jetzt, wirkte er gar nicht mehr weich.

»Sie werden der Gegenwart der Reaper folgen«, sagte Raffael. »Damit können wir sie hinlocken, wo immer wir sie haben wollen. Tank deine Maschine auf. In fünf Minuten fahren wir los.«

Seit zwanzig Jahren war Kaleb morgens um halb sechs aufgestanden, hatte sich gewaschen, rasiert und um Punkt sechs den ersten Gesang der Laudes intoniert. Der Rhythmus des Konvents hatte sich seinem Körper so sehr eingeprägt, dass sich seine Augen jeden Morgen schon vor dem Weckruf öffneten.

Doch heute ließ ihn seine innere Uhr im Stich. Als er erwachte, fiel bereits Tageslicht durch die kleinen Fenster des Funkturmes. Die Mönche mussten längst aufgebrochen sein.

Er setzte sich auf, schwang die Beine aus dem Bett und stellte fest, dass er sich erstaunlich ausgeruht fühlte. Trotzdem erklärte das nicht, warum er verschlafen hatte, und auch die Verwundung war nicht Grund genug. Er hatte sogar überhört, dass jemand seine Tasche gebracht hatte. Sie lag auf einem der Stühle.

Auf dem Tisch fand Kaleb Wasserkrug und Schüssel, Handtuch und Seife. Auch ein Rasiermesser nebst Pinsel war für ihn bereitgelegt worden. Er lächelte und strich sich über die Wangen.

Weiter hinten stand ein Korb mit Lebensmitteln. Beim Anblick von Brot und Ziegenkäse knurrte sein Magen vernehmlich. Er brach einen der weichen Teigfladen in zwei Hälften, steckte sich einen Bissen in den Mund und öffnete seine Tasche. Der Gral war noch da.

Kaleb legte ihn auf den Tisch, schlug das Tuch auseinander und betrachtete seine Beute zum ersten Mal in Ruhe. Es war zweifellos ein Teil der Trinität. Ein Stück, das sich irgendwie mit der Reliquie in der Kathedrale von Philadelphia verbinden ließ. Es war schön. Die kupfernen Leiterbahnen zogen geheimnisvolle Schnörkel auf der makellosen Keramik, wurden von anderen Metallen ergänzt und überkreuzt, elegant geschwungene Verbindungen, die sich hier und dort zu Ansammlungen verdichteten. Es würde helle Köpfe brauchen, um die Funktionsweise zu enträtseln.

Behutsam wickelte er den Gral wieder ein und schaute sich nach einem Versteck um. Da war der Schrank, in dem die Decken aufbewahrt wurden. Er legte den Gral ganz nach hinten – kein perfektes Versteck, aber das sollte es auch nicht sein. Es gehörte dem Konvent von Philadelphia, und er würde Eunice sagen, wo es war.

Er verstaute Kissen und Decke im gleichen Schrank, dann goss er Wasser in die Schüssel.

Rasieren hatte für Kaleb schon immer eine meditative Qualität besessen. Das Wasser erfrischte ihn. Während er sein Gesicht abtrocknete, klopfte es, und Samuel trat ein. »Guten Morgen, Bruder.«

»Sie sollten mich wecken, bevor die Mönche aufbrachen.«

Samuel erwiderte darauf nichts, sondern trat näher und legte einen schwarzen Stoff über die Stuhllehne. »In der Sakristei habe ich noch eine alte Kutte gefunden. Sie ist geflickt, aber …« Unter Kalebs Blick verstummte er. Dann zuckte er resigniert die Schultern. »Der Doc hat verboten, Sie zu wecken.«

Der Doc – damit meinte Samuel vermutlich Eunice. Kaleb zog das neue Hemd über. Auf seinem Rücken spürte er das Ziehen der Nähte, aber keine ungesunde Hitze. »Wann sind die Brüder aufgebrochen?« Mit routinierter Sorgfalt legte er die Handbandagen an.

»Bei Sonnenaufgang, vor fast drei Stunden.«

»Satteln Sie mir ein Pferd, Samuel. Ein schnelles.«

Samuel sah nicht glücklich aus, doch er nickte und verließ den Raum.

Bevor sich die Tür ganz geschlossen hatte, wurde sie schon wieder aufgedrückt. Timothy trat ein und blieb nach wenigen Schritten stehen. Er beobachtete stumm, wie Kaleb die Bandagen festmachte und dann die Waffen einsteckte, welche die Mönche ihm am Vorabend überlassen hatten: den Reaperdolch, den kleineren Genickfänger, drei Wurfsterne. Mit raschen und sicheren Bewegungen fand jedes Teil seinen Platz in Kalebs Kleidung.

»Vater will, dass du mich und Eunice zurück nach Philadelphia bringst.«

»Das muss warten.« Kaleb warf sich die Kutte über und

steckte ein paar der Lebensmittel in die Tasche, bevor er sie schloss.

»Wohin willst du?«

Kaleb hob den Riemen der Tasche über seinen Kopf. »Ich werde den Jägern folgen.«

Timothy bekam große Augen. »Vater hat es verboten!«

Kaleb rückte die Tasche zurecht, so dass sie weniger auf die genähten Wunden drückte. »Ich weiß.«

»Er hat dich schon einmal bestraft!«

»Ich weiß.«

»Er wird dich wieder bestrafen!«

Kaleb, reisefertig, schaute den Jungen an. »Ich weiß.«

Er ging an Timothy vorbei auf den Ausgang zu.

»Ich werde dich nicht verraten«, sagte der Junge unvermittelt. Kaleb wandte sich zu ihm um und betrachtete ihn mit einem kaum merklichen Lächeln. Dann trat er nach draußen.

Vor dem Funkturm bauten einige Männer den Galgen ab. Ein geschlossener Sarg stand in der Morgensonne. Vermutlich hatte Vater Mordechai dafür gesorgt, dass Joshuas Hinrichtung noch vor der Abreise der Mönche stattfand. Kaleb hatte inzwischen einige Inquisitoren kennengelernt, und sie alle hatten ein deutliches Interesse an Tod und Schmerz anderer gezeigt.

Kaleb ging in Richtung Stall. Erstaunlich schnell waren ihm die Wege in Selimsburgh wieder vertraut geworden und mit ihnen waren andere Erinnerungen zurückgekehrt, Dinge, die er vergessen hatte, und andere, die er hatte vergessen wollen.

Eunice kam ihm entgegen. »Wie fühlst du dich?«

»Besser.« Er verlangsamte seinen Schritt nicht, und sie schwenkte neben ihm ein, hatte Mühe, mit ihm mitzuhalten. Schließlich hielt sie ihn am Arm fest. »Kaleb, warte!«

Er blieb stehen.

»Tim und ich haben gepackt. Wenn wir gleich nach dem Mittagessen aufbrechen, kommen wir heute bis Rockpoint.«

Rockpoint.

Auf seinem Weg nach Selimsburgh hatte er die Außenstation gemieden, doch die Erinnerung ließ sich immer schwerer verdrängen.

»Sind die Gräber noch zu sehen?«, fragte er.

»Quäl dich nicht.«

Er senkte den Kopf. »Diese Menschen waren keine Ketzer, Eunice, und ich weiß bis heute nicht, warum sie sterben mussten.«

Die Befehle des Bischofs waren eindeutig gewesen. Erst hinterher hatte Kaleb die Augen seiner Opfer gesehen – und hatte die Gräber geschaufelt.

Ein bedauerlicher Irrtum, hieß es später, eine Fehlinformation, im Krieg nicht zu vermeiden. Kaleb hatte sich damit zufriedengegeben; geglaubt hatte er es nie. Denn entgegen der Behauptung des Bischofs war es nicht Unwissen, das einen Mönch zum Gehorsam führte, sondern Vertrauen.

Seit Rockpoint fiel es Kaleb schwer, dieses Vertrauen aufzubringen.

»Sie waren Zeugen«, sagte er. »Sie mussten sterben, weil sie etwas gesehen hatten, das niemand wissen durfte. Ist es nicht so?«

»Lass die Toten ruhen.«

Eunice gehörte dem Hochklerus an, natürlich wusste sie mehr. Aber was immer es war, Menschen waren getötet worden, um dieses Geheimnis zu behüten. »Ich werde euch nicht zurückbegleiten«, sagte er. »Ich werde den Mönchen folgen.«

Eunice schloss die Augen. »Du hast einen anderen Befehl, Kaleb.«

»Es geht um meine Brüder.«

»Es geht immer um irgendwen. Vor ein paar Tagen ging es um die junge Montjoy.«

Er schaute zum Stall hinüber. »Nein«, sagte er, »nicht um sie.«

Im Pferch legte Samuel einem rotbraunen Pferd eine Satteldecke auf, strich sie glatt und griff nach dem Sattel.

»Um ihn?«, fragte Eunice erstaunt.

Kaleb nickte.

Eunices Blick richtete sich auf Samuel. »Was liegt dir an einem Laien, der …« Sie stockte. Offenbar fiel ihr jetzt die Ähnlichkeit auf. Oder war es der Name, den sie wiedererkannte? Zweimal setzte sie an, bis es ihr gelang zu sagen: »Er ist es, nicht wahr? Rachels Sohn.«

Sie wandte sich um, aber Kaleb senkte den Blick. »Ich konnte ihn nicht allein lassen.«

»Nein«, sagte sie leise. »Das konntest du nicht.«

»Bruder Kaleb!« Dinah kam die Straße entlang. Sie sah noch immer blass aus, und ihre roten Wangen verrieten, dass das Fieber noch nicht abgeklungen war. »Ich habe gehört, dass Sie aufgewacht sind, und ich bin sehr froh, dass Sie es geschafft haben.« Als er nichts dazu sagte, wandte sie sich um und schaute zu Samuel hinüber, der gerade einem zweiten Tier Zaumzeug anlegte. »Früher dachte ich, er wäre schwach«, sagte sie. »Aber das ist nicht wahr. Er ist sanft – und trotzdem mutig.« Sie lächelte schüchtern. »Danke Bruder, dass Sie auf uns aufgepasst haben.«

Kaleb neigte den Kopf, und Dinah wandte sich ab. Sie ging zum Gatter hinüber und wechselte ein paar Worte mit Samuel. Die beiden wirkten froh, fast glücklich.

»Sanft«, wiederholte Eunice. »Wie der Mann, den Rachel geliebt hat.« Ihre Worte hingen eine Weile in der Luft, während der Wind Staubwirbel über den Boden trieb.

»Den Mann, den Rachel geliebt hat«, sagte Kaleb, »hat es nie gegeben. Er ist eine falsche Erinnerung. Das Produkt von zwanzig Jahren Sehnsucht.« Er ging weiter.

»Und was ist mit dem anderen Mann?« Eunice folgte ihm nicht und ihre Frage zwang ihn erneut, stehen zu bleiben. »Was ist mit dem Mann, der Rachel geliebt hat?«

Er senkte den Kopf. »Den gibt es nicht mehr.«

Sie trat neben ihn. »Und du musstest herkommen, um das zu erkennen?«, fragte sie sanft.

»Ich musste herkommen, um mich zu verabschieden.«

Eunice schwieg einen Moment, dann sagte sie: »Das verstehe ich. Und vielleicht warst du ihr das auch schuldig.«

Erst nach einem Moment begegnete er ihrem Blick. »Ihr, aber dir auch.«

Was dieser Satz bedeutete, was er bedeuten *könnte*, hatte ein Echo in ihrem Blick, in ihrer Miene. Nie zuvor hatte er es in Worte gefasst – wozu wäre das auch gut gewesen? Sie und er waren gebunden durch einen Schwur, der schwerer wog als ihr Leben. Achtzehn Jahre würde es noch dauern, bis sein Gelübde erfüllt und ein gemeinsames Leben möglich war. Achtzehn Jahre – eine Ewigkeit.

Er musste sich von ihrem Blick losreißen. Sie folgte ihm nicht.

Als Kaleb den Pferch betrat, sattelte Samuel das zweite Pferd.

»Was tun Sie da?«, fragte Kaleb.

Samuel schaute nur kurz auf. »Ich verdanke Ihnen mein Leben, Bruder. Ich werde Sie da ganz bestimmt nicht alleine hinausreiten lassen.«

»Ich habe Ihr Leben nicht gerettet, damit Sie es jetzt wegwerfen.«

Dinahs sah Kaleb flehend an, blieb aber stumm.

Samuel indessen ordnete die Steigbügel, bevor er sich umwandte. »Gleichgültig, was Sie sagen, ich werde Sie begleiten.«

»Glauben Sie mir, Sie wären mir nur im Weg. Sie sind ein Laie und ich habe weder Zeit noch Lust, wieder auf Sie aufzupassen.« Kaleb löste den Gurt und ließ den Sattel in den Staub fallen. »Sie werden hierbleiben. Und das nächste Kind, das dieses Mädchen unter dem Herzen trägt, wird Ihres sein. Haben Sie mich verstanden?!«

Dinah errötete und Samuel schluckte, dann nickte er zögernd.

»Gut.« Kaleb griff nach den Zügeln des anderen Pferdes. »Jetzt gehen Sie und öffnen Sie das Wehrtor für mich.«

Samuel gehorchte ohne ein weiteres Wort.

Kaleb führte das Pferd nach draußen, wo Eunice auf ihn wartete. »Bitte«, sagte sie. »Sprich zuerst mit Lucy.«

Er prüfte, ob der Sattelgurt festgezogen war, und sagte: »Ich weiß nicht, was dieses Ding dort draußen ist, aber ich weiß, dass ich mich beeilen muss.«

»Es ist ein Erzketzer.«

Er wandte sich ihr zu, aber Eunice wich seinem Blick aus. »Ihre Existenz wird geheim gehalten – selbst gegenüber dem Hochklerus.«

»Was ist ein Erzketzer?«

»Ein Erwählter«, antwortete Eunice, »dessen Sinne und Fähigkeiten durch die Nachtmilch verstärkt wurden.«

Also hatte er sich nicht getäuscht, Dinahs Entführer war tatsächlich ein Kleriker. »Wie sehr?«

»Du hast ihn gespürt.«

Das also war es gewesen. Es gab kein neues Geschöpf, keinen neuen Typus des Schreckens. Nur einen Ketzer, der einst Mönch gewesen war.

Wozu aber die Geheimhaltung?

Um den Mönchen die Möglichkeiten ihrer eigenen Macht zu verheimlichen? Weil der Hochklerus Angst vor seinen eigenen Bluthunden hatte? Wussten sie denn nicht, dass ein Mönch nicht herrschen, sondern dienen will?

»Was muss ihm zugestoßen sein, dass er seinen Eid brach? Und seine Brüder verriet? Es muss etwas Schreckliches gewesen sein.«

»Vielleicht. Aber vermutlich war er auch kein Mönch, sondern ...«

»Sondern?«

»Ein Inquisitor.«

»Ein Inquisitor?!«

Sie nickte, ein Flehen im Blick. »Kaleb, ich konnte es dir...

Er hob die Hand. »Weiß Vater Mordechai davon?«

»Ja.«

»Und die Brüder?«

»Er wird es ihnen sagen, wenn es an der Zeit ist.«

Offensichtlich würde Mordechai es ihnen nur sagen, wenn es unabdingbar wäre. Möglicherweise würde er die Brüder sogar opfern, wenn er es für wichtiger hielt, das Geheimnis zu wahren. Mordechai würde sie wahrscheinlich selbst töten, wenn er die Order hatte, Mitwisser und Zeugen zu eliminieren. Schließlich hatte auch Brookstone davon gewusst und Kaleb blind in die Outlands reiten lassen.

»Welche Fähigkeiten hat so ein Erzketzer?«

»Das wissen wir nicht genau.« In ihren Augen lag die Bitte, ihr zu glauben. »Jeder von ihnen wurde getötet, bevor man es genau herausfinden konnte. Aber ... sie sind mächtig.«

Er zog sich in den Sattel.

»Kaleb!« Eunice fasste die Zügel seines Pferdes. »Du bist verletzt, hast seit Tagen kaum etwas gegessen. Was kannst du erreichen, das fünf Mönche und ein Inquisitor nicht zuwege bringen?«

Kaleb schaute auf Eunice hinunter und sagte fest: »Es sind meine Brüder.«

Lucy musste einsehen, dass der Motorroller nicht mehr zu retten war. Man hatte ihn hinter die Wehr gebracht und Lucy das nötige Werkzeug zur Verfügung gestellt, doch die Struktur des Fahrzeuges war in sich verschoben und der Rahmen angerissen.

Ein Jammer. Es war eine schwache Maschine, nicht besonders schnell, aber gut im Verbrauch und leicht zu reparieren. Es gab nicht viele Modelle, die sich so unkompliziert auf Dieselbetrieb umstellen ließen. Überhaupt waren Fahrzeuge Mangelware. In den verfallenden Garagen und Verkaufsräumen der leeren Städte standen unzählige glänzende Wagen, aber ihre komplizierte Elektronik war mit den heutigen Mitteln einfach nicht mehr zum Laufen zu bringen. Viel Wissen war verloren gegangen in den dunklen Tagen.

Als sie den Schaden begutachtete, wurde ihr bewusst, welches Glück Kaleb und sie gehabt hatten, dass sie bei dem Sturz so glimpflich davongekommen waren. Sie selbst hatte bloß einige Hautabschürfungen zu beklagen und eine Menge blauer Flecken.

Doch der Roller war, wie sich jetzt zeigte, Schrott. Mit einem Schraubenzieher bog Lucy das verbogene Gehäuse um den Motor weiter auf. Mit Glück würde sie den Motor retten können – das Wichtigste. Rahmen besorgten die Plünderer zu Genüge, aber Dieselmotoren, klein genug für ein Zweirad, waren selten. Ihr blieb jetzt nichts weiter übrig, als die Vespa auszuschlachten und Crow oder Fleabag nach einer neuen zu schicken. Lucy besaß zwar noch einen weiteren Motorroller, doch bei der Ausfallhäufigkeit der alten Motoren verließ sie sich nicht gerne auf einen Fuhrpark, der nur aus einem einzigen Fahrzeug bestand.

»Er ist fort.«

Lucy schaute auf und sah Eunice in der Tür des Schuppens stehen.

»Du hast ihn gehen lassen?!« Sie zog den Lappen aus der Gesäßtasche und rieb sich das Maschinenöl von den Fingern. »Ich dachte, wir waren uns einig.«

»Er ließ sich nicht aufhalten.«

»Wie ich sagte; die Dosis war zu niedrig.«

»Ich kann ihn doch nicht einen ganzen Tag lang sedieren!«

»Und jetzt ist er weg.« Lucy warf den Lappen zu Boden. »Unsere beste Chance. Vielleicht die einzige.«

Eunice setzte sich auf einen Stuhl in der Nähe der Tür. »Du schätzt ihn falsch ein. Er ist vor allem ein Mönch. Er wird seinen Eid nie brechen.«

»Er ist ein Kämpfer, und genau das brauchen wir. Von all diesen dressierten Drohnen hat er noch am meisten Rückgrat.« Lucy fing Eunices Blick auf und lächelte schwach. »Der Punkt ist: Kaleb ist in der Lage zu tun, was getan werden muss.«

Eunice schüttelte den Kopf. »Aber nicht das. Glaub mir.«

»Er hat der Kirche nie vollständig gehört, und das ist dein Verdienst. Was er für dich empfindet, hat die Flamme des Widerstandes am Leben gehalten. Jetzt musst du sie nur schüren.«

»Der Konvent, die Brüder, das ist die einzige Heimat, die ihm geblieben ist. Wie könnte ich ihm die nehmen?!«

»Biete ihm eine neue Heimat.«

Eunice senkte den Blick. »Er wird es niemals tun.«

»Wenn er tot ist, bestimmt nicht.« Lucy fuhr sich mit den Fingern durch die Haare. Der verdammte Narr war einfach losgezogen, ohne zu wissen, was ihm da gegenüberstand. Er hatte Raffael nichts entgegenzusetzen. Nicht, solange er sich an die Beschränkungen der Kirche hielt.

Die Erwählten waren so stolz auf ihre Fähigkeiten, doch wenn man sie mit einem Funkgerät verglich, dann waren sie wie ein kleiner Empfänger, der unveränderbar auf eine einzige Frequenz eingestellt war, während Reaper riesigen Funktürmen und Lauschantennen gleichen. Ketzer wiederum waren wie winzige Sender mit einem Wackelkontakt, aber allein die Tatsache, dass die Nachtmilch bei Laien überhaupt eine Veränderung auslöste, zeigte, wie mächtig sie war.

Lucy wusste nicht, was genau die Nachtmilch aus Raffael gemacht hatte. Niemand wusste es, denn die Kirche hatte jeden der abtrünnigen Mönche umgebracht, statt sie zu erforschen. Und Raffael war mehr als ein Mönch, er war ein Inquisitor.

Die Fähigkeit zu »hören«, war bei den Inquisitoren nicht stärker ausgeprägt als bei den Mönchen, doch zusätzlich konnten sie ihre Gedanken anderen aufzwingen, konnten Empfindungen in den Kopf eines Menschen senden. Meistens waren es schmerzhafte.

Einen Laien konnte ein Inquisitor nicht auf diese Weise foltern. Nur die Köpfe von Ketzern und Erwählten standen ihm offen. Doch welche zusätzliche Macht würde die Nachtmilch Raffael verliehen haben?

Lucy wusste es nicht. Nur eines war klar: Die Veränderung eines Erwählten wurde durch eine einzige Dosis ausgelöst. Sie war vollständig und unwiderruflich. Das war das Opfer, das Kaleb bringen musste. Es würde nicht mehr und nicht weniger bedeuten als das Ende seines bisherigen Lebens.

Lucys Blick fiel auf Eunice, die zusammengesunken neben der Tür saß. »Ist dir klar«, sagte Lucy leise, »dass er dann frei wäre?«

Eunices Blick machte deutlich, dass sie diesen Gedanken durchaus gehabt hatte und sich dafür verdammte. »Er wäre ein Ketzer.«

»Aber frei.« Lucy ging zu Eunice hinüber und legte ihr die Hand auf die Schulter. »Weißt du, wo Joshuas Zimmer ist?«

Eunice blickte auf. »Was hast du vor?«

»Ich werde deinen Zinnsoldaten aus dem Feuer holen, bevor er zerschmilzt.«

Samuel hatte Kaleb ein schnelles aber nervöses Pferd gegeben. Letzteres war kein Nachteil, denn nach etwa drei Stunden Ritt ließ die zunehmende Unruhe des Tieres Kaleb die Umgebung doppelt vorsichtig in Augenschein nehmen.

Schon seit geraumer Zeit spürte er die Anwesenheit von sieben Reapern. Reaper verschlossen ihren Geist nicht. Sie konnten es wohl, aber es schien keine angeborene Fähigkeit zu sein, sondern etwas, das sie lernen und trainieren mussten, so wie die Menschen auch. Da ihre irdischen Beutetiere eine solche Maßnahme nicht erforderlich machten, war die Fertigkeit zur Verschleierung bei den meisten Reapern kaum ausgeprägt.

Kaleb folgte aber nicht dem Signal ihrer Anwesenheit, sondern den Spuren der sechs Motorräder. Sie führten durch ein dicht bewachsenes Waldgebiet, in dem man mit Motorrädern nur langsam vorankam. So weit wie möglich hatten die Mönche sich an die Stellen gehalten, an denen der Kümmerbewuchs alte Teerlinien unter der Erdschicht anzeigte. Nah bei Selimsburgh hielt der permanente Holzbedarf den Boden relativ frei von Totholz, doch das Fortkommen war schwieriger geworden, je weiter sie sich von dem Lehen entfernten.

Der Braune wurde immer unruhiger und Kaleb musste ihn zum Weitergehen zwingen. Schließlich war das Tier vom Sattel aus nicht mehr vorwärtszubewegen. Kaleb stieg ab und führte das Pferd am Zügel, bis auch er wahrnahm, was das Tier schon lange gewittert hatte: den metallischen Geruch von geronnenem Blut.

Kaleb blieb stehen und ließ seine Sinne die Umgebung erkunden.

Die Reaper waren noch ein gutes Stück entfernt, nur Blätterrascheln war zu hören. Etwas glitzerte zwischen den Stämmen. Kaleb versuchte zu erkennen, was das Sonnenlicht reflektierte.

Es waren die Motorräder der Mönche.

Der Braune schnaubte jetzt, wollte nicht mehr vorwärtsgehen. Kaleb blieb nichts übrig, als das Tier festzubinden und alleine nachzusehen.

Wachsam näherte sich Kaleb den Bikes. Der Geruch verstärkte sich, vermischte sich mit dem Ammoniakdunst von Urin. Das Sirren unzähliger Fliegen stellte Kaleb die Nackenhaare auf – dieses Geräusch kannte er zu gut.

Wessen Blut war es, das die Insekten anzog? Hatten die Mönche eine Gruppe Ketzer gestellt? Hatte es einen Kampf mit den Reapern gegeben? Oder mit dem Erzketzer? Was auch geschehen war, der Kampf war vorbei – aber die Präsenz der Reaper spürte er noch immer in der Ferne.

Die Motorräder waren ordentlich auf ihre Ständer gesetzt. Warum hatten die Mönche ihren Gegner hier gestellt, wo der Wald keinen Platz zum Kämpfen bot? Zögernd betrat er den Ort des Geschehens.

Schmeißfliegen erhoben sich in Schwärmen, schlugen ihm ins Gesicht, ließen sich kaum abwehren. Auf den Blättern und Zweigen war Blut geronnen, hingen Fetzen von Fleisch und Innereien. Ein unbeschreiblicher Gestank lag über dem Ort – das Zerreißen der Opfer, wie die Reaper es betrieben, legte immer auch die Därme und deren Inhalt frei.

Sie mussten sich hier in einen selbst für Reaper ungewöhnlichen Blutrausch gesteigert haben. Kaleb ließ den Blick schweifen, suchte nach Anhaltspunkten, die ihm einen Hinweis auf die Identität der Überreste geben konnten. Er entdeckte einen unförmigen, grün-roten Sack und identifizierte ihn als einen menschlichen Magen. Dann sah er schwarze Stofffetzen in den Zweigen flattern – Überreste einer Mönchskutte. Aus dem schwer herabhängenden Ärmel ragte eine Hand heraus.

Was Kaleb an Überresten fand, war ausnahmslos menschlich. Begleitet vom Summen der Fliegen durchquerte er langsam ein Areal von knapp zwölf Schritten, in dem die Reaper nichts übriggelassen hatten, das länger gewesen wäre als ein Oberschenkelknochen. Wie konnte es sein, dass fünf ausgebildete Mönche nicht einen einzigen Reaper mit in den Tod genommen hatten?

Der grausige Hohlweg endete und die Spuren auf der zerwühlten Erde gingen in eine etwa drei Fuß breite Fährte über, die nach Norden führte.

Bisher hatte Kaleb keine Köpfe gefunden, die ihm Auskunft über Namen oder Anzahl der Toten hätten geben können. Aus den zerfetzten Überresten darauf zu schließen, war ein hoffnungsloses Unterfangen.

Kaleb ließ sich in die Hocke nieder, studierte die Spur genauer. Reaperklauen hatten die Erde zerfurcht, damit hatte er gerechnet. Doch dann: ein Funken Hoffnung. Die Spur eines der Brüder, deutlich zu erkennen am Doppelkreuz von Philadelphia auf den Schuhsohlen. Ihr Anfang verlor sich in der aufgewühlten Erde.

Hatte einer der Brüder sich verbergen können und war

den Reapern gefolgt? Oder hatten sie ihn mitgenommen, als Gefangenen, so wie Dinah? Nein, die Spur lag oben auf – er war ihnen gefolgt. Aber warum zu Fuß? Das war nicht schwer zu erraten – er war den Reapern zu nah. Das Motorengeräusch hätte ihn verraten. Aber warum war er nicht nach Selimsburgh zurückgekehrt? Es gab nur einen Weg, das herauszufinden.

Das Pferd war ruhiger geworden. Kaleb blieb neben dem Tier stehen und lehnte seine Stirn gegen das warme Fell – der Geruch des Tieres übertönte den Gestank des Todes. Welcher von ihnen hatte überlebt? Ruben? Jeremiah? Daniel?

Kaleb ließ sich Zeit, bis seine Augen nicht mehr brannten und das Zittern in seinen Beinen zur Ruhe kam. Dann klopfte er dem Braunen den Hals, band ihn los und führte ihn weiträumig um die besudelten Bäume herum. Er saß erst auf, als er wieder auf die Spur stieß.

Aus dem Stand der Sonne schloss Kaleb die Himmelsrichtung. Die Spur führte nach Norden – vermutlich zum östlichen Arm des Susquehanna. Nach dem Fressen hatte es die Reaper zum Wasser gezogen.

Er wusste, dass sie sein Pferd wahrnahmen, doch zurzeit würde es für sie nur von mäßigem Interesse sein. Seine eigene Anwesenheit hielt er verborgen – weniger vor den Reapern als vor dem Wesen, vor dem Eunice ihn gewarnt hatte. Kaleb spürte den Erzketzer nicht, der wohl seine Anwesenheit ebenfalls verschleierte.

Er ritt langsam, bei jedem ungewöhnlichen Geräusch, jedem merkwürdigen Schatten misstrauisch verharrend. Er ahnte, dass er in eine Falle ritt, doch falls einer der Brüder überlebt hatte, durfte er ihn nicht im Stich lassen.

Schließlich war es ein Schnauben seines Pferdes, das Kaleb warnte. Während das Tier weiter im Schritt ging, ließ sich Kaleb lautlos aus dem Sattel gleiten. Ein Schlag auf den Hintern genügte, dass der Braune allein weiterging.

Geduckt schob sich Kaleb zwischen die Büsche und lauschte konzentriert in die Umgebung. Da! Ein Blitzen, das typisch flackernde Signal der Ketzer. Sie waren ganz in der Nähe. Den Reaperdolch in der Faust schlich er vorwärts. Kein Zweig knackte unter seinen Füßen, kein Blatt raschelte durch seinen Tritt.

Die Schritte des Pferdes wurden langsamer und schließlich blieb es stehen. Das Zaumzeug klirrte, als es den Kopf schüttelte. Irgendwo vor Kaleb sagte jemand: »Da sitzt gar keiner drauf!«

»Fresse halten!«

Kaleb lauschte weiter. Er würde keinen Kampf riskieren, solange er nicht wusste, wie viele Ketzer er vor sich hatte. Dann spürte er das Blitzen in seinem Rücken und wusste, dass die Entscheidung nicht mehr seine war.

Kaleb drehte sich um. Drei Schritte entfernt stand ein dunkelhäutiger Mann. Unheimlich glühten die roten Augen in dem ebenholzfarbenen Gesicht. So mussten sich frühere Generationen den Teufel vorgestellt haben.

Der Ketzer öffnete den Mund, doch bevor er schreien konnte, schlitzte Kalebs Wurfstern ihm die Kehle auf. Röchelnd ging der Mann in die Knie. Irgendwo wieherte der Braune und ergriff die Flucht. Kaleb wandte sich seitlich ins Gebüsch, aus dem ihm jedoch ein anderer Ketzer mit erhobener Machete entgegenkam. Kaleb unterlief den Schlag und rammte dem Mann den Reaperdolch in den Leib. Gurgelnd klammerte sich der Sterbende an ihn, riss ihn mit zu Boden. Kaleb schlug hart auf, wand sich aus dem Griff – und hörte hinter sich das charakteristische Klicken, mit dem eine halbautomatische Pistole einrastet.

Kaleb erstarrte in Erwartung der Kugel. Das rhythmische Dröhnen in seinen Ohren übertönte die Geräusche des Waldes.

»Aufstehen! Messer fallen lassen!«

Kaleb gehorchte und drehte sich um. Vor ihm standen zwei Ketzer, wie er sie selten gesehen hatte. Selbst die Plünderer, die doch direkten Zugriff auf die Überreste der alten Zivilisation hatten, putzten sich nur selten so auf. Beide hatten ihre Jacken mit Trödel benäht – der kleinere trug die Orden längst vergessener Kriege, der größere hatte sich mit silbernen Löffeln behängt. Ihre Gesichter waren verdreckt und von Pusteln überzogen, die verbliebenen Haarplacken verfilzt.

Die Halbautomatik in der Hand des größeren Mannes war allerdings in einwandfreiem Zustand.

Der Kleinere zeigte seine fauligen Zahnstümpfe. Er lachte irre und klatschte in die Hände. »Wir haben ihn, Spoon! Wir haben ihn!«

»Klappe! Fessel ihn!«

Kaleb hielt dem Mann seine überkreuzten Handgelenke hin. Der Ordenträger war unerfahren. Er tat, was Kaleb gehofft hatte und trat mitten in die Schusslinie. Kaleb reagierte schnell. Er riss den Mann als Schild vor sich und hielt ihm den Genickfänger an die Kehle. Doch er hatte nicht mit der Kaltblütigkeit des anderen Ketzers gerechnet. Drei Schüsse – einer davon traf. Die Kugel schlug mit solcher Wucht ein, dass Kaleb und sein menschlicher Schild zu Boden geschleudert wurden. Schreiend wälzte sich der Verwundete, strampelte so wild, dass Kaleb ihn nicht mehr festhalten konnte. Kaleb selbst war erstaunlicherweise unverletzt. Der Schütze nahm diese Tatsache mit einem irritierten Blick auf die Waffe zur Kenntnis.

Mehr Ketzer kamen nun zwischen den Bäumen hervor. Sie bewegten sich langsam wie Untote, ihre roten Augen starr auf Kaleb gerichtet. Ihr vor Schmerzen schrill kreischender Kumpan interessierte sie offenbar weniger.

»Halts Maul!«, rief der Mann mit den Löffeln, den der andere »Spoon« genannt hatte, doch der Verwundete reagiert nicht. Seine durchdringenden Schreie schmerzten in den Ohren.

Spoon winkte einen anderen Mann heran und tauschte seine Schusswaffe gegen dessen nagelgespickte Keule. »Pass auf ihn auf, Ringo!«

Ringos Wangen, Nase, Stirn waren durchstochen, an die zwanzig Kreolen-Ohrringe hingen in seinem Gesicht.

Während Kaleb seinen neuen Gegner einzuschätzen versuchte, trat Spoon vor den brüllenden Verwundeten und hob die Keule. »Ich. Habe. Gesagt. Du. Sollst. Das. Maul. Halten.« Jedes der Worte wurde von einem wuchtigen Hieb begleitet.

Der Verwundete war schon beim ersten Schlag verstummt, so dass in der Stille des Waldes das Brechen der Knochen und das Schmatzen von Fleisch zu hören war.

Die übrigen Ketzer sahen der Prozedur interessiert zu. Kaleb wollte sich aufstemmen, doch eine Kugel schlug zwischen seinen Beinen ins Erdreich. Der Knall des Schusses beendete das Massaker neben ihm.

Spoon richtete sich auf, Gesicht und Hals voller roter Spritzer. Er wirkte erleichtert, lächelte sogar.

Kaleb schaute sich nach dem Opfer um. Das Gesicht des Toten war nicht mehr zu erkennen. Zwischen Knochensplittern quollen Fleisch und Hirnmasse hervor. Nur noch ein Auge war vorhanden, doch es befand sich nicht dort, wo man es erwartet hätte. Mit scheinbarer Lebendigkeit glotzte es Kaleb an. Der Körper zuckte ruckartig, als sich ein Ketzer an den Stiefeln seines toten Kameraden zu schaffen machte; Kaleb wandte den Blick ab.

Spoon nahm die Halbautomatik wieder an sich, trat bis auf einen Schritt an Kaleb heran, die Schusswaffe in der einen Hand, den blutigen Knüppel in der anderen. »Ich bin kein besonders guter Schütze«, sagte er, »aber auf die Entfernung macht das nichts.«

Kaleb, der noch immer auf dem Boden saß, schaute zu dem Mann auf. »Worauf wartest du?«

Der Ketzer dachte über diese Frage nach. Er ließ seine Augen rollen, schürzte die Lippen. »Nein«, sagte er. »Runter! Auf den Bauch!«

Diesmal fesselten sie ihm die Hände auf den Rücken.

»Das ist der Braune, den ich Bruder Kaleb mitgegeben habe.« Sam stand auf dem Wehrgang neben dem jungen Obadijah Mitchell und schaute über die Palisaden hinunter. Das Pferd war eindeutig verängstigt. Sam würde wohl ein Lasso brauchen, um es einzufangen.

»Meinst du, der Bruder ist tot?«

Das war ein furchtbarer Gedanke. Sam schüttelte nachdrücklich den Kopf. Er hatte den Mann kämpfen sehen – leicht würde der es einem Feind nicht machen. Zudem: »Warum sollten die Reaper ihn angreifen, aber das Pferd entkommen lassen?«

Obadijah spuckte einen Schwall Kautabak über die Wehr. »Vielleicht, weil das Pferd schneller rennen kann?«

»Es könnte eine Falle sein«, sagte Dillon später, als Sam die Öffnung des Tores verlangte. »Ein Trick der Ketzer, um einen von uns vor das Tor zu locken.«

Sam erwiderte: »Oder es könnte einfach ein verängstigtes Tier sein, das uns Hinweise darauf geben kann, was mit dem Bruder passiert ist.«

»Ich will nur, dass du's weißt.« Dillon klemmte seine Daumen in die Ärmellöcher seiner Weste. »Dort draußen bist du allein. Und wenn du nicht allein bist, wird sich das Tor schon gar nicht für dich öffnen.«

»Ich verstehe.« Sam hielt dem Blick des Governors stand. Schließlich nickte Dillon dem Torsteher zu, und der zog den Riegel zurück. Wachsam trat Sam durch die Öffnung. Hinter ihm wurde die Tür wieder verriegelt.

Der Braune, einen guten Steinwurf entfernt, warf den Kopf hoch und wieherte. Er war schon immer ein nervöses Tier gewesen, aber jetzt war es eindeutig Angst. Sam achtete darauf, dass seine Bewegungen fließend und gleichmäßig waren.

»Ruhig«, raunte er und nahm in einer geschmeidigen Bewegung das Lasso auf. Mit langsamen Schritten ging er vorwärts. Der Braune schnaubte erneut und zeigte das Weiß in den Augen, hin- und hergerissen zwischen Fluchtimpuls und dem Wunsch, dem Menschen zu vertrauen, den er seit seiner Geburt kannte. Sam wusste, wann der Braune ausweichen würde; im rechten Moment warf er die Schlinge und fing das Tier ein. Behutsam ging er auf das Pferd zu, streckte langsam die Hand aus und bald ließ sich der Braune wieder berühren. Sams Blick schweifte in die Umgebung – nichts wies darauf hin, dass Ketzer in der Nähe waren. Er inspizierte Sattel und Fell. Kein Blut, keine Verletzungen. Was war geschehen?

Er winkte Obadijah zu und führte das Pferd zum Tor. Hinter der Wehr stand Lucy, die zu Dillon sagte: »Er hat sein Leben für zwei aus Selimsburgh aufs Spiel gesetzt – jetzt tut auch was für ihn!«

Dillon strich über seinen ergrauten Schnurrbart. »Er hat es selbst gesagt: Dort draußen ist etwas Neues, etwas Gefährliches.«

»Und genau deshalb braucht er uns!«

»Die Mönche sind zu unserem Schutz da, nicht umgekehrt.«

»Kapier doch! Erst müssen wir ihn retten, bevor er uns beschützen kann!«

»Kaleb mitgezählt sind dort draußen sechs Mönche und ein Inquisitor. Meinst du nicht, die können sich selbst verteidigen?«

Sam trat auf die beiden zu, den Braunen noch am Seil. »Sag mir, was ich tun kann, Lucy.«

Sie nickte knapp, sah dann zu Dillon. »Wenigstens ein Mann in diesem Nest!«

Wenig später, im Funkturm, studierte Sam mit Lucy und Eunice eine Karte. Es war eine alte Karte, in der noch Städte eingezeichnet waren, wo heute nur noch Wildnis war, doch sie erfüllte ihren Zweck. Mit energischen Strichen zeichnete Lucy Kreuze darauf ein. »Hier, hier und hier, das sind die strategischen Punkte. Bring dich nicht unnötig in Gefahr, hast du verstanden? Deine Aufgabe ist lediglich, die Räder zu betanken und zu verteilen. Du wirst jemanden brauchen, der dir beim Abladen hilft.«

»Das wäre dann wohl ich«, sagte Eunice. Sie stand auf der anderen Seite des Tisches und sah sehr blass aus.

Lucy richtete sich auf. »Den schnellsten Flitzer brauche ich selbst. Habt ihr hier eine Maschine, die Power unter der Haube hat?«

»Im Winter haben wir nicht viel mehr zu tun, als an unseren Bikes zu schrauben. Du wirst dich wundern, was wir zu bieten haben.«

Auf der mächtigen Maschine wirkte die zierliche Lucy geradezu verloren, doch sie versicherte Sam, das Gefährt beherrschen zu können. Sam hatte ein paar junge Männer motivieren können – sein erstes Aufgebot als Deputy, wie er nicht ohne Stolz feststellte. Deshalb konnte Eunice hinter der schützenden Palisade bleiben.

Unter den skeptischen Blicken der Einwohner von Selimsburgh öffnete Sam das Tor, um Lucy hinauszulassen. Eunice legte Lucy die Hand auf den Arm. »Was du aus Joshuas Zimmer mitgenommen hast – verwende es weise.«

»Versprochen.« Lucy schob sich die Motorradbrille vor die Augen und trat den Motor an. Dann gab sie Gas und verschwand hinter einer Staubwolke.

Es mochten Reaper gewesen sein, welche die Mönche zerrissen hatten, aber die abgetrennten Köpfe auf Stangen zu spießen und aufzurichten, war das Werk von Menschen.

Sechs Köpfe. Keiner seiner Brüder hatte überlebt.

Kaleb erkannte sie alle, selbst Bruder Daniel, dem auf der Hälfte des Gesichtes die Haut fehlte. Vater Mordechai hatte keine Augen mehr. Unter den leeren Höhlen war Blut die Wangen hinabgeflossen, und Kaleb fragte sich, ob der Inquisitor noch gelebt hatte, als man ihm die Augäpfel herausriss.

Die Ketzer führten ihren Gefangenen an dieser grausigen Reihe vorbei, ohne den menschlichen Überresten Beachtung zu schenken. Sie hielten auf einen Mann zu, der am Flussufer auf einem Faltstuhl saß. Er saß direkt an der Kante eines Abhangs, der zum niedrigen Wasserspiegel des Susquehanna hinunterführte, und schaute auf den Fluss hinaus. Eine Angelrute steckte neben ihm im Boden, ihre Schnur glitzerte in der Sonne.

Während sich die Ketzer näherten, ließ der Mann seine geistige Verschleierung fallen. Die Macht seiner Präsenz traf Kaleb mit einer Wucht, die ihm ein überraschtes Keuchen abrang. Da war mehr, als er jemals in einem Menschen oder sogar in einem Reaper gespürt hatte. Kein Wunder, dass die Tiere sich ihm unterwarfen.

Der Erzketzer griff träge nach der Angel und begann, die Kurbel zu drehen. Das mechanische Sirren klang unnatürlich laut in der stillen Landschaft, besonders, nachdem die Schritte der Ketzer verstummt waren. Sie warteten darauf, dass ihr Herr geruhte, sie zu bemerken.

Anders als sein Gefolge war der Erzketzer auffallend normal gekleidet – blaue Jeans, weißes Hemd, schwarze Stiefel. Auch die üblichen Zeichen exzessiven Nachtmilchkonsums fehlten: Seine Haare fielen voll und lockig bis zu den Schultern und seine Haut war frei von Geschwüren, soweit Kaleb sah.

Es dauerte eine Weile, bis die Schnur eingeholt war. Der Schwimmer trieb heran, erhob sich in die Luft und kurz darauf erschien ein leerer Haken. Der Mann griff in einen Becher auf dem Boden und holte ein Auge hervor, an dem der Sehnerv schlenkerte. Ohne zu zögern, stach er den Angelhaken in die Pupille und schob das dünne Metall weiter durch den gallertartigen Glaskörper.

»Es scheint ihnen zu schmecken«, sagte er, ohne sich umzuwenden. »Holt mir auch die anderen.« Er warf die Angel erneut aus und bohrte ihren Griff in die Erde neben sich. »Und den da bringt her, damit ich ihn mir anschauen kann.« Er winkte beiläufig.

Kaleb spürte den harten Stoß eines Gewehrkolbens in seinen Rippen. Er machte ein paar Schritte auf den Abhang zu, bis ein Kommando des Erzketzers ihn anhalten ließ. Der Mann drehte jetzt seinen olivgrünen Faltstuhl und zog sich einen Hocker aus dem gleichen Material heran, auf dem er seine Beine ausstreckte.

»Die Reaper hast du täuschen können«, sagte der Ketzer. Sein Vollbart verzog sich, als er freundlich lächelte – ein Lächeln, das tatsächlich Wärme ausstrahlte.

Es war abstoßend, wie er mit seinem Äußeren den ersten Erwählten nachahmte. Die roten Augen machten aus ihm ein fleischgewordenes Spottbild des Heiligen. »Den Reapern ist das Pferd egal, bis sie wieder Hunger bekommen, aber mir war natürlich klar, dass ein Pferd, auf dem man keinen Reiter spürt, nur einen Mönch tragen konnte.«

Er musste lügen. Kein Mensch konnte die Ausstrahlung nicht-telepathischer Lebewesen empfangen, schon gar nicht auf diese Entfernung. Kalebs Blick fiel auf die Schuhe des Mannes – die ihm zugewandten Sohlen trugen das Doppelkreuz des Konvents.

Der Mann folgte dem Blick. »Gute Qualität, die Konventstiefel. Mein Paar hat fast zwei Jahre gehalten, bevor ich mir etwas Neues suchen musste.« Er hob einen Fuß an, betrachtete ihn. »Offenbar habe ich die gleiche Schuhgröße wie Daniel. Was sagt man dazu?«

Die Erwähnung von Daniels Namen zog Kalebs Blick wieder zum Gesicht des Mannes hinauf. Hatte er etwa einen Bruder aus dem Konvent von Philadelphia vor sich?

Den Vollbart und das schulterlange Haupthaar hätte ein Mönch niemals tragen dürfen. Das und die burgunderroten Augen machten es schwer, ihn wiederzuerkennen. Eunice hatte von einem Inquisitor gesprochen.

Als der Ketzer seine Haare mit einer eitlen Geste aus der Stirn strich, durchzuckte Kaleb die Erinnerung. »Raffael!«

Der Ketzer klatschte trägen Applaus. »Mordechai hat länger gebraucht.« Er verschränkte die Hände hinter dem Kopf. »Ich erinnere mich auch an dich, Kaleb. Elijahs Zufallsfund aus den Lehen, viel zu alt, eigentlich, um noch all die notwendigen Techniken zu erlernen. Ich weiß noch, dass wir Wetten auf dich abgeschlossen haben. Offenbar hast du die Ketzerkriege überlebt. Das heißt, ich schulde Michael drei Rationen Fleisch.« Er schürzte die Lippen. »Ein Glück, dass er tot ist.«

»Sie waren deine Brüder.«

»Brüder?« Raffael legte den Kopf in den Nacken und schaute zu den Wolken auf, als müsse er nachdenken. »Ja, Mordechai vielleicht, biologisch gesehen. Aber biologisch gesehen sind die Reaper auch irgendwie meine Brüder, meinst du nicht?« Der Gedanke schien ihm zu gefallen, denn er lächelte, als er den Blick wieder senkte. »Haben wir nicht mit den Reapern viel mehr gemeinsam als mit den Laien und ihrer erbärmlichen Zwei-Basenpaaren-DNA, *Bruder*?«

Einer der Ketzer näherte sich unterwürfig. In den schmutzstarrenden Händen trug er die Augäpfel der toten Mönche.

»Dorthin.« Raffael machte eine ungeduldige Geste in Richtung Becher. »Troll dich. Verschwinde, wenn Götter sich unterhalten!« Er schaute dem davonstolpernden Ketzer nach. »Sieh sie dir an, Kaleb, die Krone der Schöpfung. Kein Tier lässt sich dazu herab, so zu leben.«

Kaleb hatte nicht vor, sich auf ein Geplänkel einzulassen. Sie waren tot, alle sechs, und alles, was er noch vom Himmel erbat, war eine Chance, sie zu rächen. Doch darauf konnte er kaum hoffen. »Wirst du mir noch erlauben, die Köpfe meiner Brüder zu begraben?«

Raffael riss in gespieltem Erstaunen Mund und Augen auf. »Das klingt, als rechnest du mit deinem baldigen Ableben.«

»Natürlich.«

»Fatalismus. Das gefällt mir.« Raffael lachte. »Oh, du wirst sterben, letztendlich. Aber nicht gleich. Ich muss dich frisch halten. Weißt du, wer sich einen Streichelzoo aus Reapern hält, sollte immer ein Augenmerk auf Frischfutter haben.«

Kalebs Lider zuckten, und Raffael beugte sich vertraulich vor. »Das fürchtest du? Dass du irgendwann im Magen eines Reapers enden wirst, muss dir doch seit dem Tag klar gewesen sein, an dem du Elijah Brookstone in den Konvent gefolgt bist.« Er lehnte sich wieder zurück und betrachtete Kaleb abschätzend. »Normalerweise muss ich die Ketzer töten, bevor meine Lieblinge sich darüber hermachen. Weiß der Teufel, warum sie sich nicht an Süchtigen vergreifen. Bei dir ist das nicht nötig. Mal sehen, vielleicht lasse ich sie ein bisschen spielen, lass dich rennen, geb' dir einen kleinen Vorsprung.« Er lächelte. »Ohne Waffen, natürlich. Ich will ja nicht, dass ihnen was passiert.«

»Warum?«, fragte Kaleb.

Raffael zuckte die Schultern. »Die Racker sind mir irgendwie ans Herz gewachsen.«

»Warum bist du zum Ketzer geworden?«

Raffael verzog die Lippen, als würde er diese Frage ernsthaft bedenken. »Überleben, darum ging es.« Er rieb sich das Brustbein, wo sein blütenweißes Hemd offenstand. »Und dann hat es mir unerwartet eine ganz neue Welt eröffnet.« Er ließ die Hand sinken und sein Blick wurde hart. »Sie haben uns belogen, Kaleb. All ihre Geschichten waren Lügen. Und weißt du, woher ich das weiß?« Er schaute Kaleb an, doch der gab dem Ketzer nicht die Genugtuung, die erwartete Frage zu stellen. Raffael beantwortete sie trotzdem. »Weil ich Das Buch gelesen habe. Die Heilige Jungfrau hat keinen Mönch geboren, Kaleb, sie hat einen Gott geboren. Und er hat nicht den Krieg gepredigt, sondern den Frieden. Es war alles Lüge. Aber das ist nicht wichtig, und weißt du auch, warum?« Wieder wartete er auf eine Entgegnung von Kaleb, die ausblieb. »Weil im Buch auch nur Lügen stehen.« Er machte eine ausladende Handbewegung. »Es gibt keinen Gott, Kaleb. Es gibt nur diese Welt und das, was wir daraus machen. Die Evolution schreitet fort – und ich bin ihr vorläufiger Endpunkt.« Er breitete die Arme aus. »Ecce Meo: die Krone der Evolution.«

Mindestens dreißig Ketzer begleiteten Raffael, vielleicht mehr, dazu die Reaper, die Kaleb schon die ganze Zeit über spürte.

Entlang des Ufers hatten die Ketzer ihre Zelte aufgestellt, dazwischen standen Geländewagen, die mit Schädeln, Fellen und Bruchstücken der untergegangenen Zivilisation zu grotesken Symbolen eines heidnischen Stammes umgestaltet worden waren. Angeschweißte Metallspitzen und Klingen gaben ihnen ein wehrhaftes Aussehen – und doch schützte nur die Nachtmilch die Männer vor den Reapern.

Man hatte Kaleb angekettet – mit einer Konstruktion aus aneinandergefügten Metallstücken: Fahrradketten, Handschellen, Zahnräder und rostige Eisenteile, verbunden durch Lötstellen oder Plastikleinen. All das lastete schwer auf seinen Armen und Schultern und fixierte ihn sitzend an einem Baumstamm.

Zehn Schritte von ihm entfernt errichteten die Ketzer einen Haufen aus trockenen Ästen. Sie besaßen offenbar Erfahrung darin, denn die Arbeit ging effizient vonstatten und der Haufen wuchs rasch in die Höhe. Begrenzt durch in den Boden geschlagene Pflöcke erhielt er eine rechteckige Form.

Handelte es sich um eine Art Tisch oder eher um einen Scheiterhaufen? Und hatte das Werk irgendetwas mit ihm zu tun?

Zumindest diese letzte Frage wurde beantwortet, als die Ketzer ihren toten Gefährten herbeibrachten, den Mann, den Spoon im Wald erschlagen hatte. Vier Männer trugen den Leichnam, andere folgten in einer stummen Prozession, während die letzten Arbeiter von der Holzkonstruktion zurücktraten, die Kaleb jetzt als Altar identifizierte. Man hatte den Toten völlig entkleidet. Das konnte Teil des Rituals sein, oder die Folge einer ausgiebigen Leichenfledderei. Stille herrschte, doch es war keine besinnliche oder trauernde Stille. Es war das Schweigen gespannter Erwartung.

Die Träger legten den Leichnam auf dem Altar ab. Kaum zwei Stunden waren vergangen, seit der Mann gestorben war. Reaper waren keine Aasfresser. Man musste ihnen den Körper präsentieren, solange er noch Wärme ausstrahlte. Der Kopf des Toten pendelte zur Seite und gab den Blick auf die grausige Zerstörung frei. Das verbliebene Auge war milchig geworden und hing traurig herab.

Die Ketzer traten zurück, bildeten einen Halbkreis um den Altar. Dabei achteten sie darauf, dass Kaleb vollen Blick auf das Geschehen behielt. Er beobachtete, wie der eine oder andere eine Spritze mit weißlicher Flüssigkeit zückte und die Nadel in eine blaue Vene versenkte. Kein Zweifel: Die Ketzer erwarteten die Ankunft ihrer Götter.

Raffael trat heran. Der Erzketzer hatte tatsächlich einen schwarzen Talar übergezogen. Gemessenen Schrittes trat er auf den Toten zu.

»Die Kirche …«, begann er und wurde prompt unterbrochen vom Murren der Ketzer. Raffael schaute zu Kaleb hinüber, lächelte, während die Laute des Unmutes verklangen. »Die Kirche lehrt, die Toten zu verbrennen oder zu begraben. Asche zu Asche, sagt sie, Staub zu Staub.« Jetzt gewann seine Stimme an Kraft. »Ich aber sage euch: Leben zu Leben!« Zustimmende Rufe ringsum. »Kein Gott hat uns geschaffen! Wir sind das Produkt der Durchsetzungskraft des Lebens!« Er schlug die Faust in die Luft, und seine Zuhörer griffen die Geste begeistert auf. »Die Natur hat uns hervorgebracht. Wir sind ein Teil dieser ewigen Mutter und wir bleiben ein Teil von ihr, auch wenn der Herzschlag verklingt, wenn das Blut aufhört zu fließen und die Gedanken schweigen. Wir fürchten nicht, was sie uns schickt. Wir geben ihr bereitwillig zurück, was sie uns schenkt. Und wir beugen uns ihrem Gesetz – dem Gesetz der Auslese, dem Gesetz vom Überleben des Stärkeren. Und jeder weiß, welches das stärkste Wesen dieser Welt ist!«

Halleluja-Rufe erklangen.

Raffael hob die Hände. »Der Himmel hat uns Götter geschickt!«, rief er. »Lasst uns ihnen Ehre erweisen!«

»Amen!«, schrien die Ketzer. Es klang wie ein Schlachtruf. Es wurde wiederholt, dumpfer diesmal, mit geballten Fäusten untermalt, wurde zu einem rhythmischen Fordern, heiser und drängend. »Amen! Amen! Amen! Amen!«

Kaleb spürte, dass sich die Reaper näherten und seine unwillkürliche Bewegung ließ die Ketten klirren. Schatten am Waldrand. Es waren sieben. Massige Tiere, wohlgenährt. Ihre kleinen, roten Augen blinzelten in das Abendlicht und fixierten das Opfer, das ihnen gebracht wurde. Das größte, älteste der Reptilien trat langsam aus dem Schutz der Bäume, die anderen folgten. Ohne Eile bewegten sie sich zum Altar hinüber. Die Bewegung der Schuppen ließ das Spiel der gewaltigen Muskeln nur erahnen, doch die geschmeidigen Schritte verrieten ihre Kraft.

Neben dem Altar Stand Raffael und erwartete seine Götter. Nicht alle Ketzer teilten die Ruhe ihres Anführers. Die Phalanx der Zuschauer wankte – hin- und hergerissen zwischen Furcht und Schaulust.

Von seiner Position aus erschienen die Reaper Kaleb noch gewaltiger: Berge aus Muskeln und schwarzen Schuppen, Klauen und Fängen – und er war ihnen ebenso hilflos ausgeliefert wie am Vortag auf der umgestürzten Weide. Als hätte die Angst nur geschlafen, überschwemmte sie ihn erneut. Mühsam stemmte er sich hoch, so weit es seine Fesseln zuließen, verharrte schließlich in gebückter Haltung.

Die Bewegung und das Geräusch der Ketten weckten die Aufmerksamkeit des Leittieres. Es blieb stehen und wandte ihm den riesigen Kopf mit den winzigen Augen zu. Kaleb erwiderte den Blick, stand mit geballten Fäusten da und hielt seinen Geist verschlossen. Ob das Reptil seine Angst trotzdem wittern konnte? Auch als der Anführer das Interesse verlor und sich wieder dem Altar zuwandte, entspannte sich Kaleb nicht.

Der Reaper erreichte den Leichnam, und da seine inneren Sinne bei einem Toten versagten, ließ er seine Nüstern das Bein entlangwandern. Er ließ sich Zeit, witterte, schnaubte. Schließlich packten die Fänge zu, die Reißzähne drangen scheinbar ohne Widerstand in das Fleisch ein, und von den Ketzern erhob sich ein Raunen, halb Furcht, halb Begeisterung. Das Reptil blieb stehen, die Fänge im Bein des Toten vergraben, und baute langsam die Kraft der mächtigen Kiefer auf, bis mit vernehmlichem Knacken der Oberschenkelknochen brach. Wieder erhoben sich bewundernde Rufe.

Die anderen Reaper verteilten sich um den Altar herum, packten ebenfalls zu. Ihre Körper versperrten Kaleb den Blick auf das Geschehen, doch die Geräusche brechender Knochen ersetzten die Bilder. Dann schleppte jedes Reptil seinen Teil der Beute – hier einen Arm, dort blutige Rippenbögen – in den Schutz des Waldes, um ihn dort in Ruhe zu verzehren. Raffaels Führung mochte ein Rudel zusammenhalten, doch beim Fressen zeigten sie sich als die Einzelgänger, die sie waren.

Der Halbkreis der Ketzer löste sich auf, gab den Blick frei auf verstreute Reste von Fleisch und Innereien sowie den Kopf, der herabgefallen war und unbeachtet liegen blieb.

Kaleb stand noch immer gebückt in den Ketten, den Blick auf Raffael gerichtet. Auf dem Gesicht des Erzketzers lag ein verklärtes Lächeln.

Später am Abend machten die Ketzer dem Gefangenen die Hände los, damit er essen konnte, ließen aber seine Füße in Ketten. Nicht, dass eine Flucht vor sieben Reapern sonderlich erfolgversprechend gewesen wäre, aber die Ketzer schienen eine gewisse Freude daran zu haben, Kaleb die Ausweglosigkeit seiner Situation spüren zu lassen.

Während Kaleb einen Eintopf aus Wildgemüse löffelte, aufgewertet durch die gekrümmten Körper mitgekochter Maden, hockte sich eine junge Frau vor ihn und starrte ihm aus aufdringlicher Nähe ins Gesicht. Sie mochte kaum siebzehn sein. Die Hälfte ihres Schädels war kahl und grindig, ein löchriger Mantel breitete sich hinter ihr wie ein Fächer über dem Boden aus. Die Gläser ihrer Sonnenbrille waren verspiegelt und reflektierten Kalebs Gesicht, während ihr saurer Atem ihn anwehte.

»Morgen angeln wir mit deinen Augen.«

Kaleb nahm einen weiteren Löffel und kaute vorsichtig, weil Sand zwischen seinen Zähnen knirschte. Die Ketzerin holte unterdessen ein Messer hervor und ließ die Klinge aufspringen. »Wir können sie dir schon jetzt rausholen. Du wirst sie eh nicht mehr brauchen.«

Mit zwei Schritten kam Spoon heran, nahm der Frau das Messer ab und gab ihr einen Schlag auf den Hinterkopf. »Keine Waffe in Reichweite des Mönchs!«

Kaleb betrachtete den Löffel in seiner Hand, von dem lauwarmer Eintopf tropfte. Auch der Löffel ließe sich mit genügend Wucht in einen Brustkorb rammen.

»Er will dich sehen!«

Kaleb hob den Blick zu Spoon, stellte die Schale zur Seite und streckte die gefesselten Beine. Der Ketzer verwendete das eben konfiszierte Messer, um die Leine durchzuschneiden, die zwei der improvisierten Kettenteile miteinander verband.

Im Westen stand die Sonne schon tief, tauchte die streifigen Wolken in Gelb und Rot – ein Anblick, den man in der Stadt niemals zu Gesicht bekam. Kaleb nahm das grandiose Schauspiel in sich auf, während die beiden Ketzer ihn zum Fluss eskortierten.

Raffael hatte sich an seinem Angelplatz eine Feuerstelle eingerichtet. Auf einem Gitter brieten zwei Fische und verbreiteten einen verlockenden Duft. Raffael hockte davor und hantierte mit einer Gabel. Er löste die schuppige Haut und legte das weiße Fleisch frei. Ein Stück davon nahm er auf die Gabelspitze und ließ es zwischen den Zähnen verschwinden. Offenbar war es heiß, er kaute mit offenem Mund und sog zischend die Luft ein. Dann gestikulierte er mit dem Besteck gegen die Ketzer. »Ihr könnt mich mit ihm allein lassen.«

Kaleb, die Hände in den Ärmeln der Kutte verborgen, schloss die Finger fester um den Löffel und achtete darauf, dass ihm kein Gedanke entschlüpfte. Womöglich war Raffael in der Lage, sie zu lesen. Die Verschleierung lange aufrecht zu halten, war Teil seines Trainings gewesen, aber nun, gegen Abend, ließ seine Konzentration spürbar nach.

Raffael stieß die Gabel in den Kopf des Fisches und zog ihn auf einen Teller, ebenso den zweiten. Kleine Stücke blieben festgebrannt auf dem Rost zurück, Fett tropfte zischend in die Glut.

»Du bist in Selimsburgh gewesen, die letzten Tage, nehme ich an.« Raffael setzte sich mit dem Teller in der Hand auf seinen Stuhl, noch weiter aus Kalebs Reichweite. »Ist dir dort eine Frau namens Berenice begegnet?«

Kaleb schwieg. Es war schwierig genug, die Konzentration zu halten, wenn er nicht redete.

»Du solltest besser reden, Mönch. Oder ist dir lieber, wenn ich anfange mit: ›Weißt du, warum du hier bist?‹«

Die Erinnerung an die von Vater Mordechai auferlegte Buße glitt eisig Kalebs Rücken hinab. Er fragte sich, ob die Nachtmilch auch diese Fähigkeiten bei Raffael verstärkt hatte. Vielleicht war es klüger, zumindest die unbedeutenden Informationen freiwillig zu geben. Er sagte: »Es gibt keine Berenice in Selimsburgh.«

Die stochernde Gabel verharrte, und Raffael schaute verwundert auf. »Du kennst jeden Bewohner von Selimsburgh?«

»Nein, aber ich habe mich nach ihr erkundigt.«

»Hast du das?« Raffael schob sich eine weitere Portion Fisch in den Mund, was seinen nächsten Satz undeutlich klingen ließ. »Warum hältst du deine Verschleierung oben? Hast du Angst, ich könnte deine Gedanken lesen?«

Kaleb erwiderte nichts.

»Das machst du schon den ganzen Tag. Ich weiß, wie anstrengend das ist. Außerdem ist es sinnlos.« Er lächelte. »Schmerz wird deine Barriere einreißen. Ich war Inquisitor. Ich kann das. Und dann liegen deine Gedanken offen vor mir – vor den Sinnen eines Erzketzers.«

Kaleb blieb stumm, und Raffael seufzte. »Warum hast du dich nach Berenice erkundigt?«

»Ich kenne ihre Schwester.«

Raffaels Blick wirkte nachdenklich. »Natürlich kennst du sie«, sagte er mehr zu sich selbst. »Brookstones zweite Tochter. Er war dein Beichtvater. Wahrscheinlich weißt du mehr, als ich dachte. Vielleicht weißt du sogar, dass sie einen der drei Grale besitzt.«

Noch bevor Kaleb seine Gedanken bezüglich der Teile in Berenices, Raffaels und seinem Besitz sortieren konnte, fuhr der Erzketzer fort: »Ich habe übrigens auch einen gehabt. Bis er mir gestohlen wurde.« Jetzt schien ihm ein Gedanke zu kommen. Unvermittelt lehnte er sich vor. »Wo hat er dich erwischt?«

Kaleb bemühte sich, seine ausdruckslose Miene zu wahren.

»Mein Wächter hatte Blut an den Klauen«, sagte Raffael. »Wo hat er dich erwischt. An den Armen? An der Brust?«

Kaleb blieb weiter stumm. Die Gabel klapperte auf den Teller, als Raffael sie verärgert fallen ließ. »Von Mordechais Jungs war es keiner. Die hatten sich in Selimsburgh verkrochen. Also bleibst nur du. Du hast den Gral gestohlen.« Raffael stellte den Teller auf den Boden und erhob sich, ohne den Blick von Kaleb zu wenden. »Wo hast du ihn hingebracht? Wo ist er versteckt?«

Kalebs Finger schlossen sich fester um den Löffel. Zwei Schritte noch.

»Sag es mir!«, schrie Raffael. Er streckte die Hand aus und ohne Kaleb zu berühren, brach er in seinen Geist ein.

Vater Mordechais Eindringen war wie das Einschlagen eines groben Nagels gewesen – doch Raffaels Angriff schnitt mit tausend scharfen Klingen in seinen Kopf. Kaleb schrie auf, seine Beine knickten unter ihm weg; er konnte seinen Sturz weder verhindern noch kontrollieren und schlug hart auf dem Boden auf. Gleißender Schmerz hüllte ihn ein.

Und dann riss ihm eine ungeheure Macht die Arme aus dem Körper.

Kaleb nahm in jeder Einzelheit wahr, wie sich die Knochen aus den Gelenkpfannen drehten, wie die Haut aufplatzte, wie Fleisch und Sehnen nachgaben und barsten. Kaleb brüllte auf, unfähig, Raffael auch nur den geringsten Widerstand entgegenzusetzen, spürte einen Wahnsinn aufflackern, der ihn aus der Wirklichkeit zu zerren drohte.

Dann war es vorbei. Der Schmerz verblasste, ließ nur ein wundes Empfinden zurück und ein Zittern aus Schwäche in allen Gliedern. Stöhnend wälzte Kaleb sich auf die Seite und nahm undeutlich wahr, dass seine Arme noch vorhanden und seine Schultern unverletzt waren. Er zog sich mühsam über den Boden, einem kreatürlichen Instinkt folgend, floh vor seinem Peiniger.

»Verstehst du es nun?«, hörte er Raffael sagen. »Ich musste dich nicht einmal berühren, um in dich einzudringen. Ich bin der nächste Schritt der menschlichen Evolution, Kaleb. Ich bin die Zukunft! Wo ist der Gral?«

Er griff erneut an, und als Kaleb sich nach vorne zog, brachen seine Finger. Es musste wieder eine Illusion sein, doch der Schmerz raste seinen Arm hinauf und lähmte sein Vorwärtskommen. Er wälzte sich auf den Rücken und sah Raffael, ein dämonisches Grinsen auf den Lippen.

»Du hast mir nichts entgegenzusetzen, Mönch. Der Schmerz öffnet deine Gedanken für mich.«

Kaleb schloss mit einem Stöhnen die Augen. Es stimmte – die Verschleierung war fort. Unmöglich, sie wieder aufzurichten.

Im nächsten Augenblick wurde ihm die gesamte Haut vom Körper gerissen. Kaleb warf den Kopf in den Nacken und brüllte, einen unendlichen Moment lang, in dem die Agonie ihn um Bewusstsein oder Verstand zu bringen drohte. Doch wieder ließ Raffael von ihm ab und der Schmerz verebbte so plötzlich, wie er gekommen war. Der Ketzer schien auf irgendetwas zu lauschen. Während Kaleb nach Atem rang, lief etwas Feuchtes aus seinen Augen und er wusste mit erschreckender Klarheit, dass es keine Tränen waren. Dann sah er, dass der Abhang nur wenige Schritte entfernt war.

Mit verzweifelter Kraft stemmte Kaleb sich auf und stürzte auf die Kante zu. Er hörte Raffaels wütenden Schrei hinter sich, spürte den Geist des Ketzers erneut nach dem seinen greifen, doch der schiere Schwung der Bewegung katapultierte ihn über den Rand der Böschung. Er stürzte, überschlug sich, und war fast erleichtert, als die Steine ihm die Haut von der Schulter schrammten – eine echte Verletzung und echter Schmerz.

Wie eine Erlösung schlug das Wasser des Susquehanna über ihm zusammen. Das Gurgeln und Sprudeln füllte seine Ohren, verhinderte jede Orientierung. Die Strömung griff nach ihm und er überließ sich ihrem Sog – nach dem Schmerz ein weiches Dahingleiten in der kalten Umarmung des Flusses. Der Gedanke, sich fallen zu lassen und zu ertrinken, erschien ungemein verlockend, doch der erste Schluck Wasser, den er in die Lungen sog, weckte seinen Überlebensinstinkt. Kaleb ruderte mit den Armen, kämpfte sich an die Wasseroberfläche und hustete, bis der Reiz nachließ. Die Strömung war stark, aber gleichmäßig, und Kaleb sah das Ufer mit beruhigender Stetigkeit an sich vorbeiziehen.

Hinter ihm dröhnte ein Motor auf. Kaleb drehte sich im Wasser um – ein Boot hielt auf ihn zu.

Das Entsetzen sackte eisig in seinen Magen. Einem Motorboot würde er nicht entkommen. Trotzdem wandte er sich um und kraulte auf das Ufer zu – bis er dort die schwarzen Schatten der Reaper sah, die durch das Buschwerk hetzten. Das andere Ufer war zu weit entfernt. Raffael würde ihm den Weg dahin abschneiden. Kaleb saß in der Falle. Er drehte sich im Wasser, um zu sehen, wie nah ihm der Ketzer schon war – und sah die Gestalt in dem Boot winken.

»Kommen Sie her, Sie verdammter Idiot!«

Das war nicht Raffael – das war Lucys Stimme. Die Erleichterung ließ ihn schwindeln und er sank unter die Wasseroberfläche. Zwei Schwimmstöße brachten ihn wieder nach oben, wo eine Hand nach seinem Hemd griff. Nach einer kurzen, gemeinsamen Anstrengung lag er schwer atmend auf den Planken und beobachtete, wie Lucy den tuckernden Außenbordmotor erneut auf Leistung brachte. Sie schwenkte den Handgriff, um das Boot in die Mitte des Flusses zu bringen.

Tropfend und schwer atmend ließ Kaleb den Blick auf Lucy ruhen. Ihre Augen erschienen ihm unnatürlich blau – vielleicht durch die Reflexion des Wassers.

»So wie Sie aussehen«, rief Lucy durch den Lärm des Motors hinweg, »geben Sie dem Begriff Ketzer eine ganz neue Bedeutung.«

Er ahnte, dass zwar nicht seine Iris, doch das umgebende Gewebe seines Auges rot war. Es fühlte sich geschwollen an, wenn das Lid darüberstrich.

»Halten Sie Ihren Geist verschlossen, die Reaper laufen noch immer am Ufer entlang.«

Das tat er ohnehin – aus einer irrationalen Furcht heraus, Raffael könnte sonst wieder Zugriff auf ihn erlangen. Wie weit reichte die erweiterte Macht des Inquisitors? Doch was nützte es, wenn er sich vor den Reapern verbarg. »Sie bleiben dennoch spürbar, Lucy.«

»Tun Sie's für mich«, entgegnete sie, während sie das Ufer wachsam im Auge behielt.

Als Kaleb sich aufrichtete, klapperten die beiden Ruder, die längs neben ihm lagen. Sie erklärten zumindest, wie Lucy sich lautlos hatte nähern können – aber nicht, weshalb weder Raffael noch die Reaper sie erspürt hatten. Und das war nicht die einzige Frage, die diese überraschende Rettung aufwarf.

Kaleb stemmte sich hoch und setzte sich Lucy gegenüber auf ein Querbrett. Seine Hände zitterten. Während er sie betrachtete, hallte die Erinnerung an den Schmerz nach. Doch seine Finger waren nicht gebrochen, nur schmutzig, und die Haut war hier und dort abgeschürft. Er ließ die Hände sinken und hob den Blick zu der Frau, die das Boot mit ruhiger Geschicklichkeit durch die Untiefen navigierte.

»Was tun Sie hier?«, fragte er.

»Ich rette Ihren Arsch«, gab sie zurück. »Haben Sie wirklich gedacht, Sie könnten einem Erzketzer ganz allein gegenübertreten?«

Offenbar wusste jeder außer ihm Bescheid. Kaleb begriff durchaus, warum die Kirche das Wissen über die Erzketzer geheim hielt. Wie viele Mönche mochten trotzdem das Tabu gebrochen haben – und wie viele würden es noch tun?

Kaleb saß auf Lucys rostbraunem Sofa, den Kopf gesenkt, die Ellbogen auf die Knie gestützt. Die Erschöpfung, die er spürte, war nicht nur körperlich. Das Bild der toten Mönche ließ sich nicht vertreiben, ebenso wenig der Schmerz über ihren Verlust. Auch das Entsetzen, das er bei Raffaels Angriff empfunden hatte, hallte nach und würde vielleicht nie mehr vollständig verblassen.

So also hatten die Reaper fünf Mönche töten können. Raffael hatte sie mit seinen neuen Fähigkeiten gelähmt.

Das Gefühl, beobachtet zu werden, veranlasste ihn, den Kopf zu heben. Lucy lehnte im Türrahmen, zwei Tassen in den Händen. Das Licht zweier Petroleumlampen verlieh ihrer Haut einen goldenen Schimmer. Verletzlich wirkte sie, wie sie da stand, umgeben von all ihren Büchern. Nicht zu glauben, dass sie es gewagt hatte, sich ganz alleine auf die Suche nach ihm zu machen, dass sie ihn gerettet hatte. Ihm war noch immer nicht klar, wie sie das geschafft hatte.

Sie löste sich vom Türrahmen, trat auf ihn zu und reichte ihm eine der Tassen. Dann ging sie zum Fenster und schaute hinaus, obwohl hinter der Scheibe nur das Holz des geschlossenen Fensterladens zu sehen war. Kaleb senkte den Blick in die Tasse und betrachtete den Dampf, der über dem heißen Tee waberte.

»Sie sind wunderschön, nicht wahr?« Lucy sprach, als könne sie die Reaper draußen vor dem Fenster beobachten. »So voller Kraft und Geschmeidigkeit – die vollkommenen Jäger.«

Kaleb schwieg. Er hatte sich noch nie Gedanken darüber gemacht, ob er Reaper schön fand.

Lucy wandte sich um, betrachtete ihn wieder. »Haben Sie sich schon mal überlegt, dass es unter wirklich telepathischen Wesen keine Lügen geben kann? Keine Unehrlichkeit? Keine Heuchelei?«

Kaleb richtete den Oberkörper auf und spürte ein Ziehen in seinen Schultern. Er fühlte sich schwach und uralt. »Natürlich«, sagte er. »Nur deshalb können wir sie besiegen. Weil sie das Konzept einer Lüge nicht verstehen.«

»Wir sind stärker, weil wir lügen können. Macht uns das zu der besseren Spezies?«

Kaleb lehnte sich gegen das Polster und betrachtete Lucy. Wie die Heilige Jungfrau war sie ihm erschienen, als sie mit ihrem Boot aus dem Nichts aufgetaucht war. Ihre Flucht war geradezu mühelos verlaufen – sie hatten die Reaper hinter sich gelassen und waren später auf ein Motorrad umgestiegen, das am Ufer bereitstand. Er hatte sein Glück nicht hinterfragt, doch nun drängten sich die Ungereimtheiten auf: Wie hatte sie genau zur richtigen Zeit am richtigen Ort erscheinen können? Wieso hatte sie sich nähern können, ohne dass Raffael es bemerkt hatte?

»Wie haben Sie mich gefunden?«

Er erwartete Ausflüchte, leicht zu durchschauende Lügen, doch Lucy sagte gar nichts. Vielleicht war sie sich nicht sicher, ob sie ihm trauen konnte. Sie richtete sich auf und ging ins Nebenzimmer. Als sie zurückkam, stellte sie drei kleine Flakons vor ihm auf den Tisch. Das Teströhrchen legte sie daneben.

Er schaute stirnrunzelnd auf die Nadel, die sie ihm entgegenhielt. »Was soll das?«

»Anders werden Sie es mir nicht glauben«, gab sie zurück.

Er hob den Blick zu ihrem Gesicht, doch sie stand nur stumm und abwartend da. Also nahm er die Nadel, stach ihr in die Fingerspitze und fing den Blutstropfen mit dem Testtubus auf. Für einen Moment schwiegen die Gedanken, während Kaleb abmaß, pipettierte und schüttelte – vertraute Handgriffe. Endlich stand er auf und trat an eine der Lampen, um im Licht den Messwert abzulesen. Er schaute lange durch den Messkopf, dann ließ er das Röhrchen sinken.

Lucy blieb stumm. Kaleb betrachtete sie aufmerksam. Ihre Gesichtszüge waren auf den ersten Blick die einer Frau, hätten aber auch zu einem femininen Mann gehören können. Der Körper war knabenhaft schmal, schien aber trotz der flachen Brüste weiblich.

»Wollen Sie meine Vagina inspizieren?«, fragte sie. »Mein Busen macht nicht viel her, aber unten herum stimmt alles.«

Sein Blick kehrte zu ihrem Gesicht zurück. »Wie kann das sein?«

»Ah!« Sie lächelte. »Eine intelligente Frage aus dem Mund eines Mönchs. Wie ungewöhnlich!« Sie umfasste ihre Tasse mit beiden Händen. Das Licht der Lampe ließ ihre Züge weicher erscheinen und erneut fielen ihm die viel zu blauen Augen auf.

»Früher«, sagte Lucy, »in der Zeit vor der großen Dunkelheit, hat sich die Wissenschaft ohne Vorurteile mit solchen Phänomenen befasst. Man unterschied den Genotyp und den Phänotyp.«

Er betrachtete sie aufmerksam. »Sie wollen sagen, Sie sind genetisch ein Mann, aber körperlich eine Frau? Das kann es nicht geben.«

»Jetzt sprechen Sie wieder wie ein Mönch.« Sie verschränkte die Arme vor der Brust. »In der Natur ist alles möglich. Ich bin eine Frau, weil meinem Y-Chromosom ein bestimmtes Gen fehlt.« Sie lächelte wölfisch. »Die außerirdischen Sequenzen sind aber intakt.«

»Wie lange wissen Sie das schon?«

»Oh, seit die Familie meines Bräutigams den Fruchtbarkeitstest angefordert hat, auf den sie Anspruch hatte.«

Kaleb hob die Brauen. »Sie gehören zum Hochklerus?«

»Nicht mehr.« Lucys Lächeln war nun bitter. »Sie haben den Test dreimal wiederholt und meine Genitalien ausgiebig untersucht. Schließlich haben sie mich zu einer Monstrosität erklärt, zu einer Tochter Lucifers, und mich aus der Stadt gejagt.«

Kaleb nickte langsam. »Deshalb Lucy«, sagte er.

»Selimsburgh war der richtige Ort für mich. Ihre Tradition, die Kinder nicht nach Dem Buch zu benennen, fand ich sehr erfrischend. Leider war schon die zweite Generation nach Marjorie Brent weniger freigeistig.«

»In seinen Lehen bevorzugt der Konvent nun mal die Verwendung der offiziellen Namenslisten.«

Lucy lächelte spöttisch. »Und Ihnen ist es natürlich völlig fremd, den Forderungen der Kirche zuwiderzuhandeln, Bruder.«

»Ich bin ein Mönch.«

»Das hat Sie nicht davon abgehalten, einen Briefwechsel mit Ihrer Geliebten zu führen. Oder einen direkten Befehl zu missachten, um Ihren Sohn zu retten.«

»Offensichtlich wissen Sie eine Menge über mich.«

»Und Sie wissen eine Menge über mich.« Wieder dieses spöttische Lächeln. »Kommen Sie, Bruder. Erzählen Sie mir nicht, dass Sie es nicht schon längst herausgefunden haben.«

Er ließ sich Zeit, betrachtete ihre Augenpartie, die der von Eunice so ähnelte, und ihre Haare, die so ganz anders waren.

»Sie sind Berenice«, sagte er schließlich.

»Bravo, Zinnsoldat.«

»Ist Eunice ebenfalls …?«

Ein freudloses Lächeln spannte Lucys Lippen. »Nein, sie ist wahrscheinlich sogar gebärfähig. Vater hat sie damals nur aus der Schusslinie holen wollen. Er wollte nicht riskieren, dass wir beide aus der Stadt vertrieben werden.« Sie schaute nachdenklich zu Boden. »Vermutlich kam ihr diese Entscheidung durchaus entgegen. Sie wäre nicht glücklich geworden als repräsentatives Accessoire eines Klerikers.«

Damit hatte sie vermutlich recht. Lucy schaute vor sich hin, und Kaleb konnte nur raten, dass sie an ihre Jugend dachte. Schließlich reckte sie die Schultern. »Wo wir nun schon bei den Wahrheiten sind – haben Sie Kraft für eine weitere?«

Er nickte, und Lucy sagte ruhig: »Sie sind Raffael nicht gewachsen. Niemand ist das.«

Das war keine Neuigkeit. »Ich nehme an, Sie haben einen Vorschlag.«

Sie musterte ihn, als versuche sie einzuschätzen, wie viel sie ihm zumuten konnte: »Es gibt nur eine Chance: Sie müssen selbst zu dem werden, was Sie jagen.«

Er sagte nichts, stand nur auf.

»Sie wissen, dass ich recht habe. Wir haben keine andere Wahl. Raffael muss eine Heilige Mutter finden, um seine eigene Dynastie zu gründen, und er weiß, dass er in Selimsburgh eine findet. Meinen Sie wirklich, dass er seinen Plan so leicht aufgibt?«

Es ging nicht mehr nur um Dinah. Rafael musste inzwischen vermuten, wo er den Gral finden konnte. »Selimsburgh hat eine Palisade und eine psychoinvasive Barriere.«

»Raffael hat ein ganzes Rudel Reaper und ein Dorf von Ketzern, das ihn unterstützt.« Sie trat auf Kaleb zu und schaute ihm fest ins Gesicht. »Und er ist ein Mensch – das gefährlichste Raubtier, das dieser Planet jemals hervorgebracht hat. Sie haben es selbst gesagt: Wir sind sogar den Reapern überlegen.«

»Er ist ein Ketzer«, sagte er. »Ich habe seinen Wahnsinn gesehen.«

»Er ist nicht wahnsinniger als zuvor. Er ist das, wozu seine Kirche ihn gemacht hat, nicht das Drops.«

»Seine Augen sind tiefrot – er muss die Nachtmilch schon sehr lange nehmen. Er wird kaum in der Lage sein, einen Plan zu entwickeln, der …«

Lucy seufzte und presste die Handballen gegen ihre Augen. »Sind Sie wirklich so blind? Meinen Sie wirklich, er könnte die Reaper beherrschen, wenn er ein sabbernder Irrer wäre?« Sie ließ die Hände sinken. »Bei einem Erwählten, wie Ihnen und mir, reicht ein einziger Schuss, Kaleb, eine einzige Dosis, um die Tore aufzustoßen. Endgültig. Ich will Sie nicht in eine Abhängigkeit treiben. Verdammt, für Sie wird es nicht mal ein ordentlicher Trip werden!«

»Was dann?! Was soll es bewirken?«

»Es wird Ihre Sinne erweitern, Kaleb, die Schleusen öffnen. Was Sie telepathische Fähigkeiten nennen, ist nur ein kleiner Teil dessen, wozu Sie fähig wären, wenn Sie es zuließen!«

»Das sind Märchen. Ketzermythen. Die Worte der Schlange. Gott weist uns unsere Fähigkeiten zu. Mehr sein zu wollen, ist Hybris.« Er schnaubte verächtlich. »Wenn eine Dosis genügt, um die Sinne zu erweitern, dann genügt sie auch für den Wahnsinn.«

»Man hat Ihnen solche Angst vor der Nachtmilch ins Gehirn gepflanzt, dass Sie völlig verblendet sind!«

»Ich bin treu«, sagte er. »Wie alle Brüder. Es wird kaum genügend Abtrünnige gegeben haben, um ihre Behauptungen zu stützen.«

»Oh, es gab einige. Chicago, Montgomery, Rockpoint.«

Der Name ließ Kaleb stutzen. »Rockpoint«, wiederholte er. »Es gab dort keinen Mönch – abtrünnig oder nicht.« Keiner der Toten hatte die Brandzeichen eines Konvents getragen.

Lucy senkte den Blick. Wie viel wusste sie? Als Brookstones Tochter sicher eine Menge. Einen Moment lang schwieg sie, doch dann wurde ihr wohl klar, dass sie sich sein Vertrauen durch Ehrlichkeit verdienen musste.

»Es gab einen. Die Familie dort hat ihn aufgenommen, hat sich um seine Wunden gekümmert.«

»Er war verwundet?«

»Die Ketzerkriege waren in vollem Gange, Sie werden sich erinnern.«

»Allerdings.«

»Wenige Tage nachdem er Rockpoint verlassen hatte, wurde er getötet, und man beschloss, die Zeugen ebenfalls zu beseitigen und den Außenposten zukünftig mit einem Mönch zu besetzen.«

»Man«, wiederholte Kaleb und schaute Lucy an. Sie wussten beide, wer diese Entscheidung getroffen hatte. »Nur um die Existenz eines Erzketzers zu verschleiern?«

»Er hatte etwas bei sich«, sagte sie. »Etwas, das geheim gehalten werden musste.«

»Was?«

Ein schwerer Atemzug. »Das darf ich Ihnen nicht sagen.« Ihr Blick bat um Verständnis. »Ich habe es geschworen.«

Das war ein Grund, den ein Mönch durchaus respektierte. »Er kann trotzdem wahnsinnig gewesen sein«, sagte Kaleb. »Ein Anbeter. Sie haben nichts gesagt, das mich vom Gegenteil überzeugen könnte.«

Sie schwieg. Nach einer Weile sagte sie: »Sie haben sich gefragt, wie ich Sie finden konnte. Wie ich meine Anwesenheit vor Raffael verbergen und ihn im richtigen Moment ablenken konnte, damit Ihnen die Flucht gelang. Schauen Sie genau hin.« Sie senkte den Kopf und griff mit beiden Händen in ihr Gesicht. Als sie den Kopf wieder hob, lag eine winzige Schale auf ihrer Fingerkuppe. Ihr rechtes Auge leuchtete blutrot im Licht der Petroleumlampen.

Kaleb hatte ernsthaft überlegt, das Haus sofort zu verlassen und hinaus in die Nacht zu gehen, in der nicht nur Reaper lauerten. Doch er hatte sich an die Worte von Vater Abt erinnert: Sieg ist nur möglich, wenn du dich selbst kennst – und deinen Feind. Wo würde er mehr erfahren können als hier? Also war er geblieben.

Jetzt trat er in Lucys Küche und beobachtete, wie sie Brot schnitt. Ihre Bewegungen waren ruhig, ihre Miene gefasst. Sie wirkte tatsächlich nicht wie ein Ketzer – von den roten Augen einmal abgesehen.

»Wie lange nehmen Sie die Nachtmilch schon?«, fragte er.

»Ziemlich genau seit …«, sie gab vor, zu überlegen, »heute Mittag.«

»Seit … was?!«

»Ganz recht. Und ich hätte es nicht getan, hätte ich nicht Ihren verdammten Arsch retten müssen.«

»Um Gottes willen! Wozu?!«

»Fragen Sie mich das im Ernst?!« Sie legte das Messer weg und wandte sich zu ihm um. »Wir brauchen Sie, Kaleb! Nur ein Erzketzer kann Raffael besiegen.« Sie stellte das

Brot auf den Tisch, auf dem schon zwei Teller und einige Einmachgläser standen.

»Sie sind jetzt selbst ein Erzketzer.«

»Ja, aber ich bin kein Kämpfer. Wenn man auch das aus Büchern lernen könnte, dann wär ich's. Aber um Raffael zu besiegen, reicht theoretisches Wissen nicht aus.«

Kaleb hatte nicht vor, in diesen Plan einzuwilligen, aber er musste wissen, womit er es zu tun hatte. Er zog einen Stuhl zurück und setzte sich.

»Und diese Verwandlung ist endgültig? Unumkehrbar?«

»Soweit wir wissen, ja. Sie lässt auch nicht mehr nach.«

»Was macht es mit Ihnen?«

Es schien sie zu versöhnen, dass er Interesse zeigte. Sie setzte sich ihm gegenüber und dachte kurz nach. »Bis jetzt weiß ich nur, dass es alles einfacher macht. Sich verschließen, sich öffnen, die äußeren Bilder lenken.« Sie verwendete den Fachbegriff für die Gedanken, die ein Mönch nach außen dringen ließ. »All das ist plötzlich mühelos.« Sie hielt ihm den Brotkorb hin und er griff zu.

»Kontrolle«, sagte er und nickte. »Und die Wahrnehmung?«

»Ist deutlicher. Ich spüre die Reaper aus größerer Entfernung als vorher, und aus der Nähe sogar Ketzer und Mönche.«

Reflexartig hob er seine Verschleierung, doch er war zu erschöpft, um sie aufrecht zu halten. »Auch andere Wesen?«

Sie schmunzelte über seinen kraftlosen Versuch. »Nein.«

»Raffael hat behauptet, mein Pferd wahrgenommen zu haben.«

»Vielleicht kann er das. Ich kann es nicht.«

»Und Gedanken lesen?«

Kopfschütteln, doch dann stockte sie. »Ich glaube, ich habe ... Ihren Schmerz gefühlt. Obwohl ich bestimmt dreißig Yards entfernt war.«

Das war plausibel. Reaper nahmen emotional gefärbte Gedanken besser wahr als andere. Die meisten Techniken der Mönche basierten auf dieser Tatsache.

»Raffael hat behauptet, er könne Gedanken lesen.«

»Meinen Sie, dann hätten Sie entkommen können?«

Die Frage war berechtigt. Vielleicht war die Flucht einfach

zu plötzlich, die Gelegenheit zu überraschend gewesen. »Warum sonst hätte er versuchen sollen, meine Barrieren zu durchbrechen?«

»Hatte er das nicht schon längst?«

Lucy hatte recht. Kalebs Schutz hatte sich schon unter dem ersten Angriff völlig aufgelöst. Aber warum hatte Raffael dann nicht gelesen, was er hatte wissen wollen?

»Vielleicht …« sagte er langsam.

»Ja?«

»Wir Mönche müssen einen Reaper berühren, um seine Gedanken erkennen zu können.«

Lucy streckte ihm auffordernd die Hand entgegen. Er zögerte, doch dann legte er seine Hand in ihre.

Lucy schloss die Augen. »Sie denken … an Eunice.«

»Das war nicht schwer zu erraten.«

»Sie steht in Selimsburgh, in ihrem weißen Mantel, neben einem Motorrad des Konvents. Und jetzt sitzt sie auf einem Stuhl und legt ihre Finger auf meinen Arm. Nein, auf *Ihren* Arm.«

Er entzog sich ihrem Griff, und sie öffnete die Augen. »Das war seltsam.«

»Allerdings.«

Sie aßen schweigend. Als sie fertig waren, stand Lucy auf und stellte die Teller zusammen. Er schaute zu, wie sie abräumte.

»Ich konnte Raffael spüren«, sagte Kaleb, »aber Sie spüre ich nicht. Sind Sie verschleiert?«

»Nein.« Sie wandte sich zu ihm um und lehnte sich gegen den Küchenschrank. »Vergessen Sie nicht, dass Raffael ein Inquisitor ist. Inquisitoren sind starke Sender, das unterscheidet sie von anderen Erwählten. Darum können sie in unseren Köpfen Schmerzen hervorrufen. Raffaels Ausstrahlung ist sogar stärker als die eines Reapers.«

Das hatte Kaleb auch bemerkt. »Das heißt, selbst wenn ich die Nachtmilch nehmen würde, ich werde nie so stark sein wie Raffael.«

»Nicht im Angriff, aber in der Verteidigung. Können Sie einen normalen Inquisitor abwehren?«

Kaleb wollte schon verneinen, doch dann zögerte er. Hatte Mordechai nicht von ihm verlangt, die Barrieren zu senken?

Hatte der Inquisitor etwa einen Widerstand gespürt, den er andernfalls hätte durchdringen müssen?

»Ich weiß es nicht«, sagte Kaleb. »Vielleicht.«

»Das bedeutet wohl, als Erzketzer könnten Sie Raffael abwehren. Und mehr brauchen Sie nicht, um zu kämpfen.«

Nach den Erfahrungen des vergangenen Tages war dies trotz allem ein verlockender Gedanke.

SAMSTAG

Kaleb schreckte schweißnass aus einem Traum auf. Er erinnerte sich nicht, wovon er geträumt hatte, aber er wusste, dass er nicht dorthin zurückkehren wollte.

Dunkelheit umgab ihn, weshalb er sich erst orientieren musste: Flucht. Lucy. Ihr Haus. Ihr Sofa. Kaleb setzte sich auf und lauschte, nahm aber weder die Reaper noch Raffael wahr.

Kaleb tastete nach der Streichholzschachtel, die Lucy für ihn bereitgelegt hatte, fand das Päckchen und strich eines der Hölzer an. Das flackernde Licht offenbarte eine Petroleumlampe auf dem Tisch. Kaleb entzündete den Docht und senkte das Glas. Dann zog er sich die Decke über die nackten Schultern und starrte in die Flamme.

Der Schrecken des vergangenen Tages zog an ihm vorbei. Leise sprach er das Totengebet für die Mönche. Sechsmal. Eines für jeden Bruder und den Inquisitor. Doch auch das vertrieb das Bild ihrer aufgespießten Köpfe nicht.

Mit einem Seufzen stand er auf, wechselte die Decke gegen seine Kutte, deren Wollstoff auch ohne den Shozoku ausreichend wärmte. Er trat an die Wandregale, entzifferte im schwachen Licht die Titel auf den Buchrücken, einen nach dem anderen, ohne sich tatsächlich für deren Inhalt zu interessieren. Romane, Kinderbücher, technische Handbücher. Ein ganzes Bord enthielt ausschließlich Werke in einer fremden Sprache und mehrere Wörterbücher Englisch – Französisch.

Die Tür zum Nebenzimmer stand offen. Das Licht genügte, um zu erkennen, dass die Bücher, die Lucy vor einigen Tagen aus dem Regal genommen hatte, noch nicht wieder einsortiert waren. Kaleb holte die Lampe.

Einen Moment lang stand er vor dem Tisch und schaute auf die religiösen Werke. Dann setzte er sich und streckte zögernd die Hand nach *Dem Buch* aus. Früher hatte es Menschen Trost gespendet, das zumindest behauptete Vater Abt. Raffael hatte es als Lüge bezeichnet.

Kaleb schlug es auf, ließ die dünnen Seiten langsam durch seine Finger gleiten. Sein Blick strich über die Zeilen, ohne zu lesen, blieb an Namen hängen, die er kannte und die doch andere Menschen bezeichneten, blätterte weiter. Er wusste nicht, was er suchte, ob er überhaupt etwas suchte. Was konnten Worte ändern?

Er wollte Das Buch gerade zuschlagen, als sein Blick auf das Schriftbild seines eigenen Namens stieß. Er beugte sich tiefer über die Seite, suchte nach dem Beginn des Satzes. Leise mitsprechend las er die altertümlichen Worte: »Aber meinen Knecht Kaleb, darum, dass ein anderer Geist mit ihm ist und er mir treulich nachgefolgt ist, den will ich in das Land bringen, darein er gekommen ist, und seine Nachkommen sollen es besitzen.« Seine Nachkommen.

Samuel wäre ganz gewiss alleine losgezogen, um Dinah zu suchen. Dabei war Samuel weder tollkühn noch unverantwortlich. Er hatte Ausdauer und Tapferkeit bewiesen, hatte Initiative gezeigt, aber er hatte auch gehorcht, wo es nötig war.

Kaleb stellte fest, dass er stolz auf den jungen Mann war.

Noch einmal las er leise die Worte: »… den will ich in das Land bringen, darein er gekommen ist, und seine Nachkommen sollen es besitzen.«

»Er mag Ihr Sohn sein, aber aufgezogen haben ihn Rachel und Noah.« Lucy stand hinter ihm.

Er hatte ihr Kommen nicht bemerkt. Kaleb entgegnete müde: »Gehen Sie aus meinem Kopf.«

»Ich bin gar nicht drin. Aber mir wäre lieb, wenn Sie sich mit ihren Albträumen zurückhalten könnten.« Sie kam um den Tisch herum, trat in sein Blickfeld. Er sah auf das ausgewaschene, karierte Holzfällerhemd, das sie trug. Es reichte nicht einmal bis zur Mitte der Oberschenkel. Ihre nackten Beine weckten Gedanken, die einem Mönch nicht anstanden.

»Ich habe Sie nicht in meine Träume eingeladen.«

Lucy setzte sich. »Mein Bett steht genau über dem Sofa; ziemlich nah, so gesehen. Die Träume haben sich irgendwie vermischt, nehme ich an.« Sie wirkte ungewöhnlich verlegen. »Hat er das wirklich mit Ihnen gemacht?«

Kaleb wurde unvermittelt übel, als die Erinnerung mit Wucht zurückkehrte. »Ich konnte ihn nicht abblocken. Ich habe es versucht.«

Er senkte den Kopf »Es waren nicht nur die Schmerzen. Es waren … Bilder. Er hat mich Verwundungen fühlen lassen, die nicht real waren.« Diesmal hatte er die Erinnerung im Griff, kontrollierte ihr Erwachen und das, was sie mit ihm tat. »Ich habe noch nie gehört, dass ein Inquisitor das kann.«

»Ihr Geist hat darauf reagiert wie auf eine echte Wunde. Erstaunlich.«

Sie trug die Kontaktlinsen nicht mehr, und obwohl er ihr sein Leben verdankte, empfand er Abscheu bei ihrem Anblick.

Sie lächelte spöttisch. »Ist der Anblick wirklich so scheußlich?«

»Verzeihen Sie.« Er wandte den Blick ab, deutete auf die Bücher. »Sie haben hier eine Menge Wissen zusammengetragen.«

Lucy ging nicht darauf ein, sagte stattdessen: »Ich bin noch die Gleiche, die ich vorher war.« Er sagte nichts dazu, und so fuhr sie fort: »Wissen Sie, ich vermute, was Ihnen schlaflose Nächte bereitet, sind nicht die Befehle, die Sie missachtet haben, sondern jene, die Sie befolgt haben.«

Er schloss die Augen. »Ich kann nicht. Nicht das. Tut mir leid.«

Lucy senkte den Kopf. »Dann sind wir verloren.«

»Ich bin nicht die letzte Hoffnung der Menschheit, Lucy. Und Sie sind es auch nicht.«

Sie betrachtete ihn nachdenklich. »Warum kämpfen Sie? Aus Pflichtgefühl? Oder weil Sie Reaper und Ketzer verabscheuen?«

»Ist das wichtig?«

»Es ist das Einzige von Bedeutung. Es reicht nicht, *gegen* etwas zu kämpfen – Sie müssen auch *für* etwas kämpfen. Also: Wofür kämpfen Sie, Kaleb Payne?«

Tatsächlich gab es darauf eine Antwort. Erstaunlich, wie sehr sie schmerzte – denn die Antwort, das »Wofür« würde immer unerreichbar bleiben, ganz gleich wie viele Reaper er tötete, wie viele Kämpfe er überlebte. »Ich diene der Kirche.«

Lucy schnaubte unwillig. »Die einstudierten Antworten nützen Ihnen nichts, Zinnsoldat. Sagen Sie, was Sie wirklich wollen!«

»Was ich will, spielt überhaupt keine Rolle. Niemand fragt danach.«

»*Ich* frage danach.« Sie beugte sich über den Tisch, sah ihn eindringlich an. »Unser Wollen bestimmt unser Handeln. Also, Mönch, wofür lohnt es sich zu kämpfen?«

Kaleb hielt ihrem Blick stand und sagte: »Raffael behauptet, Sie hätten einen Teil der außerirdischen Waffe. Das war es, was der Erzketzer in Rockpoint bei sich hatte, nicht wahr? Der zweite Gral.«

Sie schwieg, lange. Schließlich fragte sie: »Und wenn es so wäre?«

»Ich habe den dritten.«

Ihre Augen weiteten sich. »Woher?«

»Ich habe ihn bei Dinahs Befreiung gefunden. Aber wie kann Raffael von Ihrem wissen? Wer wusste davon?«

»Niemand außer meinem Vater. Nach Rockpoint brachte er das Stück zu mir und schickte die Erzengel auf Gralssuche – aber wenn Raffael das weiß, wieso ist er dann noch nicht hier?!«

»Er weiß, dass Berenice den Gral hat. Er weiß nicht, dass Sie Berenice sind.«

»Gut«, sagte Lucy erleichtert. »Dann fehlt uns also nur noch das Mittelteil aus Philadelphia.«

»Haben Sie eine Ahnung, wie die gesamte Waffe funktioniert?«

»Rudimentär. Seit gut sieben Jahren experimentiere ich damit. Diese Technik ist unglaublich komplex. – Wo haben Sie es?«

»In Selimsburgh.«

Lucy stand auf. »Das, Zinnsoldat, könnte die Rettung sein!«

Lucy hatte darauf bestanden, dass Kaleb noch ein wenig schlief, ehe sie aufbrachen. Entgegen seiner Voraussage war er doch wieder eingeschlafen. Er lag auf der Seite und die Decke war zu den Hüften gerutscht, so dass Lucy die genähten Wunden inspizieren konnte. Eunice verstand ihr Handwerk. Die Risse waren sauber verschlossen und die Wundränder nur an wenigen Stellen gerötet. Trotzdem war die genähte Haut kein schöner Anblick. Kaleb war geschwächt, körperlich und auch geistig, durch Raffaels Angriff. Lucy war froh, dass sie ihn nicht in den Kampf schicken, nicht das ultimative Opfer fordern musste. Die außerirdische Waffe würde ihrer aller Rettung sein – wenn sie es schaffte, die Teile zu einem funktionierenden Ganzen zusammenzufügen.

Sie betrachtete den Schlafenden einen Moment. Zögernd gab sie der Versuchung nach, in seine Träume zu lauschen. Doch sie hörte nichts. Kalebs Albträume hatten sich wie Schmerzensschreie in ihr Bewusstsein gebohrt – nun träumte er wohl friedlicher, zu schwach, als dass sie es ohne Berührung wahrnehmen konnte.

Sie seufzte. Es war gut, dass sie so abgeschieden wohnte. Der Umgang mit anderen Menschen würde komplizierter werden, sobald man von ihrer neuen Fähigkeit erfuhr.

Sie packte ein paar Sachen, und als sie zurück in die Stube kam, war Kaleb aufgewacht. »Ihre Rückenwunden verheilen gut«, sagte sie. »Die Fäden über dem Schlüsselbein können bald gezogen werden.«

»Sie haben mich untersucht?«

»Angesehen. Nur angesehen.«

Er zog sein Hemd zu sich heran. »Haben Sie Waffen im Haus?«

»Glauben Sie, wir werden welche brauchen?«

»Wahrscheinlich.«

Lucy schnallte gerade eine Kiste auf den Gepäckträger des Motorrades, als das Licht der Morgensonne trotz des bewölkten Himmels genügend Kraft erreichte, dass die Solarpanels ihre Arbeit aufnahmen. Ein Summen erklang, der Strom schoss in die Elektroden und ließ die psychoinvasive Barriere entstehen. Unvermittelt füllte sich Lucys Kopf mit einem Pulsieren, das dem Dröhnen von Bassklängen nahekam.

»Erstaunlich«, sagte sie. Als sie Kalebs fragenden Blick bemerkte, fügte sie hinzu: »Ich kann die Barriere selbst hier spüren.«

»Schmerzhaft?«

»Nein. Nur unangenehm.«

»Haben Sie Ihren Gral eingepackt?«

»Ich habe darüber nachgedacht, aber da inzwischen offenbar jeder weiß, dass der Gral in der Gegend ist, und wir einem gedankenlesenden Erzketzer gegenüberstehen, erscheint es mir zu unsicher. Wir sollten ihn nicht ohne Eskorte transportieren.« Am sichersten war der Gral in dem Versteck, in dem sie ihn seit Jahren nach jeder Arbeitssitzung verstaute.

Sie beobachtete, wie Kaleb die Waffen einsteckte, die sie ihm gegeben hatte. Viel war es nicht, denn sie hatte bisher auf Kooperation mit den Ketzern gesetzt, nicht auf Kampf. Kaleb hatte sich aus ihrer Werkzeugkiste einige Klingen gesucht und ihren langläufigen, mechanischen Revolver an sich genommen. Das Schrotgewehr mit dem abgesägten Lauf behielt sie selbst. Gegen Reaper war es eine lächerliche Waffe, aber Ketzer konnte man sich damit recht gut vom Leib halten.

»Sind Sie soweit?«, fragte Lucy. »Dann legen Sie den Hauptschalter um und ziehen Sie die Tür zu.«

Das war der Nachteil ihrer Anlage. Da sie selbst die Barriere nicht überwinden konnte, musste Lucy sie ausschalten, wenn sie das Gelände verließ. Das Pulsieren verebbte und Kaleb schloss die Haustür. Beim Näherkommen betrachtete er die beiden Maschinen kritisch. Lucy hatte ihre zweite Vespa aus dem Schuppen geholt und überließ ihm das Motorrad.

»Habe ich dieses Rad nicht im Dorf gesehen?«

»Yep.« Lucy reichte ihm eine Motorradbrille. »Sam hat mehrere Maschinen an strategischen Punkten unserer Flucht verteilt. Ihre Rettung war eine aufwendige Aktion, mein Freund.«

Er sah sie mit einem Ausdruck an, der sie rührte: Es lag keine Trauer in seinem Blick, nur ein ruhiger, fatalistischer Schmerz. Lucy musste seine Gedanken nicht lesen, um die Schuldgefühle zu erraten – das Los der Überlebenden. »Es tut mir Leid um Ihre Brüder. Aber sie haben ihren eigenen Weg gewählt.«

»Das hatte ich auch.«

Sie zog sich ihre Brille über die Augen »Falls es Sie tröstet – wenn ich gewusst hätte, dass Sie den dritten Gral in Selimsburgh versteckt haben, hätte ich mir nicht die Mühe gemacht, Sie zu retten.«

Unter lautem Johlen und Kreischen jagten die Ketzer ihre grotesk aufgeputzten Geländewagen über die Felder, mähten damit nieder, was noch nicht abgeerntet war, schossen in die Luft und bedachten die Siedlung mit obszönen Gesten. Sam sah ihnen von der Sicherheit des Wehrganges aus zu, während neben ihm der junge Obadijah Flüche murmelte. Auch die anderen Männer, die auf der Wehr Stellung bezogen hatten, schauten grimmig. Alle hatten Gewehre, doch die Ketzer waren zu weit entfernt und zudem in ständiger Bewegung. Ein sicherer Schuss war nicht möglich und niemand wollte Munition verschwenden.

Sam fragte sich, wie es Kaleb und den anderen Mönchen ging, und Lucy, die ihnen so wagemutig gefolgt war. Dass sie noch nicht zurück war, bereitete ihm zunehmend Sorge. Er hatte vorgehabt, die abgestellten Motorräder zu inspizieren, doch das Auftauchen der Ketzer zwang ihn, im Schutz der Palisade zu bleiben.

Die Wagen der Ketzer bildeten jetzt ein Spalier, durch das ein Pickup fuhr. Metallplatten verstärkten die Fahrerkabine bis auf einen Sehschlitz, und auch an die Ladefläche waren seitlich Metallplatten geschweißt. Sie schützten einen Mann, der bis zur Brust von der Fahrerkabine verdeckt wurde. Er hatte die Faust zu einer triumphierenden Geste erhoben, während sein schwarzer Mantel hinter ihm herwehte. Die Ketzer grölten und hupten.

»Ich hab ihn im Visier«, murmelte Obadijah, die Wange gegen den Kolben seiner Winchester gepresst. »Ich kann ihn vom Wagen holen.«

Auch wenn Obadijah ein guter Schütze war, bezweifelte Sam, dass er den Ketzer auf diese Entfernung treffen würde.

Dillon sagte: »Lass uns erst hören, was er zu sagen hat.«

Obadijah nickte, senkte die Waffe aber nicht.

Der Wagen hielt vor dem Tor. Sam erkannte, dass es sich bei dem wehenden Mantel um eine offen getragene Kutte handelte. Konnte das Kalebs Kutte sein? Er warf einen Blick zu Eunice hinüber – die einzige Frau zwischen den Männern auf dem Wehrgang. Sie war blass geworden, hatte wohl den gleichen Gedanken.

Der Mann trug, wie die anderen Ketzer, eine Sonnenbrille, obgleich der Tag bewölkt und das Licht schwach war. Zusammen mit den langen Haaren und dem Vollbart war sein Gesicht nahezu vollständig verborgen. Jetzt hob er einen Trichter an den Mund: »Bürger von Selimsburgh!«, begann er und warf mit einer theatralischen Kopfbewegung das lange Haar über die Schulter. »Ich bin Raffael, ein Erzengel des Herrn!« Er verbeugte sich, als stünde er auf einer Bühne.

»Also doch«, flüsterte Eunice. Sam schaute zu ihr hinüber, doch sie hielt den Blick auf den Fremden gerichtet.

Der Mann sprach weiter: »Ihr verdankt die Ehre meines Besuchs einer Heiligen Mutter, die in eurer Mitte lebt.«

Samuel ballte die Fäuste, doch mit dem nächsten Satz zeigte Raffael, dass er es offensichtlich nicht mehr auf Dinah abgesehen hatte. »Ihr Name ist Berenice. Berenice Brookstone. Ich will mit ihr sprechen.«

Die Männer auf dem Wehrgang schauten sich ratlos an, bis alle Blicke schließlich zu Eunice fanden.

»Brookstone?«, fragte Dillon.

»Berenice war meine Schwester«, bestätigte Eunice, ohne den Blick von dem Ketzer zu wenden. »Ich weiß nicht, wie er auf die Idee kommt, sie wäre noch am Leben und in Selimsburgh.«

»Sie ist tot?«, fragte Dillon.

Eunice nickte, ausdruckslos, als läge der Tod ihrer Schwester schon zu weit zurück, um noch starke Emotionen auszulösen. Dillon schien einen Moment lang unschlüssig, ob er ihr glauben sollte, doch dann rief er hinunter: »Es gibt keine Berenice in Selimsburgh!«

Ein animalisches Heulen erhob sich von den Ketzern, das eine Weile andauerte, bis der Anführer es mit einer

Handbewegung zum Schweigen brachte. »Lügen ist eine Sünde, Dillon Brent! Sie mag sich heute anders nennen, aber sie ist hier. Ihr habt eine Stunde Zeit, sie auszuliefern!«

»Woher kennt er Dillons Namen?«, fragte Obadijah, das Gewehr noch immer im Anschlag, das inzwischen deutlich wankte.

»Von Josh«, vermutete Sam. Er hörte Schritte hinter sich und wandte sich zur hölzernen Treppe, die zum Wehrgang führte.

Jemand brachte Dinah herauf. Ihre Bewegungen waren sichtlich angestrengt und Schweißperlen standen ihr auf der Stirn. Sam nickte ihr zu, und sie lächelte verlegen. Dillon winkte sie heran. Sie ging zu ihm und er legte den Arm um ihre Schultern. »Ist das der Mann, der dich entführt hat?«

Dinahs Stimme zitterte. »Ja, das ist er.«

»Er ist nicht deinetwegen gekommen«, sagte Dillon beruhigend. »Er hat nach einer Berenice gefragt.«

Die Ketzer fuhren zum Waldrand, um das Ende des Ultimatums im Schatten der Bäume abzuwarten.

»Zach, Hosea, ihr behaltet die Typen im Auge«, befahl Dillon knapp, wie es seine Art war. »Die anderen kommen in die Kirche. Und, Obadijah – nimm endlich die Waffe runter!«

Als Kaleb und Lucy aus dem Wald auf den Highway fuhren, wurde Lucy langsamer und blieb schließlich stehen. Kaleb hielt neben ihr. »Probleme?«

Lucy zog die Motorradbrille ab und presste sich die Handballen gegen die Augen. »Teufel nochmal. Hätte nicht gedacht, dass es so brennt.«

»Die Sonne?« Kaleb schaute nach oben. Durch die Wolkendecke hindurch ließ sich kaum bestimmen, wo die Sonne gerade stand.

»Im Wald war es schon unangenehm, aber hier draußen …« Lucy ließ die Hände sinken. Sie beschirmte die Augen und kniff sie zusammen, als sie Kaleb ansah. »Ich werde bei Ihnen mitfahren müssen.«

Kaleb klappte den Ständer seiner Maschine aus und stieg ab. Er schob Lucys Roller ins Dickicht und tarnte ihn mit einigen grünen Zweigen. Als er zurückkam, hockte sie neben dem Motorrad auf den Fersen, die Hand schützend über die Augen gelegt.

»Vielleicht hilft das«, sagte er und hielt ihr einen Klumpen feuchter Erde hin.

Lucy bewegte sich nicht, hielt weiter die Hand über die Augen. »Spüren Sie das auch?«

Kaleb konzentrierte sich auf seine inneren Sinne, konnte aber keine Präsenz feststellen. »Was?«, fragte er.

»Raffael. Irgendwo vor uns.«

Kaleb schüttelte den Kopf. »Er ist außerhalb meiner Reichweite.«

Lucy stand auf. »Lehm – gute Idee.« Sie nahm die Erde und rieb die Brillengläser dick von außen ein. Eine Aussparung in der Mitte würde ihr reichen müssen.

Die Männer zogen sich zur Beratung in die Kirche zurück. Sie standen im Kreis oder lehnten an der Wand, andere saßen auf den Lehnen der wahllos in den Raum geschobenen Bänke, die Gewehre auf den Knien. Auch einige der Frauen waren dabei. Die gespannte Aufmerksamkeit aller richtete sich auf den Governor.

In Dillons Blick lag eine Mischung aus Strenge und Missbilligung, die Eunice an ihren Vater erinnerte, auch wenn der hagere, wettergegerbte Governor äußerlich keinerlei Ähnlichkeit mit dem Bischof aufwies.

Als Dillon schließlich sprach, bewegte sich zuerst sein buschiger Schnurrbart. »Was ist mit Berenice? Was kann er von ihr wollen und warum glaubt er, dass er sie hier findet?«

Bevor Eunice antworten konnte, sagte Rachel: »Kaleb hat auch nach ihr gefragt.«

Dillon schwieg. Sein Blick ließ Eunice nicht los, die den Kopf schüttelte. »Berenice ist tot. Das ist alles, was ich weiß.«

»Sie lügen nicht halb so gut, wie Sie denken«, knurrte Dillon. »Sie stecken mit uns hier fest, Heilige Mutter.

Es hilft Ihnen nicht sonderlich, wenn Sie Geheimnisse vor uns haben.«

Eunice schaute sich um. Misstrauische, ja feindselige Blicke waren auf sie gerichtet. »Mehr kann ich Ihnen nicht sagen.«

»Können Sie nicht? Oder wollen Sie nicht?« Dillon bedachte sie mit einem letzten, abschätzigen Blick, dann wandte er sich ab. »Wie dem auch sei, wir werden ihm nicht geben, was er will, und das wäre auch nicht anders, wenn diese famose Berenice Brookstone unter uns weilen würde. Wir müssen uns also auf eine Belagerung einstellen. Tyler, nimm dir ein paar Männer und füll die Zisterne auf. Die Ketzer könnten die Zuleitung vom Fluss zerstören. Sam, wie steht es um die Pferde?«

»Der Hafer ist noch nicht vollständig geerntet, aber das Heu reicht bis zum Sommer.«

»Simon: Brennholz?«

»Ist knapp – es sollte nicht mehr jede Familie für sich allein kochen.«

»Rachel, Sarah: organisiert das. Jesse, du kümmerst dich um den Wachdienst. Stell sicher, dass alle vier Himmelsrichtungen lückenlos abgedeckt sind. Lazarus, deine Generatoren-Crew holt die Flutlichter aus dem Schuppen. Montiert sie rundum, dass sie nach außen strahlen können, und stellt genug Diesel für den Generator bereit, um sie die ganze Nacht hindurch betreiben zu können. Die Barriere muss ununterbrochen laufen.«

»Das kostet eine Menge Diesel«, warf Sam ein. »Der wird uns im Winter fehlen.«

»Das Problem ist nicht der Diesel«, sagte Lazarus. »Der Generator hat nicht genug Power, um die Barriere und alle Flutlichter gleichzeitig zu betreiben.«

»Dann verschaltet die Lichter so, dass wir rasch zwischen ihnen wechseln können. Alle anderen bringen Waffen und Munition auf die Wehrgänge. Wir müssen alles griffbereit haben, wenn es darauf ankommt.«

»Berenice ist nicht hier«, sagte Obadijah unvermittelt. Er stand in der Nähe der Tür, das Gewehr über der Schulter. »Aber wir haben eine andere Brookstone. Vielleicht gibt er sich damit zufrieden.«

Niemand sagte einen Ton, alle Blicke waren auf Dillon gerichtet. Der fixierte den Sprecher über den Raum hinweg. »Solange ich hier der Governor bin, werden wir niemanden an die Ketzer ausliefern.«

»Bist du sicher«, entgegnete Obadijah, »dass es Morgen noch etwas geben wird, worüber du Governor sein kannst?«

»Wenn du nichts Sinnvolles beizutragen hast, geh und hilf Tyler.« Dillon ließ den Blick schweifen. »Was steht ihr hier noch rum? An die Arbeit!«

Alle setzten sich in Bewegung.

»Du nicht.« Dillon hielt Sam am Arm zurück. Er nickte zu dem Deputy-Abzeichen hin, das Sam an der Jacke trug. »Nimmst du diesen Blechstern ernst?«

»Jeden anderen würde ich für diese Frage niederschlagen.«

»Dann kümmere dich um die Heilige Mutter. Du hast gehört, was Obadijah gesagt hat. Einige hätten ihm gerne zugestimmt.«

Sam schnaubte verächtlich. »Obadijah wollte sich nur aufspielen. Er würde keinen Menschen opfern.«

»Du bist jung«, sagte Dillon. »Es ist verzeihlich, wenn du so denkst.« Er wandte sich ab und rief im Gehen: »Ich stelle sie unter deinen Schutz, Sam. Sie ist deine Aufgabe.«

»Spüren Sie ihn noch immer nicht?«, überschrie Lucy den Lärm des hochfrisierten Motors. Kaleb schüttelte den Kopf.

Lucy hatte ihre Hände fest um seine Taille gelegt, achtete aber darauf, nicht auf die genähten Wunden auf seinem Rücken zu drücken.

»Wir kommen ihm näher«, schrie sie. »Ich glaube, er ist in Selimsburgh.«

Jetzt drehte er doch den Kopf zur Seite. »*Im* Dorf?«

»Ich kann nicht erkennen, ob er vor oder hinter der Wehr ist, falls Sie das meinen.«

Kaleb wandte den Blick wieder nach vorne, dann drehte er den Kopf erneut und rief: »Er wird uns kommen hören.«

»Und sehen«, gab Lucy zurück. »Die meisten Felder sind abgeerntet.«

Kaleb verlangsamte die Fahrt, so dass sie beide nicht mehr ganz so laut schreien mussten.

»Und wenn wir von hinten kommen? Über den Fluss?«

Lucy dachte darüber nach. Sie konnten das Boot nehmen, mit dem sie Kaleb vor Raffael gerettet hatte. Sie hatten es am Vorabend im Schilf versteckt. Es würde allerdings einen Umweg von mehreren Stunden bedeuten.

Lucy hob den Blick zum Himmel. Dann würden sie Selimsburgh erst in der Dämmerung erreichen – aber inzwischen erschreckte sie der Gedanke an eine Nacht in den Outlands nicht mehr wie früher.

»In Ordnung«, rief sie. »Fahren Sie zum Boot!«

Erneut stand der Ketzer, der sich Raffael genannt hatte, auf der Ladefläche seines massigen Geländewagens und näherte sich der Wehr. Der Anblick erinnerte Sam an ein Bild aus einem seiner beiden Kinderbücher – ein antiker Feldherr auf seinem Streitwagen.

»Was ist nun?«, rief Raffael durch den Trichter. »Bekomme ich Berenice?«

Eisiges Schweigen antwortete ihm von der Palisade.

Samuel warf einen Blick auf Obadijah, der wieder sein Gewehr im Anschlag hielt. Diesmal allerdings war er so klug, das Gewicht auf einen langen, gegabelten Ast zu setzen.

»Seid nicht dumm!«, rief Raffael. »Ich will nur mit ihr reden!«

»Dann reden Sie!«, gab Dillon zurück.

»Auge in Auge!«, verlangte Raffael.

»Er ist ein Inquisitor.« Eunice stand ebenfalls wieder mit auf der Wehr. »Er braucht die Nähe zu seinem Opfer.«

Sam schaute sie verwundert an. »Ein Inquisitor, der zum Ketzer wurde?«

»Die Erwählten sind keine besseren Menschen«, entgegnete sie. »Sie haben nur andere Fähigkeiten.«

Raffael hatte sich inzwischen umgewandt und machte eine auffordernde Handbewegung zum Waldrand hin. Ein weiterer Wagen näherte sich der Palisade. Auf seiner

Ladefläche erhob sich eine Konstruktion, die Samuel als eine riesige Schleuder deutete.

»Was haben die vor?«, murmelte Obadijah.

»Ich meine es ernst«, rief der Ketzer jetzt. »Ich werde bekommen, was ich will, und es ist nicht gesund, sich mir in den Weg zu stellen.«

Die Schleuder wurde ausgelöst und mehrere fußballgroße Geschosse erhoben sich in die Luft. Die steile Flugbahn trug die Kugeln über die Wehr hinweg nach Selimsburgh hinein.

In Sams Kopf überschlugen sich die Gedanken. Waren es mit Säure gefüllte Gefäße? Brennendes Benzin? Er wappnete sich gegen Schreie und Explosionen.

Die Geschosse landeten mit dumpfen Schlägen auf den Dächern, ohne zu explodieren, rollten holpernd hinunter, fielen auf die Straße und blieben im Staub liegen.

Sam war noch nicht von der Harmlosigkeit des Angriffs überzeugt und er war mit seinen Zweifeln nicht allein. Erst nach einer Weile wagten sich die ersten Dorfbewohner vor und näherten sich langsam den Geschossen.

»Zeitbomben«, schoss es Sam durch den Kopf. *»Warten, bis die Leute näher gekommen sind und dann …«*

Er hörte den ersten Schrei – ein Schrei des Entsetzens, nicht des Schmerzes. Zach erbrach sich würgend auf der Straße. Tyler winkte seinen Ältesten heran und schickte ihn die Treppe zum Wehrgang hinauf.

»Es sind Köpfe«, keuchte der Junge auf den letzten Stufen. »Die Köpfe der Mönche!«

Sam schaute zu Eunice hinüber. Sie presste die Hand vor den Mund.

»Darf ich jetzt?«, knurrte Obadijah, der die ganze Zeit über das Auge nicht vom Zielfernrohr genommen hatte.

»Ja«, sagte Dillon dumpf. »Erschieß den Hund.«

Sam wartete auf den Knall, doch Obadijah zögerte. Drei, vier Sekunden lang verharrte sein Finger am Abzug, während der Ketzer sich auf seinem Wagen entfernte. Als der Mann außer Schussweite war, richtete sich Obadijah auf. Sein Kopf war feuerrot. Er nahm das Gewehr, wandte sich um und lief die Treppe hinunter.

Verwundert schaute Sam ihm nach. Dillon zog seinen

Tabak aus der Westentasche und sagte: »Es ist nicht so einfach, wie ihr jungen Leute euch das vorstellt.«

Die Tür knarrte, als Sam sie öffnete. Aus dem Kirchenraum stieg ihm Verwesungsgeruch in die Nase und ließ ihn innehalten. Eunice hingegen trat ohne Zögern ein.

Man hatte die menschlichen Überreste provisorisch aufgebahrt: Eine Holzplatte auf zwei Böcken trug die Leichenteile, dahinter standen sieben Kerzen. Die abgetrennten Köpfe waren kaum noch als solche zu erkennen. Leere Augenhöhlen, abgerissene Haut und erste Anzeichen des Verfalls erschwerten die Identifizierung. Sieben Köpfe. Naheliegend, dass es die der Mönche waren. Doch nur Eunice würde es mit Sicherheit sagen können.

Sieben. Sam stellte die Kisten auf den Boden, die als Särge dienen würden, und beobachtete Eunice. Ohne zu zögern, ja ohne das geringste Anzeichen von Abscheu nahm sie den ersten Kopf und drehte ihn so, dass die schwarzen Augenhöhen auf sie gerichtet waren. Leise sagte sie: »Bruder Daniel.«

»Sind Sie sicher?« Sam sah kaum mehr als einen Klumpen Fleisch. Der Schädelknochen war zertrümmert und entsprechend verformt, die Haut war von der rechten Gesichtsseite gerissen, zeigte die Zähne in einem grotesken Grinsen.

»Ich bin mit ihm aufgewachsen«, erklärte Eunice ruhig. »Ich kenne Bruder Daniel.« Mit der gleichen Sicherheit identifizierte sie auch Bruder Jeremiah, Vater Mordechai und die übrigen drei Mönche, die ihn begleitet hatten. Die ruhige Fürsorge, mit der Eunice die menschlichen Überreste berührte, nötigte Sam Respekt ab.

Als er den sechsten Karton schloss, sagte er: »Es scheint, als würden Sie das nicht zum ersten Mal tun.«

»Ich war im Krieg.« Ihre Stimme klang heiser – das Einzige, was verriet, wie viel Kraft es ihr abverlangte.

Blieb also der siebte Kopf; derjenige, der am schlimmsten zugerichtet war.

Sam wandte sich ab. Am liebsten hätte er die Kirche verlassen. Er wollte weder hören noch sehen, dass der Mann, dem er sein und Dinahs Leben verdankte, tot war. Er hatte

Kaleb kämpfen sehen, hatte seine ruhige Gelassenheit angesichts der Gefahr erlebt. Aber nun war Kaleb doch auf eine Macht getroffen, die ihm überlegen gewesen war. Was die Frage aufwarf, was ein Dorf wie Selimsburgh einer solchen Macht entgegensetzen könnte. Sam starrte auf das Holz einer Bank, hoffte, dass es bald vorbei wäre, aber es dauerte lange, viel länger, als bei den anderen, und schließlich wandte Sam sich wieder um.

Der letzte Kopf war übel zugerichtet. Das Gesicht war vollständig zertrümmert, die gesamte obere Kopfhaut skalpiert – nicht ein Büschel Haare ging am Schädel.

»Ich weiß es nicht«, sagte Eunice. »Holen Sie meine Tasche. Sie steht in Tylers Stube.«

»Es kann nur Bruder Kaleb sein.«

Eunice blickte auf, sah Sam stumm an und er fühlte, wie ihn der schweigende Blick in die Enge trieb. »Ich darf Sie nicht allein lassen. Befehl von Dillon.«

Eunice sagte nichts, aber sie wandte auch den Blick nicht ab. Sam verstand, dass Eunice Gewissheit haben wollte – musste.

»Ich werde jemanden schicken«, sagte er.

Sam trat vor die Kirche, winkte Dillons Jüngsten heran und trug ihm auf, die Tasche zu holen. Die Nachtluft war kühl und roch nach Herbst, angenehmer als der Verwesungsgestank in der Kirche. Samuel steckte wartend die Hände in die Hosentaschen und ließ den Blick schweifen.

Die Stimmung hatte sich verändert. Menschen standen in kleinen Gruppen zusammen, warfen ihm finstere Blicke zu und wandten sich ab, wenn er ihre Blicke erwiderte. Zum ersten Mal dachte Sam, dass Dillon vielleicht recht hatte. Zwar würde Obadijah es nicht wagen, allein zu handeln – aber vielleicht musste er das auch nicht.

Wenig später schleppte Dillons Sohn die schwere Medizintasche heran. »Darf ich reinkommen?«

»Nein.« Sam nahm ihm die Tasche ab und achtete darauf, dass der Junge keinen zufälligen Blick auf die Toten erhaschte.

Eunice stand noch immer vor dem Tisch und betrachtete den Kopf. Sam trat neben sie und reichte ihr die Tasche.

»Danke, Samuel.« Ihre Stimme war noch immer fest.

Zielstrebig nahm sie die drei kleinen Flakons aus der Tasche, löste ein winziges Stück Fleisch vom Knochen und steckte es in eine Teströhre. Ihre Finger zitterten nicht, als sie die Flüssigkeiten zusammenträufelte, schüttelte und schließlich an eines der Fenster trat, um das Ergebnis gegen das Licht abzulesen. Lange schaute sie durch das Glas, gab den Chemikalien Zeit, miteinander zu reagieren. Dann senkte sie die Hand. »Das war nicht Kaleb.« Zum ersten Mal drohte ihre Stimme zu versagen. »Das war nicht einmal ein Erwählter.« Sie wandte sich ab, presste das Handgelenk gegen ihre Lippen. Einem Impuls folgend trat er zu ihr und legte ihr den Arm um die Schultern.

Er hatte nicht erwartet, dass sie sich an ihn lehnen würde, doch sie tat es, und er hielt sie einen Augenblick lang fest.

Schließlich richtete sich Eunice auf. »Entschuldigen Sie.«

»Schon gut.« Sams Blick fiel auf den entstellten Kopf. »Haben Sie eine Ahnung, wer der Tote ist?«

»Irgendein Ketzer, vermutlich.« Eunice trat an den Tisch, drehte den Kopf und beugte sich tiefer hinunter. »Hier, sehen Sie?«

Widerstrebend trat Sam näher und betrachtete die Hautstelle unterhalb des fehlenden Ohres, auf die Eunices Finger zeigte. Wenn man wollte, konnte man die Unregelmäßigkeiten der Haut für aufgekratzte Pusteln halten – Milchblasen. Die Stelle konnte aber ebenso gut eine Folge des rabiaten Umganges mit dem Kopf gewesen sein. Sam schaute hoch. »Warum sollte er uns einen Ketzerkopf hinwerfen?«

»Damit wir denken, Kaleb sei tot. Sieben Mönche – sieben Köpfe. Wäre ich nicht hier, hätten Sie alle angenommen, dass Kaleb tot ist.«

»Aber Kaleb lebt.«

Eunice nickte. »Er lebt.« Trotz des Kummers um die anderen Mönche stahl sich ein Lächeln in ihre Augen.

»Dann gibt es Hoffnung«, sagte Sam.

Eunice ließ den Blick über die sechs geschlossenen Kisten wandern. »Er ist nicht stärker als seine Brüder. Und er ist allein.«

Obwohl Kaleb den restlichen Diesel aus dem Motorrad in den Bootsmotor umgefüllt hatte, blieb ihnen zu wenig Sprit, um damit Selimsburgh zu erreichen. So stiegen sie bereits gegen Mittag auf die Ruder um. Noch einmal verloren sie Zeit, als sie das Boot um die Stromschnellen trugen, doch das war sicherer.

Als der Fluss ruhiger wurde, ließen sie das Boot wieder zu Wasser und Lucy übernahm das Rudern. Raffael war in Selimsburgh – Kaleb würde seine Kräfte noch brauchen.

Im Rudern war Lucy sichtlich geübt. Wo nötig, trieb sie das Boot mit kraftvollen Schlägen voran, ansonsten schonte auch sie ihre Kräfte und steuerte geschickt um die Untiefen.

Am Ufer wechselten Wälder mit Schwemmwiesen, überwucherte Ruinen mit Halden angeschwemmten Mülls. Außer gelegentlichen Wasservögeln regte sich keinerlei Leben. Bei genauem Hinsehen machte Kaleb jedoch hier und dort Stellen aus, an denen der Boden festgetreten war, als kämen Wildtiere dort regelmäßig zur Tränke.

»Riechen Sie das?«, sagte Lucy unvermittelt.

»Ein Holzfeuer.« Kaleb suchte das Flussufer ab.

»Es muss hinter der nächsten Biegung sein.«

Ein paar Ruderstöße brachten sie weiter in die Flussmitte, dann drückte Lucy die Riemen aus dem Wasser. An dieser Stelle floss der Susquehanna ruhig und glatt. Tropfend glitten die Ruderblätter über der Wasseroberfläche dahin, hinterließen eine Spur aus sich ausdehnenden Kreisen, während das Ufer vorbeizog. Langsam enthüllte der Wald eine sandige Uferbank.

Ein Mann stand auf einem Stein im Wasser und hielt so etwas wie einen schmalen Speer in der Hand. Ein Mann allein in den Outlands konnte nur ein Ketzer sein – trotz der üppigen Haare, die ihm in verfilzten Stacheln vom Kopf abstanden.

»Das ist Crow.« Lucy klang überrascht. »Komisch, ich hätte ihn frühestens in zwei Monaten ...« Sie stockte und legte den Kopf schräg.

»Was?«, fragte Kaleb.

Misstrauisch sah der Mann zu ihnen hinüber, die Haltung angespannt aber nicht ängstlich.

»Der Gral wurde aus Philadelphia gestohlen.« Lucy sprach jetzt mit gedämpfter Stimme, obwohl sie noch zu weit vom Ufer entfernt waren, als dass der Ketzer sie hören konnte. »Das hat Eunice erzählt.«

»Der erste Gral? Aus der Kathedrale?«

Lucy nickte. »Wenn jemand die Dreistigkeit dazu besitzt, dann Crow.«

Täuschte er sich oder klang in ihren Worten so etwas wie Respekt für den Ketzer mit?

Der Mann watete jetzt ans Ufer, ohne sie dabei aus den Augen zu lassen.

Kaleb sagte: »Dann haben Sie hier Gelegenheit, Ihre neuen Fähigkeiten des Gedankenlesens einzusetzen.«

»Das ist nicht so einfach. Ich müsste ihn dazu berühren.«

»Dafür sorge ich schon.«

Lucy zögerte einen Moment, dann tauchte sie ein Ruder ein und das Boot drehte sich. »Versuchen Sie, nicht allzu brutal zu sein, Zinnsoldat. Er ist ein Geschäftspartner.«

Der Ketzer stand aufrecht und reglos, beobachtete das Anlegen aus sicherer Entfernung. Kaleb konzentrierte sich auf die innere Wahrnehmung, doch das typische »Blitzen« der Ketzer blieb aus. Vielleicht stand der Mann zu weit entfernt, vielleicht war er in der Nutzung der Nachtmilch noch nicht sonderlich weit fortgeschritten. Für letzteres sprach sein Haarwuchs.

Lucy sprang aus dem Boot, und während Kaleb es auf die Sandbank zog, ging sie auf den Mann zu. Kannte sie ihn so gut oder war sie schlicht leichtsinnig?

Kaleb richtete sich auf und behielt sie im Auge, aber ohne ihr zu folgen. Er trug die Kutte der Mönche, und auch wenn der Mann kein Ketzer war, so war er doch ein Plünderer. Auch die hatten nicht viel für Mönche übrig.

»Hallo Crow!« Lucy hielt dem Plünderer schwungvoll die Hand hin, doch der reagierte nicht darauf. Er betrachtete die ihm hingestreckte Rechte einen Moment lang misstrauisch, dann wanderte sein Blick zu Lucys Gesicht zurück. »Was soll die Brille?«

Lucy ließ die Hand sinken und zuckte mit den Schultern. »Allergie.« Sie warf einen Blick zum Lagerfeuer hinüber, wo auf einem Stein zwei Fische lagen. »Guter Fang?«

»Für mich reicht's.« Der Plünderer schaute an ihr vorbei zu Kaleb herüber. »Du treibst dich in schlechter Gesellschaft rum.« Er schob demonstrativ den Mantel auf und enthüllte eine Schusswaffe, die er an der Hüfte trug. »Seit wann hängst du mit dem Klerus ab?«

»Eine Zweckgemeinschaft, weiter nichts«, antwortete Lucy. War das Teil ihrer Strategie oder hatte sie wirklich das Bedürfnis, sich diesem Plünderer gegenüber zu rechtfertigen? So würden sie jedenfalls nicht weiterkommen. Sie verloren wertvolle Zeit.

»Haben Sie den Gral aus Philadelphia gestohlen?«, fragte Kaleb geradeheraus. In Crows Gesicht regte sich nicht ein Muskel. Wenn er tatsächlich etwas mit dem Diebstahl zu tun hatte, dann konnte er sich gut verstellen. Statt einer Antwort hob Crow den Zeigefinger zu seinen Augen, die Kaleb auf die Entfernung eher braun als rot erschienen.

»Ich komm nicht mal an den Torwächtern vorbei, Mann.«

Also doch ein Ketzer. »Geben Sie Lucy die Hand drauf.«

Der misstrauische Blick des Mannes wanderte zu Lucy hinüber, sank auf ihre Hand hinab, die sie ihm erneut hinstreckte. Unter Plünderern war der Handschlag einem Vertragsabschluss vorbehalten.

Crow rührte sich nicht, hob den Blick wieder. Seine Rechte ruhte inzwischen auf dem Griff der Waffe, den er offenbar nicht loszulassen gedachte. »Was soll das?«

»Zur Besiegelung«, sagte Lucy. »Wie ein Eid.« Sie wechselte die Hand, hielt ihm jetzt die Linke hin, um es ihm einfacher zu machen, und als er immer noch zögerte, sagte sie: »Du hast doch keine Angst vor mir, oder? Ich bin's. Lucy.«

Widerstrebend hob Crow seine Linke, und Lucy griff zu, hielt ihn fest, richtete die lehmverschmierten Brillengläser auf ihn.

»Hast du den Heiligen Gral aus der Kathedrale von Philadelphia gestohlen?«

»Nein, das habe ich nicht«, sagte Crow nachdrücklich.

»Du hast ihn jetzt auch nicht bei dir?«

Crow lachte unbehaglich. »Natürlich nicht.«

Sie wartete einen Moment, dann löste sie den Griff. »Danke«, sagte sie. »Das ist alles, was ich wissen wollte.« Sie drehte sich zu Kaleb um, und während sie auf ihn zuging, formte sie stumm das Wort »Lügner«.

Crow schaute dem Boot nach, bis es hinter der Flussbiegung verschwunden war. Dann erst schaufelte er eilig Sand auf das Lagerfeuer und packte seinen Fang zusammen. Die beiden Fische würden reichen müssen und ein Feuer konnte er auch in seinem Nachtversteck machen – aber vielleicht sollte er selbst das besser lassen. Wenn Mönche in der Gegend waren, dann musste er seine Ware so schnell wie möglich abliefern.

Was immer Lucy mit ihrem Griff bezweckt hatte, er musste damit rechnen, dass sie ihn durchschaut hatte. Ausgerechnet Lucy.

Crow hängte die Fische an den Fahrradlenker und schlüpfte in seine Schuhe – weiche Mokassins, wie er sie immer in der Wildnis trug. Ein Geräusch ließ ihn innehalten.

Ein Prickeln lief über Crows Nacken, während er nach dem Colt griff und zwei Schritte vom Fahrrad zurücktrat, um mehr Raum zum Kämpfen zu haben. Bisher hatte er noch nie gegen einen Mönch kämpfen müssen und er rechnete sich nicht sonderlich gute Chancen aus. Wenn der erste Schuss nicht traf, war er ein toter Mann.

Wieder ein Geräusch. Crow hob die Waffe und schickte ein Gebet zu den Ahnen. Dann ein Schatten, doch aus einer anderen Richtung als erwartet. Crow drehte sich, schoss, zweimal, dreimal auf das wirbelnde Schwarz. Ein Schlag gegen seinen Brustkorb presste ihm den Atem aus den Lungen, einen Tritt gegen sein Bein hätte ihn aufschreien lassen, hätte er noch Luft dazu gehabt. Im Fallen krümmte sich sein Finger noch einmal, löste einen letzten Schuss, der zu einem jaulenden Querschläger wurde, dann schlug ihm jemand die Waffe aus der Hand. Crow stürzte und prallte hart auf. Sein Gesicht wurde auf den Boden gepresst, Mund und Nase füllten sich mit Sand.

Verzweifelt versuchte er, sich aus seiner Lage zu befreien. Er war kein Schwächling, war durchtrainiert und gesund, doch es gelang ihm nicht, den Mönch abzuschütteln. Der zog ihm die Arme nach hinten, stemmte ihm ein Knie in den Rücken und drehte ihn halb um, so dass Crow zumindest wieder Luft holen konnte. Crow blinzelte und spuckte den Sand aus, der zwischen seinen Zähnen knirschte.

»In Ordnung«, hörte er den Mönch sagen. »Sie können jetzt kommen.«

Vom Boden aus schienen Sand und Wald in einem falschen Winkel zueinander zu stehen. Crow sah Füße auf sich zukommen. Lucys Füße. Sie hockte sich neben ihn und legte die Hand auf seine sandige Wange. Zu anderen Zeiten hatte Crow von einer solchen Berührung geträumt, aber nicht so, nicht hier. Noch einmal versuchte er sich zu wehren, doch der Mönch verstärkte seinen Griff schmerzhaft und Crow hielt still. Diese Typen wussten, was sie taten.

»Wo hast du den Gral versteckt?«, fragte Lucy, die Finger noch immer an seiner Wange.

Er hatte nicht vor, es länger zu leugnen. Sie würden das Ding ohnehin finden, wenn sie die Satteltaschen des Fahrrades durchsuchten. Doch als er die Lippen öffnete, um zu antworten, sagte Lucy »Danke« und stand auf.

Crow schauderte. Konnte sie etwa Gedanken lesen? Konnte sie am Ende sogar durch ihre Gedanken töten, so wie Raffael? Aber das war unmöglich – sie war eine Frau!

Heiße Angst erfasste ihn, als sich die Hand des Mönches von unten um sein Kinn legte. Crow wusste, was das bedeutete. Er hatte genug Hühnern den Hals umgedreht, um die ruckartige Bewegung vorauszuahnen, die gleich folgen würde. Das Wort »Bitte« drängte sich auf seine Lippen, doch er presste die Zähne aufeinander und blieb stumm. Er war der Sohn eines stolzen Volkes, das einmal die Prärien dieses Kontinents beherrscht hatte. Er würde nicht um sein Leben betteln. Er schloss auch nicht die Augen. Er würde diesen Anblick mit hinübernehmen – Sand, Bäume, Lucy. Es gab schlechtere letzte Bilder.

Sie hatte den Gral wohl gefunden, denn sie zog mit einem triumphierenden Ruf ein Bündel aus der Tasche und drehte sich um. Dann hörte er ihren Schrei: »Nein!«

Die Finger an seinem Kinn, die sich bereits zu einem festen Griff geschlossen hatten, verharrten.

»Nicht! Tun Sie das nicht! Um Gottes willen!«

Sie bat tatsächlich um sein Leben! Der Druck ließ nach, doch noch löste der Mönch den Griff nicht. »Er arbeitet für Raffael.«

Erschreckend, wie ruhig, wie unbeteiligt die Stimme des Mönches klang.

»Er ist ein Besorger; er arbeitet für jeden, der ihn bezahlt.« Lucy kam näher, ihre Stimme wurde jetzt weicher. »Er hat auch Ihre Briefe transportiert, damals.«

Der Schraubstock aus Muskeln rührte sich nicht. Crow konnte kaum noch atmen.

»Nicht relevant.«

»Vielleicht nicht. Aber dass ich um sein Leben bitte, das sollte relevant sein.«

»Er wird uns bei Raffael verraten.«

Crow holte mühsam Luft. Es fiel ihm schwer, seine Worte deutlich zu artikulieren. »Ohne Ware? Selbstmord!«

Wieder hockte sich Lucy vor ihm nieder, legte die Finger auf seine Wange und diesmal hatte er fast das Gefühl, dass es zärtlich war. Crow konnte nicht verhindern, dass ihm Tränen in die Augen traten. Er wollte leben! Mehr als je zuvor!

»Schwörst du, dass du verschwindest, Crow?«

»Ja.« Er suchte nach anderen Worten, nach Worten, die sie glauben konnten, doch ihm fielen keine ein. Er würde fortgehen, fort aus dieser Gegend, und bestimmt nicht zurückkehren, so lange Raffael sich hier aufhielt, aber wie konnte er sie davon überzeugen, dass er es ernst meinte? Und selbst wenn – was lag einem Mönch schon an einem Ketzerleben?

Noch einen Moment lang hielt Lucy die Berührung aufrecht, dann zog sie ihre Finger zurück. »Ich glaube ihm.«

»Ich nicht.«

»Seit wann treffen Sie eigene Entscheidungen, Zinnsoldat?«

Entsetzen durchzuckte Crow, doch er hörte von dem Mönch nur ein Geräusch, das nach Belustigung klang. Der Griff lockerte sich, ließ schließlich ganz ab. Wie eine Eidechse schoss Crow auf allen vieren über den Sand, brachte einige Yards Abstand zwischen sich und den Mönch, bevor er sich umzudrehen wagte.

Der Mönch kauerte noch immer am Boden, dort wo er

Crow festgehalten hatte, und sagte gelassen: »Das nächste Mal töte ich dich.«

Für eine Weile übernahm Kaleb die Ruder, damit sich Lucy die Reliquie in Ruhe ansehen konnte. Sie hatte jahrelang mit dem Gegenstück gearbeitet, und trotzdem … auch dies war eine Reliquie. Der erste Gral. Um ihn waren Kriege geführt worden. Er hatte den Menschen die Barrieren gebracht. Er hatte Geschichte geschrieben, ihr Schicksal verändert.

Sie wickelte den Gral wieder in das Tuch und verstaute ihn in Kalebs Tasche. Als sie sich wieder aufrichtete, begegnete sie seinem Blick. Er sah sie nachdenklich an, während er kraftvoll die Ruder durchzog.

»Sie haben eine Frage«, stellte sie fest.

Er antwortete nicht gleich, schwieg zwei, drei Ruderzüge lang. Schließlich fragte er: »Wie ist das, dieses Gedankenlesen? Hören Sie Worte?«

Lucy schüttelte den Kopf. »Sprache scheint zu abstrakt zu sein, um sie direkt zu übertragen.« Vielleicht, dachte sie, spielten auch die Hirnareale eine Rolle, in denen sich ein Vorgang abspielte. Wie faszinierend das alles war.

Kaleb nickte nachdenklich. »Sie sind ein stärkerer Empfänger geworden, aber auch ein stärkerer Sender. Ich nehme Sie intensiver wahr als zuvor.«

»Und immer noch voller Abscheu.«

Kaleb bestritt es nicht, und das schmerzte. Sie hatte gehofft, dass er sich inzwischen an den Gedanken gewöhnt hätte. Eine Weile hing sie ihren Gedanken nach. Das Plätschern, und das stete Vorbeigleiten des Ufers, das sie durch die verdunkelte Brille nur in Bruchstücken sehen konnte, waren beruhigend. Ihre Reise hatte etwas Beschauliches – wäre da nicht die bedrohliche Anwesenheit des Inquisitors gewesen.

»Er muss sich sehr sicher fühlen«, sagte sie irgendwann.

»Raffael?«

»Er maskiert seine Anwesenheit nicht.«

»Vielleicht muss er für die Reaper spürbar bleiben, um sie zusammenzuhalten.«

»Es sind sieben«, sagte Lucy.

Kaleb konzentrierte sich. »Immer noch nichts«, sagte er.

Die Abendsonne ließ seine helle Iris leuchten, und Lucy kam der Gedanke, dass es eine Schande wäre, dieses kühle Blau in ein Rot zu verwandeln. Sie beobachtete, wie sich beim Rudern seine Sehnen unter den aufgerollten, schwarzen Hemdärmeln spannten. Er war stark und er war schnell. Wie schnell, das hatte sie beim Kampf mit Crow gesehen. »Können Sie sieben Reaper besiegen?«, fragte sie.

»Nein.« Die Antwort kam ohne Zögern. »Nicht im offenen Gelände; nicht, wenn sie gleichzeitig angreifen.«

Das waren keine guten Nachrichten. »Und wie ist Ihr Plan?«

Kaleb zuckte mit den Schultern. »Ich werde sehen, was sich ergibt.«

Lucy vermutete, dass er dabei nicht unbedingt an verstecken und abwarten dachte. Das wäre ihr Plan gewesen. Ihm stand ein Kampf bevor, bei dem er nicht auf sich selbst wetten würde. Trotzdem waren seine Züge ruhig, seine Bewegungen kraftvoll, die sie, Schlag für Schlag, einem Erzketzer und sieben Reapern entgegentrugen. »Kennen Sie gar keine Angst?«

»Doch, gelegentlich habe ich Angst. Aber Angst ist nichts Schlechtes. Sie dient der Warnung. Sie ist das Symptom, nicht die Ursache. Wenn ich die Angst selbst nicht mehr fürchte, beherrsche ich sie – nicht umgekehrt.«

Es dämmerte schon, als sie über den Uferbewuchs hinweg die Wehr von Selimsburgh sahen. Lucy hob die Riemen aus dem Wasser und überließ das Boot der sanften Strömung, die sie nahe am Ufer entlangführte.

Kaleb lauschte in die Dämmerung. Wie Lucy gesagt hatte: Er spürte Raffael und sieben Reaper, deren Anwesenheit beständig in seinem Geist gewachsen war. Doch wie viele Ketzer Raffael begleiteten, verschloss sich seiner Wahrnehmung.

»Wie ist die Lage?« Er sprach leise, falls sich bereits Ketzer in der Nähe befanden. Lucy tat es ihm gleich, als sie antwortete: »Niemand ist am Fluss, aber Raffael hat eine Menge Ketzer mitgebracht.« Lucy hob die Brille von den Augen und schob sie auf ihre Stirn. In Erwartung des Schmerzes kniff sie die Lider zusammen, doch die Dämmerung war weit genug fortgeschritten. »Viel besser«, sagte sie.

Kaleb betrachtete ihre weinrote Iris, dann wandte er den Blick ab. Ob sich der Wahnsinn doch irgendwann zeigen würde? Ob er mit Verspätung einsetzte, unmerklich und schleichend? Konnte er sich auf Lucy wirklich verlassen? Und falls nein, konnte er Lucy töten, falls es nötig sein würde? Eunices Schwester, die Tochter seines Bischofs, die Frau, der er sein Leben verdankte?

»Was denken Sie?«

Er nickte zu den Büschen am Ufer hin, in denen sie das Boot verbergen konnten. »Hier ist eine gute Stelle.«

Lucy senkte das rechte Ruder ins Wasser. Äste schabten über die Planken und sie hob den Arm, um sich vor den Zweigen zu schützen.

Schließlich steckten sie fest. Trotzdem vertäute Kaleb das Boot mit einem Seil, während Lucy zum Ufer kletterte.

Als Kaleb zu ihr aufschloss, sagte er: »Ich habe den Gral im Boot gelassen. Für alle Fälle.«

»Für welche Fälle?«

Er schaute sie nicht an, sondern musterte die Uferböschung vor ihnen. »Dass wir beide sterben. Man wird das Boot finden, früher oder später.«

»Sie verstehen es, einer Frau Mut zu machen.«

Bemüht keine Aufmerksamkeit zu erregen, schoben sie sich vorsichtig und leise durch das Dickicht. Als sie die Schwemmwiesen erreichten – flaches Land ohne Deckungsmöglichkeit –, legten sie sich auf den Boden und sahen zur Palisade nach Selimsburgh hinüber.

Lucy deutete auf eine schmale Tür auf der Flussseite der Palisade. »Dort kämen wir rein.«

»Und von welchem Nutzen wären wir drinnen?«

Sie warf ihm einen irritierten Blick zu. »Wir wären sicher.«

Ein Wagen fuhr auf das Dorf zu, nicht auf die kleine Tür in Richtung Fluss, sondern auf die Südseite der Palisade. Wie alle Ketzer-Wagen besaß auch dieser einen bizarren

Aufbau aus Metall, Plastik und Knochen. Raffael stand auf der Ladefläche, zusammen mit einem einzelnen Reaper. Der Wagen hielt in einigem Abstand vor der Palisade. Raffael sprang herunter und die Reaper folgten ihm – alles große Tiere mit Schulterhöhen von fünf Fuß oder mehr. Während sich Raffael auf Rufweite der Palisade näherte, umkreisten ihn die Reaper.

»Was macht er da?«, flüsterte Lucy gebannt. »Die könnten ihn einfach abknallen. Hält er sich für unverwundbar?«

Vielleicht war es so, vielleicht war Raffael tatsächlich größenwahnsinnig. Vielleicht hatte Lucy die Wirkung der Nachtmilch auf den Verstand eines Erwählten doch unterschätzt.

Kaleb hörte, dass Raffael und die Belagerten verhandelten – doch sie waren zu weit entfernt, um Worte zu verstehen. »Können Sie erkennen, worum es geht?«

»Auf die Entfernung? Sie überschätzen meine Fähigkeiten.« Trotzdem lauschte auch sie angestrengt. Ein Schuss peitschte durch die Luft. Raffael neigte sich zur Seite – und wich offenbar der Kugel aus. Jedenfalls blieb er unverletzt und schrie irgendetwas zu der Palisade hinauf. Vielleicht eine Drohung, doch nicht nur seine Worte, auch seine Stimme gingen in dem wütenden Kugelhagel unter, mit dem die Ketzer auf den Schuss antworteten. Allerdings war die Reichweite ihrer Pistolen begrenzt und ihre Geschosse erreichten die Verteidiger nicht.

»Ich habe etwas gespürt«, sagte Lucy überrascht. »Während der Schüsse. Etwas … was war das?«

Kaleb hatte nichts gespürt – natürlich nicht. Aber er ahnte, was es gewesen war. »Der Tötungsentschluss«, sagte er. Lucy schaute ihn fragend an und er erklärte: »Der Entschluss, ein anderes Wesen zu töten, insbesondere der eigenen Art, bewirkt eine emotionale Spitze – insbesondere, wenn der Täter es noch nicht oft getan hat.«

»Dann hat Raffael das also auch gespürt. Darum konnte er ausweichen.«

Kaleb schüttelte den Kopf. »Er hätte nur Millisekunden für eine Reaktion. Und er wusste nicht, ob der Schütze auf den Kopf oder die Brust zielt, nach links oder nach rechts.«

»Wie hat er es dann gemacht? Wie kann er Gedanken auf diese Entfernung lesen?« Lucy bemühte sich offensichtlich, eine Schwingung von Raffael aufzunehmen.

Kaleb schwieg, schaute zu dem Erzketzer hinüber und dachte über ihre Frage nach.

»Kann es sein«, fragte Lucy, »dass die Nachtmilch die Kräfte eines Inquisitors so viel mehr steigert, als die eines einfachen Erwählten?«

»Nein«, sagte Kaleb unvermittelt. »Es sind die Reaper. Er nutzt sie als Verstärker.«

»Natürlich! Die Reaper empfangen die Bilder und Raffael liest sie aus den Reapern! So konnte er auch Ihr Pferd wahrnehmen.«

»Darum hält er sie in seiner Nähe. Sehen Sie? Er hat die Hand auf den Rücken des Größten gelegt.«

»Körperkontakt. Sie haben recht.«

»Du hast ihn verfehlt«, sagte Obadijah.

»Er hat die Kugel kommen sehen«, antwortete Dillon. Er setzte die Winchester ab, klemmte sie unter den Arm und schaute Raffael nach, der sich nach dem Rumgeballere und einer letzten Drohung zurückzog. »Hol mir diese Heilige Mutter her. Sie soll uns erklären, was zur Hölle der da ist.«

Während Obadijah und der alte Simon den Wehrgang verließen, wandte Dillon den Blick nicht von Raffael und den Ketzern, die in der zunehmenden Dunkelheit kaum noch auszumachen waren. Nachdenklich strich er sich über den Schnurrbart. Die Heilige Mutter hatte Antworten und er würde sich mit ihrem Schweigen nicht mehr zufriedengeben.

Am Waldrand flammten Scheinwerfer auf, ein Motor wurde auf Touren gebracht. Ein Wagen setzte sich in Bewegung, holperte über das Feld auf Selimsburgh zu und gewann an Geschwindigkeit. Der Motor jaulte auf, als er in niedrigem Gang beschleunigte, und Dillon begriff, dass der Wagen die Palisade rammen würde. Die Stämme würden das sicher aushalten, trotzdem schrie er »festhalten!« und griff nach dem Geländer.

Mit voller Wucht krachte der Wagen gegen die Wand, begleitet von einem Aufschrei aus vielen Kehlen. Das Holz bebte unter Dillons Füßen, die Spitzen einiger Stämme wurden über eine Elle nach innen gedrückt, doch die Konstruktion hielt.

Viel schlimmer waren die Töpfe, die auf der Motorhaube gestanden hatten. Der plötzliche Halt schleuderte sie gegen die Palisade, wo sie scheppernd ihren Inhalt ergossen. Beißender Benzingestank breitete sich aus – nicht der Geruch nach dem aus Raps oder Sonnenblumenöl hergestellten Diesel. Die Ketzer verwendeten erdölbasiertes Benzin!

Gleich darauf loderten Flammen auf.

Brennendes Benzin. Die ersten Bürger formten sich schon zu einer Kette, doch es würde kaum gelingen, den Brand mit Wassereimern zu löschen. Menschen liefen durcheinander, brachten Eimer, Kübel, Tröge, riefen Anweisungen. Tyler humpelte zwischen ihnen umher, organisierte das Chaos.

Dillon riss den Blick vom Dorf los und schaute wieder nach draußen. Die Flammen an der Palisade schlugen bereits so hoch, dass ihr Widerschein die Ketzer erreichte. Sie präparierten einen zweiten Wagen. Wenn die Ketzer tatsächlich eine Bresche schlugen und die Reaper in das Dorf eindrangen …

»Wo ist die Heilige Mutter?«, brüllte Dillon und schaute ins Dorf hinunter. Die weiße Robe leuchtete aus einer Gruppe gestikulierender Menschen hervor – zu viele Menschen. Und Sam war nicht unter ihnen. Das war schlecht, sehr schlecht. Die Gruppe hielt auf das kleine Flusstor zu.

Dillon stellte sein Gewehr zur Seite, stützte die Arme auf die Brüstung und brüllte hinunter: »Bringt sie zu mir, verdammt! Bringt sie her!« Doch selbst sein dröhnender Bass ging in den allgemeinen Rufen und dem Prasseln der Flammen unter. Fluchend lief er zur Treppe, sprang die Stufen hinab – und sah, wie die Heilige Mutter nach draußen gestoßen und die Tür hinter ihr verriegelt wurde.

Wütend stieß er die Leute beiseite, riss sie an den Schultern zurück. Noch war es nicht zu spät, die Heilige Mutter wieder hereinzuholen. Die Menschen wichen auseinander, als er wie ein Berserker zwischen sie fuhr – bis auf Obadijah.

Der stand vor der Tür, eine Pistole im Anschlag. »Es ist zu spät, Dillon.«

Dillon beachtete die Waffe nicht. Seine Faust schlug den Kopf des jungen Mannes mit solcher Wucht zur Seite, dass der Körper folgte. Er hob die Riegel an und riss die Tür auf – doch es war zu spät: Eunice war nicht mehr zu sehen.

Ein zweiter Stoß erschütterte die Wehr.

Jemand lief geduckt am Fuß der Palisade entlang. Lucy sah im Dunkeln viel besser, seit sie die Nachtmilch genommen hatte, doch selbst sie erkannte den Schatten in der Dunkelheit kaum. Nur auf der linken Seite wurde die Gestalt gelegentlich durch die Flammen beleuchtet, ansonsten verschmolz sie mit der schwarzen Palisade von Selimsburgh, über der das Blau des Abendhimmels glomm.

»Ein Ketzer?«, fragte Kaleb. Er kauerte nach wie vor neben Lucy im Ufergebüsch, ihren langläufigen, mechanischen Revolver in der Hand. Die Gestalt stand jetzt in Richtung des Flusses an der Wehr, verbarg sich im Schatten.

»Ich glaube nicht.« Lucy kniete auf der feuchten Erde, spähte zwischen den Zweigen hindurch. Sie nahm kein »Blitzen« wahr, also war das dort vermutlich kein Ketzer. Aber welcher Bürger wäre so dumm, ausgerechnet jetzt die Stadt zu verlassen?

Motorräder heulten auf und fuhren dröhnend über die Äcker. Ihnen folgten, langsamer, die Reaper – und Raffael.

Die Person an der Palisade musste es ebenfalls gehört haben. Sie trat aus dem Schutz der Dunkelheit, wollte wohl zum Fluss fliehen. Lucy sah den langen Rock, den weiten Mantel – und erkannte sie im gleichen Moment wie Kaleb. »Eunice!«

Er sprang auf, zog die Mönchskutte von seinen Schultern, doch Lucy hielt ihn zurück. »Sie können sieben Reaper nicht besiegen. Das waren Ihre eigenen Worte.«

»Es sind nur Ketzer.« Er machte sich los und lief geduckt über die Schwemmwiese, bis er mit der Dunkelheit verschmolz.

Er hatte recht, bisher waren es nur Ketzer. Die Reaper kamen nur gemächlich näher, als hielte Raffael sie zurück.

Eunice rannte über die offene Fläche auf den Fluss zu, doch die Ketzer holten sie ein. Grölend umringten sie Eunice, ließen mit ihren Rädern den Lehm aufspritzen und stießen Eunice zu Boden. Lucy hörte ihren Schrei. Wo blieb Kaleb? Er hatte sich im Schwarz des Bodens aufgelöst, sein Shozoku unsichtbar in der hereinbrechenden Nacht.

Aber dann erhob er sich wie ein Geist und holte den ersten Gegner mit einem Schuss vom Motorrad, das sich überschlug. Die Ketzer stoppten ihre Maschinen, drehten die Köpfe – und sahen Kalebs Silhouette, von den Flammen gespenstisch beleuchtet.

Warum zeigte er sich offen? Warum tötete er sie nicht aus der Dunkelheit, einen nach dem anderen?

Erst die Reaktion der Ketzer ließ Lucy verstehen. Sie waren keine Strategen. Sie sahen einen einzelnen Gegner und ihr Reflex war, aus allen Rohren feuernd auf ihn zuzufahren. Eunice blieb unbeachtet zurück, richtete sich auf, raffte Rock und Mantel und lief weiter auf den Fluss zu.

Die drei verbliebenen Ketzer näherten sich der Stelle, an der Kaleb eben noch gestanden hatte, doch selbst im tanzenden Licht der Scheinwerfer entdeckte Lucy ihn nicht mehr. Wieder wurde der Revolver abgefeuert, dessen Klang Lucy leicht von den Automatikwaffen der Ketzer unterschied. Ein weiteres Motorrad schlitterte in voller Fahrt über die Wiese, gleich darauf das nächste.

Nun war nur noch ein Mann übrig und der hielt mit seiner Maschine direkt auf die Stelle zu, an der Kalebs Mündungsfeuer aufgeblitzt war. Der Scheinwerfer erfasste den Mönch. Lucy empfing jenen Impuls, die emotionale Spitze, die dem Töten vorausging, als der Mann eine abgesägte Flinte hob. Im gleichen Moment, in dem der Schuss des Ketzers zu hören war, ließ sich Kaleb zu Boden fallen. Etwas Blitzendes flog durch die Luft, der Fahrer wurde zu Boden gerissen und das Motorrad fuhr weiter, bis es nach einigen Yards umstürzte.

Kaleb sprang auf, ging zu dem am Boden liegenden Ketzer und stieß den Mann, der sich halb aufgerichtet hatte, mit einem Messer nieder. Kalebs Geist war nicht verschlossen, aber dennoch hatte Lucy jene Spitze, die Überwindung der Tötungshemmung, nicht gespürt.

Der Kampf war vorüber. Eunice erreichte den Fluss und Lucy trat aus dem Dickicht. »Eunice! Hier her!« Sie winkte und ihre Schwester stockte, dann änderte sie die Richtung ihrer Flucht. Kurz darauf lagen sie sich in den Armen.

»Großer Gott, ihr seid hier!« Eunice zitterte am ganzen Leib. »Sie haben die Köpfe der Mönche über die Wehr geworfen und ich dachte schon, du und Kaleb …« Ihre Stimme versagte und Lucy hielt sie einfach fest.

Kaleb. Wo zur Hölle blieb er?

Eunice weinte vor Erleichterung. Kaleb und Lucy, beide waren am Leben!

Sie wischte die Tränen fort. Lucy sah auf die Wiese hinaus. Irgendwas in ihrem Gesicht war fremd. Waren das noch Lucys Augen? Oder täuschte die Dunkelheit?

»Lucy, hast du …?« Eunice wagte nicht, es auszusprechen. Als sie Lucys Blick begegnete, konnte sie es erkennen: Ja, die Iris war anders, dunkler.

»Ich habe getan, was nötig war.«

Merkwürdigerweise erschreckte es Eunice kaum, sie war nicht einmal sonderlich erstaunt. Sie hatte es fast erwartet, als Lucy Nachtmilch und Kontaktlinsen aus Joshuas Zimmer mitgenommen hatte. Seit Jahren musste Lucy die Versuchung gespürt haben, die verborgenen Kräfte in sich zu wecken – schon aus wissenschaftlichem Interesse. Nun endlich hatte sie einen Grund gefunden. Und doch war sie noch immer Lucy – vielleicht sogar mehr als zuvor. Ihr Vater würde über diese Entwicklung allerdings nicht erfreut sein. Glücklicherweise war er geschickt darin, neue Entwicklungen in seine Pläne einzubauen.

»Was zum Teufel macht er da?«

Eunice wandte den Blick. Der Lärm der Schlacht hallte herüber, die Flammen an der Palisade schlugen höher. In ihrem Schein sah sie Kaleb über die Wiese gehen. Er blieb stehen, bückte sich, durchsuchte einen der Toten.

Lucy fluchte. »Die Reaper kommen näher, das spürt er doch!«

Reaper! Das Vertrauen in Kaleb, das Gefühl der Sicherheit in seiner Nähe, hatte sie vergessen lassen, wie völlig ungeschützt sie waren. Anders als Lucy und Kaleb konnte Eunice ihre Anwesenheit nicht verbergen.

»Wie viele sind es?«, fragte sie.

»Sieben.«

Zu viele. Viel zu viele für einen einzelnen Mönch.

Endlich war Kaleb bei ihnen und Lucy fauchte: »Warum haben Sie die Deckung unten?«

Er sah Eunice an. Sein Blick durchdrang sie. Wie gerne hätte sie ihn umarmt, nach all den Sorgen, nach all der Angst. Doch wie immer war da diese Mauer des Unmöglichen, verhasst und vertraut, gewachsen über Jahre hinweg: mit jedem unausgesprochenen Wort, jeder Berührung, die sie sich versagt hatten. Eunice senkte den Blick und wieder wuchs diese Mauer um einen Hauch.

»Sie warnen Raffael damit. Warum tun Sie das?«

Eunice begriff Kalebs Absicht sofort: Er hoffte, Raffael auf diese Weise abzulenken, ihr und Lucy einen Vorsprung zu verschaffen.

Er reichte Lucy einen Revolver. »Keine Kugeln mehr.«

»Dann nehmen Sie die Automatik.«

Er zögerte, doch dann nahm er die Waffe. Während er sie hinten in den Hosenbund schob, fragte er: »Haben Sie noch die Taschenlampe?« Wie immer vor einem Kampf war er ruhig, fast gelassen, während Eunice schreien wollte: Doch sie blieb stumm.

Lucy holte die Lampe hervor. In ihrem Schein sah Eunice, was er den Toten abgenommen hatte: einen halben Reaperdolch und einen vollständigen, dessen Griffe mit abgegriffenem Leder umwickelt waren. Die Waffen der toten Mönche. Das war gut – aber sieben Reaper waren einfach zu viele. Zu viele für einen Mönch.

Lucy hob lauschend den Kopf, während sie ihm leuchtete. »Wieso lässt Raffael sich so viel Zeit?«

Konzentriert prüfte Kaleb die Klingen. »Er will die Beute lebend.«

»Ich verstehe nicht.«

Er schaute kurz auf. »Es sind keine Hunde. Wenn die Hatz begonnen hat, kann man sie nicht mehr zurückpfeifen.«

Eunice fühlte Übelkeit.

Kaleb nickte, zufrieden mit dem Ergebnis seiner Inspektion, und steckte die Waffen an ihren Platz. »Ihr müsst ins Boot.«

»Sieben«, sagte Eunice. »Das schaffst du nicht.«

»Ich kann sie aufhalten.«

»Raffael wird Ihnen keine Chance dazu lassen.« Lucy senkte die Lampe. »Was meinen Sie, was mit den anderen Mönchen passiert ist? Genau das, was er mit Ihnen am Fluss getan hat.«

Nur ein Zucken um Kalebs Augen verriet, wie nah ihm die Erinnerung ging. Was hatte Raffael ihm angetan? Raffael war nicht nur ein abtrünniger Mönch, er war ein abtrünniger Inquisitor, und Eunice wusste um die Lust der Inquisitoren am Schmerz ihrer Opfer.

»Das Benzin ist aufgebraucht«, fuhr Lucy fort. »Rudernd werden wir ihnen kaum entkommen.«

»Haben Sie eine bessere Idee?«

Lucy zog eine Spritze aus der Jackentasche. Der Kolben war ausgezogen, die Düse durch eine Kappe verschlossen. Kaleb starrte auf die milchige Flüssigkeit im Zylinder.

Eunice ahnte, was in ihm vorging. Jeder Mönch, den sie kannte, jeder Veteran der Ketzerkriege würde eher sterben, als sich Nachtmilch in die Adern zu spritzen. Das war keine Floskel, es war tiefer Ernst. Die Kirche schulte die Mönche nicht nur, sie konditionierte sie zu Hass und Abscheu.

Sein innerer Kampf kostete wertvolle Sekunden.

»Mit Hilfe der Reaper wird er Eunice lesen wie ein Buch«, sagte Lucy beschwörend. »Er ist ein Inquisitor. Er wird alles erfahren, was sie weiß, und dann wird er sie an seine Bestien verfüttern. Wollen Sie das?«

»Sie wissen nicht, was Sie von mir verlangen.«

Bevor Lucy etwas erwidern konnte, sagte Eunice: »Aber ich weiß es.«

Er hob den Blick und schaute Eunice an.

»Bitte«, flüsterte sie. »Tu es für uns.«

»Wenn ich es tue, wird es kein ›uns‹ mehr geben«, sagte er. »Nicht einmal, wenn wir alt sind.«

»Du wirst leben. Und wo Leben ist, ist Hoffnung.«

Aus dem Lärm der Schlacht schälte sich das Geräusch eines einzelnen Motors – diesmal kein Motorrad, sondern der satte Klang eines starken Diesels.

Ohne den Blick von Eunice zu nehmen, fragte Kaleb: »Wie lange wird es dauern?«

»Nur Sekunden.«

Der Mönch tat einen tiefen Atemzug. Dann schob er den Ärmel nach oben und hielt Lucy seine Armbeuge hin.

»Machen Sie eine Faust.« Lucy nahm die Taschenlampe zwischen die Zähne, doch Eunice legte ihr die Hand auf den Arm. »Lass mich das tun. Du hast ihm einige Stunden Erfahrung voraus. Sag ihm, was er wissen muss.«

Lucy zögerte, dann holte sie eine verpackte Kanüle aus der Tasche und legte sie samt Spritze in Eunices ausgestreckte Hand. Während Eunice die Packung aufriss und die Teile mit eiligen aber sorgfältigen Bewegungen zusammensteckte, sagte Lucy: »Raffael hat gelernt, Schmerzen zuzufügen, aber Sie haben gelernt, Schmerzen zu ertragen. Das ist Ihr Vorteil.«

Kaleb lächelte schwach. »Das wird kaum ausreichen.«

»Sie missverstehen mich. Er kann seine Gedanken nicht verbergen, ohne gleichzeitig alles andere zu kappen, was er sendet.«

»Die Schmerzimpulse«, vermutete Kaleb.

»Um Ihnen zu schaden, muss er sich verwundbar machen.«

»Ich verstehe.« Kaleb presste die Finger auf seinen Oberarm, um die Venen hervortreten zu lassen. Eunice hob die Spritze zu einem prüfenden Blick und drückte sachte gegen den Kolben, bis sich ein milchiger Tropfen an der Nadelspitze bildete.

Wie immer berührte sie ihn nicht wie eine Ärztin, sondern wie eine Liebende – sanft. Und wie immer, wenn sie ihn versorgte, sah er nicht auf die Stelle des Schmerzes, sondern auf sie, Eunice. Obwohl er wusste, was die Spritze enthielt und was sie ihm damit antun würde, gab er sich in ihre Hände.

Innerlich zitterte Eunice, ihr Herz hämmerte, doch sie führte die Nadel ruhig, die im Licht der Taschenlampe seine Haut durchstieß.

Kaleb sog scharf die Luft ein. Glühende Hitze dehnte sich von der Einstichstelle aus und durchflutete seinen Körper. Das Brennen erreichte seinen Kopf und entzündete ein Feuer hinter den Augen.

Eunice zog die Nadel aus seinem Arm, und Lucy sagte leise: »Ich habe nie behauptet, dass es angenehm ist.«

Kaleb presste die Handballen gegen die Augen, krümmte sich und wartete, dass das Gefühl abklang. Es dauerte tatsächlich nur Sekunden. Als die Hitze nachließ, hatte sich die Welt verändert.

Was vorher ein schwacher Impuls gewesen war, nicht mehr als eine Ahnung, auf die Kaleb zu vertrauen gelernt hatte, war jetzt Gewissheit. Er bemerkte eine Maus, unterhalb und links von sich. Das Tier lief einen der unterirdischen Gänge entlang und Kaleb folgte ihrer Flucht mit dem Blick, als könne er sie durch Gras und Erdreich hindurch sehen, bis der Impuls in wenigen Fuß Entfernung verblasste. Dann hob er den Blick zu Lucy. »Ich dachte, das könnten wir nicht?«

Sie zuckte mit den Schultern. »Offenbar doch auf kurze Entfernung.« Sie sah erschrocken auf. Autoscheinwerfer strichen über das Gebüsch, glitten über sie hinweg. Kaleb spürte eine scharfe Spitze der Furcht und vermutete, dass es Lucys war. Der Wagen hielt an, das Motorengeräusch schwächte sich zu einem Tuckern ab.

»Kaleb?« Das war Raffaels Stimme. Kaleb spähte durch die Zweige und sah Raffael auf der Ladefläche stehen. »Ich weiß, dass du das bist, Bruder!«

Kaleb richtete sich auf und zückte beide Reaperdolche. Das vertraute Gewicht von Simeons altgedienter Waffe war beruhigend. Er würde die Schmach, dass ein Ketzer ihm seine genommen hatte, mit Reaperblut abwaschen.

»Ins Boot!«, knurrte er, doch die Frauen bewegten sich nicht. Mit dumpfen Tönen sprangen die Reaper von der

Ladefläche und verteilten sich. Offenbar hielt Raffael sie noch immer zurück.

»Ich wusste, dass du es tun würdest«, rief Raffael. »Du bist klug genug, um die Zeichen der Zeit zu erkennen.«

Kaleb fletschte die Zähne, doch kein Laut kam aus seinem Mund. Den Blick auf den Inquisitor und Ketzer gerichtet, verharrte er regungslos.

»Du denkst, du könntest mich besiegen mit deinen neu erworbenen Fähigkeiten? Wozu denn, Bruder? Wozu kämpfen für eine Gesellschaft, die dich ausstoßen wird? Die dich auf dem Scheiterhaufen verbrennt, sobald du auch nur einen Fuß in eine ihrer Städte setzt? Du gehörst nicht mehr zu ihnen, Kaleb, du bist über sie hinausgewachsen! Zum ersten Mal in deinem Leben bist du wirklich frei!«

»Warum seid ihr beiden noch nicht im Boot?«, fragte Kaleb, ohne seinen Blick von Raffael abzuwenden.

»Mir ist noch etwas eingefallen«, sagte Lucy. »Die Bilder, die er sendet – er löst sie aus, ohne selbst ihre Wirkung zu spüren. Vielleicht können auch Sie Ihren Geist dazu bringen, sie als Trugbild zu erkennen.«

Er würde nicht viel Zeit haben herauszufinden, wie das ging. »Man kann nicht verhindern zu hören.«

»Versuchen Sie es.«

»Versprochen. Aber gehen Sie jetzt endlich.«

Lucy und Eunice wandten sich um, doch er packte Lucys Arm und flüsterte: »Was Sie brauchen, ist im Funkturm.«

»Zinnsoldat, lassen Sie sich nicht einfallen zu sterben.«

Er lächelte schwach. »Gehen Sie!«

Raffael ging kein Risiko ein. Er hatte alle sieben Reaper mitgebracht – vier auf der wehrhaft ausgebauten Laderampe und die restlichen drei als Gefolge.

Ihre Präsenz war überwältigend. Noch nie hatte Kaleb ihre Fremdheit so intensiv wahrgenommen, ihren reinen Raubtierinstinkt, ihre unverfälschte Blutlust, ungetrübt von Skrupeln und Reue. Lucy hatte recht – sie *waren* wunderschön.

Sie griffen nicht sofort an, zögerten, als sie ihn sahen. Er erkannte ihre Verwirrung, aber nicht den Grund dafür. Vielleicht spürten sie die Veränderung, die mit ihm vorgegangen war. Vielleicht war es auch nur ungewohnt, dass sich ihre Beute mit festen Schritten auf sie zubewegte, statt zu fliehen. Oder hielt Raffael sie zurück?

Auf der Wehr von Selimsburgh ging Flutlicht an. Drei Scheinwerfer richteten sich auf Raffael, so dass er von weißem Glanz umstrahlt wurde. Offenbar war den Bürgern klar, dass hier auch ihr Schicksal entschieden wurde. Simon musste die Reaper gespürt haben.

Oben, auf der Palisade, machte Kaleb die Silhouetten von Menschen aus, die zu ihnen herübersahen. Sie besaßen Waffen, doch die Entfernung war zu groß für einen sicheren Schuss.

»Bruder!« Raffael, noch immer auf der Laderampe des Pickups, mit einem einzigen, jungen Reaper an seiner Seite, breitete die Arme aus. »Sei uns willkommen!«

Kaleb nickte in Richtung der vier toten Ketzer, die zwischen ihren Motorrädern lagen. »Ich dachte, das hätte klargemacht, wo ich stehe.«

»Was kümmert mich das Fußvolk?« Raffael lächelte noch immer, dann verschwand sein Lächeln mit einer irritierenden Plötzlichkeit. »Aber du, Kaleb, hast die nächste Stufe der Evolution erklommen. Unseresgleichen ist es bestimmt zu herrschen – über Reaper und Menschen gleichermaßen.« Raffael legte seine Hand auf den Kopf des Reptils neben sich, als wolle er die schwarzen Schuppen kraulen.

»Nicht über Selimsburgh«, gab Kaleb zurück. Es entging ihm nicht, dass die übrigen sechs Reaper ihn einkreisten, aber er rührte sich nicht. Er würde reagieren müssen, falls sich die Reptilien aufteilten, um den Schwestern zu folgen.

»Selimsburgh?« Raffael verzog das Gesicht. »Du hast schon immer zu klein gedacht, Kaleb. Ein kleiner Mönch mit kleinen Ambitionen.«

»Was willst du dann hier?«

»Du weißt, was ich will – die Trinität. Das Teil, das du mir gestohlen hast, und das Teil, das der Bischof bei seiner Tochter Berenice versteckt hat.«

Kaleb wollte antworten, doch er schwieg, als Raffael den

Kopf zur Seite drehte. Der Inquisitor lauschte, die Hand noch immer auf den Kopf des Reapers an seiner Seite gelegt. »Lucy?«, sagte er verwundert. Dann glitt ein Lächeln über sein Gesicht. »Natürlich! Wie konnte ich nur so blind sein?«

Offensichtlich war Eunice noch nahe genug, dass sie Raffaels Worte hatte hören können, und der Reaper an Raffaels Seite hatte ihre gedanklichen Reaktionen darauf aufgefangen.

Raffael lächelte. »Jetzt muss ich nur noch wissen, wo sich der Gral befindet, den du mir gestohlen hast.«

Das Abwehren geistiger Angriffe hatte nicht zum Training der Mönche gehört und Kaleb ging mit einem Ächzen in die Knie, als die Sehnen in seinen Beinen zu reißen schienen. Trotz der Schmerzen zwang er seinen Geist zur Ruhe und wandte die geistigen Techniken an, die er in unzähligen Meditationsstunden im Konvent eingeübt hatte. Der nächste Angriff, mit dem Raffael seine Arme lähmen wollte, hatte schon an Kraft verloren. Offenbar fand Kaleb mit seiner neuen Fähigkeit instinktiv die richtigen Mittel, um sich zu schützen. Er zwang ein Knie nach oben, setzte den Fuß auf den Boden und stemmte sich hoch. Seine Beine trugen ihn, und die Bilder verblassten. Es blieb der Schmerz der psychoinvasiven Folter – doch der war zu ertragen. Offenbar schwächte die Entfernung zu Raffael die Wirkung. Als er das begriff, trat Kaleb zwei Schritte zurück und tatsächlich erreichte er damit den Rand von Raffaels Bannkreis.

»Du hast keine Macht über mich.« Kaleb hob das Kinn.

»Vielleicht nicht«, sagte Raffael. »Aber irgendjemandem hast du es erzählt – und über diesen jemand werde ich Macht haben.«

Kaleb hörte den Befehl. Nicht mit seinen Ohren, sondern auf die gleiche Weise, wie die Reaper ihn wahrnahmen – und die Reptilien zögerten keinen Moment. Mit blutrünstigem Brüllen setzten sie sich in Bewegung.

Kaleb nutzte die Methoden, die er aus seinem geistigen Training kannte, doch was früher nur unter hoher Konzentration zu mäßigem Erfolg geführt hatte, erreichte er nun nahezu ohne Anstrengung. Er lernte in der Anwendung, und keinen Augenblick zu früh, denn die Reaper jagten in mächtigen Sprüngen auf ihn zu, unterstützt von blutigen

Bildern, die Raffael aussandte. In der Erregung des Kampfes wurden ihre Gedanken gleichsam lauter. Kaleb fing auf fünf, sechs Schritt Entfernung ihre Absichten auf und reagiert entsprechend.

Sieben. Früher hatte Kaleb das für eine unbesiegbare Übermacht gehalten, die Aussicht auf einen sicheren Tod.

Heute nicht mehr.

Er knurrte entschlossen und erwartete seine Gegner, federnd, eine Klinge in jeder Faust. Die Erregung der Reptilien ging auf ihn über. Ihre Blutlust pulsierte durch seine Adern, und diesmal ließ er sie zu, ließ den Rausch zur eigentlichen Verbindung mit den Reapern werden, und es gelang, ohne dass es ihn fortschwemmte. Es war nicht schwer auszuweichen, wenn die Richtung eines Sprunges bereits feststand, ehe die Pranken den Boden verlassen hatten. Zum ersten Mal begriff Kaleb, warum die Reaper sich lieber auf ihre inneren, als auf ihre äußeren Sinne verließen. Die Informationen waren in der Dunkelheit nicht nur deutlicher, sie kamen auch früher. Die Reaper hingegen konnten ihn nicht lesen, dafür sorgte die Blockade, die er mühelos aufrecht hielt und nur senkte, wenn er eine der Täuschungen verwendete, die früher seine schärfste Waffe gewesen waren.

Kaleb war schnell, sein Körper ebenso wie sein Geist. Geschmeidig und kraftvoll wirbelte er zwischen den Raubechsen umher, springen und abrollen, ausweichen und zustoßen. Die Klingen seiner Dolche blitzten im Flutlicht und weder Raffael noch die Dorfbewohner auf der Palisade ließen auch nur einen Laut hören, während sie dem mörderischen Tanz zusahen.

Der Kampf dauerte nur Augenblicke, dann stand Kaleb mit tropfenden Klingen zwischen seinen gefällten Gegnern. Der Blutdurst, den er fühlte, war nur noch sein eigener.

Sein Blick suchte und fand den abtrünnigen Inquisitor – gerade rechtzeitig: Kaleb sah Mündungsfeuer aufblitzen, hörte den Schuss. Er ließ sich fallen. Rufe erklangen auf der Palisade. Mit einem Knall erloschen die Strahler. Die Dunkelheit, die zurückblieb, war einen Moment lang undurchdringlich.

Kaleb rollte zur Seite, sprang auf, schlug einen Haken und hörte Kugeln ins Erdreich einschlagen. Die Autoscheinwerfer bewegten sich wieder, Raffael trat den Rückzug an, an die Aufbauten des Wagens geduckt.

Kaleb ließ die Klingen fallen, lief auf den rückwärtsfahrenden Wagen zu, zog dabei Lucys Revolver, der hinten in seinem Hosenbund steckte. Er gab einige Schüsse ab, die als Querschläger von der zugeschweißten Fahrerkabine abprallten. Der Lauf einer Schrotflinte schob sich durch einen Sehschlitz am Wagen. Kaleb warf sich zu Boden, einen Arm schützend über die Augen gehoben, und Schrotkugeln zerfetzten sein Fleisch, bevor er aufschlug. Der Schwung riss ihn über die Wiese. Kaleb rollte sich ab, richtete sich noch aus der Bewegung auf und schickte dem Wagen einige Schüsse nach, ohne etwas zu bewirken.

Das Tor in der Palisade öffnete sich. Reiter strömten hervor, schießend und brüllend. Die Flutlichter flammten auf, beleuchteten einen großen Teil der Umgebung. Die Bürger stürzten sich auf die Ketzer, die ihr Heil in der Flucht suchten. Die Reaper waren tot, nun war der Kampf ausgeglichen: Mensch gegen Mensch.

Kaleb senkte die Waffe. Hier wurde er nicht mehr gebraucht.

Mit brennenden Augen starrte Eunice ihre Schwester an, die lauschend im Boot saß, die Ruder aus dem Wasser gedrückt. »Jetzt sind es nur noch sechs«, sagte Lucy, »fünf, vier …« Es klang wie ein Countdown. »Er hat es geschafft!«

Die Erleichterung überschwemmt Eunice fast schmerzhaft. Und doch war es ein bitterer Sieg.

Zweige knisterten, als sich das Boot erneut ins Uferdickicht schob. Eunice saß regungslos, beobachtete, wie Lucy ins seichte Wasser sprang und das Tau um einen Weidenstamm band – ein schwarzer Schatten im dornigen Gebüsch.

»Weißt du, was wir ihm angetan haben?«, fragte Eunice.

Lucy zog den Knoten fest. »Wir haben sein Leben gerettet – und unseres.«

»Wir haben ihm seine Heimat genommen. Die einzige, die ihm geblieben war. Wir haben ihn zu einem Ausgestoßenen gemacht.«

Sie hörte, dass Lucy einen tiefen Atemzug tat, und bereute ihre Worte sofort. Lucy war eine Ausgestoßene – ohne Familie, ohne Dorf. Seit vielen Jahren schon.

Aber Lucy war freiheitsliebend, unabhängig. Kaleb war anders. Er lebte für das Miteinander, er wollte Teil einer Gemeinschaft sein.

Lucy sagte: »Ich dachte, du hättest es begriffen.«

»Was begriffen?«

»Es ist nicht wichtig, *wo* Heimat ist, sondern *wer*.«

Lucy hatte recht. Nichts zog Eunice nach Philadelphia zurück. Die Stadt, so überbevölkert und vollgestopft sie war, erschien ihr leer, ohne Kaleb.

Sie reichte Lucy das Bündel: der Gral, den Crow aus Philadelphia gestohlen hatte. »Warum nennst du ihn noch immer einen Zinnsoldaten?«

»Weil er es ist«, antwortete Lucy, »jetzt vielleicht mehr denn je. Der standhafte Zinnsoldat tat alles mit dem Gedanken an seine große Liebe.«

Der Satz ließ Eunice lächeln, während sie sich im schwankenden Kahn zur Bordwand tastete. Lucy hielt das Boot ruhig, während Eunice ausstieg, dann folgte Eunice dem Schein von Lucys Taschenlampe durch das Unterholz, bis sie beide in ein weißes Gleißen hinaustraten.

Von Selimsburgh her erhellte Flutlicht diesen Teil der Wiesen und ließ das Relief der Erde scharf hervortreten. Selbst kleinste Erhebungen warfen lange Schatten.

In der Ferne ritten Reiter Patrouille, andere Dorfbewohner löschten das Feuer an der Palisade. Nun, da sie von der Außenseite her Zugang hatten, bekamen sie die Flammen unter Kontrolle. In ihrem verlöschenden Schein marschierte ein einzelner Mann aus dem Dorf auf sie zu. Er war noch zu weit weg, um zu erkennen, wer da zu ihnen unterwegs war.

Kaleb stand kaum fünf Yards von ihr entfernt. Er bückte sich, hob die Klinge eines Reaperdolches auf und fügte sie mit der zusammen, die er bereits in der Hand hielt. Mit einem mechanischen Klicken rastete die Sicherung ein und er schob die vervollständigte Waffe an ihren Platz.

Eunice rief seinen Namen, ging auf ihn zu, doch als sie ihn erreichte, wandte Kaleb den Kopf ab. »Nicht.«

Sie blieb vor ihm stehen und ließ den Blick einen Moment lang auf ihm ruhen. »Du blutest«, sagte sie.

»Nicht sehr.«

Schrotkugeln hatten ihm Wange und Kinn aufgerissen. Diese Spuren der Schlacht würden verheilen, würden sich unauffällig zu den anderen Narben gesellen. Seine Augen aber hatten ihm jede Möglichkeit der Unauffälligkeit genommen.

Eunice hob die Hand, aber er wich aus. »Sieh mich an«, sagte sie leise. »Bitte.«

Langsam hob er das Gesicht in das grelle Licht der Scheinwerfer. Seine Iris hatte ein sattes Rot angenommen, durchsetzt von feinen, goldgelben Linien. Er senkte die Augenlider; der unwillkürliche Wunsch, den Makel vor ihr zu verbergen.

»Wunderschön«, flüsterte sie.

Er lächelte bitter. »Es bringt mich auf den Scheiterhaufen.«

»Nicht hier. Nicht in deiner Heimat.«

Die Färbung machte seinen Blick intensiver, eindringlicher und ließ ihr Herz schneller schlagen.

»Selimsburgh ist nicht meine Heimat. Nicht mehr.«

»Dann machen Sie sie dazu, Zinnsoldat.« Lucy reichte ihm seine Kutte und ihre Stimme klang erbarmungslos sachlich. »Sie sind nicht der Einzige, der heute sein Zuhause verloren hat. Raffael wird mein Haus Stück für Stück auseinandernehmen müssen, um die Waffe zu finden – und genau das wird er tun.«

Eunice erkannte nun, wer über die Felder auf sie zukam. »Dillon«, sagte sie leise. Kaleb wandte sich um. Er zog die Kutte an und erwartete den Governor. Das Flutlicht ließ seine burgunderfarbene Iris geradezu leuchten. Eunice stellte sich demonstrativ neben den Mönch, Lucy vervollständigte die stumme Reihe.

Dillon erreichte sie, blieb stehen, musterte erst Kaleb, dann Lucy. Schließlich kehrte sein Blick zu Kaleb zurück. »Bei Lucy überrascht es mich ja nicht sonderlich, aber ein Mönch?«

»Es war nötig«, sagte Kaleb.

»Ich habe mich schon gefragt, welcher Dämon wohl

in dich gefahren ist, als ich den Kampf beobachtet habe.« Dillon nickte, als hätte sich nun alles zusammengefügt. »Nachtmilch verstärkt die Fähigkeiten, nicht wahr? Und genau das ist auch bei Raffael geschehen.« Er wartete keine Antwort ab. »Das sieht nach Schrotkugeln aus. Komm rein und lass dich versorgen.«

Er wandte sich um und Lucy folgte ihm ohne Zögern. Kaleb jedoch rührte sich nicht. Als Dillon es bemerkte, blieb er stehen. »Was ist?«

Kaleb sah zur Palisade hinüber. »Ich bin jetzt ein Ketzer.«

»Du bist Familie.«

»Es ist gegen das Gesetz. Keine Ketzer hinter den Mauern.«

»Wir haben auch Josh geduldet.«

»Josh hat euch verraten, und ihr habt ihn gehenkt.«

Dillon nickte. »Stimmt. Aber wir richten einen Mann für das, was er tut, nicht für das, was er tun könnte.«

Kaleb hatte die Kapuze seiner Kutte tief ins Gesicht gezogen, was sein Sichtfeld einschränkte. Er schob sie ein Stück zurück, als sie sich der Bresche in der Palisade näherten.

Das Feuer war unter Kontrolle, glomm nur noch schwach unter dichten Wolken aus Rauch und Wasserdampf. Die Bürger vernagelten die Lücke bereits von der Innenseite, während sie von außen noch immer Wasser auf die letzten Glutherde gossen. Der Schaden war groß, die Palisade übel mitgenommen. Gäbe es noch Reaper dort draußen, hätte das Dorf keine Chance. Doch Kaleb konnte selbst mit seinen erweiterten Sinnen keine Reaper mehr ausmachen. Das gesamte Rudel war aufgerieben. Lucy hatte recht behalten – mit Hilfe der Nachtmilch hatte er nicht nur Eunice, sondern ganz Selimsburgh gerettet.

Doch wie lange würden die Bürger sicher sein? Wie lange würde es dauern, bis andere Reaper kamen und leichte Beute fanden? Wie lange, um den Schaden wirklich zu beheben?

Kaleb und Eunice gingen einige Yards hinter Dillon und Lucy. Kaleb verlangsamte seine Schritte, verharrte schließlich, den Blick auf die Bresche gerichtet. Eunice blieb neben ihm stehen. Er spürte ihre Nähe noch intensiver als früher. »Ihr müsst zurück nach Philadelphia«, sagte er. »Du und Tim. So schnell wie möglich.« Er blickte sie nicht an. Scheinwerfer beleuchteten die Wehr taghell. In ihrem Licht würden seine Ketzeraugen leuchten wie Glutstücke.

»Ich gehe nicht zurück. Was soll ich dort, ohne dich?«

Doch was sollte sie hier? Er würde ein Ausgestoßener sein, würde sich nachts in den urinstinkenden Wehrhäusern der Ketzer verkriechen und tagsüber hoffen, ausreichend Nahrung zu finden. Es war kein Leben, das er tatsächlich leben wollte.

Eunice stellte sich vor ihn und schaute ihm ins Gesicht. Er senkte den Kopf und die Kapuze glitt wieder tiefer.

Diesmal ließ sie sich nicht abweisen. Sie griff nach seiner Hand und er konnte nicht anders, als zuzugreifen und sie festzuhalten. Bei der Berührung fühlte er … was? Schmerz und Freude. Bangen und Hoffen. Aber vor allem Sehnsucht.

»Sieh mich an.«

Langsam hob er den Kopf und fand in ihrem Blick nichts anderes als Liebe. Nicht zum ersten Mal fragte er sich, wie es wohl wäre, ihre Lippen zu berühren, ihren Atem zu kosten, ihren Leib an seinem zu spüren. Noch nie war ihm das Widerstehen so schwergefallen.

»Ich habe keine Zukunft«, sagte er leise.

»Hat diese Welt eine Zukunft?« Sie lächelte wehmütig. »Ich weiß es nicht. Aber die Tage, die ihr bleiben, will ich an deiner Seite verbringen.«

Schon der Traum schmerzte, trug den Stachel der Unmöglichkeit. Wie viel mehr würde es schmerzen, wenn erst die Wirklichkeit zustach?

Reiter überholten sie auf den Weg zurück nach Selimsburgh. Sie riefen Unverständliches und zerstörten den Moment. Es waren die ersten Bürger, die von der Jagd auf die flüchtenden Ketzer zurückkehrten. Kalebs Blick folgte ihnen zum Tor, wo Dillon und Lucy warteten.

Es fiel ihm schwer, Eunices Hand loszulassen, und auch sie löste sich nur widerstrebend, doch sie berührten sich nicht mehr, als sie das Tor erreichten. Dort standen Wachposten, Gewehre in den Händen, die jedem Ankömmling ins Gesicht leuchteten, bevor sie ihn hineinließen. Kaleb und Lucy wurden nicht inspiziert, da sie Dillon begleiteten. Falls jemandem ihre Augen auffielen, ließ es sich zumindest niemand anmerken, aber tatsächlich war das unwahrscheinlich. Die Strahler waren nach außen gerichtet. Hinter der Palisade war die Beleuchtung zu schwach, um Farben zweifelsfrei erkennen zu können.

Kaum im Dorf wurde Dillon mit Meldungen überschüttet. »Das Feuer ist unter Kontrolle. Wir brauchen noch mehr Maschendraht.« – »Frag Hananias. Er soll seinen Hühnerstall auseinandernehmen.« – »Das Flutlicht braucht zu viel Energie, Dillon. Wir müssen es abschalten.« – »Lasst einen Strahler auf die Bresche gerichtet, die ganze Nacht.« – »Das wird nicht möglich …« – »Mach es möglich!« – »Die Ketzer sind in Richtung Süden geflohen.« Das war Tyler, den seine Krücken nicht hinderten, mitten im Geschehen zu sein. »Wir sollten die anderen Lehen warnen.«

»Schick jemanden ans Funkgerät. Lass die Städte wissen, dass wir angegriffen wurden von einer Bande Ketzer, angeführt von einem …«

»Dillon!« Eunice griff seinen Arm und flüsterte ihm nachdrücklich zu: »Lassen Sie es nicht allgemein bekannt werden!«

Ebenso leise fragte Dillon zurück: »Die Kirche befürchtet wohl, es könnte Nachahmer geben?«

»Wäre das so abwegig?«

Dillon dachte einen Moment lang darüber nach. Schließlich nickte er und wandte sich wieder Tyler zu: »Sag, dass es sich offenbar um eine neue Züchtung handelt. Jedenfalls hat er stärkere Kräfte, als für Ketzer üblich. Die Reaper folgen seinen Befehlen.«

»In Ordnung.«

Dillons Blick heftete sich auf Kaleb, dem aus den aufgerissenen Wunden das Blut über den Hals lief. »Wie viel Schrot hast du abbekommen?«

»Nicht viel«, gab Kaleb zurück. »Aber ich wäre ihn gern los.«

»Eunices Tasche ist bei Tyler. Da habt ihr Ruhe.«

Ruhe fanden sie in Tylers Stube nicht. Eunice wurde beinahe von einem jungen Mann umgerannt, der eine Schüssel mit blutigem Wasser trug. Der Kampf war nicht spurlos an den Menschen vorübergegangen – einige Frauen, unter ihnen Sarah und Rachel, versorgten die Verletzten. Eunice blieb in der Tür stehen, schaute sich um und orientierte sich. Lange brauchte sie dazu nicht; das Chaos eines Lazaretts war ihr allzu vertraut. Zu ihrer Erleichterung fehlten die wirklich schweren Verwundungen. An der hinteren Wand entdeckte sie Sam, der auf einem Schemel saß und einen kalten Lappen gegen seine Stirn presste. »Alles in Ordnung?«, fragte sie ihn.

Samuel ließ die Hand sinken und enthüllte eine schwarzblaue Beule an seiner Schläfe. »Ich hab die Schlacht verpasst. Und offenbar noch mehr.« Sein Blick ging von Kaleb, der seine Augen noch immer unter der Kapuze verbarg, zu Lucy, die ihre offen und fast herausfordernd zeigte.

Eunice hob die Hand, um sie auf Samuels Kopf zu legen. »Was ist passiert, nachdem Obadijah Sie niedergeschlagen hat?« Sie beugte seinen Kopf nach hinten, um seine Augen genauer zu untersuchen.

»Sie haben mich in einen Keller gesperrt und ich habe die Tür erst auftreten können, als das Meiste schon vorbei war. Eigentlich ist nur mein Stolz verletzt, aber meine Mutter lässt mich nicht gehen.«

»Eingesperrt?«, fragte Kaleb.

»Er hat mich verteidigt.« Eunice griff nach einer der herumstehenden Petroleumlampen – der Strom wurde anderweitig gebraucht – und leuchtete in Samuels Gesicht, bewegte die Lampe hin und her, um die Pupillenreaktion zu beurteilen. Die dunklen Kreise weiteten sich und zogen sich zusammen, wie es sein sollte.

Rachel kam dazu. »Er will die ganze Zeit nach draußen. Was sagen Sie, Doc?«

»Ist dir schwindelig?«, fragte Eunice. »Hast du dich übergeben?«

»Nein. Nur mein Schädel brummt.«

»Sieht mir nicht nach Gehirnerschütterung aus. Bloß eine Beule. Halte sie kühl.« Eunice schaute sich nach dem nächsten Patienten um, doch Lucy legte ihr die Hand auf den

Arm. »Ich übernehme hier. Kümmere du dich um deinen Mönch.«

Eunice zögerte, doch dann nickte sie dankbar. Sie zog sich mit Kaleb in eines der Schlafzimmer zurück und schloss die Tür hinter ihnen.

Eunice schaute sich um: Eine Kommode mit Krug und Schüssel, zwei Betten, ein Stuhl. Haken an der Wand ersetzten den Kleiderschrank. Auch hier stand Eunice nur eine Petroleumlampe zur Verfügung, doch das genügte. »Am besten, du setzt dich aufs Bett.«

Kaleb zog Kutte und Hemd aus. Er zeigte ihr insgesamt neun Einschusslöcher – drei im Gesicht und sechs an Arm und Brust. Sie prüfte jedes davon, ließ ihre Hände über seine Muskeln gleiten, spürte die Wärme seines Körpers. Die kleinen, runden Schrotkugeln steckten nicht sehr tief unter der Haut, doch beim Eindringen hatten sie hässliche Wunden gerissen.

Während Eunice ihre Hände desinfizierte und ihr Besteck auswählte, schloss Kaleb die Augen. Es würde einige Minuten dauern, bis seine Atemzüge jenen tiefen, gleichmäßigen Rhythmus erreichten, den Eunice von vielen Behandlungen her kannte. Sie setzte sich abwartend auf den Stuhl und betrachtete ihn.

Wie erschöpft er aussah, mit den dunklen Ringe unter den Augen. Der Bartschatten ließ seine Wangen eingefallen wirken. Vor nicht einmal einer Stunde noch hatte er gekämpft und getötet – nur ein Teil des Blutes an seinem Körper war sein eigenes. Nun lagen die Hände locker auf den Beinen, waren die Muskeln in den Armen entspannt. Wie es sich anfühlen würde, von diesen Armen gehalten zu werden? Sich an diese Brust zu schmiegen?

Er hatte ihr nicht geantwortet. Warum nicht? Glaubte er wirklich, die Menschen in Selimsburgh würden ihn vertreiben? Hatte er so wenig Vertrauen in eine gemeinsame Zukunft? Sie würde ihn fragen müssen, doch im Moment gab es Wichtigeres. Sie stand auf, trat zu ihm ans Bett. Ihre Fingerspitzen strichen sanft über Kalebs Kiefer und fanden die harte, kugelige Erhebung unter der Haut. Eunice warf einen prüfenden Blick auf sein entspanntes Gesicht, dann setzte sie das Skalpell an. Der Fremdkörper saß nicht tief, ließ sich leicht aus dem Schnitt drücken. Mit einem Scheppern landete die erste Schrotkugel in der Schale. Eunice behandelte den kleinen Schnitt, den sie gesetzt hatte, mit Jod und klebte ein schlichtes Pflaster darüber. Schlimmer waren die Eintrittswunden und die Stellen, an denen die Schrotkugeln Kleidungsfasern mit in die Wunde gerissen hatten. Aber auch diese hatte sie bald versorgt. »Ich bin fertig«, sagte sie und setzte sich wieder auf den Stuhl.

Er kehrte aus der Trance zurück und öffnete die Augen. Sie vermisste das helle Eisblau. Das Rot hatte sein Gesicht verändert, hatte es fremd werden lassen. Sie würde Zeit brauchen, um sich daran zu gewöhnen.

»Weißt du, wie oft du inzwischen meine Wunden versorgt hast?«

»Dreiundfünfzig Mal«, antwortete sie.

»Du hast es gezählt.«

»Du auch.«

Sie schauten einander stumm an. Da war wieder dieses tiefe Bedürfnis, ihn zu berühren. Aber stattdessen umfassten sie das blutige Tuch in ihrem Schoß. Sie wollte nach seinen Plänen fragen, ob auch er sich eine gemeinsame Zukunft vorstellen konnte, hier, in den Outlands. Doch die Worte dafür waren ihr durch Jahre des Schweigens abhandengekommen.

Schließlich brach er die Stille: »Ich werde nicht hierbleiben.«

Ihr Magen zog sich zusammen. »Warum nicht?«

»Wegen Rockpoint«, sagte er. »Elf Menschen, darunter drei Kinder. Keine Ketzer. Ich weiß jetzt, warum sie sterben mussten. Sie waren Zeugen.«

Eunice senkte den Blick. »Ich durfte es dir nicht sagen. Ich hatte Stillschweigen geschworen.«

»Es hätte nichts geändert.« Er betrachtete sie ruhig. »Aber wenn ich hierbleibe, bringe ich Selimsburgh in Gefahr.«

Eunice schüttelte den Kopf. »Hier leben mehrere hundert Menschen. Die Kirche wird kein ganzes Lehen auslöschen.«

»Sicher?«

Nein. Sie senkte den Blick auf ihre Hände, an denen noch sein Blut klebte. Es gab genug willige Pioniere in der Stadt, um ein geleertes Lehen neu zu füllen.

»Lucy ist ohnehin eine Außenseiterin. Dein Vater wird sie zu schützen wissen. Aber ich bin etwas, das die Kirche unter Verschluss halten muss, von dem niemand erfahren darf.« Seine Stimme wurde noch leiser. »Wahrscheinlich wäre es sogar meine Pflicht, selbst dafür zu sorgen.«

Erschrocken hob sie den Blick. Früher hätte er einen solchen Gedanken niemals zugelassen. Hatte die Nachtmilch ihn gebrochen? War die Traurigkeit in seinem Blick Resignation? »Vater wird Selimsburgh weder angreifen noch vernichten.«

»Wie kannst du dir sicher sein?«

»Weil ich hier sein werde.«

Er hob den Kopf und begegnete ihrem Blick. Er wollte ihr glauben, wollte hoffen und wagte es doch kaum. Sie griff nach seinen Händen und hielt sie fest. Wenn es nötig war, würde ihre Zuversicht für sie beide reichen.

Sanft erwiderte er den Druck ihrer Hände. Langsam schwand die Verzweiflung aus seinen Augen. Sein Blick wurde weich und ein zaghaftes Lächeln erhellte sein Gesicht. »Hier«, sagte er. »Zusammen.«

»Zusammen«, flüsterte sie.

Die Tür sprang auf und sie fuhren ertappt auseinander. »Wir haben einen Gefangenen gemacht!«, rief ein bärtiger Mann und nickte gleich darauf in Kalebs Richtung. »Dillon will Sie beim Verhör haben.«

Kaleb fühlte sich sonderbar leicht, als er neben Eunice zum Funkturm ging. Er verschränkte die Hände in den Ärmeln der Kutte, um sie nicht nach ihr auszustrecken. Alles was noch übrig war von jenem »Warum«, nach dem Lucy ihn gefragt hatte, ging gerade an seiner Seite. Alles worauf es ankam, waren ihre Berührung, ihre Nähe – und ihr Vertrauen in die Zukunft. Vielleicht hatte sie recht. Vielleicht war ein gemeinsames Leben tatsächlich möglich.

Sie erreichten den Funkturm. Davor waren Menschen versammelt, die nun schweigend Platz machten. Kaleb hatte die Kapuze tief ins Gesicht gezogen, doch er fühlte die Blicke der Menschen. Einige von ihnen hatten sicher seinen Kampf beobachtet, hatten das Gesehene den anderen berichtet. Kaleb hoffte, dass sie es für die normalen Fähigkeiten eines Mönches hielten. Aber noch bevor sich die Tür hinter ihnen schloss, hörte er die Leute flüstern.

Im Raum hing Zigarettenrauch; Dillon schnippte den Stummel seiner Selbstgedrehten ins Kaminfeuer, als die beiden eintraten. Lucy lehnte mit verschränkten Armen an der Wand. Der Gefangene saß gefesselt auf einem Stuhl und entblößte seine verbliebenen Zähne mit trotzigem Hohn. Das übliche Erscheinungsbild eines Ketzers: blutig aufgekratzter Grind und dünn behaarter Schädel. Doch was Kalebs Aufmerksamkeit weckte, waren nicht die abstoßenden Äußerlichkeiten.

Kaleb zog sich die Kapuze vom Kopf und betrachtete den Gefangenen. Der Mann sandte andere Signale aus als das telepathische »Blitzen« der Ketzer. Es war verwirrend, und Kaleb konnte nicht einordnen, was er empfing.

»Er alterniert«, sagte Lucy, die seinen Gesichtsausdruck richtig deutete. »Er springt von einer Frequenz zur anderen.«

Kaleb spürte dem Signal nach. Sie hatte recht. »Wie kommt das?«, fragte er. »Was ist anders an ihm?«

»Nichts. Er ist ein ganz normaler Ketzer. Sie sind es, der anders ist.«

Kaleb brauchte einen Moment, um zu verstehen. »Alle Ketzer alternieren?«

Lucy nickte. »Jeder, den ich getroffen habe seit …« Sie zeigte auf ihre Augen. »Früher konnten wir sie nur wahrnehmen, wenn sie die menschliche Frequenz kreuzten. Das war das Blitzen.«

Dillons Blick ging zu Kaleb. »Spüren Sie, wenn er lügt?«

»Ich spüre nicht mehr als Lucy.« Kaleb sah fragend zu Lucy.

Die wehrte ab. »Kein Bedarf.«

Kaleb trat hinter den Gefangenen und legte die Finger gegen die Schläfen des Mannes. Er war nicht besonders geübt darin, seinen eigenen Gefühlen auf den Grund zu gehen – doch es gab kein separates Sinnesorgan, um die Emotionen des Ketzers aufzunehmen. Kaleb spürte die nervöse Furcht des Mannes genauso, wie er seine eigene Furcht empfinden würde. Sein erster Impuls war, die Angst beiseitezuschieben, sie zu unterdrücken. Doch genau das durfte er hier nicht tun. Er musste das Gefühl zulassen, ihm nachforschen. Es widersprach allem, was ihm antrainiert worden war.

»Was spüren Sie?«, fragte Dillon.

Kaleb schloss die Augen, bemühte sich, die Empfindungen zuzulassen. Es war ungewohnt, fremd und nicht einfach. Erst nach einer Weile begriff er, was Lucy Angst machte: Da war nicht nur die Furcht des Ketzers vor dem Verhör und einer möglichen Hinrichtung, da war auch – als ständige Folter, der Schmerz der Sucht – das Verlangen nach dem nächsten Trip, um der hässlichen Wirklichkeit zu entkommen. Und da war ein finsterer Sog hinab in den Wahnsinn.

Kaleb wusste, dass diese Empfindungen nicht einfach verblassen würden. Er würde sich an sie erinnern wie an eigene Gefühle. Wenn sie eine Saite in ihm zum Klingen brachten, würden sie ihn vermutlich befallen wie ein Virus. »Stellen Sie Ihre Fragen«, sagte Kaleb, die Augen noch immer geschlossen.

Die Dielen knarrten. »Was wollte Raffael von uns?«

»'ne Mutter«, antwortete der Ketzer. »Zum Kindermachen.«

»Er will seine eigene Dynastie gründen«, sagte Kaleb. Eine Dynastie von nachtmilchverstärkten Inquisitoren – eine erschreckende Vorstellung. Doch auch eine berauschende Vorstellung von Macht und Bedeutung. Ein neues Zeitalter, in denen Halbgötter über Reaper und Menschen zugleich herrschten, in denen Ketzer die Hohepriester eines neuen Kultes waren, nicht mehr verachtete Unberührbare. »Raffael will die Herrschaft über Reaper und Menschen.«

»Da hat er sich viel vorgenommen.« Dillon wirkte wenig beeindruckt. »Und warum Berenice? Was will er von ihr?«

»Er sagt, sie hat einen Gral.«

»Und?« Dillon wandte sich zu Lucy um. »Haben Sie einen?«

»Ich hatte ihn. Ich nehme an, Raffael durchsucht gerade mein Haus.«

Im oberen Stockwerk wurde die Tür zum Funkraum aufgemacht und ein junger Mann polterte die Treppe herunter.

»Nashville!«, rief er noch auf den Stufen. »Nashville meldet sich nicht mehr!«

Kaleb spürte noch die Spitze hämischer Freude in den Gefühlen des Ketzers, ehe er die Verbindung unterbrach.

Der Funker lief hinaus und verbreitete die schreckliche Neuigkeit. Im Turm jedoch herrschte betretenes Schweigen, ehe Lucy schließlich sagte: »Dallas, Memphis, Nashville. Das ist eine Linie.«

»Und«, fügte Eunice hinzu, »Sie führt nach Philadelphia.«

Kaleb trat vor den Ketzer. »Was weißt du darüber?«

Der Ketzer entblößte seine Zahnstümpfe. »Ihr habt kein' Schimmer was auf euch zukommt.«

»Dann sag es mir.«

»Glaubste eh nich; wirst schon selber schau'n müssen.«

Kaleb zögerte, doch dann legte er dem Mann die Hände an den Kopf, schloss die Augen und konzentrierte sich. Wieder spürte er zuerst Furcht. Der Mann stank förmlich danach. Solche elementare Emotionen ließen sich offenbar am leichtesten aufnehmen. Schwieriger war es, komplexeren Gedanken zu folgen. Sprache zu lesen, schien nahezu unmöglich. Doch dieser Mann schickte ihm keine Worte – es war ein erinnertes Bild, das Kaleb sah, verstärkt durch ein machtvolles Gefühl, in dem sich Triumph und Furcht verwirrend vereinten. Es war das Bild einer Anhöhe, rot leuchtend in der Abenddämmerung. Auf der Kuppe zeigten sich einige Reaper, ein kleines Rudel, das durch nachkommende Tiere anwuchs. Die Ersten liefen den Hang hinunter, wurden ersetzt von anderen. Immer mehr Silhouetten erschienen auf dem Hügel, suchten ihren Weg ins Tal, mehr und mehr, unmöglich zu zählen. Aus einzelnen Körpern wurden Gruppen, die miteinander verschmolzen, bis das Meer schwarzer Leiber eine einzige Masse bildete, die wie schwarzer Teer in die Ebene hinabfloss, immer mehr und immer schneller, bis die Erde bebte unter ihrem Ansturm.

Kaleb riss sich von dem Bild los, trat einen Schritt zurück und schaute in das Gesicht des Ketzers, der nun wieder seine fauligen Zähne zeigte. »Fang an zu beten, Mönch.«

Es hatte schon zuvor Massenrudel gegeben – Vancouver, San Francisco und ein Dutzend anderer Städte zeugten davon. Nie waren diese Rudel über eine Anzahl von einigen hundert Tieren hinausgewachsen, hatten sich stets nach kurzer Zeit wieder aufgelöst. Doch was Kaleb im Geist des Ketzers gesehen hatte und was er noch immer in entsetzlicher Klarheit vor sich sah, war etwas anderes. Tausende Individuen. Dass sie innerhalb weniger Wochen drei Städte angegriffen hatten, zeigte, dass das Rudel stabil war, zusammengehalten durch einen ordnenden Geist – den Geist eines Menschen, eines Inquisitors, eines Erzketzers.

»Kaleb?« Eunices behutsame Stimme ließ ihn aufblicken. Der Gefangene war fort, der Stuhl vor ihm leer. Eunice, Lucy und Dillon blickten fragend. »Was hast du gesehen?«

»Das Ende«, antwortete Kaleb dumpf.

Er berichtete knapp, ohne auszuschmücken, doch die trockenen Sätze reichten aus, seine Zuhörer erblassen zu lassen.

Lucy sank auf einen Stuhl. »Wir wissen nicht, ob es stimmt«, wand sie ein. »Kaleb, Sie können nicht unterscheiden, ob es eine wirkliche Erinnerung war, die Sie gesehen haben, oder nur eine intensive Vorstellung. Das sind genau die Methoden, mit denen Sie selbst die Reaper betrügen.«

»Aber es passt zu den Fakten«, wandte Dillon ein. »Was sonst wäre in der Lage, eine Stadt nach der anderen auszulöschen?«

Wieder herrschte Schweigen im Raum. Eunice setzte sich auf die Treppe und schlug die Hände vor das Gesicht. Dillon drehte sich eine Zigarette. Tabak rieselte aus seinen sonst so geübten Fingern zu Boden. Sie alle hatten Fragen, aber sie wussten, dass es keine Antworten gab. Kaleb wandte sich um, ging zum Schrank hinüber, in dem die Kissen und Decken aufbewahrt wurden, und tastete dahinter das Fach ab. Das Bündel lag noch da, wie er es zurückgelassen hatte.

»Ich schulde Ihnen noch einen Gral, Lucy.« Er zog das Päckchen aus dem Schrank und legte es vor ihr auf den Tisch. »Vielleicht hilft es Ihnen, die Waffe zu entwickeln, die wir brauchen.«

Sie starrte das Bündel an, schlug nicht einmal das Tuch auseinander. »Das würde Jahre dauern.«

»Versuchen Sie's trotzdem.«

Lucy begegnete Kalebs Blick. »Ich habe ja noch nicht einmal das Teil verstanden, das in meinem Besitz war. Und ich habe mich jahrelang damit beschäftigt.«

»Dann gehen Sie besser gleich an die Arbeit.«
»Sie haben jetzt noch Hoffnung?!«
Er wandte sich ab und sagte leise: »Hoffnung war nie der Grund für meinen Kampf.«

Bileam Merryweather wollte gerade zu Bett gehen, als es klopfte. Auf dem Weg zur Tür warf er sich den Morgenmantel über und band den Gürtel zu. Er stutzte, als er den Bischof vor sich sah. »Eure Eminenz …«
Der Bischof trug zivil; die lockere Hose und eine weite Jacke ließen ihn ungewohnt leger erscheinen, doch selbst in dieser Kleidung füllte seine Präsenz augenblicklich den Raum. »Verzeihen Sie die späte Störung, Bileam. Es ist wirklich schwer, in unseren Dienstkalendern Zeit für einen privaten Moment zu finden. Darf ich reinkommen?«
»Aber natürlich.« Merryweather trat zur Seite und ließ seinen Dienstherrn eintreten. Was wollte der Bischof von ihm? Ahnte er etwas? Merryweather verfluchte sich dafür, dass er die Akte nicht längst wieder an ihren Platz zurückgebracht hatte.
»Vater Abt hat neulich einen vorzüglichen Rotwein erwähnt, den Sie ihm kredenzt haben«, sagte Brookstone, während er sich in dem Raum umschaute, den er heute zum ersten Mal betrat.
Merryweather atmete auf. Der Klerus hatte schon immer eine Schwäche für die Freuden des Gaumens gehabt und Brookstone machte da keine Ausnahme. »Ich öffne sofort eine Flasche.«
»Vielen Dank, aber ich möchte mich nicht an Ihrer Reserve vergreifen.«
»Oh, ich hatte bereits eine Flasche für Sie zurückgelegt, Eminenz. Es wäre mir eine Freude, sie mit Ihnen gemeinsam zu leeren. Bitte, setzen Sie sich doch.«
Merryweather suchte seine beiden besten Gläser aus dem Schrank – sie passten sogar zueinander – und entkorkte die Flasche mit einigem Geschick. Brookstone beobachtete mit einem Ausdruck zufriedener Vorfreude, wie der Wein in sein Glas rann. Er hob es hoch, betrachtete die blutrot leuchtende

Flüssigkeit gegen das Licht und roch daran, während Merryweather sich selbst einschenkte.

»Wären Sie so freundlich, mir zuvor noch ein Glas Wasser zu bringen?«, fragte Brookstone. »Einen so edlen Tropfen sollte man nicht gegen den Durst trinken.«

Das Wasser lagerte Merryweather im Schlafzimmer. Als er zurückkehrte, betrachtete Brookstone von seinem Platz aus interessiert das Bücherregal. »Ich wusste gar nicht, dass Sie ein Freund von Belletristik sind.«

Merryweather lächelte verlegen, während er Brookstone das Wasserglas reichte. »Eine Narretei aus meiner Jugend. Inzwischen komme ich kaum noch zum Lesen.«

Auch Merryweather setzte sich und griff nach seinem Glas. Die Männer prosteten sich zu, und der Bischof nahm – trotz seiner vorherigen Beteuerung – einen großen Schluck, der das halbe Glas leerte. Merryweather tat es ihm nach. Er hatte nicht vor, dem Bischof mehr als die halbe Flasche zu überlassen.

»Wirklich, ein vorzüglicher Tropfen.« Brookstone betrachtete den Wein in seiner Hand anerkennend. »Ein volles Bouquet, ein guter Abgang. Ich glaube, so etwas nennt man einen schweren Wein. Er steigt rasch zu Kopf.«

Brookstone hatte recht. Merryweather fühlte jetzt schon eine gewisse Schwere. Er war müde und hatte kaum etwas zu Abend gegessen. Vielleicht sollte er dem Bischof doch den Rest der Flasche überlassen, so sehr ihn das auch schmerzte. Er stellte das Glas ab. »Nun hat es also eines guten Weines bedurft, um Sie endlich als meinen Gast empfangen zu dürfen, Eminenz.«

»Nicht ganz, mein Freund.« Auch Brookstone stellte sein Glas ab und lehnte sich zurück, die Hände auf den Armlehnen – selbst in dieser schlichten Kleidung ganz Herrscher. »Es bedurfte auch des mysteriösen Verschwindens einer Akte aus meinem Schreibtisch. Und der Auskunft aus der Küche, dass bisher noch gar keine Kürbisse geliefert wurden.«

Mit Wucht kehrte die Angst zurück. »Ich … verstehe nicht.«

»Sie mögen mich für einen skrupellosen Tyrannen halten, Bileam, aber halten Sie mich nicht für einen Idioten.«

Hektisch überlegte Merryweather, was er tun sollte – Leugnen? Gestehen? Doch dann war es schlichter Zorn, der an die Oberfläche brach: »Sie haben meinen Bruder umgebracht!«

Brookstone hatte es nicht mit eigener Hand getan, und Merryweather erwartete einen Ausruf der Empörung oder zumindest ein Dementi. Doch zu seiner Überraschung sagte Brookstone gelassen: »Hätte ich nicht gehandelt, wäre er Bischof geworden. Tobias war der Kompromisskandidat, auf den die Familien sich hätten einigen können. Ein kindischer Hitzkopf auf dem Bischofsstuhl von Philadelphia.«

»Er war mein Bruder!« Speichel sprühte von Merryweathers Lippen, doch er konnte kaum den Arm heben, um ihn sich vom Kinn zu wischen. Die Furcht schien sich lähmend auf seine Gliedmaßen zu legen.

»Bedauerlicherweise.«

»Und der zweite Gral?«, fragte Merryweather und ließ jede Vorsicht fahren. Was konnte der Bischof ihm schon tun, hier mitten im Konvent? »Sie haben seine Existenz verheimlicht!«

»Auch das ist richtig.« Brookstone nahm sein Glas wieder auf und trank bedächtig. »Ich habe nicht vor, einen zweiten Gralskrieg zu riskieren – und dazu würde es sicher kommen, wenn die anderen Städte davon erfahren.«

»Damit haben Sie der Menschheit das einzige Mittel zu Ihrer Rettung vorenthalten!«

»Unsinn!« Brookstone machte eine unwillige Kopfbewegung. »Die Trinität ist nicht mehr als ein gutes Gewehr. Selbst wenn wir sie nachbauen könnten, so wirkt Sie nur punktuell. Wirklich retten kann uns nur ein psychoinvasives Feld, das die gesamte Erde umspannt …«

»Das würde alle Kleriker töten«, wandte Merryweather ein.

»Das ist richtig.« Brookstone schaute nachdenklich in sein Glas. »Es würde uns alle töten. Mich, Timothy – sogar meine Tochter Berenice. Aber wäre das wirklich ein zu hoher Preis dafür, die Welt von den Reapern zu reinigen?«

»Gott sei Dank ist dieser Wahnsinn unmöglich!«

Brookstone schaute auf. »Meinen Sie? Wir wissen, dass weit im Süden, in einer Stadt namens Kourou, noch immer ein Satellit auf einer Abschussrampe liegt – und es gibt Menschen dort, die sich gerade wieder in diese Technik einarbeiten.«

»Sie sind wahnsinnig!«, stieß Merryweather hervor.

»Sehen Sie, das ist es, was einen Herrscher ausmacht – der Mut, notwendige Entscheidungen zu treffen, auch wenn sie grausam oder unmoralisch sind. Ihr Bruder, Bileam, hätte dazu niemals die erforderliche Stärke aufgebracht. Und Sie, « Brookstone betrachtete Merryweather kummervoll, »haben sich als nicht vertrauenswürdig erwiesen.«

Die Angst in Merryweathers Magen verdichtete sich, das Sprechen fiel ihm schwer. »Wollen ... Sie mich umbringen?«

Brookstone lächelte bedauernd. »Ich habe bereits damit angefangen, alter Freund.« Sein Blick ging zu dem Glas hinüber und Merryweather begriff. Die Panik explodierte in seinem Kopf. Er wollte aufspringen, doch seine Muskeln gehorchten ihm nicht mehr. Nur das Echo seines Entschlusses hallte durch seinen Körper, und er rutschte halb aus dem Sessel.

»Nicht doch.« Brookstone erhob sich. Der Bischof war ein starker Mann. Er schob Merryweather ohne Mühe in eine bequeme Position zurück. Mit einer fürsorglichen Bewegung strich er ihm eine Haarsträhne aus den Augen. Der Widerwille gegen diese Berührung verursachte Übelkeit, doch Merryweather konnte nichts dagegen unternehmen.

»Dieses Gift wird Sie nicht töten, Bileam. Es zwingt Sie nur, auf mich zu warten, bis ich Ihre Räume durchsucht habe.« Brookstone hob das Glas und flößte ihm behutsam den Rest des Weines ein. Merryweather hatte keine Kontrolle über den Schluckreflex und musste die volle Dosis des Giftes trinken.

»Was danach geschieht«, sagte Brookstone und stellte das Glas auf den Tisch zurück, »hängt davon ab, was ich finden werde.«

Brookstone schaute sich im Schlafzimmer um. Merryweather bewohnte zwei Räume im Konventsturm, was mehr war, als den meisten zur Verfügung stand. In diesen beiden

Räumen befand sich das gesamte Eigentum, das der Kanonikus während seines über sechzigjährigen Lebens angesammelt hatte. Trotzdem brauchte Brookstone nicht lange für die Durchsuchung, denn Bileam Merryweather war ordentlich, geradezu penibel. Das hatte ihn ausgezeichnet und ihn besonders für die Position eines Sekretärs qualifiziert. Es war bedauerlich, wie sich die Dinge entwickelt hatten.

Vom Funkgerät auf der Kommode ging ein schwaches Leuchten aus. Brookstone trat näher und sah, dass es auf die Militärfrequenz eingestellt war, die sie während der Ketzerkriege genutzt hatten. Erstaunlich. Hatte der Kanonikus tatsächlich kostbare Stromrationen verwendet, um ein Funkgerät auf einer nicht mehr genutzten Frequenz empfangsbereit zu halten? Andererseits sah das Bileam durchaus ähnlich. Er hatte eine Schwäche für symbolische Handlungen.

Neben dem Funkgerät lagen einige zerknickte Papiere. Brookstone warf einen Blick darauf – es waren die Texte, nach denen er suchte.

Mit den Zetteln kehrte er ins Wohnzimmer zurück. Er setzte sich in seinen Sessel, Merryweather gegenüber, und blätterte die Papiere durch. Zwei zusätzliche Dokumente befanden sich bei Kalebs Akte, zwei Briefe, die anonym an den Kanonikus gerichtet waren. Brookstone legte sie auf den Tisch.

»Ich nehme an, ein Schriftvergleich wird zeigen, dass sie von Raffael stammen.« Er schaute Merryweather an. »Soweit ich verstanden habe, erlaubt Ihnen das Gift, die Augäpfel zu bewegen und zu blinzeln. Einigen wir uns auf ein Blinzeln für ‚Ja', und zwei für ‚Nein'.« Er lehnte sich wieder zurück. »Haben Sie Kontakt mit Raffael gehabt?«

Das Gesicht des Kanonikus blieb unbeweglich, die Augen weit aufgerissen. Brookstone seufzte und griff in die Tasche seines Jacketts. Er zog zwei kleine Gefäße hervor.

»Lassen Sie es mich erklären, Bileam. Sie werden heute Abend sterben, daran können Sie nichts mehr ändern. Die Frage ist, ob Sie friedlich hinübergleiten«, er stellte das eine Gefäß auf den Tisch, es enthielt ein weißliches Pulver, »oder ob Sie unter grässlichen Schmerzen verrecken.« In der Phiole, die er jetzt auf den Tisch stellte, schwappte eine braune Flüssigkeit. »Ich frage Sie daher noch einmal: Haben Sie Kontakt mit Raffael gehabt?«

Es dauerte einen Moment, doch dann senkten sich die Lider des Kanonikus ein Mal.

»Haben Sie ihm gesagt, dass sich einer der Grale in Selimsburgh befindet?«

Wieder ein einmaliges Blinzeln.

»Und haben Sie ihm geholfen, den Ersten Gral aus der Kathedrale zu stehlen?«

Zweimal senkten sich die Lider – sehr deutlich und sehr nachdrücklich.

»Aber Sie haben einen Erzketzer auf eines unserer Lehen gehetzt. Es hat heute Abend eine Schlacht um Selimsburgh gegeben, wussten sie das? Es gibt Verletzte, die Wehr ist beschädigt, und all das, weil Sie Rache üben wollten.« Brookstone sah ehrliches Erschrecken in Merryweathers Augen. »Sie haben sich mit einem Erzketzer verbündet, Bileam. Das ist Hochverrat, und das wissen Sie.«

Heftiges Blinzeln antwortete. Brookstone musste einen Moment überlegen, um zu erraten, was genau Merryweather verneinte.

»Sie wussten nicht, dass er zum Ketzer geworden ist?«

Merryweather bestätigte das und Brookstone schüttelte bedauernd den Kopf. »Es tut mir leid, Bileam, aber Sie hätten nachdenken sollen, bevor Sie Ihrem Zorn nachgaben. Diesen unvorteilhaften Wesenszug haben Sie mit Ihrem Bruder gemein.« Er atmete tief ein. »Besitzt Raffael den dritten Gral?«

Merryweather zögerte, dann verneinte er. Brookstone runzelte die Stirn. »Es macht keinen Sinn, dass er zurückkommt, wenn er das fehlende Teil der Trinität nicht hat.« Brookstone hatte nur laut nachgedacht, doch Merryweather antwortete mit einem »Ja«. Es dauerte einen Moment, bis der Bischof begriff.

»Er hatte den Gral, aber er hat ihn jetzt nicht mehr.«

Wieder ein »Ja«.

Brookstone entschied, dass er alles Weitere aus Selimsburgh selbst erfahren würde. Mordechai, Eunice, irgendjemand würde Bescheid wissen. Es gab keinen Grund, den Kanonikus länger zu quälen. Brookstone erhob sich, griff nach dem weißen Pulver. Diesmal löste er es in einem Schluck Wasser auf, das er in Merryweathers Glas goss.

Merryweather blinzelte sein »Nein« wieder und wieder.

»Es ist zu spät, Bileam, es tut mir leid. Ich könnte Ihren Verrat vor den Rat bringen. Dann würde man Sie im besten Fall vor die Mauern jagen, im schlimmsten verbrennen. So aber wird man denken, dass die Aufregung über die verstummenden Städte und die Schlacht um Selimsburgh zu viel für Sie waren. Sie sind nicht mehr der Jüngste, Bileam. Man wird nicht einmal eine Autopsie vornehmen.«

Während Brookstone das Pulver in das Wasser rieseln ließ, löste sich eine einzelne Träne aus Merryweathers Auge und rollte die Wange hinab. Brookstone sah es, während er das Glas schwenkte, um das Gift aufzulösen.

»Ich verspreche Ihnen, dass es schmerzlos ist, Bileam. Und noch etwas verspreche ich Ihnen: Ihr Andenken wird in Ehren gehalten werden; Ihre Verbrennung wird mit der Ihrem Rang zustehenden Würde durchgeführt, und Ihre Familie hat keinerlei Repressalien zu fürchten. Doch jetzt ist es an der Zeit zu gehen, alter Freund.«

Selimsburgh kam zur Ruhe. Die Bresche war gesichert, die Wachposten besetzt. Wer nicht mehr gebraucht wurde, zog sich erschöpft zurück, obwohl es noch weit vor Mitternacht war. Nur auf dem Platz vor der Kirche standen noch Menschen, die leise über die Ereignisse des Tages sprachen. Dort hatte man gegen Mittag auch den Kessel aufgestellt, der das gesamte Dorf mit Eintopf versorgt hatte.

Auf dem Weg dorthin bemerkte Eunice die scheue Bewunderung der Menschen, die Kaleb galt. Er hatte die Kapuze wieder tief ins Gesicht gezogen und hielt den Kopf gesenkt. Die Demut eines Mönches nach siegreichem Kampf – so erschien es den Bürgern hoffentlich.

Während die Köchin die lauwarmen Reste des Eintopfes mit Wasser streckte und das Feuer schürte, betrachtete Eunice die Bresche in der Palisade. Von dieser Seite wirkte sie wie ein stümperhaft geflickter Riss. Holz und Metall waren kreuz und quer übereinandergenagelt worden und ließen klaffende Lücken, die nur mit Maschendraht notdürftig gesichert waren. Gegen Ketzer mochte das ausreichen, doch gegen Reaper hätte Selimsburgh keine Chance. Kaleb hatte recht: Sie musste Tim in Sicherheit bringen, aber sie wollte Kaleb nicht verlassen, jetzt nicht und nie wieder.

Die Köchin füllte vier Teller, mit denen Kaleb und Eunice zum Funkturm zurückkehrten. Dort beschäftigte Lucy sich nun doch mit dem Gral, und als die beiden eintraten, rief sie freudig: »Jetzt verstehe ich es!«

»Was verstehen Sie?«, fragte Kaleb und reichte Dillon einen Teller.

»Warum ich es nicht verstanden habe! Wenn wir es zum Laufen bringen, können Sie es vielleicht doch gegen die Reaper einsetzen.« Lucy hatte beide Teile der Waffe zusammengefügt. Sie passten perfekt ineinander und bildeten ein einheitliches Ganzes.

»Das ging schnell.«

»Weil ich schon seit Jahren danach gesucht habe! Nur an der falschen Stelle. Ich war immer der Meinung, mein Gral müsse das psychoinvasive Feld ausweiten, damit man das Gerät als Fernwaffe einsetzen kann.«

Eunice schob Lucy einen Teller zu. »Und das war falsch?«

»Völlig falsch! Mein Teil dämmt das Feld ein!«

Kaleb fragte: »Warum sollte man die Reichweite einer Waffe begrenzen?«

»Eine abwegige Idee, nicht wahr? Darum bin ich ja auch nicht darauf gekommen. Aber sehen Sie, hier!« Sie zeigte auf verschlungene Lötlinien. »Dieser Teil der Waffe weitet das Feld aus – aber in alle Richtungen gleichzeitig. Damit wirkt es faktisch wie eine Bombe. Das andere Teil, mein Teil, schränkt das Feld ein und richtet es gezielt aus.«

Kaleb nickte. »Der Schütze bleibt verschont.«

»Genau! Darum habe ich es nicht verstanden. Ich habe die ganze Zeit etwas gesucht, das nicht da war.« Ihre Freude verschwand abrupt. »Oh mein Gott! Sehr wahrscheinlich hat Raffael jetzt meinen Gral! Ohne die Eindämmung können Sie die Waffe nicht einsetzen – es würde Sie ebenfalls töten.«

»Selbst wenn wir es hätten«, sagte Kaleb ungerührt, »besäßen wir nur eine einzelne Schusswaffe. Ein Gewehr gegen Tausend Reaper. Eine Bombe entspricht mehr dem, was wir brauchen – und soweit ich verstanden habe, ist es genau das, was wir haben.«

Eunice erschrak, als sie begriff. »Kannst du es nicht nachbauen? Mehr solcher Gewehre machen?«

»Wenn ich ein paar Monate Zeit hätte, vielleicht. Ich habe gerade erst den Grundmechanismus verstanden.«

Kaleb nickte. »Wenn unsere Befürchtungen zutreffend sind, dann haben die Reaper vor wenigen Stunden Nashville ausgelöscht. Wenn dem so ist, dann werden sie den Tag im Schutz der Häuser verbringen und morgen Nacht weiterziehen.«

»Kann nicht ein anderer die Waffe bedienen?«, fragte Eunice. »Jemand, der kein Erwählter ist? Ihm würde das Feld nichts anhaben.«

»Wir kennen die Reichweite nicht«, sagte Lucy. »Um möglichst viele Reaper zu töten, muss die Bombe mitten unter ihnen gezündet werden. Nur ein Erwählter kann seine Anwesenheit lange genug vor ihnen verbergen.« Sie schaute Kaleb an. »Es tut mir leid.«

»Das wäre dann wohl entschieden«, sagte Kaleb sachlich, fast gleichgültig. Er deutete auf Lucys Teller. »Essen Sie, dann brechen wir auf. Sie werden den Rest der Forschung unterwegs betreiben müssen.«

»Wir?«, fragte Dillon.

»Lucy ist die beste Wahl. Sie kann sich ebenso vor den Reapern verbergen wie ich.« Kaleb nickte ihr zu. »Sie bringen mich nach Nashville, den Rest erledige ich.«

»Ich kann fahren«, sagte Eunices. »Mir kann die Bombe nichts anhaben.«

Kaleb schüttelte den Kopf. »Bring Tim nach Hause.«

Lucy zog den Teller zu sich heran und schlang mehr, als dass sie kaute. »Ich brauche Werkzeug«, sagte sie zwischen zwei Löffeln, »und eine Energiequelle. Autobatterien vielleicht. Aber zum Testen etwas Schwächeres. Sehr viel schwächer.«

Dillon hatte sein Essen nicht angerührt, ihm schien seine Zigarette zu genügen, die er jetzt unter der Fensterbank ausdrückte. »Unsere Werkshalle kennen Sie ja schon. Dort werden Sie alles Nötige finden.« Er wandte sich an Kaleb. »Ich kümmere mich um einen Wagen und Treibstoff. Sie bekommen die letzten Reste unseres Vorrats – gehen Sie klug damit um.«

»Der Konvent wird das bei der Berechnung Ihrer kommenden Rationen berücksichtigen.« Hatte sie das gesagt? Eunice war sich nicht sicher. Ein Teil von ihr schien zu funktionieren wie stets – nüchtern, abgeklärt, doch ein anderer Teil krümmte sich zusammen, konnte kaum einen klaren Gedanken fassen. Nur den einen: *Kaleb wird sterben. … Kaleb wird sterben.*

Dillon lächelte abfällig. »Wir kommen schon klar.« Dann wandte er sich an Kaleb und es schien, als nähme er dabei Haltung an. »Ich vermute, Sie haben noch ein paar Dinge zu regeln. Das Funkgerät steht zu Ihrer Verfügung. Ich treffe Sie in einer Stunde am Fuhrpark.«

Die beiden Männer nickten einander zu. Lucy nahm die beiden Grale an sich und verließ mit Dillon den Funkturm.

Eunice und Kaleb blieben zurück, allein mit dem Schweigen, das nun den Raum füllte. Kaleb wich ihrem Blick aus, sagte leise: »Ich wäre dir verbunden, wenn du deinem Vater erst Meldung machen würdest, wenn ich unterwegs bin.«

Sie ging auf ihn zu, forderte seinen Blick ein. »Du suchst nicht mal nach einer anderen Lösung.«

»Es gibt keine.«

»Du bist nicht der einzige Mönch auf der Welt. Jemand anderes könnte …«

»Wer, Eunice?« Die Strenge seiner Worte ließ sie zusammenzucken.

Sie wusste selbst, wie unsinnige ihr Flehen war. Sie hatten keine Zeit, keine Hilfe, und die Bedrohung war zu groß, als dass sie sich ein Zögern erlauben durften. Trotzdem sagte sie: »Es muss anders gehen. Es muss! Sie haben uns schon so viel genommen.«

»Niemand hat uns irgendetwas genommen. Wir haben alles freiwillig gegeben.« Sein Blick wurde weicher. »Ich habe so viele Leben beendet, weil es nötig war. Soll ich jetzt bei meinem eigenen zögern?«

»Aber wenn es nicht so wäre. Wenn …« Sie verstummte und senkte den Kopf.

Er schweig einen Moment, ehe er sagte: »Es war ein schöner Traum, aber wir sind aufgewacht.«

Sie wollte es nicht hören, wollte es nicht glauben, wollte ihn nicht einmal anschauen. »Du bist ein Kämpfer. Warum kämpfst du nicht um uns?«

»Eunice.« Er nahm ihre Hand – das erste Mal.

Sie sah auf, sah in seine burgunderfarbenen Augen, und dann legten sich seine Lippen auf ihre. Zum allerersten Mal. Wie lange, wie oft, hatte sie sich das ausgemalt? Vorsichtig legte sie die Arme um ihn, aber er wich nicht zurück, sondern hielt sie fest an sich gezogen.

Als der Kuss endete, ließ er sie los, langsam, zögernd, machte einen Schritt fort von ihr, und hielt doch ihre Hand fest. »Komm nicht zum Tor. Bitte.«

Widerstrebend nickte sie.

»Leb wohl.« Er wandte sich um, ihr Arm streckte sich, wollte ihn nicht loslassen. Nur widerstrebend lösten sich ihre Finger voneinander. Er verließ den Funkturm, ohne sich noch einmal umzudrehen.

Eunice hielt sich aufrecht, bis sich die Tür hinter ihm geschlossen hatte, dann sank sie auf einen Stuhl und schlang die Arme um ihren Körper.

Kalebs Weg führte zur Kirche, aus deren Fenstern diffuses Licht drang. Als er eintrat, empfing ihn der Geruch nach Verwesung und brennenden Kerzen. Sie standen auf dem Altar, zwischen sechs Kisten, deren Inhalt Kaleb erriet, noch bevor er die Namen darauf las.

Im Halbdunkel hinter dem Altar stand die Pieta: Die Darstellung der Heiligen Mutter, die ihren toten Sohn betrauerte. Selbst ihn hatten die Reaper schließlich überwältigt.

Kaleb hatte nie verstanden, weshalb die Statuen und auch Bilder nur Verletzungen an Händen und Füßen zeigten und einem Einstich auf Höhe der Rippen. Vermutlich war es eine symbolische Darstellung, bildhaft wie die um den Kopf des Toten geschlungenen Dornen. Vom ersten Erwählten war wohl nicht genug übrig geblieben für ein künstlerisch ansprechendes Abbild. Der Gedanke beschwor die Erinnerung an jenen Ort im Wald herauf, wo die Brüder gefallen waren, deren Köpfe nun vor ihm lagen.

Kaleb kniete nieder und faltete die Hände. Er bat weder um Verschonung noch um ein Wunder. Er bat um Kraft und darum, dass der Schöpfer einer gnadenlosen Welt sein Opfer annehmen möge. Die Ketzer brachten ihren Göttern Menschenopfer dar – warum sollte sein Gott das verschmähen?

Ein kurzer Schmerz durchzuckte Kalebs Schläfen. Er hatte diesen Impuls in den vergangenen Tagen oft genug gespürt, um ihn sofort als psychoinvasives Feld zu erkennen. Offenbar hatte Lucy Erfolg mit ihren ersten Versuchen. Es wurde Zeit, aufzubrechen.

Kaleb beendete sein Gebet und machte sich auf zur Werkshalle. Dort traf er auf Lucy und Dillon.

»Haben Sie es gespürt?«, begrüßte ihn Lucy mit kaum verborgener Begeisterung. »Haben Sie?«

»Darum bin ich hier.«

»Und das war eine erbsengroße Mignonzelle! Können Sie sich vorstellen, was wir mit einer Autobatterie erreichen können? Oder gar mit zweien davon?«

»Könnte das Feld ganz Nashville umfassen?«

»Kann ich nicht sagen, aber ich schätze einen tödlichen Radius von mindestens einer Meile, vielleicht zwei. Das würde ausreichen.«

»Dann lassen Sie uns aufbrechen.«

Dillon hatte den Wagen schon bereitgestellt. Es war ein rostiger, hellblauer Transporter, aus dem alles unnötige Gewicht ausgebaut worden war. Zwischen den beiden Sitzen hindurch konnte man direkt nach hinten in den Laderaum gehen, in dem mehrere Kanister mit Treibstoff, Wasser, einige Lebensmittel und Decken bereitlagen. Kaleb entdeckte ein Gewehr und suchte die dazugehörigen Patronen. Gegen Reaper wäre es unbrauchbar, aber vielleicht trafen sie auf Ketzer.

Samuel kam heran und beobachtete, wie er die Waffe lud. Kaleb schaute zu ihm hin, vertraute darauf, dass die Farbe seiner Augen in der Dunkelheit nicht zu erkennen war. Der Bluterguss an Samuels Schläfe gab ihm ein martialisches Aussehen, und der Bartschatten an seinem Kinn tat sein Übriges.

»Sagen Sie nur ein Wort und ich komme mit Ihnen.«

Lucy legte Samuel die Hand auf die Schulter. »Du würdest nur die Aufmerksamkeit der Reaper auf uns lenken. Aber du kannst mir helfen, die Batterien und das Werkzeug einzuladen.«

Kaleb sah zu den Ställen hinüber; dort, im Mondlicht, stand Eunice und schaute reglos zu ihm hinüber. Erst als Samuel die Ladetüren zuschlug, wandte Kaleb den Blick ab.

»Es ist so weit«, sagte Samuel. »Ich wünschte, ich könnte Ihnen diese Aufgabe abnehmen.«

Kaleb betrachtete Samuels wirres, blondes Haar, die markanten Gesichtszüge, die hellen Augen. Seine Augen – wie sie früher gewesen waren.

Das Leben eines Mönches hinterließ keine Spuren in dieser Welt. Aber er war nicht immer ein Mönch gewesen. Und jetzt war er auch keiner mehr. »Rachel wollte nicht, dass ich es Ihnen sage, aber ich denke, Sie sollten es wissen.«

Samuel rieb sich den Schmutz von den Händen. »Was wissen?«

»Dinah ist eine heilige Mutter. Falls ihr Söhne habt, werden es Erwählte sein.«

Sam zog die Brauen zusammen, schüttelte den Kopf. »Unsinn. Mein Vater war kein …«

»Dein Vater, dein *leiblicher* Vater war ein Mönch … Das heißt«, fügte er leiser hinzu, »zu dem Zeitpunkt war er noch keiner.«

Als er das aufkeimende Verstehen in Sams Augen sah, wandte er sich um und ging zur Fahrertür. Ein letztes Mal blickte er zu den Ställen hinüber, dann stieg er ein.

SONNTAG

Der Highway 81 gehörte zu den besser in Stand gehaltenen, denn er wurde nicht nur von Plünderern regelmäßig genutzt. Trotzdem fuhr Kaleb den Transporter nicht am Limit, sondern umsichtig, denn liegenbleiben durften sie auf keinen Fall. Das Licht der Scheinwerfer glitt über umgestürzte Bäume oder die skelettierten Reste von Fahrzeugen – die ältesten davon zu unkenntlichen Resten zusammengesunken. Manchmal kamen sie an meilenlangen Reihen solcher Wracks vorbei: Flüchtlingskolonnen. Die rostigen Gerippe wiesen alle nach Osten, wie eine Mahnung, den Weg nach Westen nicht fortzusetzen.

Wo die Straße frei war, brachen Pflanzen den Teer vom Straßenrand her auf. Selbst in der Mitte der ursprünglich gut zehn Yards breiten Fahrbahn rumpelten die Räder über Hindernisse und durch Schlaglöcher. Bei besonders tiefen fluchte Lucy hinten im Wagen – sie baute im Licht eines Halogenstrahlers an der Bombe. Irgendwann nach Mitternacht kam sie nach vorne geklettert und ließ sich in den Beifahrersitz fallen.

»Wird es funktionieren?«, fragte Kaleb, ohne den Blick von der Straße zu wenden.

»Das werden wir erst sicher wissen, wenn Sie den Knopf drücken.«

Er spürte ihren Blick auf sich, während sie weiterrumpelten. Am Straßenrand verwitterte ein unleserliches Schild, das einmal die Abfahrt nach Knoxville ausgewiesen hatte. Der Highway führte sie direkt durch die Ruinen der toten Stadt, deren Beton der Natur beharrlich widerstand. Noch immer dominierten statt Bäumen eckige Gebäude das Bild, obwohl sie von wucherndem Grün bedeckt waren. Für Kaleb bedeutete der Anblick, dass sie drei Viertel des Weges hinter sich hatten.

Nach einer Weile des Schweigens atmete Lucy tief ein. »Ich weiß nicht, ob Sie es können, aber Sie sollten versuchen zu schlafen. Ich kann weiterfahren.«

Er nahm den Fuß vom Gas und ließ den Wagen ausrollen. Als sie standen, beugte Kaleb sich vor und warf einen Blick durch die Windschutzscheibe nach oben. Der Mond war untergegangen und die Sterne blinkten zwischen ziehenden Wolken hervor. Im Rückspiegel war bereits die Morgendämmerung zu erahnen. Sie würden Nashville erst lange nach Sonnenaufgang erreichen.

Nachdem er den Tank aufgefüllt hatte, streckte Kaleb sich auf den Decken aus, die im Laderaum lagen. Der Wagen vibrierte, als Lucy den Motor startete. Kaleb würde einschlafen, daran zweifelte er nicht – Mönche lernten früher oder später, vor einer Schlacht Schlaf zu finden. Dies würde der letzte seines Lebens sein.

Das Bild, das er mit hinübernahm, war die Erinnerung an Eunice – an ihre Umarmung und den Kuss.

Eunice kniete vor der Pieta und konnte den Tränen nicht Einhalt gebieten. Das Gebet brachte weder Erleichterung noch Trost. Das Bild der Heiligen Mutter verstärkte nur ihren Schmerz. Der leblose Körper des ersten Erwählten verwies mehr denn je auf Kaleb, die Trauer im Antlitz der Mutter war ihre eigene Trauer, die sie zu zerreißen drohte. Eunice krümmte sich zusammen, bis ihre Stirn den kalten Steinboden berührte. »Nimm mein Leben«, flüsterte sie. »Nimm meins, aber verschone ihn.«

Doch Gott blieb stumm.

Irgendwann versiegten die Tränen. Müdigkeit füllte ihren Kopf. Sie war leer. Als sie sich an einer der Bänke hochzog, schmerzten ihre Gelenke.

Sie schaute sich um. Das Kirchenschiff war nur noch ein kahler, seelenloser Raum, die Statuen abgeschmackte Fabelwesen. Ekel erfasste Eunice. Sie wandte sich zum Ausgang und ihre Schritte hallten hart und einsam von den Wänden wider.

Vor der Kirche war es so still, dass Eunice das Fiepen der Fledermäuse hörte, die nur zu sehen waren, wenn sie den Mond kreuzten. Das Brummen des Generators war verstummt, die elektrischen Lichter erloschen, selbst der

Scheinwerfer, der die Bresche geschützt hatte, war dunkel. Dillon hatte nicht gelogen – Kaleb hatte die letzten Dieselvorräte erhalten.

Der schwache Kerzenschein in manchen Fenstern verriet, wo Menschen zusammensaßen – die Gemeinschaft, der einzige Schutz gegen die Angst. Eunice bezweifelte, dass irgendjemand in Selimsburgh schlief.

Fröstelnd zog sie ihren Mantel enger und sah zum Wehrgang hinauf, auf dem die Wachen ihre Runden drehten. Auch der geflickte Spalt in der Wehr wurde bewacht. Am Haupttor war es zu dunkel, um Wachen zu erkennen, doch Eunice sah eine Zigarette aufglühen.

Sie ging die verlassene Straße entlang. Das Mondlicht warf die kantigen Schatten der Häuser auf den Boden. So leere Wege und Plätze, so viel Fläche, sich zu bewegen. Wie voll waren dagegen die Straßen von Philadelphia – bei Tag und bei Nacht. Kein Platz zum Ausweichen, kein Raum zu fliehen. Die Menschen in Dallas, Memphis und Nashville mussten sich in ihrer Panik gegenseitig erdrückt haben. Welche Schreckensbilder würde Kaleb vorfinden?

Ein dumpfes Geräusch drang aus Rachels Haus und nun auch erregte Stimmen. Eunice ahnte, worum es ging. Die Haustür wurde aufgerissen und Samuel lief auf die Straße. Er bemerkte Eunice nicht, ging zielstrebig Richtung Werkshalle. Die Tür blieb offen und ließ den Blick frei auf Rachel, die zusammengesunken auf einem Stuhl saß, das Gesicht in den Händen vergraben. Eunice widerstand dem Impuls, hinüberzugehen und ihr Trost zu spenden. Wahrscheinlich war Eunice die Letzte, die Rachel jetzt sehen wollte. Aber Samuel ließ sich vielleicht beruhigen – und vielleicht konnte sie ihm einige Fragen beantworten, die in ihm brennen mussten.

Samuel verließ die Werkshalle wieder, bevor Eunice das Gebäude erreichte. Er trug offenbar einen leeren Kanister und lief damit zum Ende des Dorfes, rannte fast. Eunice raffte ihr langes Gewand, um mit ihm Schritt zu halten. Trotzdem verlor sie ihn im Dunkeln aus den Augen und erriet mehr, als dass sie es sah, dass er zu der hinteren Pforte ging, die zum Fluss hinunterführte. Die Vermutung bestätigte sich, als sie erneut aufgebrachte Stimmen hörte. Sie kam hinzu, als Samuel den Wachmann gegen die Palisade stieß. Der hob beschwichtigend die Hände und ließ zu, dass Samuel die beiden Balken hob und mit dem Kanister in der Hand das Dorf verließ. Der Wächter hob fluchend den ersten Balken auf, als Eunice neben ihn trat.

»Lassen Sie mich auch hinaus?«

»Von mir aus könnt ihr euch alle da draußen zerreißen lassen.«

Eunice lächelte freundlich. »Ich danke Ihnen. Ich klopfe dreimal, wenn ich zurückkomme.«

»Das können Sie sich sparen«, knurrte er. »Die Losung ist ›Sonnenwende‹.«

Eunice folgte dem Licht von Samuels Taschenlampe über die Wiese. Sie erreichte ihn, als er, die Lampe zwischen den Zähnen, den Treibstoff aus einem Ketzermotorrad abzapfte.

Die Leiche des Fahrers lag nur eine Armlänge entfernt. Johlend hatten er und seine Kameraden Eunice eingekreist – bis Kaleb die Männer mit routinierter Leichtigkeit ausgeschaltet hatte.

Samuel schaute nicht auf, als sie auf ihn zutrat, während der Treibstoff als goldener Strahl in den leeren Kanister lief.

»Wenn ich während der Ketzerkriege etwas gelernt habe«, sagte Eunice, »dann, dass man einem kämpfenden Mönch nicht im Weg stehen sollte.«

Samuel achtete darauf, dass kein kostbarer Tropfen danebenfiel, dann verschraubte er den Kanister, nahm die Taschenlampe aus dem Mund und schaute zu ihr auf. »Soweit ich verstanden habe, wird es zu keinem Kampf kommen.«

Er ging zur nächsten Maschine. Diese musste er erst aufrichten – ein schlecht zusammengestückeltes Rad. Der eingebaute Dieselmotor war viel zu groß und der Zusatztank behinderte den Fahrer.

Eunice entdeckte die dritte Maschine und stemmte sie mühsam vom Boden auf. Nach allem, was sie sah, hatte das Motorrad den Sturz heil überstanden.

Samuel folgte Eunice, inspizierte das Motorrad und kam offenbar zum gleichen Ergebnis. Er startete die Maschine probeweise: Der Motor sprang an und klang ruhig und satt.

Samuel schaltete ihn wieder aus und ergänzte Tank und Ersatztank aus dem Kanister. Dennoch – für die Rückfahrt würde der Treibstoff nicht reichen.

Eunice nahm einem Ketzer die Motorradbrille ab. »Warten Sie auf der Straße auf mich. Ich brauche nicht lange.« Ihr eigenes Motorrad war bereits für die Rückfahrt nach Philadelphia vollgetankt worden; sie würde eine Nachricht für Timothy hinterlassen – und ein oder zwei Gewehre würden nicht schaden.

Sie reichte Samuel, der bereits auf der Ketzermaschine saß, die Brille. »Er hat es Ihnen gesagt, nicht wahr?«

Samuel nickte. »Und was ist Ihr Grund?«

Eunice zögerte, dann sagte sie: »Ich will nicht, dass er beim Sterben allein ist.«

Samuel dachte einen Moment über ihre Antwort nach, dann nickte er knapp und trat das Motorrad an.

Kaleb erwachte, weil das Motorgeräusch erstarb – im gleichen Moment überschwemmte ihn die geballte Präsenz tausender Individuen. Kaleb atmete tief ein. Licht und kühle Morgenluft fluteten in den Laderaum, als Lucy die hintere Tür öffnete. Sie griff nach einem der Dieselkanister und stockte, als sie bemerkte, dass er wach war.

»Spüren Sie sie?«, fragte Lucy, die eine schwarze Sonnenbrille aufgesetzt hatte.

Kaleb nickte. »Ziemlich stark.«

Lucy zog den Kanister über die Ladefläche. »Und das, obwohl wir noch bestimmt zehn Meilen vor uns haben.« Sie hob die sechs Gallonen Diesel mit Mühe. »Verdammt viele.«

Kaleb stieg aus dem Auto. Morgennebel lag über der Interstate. Links und rechts leuchteten die Farben des Indian Summer. Obwohl die Sonne noch nicht ganz über dem Horizont stand, spürte Kaleb ihre Wirkung bereits schmerzhaft. Seine Augen brannten, die Lider spannten sich wie in einem Krampf und ließen sich kaum offenhalten – eine wesentlich stärkere Reaktion auf blendendes Licht als üblich. Das Sonnenlicht schien massiv, sein Auftreffen auf die Netzhaut war spürbar wie eine körperliche Substanz.

»Hier.« Lucy reichte ihm aus ihrer Brusttasche eine zweite Sonnenbrille und er setzte sie auf.

Die Erleichterung war unmittelbar. Obwohl Streulicht die Augen noch immer empfindlich traf, konnte er zumindest die Lider offenhalten.

Lucy hatte am Percy Priest Staudamm gehalten, dessen Instandhaltung der Klerus von Nashville nach Jahrzehnten der Vernachlässigung wieder organisiert hatte. Normalerweise gab es hier draußen eine Crew von Arbeitern und dazu einige Mönche, um sie zu beschützen – doch die Gegend war verlassen. Der Staudamm war nicht besonders hoch, eigentlich mehr ein Wehr, das eine Lücke zwischen zwei Erdwällen schloss, kein Vergleich zu den riesigen Talsperren, die er auf Abbildungen gesehen hatte. Aus den vier Schleusen schäumte weiß das Wasser, fiel knapp zwanzig Yards hinab in den Stone Creek, der unter der Interstate in Richtung Cumberland River floss.

Lucy schraubte den Ausguss auf den Kanister. Während Kaleb den Diesel in den Tank laufen ließ, holte Lucy den zweiten. »Den nur zur Hälfte.«

»Setzen Sie sich schon rein«, sagte er. »Ich übernehme das Fahren.«

Lucy widersprach nicht. Als er alles wieder verstaut hatte und nach vorne kam, saß sie auf dem Beifahrersitz und blickte müde über die Interstate, die sich leer und schnurgerade vor ihnen erstreckte. Kaleb setzte sich, schloss die Tür, griff aber nicht nach dem Zündschlüssel. Er schaute hinaus auf den gestreckten Schatten, den der Wagen warf. »Sie könnten hier zurückbleiben«, sagte er. »Das wäre sicherer.«

Lucy schüttelte den Kopf. »Fahren Sie.«

Kaleb ließ den Motor an, und nach ein paar Meilen sahen sie die Skyline von Nashville vor sich. Kaleb hatte den Eindruck, dass dunkler Rauch aus der Stadt aufstieg, war sich aber nicht sicher.

Die Silhouette von Nashville war bei weitem nicht so beeindruckend wie die von Philadelphia, aber die Häuser waren hoch genug, um weit über die Mauer hinauszuragen. Alle neunzehn Städte waren aus ehemaligen Banken- und Bürovierteln hervorgegangen, weil Hochhäuser auf der gleichen Grundfläche mehr Menschen

Schutz und Unterkunft boten als die weitgestreckten Bungalow-Vorstädte.

Am Rand der Brachmeile hielt Kaleb an. Die Straße führte direkt auf das unversehrte Stadttor zu, dessen Torflügel zusammen gerade einmal die Breite und Höhe einer Doppelgarage hatten.

»Das Tor ist immer noch geschlossen«, stellte Lucy fest.

Auch Kaleb ahnte, was das bedeutete: Niemand war entkommen.

Rechts floss träge der Cumberland River und verschwand unter der Stadtmauer, die so den Fluss mit in das umfasste Gebiet einbezog. Allerdings waren Ein- und Ausfluss mehrfach durch Gitter gesichert – und unter normalen Bedingungen wohl auch durch Wachen. Wie hatten die Reaper in die Stadt eindringen können? Dass sie dort waren, stand außer Zweifel. Die Empfindung ihrer Anwesenheit war Meile um Meile stärker geworden und dröhnte nun wie ein anhaltender Orgelton in seinem Bewusstsein.

Der schwarze Rauch, den er bereits aus der Ferne gesehen hatte, stieg im Osten der Stadt auf – vermutlich brannten dort die Raffinerien.

Kaleb fuhr wieder an und lenkte den Wagen von der Straße. Der Transporter holperte über den Lehmboden der Brachmeile und folgte dem Verlauf der Mauer. Überall verstreut lagen die Spuren eines hastig abgebrochenen Marktes – zusammengebrochene Stände, zerfetzte Zelte. Die Plünderer hatten alles zurückgelassen.

Schließlich erreichten sie einen klaffenden Riss in der Stadtmauer, der sich wie ein schlankes V nach oben hin öffnete. Die Angreifer hatten vermutlich Dynamit benutzt. Einmal durchbrochen, hatten Statik und Eigengewicht der Mauer dafür gesorgt, dass der Riss groß genug wurde, um hunderten von Reapern gleichzeitig Einlass zu gewähren. Es war wesentlich effektiver, als das schmale Tor zu stürmen.

Kaleb hielt den Wagen an und schaute auf den Haufen Betonschutt, der den Spalt füllte – mehr Rampe als Hindernis. Leise sagte Lucy: »Es wird Zeit, dass ich Ihnen zeige, wie es funktioniert.«

Die beiden Grale waren verhältnismäßig leicht. Das meiste Gewicht in Kalebs Marschgepäck würden die beiden Autobatterien ausmachen, die per Kabel angeschlossen wurden. Lucy hatte alle Kabel und die zugehörigen Anschlüsse farblich markiert. Trotzdem ließ sie Kaleb den Aufbau zweimal selbst durchführen, bevor sie zufrieden war und die Einzelstücke in Tücher hüllte, um sie in den Rucksack zu packen.

»Das Feld wird sich nach allen Seiten gleichmäßig ausdehnen«, erklärte sie dabei, »auch nach oben und unten. Es ist also am besten, wenn Sie sich einen Ort in mittlerer Höhe suchen, in der Mitte der Stadt.«

»Verstehe.« Während der Ketzerkriege war Kaleb einmal in Nashville gewesen. Das Konventsgebäude lag ziemlich zentral – das würde sein Ziel sein.

Lucy verschloss den Rucksack und ließ dann ihre Hände darauf liegen. Sie sah blass aus, vermutlich war es die Müdigkeit. »Das wär's dann wohl.«

Kaleb hob den Rucksack auf, prüfte sein Gewicht. Es waren nicht nur die Autobatterien, die ihn schwer machten. Lucy hatte auch Werkzeuge eingepackt – offenbar hatte sie großes Vertrauen in seine Ausdauer.

Während er die Riemen schloss, nickte er zum Wagen hin. »Sie sollten einige Meilen zurückfahren. Wir wissen nicht, wie weit sich das Feld ausdehnt, und Nashville hat keine drei Meilen Durchmesser.«

»Das werde ich.« Lucy machte einen Schritt auf Kaleb zu und für einen Moment schien es ihm, als wolle sie ihn umarmen, doch sie sagte nur: »Der Herr sei mit Ihnen, Bruder.«

Kaleb lächelte schwach. »Und mit Ihrem Geiste, Lucy.«

Er wandte sich um und ging auf den klaffenden Spalt in der Mauer zu. Nach wenigen Schritten blieb er stehen und wandte sich noch einmal um. Lucy hatte sich nicht gerührt. Sie stand reglos am Wagen und blickte ihm nach.

»Eines wollte ich noch fragen«, sagte er. »Wer war der Zinnsoldat?«

Die Frage schien sie zu überraschen. Sie dachte einen Moment lang nach und antwortete schließlich: »Er war aufrecht – und unbeugsam. Und weil er aus Zinn war, dachten die Menschen, dass er kein Herz habe. Aber zum Schluss war es das Einzige, was von ihm übrig blieb.«

»Ein Märchen also«, sagte Kaleb.

»Ja«, erwiderte sie mit einem traurigen Lächeln. »Ein Märchen.«

Die Reaper verdauten ein Festmahl. Kaleb konnte das überwältigende Gefühl zufriedener Übersättigung schon auf der Brachmeile spüren. Er machte sich an den Aufstieg über den gut zehn Yards hohen Hügel aus Betonschutt und warf bald darauf einen ersten Blick auf die leeren Straßen.

Nashville hatte kaum halb so viele Menschen beherbergt wie Philadelphia. Die Bebauung war niedriger, der gesamte Eindruck heller. Dennoch war Nashville eng und verbaut wie jede Stadt, und es war befremdend, die Straßen so völlig verlassen vorzufinden. Vor wenigen Tagen hatten sich die Menschen hier ebenso durch die Häuserschluchten gedrängt wie in Philadelphia: Schulter an Schulter einen Fuß vor den anderen schiebend. Nun waren sie fort. Kaleb sprang auf die Straße hinunter und korrigierte sich: Die Menschen waren nicht fort. Sie waren alle noch da – niemand war entkommen. Ihr Blut war als schwarze Kruste auf dem Asphalt geronnen. Ihr Fleisch – zumindest das, was die Reaper davon nicht hatten fressen können – lag überall zwischen den Häusern. Bald schon konnte Kaleb nicht weitergehen, ohne auf menschliche Überreste zu treten. Er bemühte sich, nicht daran zu denken, was so nachgiebig unter seinen Sohlen federte, und erkannte doch hier eine Hand, dort einen Torso.

Normalerweise töteten Reaper nur, was sie zum Essen brauchten, wie andere Tiere auch, doch ein Überangebot zusammengepferchter Opfer ließ die Reptilien in einen Blutrausch verfallen. In den ersten Jahren waren viele Städte auf diese Weise entvölkert worden.

Der Wind zog durch die verbauten Straßen, der Kamineffekt ließ Türen klappern. Leichen verstopften die Treppenaufgänge. Der Gestank des Todes wurde immer intensiver, so dass Kaleb ihn geradezu auf der Zunge schmeckte.

Das Massaker hatte in der Nacht stattgefunden. Noch war der Morgen kühl – noch gab es keine Fliegen in Nashville.

Doch schon bald würden Insektenschwärme die Luft verdunkeln.

Im Gegensatz zu den allgegenwärtigen Leichen waren die Reaper nirgendwo zu sehen, doch ihre Anwesenheit war spürbarer denn je. Sie hatten sich zurückgezogen in lichtlose Verstecke – in Keller, Tiefgaragen und Treppenhäuser. Sie umgaben ihn von allen Seiten, und je näher er dem Stadtzentrum kam, umso geballter wurde ihre Präsenz, erstickend und erschreckend in ihrer Masse.

Es bedurfte einer bewussten Willensanstrengung, sich nicht von Hilflosigkeit überwältigen zu lassen: Zwei alte Autobatterien und zwei Teile eines außerirdischen Gerätes, deren Funktionsfähigkeit nicht einmal ordentlich getestet worden war. Wie wahrscheinlich war es, dass sich damit tausende von Reapern vernichten ließen?

Kaleb blieb stehen. Zwischen den aufragenden Häusern suchte er einen Orientierungspunkt und fand ihn. Er rückte die Trageriemen auf seiner Schulter zurecht und bog in eine Straße ein, die ihn noch tiefer in die Mitte des Rudels führen würde.

In der Dunkelheit Motorrad zu fahren war nicht nur wegen der Reaper gefährlich. Im Scheinwerferlicht sah Eunice kaum die aufgebrochenen Stellen im Teer, geschweige denn rankende Wurzeln oder herumliegende Steine. Ein Wagen würde über solche Stellen einfach hinwegrumpeln, aber für einen Motorradfahrer konnten sie verheerend sein.

Erst als der Morgen dämmerte und sich die Sonne hinter ihnen über den Horizont schob, konnten Eunice und Samuel deutlich schneller fahren. Es war bereits klar, dass sie Kaleb und Lucy nicht mehr einholen würden, trotzdem fuhren sie jetzt mit halsbrecherischer Geschwindigkeit.

Als die Skyline von Nashville in Sicht kam, wurde Samuel langsamer, hielt an. Eunice ging ebenfalls vom Gas und blieb schließlich neben ihm stehen.

Samuel sagte leise: »Wir sind zu spät, nicht wahr?«

Ja, sie waren zu spät. Sie würde Kaleb nie wieder sehen. Natürlich nicht. Diese ganze Fahrt war ein sinnloses

Unterfangen, eine Verschwendung von Zeit und Treibstoff. Doch für ein paar Stunden war der Schmerz in den Hintergrund getreten, hatte das Fahren die Illusion erlaubt, dass sie etwas tun konnte. Nun kehrte die Leere zurück.

Müde betrachtete sie den Highways, links und rechts eingesäumt von Herbstwald. In der Ferne zogen sich Teer und Wald auf einen Punkt zusammen, über dem sich grau die Silhouette von Nashville erhob. Bewegte sich dort etwas? Eunice hob die Hand über die Augen, sah aber nur fliegenden Staub – vielleicht war es Lucy, aber sie gingen besser in Deckung, bis sie sicher waren.

Sie schoben die Räder zwischen die Büsche. Tatsächlich erkannte Eunice bald den rostigen, graublauen Transporter aus Selimsburgh, und sie trat, gefolgt von Samuel, aus der Deckung. Der Wagen hielt und der Wind verwehte die Staubfahne hinter ihm zu einem dünnen Schleier.

Das Fahrerfenster ließ sich nicht mehr herunterkurbeln. Lucy öffnete daher die Tür einen Spalt und rief: »Was macht ihr denn hier?«

»Ist Kaleb schon …?« Samuel stockte und Eunice fragte sich, wie er den Satz hatte beenden wollen. Tot? Nein, so weit war es noch lange nicht. Zuerst würde er zwischen tausenden ruhenden Reapern hindurchschleichen und eine Bombe zusammenbauen im Bewusstsein, damit seinen eigenen Tod zu besiegeln.

»Er ist vor etwa zwanzig Minuten in die Stadt gegangen.« Lucy ließ die Tür ganz aufschwingen. Sie trug jetzt eine Sonnenbrille.

»Der Ketzer hat also nicht gelogen«, sagte Eunice. »Es ist tatsächlich ein Rudel.«

Lucy nickte. »Ich spüre sie bis hierher. Es sind tausende. Die Ketzer haben ein Loch in die Mauer gesprengt, um sie hineinzulassen.«

Mit einem Mal fühlte Eunice Erschöpfung. Trauer ist anstrengender als Kampf, hatte ihr Vater einmal gesagt. Er hatte recht. Der Kampf mobilisiert Kräfte – die Trauer verzehrt sie. Eunice hatte einmal beobachtet, wie eine Spinne die ausgesaugten Überreste einer Fliege aus ihrem Netz schüttelte. Genauso fühlte sie sich jetzt: eine entleerte Hülle, so leicht, dass ein Windhauch sie davontragen konnte.

»Werden Sie spüren, wenn es passiert?«, fragte Samuel, den Blick starr auf Nashville gerichtet.

»Wenn es funktioniert – bestimmt.«

»Dann warten wir hier mit Ihnen, bis …«

»Still!« Lucy richtete sich auf, schien auf etwas zu lauschen. »In Deckung! Sofort!«

Eunice ließ sich auf die Knie fallen. Über ihr fetzten mehrere Kugeln in das Fahrerfenster, Glassplitter regneten auf sie herab und sie flüchtete auf die andere Wagenseite.

Die Angreifer hörten auf zu schießen. Samuel lehnte mit dem Rücken gegen den Transporter, die Pistole in der Hand. Es roch nach Diesel – vermutlich war der Tank getroffen. Aus dem Wagen erklang ein Scharren. War Lucy getroffen worden? Eunice wagte nicht, ins Innere zu sehen. Aber vielleicht gab es dort noch ein Gewehr. Sie streckte sich nach dem Griff der Beifahrertür.

»Ergebt euch!«, rief ein Mann. »Wir sind nicht allein, und unseren Freund hier wollt ihr bestimmt nicht wütend machen.«

Die Hand noch am Türgriff schaute Eunice zu Samuel hinüber – und hörte jenen Ton, der sie seit dem Krieg bis in ihre Träume verfolgte: das Grollen eines Reapers.

Wo war der Reaper? Wieso hatte Lucy ihn nicht gespürt? Sie versuchte, die Angreifer im Dickicht auszumachen. Die Büsche waren dicht, obwohl viele Blätter bereits abgefallen waren. Zweige und Dornen, Licht und Schatten gaukelten Formen vor, wo nur Leere war. Schwarze Schuppen glitten vorbei, lautlos und geschmeidig, und verschwanden wieder im Dunkel. Noch einmal das Grollen, das von allen Seiten zugleich zu kommen schien. Samuel hob die Waffe.

»Nicht«, flüsterte Eunice. »Sie reizen ihn nur.« In Richtung der Büsche rief sie: »Wir ergeben uns! … Hören Sie? Rufen Sie ihn zurück!«

Ein Lachen ließ Eunice den Kopf wenden. Ein Ketzer stand unweit des Transporters, eine Schrotflinte in der Hand. »Meinst du, der hört auf mich?« Der Ketzer zeigte mit dem Gewehrlauf auf die Fahrertür des Wagens. »Aufmachen.«

Eunice gehorchte – und hörte im gleichen Moment, wie hinten der Laderaum geöffnet wurde. Schüsse fielen,

Zweige prasselten, jemand fluchte. Unvermittelt war wieder alles still. Sekunden verstrichen.

Oh Gott, lass sie entkommen sein!

Schließlich rief jemand: »War 'ne Blonde. Hab se nich erwischt.«

Der Ketzer, der Eunice und Sam in Schach hielt, antwortete: »Die kommt nicht weit!«

Je näher Kaleb dem Zentrum kam, desto höher waren die Leichenberge. Während er über die nachgiebigen Haufen stieg, vermied er, in die Gesichter der Toten zu sehen. Dennoch streifte sein Blick hier die glasigen Augen einer alten Frau, dort das Gesicht eines Jungen. Kaleb zwang seinen Blick in die Ferne.

Schließlich erreichte er den Konventsturm. Anders als in Philadelphia hatte der Konvent hier kein ehemaliges Hotel, sondern ein Bürogebäude bezogen. Große Lücken in der gläsernen Fassade gaben den Blick frei auf nackten Beton. Vermutlich hatten die Scheiben an anderen Stellen bessere Verwendung gefunden.

Unter dem Vordach, das den Eingang schützte, standen Wohnhütten, von denen die Meisten unter dem Ansturm der Reaper in sich zusammengefallen waren. Das Glas der Foyertüren war schon lange durch Holzplatten ersetzt worden.

Kaleb spürte Reaper im Gebäude – zu viele, um die Anzahl feststellen zu können. Solange sie schliefen, würden sie ihn nicht bemerken, denn er hielt die Barriere mühelos aufrecht – auch das war eine Wirkung der Nachtmilch. Sein Geruch würde den Tieren hier, wo alles nach menschlichem Blut stank, kaum auffallen. Doch was, wenn einer von ihnen aufwachte und ihn *sah*?

Kaleb überprüfte den Sitz des Rucksacks, atmete tief ein und kletterte über die Trümmer. Mindestens zwanzig Reaper ruhten im Eingangsbereich verteilt. Sie schliefen in kleinen Gruppen, vielleicht Familienverbänden. Ihre Atemgeräusche füllten den Raum mit unbestimmtem Raunen.

Auch in Nashville hatte der Konvent über luxuriöse Weiträumigkeit verfügt, weshalb hier die Leichenteile entsprechend weniger dicht lagen.

Kaleb schlich vorwärts, die Reptilien wachsam beobachtend. Eines drehte sich im Schlaf auf den Rücken, seinen Bauch preisgebend wie ein Hund, der gekrault werden will.

Kaleb fand ein Treppenhaus, doch für die Reaper hatte sich der fensterlose Aufgang als idealer Tagesruheplatz erwiesen. Kaleb warf nur einen Blick auf die dicht an dicht schlafenden Reptilien und wusste, dass er die Treppe unmöglich nehmen konnte.

Unschlüssig wandte er sich um. Sollte er die Bombe hier zünden? Nein, der Aufbau dauerte seine Zeit und er musste sicher sein, das Werk zu Ende zu bringen. Er brauchte eine geschützte Umgebung. Sein Blick fiel auf die Aufzüge.

Kaleb nahm ein Brecheisen aus seinem Rucksack. Es gelang ihm, das flache Ende verhältnismäßig leise zwischen die Doppeltüren zu schieben, doch als er sie auseinanderhebelte, protestierten sie mit einem Knacken, das durch den gesamten Aufzugschacht hallte.

Kaleb erstarrte. Die schlafenden Reaper wurden unruhig, bewegten sich, das eine oder andere Reptil hob den Kopf und blinzelte verschlafen. Kaleb drückte sich in eine schmale Wandnische. Einer der Reaper fühlte sich durch seinen Nachbarn gestört, schnappte nach dessen Bein, der andere knurrte zurück. Unruhe verbreitete sich. Immer mehr Tiere erwachten und ließen ihr Warngrollen hören. Das Aufeinanderschlagen ihrer Fänge, wenn sie drohend schnappten, das Scharren ihrer Klauen auf dem Steinboden füllte den Raum. Doch nach und nach beruhigten sich die Reptilien wieder, die Geräusche verstummten. Die Reaper verließen sich auf ihre inneren Sinne, und die fanden keine Bedrohung.

Erst als auch der letzte Reaper seinen Kopf auf die Klauen legte, wagte Kaleb wieder zu atmen. Er wandte sich den Aufzugstüren zu. Sie ließen sich jetzt leicht und nahezu geräuschlos aufschieben. Dahinter lag ein schwarzer Abgrund. Vermutlich hatte das Gebäude eine mehrstöckige Tiefgarage, ebenfalls voll mit schlafenden Reapern. Kaleb beugte sich vor und fand rechts von der Türöffnung eine Leiter. Hoffentlich führte sie weit genug nach oben. Er steckte das Brecheisen in die Seitentasche des Rucksacks und griff nach den Streben. Bevor er den sicheren Boden verließ, schaute er noch einmal nach unten: Der Blick verlor sich in pechschwarzer Tiefe.

Entschlossen zog sich Kaleb auf die Leiter und begann seinen Aufstieg.

Lucy kauerte hinter einem Baum und wagte kaum zu atmen. Sie hielt ihren Geist verschlossen, doch ihr Herz schlug so heftig, dass sie fürchtete, der Reaper könnte es hören.

Irgendwo hier schlich er durch das Unterholz und suchte nach ihr, aber sie *fühlte* ihn nicht. Sie hatte nicht gewusst, dass Reaper ihren Geist verbergen konnten, aber dieser tat es.

Links raschelte etwas. War er das? Oder war ihr einer der Ketzer gefolgt? Das Rascheln kam und ging. Lucy umklammerte das Gewehr und versuchte, etwas im Halbschatten zu erkennen. Schließlich entdeckte sie die Quelle des Raschelns: Ein Vogel scharrte Blätter zur Seite.

Nur ein Vogel, dachte sie und atmete erleichtert aus.

Sie war nicht tief ins Dickicht geflohen – Bewegung und Geräusche hätten den Reaper nur auf ihre Fährte gelockt. Sie kauerte noch so nah am Highway, dass sie durch die Zweige den Transporter sah. Die drei Ketzer hatten Eunice und Sam die Hände auf den Rücken gefesselt.

Sollte sie die beiden freikämpfen? Aber selbst wenn das gelang, wie sollte sie die beiden vor dem Reaper schützen? Nein, sie musste einen Weg finden, sie zu befreien, sobald ein geeignetes Fluchtmittel zur Verfügung stand, eines mit stabilen Seitenwänden und unversehrtem Tank. Der Gestank des auslaufenden Diesels wehte bis in ihr Versteck.

Unvermittelt flammte die Präsenz des Reapers auf. Er war nah, zu nah. Irgendwo hinter dem Baum, gegen den sie lehnte.

Die Barriere! Sie musste ihren Geist stumm halten!

Und wenn er sie schon längst entdeckt hatte?

Er kam näher, trockene Zweige knackten unter seinem Tritt. Er war so nah, dass sie die herbe Ausdünstung der

Echse riechen konnte. Ihr Magen hob sich. Sie kämpfte gegen die Übelkeit, aber sie war kein Mönch, sie hatte ihre Gefühle nicht im Griff.

Lucy hörte den Reaper schnauben. Ein Wimmern drängte ihre Kehle hinauf und sie presste ihre eiskalten Finger auf die Lippen. Ihr Körper hatte bereits aufgegeben – die intuitive Reaktion des Beutetieres, das nur noch hofft, es möge schnell vorbei sein. Totstellreflex. Nicht einmal die Augen vermochte sie zu schließen, um das Unvermeidliche auszublenden.

Aber der Reaper kam nicht näher. Nach endlosen Sekunden entfernte er sich. Sie wagte nicht, sich zu bewegen, nicht einmal den Kopf zu wenden. Der Reaper verschwand.

War das ein Trick? Nein, ein Täuschungsmanöver hatte er nicht nötig. Er hatte seine Verschleierung gesenkt, weil er das Interesse an der Jagd verlor, als er sie nicht spürte. Vielleicht hielt er sie für tot, vielleicht war er einfach nur satt und nicht zu einer Herausforderung aufgelegt. So oder so – er entfernte sich stetig weiter. Im Lichtschutz des Waldes schloss er sich den Ketzern an, die ihre Gefangenen abführten – zu Fuß.

Lucy saß still, bis auch die letzten Geräusche verklungen waren. Dann reagierte ihr Magen. Sie stürzte nach vorne und würgte weißen Schleim aus. Keuchend fiel sie zurück, zog die Beine an und lehnte die Stirn gegen den kühlen Gewehrlauf. Sie musste ihnen folgen. Wenn sie Sam und ihre Schwester befreien wollte, musste sie ihnen folgen.

Gleich. Sobald das Zittern nachließ.

Die Ketzer stießen Eunice mit Gewehrkolben vorwärts, zu strammer Marschgeschwindigkeit. Immer wieder hielt sie nach dem Reaper Ausschau, der ihnen sicher im Schutze des Dickichts folgte, aber sie konnte ihn nirgends entdecken.

Ob Lucy entkommen war? Sie *musste* entkommen sein. Lucy konnte sich vor dem Reaper verbergen, und Eunice hatte keine Schreie gehört, keine Schüsse. Herr des Himmels, lass sie überlebt haben!

Nach vielleicht einer halben Stunde erreichten sie das Lager der Ketzer: Zelte und behelfsmäßige Hütten – fast ein kleines Dorf. Lastwagen und erstaunlich viele Militärfahrzeuge bildeten eine Umgrenzung und wurden ebenfalls für Wohnzwecke genutzt. Eunice zählte drei Tanklastwagen allein auf dieser Seite des Lagers. Kein Wunder, dass Raffael in Selimsburgh so verschwenderisch mit seinem Benzin umgegangen war.

»Was ist das?«, flüsterte Samuel.

Eunice musste nicht fragen, was seine Aufmerksamkeit geweckt hatte. Ziemlich in der Mitte des Lagers schwebte eine riesige, gelbe Kugel über den Wagen und Zelten, auf der in schwarzen Lettern »Goodyear« stand. Stricke hielten das Ding offensichtlich am Boden.

»Keine Ahnung«, flüsterte Eunice zurück.

Sie betraten das Durcheinander von Zelten und Fahrzeugen, die meisten davon in olivgrünen Tarnfarben. Sämtliche Fenster waren abgehängt oder zugeklebt. Leinen verliefen kreuz und quer, darauf hingen Gemüsestreifen zum Trocknen – hier und dort auch ein Wäschestück oder eine Decke als Abtrennung. Einige Ketzer lungerten herum, dösten im Schatten oder ergaben sich mit verklärtem Blick ihrer Droge. Die meisten hatten sich wohl, wie die von ihnen verehrten Tiere, über den Tag in den Schutz ihrer abgedunkelten Behausungen zurückgezogen.

Als die Bewacher ihre Gefangenen weiter vorwärtstrieben, regten sich einige der Gestalten. Sie erhoben sich, folgten ihnen, riefen andere aus ihren Quartieren. Eunice suchte nach einem bekannten Gesicht. Sie kannte viele Ketzer von ihren Sprechstunden auf dem Plünderermarkt von Philadelphia, aber die Männer hier waren ihr alle fremd. Sie wirkten auch nicht wie Händler. Sie sahen martialischer aus und schmückten sich nicht nur mit den üblichen Tätowierungen. Ihre Körper trugen Schmucknarben, Brandzeichen oder Metall, das durch die Haut gestochen war. Schwarz war die vorherrschende Kleidungsfarbe, manches Stück schien mit Absicht zerrissen, andere waren mit den Resten der Zivilisation geschmückt.

Woher kamen diese Menschen? Wie lange mochten sie schon mit den Reapern umherziehen? Wie lebten sie, in ständiger Nähe zu dem Masserudel? Sprengten sie deshalb die Mauern der Städte, damit die Reaper satt blieben und sich nicht gegen ihre menschlichen Begleiter wandten? Wenn das der Fall war, dann war das Ende dieser Taktik absehbar: Von den neunzehn Städten existierten nur noch sechszehn.

Ein toter Mönch baumelte von einem Pfahl über der Fahrerkabine eines Humvees. Für eine entsetzliche Sekunde schnürte der Anblick ihr die Kehle zu – doch es war nicht Kaleb. Dieser Mönch war schwarzhaarig, nicht blond, und nach der milchigen Trübe seiner aufgerissenen Augen zu schließen, bereits seit ein, vielleicht zwei Tagen tot. Eine makabre Trophäe.

»Vornehmer Besuch«, sagte eine Stimme. Eunice zwang den Blick vom toten Mönch – und sah einen anderen Mönch, nein, einen Priester in schwarzer Soutane. Eunice erkannte ihn sofort: »Gabriel.«

Gabriel deutete eine Verbeugung an. »Ich fühle mich geehrt, dass Eunice Brookstone sich noch an mich erinnert.«

Er hatte sich nicht sonderlich verändert, trug das Haar noch immer mönchisch kurz und in den Augen den Hochmut der Inquisitoren. Allerdings waren diese Augen inzwischen tiefrot.

»Und wer ist der schmächtige Bürgerjunge an Ihrer Seite, Heilige Mutter?« Gabriel trat auf Samuel zu, der stumm und aufrecht neben Eunice stand, und griff nach dem glänzenden Metallstern an dessen Brust. »Sagen Sie mir nicht, der Konvent hätte eine Frau und einen Deputy geschickt, um das Verstummen von Nashville zu untersuchen.« Sam und Eunice schwiegen beide, doch Gabriel hatte wohl auch keine Antwort erwartet. Sein Blick ging in die Ferne, als lausche er auf etwas. »Sperrt die beiden weg«, sagte er, »und deckt den Tisch. Wir bekommen Besuch.«

Irgendwann zwang sich Lucy dazu, aufzustehen. Es bedurfte einer bewussten Willensanstrengung, ihre Beine zu strecken, und einen Fuß vor den anderen zu setzen. Doch das Gehen selbst gab ihr eine gewisse Sicherheit zurück, das

Gefühl, ihr Schicksal selbst zu bestimmen, und schließlich setzte sogar Euphorie ein. Sie hatte sich vor einem Reaper verborgen, einem Reaper, der nur Schritte von ihr entfernt gewesen war!

Der Transporter stand noch da, die hinteren Türen geöffnet. Die Ketzer hatten noch nicht einmal den vollen Kanister mitgenommen. Lucy schritt um den Wagen herum und fand den zerschossenen Tank anhand der Lache, die sich darunter gebildet hatte. Den Wagen würde sie nicht mehr fahren können.

Unschlüssig wandte sie sich um und suchte nach einem Hinweis darauf, wo Eunice und Sam ihre Räder versteckt hatten. Doch war es klug, eines davon zu nehmen? Der Klang des Motors würde die Aufmerksamkeit auf sie lenken, und wenn die Ketzer zu Fuß unterwegs waren, konnte ihr Lager nicht weit entfernt liegen.

Etwas zupfte am Rande ihres Bewusstseins. Lucy konzentrierte ich darauf und spürte den Ankömmling, noch bevor sie den Lärm der Motoren hörte. Raffael! Die Feinde versammelten sich also.

Sie konzentrierte sich auf ihre Verschleierung und zog sich ins Dickicht zurück. Trotzdem roch sie den aufgewirbelten Staub, als die Motorräder an ihr vorbeifuhren. Anhand des an- und abschwellenden Lärms schätzte sie mindestens sieben Motorräder aber keinerlei Wagen – Raffael hatte wohl die meisten seiner Ketzer als Bewachung in Selimsburgh zurückgelassen. Schließlich verebbte der Motorenlärm wieder. Lucy trat auf die Straße hinaus und sah den gelben Schwaden hinterher. Sie war kein Mönch und sie konnte nicht kämpfen wie einer. Aber sie konnte sich verbergen und diesen Vorteil würde sie nutzen.

Sie folgte der Straße und warf einen ersten Blick auf die Wagenburg der Ketzer, gerade als Raffael dort eintraf. Ein Humvee fuhr wie ein Tor zur Seite, um die Gäste einzulassen. Lucy achtete kaum darauf. Ihr Blick wurde von der riesigen, gelben Kugel angezogen, die über dem Lager hing: ein Heißluftballon! Noch nie hatte sie einen echten gesehen; nur Abbildungen in Büchern. Er war groß. Viel größer als in ihrer Vorstellung. Das Konzept faszinierte sie, seit sie zum ersten Mal darauf gestoßen war, denn anders als kerosinbetriebene Fluggeräte könnte man einen Ballon auch mit der heutigen Technik betreiben. Offenbar war sie nicht die Einzige, die auf diese Idee gekommen war. Doch wozu brauchten die Ketzer einen Ballon? Und warum war er befüllt? Hatten sie vor, ihn heute noch einzusetzen?

Vielleicht war es gar kein Heißluftballon, sondern ein Helium- oder Wasserstoffballon. Wenn die Ketzer kein unendliches Lager mit vollen Druckgasflaschen entdeckt hatten, dann würden sie den Ballon nur dann leeren, wenn es unumgänglich war. Wozu setzten sie ihn überhaupt ein? Sicher besaßen sie ihn nicht aus purer Freude am Fliegen. Aber viel wichtiger war die Frage: Wo befanden sich Sam und Eunice?

Im Durcheinander von Wagen und Zelten erkannte Lucy keine Struktur, aber die würde sie auch nicht brauchen. Immerhin war sie jetzt eine Ketzerin, und mehr als das. Sie spuckte in die Hände und schmierte sich Erde ins Gesicht und ins Haar. Ihre Kleidung war bereits reichlich malträtiert, trotzdem riss Lucy den linken Hemdsärmel ganz ab. Sie schulterte das Gewehr und näherte sich behutsam von einer Seite, an der sie keine Lebenszeichen ausmachte. Sie trat an einen der Humvees, die das Lager umschlossen. Wie erwartet hingen bunte Kabel aus der Lenksäule. Vermutlich existierte für keinen dieser Wagen mehr ein Zündschlüssel und die elektronischen Wegfahrsperren waren längst ausgebaut. Es würde Lucy keine Schwierigkeiten bereiten, hier einen Fluchtwagen zu finden.

Doch zuvor musste sie in das Ketzerlager hinein. Sie musste die Hölle selbst betreten, um dem Teufel zwei Seelen zu entreißen. Um genau zu sein, *zwei* Teufeln: Raffael und Gabriel, deren unverschleierte Anwesenheit wie Brandherde in Lucys Geist glühte. Der Reaper, der sich verbergen konnte, es zurzeit aber nicht tat, hielt sich irgendwo nördlich des Lagers auf; verschlief wohl den Tag in einem Versteck. Im Lager selbst spürte Lucy noch vier andere Reaper.

Die Ketzer hatten sich fast alle an einer einzigen Stelle versammelt – etwas östlich vom Zentrum des Lagers. Lucy schloss die Augen und konzentrierte sich auf andere Lebenszeichen, doch sie spürte nichts. Natürlich nicht. Ein Wesen, das weder durch Geburt noch durch Nachtmilch verändert war, würde sie höchstens auf zwei Armlängen Entfernung wahrnehmen. Also würde sie die Zelte und Wagen einen nach dem anderen absuchen müssen.

Aber was, wenn sie entdeckt wurde? Zwei Erzketzer – zwei Ketzer-Inquisitoren. Damals, am Fluss, hatte sie Kaleb schreien gehört, als Raffael in seinen Geist eingedrungen war. Sie wäre dieser Art von Folter nicht gewachsen.

Die Angst kehrte zurück. Wie vor einer Stunde, als der Reaper hinter ihr durch das Unterholz geschlichen war, wollte die Lähmung erneut Besitz von ihr ergreifen. Damals hatte sie zum ersten Mal in ihrem Leben echte Todesangst verspürt, und es war, als erinnere sich ihr Körper nur zu bereitwillig daran. Allein bei dem Gedanken an die im Lager ruhenden Reaper wollten ihre Knie nachgeben.

Angst dient der Warnung. Lucy erinnerte sich an Kalebs Worte. *Sie ist das Symptom, nicht die Ursache.*

Sie würde die Angst nicht fürchten. Sie würde nicht an das denken, was passieren könnte, sondern sich allein auf die Aufgabe konzentrieren, die vor ihr lag: Ins Lager schleichen, die Gefangenen befreien, Wachen ausschalten, Fluchtfahrzeug organisieren.

Die Angst verschwand nicht, aber sie wurde eine Empfindung neben anderen, eine mahnende Stimme im Hinterkopf, beherrschte nicht mehr das Denken.

Lucy schlich um den Wagen herum und huschte geduckt weiter in die nächste Deckung. Nein, nicht gut. Diese Fortbewegung musste jeden zufälligen Beobachter aufmerksam machen. Lucy straffte die Schultern und bewegte sich jetzt weniger verdächtig, doch noch immer vorsichtig. Suchend schaute sie sich um. Waren die Gefangenen in einem Zelt untergebracht? Oder in einem der Fahrzeuge? Sicher wurden sie bewacht.

Stimmen erklangen, doch zu leise, um die Worte zu verstehen. Lucy näherte sich der Versammlung der Ketzer.

»Zwölf!«, hörte sie jemanden ausrufen. Der Mann klang verärgert. »Du hattest zwölf Reaper dabei! Und alle wurden von einem einzigen Mönch getötet?«

»Reg dich ab.« Das war Raffaels Stimme. »Es ist ja nicht so, dass wir einen Mangel an ihnen hätten.«

»An zahmen schon.«

»Für einen simplen Angriff ist das unwichtig.«

Die Stimmen wurden wieder leiser. Lucy ging um das nächste Zelt herum und kam zu einer gelben Chrysler Limousine, auf deren Dach zwei Ketzer saßen. Die Männer wandten Lucy ihre knochigen Hintern zu und bemerkten sie nicht.

Überall standen Ketzer, hockten auf Wagen und Kisten, kauerten im Schatten der Zelte. Das machte es schwer, ihre Anzahl zu schätzen. Mehr als fünfzig sicher, aber weniger als hundert. In der Mitte öffnete sich ein freier Platz und dort stand Raffael einem Mann im Priestergewand gegenüber. Ein Ketzer mit blinkenden Löffeln auf der Jacke schob ein Motorrad heran und stellte es vor Raffael ab. Der öffnete eine der beiden Seitentaschen und holte einen ockerfarbenen Quader von der Größe eines Backsteines hervor. Als er kräftiger zupackte, sanken seine Finger ein wenig in das formbare Material ein. Lucy hatte noch nie Plastiksprengstoff gesehen, aber darum handelte es sich offensichtlich. Vermutlich zerstörten sie so die Mauern der Städte.

Raffael nickte zufrieden und steckte das Päckchen zurück in die Satteltaschen. »Für eine Holzpalisade wird's reichen.«

Lucy hatte wenig Ahnung von Sprengstoff, aber wenn beide Satteltaschen voll von dem Zeug waren, wäre es für die Wehr von Selimsburgh mehr als genug. Sie mussten zurück und die Bürger warnen.

»Und es ist sicher, dass beide Grale in Selimsburgh sind?«

»Klar!«

»Dann versuche, sie nicht mit in die Luft zu sprengen. Und vergiss die Zünder nicht.« Gabriel winkte einen Ketzer heran, der Raffael eine silberne Tüte übergab. Raffael steckte sie achtlos zu den ockerfarbenen Quadern, was Lucy für keine gute Idee hielt, aber das sollte nicht ihre Sorge sein.

Sie duckte sich hinter die Chrysler Limousine. Solange alle Ketzer hier versammelt waren, konnte sie das Lager durchsuchen, ohne aufzufallen.

Lucy setzte sich in Bewegung.

Nach fünfzehn Stockwerken war der Schmerz in Kalebs Händen kaum noch auszublenden. Direkt über ihm stand der Aufzug – vermutlich schon seit langer Zeit. Was sich unter ihm erstreckte, daran wollte er nicht denken.

Zu Anfang hatte Kaleb noch gehofft, ein Stockwerk ganz ohne Reaper zu finden, doch das war illusorisch. Das Massenrudel zog sich in der Ruhephase offenbar möglichst weit auseinander. Darin waren sie den Menschen nicht unähnlich. Er spürte in die nächste Etage hinein. Hier gab es lediglich ein einzelnes Reptil direkt im Gang, und ein paar andere weiter östlich. Es war die bisher günstigste Konstellation.

Während des Aufstiegs hatte Kaleb kleine Kästen bemerkt, die sich in der Höhe der Türen befanden. Das Kästchen vor ihm enthielt einen Hebel. Als Kaleb ihn nach unten zog, öffnete sich die Tür leicht und ohne das verräterische Knacken. Er warf einen Blick in den Korridor. Der Reaper lag in einer dunklen Ecke, den Kopf auf den Klauen, die Augen geschlossen. Kaleb stieg auf die Etage – und spürte unvermittelt die schwache Signatur eines Ketzers. Überrascht blieb er stehen, zückte einen Wurfstern und schaute sich wachsam um.

Der Mann hielt sich in der Nähe des schlafenden Reapers auf. Kaleb suchte die Ecke ab, in die kaum Tageslicht vordrang. Dann nahm er eine Bewegung wahr – und ließ die Waffe sinken.

In all den Jahren des Kampfes gegen die Reaper hatte Kaleb noch nie ein Jungtier zu Gesicht bekommen, die Knappheit an Beutetieren machte die Gelege seit Jahrzehnten klein.

Das Wesen von der Größe eines Hundes lag zwischen den Vorderbeinen seiner Mutter und war von einem dunklen Grau, so dass es im Schatten kaum auffiel. Es kaute an einem Turnschuh, in dem noch ein Fuß steckte. Jetzt hob es den Kopf und schaute zu Kaleb hinüber. Mit seinen großen Augen, dem rundlichen Kopf und den kurzen Gliedmaßen, wirkte es grotesk possierlich in seinem Spiel mit dem abgetrennten Fuß.

Noch überraschender war, was Kaleb mit seinen inneren Sinnen empfing. Das Jungtier sendete kein konstantes

Signal aus. Stattdessen alternierte die Empfindung – wie bei dem Ketzer, den Kaleb in Selimsburgh verhört hatte.

Das also war es, was die Ketzer schützte: Das alternierende Signal weckte den Beschützerinstinkt der Reaper.

Das Junge schaute ihn an, den Schuh zwischen den Klauen, und stieß einen fragenden Laut aus. Offenbar war es beunruhigt darüber, dass es ihn sah, aber nicht spürte. Kaleb lächelte, senkte die Barriere und dachte an Selimsburgh und das Ketzerdorf – unverfängliche Bilder. Dann hob er die Barriere wieder. *Ich werde dich umbringen,* dachte er, *dich und deine Mutter.*

Beruhigt wandte das Junge sich wieder seinem Spiel zu, und Kaleb setzte seinen Weg fort.

Die Ketzer hatten Sam und Eunice Rücken an Rücken an einen Pfahl gebunden. Sam spürte Eunices rechte Schulter an seiner linken. Schmutziges Zeltleinen umgab sie und die Geräusche reichten nicht, um herauszufinden, was im Lager vor sich ging.

»Denken Sie, Lucy ist entkommen?«, fragte Eunice.

»Wir haben weder Schüsse noch Schreie gehört.« Sam wollte ihr die Hoffnung nicht nehmen. Außerdem war Lucy eine Ketzerin. Nach der Verfärbung ihrer Augen zu schließen, schon ziemlich lange. Hatte Lucy sie all die Jahre hindurch getäuscht und ihre Augen unter Linsen verborgen? Irgendwie glaubte er das nicht. Merkwürdig auch, dass bei ihr Haut, Haare und Zähne nicht von der Nachtmilch angegriffen wurden, genau wie bei dem Priester, der dieses Lager anführte.

»Gabriel«, murmelte Sam. »Raffael. Das sind keine Ketzernamen.«

Eunice schwieg. Sicher nicht, weil sie es nicht wusste. Sie kannte beide Männer. Doch woher? »Sie waren Mönche, nicht wahr? Erwählte.«

Nach einem Moment antwortete sie: »Sie waren Inquisitoren.«

»Irgendetwas geschieht mit einem Erwählten, wenn er zum Ketzer wird, stimmt's? Er verändert sich.«

»Er wird stärker«, bestätigte sie.

»Aber war denn das nicht immer das Ziel? Dass Menschen entstehen, stark genug, um die Reaper zu besiegen?«

»Der Klerus braucht die Mönche – und der Klerus fürchtet sie. Nicht ohne Grund.«

Ein Geräusch ließ Sam den Kopf wenden. Etwas bohrte sich durch die Zeltwand: eine Messerklinge. Sie bewegte sich langsam nach unten und hinterließ einen Schnitt. Unmöglich – war tatsächlich jemand gekommen, um sie zu befreien? Der Riss weitete sich, ein Bein in zerrissenen Jeans erschien und eine Gestalt schlüpfte hindurch.

»Lucy!«, keuchte Eunice. »Dem Himmel sei Dank!«

»Wir müssen uns beeilen.« Lucy kauerte nieder, um die Fesseln zu zerschneiden. »Raffael ist hier. Und auch der andere Erzketzer.«

Es gab also sogar ein Wort dafür. Und Lucy wusste offenbar ebenfalls Bescheid. Die Fesseln gaben nach und Sam unterdrückte ein Stöhnen, als er seine aufgescheuerten Handgelenke rieb.

»Das ist Gabriel«, sagte Eunice.

Lucy, die gerade das Messer wegstecken wollte, hielt inne und schaute zu Eunice hinüber. »Natürlich«, sagte sie. »Zwei der drei Erzengel. Fragt sich nur, wo Michael ist.«

»Was sind Erzengel?« Sam schaute von Lucy zu Eunice, doch die ignorierten ihn.

»Was will Raffael hier?«, fragte Eunice.

»Reaper holen, um die Reihen zu schließen und Selimsburgh noch einmal anzugreifen. Und Dynamit, um die Wehr niederzureißen. Gabriel hat ihm eine ganze Satteltasche vollgepackt.«

Dinah, seine Mutter – das ganze Dorf war in Gefahr! Die Wehr von Selimsburgh würde keinem weiteren Angriff standhalten. »Worauf warten wir? Wir müssen sie warnen!«

Er wollte zum Riss in der Zeltwand, doch Lucy hielt ihn zurück. »Das Lager ist voller Ketzer«, sagte sie. »Sobald wir das Zelt verlassen, werden sie das merken und hinter uns her sein. Es kommt darauf an, dass wir schnell sind.« Sie ließ ihn los. »Es gibt einen Wagen, nicht zu weit entfernt aber freistehend genug, dass wir ihn aus dem Lager manövrieren können. Den müssen wir erreichen. Hier, halt das mal.« Sie gab Sam das Gewehr, hockte sich nieder und skizzierte mit der Messerspitze das Lager auf den Sandboden. »Hier sind wir, das ist –« Weiter kam sie nicht. Der Ketzer, der plötzlich im Zelteingang stand, starrte zwei Herzschläge lang mit offenem Mund auf die Drei. Dann schrie er und zog eine Pistole. Sam dachte nicht lange nach. Er hob die Flinte, schoss, und die Kugel schleuderte den Ketzer nach hinten.

»Raus!«, schrie Lucy.

Sie rannten. Ketzer kamen aus allen Ecken, versperrten die Fluchtwege. Sam folgte Lucy, setzte dabei über Wagen hinweg, schlitterte unter Wäscheleinen hindurch und schoss ihnen den Weg durch Wohnzelte frei. Um sie herum wurden Kommandos gebrüllt, wahllose Schüsse fielen, einmal meinte Sam sogar, das Grollen eines Reapers zu hören. Lucy schien im Voraus zu wissen, wo die Ketzer auftauchen würden, doch Sam merkte, dass sie immer wieder von ihrer beabsichtigten Richtung abgedrängt wurde. Unvermittelt standen sie vor dem Ballon.

Sam zögerte, während Lucy schon auf das Fluggerät zurannte und in den Korb sprang, der an der riesigen, gelben Kugel befestigt war.

»Komm schon!«

Er lief los, und als er den Ballon erreichte, hatte Lucy bereits die ersten Leinen gekappt. Der Korb erhob sich und Sam bekam nur noch dessen Rand zu fassen. Er warf das Gewehr hinein, zog sich hoch und ließ sich ins Innere fallen. Lucy kappte die letzte Leine und mit einem plötzlichen Ruck gewann der Ballon an Höhe. Sam stemmte sich auf dem schwankenden Boden hoch und klammerte sich an eines der Seile. »Und Eunice?«

»Wir haben sie verloren.«

Unter ihnen fielen weitere Schüsse, einer davon fetzte braune Fasern aus dem Korb.

»Hilf mir mal!« Lucy zeigte auf das Gerät, das den meisten Platz im Korb einnahm. Es sah nach einer hochtechnisierten Waffe aus, doch es schien untauglich, Kugeln zu verschießen.

»Was ist das?«

»Ballast.«

Gemeinsam wuchteten sie den Apparat über den Rand des Korbes. Unter ihnen stoben die Ketzer auseinander, um dem fallenden Apparat auszuweichen. Sam betrachtete mit einem flauen Gefühl die unter ihm wegsackende Landschaft. Ein plötzlicher Windzug erfasste den Ballon und trieb ihn an. Bald lag das Ketzerlager hinter ihnen. Zehn, nein zwanzig Motorräder schossen wie Hornissen aus dem Lager und nahmen die Verfolgung auf.

»Lucy! Sieh nur!«

Von einer anderen Seite des Lagers lösten sich sechs Maschinen. Bevor sie zwischen den Bäumen verschwanden, erkannte Sam noch, dass die vordere Gestalt flatternde, weiße Kleidung trug.

»Eunice ist auf sich allein gestellt.« In ihrer Erwiderung lag wenig Hoffnung, nur tiefe Niedergeschlagenheit. Lucy wandte sich einer Apparatur zu, die neben einigen Reglern im Wesentlichen aus einer Gasflasche in einer Halterung bestand.

»Haben Sie überhaupt eine Ahnung, wie man so ein Ding fliegt?«

»Fliegen tut es von alleine.« Lucy schaute sich suchend im Korb um. »Das Problem ist, es zu steuern.«

»Dann finden Sie lieber schnell heraus, wie das geht.« Er zeigte zum Horizont. »Wir treiben nämlich genau auf die Stadt zu.«

Der Raum war perfekt. Es gab keinerlei Trennwände, lediglich einige Säulen, die wohl aus statischen Gründen unverzichtbar waren.

Viele der Fenster waren zerstört. Sie ließen Licht und Luft ungehindert herein und boten einen Ausblick in drei Himmelsrichtungen. Im Norden stiegen noch immer die Rauchwolken auf, daneben glänzte der Flusslauf im Sonnenlicht. Nur im Westen versperrten Häuser die Sicht.

Das Fensterglas lag überall auf dem Boden verstreut. Es musste außerhalb eine Explosion gegeben haben. Auch die wenigen Möbel lagen in Trümmern. Auf dem Teppichboden zeigten die regelmäßigen Reihen kahler Stellen, dass der Raum von den Mönchen als Gebetsraum genutzt worden war – ein guter Ort zum Sterben.

Kaleb verkeilte Holzstücke unter den Türen, die sich nicht zusperren ließen. Erst als er sich einigermaßen sicher fühlte, stellte er den schweren Rucksack auf den Boden. Behutsam holte er einen Gegenstand nach dem anderen heraus und arrangierte sie sorgfältig, so, wie Lucy ihn angewiesen hatte.

Plötzlich hatte er das Gefühl, vor einem Abgrund zu stehen – eine Welle von Adrenalin durchflutete ihn. Irritiert richtete er sich auf. Die Fenster waren weit genug entfernt und stellten keine Gefahr dar. Er lauschte, doch da war nur der Wind, der durch die leeren Fensterhöhlen strich. War es die Erinnerung seines Körpers an den Aufstieg im Fahrstuhlschacht? Verwundert über sich selbst schüttelte er den Kopf und beugte sich wieder hinunter. Er ließ die beiden Teile der Waffe einrasten, überprüfte die Lötstellen, wie Lucy es ihm gezeigt hatte, entwirrte die Stromkabel und legte sie zur jeweiligen Batterie.

Furcht vor Höhe überflutete ihn erneut. Er hielt inne, nahm die Sonnenbrille ab und wischte sich mit der Hand über das Gesicht. War das der beginnende Wahnsinn, den er gefürchtet hatte? Er setzte die Brille wieder auf und schaute sich in der leeren Etage um. Es gab noch eine andere Möglichkeit. Was, wenn der Gedanke nicht der Seine war? Wenn die Furcht in seinem Kopf entstanden war, weil ein anderer sie gefühlt hatte?

Die ganze Zeit über hatte er sich auf die unmittelbare Umgebung konzentriert: das schlafende Muttertier im Gang, das spielende Junge in ihrer Nähe. Jetzt weitete er den Radius aus – und spürte eine weitere Präsenz. Noch war Kaleb zu ungeübt, waren die Fähigkeiten zu neu, als dass er sofort hätte sagen können, wen er spürte. Die Präsenz kam ihm vage bekannt vor … Lucy!

Mit drei Schritten war er beim Fenster. Er sah in die Tiefe hinunter, versuchte auszumachen, woher ihn die Empfindung getroffen hatte, doch ohne Erfolg. Er öffnete kurz seine Deckung, um sie wissen zu lassen, dass er sie gehört hatte. Aber wo war sie?

Die Glasscherben knirschten unter seinen Stiefeln, als er den Raum durchquerte, um auf der anderen Seite hinauszublicken.

Am Himmel hing ein gelber Fleck.

Kaleb blinzelte bei dem Anblick. Etwas trieb auf ihn zu, ein Ballon mit einer darunter hängenden Gondel. Undeutlich machte Kaleb darin zwei Gestalten aus.

Die eine Gestalt winkte. Es war Sam.

Während sie näherkamen, sah Kaleb, dass Lucy mit einigen Hebeln hantierte, wohl um die Höhe zu beeinflussen. Trotzdem drohten die Aufwinde, den Ballon an dem Hochhaus vorbeizutreiben. Sam schwang ein Seil in Kalebs Richtung. Ein Getriebeteil, als Gewicht an das Seilende gebunden, flog durch die zerstörte Fensterfront. Kaleb beeilte sich, das Seil um eine der Säulen zu schlingen. Der Knoten saß gut, als sich das Tau spannte und Kaleb zum Fenster zurückkehrte. Eine Weile zerrte der Ballon holprig an seiner Fessel, dann hörte Kaleb ein Quietschen und das Brummen eines Motors. Eine Hydraulikwinde zog den Ballon stetig näher, bis der Korb gegen die Wand unterhalb des Fensters schlug.

Sam sprang als Erster in den Raum – und seine Anwesenheit blieb den Reapern nicht verborgen. Einige von ihnen erwachten.

»Was machst du hier?«, herrschte er Sam an.

»Das Richtige«, gab Sam zurück. »Du steigst zu Lucy in den Ballon und ich zünde die Bombe.«

»Du wirst sterben, wenn sie nicht funktioniert.«

»Und du wirst sterben, wenn sie es tut.«

Lucy kletterte ebenfalls in den Raum. »Kaleb, denken Sie nach. Wenn sie nicht funktioniert, dann ist alles verloren. Dann braucht die Menschheit einen Mönch nötiger, als einen Deputy.« Sie sah zu Sam hinüber. »Nichts für ungut.«

Kaleb dachte an Eunice und den Traum, den er für wenige Stunden hatte träumen dürfen.

Lucy ging zur Bombe hinüber und begutachtete den Aufbau kritisch. »Gut gemacht. … Sam, du hast nichts weiter zu tun, als den Kontakt herzustellen.«

Ein Traum war bloß eine Fantasie. Samuel hingegen war Wirklichkeit »Er ist mein Sohn«, sagte Kaleb.

Lucy richtete sich auf. »Sie sind ein Mönch. Sie haben gelernt, Opfer zu bringen. Und manchmal ist ein Opfer nötig, das größer ist als das eigene Leben.« Sie bückte sich nach der Konstruktion, die sie als Ersatz für einen Schalter gebaut hatte: Die Kontakte waren durch ein dazwischen geklemmtes Stück Styropor voneinander isoliert. »Komm her, Sam. Ich zeig dir, was zu tun ist.«

Kaleb trat Sam in den Weg. »Wir waren uns einig. Das hier ist meine Aufgabe.«

Sam erwiderte seinen Blick herausfordernd. »Ich werde bleiben, so oder so.«

»Kaleb, bitte«, sagte Lucy. »Lassen Sie Sam einfach tun, was getan werden muss.«

Kaleb hatte seine Entscheidung getroffen. Danach war es einfach gewesen. Schmerzhaft, aber einfach. Und nun? »Wissen Sie, was Sie da von mir verlangen?«

»Ja – das Leben ist die eigentliche Herausforderung.«

Sie hatte recht, denn das Leben bedeutete Schuld. Mit einem Mal standen ihm die Gesichter wieder vor Augen: Daniel, Jeremiah und die anderen. Er hätte mit den Brüdern sterben müssen. Stattdessen war er zum Ketzer geworden.

Lucy sagte: »Kämpfen Sie zur Abwechslung mal für etwas, statt dagegen. Für eine Zukunft mit Eunice zum Beispiel ... Sie kam mit Sam, um Sie zu retten.«

Eunice war hier? In Reichweite des größten Rudels, das es jemals gegeben hatte? Der Gedanke ließ ihn schwindeln.

»Aber nun«, fügte Lucy hinzu, »müssen wir davon ausgehen, dass sie Raffael in die Hände gefallen ist. Wir brauchen Sie, Kaleb. Eunice braucht Sie.«

Er suchte in Lucys Miene nach einem Hinweis darauf, dass sie log. Wie zur Antwort griff sie nach seiner Hand und öffnete ihren Geist. Ein Bild blitzte auf: Eunice auf einem Motorrad, verfolgt von fünf Ketzern.

Er zog seine Hand fort und beendete die Verbindung. Wieder spürte er die Unruhe der Reaper. Die Zeit wurde knapp. Brüsk wandte er sich an Sam. »Warte nicht zu lange. Das Weibchen vor der Tür hat dich schon bemerkt und andere sind ebenfalls auf dich aufmerksam geworden.«

»Sie sind satt. Was kümmert sie ein einzelner Mensch?«

»Du kannst nicht verbergen, was du vorhast«, sagte Lucy

ernst. »Sie werden es nicht genau verstehen, aber sie erkennen die Bedrohung.«

Sie erkannten es, weil Sam seine Gedanken nicht kontrollieren konnte. Er dachte daran, was die Bombe anrichten würde, und das sahen die Reaper.

»Wir kommen zurück, um dich zu holen.« Kaleb trat ans Fenster. Der Korb schlug gegen die Mauer, wenn der Wind daran zerrte. Kaleb griff nach dem oberen Fensterrahmen, zog sich daran hoch und sprang in den Korb. »Kommen Sie, Lucy!«

Als auch Lucy eingestiegen war, legte Sam das Messer an das Seil. »Ich sorge dafür, dass ihr genug Zeit habt«, rief er ihnen zu.

»Zünde die Bombe«, gab Lucy zurück. »Das ist alles, was zählt!«

Sam kappte das Seil, und kaum war der Halt durchtrennt, machte der Ballon einen Satz in die Höhe. Der Korb stieß gegen den oberen Fensterrahmen und geriet heftig ins Wanken, fing sich aber wieder. Quälend langsam trudelten sie an dem Gebäude entlang und Kaleb befürchtete, dass der Ballon dem einen oder anderen zersplitterten Fenster zu nahe kommen könnte. Doch dann griffen die Aufwinde und schoben sie zwischen den Gebäuden hindurch. Kaleb blickte zum Konventsturm zurück, der nun rasch hinter ihnen zurückblieb. Samuel stand einsam im zerstörten Fenster.

»Und seine Nachkommen sollen es besitzen«, flüsterte Kaleb. Er hob den Blick zu den ziehenden Wolken. »Du hast es versprochen.«

Lucy schaute zu ihm herüber, sagte aber nichts.

Der Ballon driftete nach Norden und wurde immer kleiner. Sam schaute ihm nach, bis die beiden Gestalten darin kaum noch zu erkennen waren.

Hinter sich hörte er ein Kratzen. Kaleb hatte die Türen mit Holzstücken verkeilt. Eine gute Maßnahme, aber sie würde die Reaper nicht lange aufhalten. Einer schlich offenbar an der Tür entlang, wobei seine Schuppen über das Holz schabten.

Sam ging zur Apparatur hinüber und betrachtete den kruden Aufbau. Er fragte sich, ob es eine Explosion geben würde, und selbst wenn nicht, ob er vielleicht doch eine Auswirkung spüren würde – schließlich war sein Vater ein Mönch.

Das Kratzen wurde zu einem Splittern, als Klauen das Holz einkerbten. Das Grollen der Reaper klang verdammt bedrohlich.

Sam hockte sich neben die Apparatur und nahm den improvisierten Schalter in die Hand: zwei Metallstreifen, deren Enden er zusammenpressen sollte, um die Waffe zu zünden. Er entfernte das Styropor und ließ es achtlos zu Boden fallen, hielt die Kontakte aber noch separiert. Durch das Fenster sah er noch immer den gelben Ballon. Scheinbar reglos hing er am Himmel. Zu nah. Immer noch zu nah.

Ein zweiter Reaper machte sich an der anderen Tür zu schaffen und warf sich dagegen. Der Rahmen knackte, Verputz rieselte hörbar herab. Der Erste schlug wieder zu – zwei gebogene Klauen bohrten sich durch das Holz und rissen daran. Längliche Splitter fielen zu Boden. Die Klauen verschwanden, erschienen kurz darauf erneut, verbreiterten die Kerben. Die andere Tür erzitterte unter einem weiteren Angriff. Das drohende Grollen erklang nun eindeutig aus mehreren Kehlen.

Sam regte sich nicht. Er würde jede Minute ausnutzen, um Kaleb und Lucy ausreichend Zeit für ihre Flucht zu lassen.

Dem nächsten Angriff gab der Türrahmen nach. Mit einem ohrenbetäubenden Krachen fiel die Tür zu Boden. Ein riesiger Reaper sprang in den Raum. Sam presste die Kontakte zusammen, drehte sie umeinander. Es ging ganz leicht. Das Metall klickte aufeinander – aber nichts geschah.

Ein leiser Summton erklang aus den zusammengeschalteten Gralen.

Sam fluchte. Er ließ die Kabel fallen und zog im Aufstehen seine Waffe. Der Reaper blinzelte in die plötzliche Helligkeit, tat ein paar Schritte rückwärts in den dunklen Gang zurück, doch gerade, als Sam zu hoffen begann, fixierten ihn die kleinen, roten Augen. Ein zweites Reptil erschien hinter dem ersten, das sich zum Sprung duckte.

Der Ton aus der außerirdischen Waffe steigerte sich, wurde kontinuierlich höher und lauter und war inzwischen selbst für menschliche Ohren unangenehm. Doch das hielt den Reaper nicht zurück. Er sprang. Sam wich zur Seite aus, als die Klauen den Boden verließen, und schoss dabei mehrfach. Es war sinnlos. In vollkommener Deutlichkeit sah Sam das massige Reptil auf sich zukommen, sah die Klauen und die Fänge. Der Ton brach ab – mitten in der Luft, explodierten die Augen des Reapers. Sam wurde von einem blutigen Sprühregen getroffen, das Reptil fiel schwer zu Boden, schlitterte durch Glasscherben bis zum Rand der Fenster. Die Hinterläufe zuckten, dann lag der Reaper still. Auch der zweite Reaper lag leblos in der Türöffnung.

Sams Beine gaben nach. Er sank auf den Boden, die Waffe noch in der Hand, den Blick auf seine toten Gegner gerichtet, und ließ den angehaltenen Atem entweichen.

Eunice beugte sich tief über den Lenker, um dem Wind weniger Widerstand zu bieten. Er zerrte an ihrem Kleid und ließ es flattern. Die Ketzer schlossen auf – zumindest zwei von ihnen.

Eunice hatte den Highway erreicht und gab Gas, doch der bessere Untergrund half auch ihren Verfolgern. Die Benzinanzeige machte keine Hoffnung. Weder Schnelligkeit noch Ausdauer würden sie retten – es musste ihr gelingen, ein Hindernis zwischen sich und die Ketzer zu bringen.

Die rechte Satteltasche war schlecht befestigt und schlug schmerzhaft gegen ihr Bein. Eunice tastete danach – und hielt plötzlich einen gelben Quader aus einer nachgiebigen Masse in der Hand.

Das Motorrad mit den Satteltaschen voller Dynamit! Doch wie konnte ihr das helfen?

Als der Staudamm in Sicht kam, fasste Eunice einen vagen Plan. Sie verließ den Highway und fuhr auf die alte Zufahrt des Staudamms, die offensichtlich von den Wartungstrupps genutzt wurde. Von den Toren waren nur noch Reste vorhanden. Sie hingen in ihren Angeln, ließen aber ausreichend Platz, um hindurchzufahren.

Der Weg führte direkt auf den Damm: Rechts erstreckte sich die beeindruckende Fläche des Stausees, links, knappe vierzig Yards unter Eunice, lief der magere Abfluss unter der Interstate hindurch und zum Delaware hin. Die vier Schieber des Damms waren halb geöffnet und das Wasser rauschte die Mauer hinab.

Eunice hielt auf der Mitte des Staudamms an und sah sich nach ihren Verfolgern um. Die Ketzer waren ihr dicht auf den Fersen.

Wie das Eisentor war auch das Geländer dem Rost zum Opfer gefallen. Eunice schob die Maschine zur Kante, stemmte sich dagegen und ließ es kippen. Es stürzte über die Kante und verschwand. Eunice wartete nicht, sondern lief, so schnell sie konnte. Die Explosion hörte sie nur einen Herzschlag bevor die Druckwelle sie zu Boden schleuderte. Sie stemmte sich auf und rannte weiter – fast taub von einem schrecklich hohen Pfeifen in ihren Ohren.

Der Damm hatte nicht nachgegeben. Eunice hustete, als sie beißenden Rauch und Staub in ihre Lungen atmete, aber der Damm hielt. Die Ketzer, deren Räder für einen Moment verstummt waren, kamen wieder näher und Eunice blieb stehen und wandte sich um. Neben ihr, hinter einer Balustrade, ging es in die Tiefe.

Gefangenschaft oder Tod.

Eunice hörte es kaum, spürte es viel mehr: ein Knacken, dann ein gewaltiger Donnerschlag. Noch ein Donnern und eine Erschütterung, die Eunice gegen die Brüstung warf, die glücklicherweise standhielt. Der vorderste Verfolger geriet ins Schlingern, der gesamte Damm erzitterte. Eunice drehte sich um und rannte um ihr Leben.

Hinter ihr vereinigten sich Wasser und Beton zu einem schäumenden Inferno. Das Krachen und Bersten trieb Eunice vorwärts. Sie blickte nicht zurück, hielt Augen und Sinn nur auf das Ziel gerichtet: das Ende des Damms. Erst als sie links und rechts der Straße grasbewachsene Abhänge erkannte, blieb sie außer Atem stehen und blickte zurück.

Nicht der ganze Damm war zerstört, dazu war die Explosion nicht schwer genug gewesen. Aber ein ordentliches Stück der Straße war weggerissen, und das reichte aus, um das Wasser in den Stone Creek stürzen zu lassen. Es rauschte gewaltig, doch nun, da das Zerstörungswerk getan war, floss es mit geradezu ruhiger Stetigkeit. Der Fluss schwoll an, passte gerade noch unter der Interstate hindurch. Erst dahinter breitete sich das Wasser aus, gemächlich aber unaufhaltsam.

Von ihren Verfolgern war nichts mehr zu sehen.

Kaleb erwachte mit den schlimmsten Kopfschmerzen seines Lebens. Er lag mit verdrehten Gliedern auf einem schwankenden Boden und begriff nicht, wo er sich befand. Als er nach oben sah, bohrte sich das Sonnenlicht in seine Augen. Er wandte den Kopf – und schlagartig kam die Erinnerung zurück.

Lucy lag neben ihm, bewusstlos, mit Blutspuren unter Augen und Nase. Auch aus ihren Ohren war Blut geflossen.

Kaleb fühlte an ihrem Hals nach einem Puls und fand ihn. Dann strich er über sein eigenes Gesicht und spürte die gleichen Blutspuren. Das Blut war nicht ganz getrocknet – sehr lange konnte er also nicht bewusstlos gewesen sein.

Hatte es eine Explosion gegeben? Einen Ton? Ein Licht? Kaleb wusste es nicht. Die letzten Sekunden waren blank. Kaleb kannte diesen Effekt. Er tastete nach seiner Sonnenbrille und setzte sie erleichtert auf. Stöhnend zog er sich dann an der Bordwand hoch und sah hinunter.

Nashville war noch zu sehen, lag aber ein gutes Stück entfernt. Nach seiner letzten Erinnerung hatten sie bereits eine halbe Meile Abstand von der Stadt gehabt. Innerhalb der Mauern konnte kein Reaper überlebt haben – und tatsächlich spürte er keinen Hinweis mehr auf das Rudel.

Sie hatten es geschafft. Die Grale hatten funktioniert. Endlich besaßen sie eine wirksame Waffe gegen die Reaper. Endlich! Kaleb lachte ungläubig. Konnte es wirklich sein, dass jetzt das neue Zeitalter anbrach, von dem manche Prediger sprachen?

Und Sam? Hatte er überlebt?!

Ein dumpfes Donnern erklang und rollte einen Moment lang über den Himmel. Kein Gewitter, so viel stand fest.

Kaleb suchte die Ruinen ab, die der Ballon überflog: Häuser und Straßen, die früher zu Nashville gehört hatten, überwuchert von den unvermeidlichen Kudzu-Bohnen, weiter im Osten der Cumberland-Flusslauf im Herbstwald und in der Ferne der Stausee.

War das eine Rauchwolke? War das Donnern von dort gekommen?

Lucy stöhnte, hob die Rechte an den Kopf und richtete sich mit schmerzverzerrtem Gesicht auf. »Es hat also funktioniert.«

Kaleb hob Lucys Sonnenbrille auf und reichte sie ihr. »Wir müssen zurück. Zu Sam.«

»Dann werden wir wohl landen müssen, denn steuern lässt sich dieses Ding offenbar nicht.« Sie griff nach einem Seil, das mittig von der Unterseite der Kugel hing und zu etwas führte, das ein Ventil sein konnte. Es machte kein Geräusch, die Hülle deformierte sich nicht, sie sackten nicht ab. Kaleb sah Lucy fragend an, aber nach einem Augenblick merkte er, dass sie gemächlich Höhe verloren. Die Vorwärtsfahrt wurde langsamer, je tiefer sie sanken, und kam schließlich zum Stillstand.

»Nicht mehr ziehen«, sagte er und wies Richtung Boden. »Schauen Sie!«

Kaum wahrzunehmen bewegte sich der Ballon zurück – nicht exakt die Strecke, aus der sie gekommen waren, aber doch grob in Richtung Nashville.

»Vielleicht dreht der Wind am Abend«, sagte Lucy, »oder er hat oben eine andere Richtung als hier unten.«

»Wie auch immer – Hauptsache wir kommen von der Stelle.« Die Hände auf der Bordwand sah Kaleb angespannt in Richtung Stadt, auf die sie quälend langsam zudrifteten. Die Sonne sank bereits dem Horizont entgegen. Kaleb lauschte nach den Reapern, doch das Rudel schien tatsächlich ausgelöscht.

Aber vielleicht war nicht das Rudel zerstört, sondern seine Fähigkeiten, es zu erspüren ... Dieser Gedanke löste eine Woge von Übelkeit aus. Er wandte sich zu Lucy. »Spüren Sie noch Reaper?«

Lucy schüttelte den Kopf. »Keine Reaper, aber etwas anderes.«

Kaleb schloss die Augen, konzentrierte sich. »Der eine – kann das Raffael sein? Er ist doch in Selimsburgh.«

»Er ist hier. Ich habe ihn gesehen.«

»Und der andere?«

»Gabriel. – Erstaunlich, dass man das unterscheiden kann.«

Kaleb richtete den Blick wieder auf den Wald. Der zweite, Gabriel, schien sehr nahe zu sein, doch selbst unter dem ausgedünnten Blätterdach ließ sich kaum etwas erkennen. Inzwischen war deutlich, dass sie an der Stadt vorbeidriften würden, irgendwo zwischen Nashville und dem Ketzerlager hindurch.

»Dort!« Lucy zeigte nach unten. Vor ihnen, direkt in ihrer Flugrichtung, fuhren Motorräder aus dem Schutz des Waldes auf die Brachmeile hinaus, fächerten sich auseinander. »Gabriel ist bei ihnen.«

»Und dort ist Sam.«

»Wo?«

»Da! Er kommt gerade aus der Stadt.«

Ein einzelner Mann ging über die Brachmeile. Noch konnte Sam die Ketzer nicht sehen, da die Stadtmauer die Sicht versperrte, aber er hörte sie sicherlich. Er rannte los – nicht zurück zur Bresche in der Stadtmauer, sondern Kaleb und Lucy entgegen. Natürlich, der Ballon war nicht zu übersehen. Es war nur eine Frage der Zeit, bis auch die Ketzer ihn entdeckten.

Wortlos zog Lucy am Strick und leitete das Sinken ein. Quälend langsam näherten sie sich dem Boden.

Die Ketzer entdeckten Sam. Einige ließen ihre Motoren aufheulen und der Abstand schwand rasch.

Inzwischen erkannte Kaleb Einzelheiten. Sam trug den Rucksack. Die Grale darin hatten tausende von Reapern ausgelöscht. Um nichts in der Welt durfte diese Technik den Ketzern in die Hände fallen.

Kaleb wickelte eines der herumliegenden Seile auf. Lucy warf einen Blick nach unten. »Das sind bestimmt hundert Yards. Er wird kaum raufklettern können.«

»Es reicht, wenn er sich festhält. Aber wir müssen weiter runter.«

Schüsse fielen. Sam rannte, schlug Haken. Es war

abzusehen, dass er sie nicht erreichen würde, ehe die Ketzer ihn niederstreckten. Sie waren weiter gesunken, Kaleb sah die Waffen in den Händen der Männer. Wieder Schüsse – einer riss ein Loch in den Korbboden, direkt neben Kalebs Fuß.

»Verdammt!« Lucy ließ vor Schreck den Strick des Ablassventils fahren.

»Weiter runter!« Kaleb hielt das Seil wurfbereit in der Hand, weit über die Bordwand gelehnt, als wollte er Sam gleich selbst packen.

»Sie haben den Ballon erwischt!«, meldete Lucy. »Jetzt geht's nur noch nach … Oh-mein-Gott!«

»Was?«

Lucy starrte auf den Waldrand. Er folgte ihrem Blick und brauchte einen Moment, um zu begreifen, was er da sah: Wasser! In Sturzbächen suchte es sich seinen Weg, riss Totholz und Steine mit, schoss über Hindernisse, und zwischen den Bäumen hindurch.

Er wandte sich von der Flutwelle ab, schrie in die Tiefe – »Sam!« – und wies mit ausgestrecktem Arm auf die neue Gefahr. Sie befanden sich kaum noch fünfzig Yards über dem Boden und Kaleb warf das Seil.

Zuerst reagierten die Ketzer nicht, doch der Erste, der sich umdrehte, schrie entsetzt auf. Die Verfolgung wurde zweitrangig. Sam sprintete auf das Seil zu, doch auch die Ketzer erkannten, dass dies möglicherweise ihre einzige Überlebenschance war. Das Wasser erreichte die Stadtmauer, wurde umgelenkt, schoss mit noch größerer Gewalt Richtung Wald. Sam erreichte das Seil, zog sich daran hoch. Nur Augenblicke später wurden die ersten Ketzer vom Wasser fortgerissen. Einen Moment lang waren sie noch zwischen dem wirbelnden und krachenden Treibgut zu sehen, dann verschwanden sie.

Den beiden Vorderen war es ebenfalls gelungen, das Seil zu ergreifen. Vom Wasser umspült hielten sie sich daran fest. Ihr Gewicht zog den Ballon weiter in die Tiefe und in Fließrichtung des Wassers. Sams Höhengewinn auf dem Seil, wurde vom stetigen Sinken des Ballons zunichtegemacht.

Lucy warf alle Maschinen und Werkzeuge aus dem Korb, leerte die Sandsäcke. Kaleb half ihr, doch damit gewannen sie nur Augenblicke.

»Da müssen wir hin!« Lucy wies auf eine Erhebung, die erreichbar schien, doch der Ballon hatte kaum noch zehn, höchstens zwölf Yards Bodenabstand. Sie schaute sich im Korb um. »Nichts mehr da.«

Wortlos streifte Kaleb seine Kutte von den Schultern, griff nach den Halteseilen und zog sich auf die Bordwand. Er sprang nicht ins Ungewisse – er wusste nicht, wie tief das Wasser war. Stattdessen hangelte er an dem Seil nach unten, an dessen Ende Sam gegen die Strömung kämpfte.

Der Zug des Wassers war so stark, dass das Seil spannte. Es zitterte, wenn Sam nach den beiden Ketzern trat. Kaleb erreichte ihn, zückte seinen Genickfänger und beugte sich weit hinunter. Unterhalb von Sams Händen setzte er das Messer an – und die Strömung trieb die erstaunten Ketzer davon. Der Ballon gewann Höhe, gute drei Fuß, doch Sam konnte sich jetzt nur noch mit den klammen Händen festhalten. Er geriet ins Rutschen. Kaleb packte zu, doch er war zu spät – Sam fiel.

Wieder stieg der Ballon. Kaleb hielt nach Sam Ausschau, und als er ihn entdeckte, ließ er sich ebenfalls ins eisige Wasser fallen. Es schlug über ihm zusammen, riss ihm die Sonnenbrille aus dem Gesicht, zog ihn vorwärts, zusammen mit Ästen und Laub. Zurück an der Oberfläche orientierte sich Kaleb, während er weitergerissen wurde, entdeckte Sam, der sich an irgendetwas festhielt. Als Kaleb ihn erreichte, waren Sams Lippen blau vor Kälte.

»Dort! Das Ufer!«

Das Wasser war hier brusthoch. Um nicht abgetrieben zu werden, kämpften sie sich quer zur Strömung voran und näherten sich nur langsam dem Ufer. Gemeinsam arbeiteten sie sich vorwärts, wichen Treibholz aus und hielten sich gegenseitig, wenn einer den Halt verlor. Lucy musste inzwischen gelandet sein, irgendwo vor ihnen. Kaleb fühlte, wie sie sich näherte, dann sah er sie, keine zehn Yards vor ihnen. Sie rief etwas und warf ein Seil, an dessen Ende sie einen Ast gebunden hatte. Kaleb stürzte sich dem Rettungsanker entgegen und packte Sams Arm, bis auch der sich an das Seil klammern konnte.

Erschöpft und triefend krochen sie aus dem Wasser. Ihre Zuflucht war kaum mehr als eine gefährdete Insel inmitten der Flut. Kaleb und Sam zogen, zitternd vor Kälte, die nassen Hemden aus.

»Deine Wunden sind aufgegangen«, sagte Sam. »Zumindest eine.«

Kaleb spürte es nicht – das eisige Wasser hatte Haut und Muskeln nahezu betäubt. »Blutet es?«

»Nicht sehr.«

Lucy zog ihre Jacke aus, die sie Sam gab. Sie hatte auch Kalebs Kutte dabei. Dankbar legte er sie um – die Wolle wärmte sofort.

»Wir haben wenig Zeit«, sagte Lucy.

Sie hatte recht – Raffael näherte sich, und er war nicht allein. »Was meinen Sie? Eine halbe Stunde?«

»Länger – wegen des Wassers kommen sie nur zu Fuß voran, und es ist fast dunkel.«

»Wer?«, fragte Sam.

»Raffael«, antwortete Lucy. »Wir müssen hier weg.«

»Das Wichtigste sind die Grale.« Kaleb bückte sich, nahm den Rucksack und hielt ihn Lucy hin. »Die müssen Sie in Sicherheit bringen. Zurück in die Zivilisation.«

Lucy nahm den Rucksack zögernd.

Zu Sam gewandt sagte Kaleb: »Du bist der Köder. Lucy kann sich vor Raffael verbergen, aber wenn er Reaper dabei hat, kann er dich aufspüren. Darum trennt ihr euch. Du gehst am Ufer entlang. Er wird dir folgen und ich werde auf ihn warten.«

Sam nickte. »Wo ist unser Treffpunkt?«

»Das Land steigt dort an.« Lucy wies nach Süden. »Es könnte sein, dass unser Transporter verschont geblieben ist. Wenn wir Glück haben, sind eure Räder auch noch dort.«

»Raffael kann dich nur ein paar Meilen weit spüren «, sagte Kaleb zu Sam, »und falls ich die Reaper töten kann, gar nicht mehr. Wenn du also in einem weiten Bogen zum Wagen zurückkehrst …«

»In Ordnung.« Sam verschränkte fröstelnd die Arme. »Wir treffen uns also beim Transporter.« Er nickte Lucy zu, dann sah er zu Kaleb. »Viel Glück. Und bleib am Leben. Du schuldest deinem Sohn ein paar Antworten.«

Kaleb betrachtete den jungen Mann, der nass, durchfroren und erschöpft vor ihm stand und sich nun bereitmachte, die Nacht hindurchzumarschieren. »Ich hätte mir keinen Besseren wünschen können.«

Kaleb war müde, sein Geist ausgelaugt und sein Körper schmerzte. Er machte sich nicht die Mühe, seine Anwesenheit vor Raffael zu verbergen, während er sich auf dessen überdeutliche Präsenz zubewegte. Kaleb musste sehr genau abwägen, wie er seine verbliebenen Kräfte einteilte.

Die überflutete Brachmeile ging in einen lichten Wald über, in dessen Senken ebenfalls Wasser floss. Im Wald bildete sich jedoch keine reißende Strömung wie auf der freien Brachmeile, wo die Stadtmauer das Bett verengt hatte. Stattdessen hatten sich einzelne Wasserläufe ihren Weg gesucht und flossen nun mit einer gewissen Stetigkeit. Wenn, wie Kaleb vermutete, der Damm gebrochen war, würde es Stunden, vielleicht Tage dauern, bis der Stausee auf das Niveau des Durchbruches abgesunken war und kein Wasser mehr nachkam.

Kaleb folgte dem Uferverlauf, aber fand sich immer wieder eingeschlossen, dann blieb nichts, als durch knietiefe Wasserläufe zu waten.

Langsam wurde es dunkel. Soweit Kalebs Sinne reichten, machte er keinen einzigen Reaper aus. Mit Hilfe der Grale hatten sie also tatsächlich einen epochalen Sieg errungen. Vielleicht den größten überhaupt – von den Atombomben abgesehen, deren Kollateralschäden den Nutzen eliminierten.

Doch Kaleb fühlte keinen Triumph. Nur Sorge. Sorge um die Grale, um Sam, Lucy und vor allem um Eunice. War sie ertrunken? War sie den Ketzern in die Hände gefallen? Zumindest diese Antwort würde Raffael ihm geben können.

Je länger Kaleb ging, desto deutlicher zeichnete sich ein Plan ab. Und je näher er Raffael kam, desto klarer spürte er die Lebenszeichen der ihn begleitenden Ketzer – fünf Männer. Sie hatten sich von Raffael getrennt. Vielleicht hatte das Wasser sie auseinandergetrieben oder sie wollten eine größere Fläche absuchen. Er würde zuerst die Ketzer ausschalten, einen nach dem anderen. Das allmähliche

Erlöschen der Lebenszeichen würde Raffael allerdings verraten, wo sich sein Gegner befand. Vielleicht hatte Raffael die Ketzer genau dafür mitgenommen, als Leuchtfeuer in der Dunkelheit. Trotzdem: Zuerst musste er die Übermacht reduzieren, musste die Bauern schlagen, bevor er sich dem König zuwandte.

Noch war auch Raffaels Signal deutlich zu erkennen, doch Kaleb machte sich nichts vor. Dass der Erzketzer seine Anwesenheit nicht verbarg, war sicher nicht nur auf dessen übersteigertes Selbstbewusstsein zurückzuführen. Es sollte Kaleb in Sicherheit wiegen, sollte ihn von einem weiteren, unsichtbaren Gegner ablenken – von Gabriel.

Die Figuren waren aufgestellt, das Spiel konnte beginnen.

Kaleb verbarg seine Anwesenheit und wandte sich nach rechts – tiefer in den Wald hinein.

»Rabbit?«, rief Spoon halblaut in die Dunkelheit. »Hey, Rabbit!« Wo war der Schwachkopf bloß? Finsternis und überall das verdammte Wasser. Und dann auch noch das Unheimliche, hinter ihnen, im Dickicht.

Was sie verfolgte, war nicht einfach ein Mönch. Spoon wusste das. Die Mönche waren schlimm genug – schnell, hart und ohne Mitleid. Sie funktionierten wie Maschinen, töteten ohne Gefühl – ohne Hass und ohne Freude. Aber das da hinten, das war mehr als ein Mönch. Schlimmer als ein Mönch. Es war ein Reaper in Menschengestalt.

Blue-Shoes trat neben ihn, spähte zwischen die Bäume, als könnte er in der Dunkelheit irgendetwas erkennen. »Hast du ihn verloren?«

»Nein. Er hat mich verloren, Idiot!« Spoon drehte sich um und die Löffel an seiner Jacke klirrten. »Vergiss den Narren. Komm!«

»Scht! Hörst du das?« Blue-Shoes packte ihn an der Jacke.

Spoon machte sich unwillig los, aber er lauschte trotzdem.

Ein ersticktes Gurgeln kam irgendwo aus der Dunkelheit und verstummte. Es war nicht das Gurgeln, sondern die gottverdammte Stille danach, die Spoon eine Heidenangst einjagte.

Lautlos. Vollkommen lautlos. Ihr Gegner war ein Dämon.

»Weg hier!«

Spoon und Blue-Shoes hasteten vorwärts, um zu Crooked aufzuschließen.

»Erst Nine-Toes und jetzt Rabbit«, keuchte Blue-Shoes. »Und wir haben ihn nicht ein einziges Mal zu Gesicht bekommen.« Sein Atem ging pfeifend – er war einfach zu fett geworden in den guten Tagen, die hinter ihnen lagen.

»Wir müssen zusammenbleiben«, gab Spoon zurück. »Du hast gehört, was der Boss gesagt hat. Die beiden hatten eben Pech.«

Crooked wartete auf sie. Spoon meinte, eine Geste der Ungeduld zu erkennen. Crooked glaubte wohl immer noch, dass sie zusammen dem Mönch entkommen könnten. Spoon hingegen war inzwischen klar, dass er sich von den beiden Idioten trennen musste. So schnell wie möglich. Wenn der Mönch dem stärkeren Signal zweier Ketzer folgte, konnte Spoon vielleicht in der anderen Richtung ...

Ein Geräusch, irgendwo. Auch die anderen blieben stehen. Rücken an Rücken, die Knarren in den Händen, spähte jeder von ihnen in die Dunkelheit. Sie waren umgeben von undeutlichen Silhouetten: Bäume, Felsen, Hügel – alles konnte ebenso gut etwas anderes sein.

Dann eine Bewegung, zwei Augen glühten in der Dunkelheit. Kein Reaper. Und diese Augen, die nicht blinzelten, fixierten Spoon.

»Der Mönch!« Spoon ließ sich zur Seite fallen, schoss noch im Fallen. Etwas sirrte an ihm vorbei und Crookeds Schrei gellte in seinen Ohren. Spoon prallte mit der Schulter auf den Waldboden und ein weiterer Schuss löste sich, dem Spoon noch zwei folgen ließ. Er wollte aufspringen, doch seine Füße fanden keinen Halt in der feuchten Erde. Tannennadeln stachen in seine Handflächen, als er sich aufstemmte. Er kam taumelnd hoch, lief ein paar Schritte, stolperte über eine Wurzel und stürzte erneut, rollte zur Seite und verkroch sich im Unterholz. Er spähte aus seinem Versteck, aber der Platz, an dem der Mönch sie erwartet hatte, war leer.

Spoon fluchte, umklammerte die Waffe mit beiden Händen und hielt sie schussbereit vor sich. Trotz der kühlen Nacht und der nassen Schuhe war Spoon schweißgebadet. Die Panik drängte ihn, weiter in das Dickicht hineinzukriechen, doch das hatte keinen Sinn. Der verfluchte Mönch wusste genau, wo er sich befand, spürte seine Angst, sah ihn vielleicht sogar jetzt, in diesem Moment, mit seinen glühenden Augen an.

Mit einem Ruck drehte sich Spoon auf den Rücken und zielte mit der Waffe zwischen den Zweigen hindurch nach oben. Er bemühte sich, die gesamte Umgebung im Blick zu behalten, doch er sah nicht viel mehr als Schwärze.

Ein Schuss knallte, links, so nah, dass Spoon das Mündungsfeuer aufblitzen sah. Dann noch zwei. Bam! Bam! Jemand rannte durch das Laub, stoppte. Wieder Stille.

Vorsichtig schob Spoon sich aus seinem Versteck. Das Rascheln der trockenen Blätter unter ihm war laut, viel zu laut. Gelegentlich stießen die Löffel auf seiner Jacke gegeneinander. Schließlich richtete er sich auf, die Waffe schussbereit vor sich.

Er zuckte zusammen, als erneut jemand schoss, feuerte ebenfalls, auf gut Glück, mehrfach, lief los, in irgendeine Richtung, rammte mit der Schulter einen Baum und taumelte zurück. Der Lärm war verstummt, doch die Ohren klangen davon nach, gaukelten Geräusche vor, wo keine waren. Da! Ein Schatten! Spoon feuerte wieder und Holzsplitter regneten ihm ins Gesicht. Er musste hier weg!

Vorsichtiger jetzt, die Pistole in der Rechten, die Linke nach vorne ausgestreckt, tastete er sich durch die Dunkelheit. Vor ihm öffnete sich eine von Mondlicht erhellte Lichtung, und er erkannte den eckigen Hinterkopf von Blue-Shoes. Der Trottel stand völlig ungeschützt mitten auf der Lichtung, wie ein Schaf, das ... »Argh!« Ein beißender Schmerz durchzuckte Spoons Arm und er ließ die Pistole fallen. Er wich zurück und rettete seine Kehle vor der blitzenden Klinge. Er trat nach dem Angreifer, traf ins Leere, stürzte und fühlte seine Waffe unter sich.

»Es ist genug!«, sagte eine ruhige, mächtige Stimme. Sie gehörte dem Boss. Der trat auf die Lichtung und blieb in seiner schwarzen Soutane doch Teil der Dunkelheit. Gabriel hielt gebieterisch die Hand ausgestreckt – und das hatte den Mönch offenbar in der Bewegung erstarren lassen.

Spoon hob hektisch die Pistole auf – mit der Linken, denn die Rechte brannte wie Hölle. Dann erst stand er auf und gönnte sich einen Blick auf seinen Feind: Der Mönch trug nur Hose und Stiefel, keine Kutte, kein Hemd. Das Mondlicht leuchtete auf seinen sehnigen Oberkörper, zeigte deutlich die Anspannung der Muskeln, als er langsam, wie gegen einen Widerstand, den erhobenen Arm senkte. In seiner Faust schimmerte die Waffe: ein Messer! Der Typ hatte Nine-Toes, Rabbit und vielleicht auch Crooked mit einem Messer niedergemacht! Und dabei hatten sie Knarren gehabt!

»Fick die Henne«, entfuhr es Spoon.

Gabriel näherte sich dem Mönch, oder was immer der Kerl war, und legte die Hand auf dessen Schläfe. Gabriels Stimme grollte wie Donner: »Wo sind die Grale?«

Spoon hatte gesehen, wie diese Berührung die brutalsten Männer und auch jeden Mönch zu einem weinenden Kind machte. Niemand widerstand dem Griff eines Erzengels. Niemand! Doch dieser Mönch weinte nicht. Er knurrte nur, während er widerstrebend vor Gabriel in die Knie ging.

Ja, genau, quetsch ihm das Blut aus dem Hirn! Der Plan war aufgegangen, die Falle zugeschnappt. Jetzt würde der Mönch sterben!

Aber plötzlich schrie Gabriel auf. Spoon begriff nicht gleich, was geschah: Es war dem Mönch gelungen, dem Boss die Messerklinge durch die Kniekehlen zu ziehen. Gabriel brach zusammen, während Blue-Shoes danebenstand und gaffte.

Spoon riss seine Pistole nach oben und drückte ab.

Bam!

Der Mönch sprang zur Seite, rollte über die Schulter ab. Spoon folgte der Bewegung mit dem Lauf, drückte wieder ab: Klick. Klick. Klick. Das Magazin war leer! Entsetzen packte Spoon, als sich der Mönch wieder aufrichtete. Im Mondlicht schimmerten die dämonischen Pupillen wie die eines Reapers.

Spoon schleuderte die Waffe fort und war mit drei Schritten bei Blue-Shoes, stieß ihn mit voller Wucht dem Mönch entgegen.

Dann rannte Spoon um sein Leben.

Der Ketzer war Kaleb direkt in die Klinge gestürzt. Das Keuchen, mit dem die letzte Luft aus den Lungen entwich, klang hohl. Kaleb zog den Reaperdolch aus dem Brustkorb des Ketzers und ließ den Toten zu Boden gleiten. Dann hob er dessen Waffe auf und löste das Magazin: Drei Kugeln noch. Genug für einen Ketzer und zwei gefallene Erzengel. Kaleb schob die Waffe in seinen Hosenbund und drehte sich um.

Gabriel war fort.

Kaleb konnte ihn nicht spüren. Entweder hatte er sich fortgeschleppt und war inzwischen tot, oder er hielt sich verborgen – was wahrscheinlicher war. Kaleb war zuversichtlich, dass die Verwundung schwer genug war, um Gabriel aus dem Spiel zu nehmen. Trotzdem stellte er noch immer eine größere Bedrohung dar als der geflohene Ketzer. Kaleb versuchte zu erkennen, wohin Gabriel sich verkrochen haben mochte. Trotz der Dunkelheit erkannte er Einzelheiten auf dem Waldboden – eine Blutlache, aufgewühltes Laub. Lag es am Mondlicht, dass er alles so deutlich sah? Oder hatte die Nachtmilch ihm diese Fähigkeit verliehen? Dann hörte er ein unterdrücktes Stöhnen und folgte ihm. Kurz darauf trat er aus dem Schutz der Bäume und überblickte die überschwemmte Brachmeile, hinter der sich das tote Nashville im Mondlicht erhob.

Der Mann mit den Löffeln auf der Jacke stand aufrecht und zitternd in einem der kalten Rinnsale. Langsam hob er die Hände in Schulterhöhe. »Bitte«, sagte der Ketzer. »Ich habe keine Waffe.«

Kaleb zögerte. Was hatte den Mann dazu veranlasst, mitten im Wasserlauf stehen zu bleiben? Der Ketzer hatte dort schon gestanden, als Kaleb aus dem Wald getreten war.

»Wo ist Eunice?«, fragte Kaleb, die Waffe in der Hand.

»Wer? … Weiß nicht. Keine Ahnung.« Die panisch aufgerissenen Augen des Ketzers waren nicht auf Kaleb gerichtet, sondern auf die Dunkelheit hinter ihm. Kaleb schoss, und noch bevor der Körper des Ketzers den Boden berührte, wirbelte er herum und sah, wie fleischgewordene Dunkelheit zum Sprung ansetzte: In einer fließenden Bewegung zog Kaleb den Reaperdolch und wich drei federnde Schritte zurück. Der Reaper konnte seinen Sprung nicht mehr korrigieren und kam dort auf, wo Kaleb eben noch gestanden hatte.

Das Reptil trug ein Halsband. Es war weder zu spüren, noch waren seine Absichten zu erkennen. Hatten die Erzengel ihn ausgebildet? Hatten sie ihn etwa auch gelehrt, die Täuschungen der Mönche zu durchschauen?

Kaleb würde es herausfinden. Die Welt zog sich zusammen, reduzierte sich auf ihn und das Reptil, um gleich darauf in Kampf, Blut und Schmerz zu explodieren.

Die Hinterläufe des Reapers zuckten im Todeskampf; die Bewegung pumpte Blut aus der klaffenden Halswunde.

Schwer atmend, noch zitternd vom Kampf kniete Kaleb auf dem Boden und bemühte sich, den rasenden Schmerz unter Kontrolle zu bringen. Eine Klaue hatte ihn erwischt, eine einzelne messerscharfe Klaue, und seine Brust von links nach rechts aufgeschlitzt. Prüfend tastete er über seinen Brustkorb. Rippen waren nicht gebrochen – vielleicht hatte er Glück und keine inneren Verletzungen.

»Und der große Drache, der die ganze Welt verführt, ward geworfen auf die Erde, und seine Engel wurden auch dahin geworfen.«

Kaleb hob den Kopf, als er die klare, salbungsvolle Stimme hörte. Raffael trat ins Mondlicht, ein Buch aufgeschlagen in der Hand. »Und ich sah, dass die Erde und die darauf wohnen, den Drachen anbeteten.« Raffael blickte auf. »Willst du dich wirklich gegen Gottes Wort stellen?« Er klappte das Buch zu.

Kaleb stemmte sich hoch und biss die Zähne zusammen, um nicht zu stöhnen. Raffael beobachtete Kalebs mühsame Bewegungen, wartete geduldig, bis er aufrecht stand. Dann fragte er lächelnd: »Weißt du, warum du hier bist?«

»Wo ist Eunice?«

»Eunice? … Du meinst die Heilige Mutter?« Er zuckte resigniert die Schultern. »Schade um sie. Es heißt, beim Geschlechtsakt zu sterben, sei ein schöner Tod, aber ich befürchte, das trifft nur auf die freiwillige Variante zu.«

Tot. Kaleb wankte.

Raffael warf das Buch achtlos in die Dunkelheit. »Ich muss sagen, du hast mich beeindruckt. Ich habe dir alles entgegengeworfen – meine Ketzer, meinen Partner, sogar meinen Schoßhund.« Er nickte zum toten Reaper hin. »Aber jetzt wirst du mir endlich sagen, was ich wissen will.«

Kaleb suchte nach der Automatik. Sie musste irgendwo hier liegen. Doch ein Schuss zerriss die Stille und ein heftiger Schlag traf seinen Oberschenkel, ließ sein Bein einknicken. Ein weiterer Schuss traf seine Schulter und warf ihn zu Boden. Schon war Raffael über ihm, rammte ein Messer durch Kalebs Handgelenk und stieß seine Finger in die Brustwunde. Kaleb bäumte sich brüllend auf. Mit der freien Hand tastete er umher, berührte die Leiche des Ketzers. Metall, oval. Ein Löffel. Mit letzter Kraft bemühte er sich, die Barriere gegen Raffaels Geist aufrechtzuerhalten und gleichzeitig seine Gedanken zu verbergen. Doch seine Kraft reichte nicht für beides. Er musste eine Entscheidung treffen – und er traf sie. Wie in eine Kapsel schloss er den wichtigsten Gedanken ein: sein Wissen um Samuels und Lucys Treffpunkt. Seine ganze Konzentration lenkte er auf diese eine Stelle. Alle übrigen Mauern lösten sich auf. Der Schmerz überflutete ihn, schoss in jede Faser seines Körpers, ließ ihn aufschreien und wimmernd zurücksinken. Wieder stieß Raffael in Kalebs Fleisch, und der geistige Angriff vervielfachte den Schmerz. Kaleb krümmte sich würgend und hustend zusammen. Das Garn, mit dem der Löffel an Spoons Jacke befestigt war, riss.

»DU KANNST NICHT GEWINNEN!«

Übermächtig war diese Stimme – nein, keine Stimme: Es war Raffaels Gewissheit des Sieges. Und Raffael kostete seine Übermacht aus – steigerte die Qual. Scheinbar mühelos trieb er Kaleb an den Rand der Bewusstlosigkeit, holte ihn zurück, bis die behütete Kapsel erste Risse bekam. Wie Hammerschläge fiel Raffaels Folter auf sie nieder. Mehr und mehr entglitt Kaleb die Kontrolle, bis er seinen Geist dem Feind preisgeben musste. Raffael hatte gewonnen.

Triumphierend öffnete der Ketzer sich für Kalebs Wissen, griff zu und fand …

… Schmerz. Den Schmerz, den er selbst geschickt hatte: Kaleb hatte ihn aufgenommen, hatte ihn vermischt mit dem Wissen, das Raffael begehrte, und der Inquisitor brüllte, wich zurück vor der ungewohnten Empfindung. Für einen winzigen Moment ließ er Kaleb frei und dieser Moment genügte. Ein letztes Mal sammelte Kaleb Konzentration und Kraft, bündelte sie und schickte alle Energie, die ihm geblieben war, in Schulter, Arm und Hand. Jede Faser seines Körpers, sein ganzes Wesen und jeder Gedanke dienten nur noch einem Ziel, richteten sich auf einen einzigen Punkt des Universums. Seine Finger schlossen sich um den Löffel, seine Hand schoss vor – und traf. Der Griff durchstieß das weiche Fleisch hinter Raffaels Kinn, durchbrach den Gaumen und bohrte sich tief in sein Gehirn.

Ein hoher, klagender Laut kam über Raffaels Lippen. Er wankte, kippte zur Seite und schlug hart auf.

Kaleb lag reglos auf dem Rücken und atmete schwer. Er schloss die Augen, konnte sich aber nicht vor dem verschließen, was über Raffael hereinbrach. Ein dunkler, schwarzer Strudel verschlang den Sterbenden, zerrte auch an Kalebs Geist, der nicht mehr die Kraft hatte, sich zu schützen. Hilflos jagte er in schwindelerregenden Kreisen abwärts und spürte den Sog der Leere. Sein Selbst begann sich aufzulösen, Gedanken, Bilder und Erinnerungen umtanzten ihn und erloschen wie Funken im schwarzen Nichts. Unvermittelt beruhigte sich der Sturm, zerschmolz die Präsenz des Inquisitors und versickerte schließlich ganz. Im Augenblick darauf war die Wirklichkeit wieder unbewegt und spiegelglatt. Doch die Finsternis lauerte wie ein Reaper unter der Oberfläche.

Kaleb atmete mühsam. Jeder Atemzug presste den Schmerz der Brustwunde in sein Bewusstsein. Er machte sich nicht die Mühe, sich auf die Seite zu drehen, um das Messer aus seinem Handgelenk zu ziehen. Jede Bewegung bedeutete Schmerz – und doch war der körperliche Schmerz nur ein Schatten dessen, was Raffael seinem Geist angetan hatte. Und hinter diesem rasenden Schmerz lag ein anderer, viel bitterer: Eunice.

Kaleb schloss die Augen und wartete auf die letzte Finsternis, auf den schwarzen Strudel, der ihn verschlingen würde. Aber sein Herz schlug trotzig weiter, sein Brustkorb hob sich, Atemzug um Atemzug, und schickte Wellen von Schmerz durch seinen Körper. Kaleb spürte die Kälte. Und das Wasser. Die Finsternis unter der Oberfläche schob sich lauernd näher.

»Dort drüben!« Die Worte schnitten in seinen Verstand.

Jemand watete durchs Wasser. Er öffnete die Augen: Lucy. … Und Sam. … Und dahinter: Eunice! Die Erleichterung ließ Kaleb aufstöhnen.

Eunice rief seinen Namen, während sie auf ihn zulief und neben ihm auf die Knie stürzte. Für einen Moment hatte er das Gefühl, die Welt würde kippen und er würde hinabstürzen. Seine Finger krallten sich in die Erde: Nein! Sie lebte – und auch er wollte leben!

Aber er sah Eunice nur noch verschwommen. Der Traum war unerreichbarer denn je. Er war müde, so unglaublich müde. Seine Lider schlossen sich, die Gefährten verblassten. Selbst Eunices Gegenwart entglitt ihm langsam und verschmolz mit vollkommener Finsternis.

EPILOG

Selimsburgh hallte wieder vom Hämmern und Rufen der Arbeiter. Die Bresche war ausgebessert, die frisch entrindeten Stämme leuchteten hell in der Sonne. Die letzten Arbeiten galten der Verbindung der Stämme untereinander und der Installation der psychoinvasiven Barriere.

Lucy beobachtete die Arbeiten von unten. Obwohl sie ihre Augen mit einer verspiegelten Brille schützte, genoss sie doch die warme Herbstsonne auf der Haut.

Dillon trat neben sie. »Schaust du dir die Installation nochmal an, bevor wir sie testen?«

Sie sah erstaunt zu ihm hinüber. »Wir haben doch keinen Diesel mehr.«

»Der Mönch hat welchen mitgebracht.«

»Na dann – klar schaue ich sie mir nochmal an.«

Dillon sah noch einen Moment zu den Arbeitern hinauf, dann nickte er Lucy zu und ging. Auch Lucy wandte sich ab. Sie ging zur Zisterne hinüber, wo sie ihren Krug füllte. Der Weg zu Trevors Haus führte sie an den Ställen vorbei, wo der Schmied gerade ein Pferd neu beschlug. Sam stand dabei, und als er Lucy bemerkte, kam er zu ihr ans Gatter.

»Hey, Sheriff«, grüßte sie ihn und nickte zu seinem neuen Stern hin. »Meinen Glückwunsch. Ich habe gehört, die Wahl war einstimmig.«

»Das stimmt.« Er lächelte stolz. »Genau wie bei deinem Antrag. Du bist jetzt ganz offiziell Bürgerin von Selimsburgh.«

»Ja, wer hätte das gedacht?« Sie lachte. Selimsburgh war wohl das einzige Lehen, das einer Ketzerin jemals Bürgerrechte verleihen würde. Doch die Freude darüber war nicht ungetrübt.

Mit Wehmut dachte Lucy an ihr Haus in den Outlands. Raffael hätte es nicht angezündet, hätte er den Gral noch darin vermutet. Er musste ihn gefunden und an sich genommen haben.

Sam erriet wohl ihre Gedanken. »Sobald du willst, fahren wir rüber und schauen, was sich in den Trümmern noch finden lässt.«

»Vielleicht noch ein paar Werkzeuge. Die Bücher werden alle verbrannt sein.«

»Die Plünderer finden neue für dich.« Der Schmied rief und Sam löste sich vom Gatter. »Lass mich wissen, wie es ihm geht.«

»Natürlich.«

Bei Trevor angekommen nahm Lucy zuerst die Brille ab. Die Fenster waren klein genug, um das Licht ausreichend zu dämpfen. Oben, im Gang, saß Bruder Ephraim auf einem Stuhl. Er wartete hier seit dem Vorabend, da Dillon ihm untersagt hatte, das Krankenzimmer zu betreten.

Lucy öffnete die Tür. Im Halbdunkel strahlte Eunices weißes Gewand. Leise trat Lucy neben ihre Schwester, die sich seit Tagen um den Verwundeten kümmerte. Sie stellte den Wasserkrug auf den Nachttisch und betrachtete den schlafenden Patienten.

Nun, da die Heilung voranschritt, war sein Gesicht ruhig und entspannt. Die sprießenden Barthaare und die heilenden Schürfwunden gaben ihm etwas Raues.

Lucy legte ihm die Hand auf die Stirn. »Er wird bald aufwachen. Jeden Augenblick kann es so weit sein.«

Eunice sah sie verwundert an. »Woher weißt du das?«

»Ich kann spüren, wie er näherkommt.« Lucy richtete sich auf. »Der Mönch wartet immer noch draußen. Ich nehme an, sie stellen heute Abend den Generator an. … Vater wird wissen wollen, wann du heimkommst.«

»Heim«, wiederholte Eunice abwesend. »Hast du nicht gesagt, Heimat wäre kein Ort?« Eunice berührte Kalebs Hand. »Es stimmt.«

Lucy hatte längst erkannt, dass Eunices Sorge und Unruhe diesem Entschluss Platz platzgemacht hatten. Trotzdem fragte sie: »Bist du sicher?«

»So sicher, wie man nur sein kann.«

»Gut, dann werde ich das dem Mönch ausrichten.« Lucy trat auf den Gang und schloss die Tür hinter sich.

Bruder Ephraim erhob sich. »Wie geht es ihm?«

Das unwillkürliche Zucken in seinem Gesicht, als er in

ihre roten Augen blickte, bereitete ihr Genugtuung. »Kaleb Payne fällt nicht mehr in die Verantwortung des Klerus.«

»Er ist immer noch ein Bruder.«

»Ein Bruder, den Sie töten würden, wenn Sie den Befehl dazu erhielten.«

»Gewiss. Und er würde es verstehen.«

»Vielleicht. Vielleicht auch nicht. Dinge ändern sich. Sicher ist nur, dass ich es nicht verstehen würde, und auch niemand sonst hier im Dorf. Glauben Sie mir, die Menschen in Selimsburgh sind sehr resolut, wenn es um Dinge geht, die sie nicht gutheißen.«

Bruder Ephraim hob beschwichtigend die Hände. »Ich bin nur hier, um Eunice und Timothy nach Hause zu bringen. Weitere Befehle habe ich nicht. Deshalb bitte: Fragen Sie die Heilige Mutter, wann wir aufbrechen können.«

»Diese Antwort kann ich Ihnen geben: Sie können jederzeit aufbrechen – mit Tim. Sagen Sie dem Bischof, dass Eunice nicht zurückkommt.«

»Wie meinen Sie das?«

Lucy zuckte mit den Schultern. »Sie bleibt hier. Das ist alles.«

»Und wie soll ich das dem Bischof erklären?«

Lucy spürte es: Kaleb erwachte. Eine seltsame Empfindung erfasste sie. Eine intensive Wärme schien aus dem Raum zu dringen, fast eine Art Licht, ein mildes und dennoch durchdringendes Strahlen.

Lucy lächelte. »Sagen Sie dem Bischof, seine Tochter ist bereits zu Hause.«

DANKSAGUNGEN

Mein Dank gilt meinen Testleserinnen und erst-Lektorinnen Antje Backwinkel, Bettina Pobisch und Stephan Schmidt. Letzterem danke ich zudem dafür, dass ich mir bei ihm abschauen konnte, wie man eine Zigarette dreht. Und natürlich bedanke ich mich insbesondere bei meiner Lektorin Patricia Karollus, die mich wie immer mit kompromissloser Strenge und scharfem Auge für Details angetrieben hat, das Beste aus meinem Text herauszuholen.